Asuka Lionera

NEMESIS

HÜTERIN DES FEUERS

DRACHENMOND VERLAG

Für alle Zocker da draußen,
die Spiele mit guten Storys genauso schmerzlich vermissen wie ich.

Wer will schon eine fantastische Grafik,
wenn die Charaktere und die Geschichte auf ganzer Linie versagen?

In diesem Sinne – game on!

DRACHENMOND VERLAG

Astrid Behrendt
Rheinstraße 60
51371 Leverkusen
www.drachenmond.de
info@drachenmond.de

Satz & Layout:
Theresa von Zepelin, Stuttgart

Korrektorat:
Michaela Retetzki

Illustration:
123RF 37298609

Umschlaggestaltung:
Asuka Lionera

Druck:
Booksfactory

ISBN
978-3-95991-220-4

Eins

Auch wenn ich weiß, dass die gekreuzten Schwerter an der Wand nichts weiter als Dekoration sind, beginnen sie, langsam richtig einladend auszusehen. Ob ich mich wohl ernsthaft verletzen könnte, wenn ich mich in eines von ihnen stürze?

Nein, ernsthaft, ich halte es hier keine Minute länger aus!

Auch ohne dass ich mich umdrehe, spüre ich Mutters stechenden Blick in meinem Nacken. Die Art, wie sie mich mustert und sich dann mit einem leichten Kopfschütteln bei den anderen Gästen entschuldigt, treibt mich zur Weißglut.

Als ob ich ein Freak wäre!

Na ja, wahrscheinlich bin ich das in ihren Augen, schließlich trage ich keine Schickimicki-Designerfetzen wie sie. Mir ist nicht entgangen, wie sie mit Argusaugen meine Klamotten nach einem bekannten Label wie *Esprit* oder *Gucci* gescannt hat, als ich vorhin angekommen bin und sie mich in eine halbherzige Umarmung gezogen hat.

Dabei sehe ich nicht schäbig aus. Ja, okay, ich hätte vielleicht ein anderes T-Shirt wählen sollen – auf dem jetzigen steht groß »Save the Unicorns« und darunter ist ein Einhorn abgebildet – aber hey, ein bisschen Spaß muss doch auch mal sein! Bluejeans und Sneaker runden mein Outfit ab. Ich habe mich sogar dazu durchgerungen, einen schwarzen Blazer über mein Shirt zu ziehen, um nicht ganz aus der Reihe zu tanzen.

Aber auch das weiß meine Mutter nicht zu würdigen.

Also stehe ich nun hier an der Wand gelehnt, nippe an meinem Glas mit irgendeinem Punsch und beobachte das Treiben um mich herum über den Rand meiner schwarzen Nerdbrille hinweg.

Ich werde mich nie an diese Partys gewöhnen, bei denen sich diese Snobs selbst und ihr vieles Geld feiern, das sie auf irgendwelchen Schweizer Bankkonten oder auf den Cayman Inseln horten. Doch als einziges Kind der berühmten Familie Porter bin ich dazu gezwungen, teilzunehmen oder mich wenigstens einmal kurz blicken zu lassen, so wie auch diesen Abend. Allerdings ist *»kurz«* bei mir ein sehr eng gefasster Begriff, denn länger als maximal eine Stunde halte ich es hier sowieso nicht aus, ohne eine taktlose Bemerkung von mir zu geben.

»Vielleicht triffst du ja hier deinen Traummann«, hat Mutter mir oft vorgeschwärmt. Es würden sich ja nur ganz ausgewählte Leute in ihren Kreisen bewegen – die Crème de la Crème sozusagen.

Ja, klar, wenn ich einen Kerl mit einem Stock im Arsch möchte, komme ich sicher hierher. Seine größten Sorgen wären doch, ob seine Krawatte zu fest sitzt oder ob er die einfarbigen oder gestreiften Strümpfe zu seinem maßgeschneiderten Armani-Anzug anziehen soll.

Allein bei dem Gedanken erschaudere ich. Nein, hier würde ich garantiert niemanden finden. Wenn ich mich darauf verlassen würde, hier meinem Traummann zu begegnen, würde ich als alte Jungfer enden.

Ich weiß, dass sich meine Eltern langsam Sorgen um mich machen. Von meinem letzten richtigen Freund habe ich mich vor fünf Jahren getrennt. Seitdem gab es nur eher flüchtige Bekanntschaften.

Und den Vibrator in meiner Nachttischschublade, den ich Ben getauft habe.

Meine Gedanken schweifen ab, als ich dem langweiligen Geplänkel zusehe, das sich *Party* nennt, und ich gehe im Kopf das verlorene Spiel von vorhin durch. Ich merke, wie meine Finger beginnen zu zucken, und beinahe verschütte ich etwas Punsch. Sobald ich ans Zocken denke, entwickeln meine Finger eine Art Eigenleben, indem sie wichtige Tastenkombinationen wieder und wieder abspielen.

Warum muss ich auch gerade heute auf dieser Party festhängen? Eigentlich muss ich trainieren, um noch die letzten beiden zu schlagen, die auf der Weltrangliste vor mir stehen, und ich muss dafür sorgen, dass die, die nach mir kommen, niemals eine Chance gegen mich haben werden. Schließlich habe ich einen Ruf zu verlieren. Meine Finger fühlen sich jetzt schon unterfordert und führen die gewohnten Kombinationen am kühlen Glas aus, während ich im Kopf einige strategische Züge durchgehe, die ich mir für meinen nächsten Wettkampf ausgedacht habe.

Nemesis, so nennen sie mich in Gamer-Kreisen. Wie die griechische Rachegöttin, die auf ihrem Weg alles auslöscht. Und genau so ist es auch. Ich bin ein Naturtalent, könnte man sagen, ohne dass ich angeben will. Egal, ob Egoshooter, Echtzeitstrategie oder Sport, ich fege alle Gegner aus dem Spiel und habe mir seit drei Jahren in Folge einen Platz auf dem Treppchen der weltweit besten Gamer gesichert. Ich mag meinen Alias, mein Pseudonym, denn es beschreibt mich ganz gut. Anders als so viele andere, deren Nicknames mich denken lassen, sie wären einfach mal mit dem Kopf quer über die Tastatur gerollt …

Mittlerweile verdiene ich meinen Lebensunterhalt mit dem professionellen Spielen von Videospielen und – was soll ich sagen? – ich bin fast so reich wie meine Eltern, die die größte Anwaltskanzlei Londons leiten.

Die Zeiten haben sich eben geändert. Wer will noch den ganzen Tag in Bluse und engem Rock dasitzen, wenn er spielend sein Geld verdienen kann?

Meine Eltern sind von meiner Berufswahl natürlich nicht angetan, und das ist noch untertrieben. Ich kann gar nicht mehr zählen, wie oft ich den Satz »Und wann willst du endlich anfangen zu arbeiten?« schon gehört habe. Sie verstehen einfach nicht, dass das, was ich mache, auch Arbeit ist. Ich trainiere mehrere Stunden am Tag und habe es als einzige Frau geschafft, unter die fünfzig besten Gamer der Welt zu kommen. Nur zwei männliche Spieler stehen noch zwischen mir und der Weltherrsch… ähm, dem Siegesruhm, und es juckt mir praktisch in den Fingern, auch sie endlich zu besiegen. Das wird zwar kein Zuckerschlecken, denn die beiden sind richtig gut, aber ich werde nicht aufgeben! Ich muss einfach besser werden und ich weiß genau, dass ich das schaffen kann.

Besonders dank meiner neuesten Errungenschaft.

Vorsichtig fahre ich mit der Fingerspitze über die kleine Erhebung in meinem Nacken, die gut durch meine langen roten Haare überdeckt wird. Ich kann gar nicht erwarten, es endlich auszuprobieren! Unruhig trete ich von einem Bein aufs andere und starre alle zehn Sekunden zur Wanduhr. Nimmt das denn hier nicht bald mal ein Ende? Aber nach knapp zehn Minuten kann ich nicht schon verschwinden … Mutter würde mir das noch wochenlang vorhalten und ich müsste beim nächsten Mal extralange bleiben. Das will ich auf keinen Fall riskieren.

Als ich nervös mit der Fußspitze auf den Boden tappe, tritt meine Mutter neben mich und mustert mich missbilligend. Die Art, wie sie die Nase kraus zieht und dadurch ihre schmale Brille mit Goldrand noch weiter nach oben geschoben wird, verleiht ihr das Aussehen einer strengen Lehrerin, die gerade einen unangekündigten Test ausgibt. »Du hättest dich ruhig etwas schick machen können. Immerhin haben so viele unserer Freunde ihre Söhne mitgebracht«, jammert sie dann so leise, dass nur ich sie hören kann.

Schnell beiße ich fest die Zähne aufeinander, um eine unpassende, aber schlagfertige Antwort daran zu hindern, aus meinem Mund zu schlüpfen. Als ob ich sie darum gebeten hätte, dass mir wildfremde Leute ihre Söhne mitbringen! Als ob es mich auch nur im Entferntesten interessieren würde! Das hier ist keine Brautschau, auch wenn meine Mutter das gerne hätte.

Mit spitzen Fingern hebt sie den Saum meines Shirts hoch und runzelt die Stirn. »Was willst du uns damit sagen?«, fragt sie und deutet auf den Schriftzug.

Ich verdrehe die Augen. »Nichts, Mom. Nur, dass Einhörner eine bedrohte Spezies sind.«

Sie schaut mich an, als hätte ich aramäisch rückwärts gesprochen. Ich ziehe mein Shirt aus ihren Fingern und stürze den Inhalt meines Glases hinunter. Jetzt oder nie! Wenn ich nicht sofort von hier verschwinde, passiert ein Unglück. »Ich muss dann los. War nett heute!« Was natürlich gelogen ist, aber das würde ich nicht laut sagen. Auf die Standpauke danach kann ich nämlich gut verzichten.

»Du willst schon gehen? Aber …«

»Sorry, hab noch zu tun.« Und ehe sie mich doch noch irgendwie aufhalten kann, husche ich schnell aus dem Raum, wobei ich mich an einigen aufdringlichen Leuten vorbei quetschen muss.

Draußen atme ich die frische Nachtluft ein und laufe die Straße hinunter. Um diese Uhrzeit treffe ich niemanden mehr, dennoch beschleunige ich meine Schritte. Ich kann es kaum noch erwarten! Pure Vorfreude rieselt durch meinen Körper und lässt mich beinahe rennen. Nur noch zwei Blocks, bis ich zu Hause bin, und dann kann ich es endlich testen.

Wieder fahren meine Finger über den Knubbel in meinem Nacken. Anfang des Jahres haben die drei besten Gamer der Welt die allerneueste Technik testen dürfen – und ich gehöre dazu. Der Eingriff ging schnell und war weniger schmerzhaft, als ich dachte. *Jetzt bin ich schon ein bisschen ein Cyborg,* denke ich grinsend. Mithilfe eines Chips, der uns an die Wirbelsäule eingepflanzt wurde, wird es uns möglich sein, komplett in ein Spiel einzutauchen. Ich muss also nicht mehr am Monitor sitzen und mit Maus und Tastatur spielen, sondern bin direkt im Spiel drin und kann von dort interagieren. Ist das nicht cool?

Der Chip wird direkt mit einer Vorrichtung an der jeweiligen Konsole verbunden. Man selbst verfällt dann in eine Art Schlaf, während das Bewusstsein im Spiel ist, dort das Kommando übernimmt und direkt ins Geschehen eingreifen kann.

Und heute – endlich! – wurde das Spiel geliefert, mit dem ich diese neue Technik testen will.

Nur die drei besten Gamer wurden auserwählt, diese neuartige Technologie zu testen. Ich kann mich noch sehr gut an die Kommentare der Gamer erinnern, die in der Rangliste nach mir kommen. Jeder einzelne von ihnen hätte freudig grinsend ein Einhornfohlen mit seinen bloßen Händen erwürgt, um ebenfalls daran teilnehmen zu dürfen. Tja, Pech gehabt!

Ich renne nun und bin außer Atem, als ich meine Wohnungstür aufschließe und sie hinter mir zuschmeiße. Den Blazer und meine Schlüssel werfe ich im Laufen von mir und haste ins Wohnzimmer, wo ich bereits alles präpariert habe.

In der Mitte liegt eine große Matratze mit vielen Kissen, daneben steht ein kleiner Schreibtisch mit meinem PC, an den bereits die Verbindung zum Chip angeschlossen ist.

Gleich geht's los! Ich merke, wie ich wieder anfange zu zittern, weil ich es gar nicht mehr erwarten kann. Noch schnell das Spiel ins Laufwerk einlegen und auf Starten drücken.

Dann lege ich mich auf die Matratze und stecke das Kabel in den Chip. Im ersten Moment passiert gar nichts und ich bin schon fast enttäuscht. Nein, *enttäuscht* trifft es nicht ganz – ich bin einem verdammten Tobsuchtsanfall nahe! Ich habe mich so darauf gefreut, es endlich testen zu können, und jetzt funktioniert es nicht? Ungeduldig ruckle ich an dem Kabel, das in meinem Nacken steckt, überprüfe, ob ich es richtig angeschlossen habe, und checke, ob das Spiel korrekt läuft. Alles so, wie es sein soll. Mist, was mach ich denn jetzt? Um die Uhrzeit werde ich niemanden mehr von der Games-Community erreichen, der mir helfen kann …

Doch dann beginnt die Welt um mich herum langsam schwarz zu werden. Es beginnt an den Rändern meiner Augen und ich spüre, wie meine Glieder schwer werden und mir nicht mehr richtig gehorchen.

Mit einem breiten Grinsen falle ich zurück auf die Matratze und tauche in eine neue Welt ein.

# # #

Als ich wieder zu mir komme, ist alles um mich herum weiß. Das erste Wort, das mir dabei in den Sinn kommt, ist *steril*. Es ist so gleißend hell, dass ich keinen Unterschied zwischen Wänden und Boden machen kann, und es kommt mir vor, als würde ich in einem weißen Nichts stehen.

Okay, so hab ich mir das nicht vorgestellt. Wo ist das Spiel? Ich habe mir doch extra ein Fantasy-Spiel ausgesucht, um meinem langweiligen Alltag wenigstens ein bisschen entfliehen zu können, und nun stecke ich in einer Schneelandschaft ohne Schnee fest. Wo sind die Feen und Elfen? Zwerge? Gnome? *Irgend-fucking-was?!*

»Willkommen, Spieler«, tönt eine monotone Stimme, die mich sofort an die Stimme aus den Navigationsgeräten erinnert.

Ich drehe mich mehrmals um die eigene Achse, doch ich kann niemanden sehen. Ein Programm? Ja, natürlich ein Programm, was denn auch sonst?

»Äh, hallo«, sage ich dann, als die Stimme nichts mehr sagt und ich mir langsam verloren vorkomme. Irgendwas muss doch hier mal passieren! Das kann doch nicht alles sein!

»Willkommen in der Welt von Mareia. Wähle deine Waffe.«

Vor mir ploppt ein Fenster auf und ich weiche erschrocken zwei Schritte zurück. Mein Herz hämmert bis zum Hals. Normalerweise bin ich nicht so schreckhaft, aber *normalerweise* erscheinen auch nicht einfach Displays direkt vor mir. Als ich näher trete, sehe ich auf einer Art halbdurchsichtigem Bildschirm verschiedene Waffenarten: Schwerter, Äxte, Bögen, Lanzen, Stäbe, Dolche und einige, die ich nicht zuordnen kann.

Na endlich! Es geht los! Sofort bin ich in meinem Element und mustere die Waffenabbildungen vor mir. »Kann ich nur eine Waffe tragen?«, frage ich ins Nichts.

»Das ist korrekt«, bekomme ich zur Antwort.

Hm, das ist schwierig. Mit einem Bogen kann ich gut Feinde auf Distanz ausschalten, bin jedoch wehrlos, wenn ich in den Nahkampf muss, und ich habe leider keine Ahnung, mit welcher Art von Gegner ich es genau in diesem Spiel zu tun bekommen werde. Dann erinnere ich mich an die Fantasy-Spiele, die ich bisher ganz *»altmodisch«* auf den Konsolen gezockt habe. Dabei haben die Helden – allesamt männlich und gutaussehend, Namen wie Cloud, Squall, Tidus und Link kommen mir da in den Sinn – nahezu immer mit Schwertern gekämpft und den Endboss trotzdem besiegt. Also tippe ich auf den Bildschirm und wähle das Einhandschwert.

Mit einem Mal wird alles um mich herum schwarz.

»Hey, was–«, rufe ich, während Panik in mir aufsteigt, und mein Herz legt noch ein paar Schläge pro Minute hinzu. Habe ich etwas kaputt gemacht? Wie war das noch gleich mit den Sicherheitsmaßnahmen im Chip? Irgendwo muss es doch diesen Notfall-Auslogg-Button geben … Ich taste hektisch an dem Knubbel in meinem Nacken herum, doch außer einem dumpfen Schmerz, wenn ich ihn zu weit hinunterdrücke, passiert rein gar nichts. Das kann doch nicht sein!

Ein helles Licht erscheint vor mir, wächst heran, und ich muss meine Augen mit der Hand abschirmen. Als ich wieder halbwegs normal sehen kann, schwebt dort, wo eben noch das Display mit der Waffenauswahl war, eine junge Frau.

Nein, keine Frau. Die Person ist zierlich, eher androgyn. Ich habe sie nur aufgrund der langen schneeweißen Haare, die ihr bis zu den Kniekehlen reichen, gleich für eine Frau gehalten.

Ihre Augen sind auf mich gerichtet, den Kopf mit dem spitzen Gesicht hat sie leicht geneigt.

Diese Augen! Im ersten Moment denke ich, dass das helle Licht meine Sicht beeinträchtigt hat, doch nein, sie wechseln tatsächlich die Farbe! Sie wandeln sich von einem hellen Grün zu einem satten Braun. Ohne Pupille, was das Ganze echt gruslig macht ... Schnell wende ich den Blick von ihren Augen ab, bevor sie meine Angst sehen kann.

Das ist ein Spiel, Eve! Sicherlich ist das nur ein Feature, immerhin ist es ein Fantasy-Spiel.

»Dich hat man also hergebracht?«, fragt das Wesen dann. Die Stimme ist eindeutig weiblich. Sie schwebt ein Stück auf mich zu, wobei ihr langes weißes Gewand um ihre Füße weht, die nicht den Boden berühren.

Als sie bei mir angekommen ist, streckt sie die Hand nach mir aus und ich weiche hastig zurück. Beinahe hätte ich das Gleichgewicht verloren und wäre auf meinem Hintern gelandet.

»Hab keine Angst vor mir.« Sie bleibt in sicherem Abstand stehen und ich mustere sie verstohlen. Ihr Gewand ist reich verziert, mit goldenen Bändern und einer roten Schärpe. Als mein Blick weiter nach oben wandert, fallen mir ihre Ohren auf und ich schnappe nach Luft. Sie befinden sich nicht seitlich an ihrem Kopf, wie es eigentlich normal wäre, sondern viel weiter oben. Spitz und groß.

Fuchs, schießt es mir sofort durch den Kopf. Eine Fuchsfrau. Und just in diesem Moment dreht sie sich ein Stück zur Seite und ich erhasche einen Blick auf ihren Rücken – aus dem drei weiße Fuchsschwänze wachsen.

»Ach du heilige Sch...«

»Ich würde dir raten, in meiner Gegenwart nicht zu fluchen«, unterbricht sie mich und sieht mich tadelnd an. »Willkommen in Mareia, meiner Welt. Ich bin Gaia, die Göttin der Erde, und ich habe dich als meine Hüterin auserwählt.«

Ich bin kurz davor, sie darauf hinzuweisen, dass sie mich zu gar nichts ausgewählt hat, immerhin ist das hier ein Spiel, aber ich halte den Mund und lausche ihr. Denn ja, immerhin ist das hier ein Spiel und ich bin freiwillig hier. Also sollte ich auch in den Spielfluss eintauchen und mitmachen, auch wenn es für mich ungewohnt ist, körperlich anwesend zu sein.

»Es ist deine Aufgabe, die nahende Bedrohung aufzuhalten und die vier Wächter zu erwecken.«

Ich verschränke die Arme und verziehe spöttisch den Mund. »Ich soll also die Welt retten? Echt jetzt? Ist das nicht etwas abgedroschen?«

Die Göttin vor mir kneift ihre leuchtenden Augen zu Schlitzen zusammen. »Würdest du mich bitte nicht unterbrechen, wenn ich dir deine heilige Mission erkläre?«

Ein Glucksen entweicht meiner Kehle, ehe ich es aufhalten kann. »Heilige Mission? Jetzt trägst du aber schon etwas dick auf, findest du nicht?« *Heilige Mission ...* Was für ein Blödsinn! Ich kann mich nicht erinnern, wann ich zuletzt ein Spiel mit einer so lahmen Story gespielt habe ...

»Ruhe!«, schreit sie und ich bin für einen Moment wirklich beeindruckt. Es ist, als würde wahre Kraft in ihrer Stimme liegen, die die Luft um uns vibrieren lässt.

Mit der Hand vollführe ich eine Geste, als würde ich meinen Mund abschließen, und werfe den unsichtbaren Schlüssel über meine Schulter davon. Das habe ich schon seit dem Kindergarten nicht mehr gemacht, und beinahe muss ich wieder grinsen.

»Es ist deine Mission, die vier Wächter zu finden, mit deren Hilfe du mich auf Mareia wieder erwecken kannst, um die drohende Zerstörung aufzuhalten«, erklärt sie dann weiter, nachdem sie sich wieder gefangen hat.

Ich melde mich, als wäre ich in der Schule. Mit einem Nicken erlaubt sie mir zu sprechen, aber ich sehe, wie sie mit den Zähnen knirscht. »Das verstehe ich nicht. Du bist eine Göttin! Warum sorgst du in deiner Welt nicht selbst für Ordnung?«

Okay, es ist fies, was ich hier mache. Aber ich hätte echt nicht erwartet, dass man uns Chip-Testern ein Spiel mit einer so abgedroschenen Story vorsetzt. Da hätte ich schon etwas Exklusiveres erwartet.

»Meine Kräfte wurden vor über tausend Jahren vom Luftvolk versiegelt. Nur mithilfe der Hüterin kann ich aus meinem langen Schlaf erwachen.« Sie bewegt ihre Hand und darüber erscheint schwebend ein Amulett. Es ist silbern und in der Mitte befindet sich ein roter Stein, der aussieht, als würde er pulsieren. »Dieses Amulett wird dir die Kraft verleihen, die du benötigst, um die Wächter zu finden und mich zu erwecken. Pass gut darauf auf! Ohne seine Hilfe wird es für dich unmöglich sein, deine Aufgabe zu erfüllen.«

Die Göttin murmelt eine Beschwörung, wahrscheinlich in einer anderen Sprache, denn ich kann die Worte nicht verstehen, und der rote Stein in der Mitte des Amuletts pulsiert, ehe es auf mich zufliegt. Ich greife danach und lege es mir um den Hals. Durch die lange silberne Kette hängt es mir bis knapp über dem Bauchnabel.

»Hast du noch Fragen, ehe du deine Mission antrittst?«

Wie durch Zauberhand erscheint das Schwert, das ich vorhin ausgewählt habe, an meiner Hüfte, zusammen mit Schwertscheide und passendem Gürtel. Zu perplex, um zu antworten, schüttele ich nur den Kopf.

»Ich schicke dich nun nach Mareia, in meine Welt. Du wirst dich in der Nähe einer Stadt wiederfinden.«

Ich nicke und versuche, mir all das zu merken, was sie mir eben gesagt hat. Sicherlich wird mir das den Spielanfang erleichtern, wenn ich …

»Ich wünsche dir viel Glück, Evelyn.«

Und plötzlich erstarre ich. »W-Was? Woher …«

Doch da löst sich die Göttin bereits auf und alles um mich herum wird dunkel. Mein Magen sackt herab, als würde ich aus einer großen Höhe springen, und für einen Moment habe ich Angst, ehe ich mir wieder ins Gedächtnis rufe, dass ich in einem Spiel bin. Ich klammere mich an diesen Gedanken, bis ich wieder halbwegs normal atmen kann. *Nur ein Spiel. Nur ein Spiel. Es ist nur ein verdammtes Spiel.*

Aber woher kannte sie meinen Namen? Ich habe ihn nirgends angegeben, und selbst wenn, würde ich niemals mit meinem echten Namen spielen! Immer nenne ich mich Nemesis. Woher hat also die Göttin, das Spiel, das Programm, meinen echten Namen?

Bevor ich weiter darüber nachdenken kann, lande ich mit einem dumpfen Aufprall auf dem Boden. Unter meinen Händen spüre ich Erde und in meiner Nase kitzelt der Geruch von Gras und Blumen. Als ich die Augen öffne, sehe ich, dass ich mich auf einem Weg befinde. Ich sehe mich kurz um, komme dann auf die Füße und klopfe mir den Staub von den Knien.

So anders sieht es gar nicht aus. Ich könnte genauso gut auf der Erde in irgendeinem Wald stehen. Also, von *Fantasy* sehe ich hier gerade nicht viel, lässt man mal die Göttin mit den drei Fuchsschwänzen und den spitzen Ohren außen vor.

Schlagartig ändert sich meine Meinung, als ich nach oben schaue. Dort sehe ich nicht wie erwartet nur eine Sonne, sondern daneben noch zwei Planeten. Erinnert mich irgendwie an den Himmel bei *Avatar*. Cool. Immerhin etwas Fantasy. Schließlich bin ich in diesem Fantasy-Spiel, um meinem drögen Alltag zu entkommen. Wenn ich mich nur nach etwas Wald- und Wiesenflair gesehnt hätte, hätte ich auch einen Trip in die Alpen machen können.

Ich strecke mich, bis mein Rücken knackt.

Okay, genug gezockt für einen Tag. Ich werde mich jetzt ausloggen, noch etwas essen und dann ins Bett gehen. Als ich mich vorhin eingeloggt habe, war es schon kurz vor Mitternacht. Das ist zwar noch keine Bettgeh-Uhrzeit für mich, aber diese stinklangweilige Party bei meiner Mom hat mich doch mehr geschlaucht, als ich dachte.

Ich bewege die Hand, wie man es uns während des Training-Testlaufs zum Chip gezeigt hat, um das Spielmenü aufzurufen und mich auszuloggen.

Nichts geschieht.

Erneut bewege ich die Hand. Und wieder ploppt kein Menü auf.

Okaaay … Vielleicht hab ich die falsche Hand benutzt? Musste ich die rechte nehmen? Oder war es doch die linke? Ich teste es mit der anderen, wedele panisch herum. *Shit!* Warum geht das denn nicht?

In meinem Kopf überschlagen sich die Gedanken. Irgendwie passt nichts zusammen und ich kann mich an keine genauen Angaben aus dem Training erinnern. Das war doch so … oder?

»Ähm, Menü?«, rufe ich einfach, nachdem nichts funktioniert hat. »System? Logout? Hallo? Hilfe?«

Ich drehe mich um die eigene Achse. Vielleicht hab ich das Menüfenster nur irgendwie übersehen? Doch da ist nichts! Nirgends! Es ist verdammt noch mal nichts da! Soll das ein schlechter Witz sein?

Meine Knie geben unter mir nach und ich sacke zurück auf den Boden. Mein Schwert an meiner Hüfte schleift knirschend über die Erde und verursacht ein Geräusch, bei dem sich mir die Nackenhaare aufstellen.

Ich sitze fest, schießt es mir durch den Kopf. *Ich sitze in diesem verdammten Spiel fest!*

Wieder drücke ich auf dem Knubbel in meinem Nacken herum, unter dem der Chip sitzt. »Funktioniere, du blödes Ding!«, schimpfe ich.

Als meine Hände anfangen zu zittern, balle ich sie zu Fäusten und hämmere auf den steinigen Weg vor mir. Mein Herzschlag dröhnt bis in meine Ohren und ich stehe kurz vor einem Nervenzusammenbruch.

Mir sollte schleunigst etwas einfallen

Zwei

Scheiße!

Und was jetzt? Ist das ein Bug? Irgendwie muss ich doch aus diesem dämlichen Spiel kommen! Ich reibe mir über die Arme, auf denen sich eine Gänsehaut gebildet hat. Erst jetzt sehe ich, dass ich noch meine Klamotten trage. Ist das normal? Sollte ich nicht eine Klasse oder so was wählen können und dann deren typische Kleidung bekommen? Stattdessen sitze ich jetzt mit meinem »Save the Unicorns«-Shirt, Jeans und Sneakern in einem Fantasy-Spiel. Was soll das, bitte? Das kann doch so nicht richtig sein! Oder ist das eines von diesen neuartigen Spielen, in dem sich verschiedene Epochen vermischen? Darauf wetten würde ich jedenfalls nicht …

»Hallo, Game Master? Ich möchte ein Problem melden!«, rufe ich erneut, aber wieder bleibt alles um mich herum stumm. Allein eine Grille fängt im Gras neben mir an zu zirpen, was meine ohnehin strapazierten Nerven nur noch mehr reizt. »Hört mich jemand?«

Ich taste meinen Nacken ab und finde schnell den bereits gewohnten Knubbel des Chips. Wieder drücke ich darauf herum, um irgendeine Reaktion hervorzurufen. Irgendwie muss ich diese verdammte Verbindung doch unterbrechen können!

Diese blöden, unausgereiften Spiele! Ständig muss ich mich mit Bugs und Fehlern herumschlagen! Es würde mich nicht wundern, wenn gleich ein Fenster mit der obligatorischen *»Dieser Fehler ist uns bekannt. Wir arbeiten bereits mit Hochdruck an einer Lösung des Problems«*-Meldung aufpoppt. Toll, danke, aber davon kann ich mir auch nichts kaufen …

Nach einer Weile lasse ich mich frustriert nach hinten fallen und starre in den Himmel. Seine Schönheit kann ich gerade nicht würdigen, denn so langsam macht sich nackte Panik in mir breit. Irgendwo muss es doch ein Notsystem geben!

Ich greife nach dem Amulett und reibe mit dem Daumen über den Edelstein in der Mitte. »Hallo? Hört mich jemand?«

Ja, so weit ist es schon gekommen. Ich rede mit einem Edelstein …

Plötzlich pulsiert das Amulett in meiner Hand und ein Lichtstrahl leuchtet auf, als ob er mir eine Richtung vorgeben würde.

Ich stemme mich hoch und starre auf das Amulett, reibe wieder mit dem Daumen über den Edelstein. »Gaia?«

Wieder pulsiert es in meinen Handflächen und der Lichtstrahl beginnt zu flackern, als wolle er gleich ausgehen. Ich schüttle das Amulett, wie ich es mit einer Taschenlampe machen würde, deren Batterien gerade aufgeben.

»Ich will mich ausloggen. Ich muss dringend ins Bett. Kannst du mir sagen, was ich dazu machen muss?« Langsam komme ich mir blöd vor, wie ich hier mit einem Schmuckstück rede, aber ich klammere mich an die Hoffnung, dass diese Göttin, mit der ich eben gesprochen habe, mir irgendwie helfen kann. Vielleicht ist die Göttin Gaia ja selbst ein Game Master und kann mir das Ausloggen aus diesem Spiel ganz einfach per Hard Reset oder so ermöglichen.

Doch nichts rührt sich und niemand antwortet mir.

Ein fester Klumpen bildet sich in meinem Magen. »Ähm, ich möchte die Verbindung trennen, das Spiel verlassen«, versuche ich es erneut. Doch ich ernte nur Schweigen. »Gaia?«, frage ich ängstlich.

Der Lichtstrahl wird blasser und das Pulsieren ist auch verschwunden. Das Amulett ist wieder zu dem nutzlosen Schmuckstück geworden, das nichts weiter kann, als schwer an meinem Hals zu baumeln.

»Gaia? Kannst du mich hören?« Wieder reibe ich wie vorhin mit dem Daumen über den roten Edelstein in der Mitte, doch nichts passiert.

Seufzend lasse ich mich zurücksinken. Vielleicht sollte ich dem Lichtstrahl folgen, der nach vorne auf den Weg gedeutet hat. Ja, ich glaube, ich kann sogar ein paar hohe Dächer hinter den Baumwipfeln entdecken. Eine Stadt? Hat die Göttin nicht gesagt, dass ich mich in der Nähe einer Stadt wiederfinden würde? Ob es was bringt, dorthin zu gehen? Ich reibe mir über die Arme, um das Frösteln zu unterdrücken.

Es wird nicht besser, wenn ich hier mitten auf dem Weg sitzen bleibe und noch mehr Zeit verstreichen lasse. Vielleicht kann mir jemand in der Stadt helfen. In den meisten Spielen gibt es in den großen Orten Hilfe-Center und wenn ich ganz viel Glück habe, finde ich dort sogar einen Game Master, der noch Dienst hat und sich meiner annimmt.

Also rapple ich mich auf und klopfe mir den Staub von den Klamotten. Ich drehe mich um die eigene Achse, bis ich die Dächer vieler Häuser am Horizont erkennen kann. Ganz schön weit … Aber es hilft nichts! Ich atme tief ein, straffe die Schultern und will gerade den ersten Schritt machen, als ich ein Rumpeln hinter mir höre. Schnell drehe ich mich um und sehe, wie ein Karren auf mich zukommt. Menschen! Andere Spieler! Selbst wenn es nur ein NPC, ein Programm, ist, kann ich ihn vielleicht nach dem Weg fragen. Oder über die Menüfunktionen. Wenn ich Glück habe, hat er vom Spiel ein paar Hilfeprogrammierungen bekommen, um Spielern, die feststecken so wie ich, behilflich zu sein.

Winkend gehe ich auf den Karren zu, der von zwei seltsamen Wesen gezogen wird. Sie sehen aus wie eine Mischung aus Nilpferd und Ochse – irgendwie niedlich und knubbelig –, doch ich lenke meine Aufmerksamkeit schnell auf die Person, die auf dem Kutschbock sitzt.

»Hallo«, grüße ich freundlich und stelle mich an die Seite, als er den Karren neben mir zum Stehen bringt.

Ich mustere die Person, doch wegen des braunes Umhangs, den sie trägt, kann ich nicht viel erkennen. Eine Kapuze ist tief ins Gesicht gezogen, sodass ich nur eine ausgeprägte Kinnpartie sehen kann. Das und die breiten Schultern, die sich unter dem Stoff abzeichnen, lassen mich darauf schließen, dass es ein Mann sein muss.

»Weißt du zufällig, wie ich mich ausloggen kann?«, sprudelt es aus mir heraus, ehe ich drüber nachgedacht habe. »Ähm, ich meine, bist du auch ein Spieler?«

Stille. Versteht er mich vielleicht nicht? Habe ich zu schnell gesprochen? Manchmal verhaspele ich mich in meiner Eile. Ich muss ruhig bleiben, sonst komme ich nicht weiter.

Gerade als ich tief Luft geholt habe, um zu einer erneuten Erklärung anzusetzen, fragt er: »Wer bist du?«

Ich stutze. Seine Stimme ist tief, dennoch melodisch. Ich mag den Klang. Seine Frage jedoch stellt mich vor ein neues Problem. Was soll ich ihm antworten? Die Göttin hat mich mit meinem richtigen Namen angesprochen und während des Spielbeginns konnte ich nirgends ein Alias eingeben. Soll ich nun dabei bleiben oder meinen Gamernamen nutzen?

»Ich bin Evelyn«, sage ich dann schließlich so freundlich wie möglich, »und neu hier. Ich bin mit den Funktionen noch nicht so vertraut.« Mit Freundlichkeit kommt man immer weiter, vor allem, wenn es sich bei dem Mann auf dem Karren um einen anderen Spieler handelt.

»Funk…tionen?«, fragt mein Gegenüber und reckt ein wenig das Kinn.

Okay, Mist, anscheinend ist er doch kein Spieler und nur ein NPC, der mir nicht helfen kann. Meine Hoffnung sinkt. Ein frischer Wind kommt auf und lässt mich erneut frösteln. Vielleicht kann mir dieser NPC doch noch nützlich sein. »Fährst du in die Stadt? Könntest du mich mitnehmen?«

Ich spüre, wie er mich mustert, und ein Schauer läuft mir über den Rücken, was nichts mit der Temperatur um mich herum zu tun hat, doch ich zwinge mich dazu, still stehen zu bleiben und meinen Blick nicht von ihm abzuwenden. Warum sollte ich auch? Der Kerl ist nur ein verdammtes Programm.

»Spring auf«, sagt er dann und dankbar klettere ich etwas unbeholfen auf den Karren, der sich sogleich rumpelnd wieder in Bewegung setzt.

Plötzlich spüre ich wieder das Vibrieren des Amuletts, doch ich versuche es zu ignorieren. Ich weiß nichts über diese Welt. Vielleicht ist es ja wie in meiner mehr als seltsam, wenn man mit Schmuckstücken redet? Und nach diesem Start hier möchte ich ungern bis in die Stadt laufen, wenn ich stattdessen bequem auf einem Karren mitfahren kann.

Ich lasse meinen Blick über die Landschaft schweifen, die langsam an mir vorbeizieht. Im Grunde ähnelt diese Welt sehr der Erde. Ich erkenne einige Baumarten, die genauso aussehen wie zuhause. Ein Reh steckt neugierig den Kopf durch das Gebüsch, als es den Karren hört, verschwindet aber sofort wieder. Vögel sitzen pfeifend in den Bäumen und fliegen über uns hinweg.

Wenn ich den Himmel mit seinen Gestirnen und die seltsamen Zugtiere einmal nicht beachte, fühlt es sich ganz normal an.

Ich spüre, wie der Mann mich von Kopf bis Fuß mustert, doch ich drehe demonstrativ den Kopf in eine andere Richtung und gebe vor, weiterhin die Landschaft zu bewundern. Es macht keinen Sinn, einen NPC, der nichts weiter als ein Programm im Spiel ist, zu befragen. Er wird mir nicht helfen können. Na ja, wenigstens nimmt er mich mit in die Stadt. Das ist schon eine Leistung.

Warum bekomme ich dann eine Gänsehaut, wenn er mich anschaut?

Als ich es nicht mehr aushalte, drehe ich mich zu ihm um und setze einen herausfordernden Gesichtsausdruck auf. »Kann ich dir irgendwie helfen?«

Er deutet auf mein Shirt. Mir entgeht nicht, wie groß und gleichzeitig auch feingliedrig seine Hände sind. »Was bedeutet das, was da draufsteht?«

Ich schaue an mir hinunter auf das Einhorn und die Aufschrift. »Da steht *Rettet die Einhörner*. Eigentlich ist das witzig.«

Doch sein Mund, den ich gerade so unter der Kapuze ausmachen kann, verzieht sich keinen Millimeter. Hat der Typ keinen Humor? Werden NPCs überhaupt mit irgendwelchen Regungen erschaffen? Eigentlich verrichten sie nur grundlegende Aufgaben, wie dem Spieler Aufgaben zu vermitteln, Gegenstände zu verkaufen oder seine Rüstung zu reparieren. Und sie verlassen nie den für sie vorgesehenen Ort. Dass ein NPC hier mit einem Karren unterwegs ist, zeugt schon von einer hohen programmiertechnischen Leistung.

Vielleicht ist das Spiel doch nicht so langweilig, wie ich nach der Ansprache der Fuchsgöttin Gaia dachte? Wenn man mal von dem offensichtlichen Fehlen der Menüfunktion absieht ... Das sollte schnellstens gefixed werden. Schließlich muss ich mich noch eine Runde aufs Ohr hauen, um morgen fit zu sein.

Ein Windstoß fegt über uns hinweg und ich kneife die Augen zu, um keinen Sand, der vom Weg hochgeweht wird, hineinzubekommen. Warum muss es denn auf einmal so schweinekalt sein? Hätte ich nicht irgendwo an einem Strand unter einer warmen Sonne auftauchen können? Aber neeein, es muss ja mitten in einem Wald sein!

Der Karren stoppt und als ich die Augen wieder öffne, sehe ich, dass der Typ mich mit offenem Mund anstarrt.

»Was?«, frage ich verwirrt und fahre mir mit den Händen durch meine rote Mähne, um sie zu glätten. Sicherlich sehe ich schrecklich aus. Der Wind hat meine Haare ganz schön durcheinander gewirbelt, aber das sollte einem NPC ja auch egal sein.

»D-Deine Haare …«, stammelt er und weicht ein Stück von mir zurück.

Ich beobachte sein Getue mit düsterer Miene. Was soll das denn jetzt? »Was ist mit meinen Haaren?« Ich klinge ruppig, denn ich will weiterfahren, um schnellstmöglich in der Stadt anzukommen.

»Rot wie Feuer …«, flüstert er.

»Ähm, ja. Und? Ich habe schon immer rote Haare.« Er tut ja gerade so, als wäre das etwas Außergewöhnliches! Klar, es ist keine so weit verbreitete Haarfarbe wie braun oder blond, aber ganz so dramatisch ist es ja nun auch nicht. »Können wir jetzt weiterfahren?« Auffordernd wedele ich mit der Hand in Richtung der Zugtiere, die sich bereits das Gras am Wegrand schmecken lassen.

Er zögert kurz, rutscht an den äußersten Rand des Kutschbocks und schnalzt erst dann mit der Zunge, woraufhin sich die Nilpferdochsen wieder in Bewegung setzen.

Ich verschränke die Arme und schüttle den Kopf. So ein seltsames Verhalten, also wirklich!

Als die Stadt langsam vor uns auftaucht, bin ich erleichtert. Seit dem Vorfall herrschte ein angespanntes Schweigen zwischen uns, das mich fast wahnsinnig gemacht hat. Und immer wieder sage ich mir, dass das natürlich absoluter Quatsch ist. Mein Gegenüber ist ein Programm und kein richtiger Mensch, dessen Gefühle ich irgendwie verletzt hätte. Trotzdem fühle ich mich mies, will aber auch nicht den ersten Schritt machen und etwas sagen. Anscheinend hat er keinen Bedarf an Konversation. Auch gut! Ich will sowieso nur hier weg und keine Freundschaften mit dummen Programmen schließen.

Der Karren passiert die steinernen Stadtmauern und sofort herrscht ein reges Treiben um uns herum. Menschen laufen umher, quetschen sich durch die engen Gassen, die von windschiefen Hütten gesäumt sind. Eine Vielzahl von Gerüchen ströhmt auf mich ein und ich bin wirklich begeistert, dass das Spiel sogar Gerüche an mein Hirn senden kann.

Es ist fast so, als wäre ich wirklich hier und nicht nur mein Geist.

Händler preisen lautstark ihre Waren an, Kinder rennen durch den Matsch am Straßenrand und mein Begleiter hat Mühe, seinen Karren durch all diese Massen zu manövrieren.

Ich schaue mich interessiert um, sauge alles in mir auf, tauche komplett ins Spiel ein. Als mich die Leute sehen, stupsen sie Umstehende an und deuten auf mich. Sie starren mich an wie eine Zirkusattraktion.

Bestimmt wegen meiner Klamotten.

Alle tragen hier eher Kleider und Hosen wie im Mittelalter, aber definitiv keine Bluejeans und Shirts mit lustigen Aufdrucken. Was bei mir wieder die Frage aufwirft, warum ich eigentlich keine Kleidung beim Spielbeginn bekommen habe. Sicherlich eine der vielen Fehlfunktionen, die bald behoben werden. Ein seltsamer Nachgeschmack bleibt jedoch. Warum geben die uns verbuggte Spiele? Immerhin sind wir die Elite! Was sollen wir mit unausgegorenen Games?

Unter den Blicken der Umstehenden unterdrücke ich den Drang, mich kleinzumachen und ihrem Starren auszuweichen. *Das sind Programme*, sage ich mir immer wieder. *Das sind keine echten Menschen, die dich anstarren. Durchatmen. Schultern gerade. Kinn hoch. Es gibt nichts, weswegen du dich verstecken müsstest.*

Unser Karren biegt in eine Gasse ein und nach und nach verstummt das laute Gemurmel der Menge. Die Häuser stehen hier noch dichter aneinander und es ist düster, fast unheimlich. Ein widerlicher Mief nach Schimmel, Abfall und … den Rest will ich mir eigentlich gar nicht vorstellen! … lässt mich fast würgen. Doch ich komme nicht umhin, wieder einmal zu denken, wie gut dieses Spiel auf die verschiedenen Sinne eingeht. Echt wahnsinnig gut, auch wenn es gerade wirklich eklig ist.

Aber was wollen wir nun hier? Warum haben wir die Hauptstraße mit den vielen Menschen verlassen? Mir war sogar ihr Starren lieber, als diese stinkende und unheimliche Gasse …

»Wo fahren wir hin?«, frage ich und versuche krampfhaft, diesen dicken Kloß in meinem Hals hinunterzuschlucken. Wie von selbst wandert meine Hand zu dem Schwertgriff an meiner Hüfte. Habe ich überhaupt einen Skill, mit dem ich das Schwert benutzen kann? Das haben sie im Chiptraining irgendwie übersprungen … Wie so vieles! Warum habe ich dieses Training überhaupt mitgemacht, wenn nun doch nichts von dem, was sie uns beigebracht haben, funktioniert?

»Zu einem Freund«, sagt mein Begleiter und starrt stur geradeaus.

Meine Beine zittern vor Verlangen, von diesem Karren zu springen und wegzurennen. Unsinn! Es kann mir nichts passieren. Vielleicht kann mir dieser Freund helfen, schließlich muss ich mich echt so langsam mal ausloggen. Ich habe vollkommen den Überblick verloren, wie lange ich schon hier bin, und wie viel Zeit in der realen Welt mittlerweile vergangen ist. Vielleicht ist es schon fast Morgen! Das wäre natürlich fatal … Unausgeruht werde ich den Wettkampf, der ansteht, sicherlich nicht gewinnen …

Ich werde unruhig, und das bleierne Schweigen zwischen uns sowie die knappen Antworten, die er mir nur gibt, tragen nicht gerade zu meiner Beruhigung bei.

»Du, ich muss echt langsam los«, murmle ich. »Kann dein Freund mir dabei helfen, mich auszuloggen?«

»Bestimmt«, sagt er, aber dieses eine Wort macht mir nur noch nervöser. Dieser feine Unterton in seiner Stimme jagt mir einen eiskalten Schauer über den Rücken.

Doch ich bleibe sitzen. Es ist ein Spiel. Es ist nur ein Spiel. Nichts kann mir passieren. Dann kommt mir eine Idee. Vielleicht logge ich mich automatisch aus, wenn ich besiegt werde? Nach dem *Game over?*

Natürlich widerstrebt es meiner Natur, jemals einen *Game over*-Screen zu sehen, schließlich bin ich eine der besten Gamer der Welt, doch wenn es die einzige Möglichkeit ist, mich auszuloggen, werde ich auch diese Kröte schlucken. Aber wie soll das funktionieren? Muss ich irgendwo runterspringen oder mich in mein Schwert stürzen? Fallen dann nur meine Lebenspunkte auf null, oder … Habe ich überhaupt so etwas wie einen Lebensbalken? Bisher ist mir noch nichts aufgefallen …

Vor einer halb verfallenen Hütte stoppt der Karren und der Typ springt vom Kutschbock, sodass sein Umhang hinter ihm herflattert.

»Hey«, rufe ich ihm hinterher. »W-Was machen wir hier?«

Er bleibt stehen und dreht sich zu mir um. Dann hebt er die Hände und streift sich die Kapuze vom Kopf.

Trotz des spärlichen Lichts in der Gasse stockt mir der Atem bei seinem Anblick. Wie eine Vollidiotin sitze ich mit offenem Mund da und starre ihn an, blinzle mehrmals, um sicherzugehen, dass das keine Einbildung ist.

Vor mir steht das, was ich für mich als absoluten Traummann bezeichnen würde. Kohlschwarzes Haar fällt ihm fast bis in die Augen, mit denen er mich stumm mustert. Sein Gesicht ist kantig und gleichzeitig auch weich, nicht zu maskulin, aber auch nicht feminin.

Perfekt. Wie einer dieser Disney-Prinzen, schießt es mir sofort durch den Kopf.

Ohne dass ich ihnen den direkten Befehl erteilt habe, tragen mich meine Beine vom Karren hinunter und direkt zu ihm. Nur mit Zwang kann ich meinen Mund davon überzeugen, sich zu schließen und nicht auch noch anzufangen mit sabbern. Das wäre dann doch etwas zu viel des Guten.

Er streckt mir seine Hand entgegen und eine weitere Einladung brauche ich nicht. Sofort lege ich meine hinein. Als sich seine Finger um meine schließen, durchfährt mich eine Hitze, die mich zusammenzucken lässt. Er scheint es auch gespürt zu haben, denn er zieht seine Hand zurück und starrt mich mit großen Augen an. Erst jetzt sehe ich, dass seine Augen von einem hellen silbrigen Grau sind. Wow, so was habe ich noch nie gesehen. Absolut fasziniert verliere ich mich eine Weile in diesem Strudel aus Silber und Gewittergrau.

»Was war das?«, frage ich, als ich die losgelassene Hand mit meiner anderen umfasse, damit sie sich nicht so kalt anfühlt.

Er drückt die Tür zur Hütte auf und sieht mich abwartend an. »Komm rein«, sagt er und achtet penibel darauf, dass ich ihn nicht berühre, während ich mich an ihm vorbei in die Hütte zwänge.

Habe ich etwas falsch gemacht? Meine Hand kribbelt vor Verlangen, ihn wieder zu berühren und diese Hitze erneut zu spüren, die meinen ganzen Körper vibrieren lässt.

Wenn das ein Feature im Spiel ist, dann ist es verdammt gut. Es fühlt sich fast so an, als wäre es … *echt.*

# # #

Das Innere der Hütte ist mit mehreren Kerzen beleuchtet, die tanzende Schatten an die Wände werfen. Ein widerlicher Gestank nach ungewaschenen Leibern und schlechtem Essen nimmt mir beinahe die Luft zum Atmen und am liebsten würde ich auf dem Absatz kehrt machen, um zu flüchten. Mehrere Männer drehen sich zu mir um, als ich verloren im Raum stehe und mich unsicher umsehe. Frauen huschen zwischen ihnen hin und her, stellen Krüge auf die schmuddeligen Tische und kichern dabei. Was soll ich hier?

Ein Gasthaus? Nicht unüblich in Fantasy-Spielen, aber dieses hier umgibt eine seltsam düstere Aura, bei der sich mir sämtliche Nackenhaare aufstellen.

Gerade als ich mich zu Mr Perfect umdrehen und ihn bitten will, mit mir von hier zu verschwinden, löst sich ein Mann aus der Menge und kommt auf uns zugewankt. Ob er aufgrund seiner Fahne oder seines beleibten Äußeren so schwankt, kann ich nicht sagen. Und ich will es auch nicht näher herausfinden.

»Was bringst du uns heute, Lucian?«, brummt der Dicke.

»Etwas Besonderes«, sagt eine Stimme von hinten und erschrocken erkenne ich, dass sie Mr Perfect gehört. Lucian, hm?

»Rote Haare?«, ruft der Dicke erstaunt, als er direkt vor mir steht. Allein sein Geruch entfacht bei mir eine mittelschwere Alkoholvergiftung und woher die ganzen Flecken stammen, die sein Wams zieren, will ich lieber gar nicht wissen. Seinen Bart schaue ich mir nicht genauer an, aus Angst, mich ansonsten gleich übergeben zu müssen. »Wo gibt's denn heutzutage noch rote Haare?«

Er beugt sich vor und legt seine fleischigen Finger um mein Kinn, um es anzuheben. Mit einem Ruck entziehe ich mich ihm und weiche einen Schritt zurück, pralle dabei aber sofort gegen eine harte Brust. Ein Blick nach oben verrät mir, wer da noch immer hinter mir steht, denn graue Augen schauen zu mir hinab. *Lucian.*

»I-Ich gehe jetzt lieber«, stammle ich und versuche den beiden Männern zu entkommen, doch sofort legt Lucian eine Hand auf meine Schulter und hält mich fest. Ängstlich blicke ich zu ihm empor. »Lass mich los.« Ich hätte mehr Nachdruck in diese Forderung legen sollen, doch gerade bin ich froh, dass meine Stimme nicht gleich ganz vor Panik versagt.

»Was gibst du mir für sie?«, fragt er den Dicken und ich erstarre vor Angst. Hat er das wirklich gefragt?

Der Dicke schürzt die wulstigen Lippen und lässt seinen Blick von meinen Füßen nach oben gleiten. Ich winde mich unter seinem Starren. Es erinnert mich an die Art, wie Mutter mich ansieht, wenn ich nicht so erscheine, wie sie es sich wünscht. Abschätzend. Als würde man im Supermarkt ein Stück Obst nach faulen Stellen absuchen, um seinen Preis zu drücken.

Ich versuche, meine Schulter freizubekommen, doch Lucians Griff verstärkt sich und ein leises Wimmern kommt über meine Lippen.

»Drei Goldstücke«, sagt der Dicke dann.

Lucian lacht. Es ist ein tiefes Lachen, jedoch nicht laut oder polternd, und wäre die Situation nicht so grotesk, würde ich ihn schmachtend ansehen und mir wünschen, dass er nie wieder damit aufhört. »Drei Goldstücke? Komm schon, Marcus! Sie ist mindestens zehn wert, und das weißt du genau!«

Menschenhändler, durchfährt es mich. Aber wozu? Als ich schnell nach links zu einem jungen Mädchen blicke und ihren tiefen Ausschnitt und den geschlitzten Rock sehe, wird es mir klar.

Das ist kein Gasthaus.

Das ist ein Bordell.

Der Mistkerl hat mich geradewegs in den Rotlichtbezirk geführt und will mich nun an einen Zuhälter verkaufen. Aber nicht mit mir!

Endlich kommt wieder Leben in meine erstarrten Glieder. Entschlossen greife ich nach meinem Schwert und ziehe es mit einem Ruck aus der Scheide. Dabei bete ich, dass ich in diesem Spiel irgendeine Fähigkeit habe und die Kunst des Kämpfens einfach so beherrsche.

Doch natürlich werde ich enttäuscht, wie sollte es auch anders sein?

Noch während ich das Schwert herausziehe, gleitet es mir aus meinen schweißnassen Händen und fällt klirrend zu Boden, wo es noch ein paar Meter weiterrutscht und außerhalb meiner Reichweite liegen bleibt. *Na großartig.*

Panisch blicke ich zwischen den beiden Männern hin und her und wäge meine Möglichkeiten ab. Lucian hat mich zwar losgelassen, aber nun sind einige andere Männer aufgestanden und haben sich zu uns umgewandt. Es bleibt mir also nur der Weg durch den Hinterausgang, durch den ich vorhin gekommen bin. Doch vor der Tür steht Lucian, der mich nicht aus den Augen lässt.

»Komm, kleiner Rotschopf, wer wird denn solche Angst haben?«, säuselt der Dicke und streckt seine Hand nach mir aus, was mich noch weiter zurück- und zur Seite ausweichen lässt.

Mein Herz klopft mir mittlerweile bis zum Hals. *Das ist nur ein Spiel, Eve, beruhige dich! Niemand kann dir hier etwas tun.*

Scheiße, es fühlt sich aber alles so real an!

Der Dicke greift nach meinem Arm und ich versuche, mich ihm zu entwinden. Als ich nach ihm trete, schlägt er mir mit dem Handrücken ins Gesicht, sodass ich für einen Augenblick Sterne tanzen sehe.

Ein metallischer Geschmack sammelt sich in meinem Mund und angewidert spucke ich das Blut aus. Hoffentlich hat er mir keinen Zahn ausgeschlagen!

Halt, Moment! Schmerz? *Blut?!* Das kann nicht sein! Während des Chiptrainings hat man uns auf Kampfszenen vorbereitet, aber der Schmerz ging nie über einen dumpfen Aufprall hinaus, ähnlich dem, wenn man sich den Musikantenknochen irgendwo anschlägt. Mehr nicht. Selbst bei direkten Treffern und Schusswunden gab es nie mehr als ein dumpfes Ziehen. *Und vor allem war da kein Blut, verdammt noch mal!*

Ungläubig fahre ich mir mit der Hand über den Mund und starre die dünne Blutspur darauf an. Was zum Teufel soll das?!

Auch die beiden Männer um mich herum starren auf meine Hand und das Blut, das ich auf den Boden gespuckt habe. Alle scheinen die Luft anzuhalten und es würde mich nicht wundern, wenn man eine Stecknadel fallen hören könnte.

Lucian kommt als erster zu sich, hebt mein Schwert auf und drückt es mir in die Hand. Völlig verdattert greife ich danach, während er mich schon Richtung Ausgang schiebt.

»Raus mit dir! Warte beim Karren«, raunt er mir zu und wirft die Tür zu, nachdem ich wieder in der dunklen Gasse stehe.

Erst jetzt fängt auch mein Verstand wieder zu arbeiten an und beinahe automatisch drehe ich mich um und will die Tür wieder öffnen, um eine Erklärung zu fordern, die hoffentlich gut genug ist, um sie zu glauben.

Dumpf dringt Lucians Stimme zu mir nach draußen.

»Tut mir leid, Marcus. Ich glaube, unser Geschäft ist geplatzt. Ich mache mich dann lieber auf den Weg.«

»Hast du das auch gesehen?«, murmelt eine andere Männerstimme. »Nicht nur feuerrote Haare. Nein, auch ihr Blut … Es war … *rot.*«

Was soll das denn heißen? Natürlich ist mein Blut rot! Ich bin ja kein Alien oder so was. Viel wichtiger ist aber die Frage, warum ich hier *überhaupt* bluten kann. Das Pochen in meiner Wange erinnert mich auch daran, dass ich eigentlich gar keinen Schmerz spüren dürfte. Ich lege meine Handfläche darauf, um das unangenehme Gefühl zu dämpfen. Hoffentlich bekomme ich kein blaues Auge. Mann, dieser Marcus hat echt einen festen Schlag! Wer schlägt denn bitte Frauen?

Die Tür wird aufgerissen und vor mir steht Lucian, der mich sofort zur Seite schiebt und hastig die Tür wieder hinter sich schließt.

»Was machst du hier?«, herrscht er mich an. »Ich hab dir gesagt, du sollst zum Karren gehen! Sie dürfen dich nicht sehen!«

Mit zusammengezogenen Augenbrauen sehe ich ihn an. »Etwas spät, befürchte ich«, knurre ich zurück und bin heilfroh, dass meine Stimme nicht so sehr zittert wie der Rest meines Körpers.

Grob packt er mich am Arm, um mich hinter sich her zu zerren, und sofort spüre ich wieder dieses heiße Kribbeln an der Stelle, wo seine Hand meine bloße Haut berührt. Es fühlt sich an, als würde flüssiges Feuer durch meine Adern fließen, ausgehend von unserer Berührung, aber anstatt mich zu verbrennen, belebt es mich. Es prickelt, pulsiert, vibriert und ich schließe genüsslich die Augen, während das Gefühl auf meinen ganzen Körper übergreift.

Bis Lucian mich loslässt. Abrupt verschwindet das Gefühl und lässt eine kalte, dumpfe Leere zurück, die mich sofort frösteln lässt. Ich reibe mir über die nackten Arme, die aus meinem kurzärmeligen T-Shirt ragen, um die Kälte zu vertreiben.

Lucian starrt auf seine Hand, dann auf mich und wieder zurück auf seine Hand. »Wie hast du das gemacht?«

»Was?«, frage ich verwirrt, immer noch die Arme um mich geschlungen.

»Diese … Hitze! Und dein Blut! Wie kannst du rotes Blut haben?« Er macht einen Schritt auf mich zu, bleibt aber in einem sicheren Abstand stehen, während er mich misstrauisch beäugt.

»Ich habe keine Ahnung, wovon du redest! *Jeder* hat rotes Blut!« Hilflos werfe ich die Arme in die Luft.

Er schüttelt den Kopf, als hätte ich ihm gerade zu erklären versucht, dass alle Schweine fliegen können.

»Hör mal«, versuche ich es erneut, »ich bin echt müde und kaputt und muss mich jetzt dringend ausloggen. Leider scheint es da aber einen Bug zu geben, sodass ich das Menü nicht aufrufen kann. Kannst du mir vielleicht sagen, wo ich den nächsten Game Master oder ein Hilfecenter finde?«

Und wieder dieser fassungslose Blick. Ich meine, er sieht dabei total toll und kein bisschen trottelig aus, aber so langsam bin ich es leid! Schnaubend drehe ich mich um und stapfe die Gasse entlang. »Schön, wenn du mir nicht hilfst, suche ich mir eben selbst Hilfe. Ich hab nicht ewig Zeit!«

Ich lasse ihn einfach stehen, ich kann's selbst kaum glauben. Programm hin oder her, aber einen so heißen Typen einfach wie einen begossenen Pudel stehenzulassen, ist schon beinahe eine Kunst. Und ein bisschen tut es mir auch leid. Mit jedem Schritt, den ich mich von ihm entferne, nimmt die Kälte immer mehr von mir Besitz. Aber hey, immerhin wollte der Kerl mich an einen Zuhälter verkaufen! Da darf ich ihn auch stehenlassen!

Als ich um die Ecke biege, wage ich einen vorsichtigen Blick zurück. Mein Herz sinkt, als ich sehe, dass er mir nicht nachgelaufen ist. Sollten die heißen Typen nicht immer den Heldinnen hinterherlaufen, um sie aus möglichen Gefahren zu retten? Eigentlich schon, oder? Vielleicht hat dieser heiße Typ noch nichts davon gehört und ich sollte ihm etwas Nachhilfe geben? Ja, am besten wäre es, wenn ich mich umdrehe und zu ihm zurückgehe, schließlich … Doch dann rufe ich mir ins Gedächtnis, dass der Typ vor nicht einmal einer Viertelstunde versucht hat, mich an den meistbietenden Hurenwirt zu verschachern.

Verdammtes Arschloch!

Nein, diesem Typen werde ich keine Träne nachweinen! Soll er doch da stehen bleiben, bis er schwarz wird!

Ich befinde mich nun wieder auf der Hauptstraße durch die Stadt und noch immer herrscht ein reges Treiben. Als die Leute auf mich aufmerksam werden, weichen sie vor mir zurück und bilden so eine Gasse, durch die ich problemlos laufen kann. *Praktisch!* Aber ihre Blicke jagen mir einen Schauer nach dem anderen über den Rücken. Das Tuscheln begleitet mich bei jedem Schritt, den ich mache, und das beklemmende Gefühl nimmt immer weiter zu.

Warum sehen sie mich so komisch an und zeigen mit dem Finger auf mich? Habe ich irgendwas im Gesicht? Jetzt mal abgesehen von dem vermutlich langsam blau werdenden Bluterguss.

Wo soll ich mich hinwenden? Ich beschließe, wahllos jemanden zu fragen.

»Entschuldigung.« Ich tippe einer jungen Frau auf die Schulter, die erschrocken mehrere Meter zurückspringt, als sie mich sieht. Ich schlucke meinen Ärger über diese Reaktion hinunter. »Kannst du mir sagen, ob es hier einen Game Master gibt?«

Ihre Lippen beben, als sich ihr Blick starr auf meine Haare richtet. Sie macht mit den Fingern eine seltsame Geste und sofort weichen auch die anderen Leute um uns herum zurück.

»Hallo? Ich habe dir eine Frage gestellt«, sage ich und kann nur mit Mühe die Wut in mir unterdrücken. Warum behandeln mich diese Leute so? Ist das vom Spielablauf so vorgesehen?

Die Frau öffnet ihren Mund und schreit, als ich einen Schritt auf sie zu mache, und ich halte mir schnell die Ohren zu bei diesem Lärm. In diesem Moment fängt das Amulett wieder kurz an zu vibrieren und etwas legt sich über meine Schultern und meinen Kopf. Verdutzt blicke ich mich um.

»Kopf unten lassen«, raunt es an meinem Ohr. Ich kenne diese Stimme und ein Schauer durchläuft meinen Körper, als ich seinen warmen Atem an meiner Haut spüre. Lucian.

Er hat mir seinen Umhang übergeworfen und drückt meinen Kopf ein Stück nach unten, während er mich durch die Menge bugsiert. Die Leute weichen vor uns zurück und lassen uns – zum Glück! – passieren. Ich traue mich nicht, auch nur ein Wort zu sagen, und halte den Blick gesenkt, schaue nur auf meine Schuhe und lasse mir die Richtung von ihm vorgeben.

Er schiebt mich in eine Gasse und als wir in sicherer Entfernung zur Menge sind, presst er mich gegen eine Hauswand. Ich keuche auf und blicke ängstlich zu ihm hoch. Seine grauen Augen sind dunkel wie der Himmel kurz vor einem Gewitter. Was wird er jetzt mit mir machen? Wird er mich zu dem dicken Mann zurückbringen?

»Wer bist du?«, presst er zwischen zusammengebissenen Zähnen hervor.

»E-Evelyn«, stammele ich. Ich habe ihm meinen Namen bereits gesagt, als wir uns auf der Straße getroffen haben, aber ich weiß nicht, was er sonst von mir hören will. »Ich bin ein Spieler und eigentlich möchte ich mich nun gerne ausloggen.«

Er schüttelt den Kopf. »Ich frage dich noch einmal. Wer. Bist. Du?«

Ich schwanke zwischen einem wütenden Mit-dem-Fuß-aufstampfen und In-Tränen-ausbrechen. Sicherlich wissen die Programme nicht, dass sie nur Teil eines Spiels sind, deshalb verhalten sie sich ganz normal und finden mein Verhalten sehr verdächtig. Sie sind eben so programmiert.

Also hole ich tief Luft und sage: »Ich bin Evelyn und habe mich verlaufen. Ich suche den Weg nach Hause und dabei kann mir ein Game Master helfen.« Als sich seine Augenbrauen zusammenziehen und ein noch stärkeres Gewitter in seinen Augen aufkommt, füge ich noch schnell hinzu: »D-Das ist jemand mit sehr viel Macht und Ansehen. Jemand, der die Geschicke des Landes und der einzelnen Menschen bestimmen kann.«

Hey, was Besseres ist mir auf die Schnelle einfach nicht eingefallen. Natürlich ist ein Game Master ein Mensch aus der realen Welt, der die Macht über die Codes und Spielvorgehen hat und Spielern wie mir, die Probleme im Spiel haben oder feststecken, zu Hilfe kommt.

Lucian mustert mich mit versteinerter Miene. Es ist mir unmöglich, eine Regung in seinem Gesicht abzulesen. Glaubt er mir? Oder wird er mich jetzt gleich hier in dieser Gasse niederstechen? Komme ich so vielleicht aus diesem Spiel raus?

Unweigerlich fährt meine Hand zu meiner Wange, die immer noch dumpf vor Schmerz pocht. Dieser widerliche metallische Geschmack hat sich in meinem Mund ausgebreitet und ich wünsche mir nichts sehnlicher als einen Schluck Limo, um ihn endlich loszuwerden. Und einen Eisbeutel, um kein blaues Auge davonzutragen.

»Hat er dir wehgetan?« Mit einem Mal ist seine Stimme sanfter, als er meine Hand mustert. Ich nicke. »Komm. Ich bringe dich zu jemandem, der dir vielleicht helfen kann.«

Eigentlich sollte ich misstrauisch sein, immerhin hat er mich das letzte Mal direkt verschachern wollen, doch ich habe keine Wahl. Ich kann zwar auf eigene Faust durch die Stadt wandern, aber ob ich damit Erfolg haben werde, ist unsicher. Wer weiß, an wen ich dann gerate.

»Behalte den Umhang an und verstecke deine Haare«, weist er mich an. »Wir müssen durch die Stadt und rauf auf die Hügel.«

»Was ist auf den Hügeln?«

Eine Falte bildet sich zwischen seinen Augenbrauen, als würde er angestrengt über meine Frage nachdenken müssen. »Die Tempel«, sagt er dann und verlässt die Gasse.

Ich haste hinter ihm her, halte den Umhang mit der Hand vorne zusammen und folge Lucian die Straßen entlang

DREI

Der Aufstieg ist beschwerlich und das ist noch weit untertrieben. Nicht enden wollende Treppen und Stufen, Stufen, Stufen. Wer kommt eigentlich auf die bescheuerte Idee, solche Tempel immer auf Hügeln zu bauen und anschließend keinen Lift zu montieren? Den Kerl sollte man gleich erschießen!

Als ich endlich auf dem Hügel, der eigentlich eher Ähnlichkeit mit dem Mount Everest hat, ankomme, breche ich augenblicklich zusammen. Meine Beine und vor allem meine Knie fühlen sich an wie Pudding und weigern sich, mich auch nur noch eine Sekunde länger zu tragen.

Keuchend schnappe ich nach viel zu viel Luft, die meine Lungen gar nicht verarbeiten kann, und mir wird kotzübel.

»Alles in Ordnung?«, fragt Lucian und beugt sich ein Stück zu mir hinunter.

Ich muss schrecklich aussehen. Garantiert hat mein Gesicht die Farbe eines Schweinchens mit Sonnenbrand und wahre Schweißsturzbäche fließen mir an den Schläfen und dem Rücken hinunter.

Und was ist mit ihm? Nichts! Nicht einmal eine mickrige Schweißperle ist auf seiner Stirn zu sehen! Wie unfair ist denn das, bitte?

Ich wische mir mit dem Handrücken über das Gesicht und versuche aufzustehen, falle jedoch sofort wieder auf die Knie, weil meine Muskeln zittern und sich anschließend verkrampfen. Ich muss einen jämmerlichen Anblick bieten und am liebsten würde ich mich hier auf der Stelle hinlegen und nie wieder aufstehen. Der gepflasterte Boden unter mir sieht richtig gemütlich aus …

»Lass mich einfach hier liegen«, nuschle ich, weil mir selbst das Sprechen schwer fällt. »Fällt gar nicht auf … Irgendwann ergebe ich ein Muster, wenn man mich festgetreten hat … «

Lucian steht neben mir, als wäre er diese mörderische Strecke nicht selbst gelaufen, sondern geflogen. Frisch und munter sieht er stirnrunzelnd zu, wie ich meine erhitzten Wangen an den Pflastersteinen abkühle und dabei unverständliches Zeug brabble.

»Du musst aufstehen, Evelyn.«

Wow, das erste Mal, dass er meinen Namen benutzt! Und er klingt so gut aus seinem Mund. Irgendwie besonders, fremdländisch. Ich hätte nichts dagegen, wenn er den ganzen Tag nur meinen Namen murmeln würde. Wäre das nicht wundervoll?

Was hat er noch gesagt? Aufstehen? Nein, wohl eher nicht.

»Evelyn, bitte …«

Etwas bohrt sich in den steinernen Boden, direkt vor meiner Nase, und ich springe kreischend hoch, lande aber rücklings wieder auf dem Hintern. Was war das? Ein Pfeil? Schießt man auf uns?

Doch da steckt kein Pfeil im Boden. Es ist weiß und rechteckig. Ich lehne mich ein Stück vor, um es näher zu betrachten.

»Ist das … eine Karte?« Tatsächlich, es sieht aus wie eine gewöhnliche Skatkarte, nur ohne Beschriftung. Doch wie kann eine Spielkarte Stein beschädigen und im Boden stecken bleiben?

»Zurück!«, ruft Lucian und zerrt an meiner Schulter. Unsanft schlage ich mit dem Rücken auf den Boden und will mich gerade bei ihm beschweren, als eine weitere Karte im Boden steckt. Genau da, wo ich eben noch saß.

»Scheiße!«, fluche ich, mobilisiere meine letzten Reserven und komme auf die Füße. Ich greife nach meinem Schwert und ziehe es heraus, ohne es diesmal fallen zu lassen. Ich bin richtig stolz über diesen Fortschritt.

Lucian mustert meine Versuche mit einer hochgezogenen Augenbraue. »Kannst du damit umgehen?« Die Zweifel in seiner Stimme sind nicht zu überhören.

»Aber sicher doch«, schnappe ich zurück, obwohl ich mir dessen überhaupt nicht sicher bin, doch das würde ich ihm gegenüber niemals zugeben. Immerhin halte ich das Ding am richtigen Ende und habe es noch nicht fallen gelassen. Was will er also noch?

Er tritt neben mich, greift in die Ärmel seines Hemds und hält zwei gebogene Dolche in der Hand. Sie blitzen in der Sonne und sehen verdammt scharf aus.

Lucians Körper ist angespannt, als er die Umgebung nach unserem Angreifer absucht.

Als eine weitere Karte direkt neben meinem Kopf entlang fliegt und einen kleinen Windstoß hinter sich herzieht, kreische ich vor Schreck und lasse mein Schwert fallen.

Verdammter Mist, ich hätte mir doch eine andere Waffe bei Spielbeginn aussuchen sollen! Das blöde Ding ist einfach viel zu schwer und unhandlich für mich! Und ich mache mich hier total zum Affen, schon wieder …

»Die nächste geht nicht daneben!« Eine Stimme, ganz in der Nähe! Panisch drehe ich mich nach allen Seiten um, kann aber niemanden entdecken. Lucian umfasst seine Dolche fester und ich sehe, wie seine Knöchel weiß hervortreten.

Mein Herz klopft mir bis zum Hals, doch ich versuche, die aufkommende Panikattacke niederzukämpfen. Ich verliere niemals während eines Spiels den Kopf! Entschlossen schlucke ich den Kloß in meinem Hals hinunter und stelle meine Füße ein Stück auseinander, um einen festen Stand zu haben. Mit einer theatralischen Geste – ja, Auftritt ist eben alles! – schleudere ich den Umhang von mir weg.

»Zeig dich, Feigling!«, rufe ich. »Stelle dich dem Zorn von *Nemesis!*«

Hach ja, ich habe mir so lange schon ausgemalt, das einmal zu sagen! Doch nie hat es wirklich gepasst. Nur mit Mühe kann ich ein zufriedenes Grinsen unterdrücken. Ich spüre, wie das Amulett an meinem Bauch vibriert, und das bringt mich kurz aus dem Konzept. Meine coole Fassade wankt und unser Angreifer nutzt genau diesen Augenblick für einen erneuten Angriff.

Eine weitere Karte sirrt umher und ich spüre ihren Luftzug im Gesicht, nachdem sie schon lange in den Baum hinter mir eingeschlagen ist. Scheiße, ich habe sie überhaupt nicht kommen sehen!

»Wen hast du denn da angeschleppt, Lucian?« Wieder diese Stimme, diesmal näher als eben. Die Härchen in meinem Nacken stellen sich auf und ich habe keine Kontrolle mehr über meine Atmung.

Das war's mit der coolen Fassade. Ich habe Glück, wenn ich mich nicht gleich vor Angst einnässe.

Grinsend steckt Lucian die Dolche zurück in seine Ärmel und ich kann ihn nur mit offenem Mund anstarren. Will er mich jetzt hier alleine gegen den Kartenwerfer kämpfen lassen?

»Du machst ihr Angst, Vincent«, sagt er mit einem spöttischen Seitenblick auf mich.

Lachend kommt ein junger Mann den Weg auf uns zugelaufen, der zur Tempelanlage führt.

Er trägt weite weiße Gewänder, die mich entfernt an die der Fuchsgöttin Gaia erinnern. Lange blonde Haare glitzern hell in der Sonne und fallen bis zu seinem Rücken hinab. Nur am unteren Ende sind sie zu einem Zopf gebunden.

Direkt vor Lucian bleibt er stehen und umfasst seinen Arm mit der Hand. Lucian erwidert die Geste und ich komme mir seltsam ausgeschlossen vor. Soll das ein Scherz sein? Der Typ hat uns angegriffen und nun schütteln sie sich die Hände?

»Lange nicht gesehen«, sagt der Blonde. »Sag das nächste Mal Bescheid, wenn du jemanden mitbringst.« Azurblaue Augen schauen zu mir herab und ich vergesse einen Moment zu atmen. Dieser Mann würde einen Vertrag bei jeder Modelagentur der Welt bekommen. Er hat dieses begehrte, leicht feminine Aussehen. Ihm fehlt Lucians ausgeprägte Rückenpartie, um männlich auszusehen, aber Blondie würde ich auch nicht von der Bettkante schubsen.

Zwischen ihm und Lucian komme ich mir klein und unbedeutend vor. Minderwertig. Aber hey, das hier ist ein Spiel, da sehen die Gruppenmitglieder meistens umwerfend gut aus. Ich werfe einen Seitenblick auf Lucian. Er ist doch ein Gruppenmitglied, oder? Ohne Menü kann ich das nicht wirklich einsehen. Dämliche Fehlfunktionen.

»Es ist nicht, was du denkst, Vinc«, erklärt Lucian und wirft einen abfälligen Seitenblick auf mich. Autsch, das hat gesessen. »Sie kommt nicht von hier und meint, dass ihr jemand mit Macht und Ansehen helfen kann.«

Der Blonde, Vincent, grinst mich breit an. »Dann bist du hier richtig! Nichts ist der Göttin Gaia näher als dieser Tempel. Wenn dir hier nicht geholfen werden kann, dann nirgendwo.«

Er streckt mir die Hand entgegen und ich ergreife sie zögernd. Mir entgeht nicht der scharfe Blick, mit dem Lucian mich beobachtet. Ich erinnere mich, wie sich Lucians Haut auf meiner angefühlt hat, an die Hitze, und will meine Hand zurückziehen, doch Vincent greift einfach danach und drückt sie.

Augenblicklich ist das überhebliche Grinsen aus seinem Gesicht verschwunden und er starrt auf unsere Hände. Das Prickeln ist zurück und schießt von meiner Hand hinauf über Ellenbogen und Schulter und will Besitz von meinem ganzen Körper ergreifen. Mein Blut kocht und pulsiert in meinen Adern, doch es ist nicht schmerzhaft, eher beflügelnd.

Vincent reißt seine Hand zurück und unterbricht die Verbindung. Kälte breitet sich in meinem Körper aus und mein Arm fühlt sich an, als würden viele kleine Nadeln hineinstechen.

Er schaut mit weit aufgerissenen Augen – ist das Panik in seinem Blick? – zu Lucian, der mit verschränkten Armen und düsterer Miene neben mir steht. Als Vincent den Mund aufmacht, schüttelt Lucian leicht den Kopf und Vincent klappt seinen Mund schnell wieder zu.

Er räuspert sich kurz und sagt dann: »Lasst uns hineingehen. Ich lasse ein paar Erfrischungen für uns bringen. Du siehst ja ziemlich fertig aus.«

Dagegen hätte ich nichts einzuwenden. Der metallische Blutgeschmack ist zwar aus meinem Mund verschwunden, aber nach dem beschwerlichen Aufstieg herrscht darin gerade eine Trockenheit wie in der Sahara. Ich angle nach meinem Schwert, stecke das nutzlose Ding umständlich wieder zurück in die Scheide und lege den Umhang um meine Schultern.

»Zieh lieber die Kapuze über«, raunt Lucian, der direkt neben mir läuft. »Verstecke deine Haare. Sicher ist sicher.«

Warum das denn? Als ich widersprechen will, begegne ich nur seinen silbernen Augen, die die Farbe einer Gewitterwolke angenommen haben. Da ich eigentlich nichts mehr will, als etwas zu essen und trinken und vor allem, mich zu setzen, tue ich wie geheißen und schlage die Kapuze hoch. Einige widerspenstige Haarsträhnen stopfe ich nach hinten und folge den beiden Männern den von blühenden Bäumen gesäumten Weg entlang zum Tempel.

# # #

Der Weg ist kurz – zum Glück! – und nach wenigen Minuten betreten wir einen kleinen, heimeligen Anbau direkt neben der imposanten Tempelanlage.

Die Bauweise ist in meinen Augen eine wilde Mischung aus griechischer und chinesischer Bauweise. Ich sehe verzierte Steinsäulen, die die Eingänge säumen, und sich nach oben neigende Dächer. Überall stehen Bäume und Blumen in voller Blüte, die einen wundervollen Duft verströmen.

Vincent weist auf den Tisch, der in der Mitte des Raumes steht. »Setzt euch. Ich hole etwas zu trinken.«

Mit einem dankbaren Seufzer lasse ich mich auf den gepolsterten Stuhl fallen – von mir aus hätte es auch ein Stein sein können, so fertig bin ich – und strecke die Beine aus. Gibt es ein schöneres Gefühl, als wenn man nach großer Anstrengung die Last von seinen Gliedern nimmt?

Nachdem ich mich dazu überwinden kann, die Augen wieder zu öffnen, entdecke ich Karten, die wild verstreut auf dem Tisch liegen, und greife danach.

»Sind das die Karten, mit denen er uns angegriffen hat?«, frage ich, während ich schon eine in der Hand habe und sie genau von allen Seiten untersuche. Sie ist flach und leicht mit einer glatten Oberfläche. Es ist definitiv kein Papier. Fühlt sich eher an wie eine Art Metall.

Die Tür öffnet sich und Vincent kommt beladen mit einem Tablett herein. Als er mich mit der Karte sieht, sagt er: »Pass auf! Die sind ziemlich …«

»Autsch!«

»… scharf.«

Ich stecke den pochenden Finger in den Mund. Meine Güte, die Kanten sind ja rasiermesserscharf! Kein Wunder, dass sie sogar Stein durchschnitten haben. Ich schüttle die Hand, um das Pochen zu vertreiben, und beäuge dann die dicken Blutstropfen, die aus dem Schnitt hervorquellen.

»Das hättest du mir aber ruhig früher sagen können«, maule ich und puste.

Scheppernd knallt das Tablett zu Boden, Vincent ist mit zwei großen Schritten bei mir, wickelt ein Stück meines Umhangs um seine eigene Hand und packt mein Handgelenk. Ich versuche es ihm zu entwinden, aber sein Griff ist fest wie ein Schraubstock.

»Hey, was–«

Doch Vincent ignoriert mich völlig, starrt nur auf den Schnitt an meinem Finger. So schlimm ist die Verletzung ja nun auch nicht …

»Wusstest du das?«, fragt er Lucian, ohne den Blick von meiner Hand zu nehmen.

»Deshalb habe ich sie hergebracht«, antwortet Lucian, der an der Wand lehnt. »Wenn jemand eine Antwort darauf hat, dann du.«

Vincents Blick fällt auf die silberne Kette an meinem Hals und er verfolgt sie bis hinunter zum Amulett. Sein Blick ist mir unangenehm und ich versuche noch immer, meine Hand zu befreien, was allerdings nicht klappt.

Nachdem er eine Weile das Amulett gemustert hat, wirft er Lucian einen Blick zu und nickt.

Er lässt meine Hand los, steht auf und richtet sein Gewand. »Folge mir«, sagt er dann und ich brauche einen Moment, bis ich merke, dass er mich meint. Schon wieder aufstehen? Aber was ist mit Essen und Erfrischungen? Verwirrt und maulend folge ich ihm aus dem Zimmer hinüber in den Haupttempel.

Was sollte dieses komische Verhalten eben? Warum machen alle so eine Welle wegen meiner Haarfarbe? Und was ist an schnödem, roten Blut so besonders? Und warum zum Teufel kann mich keiner von ihnen sitzen sehen?!

So sehr ich auch die Antworten auf diese Fragen haben will, darf ich nicht mein eigentliches Ziel aus den Augen verlieren: mich endlich aus diesem gottverdammten Spiel auszuloggen.

Sicherlich ist es schon fast Morgen. Ich habe Ende der Woche ein wichtiges Spiel gegen die Nummer Zwei der Weltrangliste und müsste eigentlich jede freie Minute nutzen, um mir seine Taktiken einzuprägen, anstatt durch diese blöde, verbuggte Fantasy-Welt zu stapfen. Und da ist das wichtige Training morgen, um mich auf den Wettkampf vorzubereiten. Das darf ich auf keinen Fall verpassen, sonst bin ich erledigt!

Ich werfe einen Blick vor mich, wo Vincent läuft, und dann nach rechts, wo sich Lucian neben mir hält. Sie könnten unterschiedlicher nicht sein. Hell und dunkel, überheblich und mürrisch. Wie Yin und Yang. Und beide total heiß. Na ja, wenigstens ist die Gesellschaft des Spiels gut. Nicht auszudenken, wenn alle hier so aussehen würden wie Bowser oder Ganondorf. So hab ich wenigstens was für's Auge, auch wenn es nur Programme sind.

Die Eingangshalle des Tempels ist riesig und prunkvoll. In der Mitte steht eine bestimmt zwanzig Meter große Statue der Göttin Gaia. Um sie herum stehen vier große, runde Schalen, in denen Feuer brennen. Niemand ist hier und ich höre nur das Prasseln der Flammen und unsere Schritte auf dem spiegelnden Marmorboden.

Vor der Statue bleibt Vincent stehen und dreht sich zu mir um. Nachdem er mich eine Weile mit schiefgelegtem Kopf gemustert hat, schnippt er mit dem Finger und sogleich kommt ein Junge angelaufen, der vor ihm auf die Knie geht. Ich schätze den Jungen auf höchstens zehn Jahre. Er trägt ein weißes Gewand, das sehr schlicht ist, und seine Haare sind geschoren.

»Wie ist dein Name, Mädchen?«, fragt Vincent mich mit reglosem Gesichtsausdruck. Das macht mir irgendwie Angst, denn vorhin habe ich ihn als freundlichen, wenn auch etwas übermütigen Gesellen kennengelernt.

»Evelyn«, antworte ich und bin froh, dass meine Stimme fest klingt.

»Berühre die Hand dieses Novizen, Evelyn«, weist er mich an und ich schaue unsicher zu dem Jungen. Als ich Lucian und Vincent berührt habe, durchfloss zwar mich ein belebendes Gefühl, aber die beiden sahen alles andere als glücklich aus. Haben sie Schmerzen gehabt? Auch wenn es nur ein Spiel ist, möchte ich diesem Kind keinen Schaden zufügen.

Doch der Junge streckt mir die Hand hin und schaut mit großen Augen zu mir auf, also schlucke ich und lege ganz vorsichtig meine Hand in seine. Lucian kommt einen Schritt näher, steht jetzt direkt neben mir und zum ersten Mal nehme ich den Duft wahr, der von ihm ausgeht. Ich kann ihn nicht einordnen … Etwas Frisches, wie eine südländische Frucht. Orangen? Ananas? Nein … Irgendwas anderes … Aber ich komme nicht drauf …

Vincents Worte reißen mich aus meinen Gedanken. »Danke, Novize.«

Der Junge lässt meine Hand los, verbeugt sich und verschwindet durch eine Seitentür des Tempels. Ich war so in Gedanken versunken, dass ich überhaupt nicht mitbekommen habe, ob und was gerade passiert ist. Verdammt!

Ich werfe einen unsicheren Blick zu Lucian, der sich wieder von mir entfernt hat und mit verschränkten Armen und versteinerter Miene an einer Säule lehnt. Warum tut er auf einmal so desinteressiert? Von ihm habe ich keine Hilfe zu erwarten. Warum schaue ich ihn dann immer wieder an? Doch auch Vincent sieht eher unglücklich als zufrieden aus. So, als hätte sich sein schlimmster Verdacht bestätigt. Keine Spur mehr von dem überheblichen Lächeln, das er bisher zur Schau gestellt hat.

»Kann mir nun mal jemand sagen, was hier eigentlich los ist?«, verlange ich mit mehr Schärfe als beabsichtigt in meiner Stimme. Ich darf mich nicht aufregen. Ich muss ruhig bleiben und einen kühlen Kopf bewahren, wie immer in einem Spiel. Nur dadurch bin ich so gut geworden in dem, was ich tue.

»Woher hast du das Amulett, das du da trägst?«, fragt Vincent und ignoriert meine Frage.

Ich nehme den runden Anhänger in beide Hände und streiche mit dem Daumen über den roten Stein in der Mitte. Soll ich ihm die Wahrheit sagen? Doch welche Wahrheit? Dass ich das Amulett von seiner Göttin bekommen habe oder dass ich in einem Spiel dazu auserwählt wurde, für diese Göttin zu kämpfen? Ich kaue auf der Unterlippe, während ich das Für und Wider abwäge.

Würden sie mir glauben, wenn ich ihnen erzähle, dass sie alle nur Programme in einem Spiel sind? Nein, wohl eher nicht. Also beschließe ich, so nah wie möglich an der Wahrheit zu bleiben, ohne die Grundfesten ihrer Welt zu erschüttern.

»Ich bin aus einem Land, das niemand von euch kennt. Eines Tages erschien die Göttin Gaia vor mir und erzählte mir, dass sie mich auserwählt hätte, sie aus ihrem langen Schlaf zu erwecken. Sie gab mir dieses Amulett als Unterstützung.«

Ich sehe, wie Vincent hart schluckt und nervös mit seinem blonden Zopf spielt. »Und dann?«

Ich zucke mit den Schultern. »Dann bin ich in dieser Welt aufgewacht und ihm«, ich deute mit dem Daumen auf Lucian, »über den Weg gelaufen. Den Rest kennst du.« Unser Intermezzo mit dem Hurenwirt verschweige ich lieber, doch ich mache mir eine mentale Notiz, Lucian deswegen noch kräftig vor's Schienbein zu treten.

Vincent blickt zu Lucian und eine Vielzahl von Regungen huscht über sein Gesicht, so schnell, dass ich keine einzelne davon ausmachen kann. Hoffnung, Angst, Wut wechseln sich innerhalb eines Wimpernschlags ab.

»Hat die Göttin dir auch gesagt, wie du sie erwecken sollst?«, fragt Lucians tiefe Stimme hinter mir. Ich habe sie so lange nicht gehört, dass sie mir einen leichten Schauer über den Rücken jagt.

Ich runzle die Stirn und denke nach. »Sie hat irgendwas von Wächtern erzählt, die ich finden muss.«

»Sie kann es nicht sein, Vinc. Schau sie dir an! Sie kann nicht einmal ein Schwert halten!«

Wütend drehe ich mich zu Lucian um, denn ich weiß genau, über wen er redet: mich. Und das macht mich *richtig* sauer! Was kann ich denn dafür, wenn mir dieses blöde Spiel nicht zumindest einen Grundskill im Schwertkampf zugedenkt? Soll ich mir das etwa selbst beibringen?

Vincent schüttelt den Kopf. »Sie ist sicher nicht das, was wir erwartet haben. Aber, Luc, du hast es auch gespürt, als du sie berührt hast, oder?«

»Das Feuer«, wispert Lucian.

Vincent nickt. »Als würden Flammen durch unsere Körper rauschen. Ich habe davon gelesen, aber ich hätte mir nie träumen lassen, dass es sich so ... stark anfühlt.«

»Ähm, hallo?« Ich winke in die Runde. »Ich bin auch noch da.« Die beiden Männer schauen mich an, als sähen sie mich zu ersten Mal. »Kann mir bitte einer von euch *endlich* sagen, was hier eigentlich los ist?«

Lucian wendet sich mit einem Schnauben ab und stampft Richtung Ausgang. Ich sehe ihm nach und würde am liebsten etwas nach ihm werfen. Etwas Schweres, Hartes. Oder Spitzes. Kurz kommt mir mein Schwert in den Sinn, aber bei meinem »Können« würde ich mir noch eher die eigene Hand abhacken.

»Sei ihm nicht böse, Evelyn. Es ist alles ein bisschen viel auf einmal.« Es wundert mich, dass Vincent ihn in Schutz nimmt, doch ich sage nichts dazu. »Ich werde nun versuchen, dir alles zu erklären, soweit es mir möglich ist. Stell dich bitte vor die Statue der Gaia.«

Ich tue wie mir geheißen und trete vor die riesige Statue. Von so nah muss ich den Kopf in den Nacken legen und sehe dennoch ihr Gesicht nicht.

»Die Göttin Gaia herrscht über die Welt Mareia und die Menschen. Ihr Element ist die Erde. Neben uns gibt es noch das Luftvolk hoch oben im Himmel und das Wasservolk in den Tiefen des Ozeans. Auch sie beten ihre eigenen Gottheiten an und ihre Elemente sind, wie unschwer zu erraten, Luft und Wasser.«

Ich nicke. Klingt logisch. Also drei verschiedene Völker und Elemente. Fehlt nur noch eines.

»Feuer«, murmle ich und Vincent grinst mich an.

»Richtig. Das Luftvolk beherrscht die Winde, das Wasservolk kann dem Wasser gebieten.«

»Und was macht ihr? Habt ihr auch so coole Fähigkeiten? Kontinentalverschiebungen oder Erdbeben oder so was?« Was wäre denn ein Fantasy-Spiel ohne Magieskills? Nur leider sehe ich bei mir weder einen HP-Balken noch eine Leiste für Mana oder eine andere magische Ressource.

Vincent schaut mich an, als wären mir plötzlich drei Hörner gewachsen, und ich schließe lieber schnell meinen Mund, ehe noch mehr Blödsinn herauskommt.

»Ähm, nein. Wir haben keine … *coolen* … Fähigkeiten.« Er spricht das Wort so aus, als hätte er es noch nie gehört. Ich muss wirklich darauf achten, was ich hier sage. »Die Erde ist starr. Wenn wir sie befehligen würden, bestünde die Gefahr, dass wir die Göttin selbst verletzten. Wind und Wasser sind da wandelbarer, aber nicht die Erde.«

»Was macht ihr dann? Ihr habt also … *nichts*?«

Warum gerate ich bitte an das langweiligste Volk? Nicht nur, dass ich keine Nahkampfskills habe, nun gibt es hier nicht einmal Magie! Dieses Spiel ist echt zum Kotzen! Ich will mich endlich ausloggen!

»Vor tausenden von Jahren brach Krieg zwischen den Völkern aus.«

»Lass mich raten«, falle ich ihm ins Wort. »Luft und Wasser haben die Erde plattgemacht?«

Vincent ringt eine Weile um Worte. »Ja, so in etwa. Sie trugen ihre Kämpfe auf der Erde aus und zerstörten weite Teile der Welt. Unsere große Mutter, die Göttin Gaia, konnte nicht länger mit ansehen, wie ihre Welt und ihre Kinder litten und starben. Also brachte sie uns eine Waffe.«

»Wie soll man denn mit einer Waffe gegen Luft und Wasser kämpfen?« Stirnrunzelnd schaue ich auf mein Schwert. Unmöglich, damit einen Windstoß zu zerschneiden.

»Es handelte sich nicht um eine Waffe aus Stahl oder Holz«, unterbricht Vincent meine Überlegungen. »Sondern um das letzte Element.« Er tritt einen Schritt zur Seite und deutet auf die prasselnde Feuerschale hinter sich.

»Feuer?«, frage ich verwirrt. »Wasser schlägt Feuer. Das weiß jeder, der mal *Pokémon* gespielt und sich zu Beginn für Glumanda entschieden hat. Knuffig, aber nutzlos gegen Schiggy.«

Er blinzelt mehrmals. »Ich habe zwar keine Ahnung, was dieses *Pokémon* ist, aber ich kann dir versichern, dass das Feuer unsere ultimative Waffe ist. Kein anderes Volk kann über die Flammen gebieten. Wind kann es anfachen und ausbreiten, aber nicht beherrschen. Unser Feuer brennt so heiß, dass es selbst das Wasser verdampfen lassen kann.«

Ich versuche mir gerade vorzustellen, wie so eine popelige Fackel gegen den Atlantischen Ozean in die Schlacht zieht, und muss darüber grinsen.

»Okay«, sage ich, nachdem ich mich wieder gefangen habe. »Ihr habt also mit Feuer gegen Luft und Wasser gekämpft. Wo ist das Problem? Warum macht ihr das nun nicht wieder so?«

»Für den Kampf können wir natürlich kein normales Feuer nehmen wie das, was du vor dir siehst. Wir können als einziges der drei Völker zwar Feuer erschaffen, aber um mit ihm zu kämpfen, benötigen wir ein Medium.«

Und plötzlich habe ich eine ganz, ganz miese Vorahnung …

»Immer dann, wenn der Krieg der Elemente seinen Höhepunkt erreicht, schickt uns unsere große Göttin einen Hüter des Feuers, der in der Lage ist, selbst zu der Flamme zu werden, die uns den Sieg bringt.«

Vincent schaut mich an, als sollte ich ihm dafür applaudieren. Irgendwie ist sein blauer Hundeblick ja ganz niedlich, außer wenn er so wirres Zeug über Feuer und ein Medium und Kriege redet. Das will ich lieber nicht hören.

»Und du glaubst, dass ich diese Hüterin bin.«

»Deine Haare und dein Blut – beides ist rot wie Feuer. Und dann ist da noch dieses Gefühl, wenn ich dich berühre. Du *musst* es einfach sein!« Er strahlt wie ein Kind unterm Weihnachtsbaum, das gerade die größten Geschenke auspackt.

»Warum ist die Farbe meiner Haare und meines Blutes so besonders? Da, wo ich herkomme, hat jeder rotes Blut. Na gut, rote Haare sind auch dort nicht ganz so weit verbreitet, aber zumindest nichts, was mich sofort zu einer Hüterin abstempelt.«

Vincent greift in seinen breiten Stoffgürtel und holt eine seiner Karten hervor. Ohne mit der Wimper zu zucken drückt er sich die rasiermesserscharfe Kante in die Handfläche, bis Blut hervorquillt. Ich schreie kurz auf und will ihn davon abhalten, erstarre dann aber.

Da ist nichts Rotes in seiner Handfläche. Die Flüssigkeit, die aus der Wunder herausläuft, ist dunkel, fast schwarz.

Okay, das ist eklig. Schwarzes Blut?

Seine verletzte Hand schnellt nach vorne und ehe ich reagieren kann, hat er meine Hand gepackt. Igitt, jetzt habe ich sein schwarzes Alienblut auch an mir! Doch dann durchfährt mich wieder diese prickelnde Hitze, die alle negativen Gefühle verdrängt, und ich schließe genüsslich die Augen.

Ich lande erst wieder im Hier und Jetzt, als er meine Hand loslässt und mir seine zeigt. Ich brauche ein paar Sekunden, bis mein Blick wieder klar ist, doch ich kann das, was ich sehe, nicht glauben. Der Schnitt, aus dem vor wenigen Augenblicken noch schwarzes Blut floss, ist verschwunden. Nicht einmal eine Narbe oder ein roter – oder müsste es ein schwarzer sein? – Striemen ist zurückgeblieben!

»Wenn ich noch an dir gezweifelt hätte, wäre ich jetzt überzeugt«, sagt Vincent grinsend, während ich nur ungläubig meinen Mund öffnen und schließen kann.

Okay, ich bin in einem Spiel, aber ich habe nirgends angegeben, dass ich einen Heiler spielen will. Wieso habe ich also anstatt meiner gewünschten Schwertskills heilende Kräfte?

Vincent tritt nahe an mich heran. Zu nah. Ich kann seinen Atem auf meinem Gesicht spüren, als er sich ein Stück zu mir hinunterbeugt, aber ich stehe wie versteinert da und schlucke hektisch. Seine plötzliche Nähe macht mich nervös und ich weiß nicht, wie ich mich verhalten soll. Einen Schritt zurückzuweichen, kommt für mich nicht infrage. Also recke ich das Kinn und begegne seinem Blick. Was kann schon passieren?

Sekunden später habe ich die Antwort. *Viel* kann passieren.

Ich weiß nicht, ob er es als Einladung aufgefasst hat, doch ohne Vorwarnung presst er seine Lippen auf meine. Erst sanft, dann fester, und ich spüre auch, wie kurz seine Zunge hervorblitzt und über meine Unterlippe fährt.

Erschrocken schnappe ich nach Luft. Nicht wegen der Dreistigkeit, mit der dieser Schönling mich überrumpelt hat. Auch nicht, weil ich schon seit … Monaten? Jahren? … keinen Mann mehr *so* geküsst habe.

Sondern wegen der Flammen, die ausgehend von meinen Lippen auf ihn überspringen und unsere Körper versengen. Halt suchend kralle ich mich an seinem Gewand fest, weil sonst meine Knie einfach unter mir nachgegeben hätten. Ich lehne mich in diesen Kuss, koste das Brennen zwischen uns aus, das durch meine Adern pulsiert und mich in ungeahnte Höhen trägt.

Ich stehe in Flammen.

Ich brenne.

Und ich fühle mich mächtiger als jemals zuvor.

Ein Vibrieren nach dem anderen jagt mit Hochgeschwindigkeit durch meinen Körper, als sich unsere Zungen berühren. Fast kann ich den Rauch des Feuers riechen und schmecken, doch ich weiß, dass all das eine Einbildung ist. Und doch fühle ich mich, als würde ich schweben.

»Das reicht!«

Eine Stimme hallt durch den Tempelsaal und erschrocken weiche ich von Vincent zurück. In dem Moment, als sich unsere Lippen voneinander lösen, verschwindet auch der Zauber. Mein Körper wird wieder von der Erdanziehungskraft angezogen, fast niedergedrückt, und eine eisige Kälte lähmt meine Glieder. Das Gefühl des Schwebens ist verschwunden. Wenn ich es vergleichen müsste, würde ich sagen, ich fühle mich wie nach einem Triathlon. Vollkommen verausgabt und leergebrannt.

Ich sacke auf die Knie und nehme alles um mich herum wie in Watte gepackt wahr.

Beine erscheinen vor meinen Augen und erst nach einer Weile kann ich sie Lucian zuordnen, der vor mir steht und wütend auf Vincent einredet. Seine Worte ziehen an mir vorbei, ohne einen Sinn zu ergeben, sickern nicht in mein Bewusstsein. Ich höre sie zwar, doch ich verstehe sie nicht.

»Bist du wahnsinnig?«, schreit Lucian und packt Vincent vorne an seinem Gewand. Seine Hände sind zu Fäusten geballt. »Willst du sie umbringen? Du siehst doch, dass sie noch nicht so weit ist!«

Vincent lacht. Laut. In seinen Augen flackert etwas auf, das ich nicht zuordnen kann. »Das war … unglaublich! Diese Kraft! Diese unvorstellbare Kraft! Und das war noch längst nicht alles. Wenn du uns nicht unterbrochen hättest–«

Ich höre einen dumpfen Aufschlag, ein Knacken, einen Wimpernschlag später geht Vincent neben mir zu Boden und reibt sich mit dem Handrücken über den Mund. Schwarzes Blut quillt aus seinem Mundwinkel.

»Sie hätte *sterben* können!«, schreit Lucian.

Vincent wirft mir einen Blick zu und fängt dann wieder schallend an zu lachen. Lucian packt ihn und zerrt ihn auf die Füße.

»Beruhige dich«, bringt Vincent zwischen seinen Lachanfällen hervor. »Sieh sie dir an.«

Lucian hält inne – wollte er ihn gerade wieder schlagen? – und hockt sich vor mich. Nur undeutlich kann ich ihn erkennen. Meine Augen huschen hin und her und alles sieht für mich aus, als würde ich es durch eine vereiste Scheibe betrachten. Meine Arme hängen nutzlos und schwer an mir hinunter und nur mit Mühe kann ich meinen Kopf oben halten. Am liebsten würde ich mich einfach hier ausstrecken, schlafen und nie wieder aufwachen.

»Ihre Augen«, zischt Lucian und schaut wieder zu Vincent.

Dieser nickt. »Sie ist es, Luc! Sie ist die Hüterin! Ist das nicht großartig?« Er schaut zu Lucian auf wie ein Hund, der auf das Leckerchen seines Herrn wartet, nachdem er ein Kunststück vorgeführt hat.

Doch Lucian sieht gar nicht so erfreut aus wie Vincent und irgendwo in meinem Kopf frage ich mich, warum.

Vier

Etwas Nasses, das meine Schläfen herunterläuft, weckt mich. Qualvoll hebe ich meine Lider. Sie fühlen sich an, als seien sie zentnerschwer, mit noch zusätzlichen Gewichten, die sie wieder nach unten ziehen. Meine Augen brennen höllisch, als ich meine Lider auch nur einen Spalt breit öffne. *Zu viel Licht.* Also kneife ich sie schnell wieder zu.

»Bist du wach?«, höre ich eine Stimme neben mir. »Kannst du mich hören, Evelyn?«

»Eve«, murmle ich und es klingt undeutlich.

»Was?«

»Niemand nennt mich Evelyn.« Na ja, bis auf meine Eltern zumindest. Die würden mich auch bei meinem vollen Namen rufen, wenn ich einen Doppel- oder Dreifachnamen hätte. Meine Stimme ist kratzig und das Sprechen fällt mir schwer. Am liebsten würde ich mich unter einem Berg von Decken vergraben und nie wieder hervorkommen. Einfach nur schlafen.

Für immer. Was ist nur als Letztes mit mir passiert? Warum fühle ich mich so ausgelaugt?

»Kannst du dich aufsetzen?«, fragt die Stimme wieder.

Kann sie nicht einfach verschwinden und mich in meinem schwarzen Nichts allein lassen? Irgendwie hat mir das sehr viel besser gefallen.

»Bitte, sprich mit mir! Schlaf nicht wieder ein!«

Ich runzle die Stirn. *Nervige Stimme! Verschwinde!* Doch ich tue trotzdem, wie mir geheißen, und stemme meinen Oberkörper mit den Armen ein Stück nach oben.

Sofort wird ein weiteres Kissen zur Stabilisation hinter meinen Rücken geschoben, in das ich dankbar sinke. Es ist weich wie eine

Wolke und duftet himmlisch frisch, wie eine Sommerwiese voller Blumen, über die ein lauer Wind weht.

Ich versuche noch einmal, meine Augen zu öffnen, und diesmal klappt es schon etwas besser, auch wenn sie immer noch so sehr brennen, dass sie sofort anfangen zu tränen.

»Was ist passiert?«, wispere ich und nehme den feuchten Lappen von meiner Stirn, der mich geweckt hat, und wische dann mit meiner Hand darüber, um die letzten Wassertropfen zu beseitigen.

»Du bist zusammengebrochen und hast fast drei Tage lang geschlafen«, erklärt Lucian, der neben dem riesigen Bett sitzt, in dem ich liege.

Alarmiert schrecke ich hoch und bin mit einem Mal hellwach. Drei Tage?! Verdammte Scheiße! Und ich bin immer noch in diesem beschissenen Spiel! Wenn die Zeit hier genauso verläuft wie in der richtigen Welt, dann habe ich meinen wichtigen Kampf und das Training verpasst. Meine Finger jucken vor Verlangen, auf irgendwas Wehrloses einzuprügeln. Wieso bin ich denn immer noch hier? Ich dachte, das wäre nur ein blöder Traum gewesen …

Lucian reicht mir ein Glas mit Wasser, und als ich nicht sofort danach greife, hält er es mir direkt unter die Nase. »Ich bringe dir gleich etwas Brühe. Du musst dringend etwas essen, aber wir lassen es lieber langsam angehen. Du hast dich ziemlich verausgabt.«

Er erwähnt nicht, bei was, und dafür bin ich ihm dankbar, ansonsten wäre ich vor Scham wohl im Boden versunken. Was ist nur los mit mir? Warum habe ich diesen Kuss mit einem Wildfremden so genossen und mich nicht gegen seine Berührungen gewehrt? Auch wenn das hier ein Spiel ist, muss ich mich nicht verhalten wie ein notgeiles Flittchen! Aber dieses Gefühl! Diese Macht, die mich durchströmt hat … Ich würde wieder ganz genauso handeln, wenn ich in derselben Situation wäre.

Und das macht mir Angst. Das bin nicht ich. Das ist irgendeine abstruse Version von mir, die ganz anders agiert, als ich es je in der wirklichen Welt tun würde. Da haben wir das Problem: Ich bin nicht in der wirklichen Welt. Aber heißt das automatisch, dass ich mich so verhalten muss?

Ich nippe am Wasser und gebe das Glas dann an Lucian zurück. Er achtet sehr genau darauf, meine Finger nicht zu berühren, als er es mir abnimmt und wegstellt.

Schweigen legt sich über uns wie eine bleischwere Decke und mein Blick schießt nervös durchs Zimmer. Ich schaue alles an, nur nicht ihn. Meine Finger puhlen rastlos an irgendwelchen Fädchen in der Bettdecke. Was soll ich sagen? Was soll ich tun?

Sie halten mich für ihre Hüterin, ihre Retterin, doch so etwas bin ich nicht. Ich will keine Fuchsgöttin erwecken oder einen Krieg beenden, der mich rein gar nichts angeht. Ich will doch nichts anderes, als mich endlich aus diesem Spiel auszuloggen.

Ein verstörender Verdacht beginnt an mir zu nagen, und auch wenn ich versuche, ihn aus meinem Kopf zu verbannen, ist er doch sofort wieder da. Was, wenn ich mich erst ausloggen kann, wenn ich das Spiel gewonnen habe? Wenn ich meinen Zweck als Hüterin erfüllt habe?

Aber das würde ja Monate dauern! Ich kann doch nicht noch so lange in diesem Spiel festhängen! Stöhnend stütze ich den Kopf in die Hände.

»Alles in Ordnung?«, fragt Lucian und ich freue mich über den Hauch von Sorge in seiner Stimme. Gilt sie mir oder dem, was ich bin? Doch diese Frage ist müßig. Er hat deutlich klargemacht, was er über mich denkt, als wir hier ankamen. Wenn überhaupt, macht er sich nur Sorgen um die Hüterin, die er in mir sieht.

»Alles okay«, versichere ich ihm und bringe sogar ein schwaches Lächeln zustande. Er beäugt mich kritisch, als würde er damit rechnen, dass ich jederzeit Amok laufen könnte. Ja, wahrscheinlich sehe ich gerade nicht sonderlich zurechnungsfähig aus ... Etwas Wasser und ein Kamm würden bestimmt Wunder wirken und mich endlich richtig wach machen. »Kann ich hier irgendwo baden?«

»Ich werde dir jemanden schicken. Vielleicht solltest du danach auch weniger auffällige Kleidung tragen.« Er wirft meinem Shirt und meinen Jeans einen zweifelnden Blick zu und ich kann ihm nur recht geben. Es wird sicher einfacher, wenn ich mich an den hiesigen Kleidungsstil anpasse.

Lucian steht auf und geht zur Tür. »Es wird gleich eine Priesterin zu dir kommen, die dir hilft und dir alles zeigt. Bleib bitte solange liegen.«

Seine Sorge wärmt mein Herz und nun lächle ich ehrlich. Egal, ob er mich nur als Hüterin sieht. Es tut so unendlich gut, ein paar nette Worte zu hören und zu merken, dass man jemandem am Herzen liegt. Zufrieden sinke ich in die weichen Kissen zurück und nutze den Moment des Alleinseins, um mich im Zimmer umzusehen.

Es ist klein, aber prunkvoll und wird von dem riesigen Bett dominiert, in dem ich liege. Ein Schrank und eine Sitzgruppe mit drei Stühlen – von denen einer neben dem Bett steht – sind die einzigen Möbel.

Gerade als ich wieder wegdämmere, klopft es leise an der Tür.

»Herein!«, rufe ich und muss mich sofort räuspern, da meine Stimme versagt.

Eine blonde junge Frau steckt den Kopf ins Zimmer. »Bitte entschuldigt, dass ich so lange gebraucht habe, Hüterin.« Sie tritt ein und schließt die Tür hinter sich. Auf ihren Armen trägt sie weiße Wäsche, die sie ans Fußende des Bettes legt. »Ich habe Euch frische Gewänder gebracht.«

Sie steht direkt vor mir und schaut mich abwartend an. Meine Zeit im bequemen Bett ist augenscheinlich nun vorbei. Seufzend schlage ich die Decke zurück und schwinge meine Füße über den Rand.

»Wie heißt du?«, frage ich, als sie schon beginnt, mir das Shirt über den Kopf zu ziehen.

Sie blinzelt und starrt auf meinen BH, als sie antwortet: »Mein Name ist Gwen, Hüterin.«

Ich greife selbst nach hinten und öffne den Hakenverschluss. Geschäftig entledigt mich Gwen sämtlicher Kleidungsstücke, während ich krampfhaft versuche, mich mit beiden Armen zu bedecken. Ich bin zwar nicht mit sonderlich viel Schamgefühl gesegnet, was mir hier zugutekommt, aber von einer wildfremden Frau ausgezogen zu werden, ist doch etwas anderes. Andererseits bin ich froh über ihre Hilfe. Ich weiß nicht, ob ich mein Gleichgewicht hätte halten können, wenn ich mich hätte vorbeugen müssen. Meine Muskeln, besonders an Armen und Rücken, schmerzen noch immer höllisch und machen jede Bewegung zu einer Qual.

Stirnrunzelnd legt Gwen meine Jeans, die Strümpfe und meine Pants zusammengefaltet auf einen Stuhl und reicht mir dann eine Art weißen Morgenmantel, in den ich schnell schlüpfe. Vorne wird er mit einem einfachen Gürtel zusammengebunden.

Die junge Priesterin geht zur Tür und hält sie mir auf. »Bitte folgt mir nun, Hüterin.« Ich trete nach draußen in einen langen Korridor und folge Gwen.

Jeder Schritt bereitet mir Schmerzen. Meine Beine fühlen sich an, als wäre ich einen ganzen Marathon in weniger als zehn Minuten gelaufen. Ich habe Schmerzen an Stellen, wo ich nicht einmal wusste, dass ich da Muskeln habe, doch ich beiße die Zähne zusammen und lasse mir nichts anmerken. Die Aussicht auf heißes Wasser, das meine starren Muskeln lockert, treibt mich an. Ich danke Gwen im Stillen dafür, dass sie sich meinen langsamen Schritten anpasst, sodass es nicht ganz so wehleidig wirkt, wie ich mich hinter ihr her schleppe.

Wir steigen einige Treppen hinab und befinden uns nun unter der Erde, wenn mich mein Orientierungssinn nicht komplett im Stich gelassen hat. Die Böden bestehen nicht mehr aus spiegelndem Marmor, sondern aus normalem, glatt gehauenen Stein, und auch die Wände sind schmucklos und nicht so, wie ich es aus der Tempelanlage kenne.

Gwen schiebt einen Vorhang beiseite und deutet mit der Hand nach drinnen. Zögernd gehe ich an ihr vorbei und finde mich in einer Höhle wieder. Boden und Wände sind aus rohem Stein. In der Mitte liegt ein See, aus dem Dampfwolken aufsteigen.

Eine heiße Quelle!

Im Gehen streife ich den Morgenmantel ab und sinke wohlig seufzend in das warme Nass. Das Wasser ist heiß und meine Haut rötet sich sofort. Hier drin könnte man sicher sogar Eier kochen, doch es stört mich nicht. Meine Gliedmaßen fühlen sich an wie Gummi, als ich sie endlich ausstrecke, und die Schmerzen sind verschwunden. Ich lehne mich an den Rand und schließe die Augen.

Leise tritt Gwen hinter mich und beginnt, eine Flüssigkeit, die entfernt wie Eukalyptus riecht, in meine Haare einzumassieren. Das nenne ich mal Service! Ob ich die Kleine mit nach Hause nehmen kann?

Als sie fertig ist, tauche ich unter und spüle es ab. Ich fühle mich augenblicklich wie neu geboren.

»Ihr solltet jetzt rauskommen, Hüterin«, sagt Gwen und hält ein weißes Tuch hoch. »Der heiße Dampf schadet Euch, wenn Ihr zu lange darin verweilt.«

Ich will widersprechen, doch ich merke bereits, wie mir ein bisschen schwindelig wird und folge ihrer Bitte. Sobald ich aus der Quelle geklettert bin, legt sie das Tuch um mich und beginnt, mich trocken zu rubbeln.

»Ich kann das auch selbst«, werfe ich ein, als sie kurz vor den etwas delikateren Stellen ist, doch Gwen schüttelt den Kopf, während sie vorsichtig an meinen Haaren tupft.

Als sie der Meinung ist, ich sei jetzt trocken genug – ich hatte schon Angst, dass sie mir die Haut mit abschabt, so gründlich war sie! –, schlüpfe ich wieder in den Morgenmantel.

»Ich habe bereits richtige Kleidung in Euer Gemach bringen lassen.«

Ich folge Gwen erneut durch die Gänge des Tempels zurück zu dem Zimmer, in dem ich aufgewacht bin. Die Priesterin hilft mir dabei, die fremdartige Kleidung anzuziehen, die auf meinem Bett liegt.

Eine enge braune Lederhose schmiegt sich wie eine zweite Haut um meine Beine. Darüber kommt eine Art weißes Leinenhemd, das mir bis zur Mitte der Oberschenkel reicht und in meiner Taille von einer Lederkorsage zusammengehalten wird. Fingerlose Handschuhe aus dem gleichen Material vervollkommnen mein neues Aussehen.

Mit flinken Fingern bändigt Gwen meine roten Haare und flechtet einige Strähnen an den Schläfen nach hinten. Den Rest lässt sie offen über meinen Rücken hängen.

Ich habe eigentlich erwartet, dass ich mich in der engen Hose und den Lederhandschuhen kaum bewegen kann, bin aber erstaunt, wie biegsam und anpassungsfähig das Material ist. Auch die Korsage behindert mich nicht. Was hatten die Frauen nur damals? Ich kann in dem Ding perfekt atmen.

Das Amulett der Göttin berührt Gwen nicht und so hänge ich es mir selbst um den Hals, wo es knapp unter meiner Brust baumelt. Zu guter Letzt schlüpfe ich in halbhohe Stiefel, die so gut passen, als seien sie extra für mich angefertigt worden.

Mit geschürzten Lippen betrachtet mich Gwen von oben bis unten und nickt schließlich zufrieden.

»Der Hohepriester erwartet Euch«, teilt sie mir mit und eilt zur Tür, um sie mir wieder aufzuhalten.

»Welcher Hohepriester?«, frage ich verwirrt.

»Vincent, der Hohepriester der Göttin Gaia«, erklärt Gwen.

Natürlich, wer auch sonst? Blondie, den ich vor ein paar Tagen – mir kommt es zwar nur wie Minuten vor, aber egal – geküsst habe. War ja klar, dass ausgerechnet er der Hohepriester sein muss … Ich kaue auf meiner Unterlippe, als ich an unsere letzte Begegnung denke. Ich habe gehofft, dieses Treffen noch ein bisschen hinauszögern zu können. Doch warum schäme ich mich? Schließlich hat er mich geküsst. Okay, ich habe ihn zurückgeküsst, aber das ist doch wirklich ...

Ach, verdammter Mist! Wahrscheinlich bin ich nur aus der Übung, was Männer und das ganze Drumherum angeht, das muss es sein. Ich verhalte mich einfach ganz normal und lasse mir nichts anmerken. Warum mache ich mir solche Sorgen? Vielleicht bringt er diesen Kuss auch überhaupt nicht zur Sprache.

Ich straffe die Schultern und folge Gwen.

# # #

Als ich im Saal mit der Göttin-Statue stehe, bin ich ein nervliches Wrack.

Was soll ich tun? Wie soll ich mich verhalten, wenn er mich darauf anspricht? Soll ich es mit einer Handbewegung abtun oder mit ihm darüber reden? Aber was soll ich sagen? Dass es nichts Ernstes ist und er sich keine Hoffnungen machen soll? Wie blöd ist das denn, bitte?

Es ist zum Haare raufen! Warum bringt mich dieser dämliche Kuss so aus der Fassung? Ja, okay, es war kein *dämlicher* Kuss, ganz und gar nicht, aber trotzdem! Warum geht er mir nicht aus dem Kopf?

»Evelyn!«, höre ich eine Stimme hinter mir und erstarre. Meine Bewegungen sind wie die eines Roboters, als ich mich umdrehe und Vincent, dem blonden Hohepriester, gezwungen zulächle.

»Gut siehst du aus!«, lobt er mein neues Outfit und ich nicke. Okay, er bringt den Kuss nicht zur Sprache, sehr gut! Jetzt muss ich mich nur irgendwie wieder natürlich benehmen. »Luc wartet schon auf uns. Folge mir bitte.«

Puh, ein Glück! Wenn Lucian auch dabei ist, werde ich einem peinlichen Gespräch sicher aus dem Weg gehen können. Allmählich entspanne ich mich etwas und auch mein Herz schlägt nicht mehr wie nach einem Dauerlauf. Warum habe ich mir überhaupt solche Sorgen gemacht? Ich runzle die Stirn, während ich seinen schmalen Rücken betrachte. Nein, der Mann an sich wirkt keinerlei Anziehungskraft auf mich aus. Vincent ist so gar nicht mein Typ. Zu hell, zu fröhlich, zu androgyn. Ich stehe da schon eher auf die dunkleren, undurchsichtigen

Kerle, was mir schon den ein oder anderen Herzschmerz beschert hat. Lag es dann also doch an dieser Kraft, die zwischen uns aufbrandete, dass ich diesen Kuss einfach nicht vergessen kann und mich nach mehr sehne?

Vincent bringt mich in einen Raum, der direkt an den Saal angrenzt. Auch hier stehen vier Feuerschalen, allerdings sind sie kleiner als die, die um die Göttin-Statue angeordnet sind.

In der Mitte der vier Feuer steht Lucian mit verschränkten Armen und mustert mich schweigend. Nie weiß ich, was er denkt, und sein Blick ist so intensiv, dass ich mich unter ihm winde und schnell zur Seite schaue, weil ich ihm nicht standhalten kann.

»Also!« Vincent klatscht in die Hände und zieht unsere Aufmerksamkeit auf sich. Ich bin dankbar darüber, dass Lucian mich nicht mehr ansieht. Mit dem Zeigefinger winkt Vincent mich näher zu sich und zögernd setze ich einen Fuß vor den anderen. Eigentlich will ich nicht näher bei ihm stehen, aber ich bin auch neugierig auf das, was nun folgen wird. Werde ich wieder diese Feuerkraft spüren? Meine Finger kribbeln zumindest schon vor Verlangen.

»Was weißt du über die Wächter, Evelyn?«

»Eve«, verbessert Lucian ihn und mein Kopf fliegt zu ihm herum. Er räuspert sich verlegen, was beinahe schon süß ist. »Sie möchte Eve genannt werden.«

Vincent zuckt mit den Schultern und verdreht kurz die Augen. Anscheinend ist er nicht froh über diese Unterbrechung. »Von mir aus. Also, was weißt du?«

Ich überlege kurz. »Die Göttin sagte zu mir, ich müsse die vier Wächter finden, denn nur mit deren Hilfe könnte ich sie aus ihrem Schlaf erwecken.«

Vincent nickt. »Richtig. Ohne die Wächter ist der Hüter machtlos. Er trägt zwar das Feuerelement in sich, kann es aber nicht einsetzen.«

Wie sinnlos. Wozu ist denn dann ein Hüter da? Wenn ich also wirklich diese Hüterin bin, habe ich also eine Superkraft und kann sie nicht einsetzen? Warum habe ich mir noch mal dieses blöde Spiel ausgesucht? Nichts funktioniert hier oder ist so, wie ich es mir vorgestellt habe! Angefangen beim fehlenden Menü, über die nicht vorhandene Auslogg-Funktion, mein nicht existenter Schwertskill und nun auch noch eine echt tolle Kraft, die ich aber nicht nutzen kann. Was kommt als nächstes?

»Umgekehrt sind auch die Wächter ohne den Hüter nichts weiter als normale Menschen. Sie brauchen einander, um ihre Fähigkeiten zu erhalten. Der Hüter ist der Träger des Feuers und kann diese Gabe an seine Wächter weitergeben.«

Er streckt mir auffordernd seine Handfläche entgegen. »Berühr mich«, verlangt er und ich strecke zögerlich die Finger nach ihm aus. Federleicht lege ich zwei auf seine Hand und sofort ist die Hitze wieder da, die von meinen Fingerspitzen ausgehend meinen Arm hinaufkriecht.

»Willst du das wirklich hier machen, Vinc?«, fragt Lucian, doch seine Stimme ist eher ein weit entferntes Rauschen. Es gibt nur Vincent, mich und das Feuer unserer Verbindung, das kraftvoll und berauschend in mir lodert.

»Spürst du es, Eve?«, fragt der Hohepriester mit halb geschlossenen Augen. »Die Flammen, die durch unsere Adern fließen? Du trägst das Feuer in dir und verleihst mir deine Kraft. Es fühlt sich so unglaublich gut an!«

Ich kann nur schwach nicken, denn dieses Gefühl ist einfach überwältigend. Ich will nichts anderes, als immer mehr und noch mehr davon zu fühlen, bis mein ganzer Körper davon verzehrt wird.

»Und das ist erst der Anfang.«

Vincents Worte spornen mich an, noch mehr Macht heraufzubeschwören, und nun lege ich alle meine Finger in seine Handfläche. Er reißt die Augen auf. Und sie sind auf einmal nicht mehr blau wie ein wolkenloser Himmel. Flammen tanzen darin. Rot, Orange, Gelb, alles wirbelt durcheinander, als würde ich direkt in ein Feuer sehen.

Erschrocken weiche ich zurück und beende damit unsere Verbindung. Kälte greift nach meinen Gliedern und ich sacke erschöpft auf die Knie.

Lucian ist bei mir und stützt mich, als ich versuche, wieder auf die Beine zu kommen.

»Was war das?«, frage ich benommen. »Deine Augen …«

»Die Verwandlung«, murmelt Lucian direkt an meinem Ohr und lässt dadurch kleine Schauer meinen Rücken hinunterrieseln.

Ich verstehe nur Bahnhof. Was für eine Verwandlung? Ich habe nur das Feuer gespürt, das durch meine Adern gerauscht ist. Gibt es da etwa noch mehr?

Vincent schließt die Hand, die er noch immer offen in meine Richtung gehalten hat, zu einer Faust. Seine Augen strahlen nun wieder in einem klaren Blau, doch er sieht überhaupt nicht zufrieden aus. Habe ich etwas falsch gemacht?

»Diese Kraft«, flüstert er zu sich selbst. »Nie hätte ich mir träumen lassen, dass sie so gewaltig ist. Ich kenne die Schriften, aber … etwas zu lesen oder es zu fühlen, sind zwei völlig verschiedene Dinge.«

»Vinc, du musst vorsichtiger sein«, tadelt Lucian ihn und nimmt die Hände von meiner Schulter. Ich wanke kurz, kann aber alleine stehen. Trotzdem fühle ich mich ohne seine direkte Nähe und Stütze seltsam schwach. »Sie kann das Feuer noch nicht kontrollieren. Sieh sie dir an! Sie ist vollkommen erschöpft und das nur durch diese kurze Berührung.«

Lucian blickt stirnrunzelnd auf mich hinab, während ich meine Fingerspitzen aneinanderreibe. Ich will es wieder spüren! Das Gefühl von Macht und Hitze – ich brauche es! So sehr sehne ich mich danach, dass es schon fast körperlich weh tut. Meine Finger sind kalt und steif, dabei sollte doch diese Hitze durch sie hindurch strömen, die mich in ungeahnte Höhen trägt.

Aus einem dummen Reflex heraus, greife ich nach Lucians Hand und schließe meine Finger darum. Er zieht zischend die Luft ein und will seine Hand wegziehen, doch da ist es schon zu spät. Hitze schießt von meinen Fingerspitzen in seine Hand und er reißt überrascht die Augen auf.

Ich habe ihn zwar schon vorher berührt, aber nie bewusst. Unsere Berührungen waren immer zufällig, doch diese ist es nicht. Nein, ganz und gar nicht. Er verdreht die Augen, bis ich fast nur noch das Weiße sehe. Sein Mund ist einen Spalt geöffnet und ich kann meinen Blick nicht von seinen Lippen abwenden, die ich unbedingt küssen will.

Ich muss einen Schritt nach vorne gemacht haben, ohne es zu merken, denn Vincent geht zwischen uns, schlägt unsere Hände auseinander. »Nicht!«, ruft er laut und bringt mich dadurch wieder zur Besinnung.

Ich sacke wieder zu Boden, weil die Erdanziehung plötzlich mit zehnfacher Stärke auf mich zu wirken scheint, und Lucian lehnt sich schwer atmend an eine Säule.

Vincent baut sich vor mir auf, die Hände in die Hüfte gestützt. »Du brauchst dringend Training, Eve«, sagt er tadelnd. »Und erst dann wirst du einen von uns mit etwas anderem als deinen Fingern berühren.«

»Einen von euch?«, frage ich. Meine Worte klingen lallend und ich habe Mühe, die Augen offen zu halten.

»Hast du es noch nicht gemerkt?«, fragt Vincent und zieht spöttisch eine Augenbraue nach oben. »Zwei deiner Wächter hast du bereits gefunden, Hüterin.«

# # #

Ich werde von einem köstlichen Duft geweckt und bin augenblicklich hellwach. Mein Magen knurrt ohrenbetäubend und erinnert mich daran, dass ich noch nichts gegessen habe, seit ich hier bin. Muss man in Spielen etwas essen? Kann ich hier verhungern?

Egal, es riecht so lecker, dass ich mir keine weiteren Gedanken darüber mache. Ich springe aus dem Bett und registriere nur am Rande, dass ich nun ein weißes Nachthemd trage. Jemand muss mich hier hergeschafft und ausgezogen haben. Hoffentlich war das Gwen und nicht … Nein, diesen Gedanken denke ich lieber nicht zu Ende.

Ich mache mich hungrig über die Platte mit Essen her, die auf dem Tisch in meinem Zimmer steht. Gebratene Eier, Fleisch und Gemüse, das ich nicht bestimmen kann, schaufle ich in mich hinein und höre erst auf, als ich das Gefühl habe, nach dem nächsten Krümelchen platzen zu müssen.

Gerade als ich mich zurücklehne und zufrieden über meinen Bauch streiche, wird die Tür zu meinem Zimmer aufgestoßen und knallt gegen die Wand. Ich wirbele herum, die Augen vor Schreck weit aufgerissen, und sehe Lucian in der Tür stehen, der Gwen zu mir hineinschiebt.

»Zieh dich an, schnell!«, kommandiert er.

»Was? Aber–«

»Keine Zeit! Wir müssen weg. Beeil dich!« Er schließt die Tür, aber dennoch höre ich von draußen das Klirren von Metall.

Was zum Teufel geht hier vor? Wird da etwa gekämpft? Mein Körper ist stocksteif vor Angst und Schreck, als Gwen mir das Nachthemd abstreift und mir die Kleidung von gestern anlegt. Mit geschickten Fingern schnürt sie das Korsett und flechtet meine Haare. Ich erhasche nur kurz einen Blick auf sie, während sie um mich herum huscht, doch das genügt mir. Sie ist blass wie ein Geist und ihre Augen schauen gehetzt hin und her. Von der freundlichen jungen Priesterin ist nichts zu sehen.

Als das Klirren von Waffen lauter wird, flüstere ich: »Was geht da draußen vor?« Meine Stimme bebt vor Angst, doch ich schäme mich nicht dafür. Ich fühle mich überrumpelt von dem, was da draußen vorzugehen scheint, und habe keine Ahnung, wie ich mich verhalten soll oder was nun von mir erwartet wird.

Gwen presst kurz die Lippen aufeinander, ehe sie mir antwortet. »Sie kommen, um Euch zu holen.«

Ich habe Mühe zu atmen, und mein Hals fühlt sich wie zugeschnürt an. »Wer will mich holen? Wer sind *sie*?«

Gwens Blick begegnet mir. Ihre Augen wirken panisch, die Pupillen fast nur stecknadelgroß.

Erneut wird die Tür aufgerissen und ich bete, dass es wieder Lucian ist, der hereinkommt. Doch ich werde enttäuscht. Für einen Moment vergesse ich zu atmen, während ich auf die Gestalt im Türrahmen starre.

Er sieht aus wie ein Mann – ein sehr muskulöser Mann! –, doch aus seinem Rücken ragen schwarze … Sind das Flügel? Ja, es müssen Flügel sein. Aber nicht diese fedrigen Schwingen, wie man sie von Engelsabbildungen her kennt. Nein, seine Flügel sind dunkel, glänzend und irgendwie ledrig. Entfernt erinnern sie mich an Fledermausflügel, nur um einiges größer.

Sein Blick huscht durchs Zimmer, streift Gwen, die wimmernd am Boden liegt, und bleibt dann an mir hängen. Ein diabolisches Grinsen verzerrt sein Gesicht zu einer Fratze und nackte Angst greift nach mir.

Steh auf und hau ab!, schreien mir die Muskeln in meinen Beinen zu, die bereits zittern, doch ich bewege mich keinen Zentimeter, stehe da wie festgewachsen und schaue dem Flügelmann entgegen. Das einzige, was ich wahrnehme, ist mein eigener Herzschlag, der in meinen Ohren wummert.

Mein Ex sagte oft zu mir, dass ich aussehen würde wie ein verschrecktes Reh mit meinen großen braunen Augen. Tja, ich glaube, zum ersten Mal sehe ich *tatsächlich* so aus.

Neben mir fängt Gwen an zu schreien und reißt mich dadurch aus meiner Starre.

Schwert, Schwert, wo ist mein verdammtes Schwert!? Ein Held ist schließlich nur so gut wie seine Waffe! Warum müssen mir in so einem Moment Disney-Zitate einfallen?

Nur für den Bruchteil einer Sekunde lasse ich den Flügelmann aus den Augen, um den Raum nach meinem Schwert abzusuchen. Verdammte Scheiße, wo hat Gwen es nur hingetan?

Mein Herz klopft so schnell, dass ich befürchte, es wird jeden Moment meinen Brustkorb sprengen.

Nun lauf doch endlich!, schreit alles in mir, doch ich kämpfe das Verlangen nieder. Ich kann Gwen nicht hierlassen. Sie ist vollkommen wehrlos.

Außerdem ist das alles nur ein Spiel. Mir wird schon nichts passieren.

Als der Flügelmann direkt vor mir steht und ich seinen Atem auf meinem Gesicht spüren kann, bin ich mir dessen mit einem Mal nicht mehr so sicher. Seine Augen sind hell, nahezu weiß, ohne Pupillen. Erst Fledermausflügel, nun noch weiße Gespensteraugen – geht es noch gruseliger?

Ja, geht es, bemerke ich, als ich den Blick an ihm hinabschweifen lasse. Seine Beine enden in habichtartigen Krallen, die bei jeder Bewegung kreischend über den Marmorboden kratzen.

Ich beiße die Zähne zusammen und hoffe, dass mir meine Panik nicht direkt ins Gesicht geschrieben steht. Ich werde nicht zurückweichen. *Ich bin Nemesis und ich gebe niemals auf*, bete ich immer wieder herunter, während ich die Schultern straffe und beharrlich den Schweiß ignoriere, der mir zwischen den Schulterblättern den Rücken in Strömen herunterläuft.

»Eve!«

Lucians Stimme dringt durch den Kampflärm zu mir und lässt meinen Herzschlag für einen Moment aus dem Takt geraten. Hektisch drehe ich meinen Kopf, bis ich ihn endlich zwischen all den anderen Leibern entdecke. Mit seinen beiden gebogenen Dolchen bahnt er sich einen Weg zu mir, wehrt Gegner ab – wie viele von den Flügelmännern sind denn da draußen? – und ich sehe, dass seine Kleidung vor schwarzem Blut nur so trieft. Ist das sein Blut? Ist er verletzt?

Nun hat auch der Flügelmann, der vor mir steht, Lucian entdeckt und wendet sich ihm zu. Dankbar für die Ablenkung, beuge ich mich zu Gwen und zerre sie auf die Füße. Sie klammert sich haltsuchend an mich und ihr kleiner Körper wird von einem unkontrollierten Zittern geschüttelt.

Ich halte sie fest umschlungen und suche nach einer Lücke, durch die wir entkommen können. Lucian schenkt mir ein kaum merkliches Nicken, das ich erwidere. Er wird den Flügelmann ablenken, damit wir verschwinden können.

Oh bitte, pass auf, dass dir nichts passiert!, will ich ihm eigentlich entgegenrufen, doch meine Zähne klappern vor Panik so sehr, dass ich es nicht wage, den Mund zu öffnen.

Ich packe Gwen fest an den Schultern und schiebe sie vor mir her, während wir aus dem Zimmer stürmen. Sobald wir es verlassen haben, geht Lucian mit seinen Dolchen auf den Flügelmann los, der ihm jedoch mühelos, ja geradezu leichtfüßig ausweicht.

Zweierlei Sorten Panik kämpfen in mir, die mich schlussendlich doch zum Stehen bleiben zwingen. Einerseits will ich sofort mit Gwen hier verschwinden und meine eigene Haut retten – Spiel hin oder her. Andererseits … Was, wenn Lucian da drinnen etwas geschieht, weil er uns retten wollte? Kann ich das mit meinem Gewissen vereinbaren?

Scheiße, er ist nur ein NPC, ein Spielcode, und keine lebende Person! Sicherlich kann er nicht mal sterben!

Und doch merke ich, wie meine Beine mich zurück zum Zimmer tragen, aus dem ich das Klirren von Lucians Waffen höre.

»Hüterin«, schreit Gwen hinter mir, die ich einfach stehen gelassen habe. Ich stocke. Sie wird es nicht allein schaffen, das weiß ich mit Sicherheit. Sie ist wehrlos. Lucian kann sich selbst verteidigen, aber Gwen …

Ach, verdammter Mist! Ich drehe wieder um, greife Gwens Arm und zerre sie hinter mir her. Wir springen über leblose Leiber, Flügelmänner und Priester aus dem Tempel liegen gleichermaßen blutend und sterbend auf dem Boden. Zum Glück begegnen wir keinem weiteren lebenden Flügelmann und rennen auf den Tempelhof.

Hier muss die Hölle losgebrochen sein. Überall bedecken Tote den Boden, sodass ich fast die Pflastersteine nicht mehr sehen kann. Mir wird schlecht und ich wende mich ab, um zu würgen.

Schlimmer wird es, als ich einen Blick nach oben wage. Dort schweben Gestalten mit langen Flügeln und schirmen beinahe komplett das Sonnenlicht von uns ab.

Sie umkreisen uns wie Geier und ich warte nur darauf, dass einer von ihnen hinabstößt und uns die Augen aushackt. Panisch blicke ich mich um. Wo soll ich hin? Gwen presst sich zitternd an mich und verbirgt ihr Gesicht an meiner Schulter, während sie wieder und wieder schluchzt. Sie ist mir keine Hilfe, aber ich muss auf sie aufpassen. Wir müssen uns verstecken, doch wo? Ich kenne mich nicht aus, aber mitten auf dem Tempelplatz können wir nicht stehen bleiben. Hier ist es, als würden wir uns selbst auf einem silbernen Tablett mit passender Leuchtreklame und blinkendem Pfeil präsentieren.

Eine Waffe! Ich brauche eine Waffe! Ich suche die umliegenden Leichen ab, finde aber nichts außer ein paar Stäbe der Priester. Mit was kämpfen denn diese geflügelten Typen?

Als plötzlich einer von ihnen hinabstößt und ich mich gerade so im letzten Augenblick ducken kann, habe ich meine Antwort: mit ihren spitzen Klauen. Seine Fußkrallen bleiben kurz an meinem Zopf hängen, doch zum Glück bekommt er mich nicht richtig zu fassen und flattert wieder ein Stück hinauf, außerhalb meiner Reichweite.

Wir müssen Deckung suchen, sofort! Ich schnappe nach Gwen, die neben mir her stolpert und dabei unverständliches Zeug brabbelt, und hechte mit ihr unter einen der großen Bäume, die den Tempelhof säumen. Buchstäblich in letzter Sekunde, denn gerade wollte ein weiterer Flügeltyp nach uns schnappen, doch er muss dem dichten Geäst ausweichen. Mit einem frustrierten Schrei schwingt er sich wieder nach oben und sucht sich ein neues Ziel.

Wenn mir nicht bald etwas einfällt, sind wir erledigt! Doch wie soll ich fliegende Gegner abwehren? Ach verdammt! Warum habe ich mich zu Spielbeginn nicht für den Bogen entschieden? Und nun kauere ich hier unter einem Baum und habe nicht einmal dieses nutzlose Einhandschwert, mit dem ich nicht umgehen kann! Wahrscheinlich wäre ein Bogen genauso nutzlos gewesen, denn auch mit ihm hätte ich nicht umgehen können … Diese blöde Spielmechanik! Warum konnte ich nicht mit wenigstens einem kleinen Grundskill starten?

Ein hoher Schrei zieht meine Aufmerksamkeit auf die Tempelanlage. Ein ganzer Schwarm Flügelmänner stürzt sich dort auf etwas, doch nach und nach weichen sie zurück, bringen sich in sichere Distanz, um einen neuen Angriff zu starten.

Ein schwarzer Haarschopf blitzt zwischen dem Gewirr aus Flügeln und Krallen auf und ich bin im ersten Moment unendlich erleichtert, als ich Lucian erkenne, der noch immer verbissen gegen die Angreifer kämpft.

Doch an seinen Bewegungen sehe ich selbst auf diese Entfernung deutlich, dass er sich nicht mehr lange verteidigen kann. Seine Hiebe werden fahrig und seine Schultern heben und senken sich viel zu schnell.

Ich muss etwas tun!

»Du bleibst hier!« Entschlossen schiebe ich Gwen direkt an den Baumstamm und löse mich aus ihrem Klammergriff.

Ehe sie mich zurückhalten kann, springe ich über die leblosen Körper am Boden und renne auf Lucian zu. Ich muss ihm helfen, ansonsten wird er sterben!

»Hey!«, brülle ich, so laut ich kann, um die Aufmerksamkeit des Schwarms auf mich zu ziehen. Wie eine Einheit drehen sie sich gleichzeitig zu mir um. Auf einmal kommt mir mein Plan – Plan? Hatte ich einen Plan? – richtig bescheuert vor und meine Stimme versagt.

»Eve, verschwinde!«, schreit Lucian, als er mich sieht.

Doch es ist zu spät. Der Schwarm setzt sich in Bewegung und fliegt direkt auf mich zu. Ich erstarre und kann nur mit weit aufgerissenen Augen diese anmutigen Bewegungen bewundern, die die Flügelmänner fast synchron ausführen. Sollte nicht eigentlich jetzt mein ganzes Leben wie ein Film vor meinem inneren Auge vorbeiziehen? Ach ja, ich bin ja in einem Spiel … So was gibt es hier wohl nicht.

Der erste Flügelmann ist da und greift mit seinen Klauen nach mir, bekommt mich aber nicht richtig zu fassen. Ich schreie vor Schmerz auf, als seine Krallen tiefe Kratzer an meiner Schulter hinterlassen, die sofort anfangen zu bluten.

»Verdammter Mist«, höre ich Lucian fluchen, der nun auf mich zugerannt kommt.

Wimmernd sinke ich zu Boden und umklammere mit der Hand meine pochende Schulter. So habe ich mir das nicht vorgestellt! Das ist viel zu real für ein Spiel! Ich fühle die klebrige Nässe des Blutes an meiner Hand und der pulsierende Schmerz lässt mich fast ohnmächtig werden. Ich dürfte keine Schmerzen haben! Da dürfte kein Blut sein!

Die geflügelten Angreifer haben mich eingekreist und lächeln auf mich herab. Sie halten mich für leichte Beute – womit sie ja auch recht haben, das kann ich nicht bestreiten. Ich bin so dumm, dumm, dumm! Warum bin ich nur hierhergerannt?

Panik überkommt mich und ich spüre förmlich das Adrenalin, das mit Hochgeschwindigkeit durch meine Adern gepumpt wird. Was passiert mit meinem Körper, wenn ich hier sterbe? Ich meine, in der realen Welt. Der Körper, der friedlich auf einer Matratze in meinem Wohnzimmer liegt und ein Kabel im Nacken hat. Werde ich mich ausloggen können, wenn ich hier getötet werde, oder …

Die Spitze eines Dolchs ragt aus der Brust eines der Flügelmänner und er geht gurgelnd zu Boden. Lucian springt über ihn hinweg und steht dann geduckt an meiner Seite, die Dolche vor dem Körper kampfbereit erhoben.

Was macht der Blödmann denn hier? Ich habe die Flügeltypen doch extra von ihm weggelockt, damit er verschwinden kann! Doch anstatt sich in Sicherheit zu bringen, geht er nun gemeinsam mit mir in den Tod.

Irgendwie hat dieser Gedanke etwas Tröstliches.

Die Angreifer schließen die Lücke ihres gefallenen Kameraden und kommen näher, verkleinern den Kreis um uns herum und ihre Nähe nimmt mir fast die Luft zum Atmen.

Ich drücke mich an Lucians Rücken und kneife fest die Augen zu. Es ist vorbei. Ich kann nur hoffen, dass ich in meinem richtigen Körper aufwache, wenn ich hier sterbe. Ja, an diesen Gedanken klammere ich mich. Und dass es nicht allzu sehr wehtun wird. Wenn mir schon diese Kratzer an meiner Schulter vor Schmerz fast den Verstand rauben, was werde ich dann erst fühlen, wenn sich die Klauen eines Flügelmannes richtig tief in mein Fleisch schneiden?

Das Klirren von Stahl auf Stein lässt mich meine Augen wieder öffnen. Lucian hat seine Dolche weggeworfen. Er hat also auch endlich kapiert, dass es aussichtslos ist.

Alles in mir wird dunkel und schwarz. Leer. Ich bereite mich darauf vor zu sterben. Bitte, bitte, lass es nicht allzu sehr wehtun!

»Verdammter Mist!«, höre ich abermals Lucians gepresstes Fluchen.

Er richtet sich ein Stück auf und krallt seine Hand in mein Hemd. Gerade will ich ihn anschreien, dass er das lassen soll – immerhin streift seine Hand direkt über meine Brüste –, doch da zerrt er mich schon nach oben auf die Füße und presst seine Lippen ohne Vorwarnung auf meine.

Und die Welt um mich herum verschwimmt in lodernden Flammen.

Fünf

Im Nachhinein weiß ich nicht, wie viel von dem, was dann um mich herum geschehen war, Wirklichkeit oder einem lebhaften Fiebertraum entsprungen ist.

Da war ein … Tier. Groß und von Flammen umgeben. Sein Fell brannte lichterloh, doch es schien es nicht zu bemerken oder sich daran zu stören. Wie kann man denn nicht merken, wenn man brennt? Es schnappte sich die Flügelmänner, einen nach dem anderen, die panisch versuchten zu fliehen. Ich hörte, wie das Wesen die Knochen der Flügelmänner in seinem Maul zermalmte. Dann schüttelte es seine Beute und warf sie dann achtlos hinter sich.

Als alle tot und wir außer Gefahr waren, warf das Flammenwesen den Kopf in den Nacken und stieß ein langgezogenes Heulen aus, das mir durch Mark und Bein ging.

Doch das ist unmöglich. Da war kein Tier, schon gar keins, das brannte. Es gab keine Überlebenden. Nur Gwen und ich waren auf dem Tempelplatz, zusammen mit Lucian.

Hoffentlich geht es ihm gut. Ob er entkommen konnte?

Und was ist mit Gwen?

Mein Kopf fühlt sich an, als hätte ich gestern Abend sieben Flaschen Wodka zu viel getrunken. Ich habe einen pelzigen Geschmack im Mund und meine Zunge klebt am Gaumen fest. *Durst.* Ich brauche etwas zu trinken.

Ich befehle meinen Armen, sich zu bewegen, doch die Verräter ignorieren mich. Was ist nur los mit mir?

Nach und nach verschwinden die wirren Träume und machen der Realität Platz. Wo bin ich? Ich liege auf etwas weichem. Einem Bett?

Bin ich wieder zu Hause? Hat es geklappt und ich bin endlich aus diesem merkwürdigen Spiel raus? Wenigstens reagieren meine Finger auf meine Anweisungen und ertasten den flauschigen Stoff einer Decke. Als sie jedoch kurz über mein Bein fahren, sinkt meine Hoffnung ins Bodenlose. Das ist kein Jeansstoff an meinen Beinen. Da müsste aber welcher sein, wenn ich zurück in meiner Welt wäre.

»Sie wacht auf.«

Eine Stimme neben mir.

Scheiße.

Ich möchte weinen, schreien und auf irgendwas einprügeln, am liebsten alles gleichzeitig und sofort, doch keiner meiner Wünsche wird berücksichtigt. Fühlen sich so Komapatienten? Ich weiß, dass ich wach bin, und doch habe ich keine Kontrolle über meinen Körper. Das einzige, das ich bewegen kann, sind meine Finger.

»Kannst du mich hören, Eve?«

Ich kenne diese Stimme, doch ich will sie nicht hören. Wenn ich sie höre, bedeutet das, dass ich noch immer in diesem blöden Spiel festhänge. Warum kann es nicht die Stimme meiner Mutter sein? Selbst über sie hätte ich mich jetzt gerade gefreut. Oder über die besorgte Stimme irgendeines fremden Arztes, weil ich nach Tagen der Bewusstlosigkeit im Krankenhaus aufgewacht bin. Irgendeine *verdammte* andere Stimme! Alles wäre mir recht gewesen.

Aber nein, es ist Lucians Stimme, die ich höre.

Ich freue mich, dass er noch lebt und anscheinend unversehrt ist, aber dennoch … Warum bin ich denn immer noch hier?

»Sie reagiert nicht.« Eine andere Stimme, von etwas weiter weg. »Bist du sicher, dass sie noch lebt?«

Lucian neben mir schnaubt. »Natürlich. Sie atmet und ihr Herz schlägt. Ich war vorsichtiger als du.«

Jemand gluckst. Vincent, das erkenne ich eindeutig an dieser überheblichen Art zu lachen. »*Vorsichtiger?* Das nennst du *vorsichtiger*? Du hast sie fast komplett ausgesaugt. Sieh sie dir an!«

Ich höre, wie Lucian mit den Zähnen malmt. Er muss wirklich nah neben mir sein. »Ich habe sie *beschützt*! Was hätte ich tun sollen? Wo warst du eigentlich?«

»Ob du's glaubst oder nicht, aber auch ich habe gekämpft.«

Ein Stuhl wird zurückgeschoben und für einen kurzen Moment wackelt das Bett ein bisschen. »Du bist ein mieser Wächter, Vinc! Sie wäre fast gestorben!«

Könnt ihr euch bitte woanders streiten? Oder zumindest leiser? Diese Kopfschmerzen bringen mich sonst doch noch um …

»Erspar mir deine Predigt! Wenn ich ein mieser Wächter bin, was bist dann du? Du hast nie daran geglaubt. Hast dich von unserer großen Göttin abgewandt, als du gemerkt hast, was dein Schicksal ist. Und nun soll sich all das geändert haben? Wegen ihr? Das glaub ich dir nicht, Luc. Das, was du da draußen gemacht hast, war einzig und allein dafür da, um deinen eigenen Hals zu retten!«

»Ich habe mich nicht im Tempel verkrochen und gewartet, bis sie wieder verschwinden! Ich habe sie da rausgeholt und gedacht, sie wäre in Sicherheit. Weißt du, was passiert wäre, wenn sie sie erwischt hätten?«

»Natürlich. Dasselbe, was seit tausend Jahren passiert. Wir verlieren.«

Verlieren? Was meint Vincent mit *verlieren*? Ich möchte ihn fragen, doch kein Wort kommt über meine Lippen. Sie fühlen sich an wie zugekleistert.

»Und damit bist du zufrieden? Du hättest sie geopfert, nur damit alles vorbei ist und alles beim Alten bleibt? Du hättest den Willen der Göttin missachtet?« Lucian macht eine Pause und ich kann die Wut und Frustration, die in der Luft hängen, förmlich spüren. »Ein schöner Hohepriester bist du.« Seine Stimme trieft vor Verachtung und ich werde das Gefühl nicht los, dass da noch mehr ist, was zwischen den beiden Männern steht.

Vincent brummelt etwas, das ich nicht verstehe. Dann höre ich, wie er die Tür öffnet. »Ruf mich, wenn sie wach ist. Sie muss trainieren.« Die Tür schließt sich eine Spur zu laut.

Lange Zeit geschieht nichts. Völlige Stille hüllt mich ein und beinahe drifte ich wieder ab, doch dann legt sich ein Arm um meine Schultern und richtet meinen schlaffen Körper ein Stück auf. Ich atme den süßen Duft ein, der Lucian umgibt. Pfirsich! Jetzt weiß ich es! Er riecht wie frische Pfirsiche. Etwas Kühles ist an meinen Lippen und Flüssigkeit läuft an meinem Kinn hinab. Wasser! Ich will trinken, doch mein Mund bewegt sich immer noch nicht.

Lucian seufzt frustriert und legt mich vorsichtig zurück in die Kissen. Seine Bewegungen sind zaghaft, als würde ich bei der kleinsten Erschütterung zerbrechen.

»Du musst etwas trinken, Eve«, flüstert er neben mir. Ich spüre seinen warmen Atem an meiner Wange und weiß, dass er ganz nah ist. Das verursacht mir eine wohlige Gänsehaut. »Bitte, nur einen Schluck.«

Ja, bitte, ich will trinken! Bitte nimm das Wasser nicht weg! Doch ich kann mich weder rühren noch sprechen. Wie soll ich mich nur verständlich machen? Wie kann ich ihm mitteilen, dass ich nichts lieber tun würde, als einen Schluck Wasser zu trinken?

Und dann passiert etwas Seltsames. Wieder ist etwas an meinen Lippen, doch es ist warm und weich. Sofort breitet sich das Prickeln, ausgehend von meinem Mund, in meinem Körper aus und meine Lippen öffnen sich ein Stück. Ein Schluck Wasser fließt in meinen Mund und ich schlucke gierig, genieße das Gefühl, wie das kühle Nass meine ausgedörrte Kehle hinunterrinnt.

Und so plötzlich, wie es da war, ist es auch wieder verschwunden und ich falle zurück in die Leere.

# # #

Mein Bewusstsein ist ein fließendes Etwas, das gerne zwischen Wach- und Dämmerzustand hin und her wechselt, ohne dass ich einen direkten Einfluss darauf habe. Im einen Moment denke ich, dass ich wach bin, im anderen habe ich schon wieder so wirre Träume, dass ich mir sicher bin, zu schlafen.

Im Nachhinein kann ich nicht mehr sagen, wie lange ich einfach nur dagelegen habe, ohne mich rühren zu können. Definitiv zu lange, denn als ich meine Augen endlich dazu überreden kann, sich zu öffnen, und ich auch meine Arme ein Stück heben kann, scheint es so, als hätte ich es jahrelang nicht benutzt.

Lucian und Gwen sind sofort bei mir, als sie sehen, wie ich mich mühsam hochquäle, und stützen meinen Rücken.

»Was ist passiert?«, murmle ich undeutlich und eigentlich hört es sich so an wie *›Washishpasrt‹*, weil meine Zunge sich noch immer anfühlt wie ein pelziges kleines Wesen, das überhaupt nichts in meinem Mund zu suchen hat.

Ein Glas mit Wasser erscheint an meinen Lippen und ich schlucke hastig das kühle Nass, das mir zum größten Teil aus den Mundwinkeln und dann den Hals herunterläuft. Egal, Hauptsache, in meinem Mund herrscht ein besseres Klima als in der Wüste.

»Du warst nach dem Kampf so erschöpft, dass du zusammengebrochen und nicht mehr aufgewacht bist«, erklärt Lucian, während er ein paar Kissen in meinen Rücken schiebt, damit ich sitzen bleiben kann. Ich weiß allerdings nicht, ob das eine so gute Idee ist, denn der Raum beginnt schon verdächtig zu schwanken, obwohl ich mich nur ein Stück aufgerichtet habe.

»Ihr wart fast eine Woche bewusstlos, Hüterin«, berichtet Gwen und schaut mich sorgenvoll an.

Eine Woche? Kein Wunder, dass mein Körper sich so steif anfühlt.

»Wie fühlst du dich?«, fragt Lucian.

Ich drehe meinen Kopf ein Stück und hebe eine Augenbraue. Ich glaube, das ist Antwort genug. Selbst wenn ich von einem Zug überrollt worden wäre, würde ich mich besser fühlen. In meinem Kopf hämmert es und ich bin so schwach, dass es an ein Wunder grenzt, dass ich überhaupt noch atmen kann.

Ich schaue Gwen prüfend ins Gesicht. Sie sieht gesund aus. Anscheinend ist ihr nichts passiert. Ein Glück! Wenigstens konnte ich sie retten.

Aber wie genau ist mir – oder Lucian – das gelungen? Es waren so viele von ihnen …

Ich schaue zu Lucian, der an meiner Bettkante sitzt und mich mustert. Auch er scheint keine Verletzungen zu haben. Aber ich hatte welche. Die Verletzung an meiner Schulter, wo der Flügelmann seine Krallen in mich geschlagen hat. Leicht panisch taste ich nach meiner Schulter, wappne mich für den Schmerz, der durch die direkte Berührung gleich folgen wird. Doch da ist nichts mehr, nicht einmal ein Verband. Und auch keine Schmerzen.

Lucian folgt meinem Blick und sieht dann zu Gwen.

»Ich hole Euch etwas Brühe«, sagt sie und zieht sich taktvoll zurück. Warum geht sie? Warum lässt sie mich mit Lucian allein? Ein ungutes Gefühl beschleicht mich.

Als sie die Tür hinter sich geschlossen hat, atmet Lucian geräuschvoll aus, als hätte er die ganze Zeit die Luft angehalten. Er lässt den Kopf hängen und sieht so niedergeschlagen aus, dass ich nur mit Mühe meine Finger davon abhalten kann, durch seine schwarzen Haare zu fahren und ihm über den Kopf zu streicheln. Er sieht so niedergeschlagen aus, dass in mir das Verlangen brodelt, ihn zu halten und zu trösten. Stattdessen atme ich mit geschlossenen Augen nur kurz den frischen Pfirsichduft ein, der von ihm ausgeht.

»Nun frag schon«, murmelt er dann, immer noch auf das Bett schauend.

Er weicht mir aus. Aber warum? Will ich wissen, was beim Angriff geschehen ist? Ich habe eine Menge Fragen und weiß gar nicht genau, wo ich anfangen soll, also beschließe ich, mit der einfachsten Frage zu beginnen.

»Wer waren sie? Die Flügelmänner.«

Er hebt den Kopf und schaut mich an. Seine Augen sind dunkel wie Gewitterwolken, während er mich eine Weile mustert, als würde er den Sinn meiner Frage nicht verstehen. »Das Luftvolk«, antwortet er dann. »Normalerweise leben sie in ihren Städten über den Wolken und lassen sich nicht dazu herab, auf dem Erdboden zu wandeln.«

»Was haben sie hier gemacht? Warum haben sie den Tempel angegriffen?«

Er beißt sich auf die Unterlippe und meine Augen bleiben an diesem Anblick kleben. Ich weiß genau, wie sich dieses weiche Stück Fleisch unter seinen Zähnen anfühlt. Weich und gleichzeitig doch fest. Dann schüttelt er den Kopf. »Ich werd's dir sagen, in Ordnung? Auch wenn Vinc mich dafür köpfen wird. Sie wollten dich. Unsere Hüterin. Sie wollen dich tot sehen.«

Ich blinzle verwirrt und löse meinen Blick von seinen Lippen. »Aber … warum?«

»Weil du bist, was du bist. Als Hüterin hast du die Macht über das Feuer und kannst die Göttin Gaia aus ihrem Schlaf erwecken. Dadurch würden wir, die Erdenbewohner, an Stärke gewinnen.«

»Das verstehe ich nicht. Was ist denn mit ihrem Gott?«

Er steht auf und läuft unruhig ein paar Meter durchs Zimmer. »Zu Anbeginn der Zeit entflammte ein Krieg zwischen Erde, Luft und Wasser um die Vorherrschaft unserer Welt. Die Völker bekämpften sich ohne Unterlass und am Ende waren die Götter so erschöpft, dass sie in einen tiefen Schlaf fielen. Die Völker blieben allein zurück, doch ihren Hass aufeinander konnten sie nicht begraben. Sie kämpften immer weiter und rotteten sich beinahe gegenseitig aus. Dann erschienen die ersten Hüter.«

»Moment«, unterbreche ich ihn. »*Die* Hüter? Mehrzahl?«

Lucian nickt. »Jedes Volk hat seinen eigenen Hüter. Doch da die Erde starr ist und nicht über ihr Element gebieten kann, hat unser Hüter die Macht des Feuers erhalten. Nur Hüter können die Götter wieder erwecken, aber es darf nur einem von ihnen gelingen, denn sonst bräche der Krieg erneut aus.«

In meinem Kopf dreht sich alles. Das sind zu viele Informationen auf einmal für mein noch nicht ganz waches Gehirn. »Ich glaub, ich kann dir nicht folgen.«

»Pass auf. Alle hundert Jahre wählen die Götter während ihres Schlafs neue Hüter und senden sie zu uns.«

»Wie können sie, während sie schlafen, jemanden erwählen?«

Lucian zuckt mit den Schultern. »Keine Ahnung. Wahrscheinlich liegt nur ihr Körper in einer Art Schlaf und ihr Geist ist wach.«

Klingt logisch. Zumindest würde das erklären, warum mir die Göttin zu Spielanfang erschienen ist und sich dann wieder in Luft aufgelöst hat.

Dann fällt mir etwas anderes auf, das Lucian gesagt hat. »Alle Götter wählen gleichzeitig ihren Hüter?«, frage ich immer noch verwirrt. Welchen Sinn macht es, gleich drei Hüter zu wählen?

»Ja. Es befinden sich neben dir gerade noch zwei weitere Hüter in unserer Welt. Der Hüter, der zuerst seine Wächter versammelt, zum Element selbst geworden ist und seine Gottheit erweckt hat, ist der Sieger.«

»Also ist das so was wie ein Wettkampf? Wer zuerst über die Ziellinie rennt, gewinnt?«

Er sieht mich stirnrunzelnd an. »So würde ich es nicht sagen, aber im Grunde hast du recht. Die erweckte Gottheit herrscht für einhundert Jahre und bringt ihrem jeweiligen Volk Wohlstand und Frieden.«

Ein ungutes Gefühl beschleicht mich. »Was ist mit den anderen beiden Hütern? Die, die nicht vor dem ersten ihre Gottheit erwecken konnten?«

Lucians Gesicht wird augenblicklich zu einer ausdruckslosen Maske. »Sie verlieren. Ebenso wie das Volk, für das sie stehen. Unser Volk ist bereits seit so vielen Jahren der Verlierer, dass unsere Chroniken es schon nicht mehr anders berichten. Ich glaube sogar, dass die Göttin Gaia noch nie aus ihrem Schlaf erweckt wurde. Es gewinnen immer die anderen. Wir sind der Spielball von Luft und Wasser.«

Ich runzle die Stirn, während ich nachdenke. »Was ist so schlimm daran, wenn die anderen gewinnen? Du sagtest doch, dass das Luftvolk die Erde sowieso nicht betritt.«

»Sie machen uns das Leben schwer, Eve. Das Luftvolk weht die Wolken vor die Sonne, sodass unsere Ernten verdorren, oder lässt Wirbelstürme durch unsere Städte wüten. Das Wasservolk befiehlt den Flüssen, nicht mehr zu fließen. Wir haben kein Wasser, keine Fische. Selbst unsere Mühlen können nicht mehr mahlen.«

Okay, das klingt tatsächlich doof. »Ihr seid also der Fußabtreter der anderen Völker. Und ich soll das ändern.«

Er sieht mich mit schiefgelegtem Kopf an. »So in etwa, ja.«

Ich überlege lange, ob ich die nächste Frage überhaupt stellen soll, entscheide mich jedoch dafür. »Was *genau* geschieht, wenn ich versage?«

Lucian wendet den Blick ab und starrt die Wand an. Er malmt mit den Zähnen, sodass seine Kinnmuskeln hervortreten, während er nach den passenden Worten für eine Antwort sucht. »Du wirst sterben, genau wie deine Wächter. Die erweckte Gottheit wird alle auslöschen, die versagt haben, sofern sie nicht schon vorher im Wettstreit gefallen sind.«

Autsch. Das klingt nicht gerade rosig, wobei mir die Göttin Gaia gar nicht so dramatisch vorkam. Sie hat eher einen friedlichen Eindruck auf mich gemacht, aber anscheinend habe ich mich da getäuscht.

Ich blicke an mir herab und nehme das Amulett in beide Hände. Sagte sie nicht, dass mich das Amulett beschützen wird? Warum ist dann während des Angriffs der Flügelmänner nichts passiert, um mich zu retten? Immerhin wäre ich fast draufgegangen!

Ich reibe mit dem Daumen über den roten Edelstein, doch nichts geschieht.

»Was machst du da?«, fragt Lucian, der mich beobachtet.

Ich zucke mit der Schulter. »Ich dachte, das Amulett könnte mir irgendwie helfen.«

»Das tut es. Es reagiert, wenn einer deiner Wächter in der Nähe ist. Zumindest steht es so in unseren Chroniken«, erklärt er mir dann.

Jetzt, wo er es erwähnt, erinnere ich mich an ein Vibrieren, das vom Amulett ausging, als ich ihm und später Vincent zum ersten Mal begegnet bin. *Ist das alles, was dieses nutzlose Schmuckstück kann, Gaia?* Sonderlich nützlich ist das ja nicht ... Es hat erst zweimal reagiert, seit ich diese Welt betreten habe: gleich zu Beginn, als mir Lucian auf seinem Karren begegnete, und später dann hier im Tempel, kurz bevor ich zum ersten Mal auf Vincent traf. Doch seitdem herrscht Funkstille. Ob das blöde Ding kaputt ist? Oder heißt das, dass einfach keine anderen Wächter in der Nähe sind? Hatte ich vielleicht einfach nur Glück, gleich zwei quasi auf einem Haufen zu finden?

Ich lasse das Amulett sinken und begegne Lucians Blick. »Erzähl mir, was passiert ist. Wie sind wir da lebend rausgekommen?«

Er schließt für einen Moment die Augen und beginnt erneut an seiner Unterlippe zu kauen. Wieder erinnere ich mich daran, dass ich genau weiß, wie sich seine Lippen anfühlen, denn er hat sie auf meine gepresst, als wir so gut wie tot waren, und Hitze steigt in mir auf, die nichts mit diesem Feuerelement zu tun hat. Meine Fingerspitzen fahren an meine Lippen, als könnte ich so das Gefühl wieder heraufbeschwören, und seine Augen, die er wieder geöffnet hat, folgen meiner Bewegung sehr genau. Ich sehe, wie sein Kehlkopf zuckt und seine Halsmuskeln arbeiten, als er schwer schluckt.

»Es war nicht so gemeint, verstanden?«, bricht es dann aus ihm heraus. »Es hatte nichts zu bedeuten. Ich musste unser beider Leben retten. Das ist alles.«

Okay, das hat gesessen. Ich blöde Kuh fühle mich, als hätte er mir das Herz gerade mit einem Löffel herausgeschabt und brauche einen Moment, um wieder vernünftig atmen zu können. Könnte mein Herz auch wieder normal schlagen? Das wäre sehr hilfreich! Wo kommen diese dummen Gefühle denn plötzlich her? Vincent hat mich schließlich auch schon geküsst. O Gott, werde ich jetzt zu einem dieser Flittchen, die ich immer mit einem mitleidigen Kopfschütteln bedacht habe? Die sich an alles ranschmeißen, das einen Schwanz zwischen den Beinen hat?

Ich weiß nicht, wie ich auf das, was er mir eben an den Kopf geworfen hat, reagieren soll. Wut und verletzter Stolz toben in meiner Brust und ich kann gerade im letzten Moment meine Lippen aufeinanderpressen, ehe ich zu einer passenden Erwiderung ansetze. Was bildet dieser Kerl sich eigentlich ein? Hält er sich für ein Gottesgeschenk an die Frauenwelt, dass er denkt, mir einfach so etwas an den Kopf knallen zu können? Kann man das nicht auch netter formulieren, wenn man einem Mädchen schon das Herz in winzig kleine Stücke zerschmettern muss?

»Hättest du dann wenigstens die Güte, mir zu erklären, wie du unser beider Leben gerettet hast?«, presse ich zwischen zusammengebissenen Zähnen hervor. *Nur nichts anmerken lassen!* Doch das ist leichter gedacht als getan.

Die Wahrheit ist, dass dieser Kerl – ob Charakter in einem Spiel oder nicht – mich nun mal nicht kaltlässt. Klar, Helden aus Spielen, Büchern oder Filmen haben immer etwas Magisches, Anziehendes und nicht selten entwickle ich eine Schwärmerei für sie. Aber das hier ist anders. Ich kann ihn sehen, ihn fühlen, ihn riechen. Das ist so verdammt *real*, dass ich ständig vergesse, dass er eigentlich nur aus Bits und Bytes besteht. Genauso wie ich vergessen habe, dass er ja als Programm eigentlich nicht sterben kann, und mich todesmutig und ohne nachzudenken in den Kampf gestürzt habe, um ihn zu retten. Jetzt schäme ich mich fast dafür und bekomme die Quittung brühwarm serviert.

»Ich brauchte deine Kraft, nichts weiter.« Er fährt sich mit einer Hand durch die Haare, während sein Blick gehetzt durchs Zimmer schießt und alles anschaut, nur nicht mich. »Du kannst … durch Berührungen … die Kraft des Feuers an deine Wächter übertragen. Ganz einfach geschieht das über die Fingerspitzen. Aber es gibt … Körperregionen … die einfach mehr Nervenenden haben als die Finger, die täglichen Arbeiten ausgesetzt sind und Hornhaut bilden. Die …«, er schluckt sichtbar und windet sich beinahe, »Lippen und …«

Ich hebe schnell die Hand. »Stopp, ich will es gar nicht hören!« O Gott, echt jetzt? Ich übertrage meine Kraft, wenn ich mit ihm schlafen würde? Wobei … Ich lasse meinen Blick an ihm hinauf und hinab wandern. Mir gefällt, was ich da sehe. Eigentlich ist das gar keine so schlechte … *Nein, nein, nein!* Bits und Bytes, schon vergessen?

»Jedenfalls habe ich wohl zu viel von deiner Kraft genommen. Ich habe die nächste Stufe betreten, doch du warst noch nicht bereit dafür.

Du brauchst dringend Training, um dich auf das vorzubereiten, was vor dir liegt.«

Moment, wie sind wir gerade von möglichem Sex auf Training gekommen? Oder beinhaltet das Training Sex? Wie war da gleich der Zusammenhang? Irgendwie im Mittelteil scheine ich etwas übersprungen zu haben …

Ich schüttle den Kopf, um diese Gedanken zu vertreiben. *Bleib beim Thema, Eve! Fokus!*

»Welche nächste Stufe?«, frage ich dümmlich und hoffe, dass mir meine Gedanken nicht quer über die Stirn tätowiert sind.

Er schweigt wieder. Wieso ist es ihm unangenehm, mir auf meine Fragen zu antworten? »Die Verwandlung.«

Das Bild eines brennenden Tieres blitzt in meinem Kopf auf. War das etwa doch kein Traum? »Verwandlung? In was?«

Er schaut mich – endlich! – wieder an, sein Gesicht ist reglos, aber seine silbernen Augen lodern wie Quecksilber. »In einen Wolf.«

SECHS

»Ah, da bist du ja endlich!«, begrüßt Vincent mich, als ich am nächsten Tag, begleitet von Lucian und Gwen, in den Tempel komme. »Schön, dass du wieder aufstehen kannst. Wie fühlst du dich?«

Ich zucke mit den Schultern. »Gut, denke ich. Was soll ich hier?«

»Wir beginnen heute mit deinem Training«, verkündet er mir strahlend und seine blauen Augen glitzern dabei vor Vorfreude, was mich irgendwie beunruhigt. »Der Angriff des Luftvolkes war nur ein Vorgeschmack und ich bin mir sicher, dass sie bald erneut versuchen werden, uns zu attackieren. Bis dahin musst du lernen, deine Kraft zu beherrschen und kontrolliert an uns abzugeben.«

Erneut läuft der Angriff noch einmal vor meinem inneren Auge ab und ich muss an all die Verletzten und Toten denken, über die ich gestiegen bin, als ich Gwen in Sicherheit bringen wollte. »Gab es sehr viele Verluste? Hier im Tempel, meine ich.«

Vincents Lächeln verfliegt und zum ersten Mal sehe ich so was wie Schmerz in seiner Miene. »Es hielt sich in Grenzen. Die meisten von ihnen wollten sich beweisen, und anstatt sich zu verstecken, wie ich es ihnen gesagt habe, griffen sie die Krieger des Luftvolkes mit Stäben an.«

Ich senke für einen Moment den Kopf. Gerne würde ich seine Meinung teilen, dass sie selbst schuld sind an ihrer Verletzung oder ihrem Tod, da sie nicht auf die Anweisung des Hohepriesters gehört haben, doch ich weiß es besser. Es gab nur einen einzigen Grund für den Angriff des Luftvolkes.

Mich.

Aber ich kann nun nichts mehr daran ändern. Vincent und Lucian haben vollkommen recht damit, dass ich trainieren muss. So was darf nie wieder passieren! Ich will nicht noch einmal an so viel Leid schuld sein. Ich muss ein besserer Spieler werden und das funktioniert in jedem Spiel nur durch Training.

Entschlossen sehe ich zu Vincent und nicke ihm zu. Ich bin bereit für das, was mich nun erwartet. Ich habe zwar keine Ahnung, wie dieses Training funktionieren soll, aber solange es mich stärker macht und auf einen weiteren möglichen Angriff vorbereitet, bin ich dabei.

Vincent führt mich in die Mitte der vier Feuerschalen und weist auf ein Kissen, auf das ich mich setzen soll.

»Momentan gibst du uns ungefiltert deine Kraft, was weder für dich noch für uns gut ist. Du brichst dadurch zusammen, weil nicht mehr genügend Energie für dich selbst übrig bleibt, und wir können ein so großes Ausmaß an Kraft nicht richtig verarbeiten.«

Es klingt logisch, was er sagt. Ich hätte nichts dagegen, nicht mehr jedes Mal ohnmächtig zu werden, wenn ich einen meiner Wächter auch nur berühre. Obwohl diese Verwandlungssache ja schon irgendwie cool ist. »Lucian hat mir schon etwas über seine Verwandlung erzählt.«

Etwas blitzt in Vincents Augen auf und für den Bruchteil einer Sekunde wankt sein Grinsen. »Ja, das war … beachtlich.« Er wirft Lucian, der wie immer teilnahmslos an einer Säule lehnt, einen Blick zu, den ich nicht deuten kann, der mir aber einen kalten Schauer über den Rücken jagt. Was läuft da zwischen den beiden?

»Kannst du das auch?«, frage ich schnell, um den Testosteron-Pegel im Raum etwas herunterzufahren. Ich will ja schließlich nicht, dass die beiden sich noch an die Gurgel gehen, denn so, wie sie sich gerade anstarren, sieht es verdammt danach aus.

Sein breites Lächeln ist zurück, als er sich mir gegenüber auf den Boden setzt. »Theoretisch kann ich das auch, ja. Aber wir testen das erst, wenn du es kontrollieren kannst, in Ordnung? Für's Erste fangen wir langsam an.«

Er streckt mir seine Hand entgegen. »Nur einen Finger!«, weist er mich an, als ich gerade meine ganze Hand in seine legen will. Vorsichtig lege ich also nur meinen Zeigefinger auf seine Handfläche, auch wenn ich sie am liebsten gleich komplett gepackt und mit meiner Hand umschlossen hätte, nur um diese Kraft wieder durch meinen Körper rauschen spüren zu können.

Auch wenn dies nur eine kleine Berührung ist, beginnt das Feuer zu lodern und Vincent verdreht genüsslich die Augen. Ich kann nur mit Mühe ein kleines Stöhnen unterdrücken, so überwältigend sind die Gefühle, die sich in meinen Arm Stück für Stück hinaufarbeiten.

Vincent öffnet wieder die Augen, doch sie sind nicht mehr blau, sondern rot-orange und flackern wie ein offenes Feuer.

»Spürst du es?«, wispert er. »Die Macht, die wir austauschen? Sie stammt von dir, fließt zu mir und verbindet uns.«

Ich unterdrücke den Drang, meine ganze Hand in seine zu legen, um das volle Gefühl auskosten zu können. *Mehr!* Ich will *mehr!*

»Langsam«, warnt Lucian uns.

Er hat recht, das weiß ich. Ich will nicht schon wieder tagelang lethargisch im Bett liegen müssen. Und dennoch …

Ich schließe die Augen und balle die ganze Kraft, die durch meinen Arm und meine Hand fließt, zusammen. Ich brauche *mehr!*

Vincents Gestalt wird undeutlich, verschwimmt wie eine Fata Morgana und sein Grinsen wird eine Spur gefährlicher, nicht mehr so freundlich-überheblich wie vorher. Doch ich achte nicht weiter darauf, konzentriere mich nur auf die Energie, die durch uns hindurchfließt und die mich in ungeahnte Sphären trägt.

»Stopp! Eve, hör auf!«

Nur undeutlich dringt Lucians Stimme zu mir durch und ich merke vage am Rande, wie er mich an der Schulter zurückzerrt und damit die Verbindung zu Vincent unterbricht.

Augenblicklich sacke ich zusammen und werde dann hochgehoben. Der süße Duft nach Pfirsichen hüllt mich ein und ich schmiege mich an Lucians Brust. Wie kann man nur so verboten gut riechen? Das ist selbst in einem Spiel zu viel für mich. Im wahren Leben hätte ich ihn bestimmt schon angeknabbert. Habe ich schon erwähnt, dass ich total auf diese samtigen Früchte stehe?

O je, mein Gehirn scheint zu viel Feuer abbekommen zu haben, denn anders kann ich meine Gedanken nicht entschuldigen …

»Ab morgen trainiere ich mit ihr.« Seine Stimme ist ein Knurren und meine Wange vibriert an seiner Brust.

»Warum?« Vincent ist aufgesprungen und versperrt uns den Weg. »Wage es ja nicht, dich einzumischen! Du hast die nächste Stufe bereits erreicht!«

Lucian presst mich fester an sich. Ich spüre, wie seine Hände zittern. Bin ich zu schwer oder ist er wütend?

»Du verstehst es einfach nicht, Vinc. Es geht nicht darum, dass du so schnell wie möglich aufsteigst. Es geht darum, sie zu trainieren, damit wir endlich eine verdammte Chance haben! Sie nützt uns nichts, wenn sie nach jeder Übertragung bewusstlos wird. Dann können wir gleich aufgeben und uns von der nächsten Klippe stürzen.«

Vincent schweigt und das ist vielleicht auch besser so. Die Luft ist bereits genug aufgeladen von Wut, Frustration und Testosteron. Keiner der beiden will auch nur einen Zentimeter nachgeben und so starren sie sich gegenseitig zu Boden.

»Ich bringe sie in ihr Zimmer«, sagt Lucian dann nach einer gefühlten Ewigkeit und seine Stimme klingt wieder beherrscht, nicht mehr aufgebracht oder wütend.

Ich werde aus dem Tempel getragen, gehalten von starken Armen. Zum ersten Mal in diesem Spiel, nein, in dieser Welt fühle ich mich sicher und geborgen und vergesse für eine Zeit lang den Wunsch, wieder in meine Welt zurückzukehren.

# # #

Das Training mit Lucian ist die Hölle und schon nach einem Tag wünsche ich mir Vincent als Lehrmeister zurück, auch wenn ich bei ihm keine wirklichen Fortschritte gemacht habe. Aber immerhin war er nicht solch ein Sklaventreiber …

Noch bevor die Sonne richtig aufgegangen ist, rauscht Gwen in mein Zimmer und reißt die Vorhänge zurück. Sie entwindet mir die Decke, unter der ich mich verkriechen will, und zerrt mich erbarmungslos aus dem Bett. Während sie mich anzieht, brumme ich unzusammenhängende Verwünschungen, und als sie mir die Haare flechtet, muss ich aufpassen, dass ich nicht mit dem Kopf nach vorne auf den Tisch klatsche, um dort weiterzuschlafen.

Ich bin einfach kein Morgenmensch. Und hier gibt es nicht einmal Kaffee! Wie soll man da bitte in die Gänge kommen?

Ich schlurfe neben Gwen durch die Korridore und stehe eher schlafend als wach auf dem Tempelhof, wo die Vögel bereits freudig um die Wette singen. So viel Krach am frühen Morgen ist einfach unerträglich und mir fallen spontan einige qualvolle Todesarten für die Mistviecher ein, die ich am liebsten gleich eine nach der anderen ausprobieren würde.

Als ich es endlich schaffe, meine Augen weiter als nur einen Millimeter zu öffnen, sehe ich Lucian, der bereits an einer Art Holztrainingspuppe trainiert. Die Dinger, die man aus alten Kung Fu-Filmen kennt.

Und sein Oberkörper ist nackt. Die aufgehende Sonne lässt den Schweiß auf seiner Haut glitzern und für einen Moment fühlt sich mein Mund seltsam trocken an, während ich das Spiel seiner Rückenmuskeln beobachte.

Nein, *begaffe* wäre wohl der passendere Ausdruck für das, was ich gerade tue. Es ist schon erstaunlich, wie schnell meine Lebensgeister selbst am frühen Morgen durch solch einen Anblick geweckt werden können.

Und genau in diesem Moment dreht er sich zu mir um, registriert, wie ich ihn mit offenem Mund anstarre und wischt sich mit dem Arm den Schweiß aus dem Gesicht. Als ich noch immer dastehe wie erstarrt, zieht er nur spöttisch eine Augenbraue nach oben.

Ich möchte auf der Stelle vor Scham im Boden versinken und nie wieder auftauchen.

Ich blinzle und schüttle den Kopf, um wieder zu Sinnen zu kommen. So viel Sexappeal am frühen Morgen bekommt meinem Gehirn anscheinend nicht.

»Du solltest den Mund schließen, sonst fliegt noch ein Käfer hinein«, ruft er mir zu.

Wahrscheinlich soll es witzig sein, doch ich möchte mir einfach nur eine Schaufel suchen, ein tiefes Loch buddeln und für immer da drin leben, damit ich mich nie wieder so schämen muss. Dann denke ich mir aber *»Warum schämst du dich?«*, schließlich habe ich nichts Verwerfliches getan. Es ist ja nicht so, als wäre ich ihm hinterhergestiegen oder so was. Ich habe einfach die Aussicht genossen, nicht mehr und nicht weniger. Nichts, wofür sich eine junge Frau wie ich schämen müsste.

Warum hören dann aber meine Wangen nicht auf zu brennen?

»Also«, versuche ich betont locker meinen peinlichen Auftritt zu überspielen. »Was steht heute an, Trainer?«

Er hat sich mittlerweile ein helles Tuch in den Nacken gelegt und wischt sich mit einem Ende über die Schläfe. Der Anblick erinnert mich an einen Sportler, der nach einem anstrengenden Training im Fitnessraum zur Umkleide geht. Seine ohnehin schwarzen Haare scheinen noch dunkler zu sein und kleben an seiner Stirn.

Er sieht zum Anbeißen aus.

Ich zwinge meine Augen, irgendeinen unverfänglichen Punkt neben seinem Ohr anzuvisieren und setze ein Lächeln auf, das, wie ich hoffe, interessiert aussieht. Und nicht so grenzdebil, wie ich insgeheim befürchte.

»Setz dich«, sagt er, ohne eine Miene zu verziehen.

Ich blinzle abermals, diesmal verwirrt, und schaue auf den harten Boden. »Was? Hier hin?«

»Wo denn sonst?«

Okay, verstanden. Er lässt den harten Trainer raushängen. Also beschließe ich mitzuspielen, um ihn nicht weiter anzustacheln.

Vorerst zumindest.

Ich setze mich im Schneidersitz auf die Pflastersteine und schaue ihn abwartend an. Er setzt sich etwa drei Meter von mir entfernt hin und schließt die Augen.

Ich warte.

Und warte.

Und warte.

Nach gefühlten zehn Minuten reißt mir der Geduldsfaden und ich räuspere mich in der Hoffnung, irgendwie seine Aufmerksamkeit zu erregen. »Sollten wir nicht – tja, keine Ahnung? – trainieren?«

Er reagiert nicht. Nicht ein Muskel zuckt. Und ich komme mir richtig verarscht vor. Was soll das hier? Das ist doch Zeitverschwendung! Ich stimme den beiden absolut zu, dass ich trainieren muss, aber darunter habe ich mir etwas anderes vorgestellt, als auf dem kalten, harten Boden zu hocken!

Gerade als ich aufstehen will, schießt Lucians Bein vor und fegt mir mein Standbein weg, sodass ich unsanft auf dem Boden aufschlage.

»Autsch! Hey, was soll das?«, jammere ich und, ja, es klingt wehleidig, aber verdammt noch mal, das *hat* weh getan!

»Du musst lernen, dich zu konzentrieren! Noch mal«, kommandiert er mit ruhiger, gleichmäßiger Stimme, die mich noch mehr zur Weißglut bringt, als es jetzt schon der Fall ist.

»Wie noch mal? Du spinnst doch! Ich gehe zu Vincent und sehe, was er mir beibringen kann.«

Ich komme mir so unsagbar blöd vor, dass ich diesen Idioten vor einer halben Stunde noch angeschmachtet habe wie ein liebeskranker Teenie.

Ich rapple mich hoch und will mir gerade den Staub von der Lederhose klopfen, als mich Lucian wieder zu Fall bringt. Diesmal lande ich zwar auf meinem Hintern, aber das tut nicht weniger weh. Ein scharfer Schmerz schießt mir vom Steißbein die Wirbelsäule hoch.

»Lass das sein!«, schnappe ich. Jetzt bin ich richtig sauer! Am liebsten würde ich ihm direkt an die Gurgel gehen.

Als ich es zum dritten Mal probiere, bin ich auf seinen Angriff vorbereitet und blocke sein Bein mit dem Arm ab. Auch das tut weh, aber wenigstens schlage ich nicht wieder wie ein Stein auf dem Boden auf.

Ein kleines Grinsen stiehlt sich in sein Gesicht. »Das war gar nicht so schlecht.«

Das ist wohl seine Art, mich zu loben, doch es berührt mich kein bisschen, ganz im Gegenteil: Es lässt meine Wut nur noch mehr brodeln.

Und das sieht er ganz genau.

Während ich noch auf dem Boden knie, weil ich es noch nicht ganz geschafft habe, aufzustehen, springt er leichtfüßig hoch und attackiert mich mit den Fäusten.

Und er nimmt dabei keinerlei Rücksicht.

Ich muss einige Schläge einstecken, bevor ich es schaffe, den ersten abzublocken.

»Du musst dich mehr konzentrieren«, tadelt er mich.

»Du hast leicht reden!« Ich ducke mich unter einem weiteren Schwinger. »Ich habe keinerlei Nahkampferfahrung!«

»Erfahrung im Schwertkampf hast du auch nicht.«

Es klingt gehässig und ist wahrscheinlich auch genau so gemeint. Im Grunde hat er ja recht. Mit meiner erwählten Waffe habe ich mich in der Vergangenheit nicht gerade mit Ruhm bekleckert. Trotzdem muss er mir das nicht so unter die Nase reiben! Kann er so was nicht netter und motivierender sagen?

Als mich ein Schlag an der Seite trifft, reißt mir endgültig der Geduldsfaden und ich gehe in die Offensive. Ich greife nach seinen nackten Armen, seiner Brust oder was ich auch sonst von seiner unbedeckten Haut zu fassen bekomme. Ich werde so viel Feuerkraft in ihn leiten, dass er innerlich verbrennt – Wächter hin oder her! Dem werd ich's zeigen!

Grinsend weicht er meinen Versuchen aus und ich packe wieder und wieder ins Leere, doch ich gebe nicht auf. Sein Das-war-mir-von-vornherein-klar-Lächeln und die spöttisch hochgezogene Augenbraue geben mir den nötigen Antrieb, es weiter zu versuchen. Mit Freuden werde ich ihm seinen Hochmut aus dem Gesicht wischen!

Ich habe das Gefühl, dass wir uns Stunden über den Tempelplatz jagen, ohne etwas zu erreichen. Keuchend halte ich irgendwann inne und stütze mich an einer Mauer ab. Ich bin völlig erledigt und Schweiß rinnt mir in Strömen den Rücken hinunter, obwohl ich nichts weiter getan habe, als ihn immer weiter zu verfolgen.

Lucian kommt zu mir herübergeschlendert und stellt sich mit verschränkten Armen neben mich. Ich bin so erschöpft, dass ich nicht einmal jetzt, wo meine Beute in greifbarer Nähe ist, einen Arm heben und es ihm heimzahlen kann. Und dabei würde ich ihm doch so gerne den Hals umdrehen!

»Ich glaube, jetzt können wir weitermachen.« Er wendet sich zum Gehen. »Komm mit.«

Ich schlurfe hinter ihm her in den Tempel und sinke dankbar auf einem der Kissen zu Boden. Ich will nie wieder aufstehen. Bisher wusste ich gar nicht, wie toll sich Sitzen und Nichtstun doch anfühlen kann. Schnell wische ich mir den Schweiß von Stirn und Schläfen, bevor ich müde die Augen schließe und den Kopf nach vorne hängen lasse. Puh, was für ein Tag! So viel habe ich mich nicht mehr bewegt seit ... Keine Ahnung, seit wann. Seit langem, auf jeden Fall. Und ich verspüre nicht den Wunsch, es bald zu wiederholen.

Gibt es nicht jemand anderen, der mich trainieren kann? Sinnvoll, wenn's geht! Das hier ist genauso ein Reinfall wie das »Training« mit Vincent. So werde ich nie etwas lernen! Ich hebe wieder den Kopf und funkle meinen »Trainer« wütend an in der Hoffnung, dass er allein durch meinen mörderischen Blick zu einem Häufchen Asche zerfällt.

Er setzt sich mir direkt gegenüber und streckt seine Hand nach mir aus. Seine stahlgrauen Augen blicken ernst und konzentriert in mein Gesicht, als ich zögerlich auch meine Hand hebe und einen Finger auf seine Handfläche lege.

Die Verbindung ist schwach und nicht so intensiv wie sonst. Nur zaghaft glimmt das Feuer zwischen uns, wie ein schwaches Licht, das kurz davor ist, zu erlöschen.

Lucian greift nach meiner Hand und legt seine Finger darum. Im ersten Moment will ich sie wegziehen, um nicht wieder zu viel Energie zu verlieren, doch dann merke ich, dass es heute anders ist. Ich versorge ihn zwar mit Kraft, aber ich kann es kontrollieren.

Seine Augen leuchten in einem warmen Orange, während er meine Reaktion beobachtet. »Du machst Fortschritte.« In seiner Stimme schwingt doch tatsächlich so was wie Anerkennung mit und ich freue mich sogar ein bisschen darüber. Ein leichtes Flattern macht sich in meinem Bauch breit und ich muss mich dazu zwingen, gleichmäßig zu atmen.

Er streckt nun noch seine andere Hand aus und diesmal zögere ich nicht und lege meine hinein. Das Feuer fließt von mir in ihn, wärmt unsere Körper und regeneriert unsere Energie. Ich fühle mich sofort erfrischt und bereit dazu, ihn noch weitere Stunden über den Tempelplatz zu jagen.

Dann lässt er eine und kurz darauf die zweite Hand los und ich habe Angst davor, wieder in dieses dunkle, lähmende Loch zu fallen, aber das geschieht nicht. Ich fühle mich wie zum Zeitpunkt unserer Verbindung, nur dass ich die Hitze des Feuers nicht mehr in meinen Adern spüre und ich eine leichte Kälte fühle.

»Wie hab ich das gemacht?«, frage ich verwirrt und betrachte meine Hände. Sie sehen genauso aus wie immer. Eigentlich hätte ich doch Unmengen an Energie übertragen müssen.

»Unser Training draußen war nur dazu da, um deine überschüssige Energie abzubauen. Wenn du voller Kraft bist, gibst du sie auch in größeren Schüben ab, weil sie ungehindert durch dich hindurchfließt und hinaus will. Aber wenn du dich vorher schon verausgabt hast, kannst du logischerweise weniger Energie übertragen.«

Er grinst schelmisch und ich verstehe. Er hätte mich zwar auch zwanzig Runden um den Tempelplatz laufen lassen können, aber unser Nahkampftraining war um einiges effektiver.

Ich grinse zurück, zufrieden mit mir und meinen Fortschritten.

»Wir werden das jetzt einige Tage so machen, bis du ein Gefühl für den Energiefluss bekommst. Dann drosseln wir Tag für Tag das Training davor, bis wir es ganz weglassen.«

»Aber was, wenn ich dir ganz dringend ganz schnell Energie geben muss? Wenn die Flügelmänner wieder angreifen, zum Beispiel?«

»Auch das werden wir trainieren. Mach dir keine Sorgen. Ich weiß, dass du das schaffst. Heute hast du schon eine fantastische Leistung gezeigt.«

Ich erröte unter diesem Lob und eine peinliche Stille entsteht.

»Ich glaube, ich gehe mich mal in der heißen Quelle frisch machen. Danke … für das Training und bis morgen.«

Ungelenk komme ich auf die Füße und verlasse den Raum.

»Bis morgen«, höre ich Lucian noch flüstern.

# # #

Die Tage fließen ineinander, werden zu Wochen und dann zu Monaten, und ich ertappe mich immer öfter dabei, wie ich diese Welt, dieses Spiel, als meine Heimat betrachte. Blöd, ich weiß, aber wahrscheinlich eine ganz normale Reaktion. Die Erinnerungen an die reale Welt verblassen allmählich und ich habe schon lange nicht mehr darüber nachgedacht, wie ich die Verbindung zum Spiel trennen kann.

Oder was mein richtiger Körper macht.

Oder ob sich meine Eltern Sorgen um mich machen.

Oder ob mich überhaupt jemand vermisst.

Wahrscheinlich nicht, denn für Freunde – oder gar für *den* Freund – war ich immer zu beschäftigt. Meine Eltern haben sich auch nie um mich gekümmert.

Hier ist das anders. Ich bin wichtig. Ich werde geachtet … Nun ja, zumindest meistens. Ich habe eine Aufgabe und einen Sinn. Warum fühlt es sich dann so falsch an, wenn es doch richtig erscheint?

Noch dazu ist es für mich als leidenschaftliche Gamerin einfach das Non-Plus-Ultra, ein Teil, wenn nicht sogar die Protagonistin, eines Spiels zu sein. Das ist für mich besser als jeder Sechser im Lotto.

Anfangs war ich noch genervt, nicht nach Hause zu können. So viele Wochen hatte ich für das entscheidende Spiel um Platz Zwei der Weltrangliste trainiert und dann hing ich hier fest. Mittlerweile ist es egal – der Wettbewerb ist vorbei, meine Chance ist vertan. Vielleicht ist das ein Wink des Schicksals und ich sollte mich auf das konzentrieren, was *hier* vor mir liegt.

Auch wenn diese Spielwelt so ganz anders ist als die wirkliche Welt, ist sie nun doch mein Zuhause. Ich habe Gwen einmal gefragt, nachdem ich schon eine ganze Weile hier war, warum denn kein Schnee fällt oder zumindest die Blätter der Bäume auf dem Tempelhof sich verfärben würden. Sie hat mich nur komisch angesehen, als würde ich nun völlig verrückt werden. Anscheinend gibt es hier keine unterschiedlichen Jahreszeiten wie in der Wirklichkeit. Da ich auch noch nirgends etwas gefunden habe, das zumindest entfernte Ähnlichkeit mit einem Kalender hätte, kann ich nur schätzen, wie lange ich schon hier bin. Doch auch mit dem Schätzen und Tage zählen höre ich irgendwann auf und lasse einfach alles auf mich zukommen.

Ich beginne sogar das tägliche Training mit Lucian zu genießen und mich an das frühe Aufstehen zu gewöhnen. Manchmal muss Gwen mich nicht erst aus dem Bett zerren, weil ich schon von alleine aufgestanden bin. Aber wirklich nur manchmal. Ich gelobe Besserung.

Vincent beobachtet unser Training mit Argusaugen und ich habe das Gefühl, dass er alles andere als erfreut darüber ist, wie gut Lucian und ich uns mittlerweile verstehen. Wir kommunizieren ohne Worte. Er hat mir einige Meditationstechniken gezeigt, die ich nutzen kann, um meinen Energiefluss zu lenken, und so langsam habe ich den Dreh raus, worauf ich richtig stolz bin.

Manchmal, wenn Lucian bis in die Nacht hinein seine Kampfkunst trainiert, gehe ich zu ihm und berühre ihn kurz an der Schulter, um ihm so wieder mehr Energie geben zu können. Er dankt es mir mit einem kleinen Lächeln, das eine ganze Horde von Schmetterlingen in meinem Bauch heraufbeschwört, über die ich mich dann aber ärgere.

Auch ertappe ich mich immer öfter dabei, wie ich ihn einfach nur beobachte. Genauso wie eines der kopflosen, verliebten Girlies, über die ich in den ganzen Soaps gelacht habe. Ich sage mir dann ständig wieder, dass diese dummen Gefühle sinnlos und falsch sind, und nur daraus resultieren, weil ich in dieser Welt gefangen bin. Und dann erhasche ich einen Blick auf seine Silberaugen, die mich ebenfalls mustern, und all meine rationalen Gedanken sind aus meinem Kopf gelöscht, einfach – *Puff!* – weg. Ich will mich in seinem Blick spiegeln können, will ihn fragen, was er denkt, wenn er mich sieht, doch seine Miene ist starr und nicht zu deuten, während seine Augen meinen Körper entlangwandern. Ich liebe diesen Blick. Am liebsten möchte ich mich darunter winden wie eine schnurrende Katze, doch das würde ich niemals zugeben. Ich traue mich nicht, etwas anderes zu tun, als ihn heimlich zu beobachten. Alles andere käme mir einfach falsch vor, immerhin ist er ja nicht real.

Als die Tage vergehen, kommt mir das Gefühl seiner weichen Lippen auf meinen immer mehr wie ein Traum vor. Ist es wirklich passiert oder habe ich es mir nur eingebildet? Er war sehr deutlich, dass dieser Kuss nichts zu bedeuten hatte, sondern einzig und allein dem Zweck diente, meine ungefilterte Kraft zu bekommen, und dennoch verzehre ich mich nach diesem Augenblick und möchte ihn auf der Stelle erneut erleben, doch ich habe Angst davor, zurückgewiesen zu werden. Von einer verdammten Computerfigur. *Wie erbärmlich.*

Und doch habe ich nur Augen für ihn. Während unseres Trainings und den Stunden, den ich ihn aus einem Versteck heraus anschmachte, vernachlässige ich sträflich meinen anderen Wächter, der das gar nicht lustig findet.

Eines Tages – ich weiß nicht, wie lange ich schon hier in dieser Spielwelt bin – nimmt Vincent mich zur Seite, als ich gerade den Tempelplatz verlassen und ins Bett gehen will.

Im ersten Moment bin ich erschrocken, da ich ihn im fahlen Mondlicht nicht sofort erkenne – zu sehr streckt mir noch die Angst des Flügelmänner-Überfalls in den Knochen –, und fasse mir an die Brust, um mein wild schlagendes Herz zu beruhigen.

»Was willst du?«, frage ich, nachdem er den Griff um meinen Arm nicht lockert. Es tut weh, wie sich seine Finger in meinen Oberarm bohren, und ich versuche, mich ihm zu entwinden.

»Wie läuft dein Training, *Hüterin?*«

Der drohende Unterton in seiner Stimme lässt mich aufhorchen. Hier stimmt etwas nicht … Ich sollte lieber vorsichtig sein. Das bestätigen mir auch die kleinen Härchen in meinem Nacken, die sich eilig aufrichten. »Gut. Danke der Nachfrage.« Ich warte ein paar Sekunden und als er sich nicht rührt, füge dann noch an: »Ich würde jetzt sehr gerne schlafen gehen, denn ich bin echt fertig. Wir sehen uns morgen.«

Doch auch diesen Wink mit dem Zaunpfahl versteht er nicht und langsam mache ich mir Sorgen. Verstohlen sehe ich mich nach Lucian um. War er nicht eben noch hier?

Vincent tritt näher an mich heran und blickt zu mir hinab. Er ist zwar nur eine Handbreit größer als ich, aber selbst dieser kleine Unterschied wirkt plötzlich einschüchternd auf mich. Ein gefährliches Funkeln liegt in seinen blauen Augen und ich schlucke trocken. Seine Nähe verursacht mir eine Gänsehaut, aber eine alles andere als positive. Vincent sieht mich an, als wolle er mich gleich hier und jetzt mit Haut und Haar verspeisen.

»Glaubst du im Ernst, dass ich nicht mitkriege, wie du mich meidest?«, zischt er leise. »Wie du *ihn* mir vorziehst?«

»Ich ziehe niemanden vor.« Eine glatte Lüge, aber sie kommt mir erstaunlich leicht über die Lippen. »Wir trainieren zusammen, nichts weiter.« Ich gebe mir Mühe, meine Stimme so ruhig wie möglich klingen zu lassen, obwohl ich ihn am liebsten anschreien würde. Doch ich weiß, dass ich momentan nicht vernünftig mit ihm reden kann, also versuche ich, die Situation nicht noch weiter eskalieren zu lassen. Keine Ahnung, was plötzlich in ihn gefahren ist, dass er sich so verhält …

Wo ist denn nur Lucian, wenn ich ihn mal brauche?

»Du lügst.« Vincents Stimme vibriert vor unterdrückter Wut und seine Hand schnürt mir fast das Blut im Arm ab.

Ich verziehe vor Schmerz das Gesicht und versuche, mit der anderen Hand seinen Griff zu lockern, aber er packt meinen Unterarm knapp über der freien Haut und hält auch diesen fest. Unfähig, mich zu wehren, starre ich ihm trotzig ins Gesicht.

Nur keine Schwäche zeigen! Lass deinen Gegner niemals sehen, wie es in Wahrheit in dir aussieht!

»Du wirst es mir geben, hier und jetzt, Hüterin!« Er beugt sich so weit zu mir nach vorne, dass ich seinen Atem auf dem Gesicht spüren kann.

Mein Herz klopft bis zum Hals, als ich hervorwürge: »Ich habe keine Ahnung, wovon du redest!« Und das ist die Wahrheit. Ich habe keinen blassen Schimmer, warum er mir hier im Dunkeln auflauert, mir wehtut und mich bedrängt. Was habe ich ihm getan? Er wird doch hoffentlich nicht das meinen, was ich denke, dass er meint …?

Lucian, jetzt wäre ein verdammt guter Zeitpunkt, endlich aufzukreuzen!

Sein Mund verzerrt sich zu einer grinsenden Fratze, die seinem sonstigen überheblichen Lächeln überhaupt nicht ähnlich sieht. »Das Gefühl, was sonst? Die ultimative Macht. Ich brauche sie, auf der Stelle!«

Für mich redet er gerade nur wirres Zeug. Was faselt er da? Ist er jetzt völlig gaga?

Doch als er den Abstand zwischen uns noch weiter verringert und sein Gesicht langsam zu meinem herunterbeugt, dämmert mir, was er meint. Er will meine Feuerkraft. Er ist danach mittlerweile genauso süchtig wie ich. Nach dem Gefühl der unbeschreiblichen Macht, des Feuers im eigenen Körper, das sich wie Lava durch die Adern frisst. Wie eine Droge steht meine Kraft zwischen uns. Ein Teil von mir will ebenfalls, dass ich sie freilasse. Beim Training mit Lucian lerne ich nur Zurückhaltung, Zurückhaltung und immer wieder Zurückhaltung. Ich weiß fast gar nicht mehr, wie gut es sich tatsächlich anfühlt, wenn mein Körper lichterloh in Flammen steht.

Doch ein anderer Teil in mir versucht krampfhaft, mich davon abzuhalten. Ich muss ihn für den ultimativen Kick küssen und das lässt mich zurückschrecken. Plötzlich ekle ich mich davor, seine Lippen auf meinen zu spüren, selbst wenn es nur dazu da ist, den Energiefluss zu beschleunigen. Ich *will* es nicht!

Doch ich will das Feuer spüren.

Sofort!

Panisch überschlägt sich mein Gehirn beim Versuch, die Vor- und Nachteile abzuwägen. Die rationale Logik kämpft gegen das rohe Verlangen, das in mir brodelt. Im letzten Moment reiße ich den Kopf nach hinten und gehe so weit wie möglich auf Abstand, sodass sein erster Versuch, mich zu küssen, ins Leere läuft.

Doch lange werde ich ihn so nicht hinhalten können. Ich brauche dringend eine neue Taktik. Am besten eine, die auch funktioniert!

»Hör auf, Vincent!«, beschwöre ich ihn, doch er hört mir gar nicht zu, sondern startet bereits einen neuen Versuch.

Wieder und wieder weiche ich zurück, reiße an seiner Umklammerung, ohne sie auch nur ein winziges bisschen lösen zu können.

Als ich mit dem Rücken gegen eine Mauer schlage und keinen Fluchtweg mehr habe, kneife ich die Augen zu und öffne meinen Mund zu einem hohen und – wie ich hoffe – lauten Schrei.

Das muss doch jemand hören! Warum hilft mir denn niemand? Hat jeder der Priester Angst vor Vincent? Und wo ist Lucian, wenn man ihn einmal braucht, verdammt noch mal? Er war doch vorhin noch an dieser Trainingspuppe und nun ist er wie vom Erdboden verschluckt!

Es ist mir zuwider, um Hilfe zu rufen, aber ich weiß mir nicht mehr anders zu helfen.

»Jetzt entkommst du mir nicht mehr«, murmelt er siegesgewiss, als er sein Gesicht abermals zu mir herunterbeugt. Sein Atem geht keuchend und fegt über meine Haut hinweg, während ich meinen eigenen Herzschlag in den Ohren höre.

Ich kneife die Augen zusammen und ziehe den Kopf ein, doch ich habe mich meinem Schicksal tief in mir drin bereits ergeben. Ich kann nicht entkommen.

Der kleinere Teil in mir jauchzt vor Freude darüber, endlich wieder das ungezügelte Feuer zu spüren, doch ich bringe ihn rigoros zum Schweigen. Das hier ist anders. Es ist gegen meinen Willen.

Es ist *falsch*. Und doch geschieht es.

Etwas reißt an meinem Arm, gefolgt von einem dumpfen Schlag. Ich öffne ein Auge einen Spaltbreit und sehe einen verschwitzten Rücken, der sich über eine Gestalt am Boden beugt.

Erst nach und nach begreife ich, dass Lucian vor mir steht und Vincent zu Boden geschlagen hat. Als ich das erkenne, zögere ich nicht lange und lege Lucian meine Hand auf den nackten Oberkörper, während Vincent sich bereits wieder aufrappelt. Aus einem Mundwinkel fließt ein kleines Rinnsal schwarzen Blutes heraus, den er sich mit dem Handrücken abwischt.

Ich verstecke mich hinter Lucian, als Vincent drohend mit dem Zeigefinger auf ihn zeigt. »Misch dich nicht ein, Luc! Das geht nur sie und mich etwas an!«

Einen Moment lang habe ich Angst, dass Lucian auf ihn hören und mich wieder mit Vincent allein lassen wird, doch mein Retter strafft nur die Schultern und schiebt mich langsam ein Stück weiter hinter sich, sodass mich Vincent nicht mehr sehen kann. »Da liegst du falsch, Vinc. Ich bin genauso ein Wächter wie du. Es ist unsere heilige Pflicht, die Hüterin zu beschützen, und nicht, sie auszunutzen und fast zu Tode zu ängstigen!«

Kurz zögert der Hohepriester, als würde er über Lucians Worte nachdenken, und ich schöpfe Hoffnung, dass dieser Abend ohne weitere Zwischenfälle vorübergeht.

Doch das sind natürlich nur Wunschträume.

Von einer Sekunde auf die andere verfinstert sich Vincents Miene wieder, während er Lucian fixiert und versucht, um ihn herum an mich heranzukommen.

Als die beiden mit den Fäusten aufeinander losgehen, verliere ich die Geduld. Wie zwei Hundewelpen balgen sie sich auf dem Boden.

»Aufhören!«, brülle ich, bis ich keine Luft mehr in den Lungen habe. Verdutzt halten Lucian und Vincent inne und schauen mich an, als sähen sie mich zum ersten Mal. »Ihr benehmt euch wie Kleinkinder! Hört auf damit!«

Sie kommen wieder auf die Füße und klopfen sich den Staub von den Hosen, während sie meinem bitterbösen Blick ausweichen. Wie gescholtene Kinder stehen sie vor mir und warten auf ihre Strafpredigt, und ich genieße diese Macht, die ich über sie habe. Wo war sie nur vorhin, als ich mit Vincent alleine war?

»Also«, ich hole tief Luft und sehe abwechselnd jedem von ihnen fest in die Augen, »um was genau geht es hier?«

Beide schweigen einen Moment, ehe sich Vincent räuspert. »Es tut mir leid, Eve. Ich … wollte dir keine Angst einjagen. Ich war nur … Ich fühlte mich so … leer. Und jeden Tag, wenn ich ihn sehe«, er wirft einen abwertenden Blick zur Seite auf Lucian, »werde ich daran erinnert, was ich verpasse. Er strotzt vor Energie, während ich … nichts habe.«

Lucian malmt mit den Zähnen und ich sehe ihm an, dass er eine passende Antwort nur mit knapper Not unterdrücken kann.

Ich strecke Vincent meine Hand entgegen, während ich Lucian mit Blicken dazu bringe, den Mund zu halten. Eigentlich habe ich damit gerechnet, dass Vincent sich wie ein Ertrinkender an meine Hand klammern wird, doch er schüttelt den Kopf.

»Versteh mich nicht falsch, Eve. Danke, dass du mir entgegenkommen willst, aber das ist nicht das, was ich will.« Als er meinen verwirrten Blick sieht, fährt er fort: »Ich will mehr. Ich will die nächste Stufe der Feuerkraft.«

»Die Verwandlung«, murmle ich und verstehe endlich, was er meint. Wegen Vincents blöden Minderwertigkeitskomplexen habe ich vorhin Blut und Wasser geschwitzt? Warum hat er es mir nicht gleich erklärt?

»Blödsinn«, knurrt Lucian und rollt mit den Augen, doch ich bringe ihn mit einem scharfen Blick zum Schweigen. Das letzte, was ich will, ist, dass die Situation zwischen den beiden wieder eskaliert. Beide sind meine Wächter und ich brauche beide, um dieses Spiel zu beenden. Da kann ich mir keine inneren Grabenkämpfe leisten.

»Wenn ich dich verwandle«, beginne ich vorsichtig und sehe sofort das begehrliche Glitzern in Vincents Augen, »wirst du dann aufhören, mich zu bedrängen, und deine Aufgaben als Wächter wieder ernst nehmen?«

Lucian öffnet den Mund, um zu protestieren, doch ich hebe meine Hand und er klappt ihn wieder zu. Nicht ohne kurz zu knurren und erneut mit den Zähnen zu knirschen. Er hat sich da rauszuhalten, verdammt noch mal! Warum bildet er sich ein, dass mich seine Meinung dazu interessieren würde? Am liebsten würde ich ihn wegschicken, doch ich traue mich nicht, allein mit Vincent zu sein, nach allem, was vorhin geschehen ist.

Vincent legt die Faust auf Höhe seines Herzens und senkt den Kopf. »Ich schwöre bei der großen Göttin, dass ich mich nie wieder ungebührlich dir gegenüber verhalten werde. Doch ich kann die Leere in mir nicht selbst heilen. Dazu brauche ich deine Kraft, Hüterin.«

Ich nicke. Irgendwie kann ich ihn verstehen. Seit Wochen sieht er Lucian und mir dabei zu, wie wir Fortschritte beim Training machen, während er selbst kein Teil davon ist. Auch die Rivalität zwischen den beiden ist mir von Anfang an aufgefallen. Ihn wurmt es unwahrscheinlich, dass Lucian sich bereits verwandelt hat, während er nicht einmal mehr meine Hand halten und wenigstens einen kleinen Teil der Feuerkraft spüren kann, weil ich den ganzen Tag nur mit Lucian trainiere und abends nur fix und fertig ins Bett falle.

Wäre ich so lang von meiner Feuermacht abgeschnitten, stünde ich auch am Rande eines Nervenzusammenbruchs.

Die Kraft ist wie eine Droge, nach der wir alle drei lechzen, und ich glaube, dass sie der einzige Grund ist, warum die beiden mich beschützen. Ohne die Kraft des Feuers bin ich nichts anderes als ein langweiliges Mädchen. Sie brauchen nicht mich, sondern die Energie, die ich liefere, und das, wofür ich stehe.

Ich schiebe diese Gedanken beiseite und mache einen Schritt auf Vincent zu, wappne mich für das, was nun kommt. Kurz frage ich mich, warum der Gedanke, ihn zu küssen, mich so abschreckt. Es ist schließlich nicht das erste Mal.

Aber er ist eben nicht Lucian.

Ich werfe einen schnellen Seitenblick auf meinen dunkelhaarigen Wächter neben mir, der stur die Lippen zu einem schmalen Strich zusammenpresst und in eine andere Richtung schaut. Die Adern an seinem Hals treten hervor und seine Hände sind zu Fäusten geballt.

Warum ist er so wütend? Und warum versetzt mir sein gequälter Anblick so einen Stich ins Herz? Er hat keinerlei Ansprüche auf mich und ich nicht auf ihn. Warum interessiert es mich also, wie er sich fühlt?

Sanft legt Vincent seine Hände an meine Wangen und ich richte meine Augen wieder auf ihn. Diesmal liegt ein warmes Funkeln in seinen blauen Augen, als er sich langsam zu mir herunterbeugt. Und tatsächlich spüre ich ein sachtes Schlagen kleiner Schmetterlingsflügel in meinem Bauch, auch wenn es nicht Lucian ist, der mich berührt.

Vincents Kuss ist vorsichtig, fast schüchtern, und obwohl er sich so sehr nach meiner Macht verzehrt, gibt er mir die Möglichkeit, mich zurückziehen zu können. Das macht es mir leichter und so lege ich ebenfalls meine Finger an seine Wange und lasse die Energie aus mir herausfließen.

Ich bemühe mich, sie in mir zu bündeln und nur Stück für Stück abzugeben, so wie Lucian es mich gelehrt hat, doch es ist beinahe unmöglich.

Sobald unsere Lippen sich berühren, schlagen die Flammen zwischen uns lichterloh empor, und ich will nichts mehr, als dieses Gefühl weiter auszubauen. Ich brauche mehr davon, die ganze Ladung, alles, *ungefiltert*.

Vincent geht es nicht anders. Seine Hände haben sich um meinen Hinterkopf verkrampft und sein Kuss ist fordernder, verlangend, nehmend.

Von mir aus. Denn das ist auch das, was ich will.

Zusätzlich schicke ich Energie in meine Fingerspitzen, die direkt an seine Haut weitergegeben wird. Brodelndes Feuer schießt meine Arme hinauf und lässt mich nur noch helle Sterne vor meinen geschlossenen Lidern sehen.

Als unsere Zungen sich endlich berühren, reißen Vincent und ich gleichzeitig die Augen auf. In seinen scheint ein prasselndes Feuer zu tanzen und augenblicklich beginnt sein Körper, sich zu verwandeln. Er fällt auf alle viere, unsere Verbindung wird gekappt, die Kälte greift nach mir und lässt mich ebenfalls zu Boden gehen. Doch anders als die Male zuvor, bleibe ich bei Bewusstsein und beobachte die Verwandlung meines Wächters mit großen Augen.

Es ist wunderschön.

Lucian steht noch immer neben uns, doch ich habe ihn fast vollständig vergessen. Viel zu gefesselt bin ich von dem Schauspiel, das sich vor meinen Augen abspielt.

Vincents Körper wird größer, seine Hände und Füße werden zu riesigen Tatzen und aus seinem Rücken schlagen Flammen.

Echte Flammen. Ich kann ihre Hitze auf meiner Haut spüren und bin mir sicher, wenn ich die Hand danach ausstrecken würde, würde ich mich verbrennen, so heiß sind sie. Aber ich glaube nicht, dass sie mir tatsächlich schaden würden. Vielmehr locken sie mich, rufen nach mir und necken mich, endlich die Finger nach ihnen auszustrecken, um sie zu berühren.

Sein Gesicht wird länger, die Feueraugen bleiben. Aus seinem Mund, den er zu einem Brüllen aufreißt, wachsen Fangzähne, die größer sind als meine Hand. Schneeweiß blitzen sie im Licht der lodernden Flammen, die sich nun auch um seinen Kopf ausbreiten und eine Art … Mähne bilden.

Ich rutsche ein Stück zurück, um mir meinen verwandelten Wächter genauer anzusehen, und blicke in seine glühenden Augen und das zufriedene Grinsen, das sein Raubtiermaul umspielt.

Feuer züngelt um seinen Kopf und an der Spitze seines Schwanzes. Er reckt den Kopf und lässt erneut ein triumphierendes Brüllen ertönen, das die Stille der Nacht zerreißt.

Dann setzt er eine Pranke vor die andere, bis er direkt vor mir steht, und neigt den massigen Kopf vor mir.

Lächelnd strecke ich die Hand nach ihm aus und streiche über seine Schnauze und zwischen seinen Ohren entlang. Das Feuer ist heiß, jedoch verbrennt es mich nicht. Ganz im Gegenteil, es lädt meine eigene Energie, die ich ihm zur Verwandlung gegeben habe, wieder auf, sodass ich wieder auf die Füße komme.

Fast bis zur Schulter reicht er mir in seiner neuen Gestalt.

Und er ist eine wahrlich imposante Erscheinung. Schließlich habe ich noch nie einen riesigen Löwen mit einer Mähne aus puren Flammen gesehen.

Wir grinsen uns gegenseitig an – okay, bei ihm sieht es etwas gruselig aus –, beide froh über das, was wir geschafft haben. Er konnte sich verwandeln und ich habe herausgefunden, dass die Verwandlung meiner Wächter mich selbst zwar eine Menge Kraft kostet, ich sie mir aber wiederholen kann, sobald ihre Transformation abgeschlossen ist.

Ich blicke zu Lucian, möchte mir ein paar lobende Worte abholen, dass ich die Energieübertragung so gut gemeistert habe, doch er ist verschwunden.

Eine schwarze Leere breitet sich in mir aus und dämpft die Freude, die ich eben noch empfunden habe. Woher kommt nur dieses Gefühl?

Vincent rennt ein Stück über den Tempelplatz, zerfetzt mit seinen Pranken und Klauen ein paar Bäume und eine von Lucians Trainingspuppen – dafür wird es morgen garantiert mächtig Ärger geben! –, ehe er sich wieder neben mich setzt.

»Wie lange bleibst du jetzt so?«, frage ich ihn, doch er schüttelt nur den Kopf. »Kannst du so nicht sprechen?« Wieder ein Kopfschütteln.

Ich setze mich neben ihn auf den Boden und lehne mich mit dem Rücken an seine massige Gestalt, genieße die Wärme des Feuers und starre einfach in den Nachthimmel hinauf.

Die beiden Monde am Firmament erinnern mich schmerzhaft daran, dass dies nicht meine Welt ist. Dass all das hier nur ein Spiel ist und die Gefühle, die ich zu empfinden glaube, nur simuliert sind.

Die Freude über Vincents Verwandlung, der Schmerz durch Lucians Zurückweisung, all das existiert nicht wirklich. Es sollte mich nicht so mitnehmen.

Warum tut es das dann?

Wütend wische ich mir die Tränen von der Wange, ohne auf Vincents besorgten Blick zu reagieren.

»Alles gut«, lüge ich. »Ich hab nur gerade an mein Zuhause gedacht.« Als ob es mich interessieren würde, was da gerade vor sich geht. Es würde mich nicht wundern, wenn meine Eltern noch gar nicht mitbekommen haben, dass mit mir etwas nicht stimmt.

Flammenlöwen-Vincent rückt näher und legt sein Kinn auf meinen Kopf. Bei jedem anderen wäre diese Geste dümmlich gewesen, doch heute Nacht bin ich dankbar über seine Gesellschaft, ganz egal, was vorhin zwischen uns passiert ist. Ich schmiege mich ein Stück nach hinten an seine weiche Brust und bin innerhalb von Sekunden eingeschlafen, begleitet vom weichen Glimmen unserer Energien

Sieben

Die Schmerzen in meinem Rücken bringen mich um. Egal, wie ich mich drehe und wende, es fühlt sich an, als würde ich auf einem mit Nägeln gespickten Holzbrett liegen. Oder auf hartem Steinboden mit einzelnen Steinchen, die mir in den Rücken pieksen. Dabei ist doch mein Bett so weich und bequem! Aber irgendwie scheine ich nicht auf meiner gemütlichen Matratze zu liegen, anders kann ich mir diesen harten Untergrund nicht erklären. Es sei denn, Gwen hat heimlich die weiche Matratze gegen eben diese Holzbretter ausgetauscht, die meinen Rücken malträtieren.

Ein Fluchen reißt mich endgültig aus dem Land der Träume. Ich reibe mir grummelnd über die Augen, während ich mich aufsetze und meinen Rücken durchdrücke, bis die einzelnen Wirbel knacken. Mann, sind das viele! Aber irgendwie bringt das nicht die gewünschte Erleichterung. Ich fühle mich immer noch wie gerädert.

»Was macht ihr da?«, fragt eine Stimme schneidend in die Stille hinein, sodass es in meinen Ohren gellt. Wer macht denn da am frühen Morgen solchen Krach? Das sollte verboten werden! Etwas Rücksicht wäre nicht schlecht …

Ich blinzle gegen die Sonnenstrahlen an und brauche einen Moment, bis ich den dunklen Schemen über mir Lucian zuordnen kann, der sich zu mir hinab beugt. Was macht er in meinem Zimmer? Habe ich unser Training verschlafen? Ist er deshalb so sauer? Und wo ist Gwen? Sie ist es doch, die mich morgens weckt und mir zur Hand geht.

Etwas regt sich neben mir und ich taste schlaftrunken danach. Sofort spüre ich den Energiefluss und reiße erschrocken meine Hand zurück. Mit einem Schlag bin ich hellwach.

Ich blicke an mir hinab und sehe einen nackten Arm, der quer über meinem Schoß liegt. Was zum Teufel soll das? Wo kommt der denn her?

Verwirrt blicke ich mich um. Und warum liege ich mitten auf dem Tempelhof? Kein Wunder, dass sich mein Rücken anfühlt, als hätte ich auf einem Steinboden gepennt, schließlich war es ja auch so!

Ich schaue nach links und spüre förmlich, wie mein Gehirn krampfhaft versucht, seine normale Tätigkeit aufzunehmen. Aber das, was es sieht, nicht es nicht verarbeiten. Ich merke, wie sich die Zahnrädchen verkanten und dann mit einem Knirschen ihren Geist aufgeben. Das, was ich sehe, passt einfach nicht zusammen. Fehlt nur noch, dass irgendwo groß die Fehlermeldung *Fatal Error* erscheint, weil mein Gehirn einfach überhitzt.

Neben mir liegt Vincent, als Mensch, und er ist vollkommen nackt. Sein Arm liegt über meinem Schoß, eines seiner Beine hat er zwischen meine geschoben und sein ganzer Körper presst sich eng an mich. Dem Sabberfleck auf meiner Schulter nach zu urteilen, lag dort sein Kopf, bis ich mich aufgerichtet habe.

Ach. Du. Heilige. Scheiße.

Ich schubse seinen Arm von mir herunter, krieche rückwärts von ihm weg, bringe so viel Abstand wie möglich zwischen uns, komme aber nicht auf die Füße. Wahrscheinlich, weil meine Beine zittern und meine Knie aus Pudding zu bestehen scheinen.

»Was soll das, Eve?«, zischt Lucian, der uns beide beobachtet. »Was habt ihr die ganze Nacht hier draußen getrieben?«

Die Art, wie er *getrieben* betont, jagt mir einen eiskalten Schauer über den Rücken. Schnell blicke ich erneut an mir hinab. Puh, ich trage noch alle meine Klamotten, ein Glück! Zumindest eine Sorge weniger.

Ich versuche, mich an das Letzte zu erinnern, was ich noch von gestern Abend weiß. Vincent hat sich in einen Flammenlöwen verwandelt und dann haben wir beide uns die Sterne angeguckt, ehe ich eingeschlafen bin. Und im Laufe der Nacht hat er sich anscheinend zurückverwandelt und ist ebenfalls eingeschlafen.

Eigentlich ganz harmlos.

Aber Lucians mörderischem Blick nach zu urteilen, sieht es für jemanden, der nicht dabei war, alles andere als harmlos aus.

»Eve!«

Lucians Schreien schreckt mich hoch und erst jetzt bemerke ich, dass ich die ganze Zeit Vincents nackten Körper angestarrt habe. Ziemlich genau angestarrt. Bestimmte Stellen.

Ähm … wie war die Frage noch mal?

Das Blut schießt mir in die Wangen und ich wende hastig meinen Blick ab, während auch Vincent nun langsam aufwacht und sich schlaftrunken mit der Hand durch seine langen blonden Haare fährt. Warum sehen seine Haare morgens nach dem Aufwachen nicht so aus wie ein zerstörtes Vogelnest? Das ist total unfair! Er sieht aus wie aus dem Ei gepellt. Und sein Körper ebenfalls. Das habe ich unter seinen weiten Gewändern gar nicht so wahrgenommen …

»Was ist los?«, fragt er und blinzelt Lucian aus zusammengekniffenen Augen an.

Wenn gleich Dampf aus Lucians Ohren kommen würde, es würde mich nicht wundern. Er ist buchstäblich auf hundertachtzig.

Doch warum eigentlich?

Ich komme wackelig auf die Beine und klopfe mir den Staub ab. Ich muss dringend Gwen finden und sie um ein paar neue Klamotten und ein Bad bitten, immerhin habe ich die ganze Nacht hier draußen im Dreck gelegen. Und Vincents Sabberfleck wird sicherlich auch unschöne Ränder bilden. Wie soll ich ihr das nur erklären?

»Was regst du dich denn so auf?«, frage ich, während ich an Lucian vorbeilaufe und peinlich genau darauf achte, nicht noch einmal einen Blick auf Vincents wirklich gar nicht mal so üblen Körper zu werfen. Anders als Lucian, besitzt er kaum definierte Muskeln, aber dafür sehr ansehnlich lange Gliedmaßen und eine perfekt geformte Statur. Wenn man auf so was steht, natürlich.

Ungeniert sitzt er auf den kalten Pflastersteinen, ohne sich zu bedecken. Es wäre doch wirklich Verschwendung, wenn ich nicht mal ganz kurz … *Nein, stopp!*

Ich drehe mich demonstrativ zu Lucian um und schaue ihm fest in die Augen, auch wenn ich bei seinem Gewittersturmblick am liebsten woanders hinsehen würde. Aber die Versuchung wäre zu groß … Wie groß eigentlich …? *Nein, nicht hinsehen!*

Gott, Eve, du bist eindeutig untervögelt!, tadele ich mich selbst in Gedanken. Fast wehmütig denke ich an Ben, meinen Vibrator, der daheim in meiner Nachttischschublade liegt. Der arme Kerl kommt sich sicherlich auch schon vernachlässigt vor.

Ich weiß nicht, ob mir meine Gedanken auf der Stirn geschrieben stehen, doch Lucians Miene verdüstert sich noch mehr. *Ups.*

»Warum ich mich so aufrege?«, presst er hervor. »Tja, wer weiß? Vielleicht, weil die Hüterin und mein Bruder nackt mitten auf dem Tempelhof liegen, wo jeder sie sehen kann?«

Ähm, Moment! *Bruder?* Die beiden sollen *Brüder* sein? Nie im Leben! Außerdem … »Ich habe meine Klamotten noch an. Kauf dir mal 'ne Brille! Es ist nicht so, wie es aussieht.«

Die dümmste Ausrede seit Menschengedenken. Und so dermaßen abgedroschen! Aber was soll ich sonst dazu sagen? Immerhin ist es ja wirklich nicht so, wie es aussieht … Im Zweifel für den Angeklagten, oder? Aber davon scheint Lucian noch nichts gehört zu haben.

Mit erhobenem Haupt stolziere ich so elegant wie möglich in Richtung meines Zimmers. Vielleicht finde ich Gwen dort. Meine Haare sehen sicher aus, als hätte eine ganze Krähenfamilie darin genistet.

Ach, warum muss mir immer so was passieren? Warum musste mich ausgerechnet Lucian neben einem nackten Vincent erwischen? Hätte es nicht irgendeiner der Priester sein können? Oder von mir aus auch Gwen? Nein, *natürlich* muss es Lucian sein! *Grrr*!

Vor Frust würde ich am liebsten gegen die nächstbeste Mauer treten, verkneife es mir aber schnell. Ich will nur weg hier, raus aus dieser verqueren Situation und etwas Luft schnappen – und mir schnell etwas Glaubwürdiges einfallen lassen! –, ehe ich Lucian das nächste Mal gegenübertrete. Aber wieso etwas Glaubwürdiges? Alles, was ich gesagt habe, ist genau so passiert! Was kann ich denn dafür, wenn er immer vom Schlechtesten ausgeht?

Viel wichtiger ist doch die Frage, wie ich Vincent je wieder gegenübertreten soll, ohne an … *das eben* zu denken? Ich glaube, immer wenn ich ihn ansehe, werde ich daran denken, wie sein Arm mich näher an sich gezogen hat und wie sein harter Körper neben mir …

Dieses *gottverdammte* Kopfkino treibt mich noch in den Wahnsinn!

Kurz bevor ich die rettende Tür erreicht habe, packt mich jemand an der Schulter und wirbelt mich herum. Beinahe stoße ich mir die Nase an einer breiten männlichen Brust. Der Pfirsichduft und das wütende Schnauben verraten mir, dass es sich zweifellos um Lucian handelt, auch ohne dass ich nach oben sehen muss.

»Was?«, knurre ich, während ich weiter geradeaus auf seine Brust starre und dabei mit den Augen rolle, auch wenn er es nicht sieht. Kann er mich nicht einfach gehen lassen? Mir steht der Sinn an diesem Morgen nicht gerade nach Konversation … Oder vielmehr nach haltlosen Anschuldigungen!

»Hör auf, wegzulaufen, wenn ich mit dir rede!«, schnauzt er und nun reißt mir endgültig der Geduldsfaden.

»*Du* hast nicht mit mir geredet! *Du* hast mir Sachen an den Kopf geworfen, die überhaupt nicht stimmen!« Ich mache nun doch den Fehler, nach oben zu sehen, und begegne seinen stahlgrauen Augen, in denen es gefährlich blitzt. Doch ich ignoriere es, denn ich bin gerade dabei, mich so richtig in Rage zu reden. »Und selbst *wenn* – was nicht der Fall ist, was ich betonen möchte! –, selbst *wenn* ich etwas mit Vincent hätte, könnte es dir vollkommen egal sein! Du hast mir nichts vorzuschreiben!«

Seine Augen verengen sich gefährlich und er fletscht die Zähne wie ein wildes Tier. »Ist das so, ja? Ich bin ein Wächter. Es ist sehr wohl meine Aufgabe, dafür zu sorgen, dass die Hüterin sich nicht aufführt wie ein billiges Hafenflittchen!«

Das Klatschen meiner Hand auf seiner Wange hallt über den sonst totenstillen Tempelhof. Sein Kopf fliegt ein Stück zur Seite und ich muss mich beherrschen, damit ich nicht gleich noch einmal aushole. Bewusst habe ich meine Kraft in meinem Inneren verschlossen, ehe ich ihn berührt habe.

Wie kann er es *wagen*?! *Niemand* redet so mit mir! Während meiner Zeit als Profizockerin musste ich mir einige anzügliche Bemerkungen anhören, immerhin war ich der einzige weibliche Gamer in den Top 50. Ich kann gar nicht mehr zählen, wie oft die anderen mir vorgeworfen haben, ich hätte meine guten Rankings nur dem Umstand zu verdanken, dass ich regelmäßig für die Gamehersteller die Beine breitmachen würde.

Nun, das war, bevor ich sie nach allen Regeln der Kunst vom Platz gefegt habe. Niemand bei klarem Verstand wagte es, ein zweites oder gar drittes Mal gegen mich anzutreten, so endgültig habe ich sie vernichtet. Ihre dummen Sprüche sind ihnen schnell im Halse stecken geblieben, als sie mein Können mit eigenen Augen gesehen haben.

Mit Lucian ist das jedoch etwas anderes. Ihn kann ich nicht besiegen oder vom Platz fegen. Es gibt nichts, in dem ich besser bin als er. Egal, ob Nah- oder Schwertkampf, er würde mich unangespitzt in den Boden rammen.

Ich habe noch nie die Geduld verloren, nur weil man mich beschimpft hat. Das kenne ich und damit kann ich umgehen. Vor allem, wenn diese Beschimpfungen auf haltlosen Anschuldigen und Unterstellungen beruhen. Normalerweise würde ich den Kopf in den Nacken werfen und nur darüber lachen.

Warum treffen mich also seine Worte so tief, als würde er mit einem Messer direkt in mein Herz schneiden?

Nur mit Mühe kann ich die Tränen zurückhalten, die in meinen Augen brennen.

Ich weine nicht. Niemals. Okay, gestern Abend war eine Ausnahme, da hat's auch niemand gesehen. Aber ich werde definitiv nicht vor *ihm* weinen!

Meine Hand brennt und an seiner Wange kann ich die Abdrücke meiner Finger erkennen. Wir starren einander an, während ich verbissen gegen die Tränen anblinzle.

Nicht nachgeben! Keine Schwäche zeigen!

»Na, na, ihr beiden.« Plötzlich steht Vincent neben mir, doch weder Lucian noch ich wenden den Blick voneinander ab. Wer zuerst wegguckt, hat verloren. Kindisch, ich weiß, aber ich werde ihm nicht die Genugtuung geben, gegen mich gewonnen zu haben.

Ich bin *Nemesis*. Ich verliere nie. Vor allem nicht gegen *ihn*.

Wenn Blicke töten könnten, wäre von uns beiden nur jeweils ein Häufchen Asche übrig.

Vincent legt die Hand auf Lucians Arm. Die Geste soll beruhigend sein, doch sie stachelt Lucians Wut noch mehr an. »Nimm deine Hände von mir, Vinc!«, faucht er, immer noch den Blick auf mich gerichtet. »Leg sie doch lieber an *sie*, das kannst du doch so gut!«

Er wirbelt herum und stapft mit großen Schritten über den Tempelhof davon.

Ich spüre, wie die riesige Anspannung von mir abfällt, nachdem ich seine direkte Gegenwart nicht mehr ertragen muss. Wie eine zentnerschwere Last, die von meinen Schultern genommen wird. Endlich wage ich wieder, tief einzuatmen, und werfe einen schnellen Blick zu Vincent. Er hat sich ein Priestergewand übergeworfen und ich weiß nicht, ob ich froh oder traurig darüber sein soll. Vielleicht hätte mich der Anblick eines nackten Mannes ein wenig aufgebaut ... Man gönnt sich ja schließlich sonst nichts.

Er lächelt mich gewinnend an. Von dem manisch getriebenen Mann von gestern Abend, der nach meiner Kraft gegiert hat, ist nichts mehr zu sehen. »Trag es ihm nicht nach«, meint er mit einem Kopfnicken in die Richtung, in die Lucian eben verschwunden ist. »Er kann manchmal ein ganz schöner Idiot sein, wenn er sich in eine Sache verrennt.«

»Er hat mir nicht einmal zugehört«, murmle ich und ärgere mich über das Brennen, das in meine Augen zurückkehrt. Ich möchte mich in meine Kissen werfen und einfach nur noch heulen. Über alles. Aber nur, wenn mich niemand dabei sieht.

»Ich rede mit ihm, wenn er sich ein bisschen beruhigt hat. Vorher hat das keinen Sinn.«

Er legt seine Hand auf meine Schulter und schiebt mich sanft zum Nebengebäude, in dem mein Zimmer ist. »Gwen wartet bestimmt schon auf dich. Für heute lassen wir das Training lieber ausfallen.«

Das Augenzwinkern, das er mir schenkt, zaubert ein kleines Lächeln auf mein Gesicht.

»Würdest du ... ab morgen mit mir trainieren?«, frage ich schüchtern. Von Lucian habe ich erst einmal die Nase voll. Soll er doch weiter auf seine dämlichen Puppen eindreschen!

»Wenn du das möchtest, gerne.«

Seine Antwort lässt mich aufatmen. Ich verabschiede mich von ihm und mache mich auf den Weg in mein Zimmer, um mich den Rest des Tages unter meiner Bettdecke zu verkriechen. Vielleicht kann Gwen mir irgendetwas, das wenigstens entfernt Ähnlichkeit mit Schokolade hat, besorgen.

# # #

Natürlich schaffe ich es nicht komplett, Lucian aus dem Weg zu gehen. Beim Essen sitzt er zwangsläufig mit am Tisch – ich sollte wieder dazu übergehen, die Mahlzeiten in meinem Zimmer einzunehmen – und während des Trainings mit Vincent steht er wie zufällig auf dem Tempelhof herum.

Mehrere Male erwische ich ihn dabei, wie er uns aus zusammengekniffenen Augen beobachtet, und widerstehe nur knapp dem Drang, ihm die Zunge herauszustrecken wie ein schmollendes Kind. Dieser Mann bringt wirklich meine schlechtesten Eigenschaften zum Vorschein.

Das Training mit Vincent ist anders, aber nicht weniger anstrengend. Da ich mittlerweile die Energieübertragung ganz gut beherrsche, zeigt er mir, wie ich sie für mich selbst einsetzen kann.

Anders, als ich bisher angenommen habe, bin ich nicht völlig schutzlos oder nur auf meine Wächter und ihre beeindruckenden Tiergestalten angewiesen. An Tag drei unseres Trainings schaffe ich es bereits, eine kleine Flamme für ein paar Sekunden über meiner Hand tanzen lassen.

»Nicht mehr lange und du wirst richtige Feuerbälle schießen können!«, ermutigt Vincent mich grinsend an. Und ich grinse ebenso übermütig zurück. Endlich habe ich etwas gefunden, das ich zumindest im Ansatz beherrsche. Nicht so wie dieses vermaledeite Einhandschwert, das immer noch irgendwo unbeachtet in der Ecke liegt, in die Gwen es geräumt hat. Ob es überhaupt noch in meinem Zimmer steht? Ich weiß es nicht und es ist mir auch egal. Wenn ich es wirklich hinkriege, Feuerbälle zu erschaffen und mit diesen auch umgehen kann – wozu brauche ich dann noch so ein läppisches Schwert? Das Ding ist in etwa so hilfreich wie ein Löffel bei einer Messerstecherei …

Seit dem Abend seiner Verwandlung ist meine Beziehung – wenn man sie denn so nennen möchte – zu Vincent inniger geworden. Wir gehen gelöster miteinander um und können uns teilweise allein nur durch Blicke verständigen. Na ja, zumindest hin und wieder. So ganz werde ich nicht schlau aus ihm, aber das ist ja nichts Neues. Manchmal ertappe ich ihn dabei, wie er mich von der Seite mustert, mit einem Blick, den ich nicht genau zuordnen kann. Ich gehe nicht weiter darauf ein, aber ich bin froh, dass die Beziehung zwischen uns nicht mehr so kompliziert wie früher ist. Nicht auszudenken, wenn ich ständig auf der Hut sein und immer damit rechnen müsste, dass er gleich über mich herfällt, um endlich seine nächste Kraftstufe – oder wie auch immer er das genannt hat – zu erreichen. Das haben wir bereits hinter uns und seitdem hat er mich auch nicht mehr um einen solchen Kraftaustausch gebeten. Er berührt mich zwar, aber das dient lediglich dem Training, damit ich genügend Energie habe, um die Feuerbälle – okay, vorerst sind es nur *Bällchen* – hervorzurufen.

Über Lucian sprechen wir nie. Ich habe ihn nicht gefragt, ob oder was er zu Vincent gesagt hat, nachdem er an diesem einen Morgen so falsche Schlüsse gezogen hat. Es ist mir auch egal. Zumindest rede ich mir das ein. Aber am liebsten würde ich Lucian anschreien und fragen, was verdammt noch mal sein *beschissenes* Problem ist, doch ich schweige und tue so, als wäre er Luft.

Als unser Training für heute vorbei ist, bringt Vincent mich wie jeden Abend zu meinem Zimmer.

»Wir sollten bald aufbrechen«, sagt er, als ich gerade »Gute Nacht« sagen will, und ich verstehe nicht, was er meint. Als er mein fragendes Gesicht sieht, fährt er mit dem Zeigefinger über das Amulett der Göttin, das ich immer trage, und mein Mund ist mit einem Mal staubtrocken. Seine Hand befindet sich nur wenige Zentimeter unter meinen Brüsten und ich wage kaum zu atmen. »Schließlich müssen wir noch die beiden letzten Wächter finden.«

Sein Blick schießt hoch zu mir und ich ertrinke fast im tiefen Blau seiner Augen, die mich zu verschlingen drohen. Die Luft zwischen uns knistert vor Anspannung und ich habe keine Ahnung, was ich tun soll.

»J-Ja ... Natürlich. Die anderen Wächter ... Um die Göttin zu erwecken ...« Mein Mund bewegt sich von ganz allein und ich weiß, dass nur Schwachsinn aus ihm herauskommt. Irgendwie scheint sich mein Gehirn verabschiedet zu haben und meine Körperfunktionen sind auf das Nötigste beschränkt. Wenigstens atme ich noch, das ist schon mal ein gutes Zeichen.

Vincent zieht einen Mundwinkel nach oben. »Was ist los, Eve? Du zitterst ja.«

Seine Finger ruhen noch immer auf dem Amulett, während sein Blick mein Gesicht abtastet, dann hinunter zu meinem Hals gleitet. Sicherlich bemerkt er, wie hektisch ich atme. Oder er hört mein klopfendes Herz bis zu ihm.

Kurz bevor er noch weiter nach unten schaut, erwache ich aus meiner Starre und weiche einen Schritt zurück.

»Danke für das Training heute! Gute Nacht!« Ich knalle ihm die Tür vor der Nase zu und sinke mit dem Rücken daran zu Boden.

Von der anderen Seite höre ich ein leises Lachen, dann seine Schritte, die sich entfernen.

Mein Atem geht flach und schnell, während mein Herz fast meinen Brustkorb sprengt. *Scheiße*, was war *das* denn?

Langsam scheine ich wirklich die Nerven zu verlieren. Kein Wunder. Wie viele Wochen lebe ich nun schon mit diesen extrem heißen Kerlen zusammen? Zu viele, ohne dass etwas passiert, zumindest laut meinem Körper. Ich muss mir dringend etwas einfallen lassen, bevor ich völlig den Verstand verliere.

Irgendwie hat Lucian recht. Ich bin die Hüterin. Soweit ich das verstanden habe, schauen die Menschen dieser Welt zu mir auf, denn nur ich bin in der Lage, sie aus dem Klammergriff der anderen Völker zu befreien. Wie sähe das denn aus, wenn ich mich meinen Wächtern an den Hals werfen würde?

Nein, das kann ich nicht machen! Das ist auf keinen Fall das Bild, das sich in den Köpfen der Menschen festsetzen soll, wenn sie an mich denken.

Ich nehme mir fest vor, gleich morgen beim Frühstück klare Verhältnisse zu schaffen, schließlich möchte ich nicht noch einmal in eine Situation wie eben laufen. Nicht auszudenken, wenn sie eskaliert wäre! Ich schiele zu meinem großen Bett, zu den weißen Laken, die straff darüber gezogen sind, und sofort läuft mein Kopfkino wieder auf Hochtouren.

Scheiße. An Schlaf ist wohl erst mal nicht zu denken …

# # #

»Was ist nur los mit Euch, Hüterin?«, fragt Gwen am nächsten Morgen.

Ich zucke erschrocken zusammen und schaue sie im Spiegel an. Ihre Augenbrauen sind zusammengezogen und sie schüttelt tadelnd den Kopf.

»Ich habe Euch nun schon dreimal eine Frage gestellt, aber Ihr reagiert gar nicht auf das, was ich sage. Seid Ihr krank?« Ihr Blick wandert besorgt über mein Gesicht, als suche sie nach ersten Anzeichen einer ernsthaften Krankheit. Was kann man sich denn hier in dieser Spielwelt alles einfangen? Will ich das so genau wissen?

»Was? Nein! Alles okay«, sage ich daher schnell, um sie und auch meine Nerven zu beruhigen.

Einigermaßen besänftigt fährt sie fort, meine Haare zu kämmen, aber nicht, ohne mir immer wieder einen prüfenden Blick im Spiegel zuzuwerfen. Als würde ich gleich grün-lila gepunkteten Ausschlag kriegen oder so. Wie ich sagte: Alles ist okay.

Ach verdammt! Nichts ist okay. Ich habe die ganze Nacht wach gelegen und bin alle möglichen Szenarien durchgegangen, die heute beim Frühstück passieren können. Wie soll ich diese knisternde Spannung zwischen uns dreien am besten zur Sprache bringen? *Soll* ich es überhaupt machen? Oder wäre es besser, alles einfach laufen zu lassen? Vielleicht brechen wir wirklich bald auf, um die verbleibenden zwei Wächter zu suchen, dann verschwindet diese seltsame Anziehungskraft möglicherweise von ganz allein.

Aber was, wenn nicht?

Ich kann nicht ewig so weitermachen. Irgendwann werde ich nachgeben. Und was dann passiert, will ich mir lieber nicht vorstellen. Hat Lucian nicht ganz am Anfang unseres Trainings erzählt, dass auch auf *diese* Art die Energien ausgetauscht werden können? Ich will es gar nicht ausprobieren, aber ... Verdammt, die beiden sind einfach zu ... umwerfend, um ewig *Nein* zu sagen! Na ja, zumindest einer von ihnen. Ich meine, ich bin ja auch nur ein Mädchen mit normalen Bedürfnissen!

Oder interpretiere ich da zu viel hinein? Was, wenn nur ich diese Anziehung spüre und mich nachher bis auf die Knochen blamiere, weil ich ihnen vorwerfe, sie würden mir an die Wäsche wollen?

Ich kann Vincent schon förmlich vor mir sehen, wie er sich vor Lachen den Bauch hält, und Lucian, wie er feuerrot anläuft und zu Boden starrt.

Wenn ich es mir recht überlege, werde ich das doch lieber sein lassen ... Ja, genau, ich werde einfach die Klappe halten und so tun, als wäre nichts.

Gwen ist endlich fertig mit mir und entlässt mich zum Frühstück. Ich mag sie. Sie ist unkompliziert, fröhlich und einfach nur zum Knuddeln. Am liebsten würde ich den Tag mit ihr zusammen verbringen, doch gleich muss ich mich wieder in einen Raum, der vor lauter Testosteron nur so kocht und mir die Luft zum Atmen nimmt, begeben, um bei meinen Wächtern zu sein, wie es sich für die Hüterin gehört.

Mein geflochtener Zopf wippt hin und her, während ich mit schnellen, aber schweren Schritten den Tempelhof überquere. Einige Novizen kreuzen meinen Weg und verbeugen sich artig, während ich ihnen zuwinke. Alle hier sind nett und zuvorkommend zu mir, bis auf meine Wächter, die mir noch mit ihrer Art und ihren Launen graue Haare bescheren. Warum können die beiden nicht genauso unkompliziert wie die anderen Bewohner dieser Spielwelt sein? Ist das ein besonderes Feature? *Überlebe einen weiteren Tag mit deinen Wächtern, ohne einen von ihnen zu erwürgen, und du bekommst tausend Erfahrungspunkte extra!* Ja, schön wär's!

»Guten Morgen«, rufe ich etwas zu laut und überdreht, als ich den Essenssaal betrete. *Bravo, Eve, noch auffälliger geht es wohl kaum.*

»Morgen«, murmeln beide unisono zurück und widmen sich wieder ihrem Frühstück, ohne zu mir aufzusehen, als wäre ich völlig uninteressant. Okeeey … Was geht hier vor?

»Also«, fahre ich fort, während ich mich auf meinen Stuhl gleiten lasse, »wann machen wir uns denn auf den Weg, um die restlichen Wächter zu suchen? Und wie genau wollen wir sie finden?« Das ist momentan mein Antrieb: schnell weg von hier. Obwohl es mir im Tempel gut gefällt, macht mich diese ganze Umgebung rastlos. Ich fühle mich, als trete ich nur auf der Stelle. Das tägliche Zusammensein mit Lucian und Vincent tut sein Übriges, um mich vollkommen unruhig zu machen.

»Mit deinem Amulett«, antwortet Vincent und schenkt mir ein schiefes Grinsen, das mich sofort an gestern Abend erinnert. Ich spüre, wie meine Wangen rot werden, und senke den Blick. Das läuft nicht wie geplant, verdammt!

»A-Aber das reagiert doch nur, wenn der Wächter direkt in der Nähe ist, oder?« Ich versuche krampfhaft, das Gespräch am Laufen zu halten und in unverfänglichere Bahnen zu lenken. Irgendwas, das mein wilden Fantasien nicht noch zusätzlich anfeuert.

»Richtig.« Es ist Lucian, der mir antwortet, und ich bin fast froh, Vincents Grinsen nicht mehr sehen zu müssen. Obwohl Lucians Anblick auch alles andere als ungefährlich für meine Nerven ist. Hach ja, es ist schon erstaunlich, wie toll meine Gruppenmitglieder sind, und ich danke im Stillen den Gamedesignern dafür, dass sie ihnen nicht das Aussehen von Donkey Kong gegeben haben. »Deshalb werden wir durchs ganze Land reisen. Wir werden als deine Wächter immer in deiner Nähe sein, damit dir nichts geschieht.«

Der Blick, den er mir zuwirft, trifft mich wie ein Schlag. Macht er sich etwa Sorgen um mich? Wie süß! Ähm, Moment, was hat er da gerade gesagt? *Immer in meiner Nähe?* Aber ich dachte, durch die Reise bekomme ich etwas Abstand von ihnen oder zumindest etwas mehr Zeit für mich, aber anscheinend sieht es nicht danach aus. Vielleicht sollte ich lieber doch hierbleiben …

Dann besinne ich mich und denke noch mal kurz über das nach, was er mir eben gesagt hat. »Also suchen wir blind nach den restlichen Wächtern? Quasi auf gut Glück?«

Die beiden Männer nicken.

»Wissen die anderen Wächter denn, dass sie Wächter sind? Ihr beide wusstet es ja auch. Vielleicht können wir … keine Ahnung … Flugblätter oder so was verteilen?«

Lucian und Vincent sehen mich stirnrunzelnd an. Wissen sie etwa nicht, was Flugblätter sind? Sollte ich das vielleicht näher erläutern?

»Sie müssen nicht zwingend darüber Bescheid wissen, zu was sie bestimmt sind«, antwortet Vincent und übergeht meinen Flugblatt-Kommentar. »Wir wussten es auch nur, weil ich zum nächsten Hohepriester geweiht wurde und den Willen der Göttin empfing. Ansonsten wären wir ganz gewöhnliche Männer, die ganz alltäglichen Arbeiten nachgehen würden.«

Was er sagt, klingt einleuchtend, aber das macht die Suche nicht einfacher. Wenn die beiden anderen Wächter nichts von ihrer Bestimmung wissen, wird es schwer sein, sie zu finden. Wir müssen quasi durch jeden Ort, durch jedes Dorf und an möglichst vielen Menschen vorbei und hoffen, dass das Amulett irgendwann anschlägt.

Gaia, denke ich, *ein bisschen Hilfe wäre nett!* Aber die Göttin bleibt stumm, wie immer. Wäre ja auch zu einfach gewesen. Langsam kriege ich einen regelrechten Hass auf die schlafende Göttin und ihre blöde Mission. Wäre es nicht möglich gewesen, gleich alle Wächter zu informieren? *Hallo, du bist einer meiner Wächter. Bitte komm zum*

Tempel. Wäre das wirklich so schwer für eine Göttin? Aber nein, sie lässt uns ja lieber quer durchs ganze Land latschen, in der Hoffnung, irgendwo auf die richtigen Menschen zu treffen. Das wird *verdammt* lange dauern, wie ich mein Glück kenne …

»Wann brechen wir auf?«, frage ich. Je eher, desto besser. Vom Rumsitzen und Däumchen drehen werde ich die Wächter nicht finden und dieses Spiel beenden können.

Vincent und Lucian sehen sich an und kommunizieren ohne ein Wort miteinander.

»Morgen«, verkündet Vincent. »Frag Gwen, ob sie mitgehen möchte.«

Im ersten Moment freue ich mich über dieses Angebot. Es wäre so toll, nicht alleine mit Lucian und Vincent umherzustreifen, aber dann besinne ich mich eines Besseren. »Wird die Reise gefährlich?«

Vincent wiegt den Kopf hin und her, ehe er mir antwortet. »Wenn wir Pech haben, müssen wir nah an den Grenzen vorbei. Einfach wird es dann sicherlich nicht.«

Das habe ich befürchtet. »Dann bleibt Gwen hier. Ich möchte sie keiner Gefahr aussetzen. Anders als wir, ist sie nicht auf einen Kampf vorbereitet.« Ich erinnere mich noch gut daran, wie verängstigt sie beim Angriff der Flügelmänner war. Nein, wenn es wirklich zu einem Kampf kommen sollte, wäre sie eher eine Belastung denn eine Hilfe.

Vincent schenkt mir ein verschmitztes Grinsen, das ich gerne erwidere. Ich weiß, dass ich die richtige Entscheidung getroffen habe, auch wenn mir Gwen fehlen wird, schließlich weiß ich nicht, wie lange wir unterwegs sein werden. Vielleicht finden wir die restlichen Wächter innerhalb eines Tages – was natürlich sehr, sehr, *seeehr* unwahrscheinlich ist -, vielleicht sind wir aber auch Wochen oder gar Monate unterwegs.

»Lucian«, sage ich dann, und zum ersten Mal an diesem Morgen sieht er mir ins Gesicht. Seine Miene ist verschlossen, beinahe völlig emotionslos, und ehe ich einen Rückzieher machen kann, fahre ich fort: »Ich würde mich freuen, wenn du mir heute ein paar Grundlagen für den Schwertkampf beibringen könntest.«

Eigentlich wollte ich ihn nicht fragen, aber nach gestern Abend bin ich mir mit dem gemeinsamen Training mit Vincent nicht mehr so sicher. Außerdem bin ich als Hüterin auf den Rückhalt all meiner

Wächter angewiesen. Nur gemeinsam können wir die Aufgabe erfüllen. Ich muss also meinen verletzten Stolz hinunterschlucken und gute Miene zum bösen Spiel machen. Sicher, am liebsten würde ich ihm die Augen auskratzen für das, was er mir an den Kopf geworfen hat, und weil er sich nicht einmal die Mühe gemacht hat, sich meine Version anzuhören, aber das darf ich nicht zulassen. Ich brauche ihn, ob es mir nun passt oder nicht.

»Natürlich, Hüterin«, erwidert er nach einer gefühlten Ewigkeit, in der wir uns abschätzend angesehen haben, und widmet sich wieder seinem Frühstück.

»Schön«, antworte ich unterkühlt und stehe auf. »Dann bis später.« Ich rausche schnell aus dem Saal, damit niemand die Tränen sieht, die sich aufgrund meines verletzten Stolzes in meinen Augen sammeln.

Blödmann!

Acht

»Hüterin, bitte segnet meinen Sohn!«

»Hüterin, bitte lasst das Getreide wachsen!«

»Schenkt uns Regen, Hüterin, damit unsere Ernte nicht verdorrt!«

Mein Kopf schwirrt immer noch von den vielen Bitten, die die Menschen an mich richteten, sobald ich die schützenden Tempelmauern verlassen hatte. Ohne Unterlass prasselten ihre Worte und Ersuche auf mich ein, die teilweise so abwegig waren, dass ich dachte, ich hätte mich verhört. Wie soll ich denn Getreide wachsen lassen? Haben die alle einen Knall? Sehe ich aus, als könnte ich einen Regentanz aufführen?

Ich hätte doch auf Lucian hören und meine Haare verstecken sollen. So wussten beim Anblick meiner feuerroten Mähne alle sofort, wen sie vor sich hatten.

Am liebsten hätte ich sofort kehrtgemacht und wäre zurück in mein Zimmer geflüchtet. Doch ich muss das hier durchziehen und ein paar Leute würden mich nicht davon abhalten. Also straffte ich die Schultern und begegnete all diesen Bewohnern mit einem höflichen, aber distanzierten Lächeln.

Wir kamen nur sehr langsam voran. Die Menschen säumten unseren Weg und drängten sich immer wieder nach vorne, sodass unser Karren nicht weiterfahren konnte.

Vincent lächelte den Umstehenden ebenfalls zu und verteilte ein paar Segen, während Lucian innerlich kochte. Wenn es nach ihm gegangen wäre, wären wir mitten in der Nacht aufgebrochen. Ich hatte ihm widersprochen, weil ich nach unserem Training mit dem Schwert, was erstaunlich zivilisiert ablief, hundemüde war. Die Entscheidung stellte sich nun natürlich als Fehler heraus und ich bin mir sicher, dass er mir das bei passender Gelegenheit vorhalten wird.

Die Sonne ist mittlerweile untergegangen und wir haben es gerade einmal aus der Stadt heraus geschafft. Wenn das so weitergeht, bin ich eine alte Frau, bis ich die anderen Wächter gefunden habe …

Lucian lässt die beiden Zugtiere mitten im Wald halten und springt vom Kutschbock.

»Bleiben wir etwa über Nacht hier?«, frage ich und blicke mich ängstlich nach allen Seiten um. Die Geräusche des Waldes erscheinen mir auf einmal so laut und furchteinflößend und ich ziehe den Umhang fester um mich.

»Bei der Dunkelheit können wir nicht weiterfahren. Oder möchtest du, dass wir einen Abhang hinunterstürzen?«, hält Lucian dagegen, während er die Zugtiere abschirrt, die sich sofort ein paar Meter vom Karren entfernen, um zu grasen.

Dieser Idiot! Kann er so was nicht netter sagen? Frustriert knirsche ich mit den Zähnen, während ich versuche, ihn mit bloßen Blicken zu erdolchen. Sieht er denn nicht, dass ich Angst im Dunklen habe? Nicht, dass ich das jemals zugeben würde! Aber ist wenigstens etwas Freundlichkeit wirklich zu viel verlangt?! Stimmt ja, der Kerl hat so viel Feingefühl wie eine verdammte Abrissbirne!

»Komm, Eve«, reißt Vincent mich aus meinen Gedanken und streckt mir seine Hand entgegen. Ich lege meine zögerlich hinein, gebe mir aber Mühe, nur einen Bruchteil Energie an ihn abzugeben. Wie ein Gentleman hilft er mir vom Wagen und ich danke der Göttin, dass es auch noch normale Menschen in ihrer Welt gibt.

Er führt mich ein Stück weg vom Wagen und schichtet ein paar Äste zusammen. »Jetzt zeig mal, was wir zusammen trainiert haben. Entzünde ein Feuer, damit wir die Nacht über nicht frieren müssen.«

Ich knie mich vor den Asthaufen und rufe die Kraft, die in mir fließt, in meine Hände. Nach ein paar Sekunden fangen sie an, golden zu glühen, und eine kurze Zeit später tänzelt eine kleine Flamme über meiner rechten Handfläche.

»Und jetzt?«, frage ich unsicher. Im Training habe ich bereits einige Flammen hervorgerufen, aber sie haben meine Hand niemals verlassen.

Vincent kniet sich hinter mich. Seine Stimme ist auf einmal ganz nah und ich kann seinen Atem an meinem Ohr spüren, während er spricht. »Lass den Energiestrom nicht abbrechen. Schick ihn weiter durch deine Hand und stell dir vor, wie die Flamme dann darüber schwebt.«

Ich spüre seinen Händedruck an meiner Schulter, wo sie sich langsam zu meinem Unterarm vorarbeitet, und plötzlich schlägt mein Herz wie nach einem Dauerlauf.

»Jetzt bewege deine Handfläche nach unten.« Er übt leichten Druck auf meinen Arm aus und dirigiert mich so zu den aufgeschichteten Ästen. »Und jetzt lass es los.«

Ich stelle mir vor, wie die Flamme meine Hand verlässt und – tatsächlich! – sie springt auf die trockenen Äste über, die sich sofort entzünden, und nach wenigen Augenblicken prasselt ein angenehmes Feuer vor mir.

»Gut gemacht!«, lobt Vincent mich grinsend.

Seine Nähe wird mir mit einem Schlag wieder bewusst und ich rücke ein Stückchen von ihm ab, tue so, als würde ich mich anders hinsetzen wollen, doch er merkt es natürlich. Genau wie Lucian, der die ganze Zeit am Wagen gelehnt und uns beobachtet hat.

Wahrscheinlich war es doch keine so gute Idee, allein mit den beiden auf Reisen zu gehen …

# # #

Nach dem dritten Tag unserer Reise kann ich die beiden dazu überreden, an einem See haltzumachen.

Meine Glieder schmerzen von der rumpelnden Fahrt im Karren und ich wünsche mir die heißen Quellen des Tempels herbei, aber ich würde mit jeder Art von Wasser vorliebnehmen, um mir den Staub der Straße vom Leib zu waschen. Ich bin der festen Überzeugung, dass meine Klamotten von alleine stehen bleiben würden, so starr sind sie vor Dreck. Die muss ich auch dringend mit waschen.

»Ihr bleibt hier«, weise ich meine Wächter streng an, bevor ich die Büsche durchquere und das Stück zum See laufe, der fast direkt an der Straße liegt. Idyllisch umgeben von Bäumen, glitzert das Wasser einladend in der Sonne und ich beeile mich, meine Kleider abzustreifen. Ich habe zwar keine Ahnung, wie ich ohne Gwens Hilfe wieder in dieses Korsett kommen soll, aber darüber mache ich mir jetzt keine Gedanken. Erst mal muss ich mich wieder wie ein Mensch fühlen.

Bevor ich das knielange Hemd über den Kopf streife, werfe ich noch schnell einen Blick über die Schulter, ob mir auch wirklich keiner der beiden gefolgt ist. Als ich mir sicher bin, allein zu sein, werfe ich das letzte Kleidungsstück ab und wate ins Wasser.

Herrlich erfrischend umspült es meine Haut und ich tauche mit einem Seufzen unter. Schade, dass es mir nur bis zur Taille reicht, aber es ist immerhin besser als nichts.

Ich vermisse meine Shampoos und Duschgels aus der realen Welt. Keine Ahnung, wie ich ohne sie den Dreck aus meinen Haaren bekommen soll ...

Ich rubble über meine Haut, bis sie rot ist und brennt, doch ich habe immer noch das Gefühl, als würden Tonnen von Straußenstaub und verkrusteter Schlamm an mir kleben.

Also beschließe ich, ein bisschen zu schwimmen. Vielleicht löst sich ja dann all der Dreck. Außerdem wird es meinen verkrampften Muskeln guttun, wenn ich mich ein bisschen bewege.

Als ich etwa die Mitte des Sees erreicht habe, höre ich eine Stimme. Wundervoll tief und voll singt sie in einer Sprache, die ich nicht verstehe, ein Lied, das mich restlos in seinen Bann zieht. Ich könnte hier Stunden verbringen und einfach nur der Stimme lauschen. Wer hier wohl mitten im Wald singt? Und dann auch noch so wunderschön! Ich drehe mich nach allen Seiten, kann aber niemanden sehen.

»Hallo?«, rufe ich und verschränke vorsorglich die Oberarme vor dem Körper, um mich zu bedecken. »Ist da jemand?«

Doch ich bekomme keine Antwort. Ich wate in die Richtung, aus der diese herrliche Stimme kommt, und als ich beinahe am Rand des Sees angekommen bin, sehe ich ihn. Er sitzt am Ufer, das Wasser umspült seine Beine und die Nässe auf seinem nackten Oberkörper glänzt in der Sonne. Seine Augen sind geschlossen, nur sein Mund bewegt sich und enthüllt diese fremdartigen, aber wundervollen Töne, die mich zu ihm zu rufen scheinen.

Ich wate weiter und als ich fast direkt vor ihm stehe, öffnet er die Augen und lächelt mich an, ohne jedoch seinen Gesang zu unterbrechen. Seine Musik ist so einladend, so beruhigend, dass ich mit einem Mal all meine Sorgen und Ängste vergesse und mich nur darin verlieren will.

Meine Arme hängen schlaff an meinem Körper herunter und mein Kopf fühlt sich herrlich leer und unbeschwert an. Nur eine kleine, fiese Stimme in meinem Kopf fragt immer wieder, was ich hier eigentlich mache. Ich stehe splitterfasernackt vor einem völlig Fremden. Schutzlos. Doch als er eine neue Strophe anstimmt, schweigt auch die Stimme in meinem Kopf endlich und ich kann mich voll und ganz in diesem unvergleichlichen Gesang verlieren.

Der junge Mann streckt eine Hand nach mir aus und ich will sie ergreifen, will näher zu ihm und ganz nah bei dieser wundervollen Musik sein, die mein Herz erwärmt und meinen Körper leicht wie eine Feder werden lässt.

Der Wind trägt seinen frischen Duft nach Meer und Salz zu mir, den ich gierig einsauge wie die Luft zum Atmen, und seine dunklen Haare schimmern bläulich im Sonnenlicht. Ich bin so nah, und als wir nur eine Armeslänge voneinander getrennt sind, lächelt er mich an.

Und ich erstarre.

Doch es ist bereits zu spät.

Wie ein verängstigtes Reh starre ich auf die doppelten Reihen spitzer Fangzähne, die seinen Mund säumen. *Wie bei einem Hai*, schießt es mir durch den Kopf, doch da ist er bereits aufgesprungen, hat mich gepackt und unter Wasser gezogen.

Ich strample und schreie stumm, wodurch nur noch mehr Wasser in meine Lungen dringt und die noch vorhandene Luft als Blase nach oben steigt. Mit eisernem Griff hält er mich fest, zieht mich tiefer und tiefer, bis auf den Grund des Sees. Ich wirbele Erde auf, schlage nach ihm, doch er ist glitschig wie ein Fisch und weicht geschickt jedem meiner Angriffe aus, als würde er sich immer im Wasser bewegen.

Panik greift nach mir und lähmt mich. Luft, ich brauche Luft! Meine Lungen schmerzen, drohen zu bersten, und meine Bewegungen werden langsamer und fahriger. Über mir sehe ich die Sonne durch das Wasser scheinen. So nah ist die Wasseroberfläche und doch so unerreichbar für mich. Ich greife mit den Armen danach, will nach oben greifen, um den Sauerstoff, nach dem mein Körper schreit, mit den Händen einzufangen.

Der Haifischzahn-Mann versenkt seine Zähne in meiner Schulter und ich öffne erneut den Mund zu einem stummen Schrei. Wie tausend Nadeln bohrt sich sein Haigebiss in meine Haut, reißt an meinem Fleisch, und der Schmerz vernebelt mir das letzte bisschen Verstand.

Als die Ränder meines Sichtfeldes bereits schwarz werden und ich immer mehr helle Punkte vor meinen Augen sehe, werde ich ganz ruhig, verabschiede mich von dieser Welt und hoffe, beim Aufwachen wieder in der meinen zu sein. Mein Körper hat bereits begriffen, dass jede Gegenwehr sinnlos ist, und gibt auf, benutzt den letzten Rest Sauerstoff, der noch durch meine Adern gepumpt wird, dazu, um alle lebenserhaltenden Funktionen aufrechtzuerhalten. Doch daran, mich zur Wehr zu setzen, ist nicht mehr zu denken. Jede Bewegung grenzt an körperliche Schmerzen. Das Wasser brennt in meinen Lungen, die nach Luft schreien, sodass der pochende Schmerz an meiner Schulter, an der der Typ noch immer kaut, beinahe unbedeutend wirkt.

Das war's also, denke ich, während vor meinen Augen alles schwarz wird.

Ein lautes Platschen neben mir erhält die letzte Aufmerksamkeit, die ich aufbieten kann, und ich spüre, wie der Haifischzahn-Mann mit einem Zischen zurückweicht und von mir ablässt.

Leblos treibe ich auf dem Grund des Sees, als plötzlich Lucians Gesicht vor mir auftaucht. Nur am Rande spüre ich, wie er seine Lippen auf meine presst, meine schmerzenden Lungen mit Luft vollpumpt und gleichzeitig das Feuer in mir weckt, das sofort beginnt, meinem halbtoten Körper wieder Leben einzuhauchen. Dann legt er seine Arme um mich und zerrt mich mit einem Ruck an die Wasseroberfläche.

Ich schnappe stoßweise nach Luft, wie ein Fisch an Land. Meine Lungen sind überfordert und mir wird schwindelig, doch Lucian hält mich aufrecht und ich lehne mich dankbar gegen ihn, um nicht wieder unter Wasser zu landen.

Sein Körper versteift sich unter meinen Berührungen. »Eve«, flüstert er. Ich bin viel zu sehr damit beschäftigt, einfach nur zu atmen, als mich wegen meiner Nacktheit zu schämen. »Ich brauche deine Kraft.«

Erst jetzt höre ich das Zischen. Es kommt von überall um uns herum und ich spähe vorsichtig an Lucian vorbei. Meine Augen brauchen eine Weile, um ihre gewohnte Arbeit wieder aufzunehmen, und ich blinzle gegen die Sonne an, die sich noch immer auf der Wasseroberfläche spiegelt.

Wir sind umzingelt. Sie schwimmen im Wasser oder sitzen am Ufer, haben die Zähne gebleckt und zischen wie hundert Schlangen.

Eine Gänsehaut zieht sich über meinen ganzen Körper. »Was … Wer …?«, stammle ich.

»Fischmenschen. Sirenen. Zu viele, als dass ich sie alleine bezwingen könnte.« Er nimmt mein Gesicht in beide Hände und schaut auf mich hinab. »Ich brauche deine Kraft. Bitte, Eve!«

Ich kralle mich in sein nasses Hemd, ziehe mich ein Stück nach oben und drücke meine Lippen fest auf seine. Augenblicklich öffnet sich sein Mund und als unsere Zungen sich berühren, schicke ich all meine verbleibende Kraft an ihn. Es ist nicht viel, nur ein kläglicher Rest, der meinen Überlebenskampf überstanden hat, doch ich bete, dass es genug ist, um ihn zu verwandeln, denn ansonsten sind wir beide verloren.

Das Feuer wärmt meinen Körper, belebt mich, und ich spüre, wie Lucians Körper unter meinen Fingern zu schrumpfen scheint. Für einen Moment verschwindet er unter Wasser und ich habe schon Angst, er würde ertrinken, doch dann verdampft zischend das Wasser um uns herum und grelle Flammen lodern direkt vor mir auf.

Ich schaue in orangefarbene Augen, in denen ein Feuer zu brennen scheint. Würde ich nicht wissen, dass es Lucian ist, der vor mir steht, hätte ich ihn nicht erkannt.

Seine verwandelte Gestalt ist genauso riesig wie Vincents und mindestens genauso eindrucksvoll, wenn nicht gar angsteinflößend.

Er hat mir zwar bereits erzählt, dass er sich in einen Wolf verwandeln würde, aber es nur zu hören oder es wahrhaftig vor mir zu sehen, sind zwei Paar Schuhe. Ich kann gar nicht genau sagen, welche Farbe sein Fell hat. So viele verschiedene Schattierungen von Gelb, Orange und Rot spiegeln sich im Sonnenlicht, dass es aussieht, als würde ich direkt in ein Feuer schauen. Die Flammen, die aus seinem Rücken und seinem Schweif emporschießen, tun ihr Übriges, um seine Gestalt noch eindrucksvoller erscheinen zu lassen. Wie gesagt, wüsste ich nicht, dass das Lucian ist, würde ich mir vor Panik in die Hose machen, denn er sieht *richtig* gefährlich aus. Nicht nur seine

Größe, sondern auch seine rohe Ausstrahlung verleihen ihm etwas Animalisches, das mich am liebsten auf Abstand gehen lassen würde.

Lucian setzt eine Tatze nach vorne und schiebt mich mit seinem Körper hinter sich. Ich lege schnell eine Hand auf seinen Rücken, aus dem Flammen emporschießen, und tanke genügend Kraft auf, um alleine auf den Beinen bleiben zu können. Ein Grollen lässt seinen Körper unter meiner Hand vibrieren und augenblicklich verstummt das Zischen der Fischmenschen. Die spitzen Ohren angelegt, rennt er durch den See. Das Wasser zischt aufgrund der Hitze, die er ausstrahlt, und die Fischmenschen, die sich im Wasser befanden, versuchen nun, sich ans Ufer zu retten.

Während ich noch immer benommen das Schauspiel beobachte, erinnere ich mich daran, was Vincent mir über die Feuerkraft erzählt hat. Sie hätte selbst die Kraft, das Wasser verdampfen zu lassen. Damals habe ich mich darüber lustig gemacht und es für maßlose Übertreibung gehalten – heute bin ich restlos begeistert.

Ich bleibe allein im schwindenden Wasser zurück, das nur noch knapp meine Waden umspült, und beobachte, wie Lucian in seiner Feuerwolfsgestalt Jagd auf die Fischmenschen macht. Sie brauchen eine Weile, um an Land zurechtzukommen, und das nutzt Lucian für sich. Sie zischen, versuchen, mit ihren spitzen Zähnen nach ihm zu schnappen, doch er weicht ihnen spielend aus, zerreißt ihre Körper mit seinen kraftvollen Kiefern, sodass das Krachen der Knochen mir einen Schauer nach dem anderen über den Rücken jagt.

Ich weiß nicht, wie lange der Kampf dauert und gegen wie viele er kämpft, denn mein Verstand ist noch zu beschäftigt damit, den Sauerstoffverlust von vorhin und den Kraftverlust für Lucians Verwandlung auszugleichen.

Als die Fischmenschen besiegt und einige von ihnen in den Wald geflohen sind, dreht sich der flammende Wolf zu mir um und mustert mich. Ich erwidere wie gebannt seinen Blick, bis mir einfällt, dass ich hier splitterfasernackt stehe, und augenblicklich schießt mir das Blut in die Wangen. Schnell wende ich ihm den Rücken zu, bahne mir auf wackeligen Beinen einen Weg zurück ans Ufer, wo ich meine Kleidung zurückgelassen habe, greife als erstes nach dem Umhang und werfe ihn mir über.

Als der raue Stoff meine verletzte Schulter berührt, schreie ich auf.

Ein Arm legt sich um meine Mitte und ich rieche Pfirsiche. Augenblicklich erstarre ich und mein Mund ist staubtrocken, obwohl ich doch vorhin erst unfreiwillig literweise Wasser getrunken habe, gleichzeitig pocht mir das Herz bis zum Hals. Lucian, mittlerweile wieder ein Mensch, hält mich mit einem Arm fest und schiebt mit dem anderen den Umhang von meiner verletzten Schulter. Meine Hände verkrampfen sich vorne um den Umhang, während mein ganzer Körper unkontrolliert zu zittern beginnt. Ich fühle mich seltsam entblößt, obwohl er nur meine Schulter sieht. Und selbst wenn es mehr wäre, eben hat er ja schließlich …

Nein! Ich will diesen Gedanken nicht zu Ende denken!

Es ist so peinlich …

Doch warum eigentlich? Schließlich ist er nicht der erste Mann, der mich nackt sieht. Es gibt nichts, wofür ich mich schämen müsste.

Und doch fühle ich mich so, als würde er auf den Grund meiner Seele blicken, obwohl er nur meine verletzte Schulter sehen kann. Kann dieses Zittern jetzt bitte wieder aufhören? Ich versuche mir einzureden, dass ich nur wegen des Windes zittere, der über meine nasse Haut bläst, doch ich weiß, dass es nicht stimmt.

Seine Finger fahren über die empfindliche Stelle meiner Halsbeuge bis hin zu der Bissverletzung und ziehen dabei eine heiße Spur hinter sich her. Ich weiß nicht, ob es die Feuerkraft oder einfach nur seine Berührung ist, die meine Haut brennen und meinen Körper erbeben lässt.

Als er seine Finger auf die offene Wunde legt, schnappe ich nach Luft. Scheiße, tut das weh! Er reibt fest über die Bissmale, bis sie wieder anfangen zu bluten.

»Entschuldige«, wispert er und seine Stimme ist dabei so nah, dass sich all die kleinen Härchen in meinem Nacken aufstellen und ich Probleme habe zu atmen.

Und dann sind da plötzlich seine Lippen an meiner Schulter, die einen Schauer nach dem anderen durch mich hindurch jagen. Es fühlt sich an, als stehe mein gesamter Körper vom Scheitel bis zum kleinen Zeh unter Strom. Ich ziehe scharf die Luft ein, während mein Körper stocksteif wird. Was tut er da? Er saugt an der Wunde und spuckt kurz darauf das Blut zu Boden, um wieder von vorne zu beginnen. Jedes

Mal, wenn er seine Lippen wieder auf meine Haut legt, zucke ich erneut zusammen. Die Hitze, die von seinen Berührungen ausgeht, lässt meinen ganzen Körper in Flammen aufgehen.

Es fühlt sich so gut an, sanft und gleichzeitig doch brennend. Ich seufze genüsslich auf und schließe die Augen, während die Anspannung von mir abfällt und ich völlig vergesse, dass ich vor nicht einmal einer halben Stunde dem Tode näher war als dem Leben. Immer wieder senkt er seinen Mund auf meine Schulter hinab, und von mir aus kann er mir das ganze Blut aussaugen, wenn er nur nicht mit seinen Berührungen aufhört.

»Ich denke, das reicht«, murmelt er nach einer Weile und greift nach meiner Hand, die zwar noch immer die Öffnung des Umhangs umklammert, aber immerhin aufgehört hat zu zittern.

Weil ich darauf nicht vorbereitet und gerade mit den Gedanken ganz woanders bin, trifft mich der Kraftaustausch wie ein Schlag, und auch Lucian zieht zischend die Luft zwischen den Zähnen ein. »Langsam«, beschwört er mich und ich gebe mir die größte Mühe, das Feuer in mir zu zügeln, das nur darauf wartet, freigelassen zu werden, nachdem es die ganze Zeit immer wieder durch Lucians Berührungen angestachelt wurde.

Er haucht über meine Schulter und mein ganzer Körper erschaudert darunter. Ich spüre, wie sich die Wunde schließt, wie die Hautenden aufeinanderzustreben und sich wieder zusammenfügen. Es ist ein seltsames Gefühl. Irgendwie eine Mischung aus Ziehen und Reißen, aber nicht schmerzhaft, sondern erlösend.

Dann lässt er mich plötzlich los und ich muss gegen die Kälte ankämpfen, die augenblicklich mit eisigen Krallen nach mir greift. Es fühlt sich an, als würde ich ungeschützt von einem hohen Punkt in ein endlos schwarzes Loch fallen, ohne Netz und doppelten Boden. Einfach nur fallen, während der kalte Wind mir entgegenschlägt. Zähneklappernd schiebe ich den Umhang wieder über die mittlerweile geheilte Schulter, presse die Lippen fest aufeinander und starre zu Boden. Ich kann Lucians Körper hinter mir spüren, doch ich wage nicht, mich umzudrehen. Mit jeder Faser meines Körpers lechze ich nach seinen Berührungen, doch ich kann nicht differenzieren, ob es nur die Kraft ist, nach der ich hungere. Zu viel ist in der letzten Stunde passiert, das ich nicht einordnen kann, und das verunsichert mich.

Wie soll ich mich in Zukunft verhalten? Wie soll ich ihn ansehen, ohne an das zu denken, was eben passiert ist? Diese Nähe, die mich bis tief in mein Innerstes erschüttert hat. Seine Lippen auf meiner Haut, die ein Feuer in mir entfacht haben, das einfach nicht wieder abklingen will.

Ich hätte es nie für möglich gehalten, dass Lucian zu so sanften Berührungen fähig ist, doch das, was er mit mir gemacht hat, war unbeschreiblich. Nicht nur, dass er mich vor dem sicheren Tod gerettet hat, sondern auch die Art, wie er danach mit mir umgegangen ist. So zwanglos und intim. Anders. Innig. Wie oft habe ich seine starren Blicke und sein emotionsloses Gesicht verflucht, doch nun hat er mir gezeigt, dass da auch ein ganz anderer Lucian unter der harten Schale steckt.

»Du solltest dich anziehen, damit du dich nicht erkältest«, sagt er nach einer Weile des Schweigens und seine Stimme ist noch so nah wie vorhin. »Ich drehe mich so lange um und helfe dir dann, wenn du so weit bist.«

Ich höre das Gras rascheln, als er sich einige Meter entfernt, und nach einem Blick über die Schulter beginne ich, mit steifen Fingern meine Kleidung vom Boden aufzulesen. In die enge Lederhose zu schlüpfen, gestaltet sich schwieriger, als ich es für möglich gehalten hätte. Sie klebt an meiner noch teilweise nassen Haut und ich brauche ein paar Anläufe, bis ich sie endlich über den Hintern bekommen habe.

Hinter mir höre ich, wie Lucian ebenfalls mit Stoff hantiert. Zieht er sich etwas auch was an? Moment, was heißt *auch*? War er eben etwa … Bei der bloßen Vorstellung werden meine Wangen heiß. Natürlich, er war ja vorhin ein Wolf. Wie soll er da nach seiner Rückverwandlung Kleidung am Leib haben? Ach verdammt! Warum habe ich die Chance nicht genutzt und mich umgedreht?!

Als ich mir das Hemd über den Kopf gezogen habe und das Korsett locker um meine Mitte hängt, sage ich: »Ich bin so weit.« Meine Stimme ist nur ein heiseres Krächzen und jedes einzelne Wort brennt in meinem Hals und meinen Lungen.

Er kommt näher und schiebt mir die Haare nach vorne über die Schulter, wobei seine Finger federleicht über meinen Nacken streichen, was die kleinen Härchen erneut in helle Aufregung versetzt. In meinem Bauch kribbelt es, als würde eine ganze Horde Schmetterlinge Amok laufen, und ich halte die Luft an, damit er nicht hört, wie schnell ich atme.

Doch Lucian scheint sowieso nichts davon mitzukriegen. Mit flinken Fingern schnürt er das Korsett und ist dabei so geschickt wie Gwen. Danach fährt er mit den Fingern durch meine Haare und kämmt die nassen Strähnen so gut es geht, bevor er sie zu einem dicken Zopf flechtet. Da meine Finger noch wie Espenlaub zittern, hätte ich das niemals gekonnt.

Obwohl Gwen mir schon unzählige Male beim Anziehen geholfen und mir die Haare gemacht hat, ist das hier mit Lucian etwas ganz anderes. Es ist so viel intimer. All diese kleinen, fast beiläufigen Berührungen lassen meine Synapsen aus allen Rohren feuern und sämtliche Lichter in meinem Kopf blinken wie bei einem Flipperautomaten. Ich will, dass er mich berührt, und zwar bewusst, nicht nur beiläufig. Ich will mich in seine Berührungen lehnen und sie vielleicht sogar erwidern, doch ich wage nicht, mich zu bewegen, aus Angst, dass er dann damit aufhört und mich wieder der Kälte überlässt.

Als er fertig ist, legt er mir wieder den Umhang um die Schulter und mein Blick fällt auf mein Blut am Boden, das er ausgespuckt hat.

»Sie sind giftig«, sagt er, als er meinem Blick folgt. »Ich weiß nicht, ob es ihr Speichel ist, aber Wunden, die von Fischmenschen verursacht werden, entzünden sich und verursachen starke Schmerzen und manchmal auch den Tod. Ich hoffe, ich konnte das ganze Gift heraussaugen, bevor ich die Wunde verschlossen habe.«

Ich brauche eine Weile, um diese Info zu verdauen. »D-Danke«, stammle ich dann. Er hat mir also heute zweimal das Leben gerettet und alles, was ich zustande bringe, ist ein gestottertes *Danke? Bravo, Eve.*

»Komm, lass uns zurück zum Wagen gehen.« Er legt eine Hand an meinen Rücken und schiebt mich sanft Richtung Straße. »Vinc wartet sicher schon auf uns.«

Ich nicke und lasse mich von ihm durch den Wald führen.

# # #

»Da seid ihr ja endlich!«, ruft Vincent, als wir auf den Wagen zulaufen. »Ich dachte schon, ich müsste selbst los, um euch zu suchen.«

Seine Worte klingen sorglos, spielerisch, doch der Blick, mit dem er Lucians Hand auf meinem Rücken und meine besorgte Miene mustert, ist mörderisch, und es wundert mich fast, dass keine Funken aus seinen Augen schießen.

Lucian zieht seine Hand zurück, als hätte er sich verbrannt, und bringt einen Meter Abstand zwischen uns. Ohne seine Stütze gerate ich augenblicklich wieder ins Wanken, da meine Knie sich noch immer anfühlen, als seien sie aus Wackelpudding.

Wieso stößt er mich jetzt wieder von sich?

»Alles in Ordnung«, sagt Lucian leichthin und macht sich am Geschirr der Zugtiere zu schaffen. Hin und wieder wirft er mir einen besorgten Blick zu, doch den kann er sich auch schenken! *Blödmann*!

Ich klettere mit Vincents Hilfe auf die Ladefläche des Karrens, lehne mich mit einem dankbaren Seufzen an die Bretterwand und schließe kurz die Augen. Es tut so gut, endlich nicht mehr stehen oder laufen zu müssen.

Vincent mustert mich mit zusammengezogenen Augenbrauen. »Was ist passiert?«, fragt er dann. »Du bist so blass wie die Monde.«

»Es geht mir gut«, nuschle ich. Natürlich ist es gelogen und das wissen auch meine beiden Wächter, doch Vincent ist klug genug, nicht weiter nachzufragen. Der Schreck des Angriffs sitzt noch so tief, dass ich nicht darüber reden will und ich bin dankbar, dass Vincent mich nicht dazu drängt. Wenigstens auf ihn kann ich mich verlassen. Manchmal zumindest..

Alles, was ich jetzt tun möchte, ist, die Augen zu schließen und zu schlafen. Mein Körper fühlt sich so schwer an, als würde Beton anstatt Blut durch meine Adern fließen und mich mit zehnfacher Erdanziehungskraft zu Boden ziehen. Ich fühle mich, als wäre ich in dieser Trainingskapsel von Vegeta und Son Goku, aber anders als sie, trainiere ich nicht für den Kampf auf einem anderen Planeten. Wenn man so darüber nachdenkt, ist meine Aufgabe hier nicht wirklich schwer: Finde die vier Wächter und erwecke die Göttin. Punkt. Dürfte doch eigentlich nicht so dramatisch sein. Wären da nicht diese dämlichen, aber unwahrscheinlich realen Features, die mich immer wieder von der Erfüllung meiner Aufgabe abhalten. Ich sollte mich nicht zu meinen Wächtern hingezogen fühlen. Ich sollte auch keinen Schmerz empfinden oder beinahe sterben, aber trotzdem passiert es, ohne dass ich es verhindern kann.

Wieder beginne ich zu zittern, ohne zu wissen, warum, und schlinge den Umhang enger um mich.

Ich spüre ihre Blicke, merke, wie meine beiden Wächter mich mit Argusaugen beobachten, und gebe mir Mühe, keine Schwäche zu zeigen. Ich bin die Hüterin. Und mir ist nichts passiert, alles ist okay.

Keine Schwäche zeigen, Eve!

Doch es hilft nichts. Tränen fließen meine Wangen hinab und meine Schultern heben und senken sich, während ich krampfhaft versuche, die Schluchzer, die in meiner Kehle aufsteigen, zu unterdrücken.

Sie setzen sich neben mich, jeder an eine Seite, und lehnen sich wortlos an mich. Ohne zu wissen, wer wo sitzt, lehne ich meinen Kopf auf die Schulter des Rechten, und lege meine Hand auf den Arm des Linken. Für den Moment fühle ich mich geborgen in dieser fremden Welt und meine ungewisse Zukunft scheint auf einmal nicht mehr ganz so grau zu sein.

Getröstet und beschützt durch meine beiden ungleichen Wächter, falle ich in einen unruhigen Schlaf.

Neun

Das hat doch alles keinen Zweck«, motze ich und lehne mich an die Hauswand hinter mir. Meine Beine fühlen sich an, als wäre ich seit Stunden unterwegs – was ja auch stimmt.

»Immer noch nichts?«, fragt Vincent und deutet auf mein Amulett.

Ich schüttele niedergeschlagen den Kopf. »Nein. So wie jeden verdammten Tag.«

Seit Wochen sind wir unterwegs, klappern ein Kaff nach dem anderen ab, und finden … nichts. Absolut gar nichts. Langsam glaube ich, dass dieses blöde Amulett kaputt ist oder die Göttin keinen Wert darauf legt, wieder zu erwachen. Dass das alles hier nichts weiter als ein blöder Scherz ist.

»Wie viele Orte haben wir noch vor uns?«, frage ich lustlos, während ich Lucian und Vincent durch das Gedränge der Stadt folge, die wir gerade durchkämmen.

Seit dem Vorfall am See verlief unsere Reise ruhig, und da ich immer eine Kapuze über meinen roten Haaren trage, werden wir auch nicht mehr behelligt. Wir sind Reisende auf dem Weg durchs Land, von denen niemand Notiz nimmt. Obwohl meine Wächter hin und wieder einige anerkennende Damenblicke ernten, die ich mit einer grimmigen Miene aber schnell unterbinde.

Lucian bleibt stehen und runzelt die Stirn. »Im Grunde ist das die letzte große Stadt. Wenn wir hier keinen der Wächter finden, weiß ich auch nicht weiter.«

»Es gibt sicher noch ein paar Häuser an den Flüssen, aber Luc hat recht: Nach dieser Stadt gibt es keine weiteren großen Siedlungen mehr«, pflichtet auch Vincent bei, dem ich auch ansehe, dass er langsam entmutigt ist.

»Ihr meint also, wenn wir die Wächter hier nicht finden, stehen die Chancen schlecht.« Beide nicken. *Na großartig.* Irgendwie habe ich mir das alles einfacher vorgestellt. Ich meine, wie schwer kann es schon sein, vier Leute zu finden und die Welt zu retten? Langsam komme ich mir vor wie in Super Mario, als an jedem Levelende Toad steht und sagt *»Sorry Mario, deine Prinzessin ist nicht mehr hier«*. Genau so fühlt es sich gerade an und es ist einfach nur nervig. Irgendwo müssen diese anderen beiden Wächter doch sein! Aber was, wenn ... »Was ist eigentlich, wenn einer der Wächter zwischenzeitlich stirbt, während wir ihn suchen? Gibt es dann einen Ersatz?«

»Nein«, antwortet Vincent. »Wir werden als Wächter geboren. Wenn einer von uns stirbt, kannst du deine Aufgabe nicht beenden.«

»Und ich habe automatisch verloren«, schließe ich. Das sind ja rosige Aussichten, aber es hilft alles nichts. Wenn ich hier rumstehe, finde ich die Wächter auch nicht. »Nun denn, lasst uns weitersuchen und hoffen, dass wir die beiden letzten Wächter so schnell wie möglich finden.«

Ich habe keine Zeit zu vertrödeln. Jeder Tag hier ist ein verlorener Tag in der realen Welt, also sollte ich alles daransetzen, so schnell wie möglich meine Aufgabe zu erfüllen. Es gab schon genug Ablenkungen. Ich bin hier, um das Spielziel zu erfüllen, und als passionierter Gamer ist es meine Pflicht, dies zu schaffen. Niemals werde ich mich den gegnerischen Wächtern ergeben oder gegen sie verlieren. Auch wenn ich mich in dieser Spielwelt langsam, aber sicher ziemlich wohl fühle, darf ich doch nicht vergessen, dass ich irgendwann zurückgehen muss, und wenn es so weit ist, will ich es als Siegerin tun, so, wie ich es gewöhnt bin.

Ich lasse mich weiter in dem unaufhörlichen Strom aus Menschen mittreiben und befinde mich nach einer Weile auf einem großen Platz.

»Ist das ein Schloss?«, frage ich, während ich mit großen Augen das riesige Gebäude vor mir mustere.

»Unser König lebt hier«, erklärt Lucian, der neben mich getreten ist und meinem Blick folgt. »Das ist sein Palast.«

Ich mache einen Schritt weiter nach vorne und erschrecke beinahe zu Tode, als ich ein leichtes Vibrieren an meinem Bauch spüre.

»Das Amulett!«, rufe ich und winke Lucian und Vincent ungeduldig zu mir. »Es schlägt an!«

»Du meinst, der nächste Wächter ist … da drin?« Lucian mustert stirnrunzelnd die bis an die Zähne bewaffneten Wachen am Palasteingang. »Das ist ein Problem.«

»Wir müssen da rein!«, sage ich entschieden und strebe bereits auf den Eingang zu.

Vincent packt mich am Arm und hält mich zurück. »Bist du wahnsinnig? Du kannst doch nicht einfach durch den Vordereingang hineinmarschieren! Die spießen dich schneller auf, als du gucken kannst.«

»Aber wir müssen doch …«

»Wir werden uns etwas überlegen.« Vincent zerrt mich zurück und wir verschwinden im Getümmel. »Lass uns nach einem anderen Eingang suchen und uns bei Nacht ins Schloss schleichen.«

»Das dauert mir zu lange.« Dann kommt mir eine Idee und ich tippe mit dem Zeigefinger gegen Vincents Brust. »Du bist doch der Hohepriester. Kannst du nicht um eine Audienz oder so was bitten?«

Vincent wiegt den Kopf hin und her. »Kann ich schon, aber wie wollen wir dann zusammen nach dem Wächter suchen? Vielleicht ist er nur einer der Diener und arbeitet in der Küche. Dort komme ich auch als Hohepriester nicht hinein. Und auch ein Hohepriester muss sich an die Audienzzeiten halten. Ich werde dort auch nicht ohne Weiteres vorgelassen.«

Ich knirsche mit den Zähnen. Das dauert mir alles zu lange! Alternativen Eingang suchen und in einer Nacht-und-Nebel-Aktion dort einbrechen … Das muss doch irgendwie schneller gehen …

Ich starre auf den Palast, während das Amulett um meinen Hals nur noch dumpf pulsiert. Der dritte Wächter ist so nah! Ich muss nur die Hand nach ihm ausstrecken, und doch stehe ich hier und kann nichts tun. Frustriert stampfe ich mit dem Fuß auf.

Aber Herumstehen und Nichtstun sind nicht meine Art. Ich habe nicht tausende Kämpfe auf dem Spielfeld gewonnen, indem ich einfach nur abgewartet habe. Ich habe meinen Gegnern das Fürchten gelehrt, indem ich wie eine Seuche über sie hergefallen bin, während sie noch nicht einmal ihre Standorte befestigt hatten.

Das hier ist ein Spiel. Also werde ich auch so vorgehen, wie ich in Spielen normalerweise vorgehe.

Ich reiße mich von Vincent los und marschiere wieder auf die Wachen vor dem Palasteingang zu, zwänge mich zwischen den Menschenmassen hindurch und steuere direkt auf das große Tor zu.

»Eve, bleib stehen!«, höre ich Lucian hinter mir rufen, doch ich ignoriere ihn.

Mit gestrafften Schultern und erhobenem Kopf stehe ich vor den Wachen, die mich mit hochgezogenen Augenbrauen mustern, ehe ich mit einer theatralischen Geste die Kapuze von meinem Kopf reiße und mit lauter Stimme sage: »Ich bin die Hüterin der Göttin Gaia und ich verlange Einlass in den Palast!«

Augenblicklich herrscht Totenstille um uns herum, wenn man vom kollektiven Nach-Luft-schnappen einmal absieht. Den Wachen fallen beinahe die Augen aus dem Kopf, als sie meine roten Haare anstarren, und ich kann mir ein siegessicheres Grinsen nicht verkneifen.

»Bist du übergeschnappt?«, zischt Lucian, der zusammen mit Vincent zu mir geeilt ist.

Doch ich lasse mich nicht beirren, blende meine Wächter komplett aus und mache einen Schritt auf die Wachen zu, die ängstlich nach hinten weichen.

»Ich will mit dem König sprechen. *Auf der Stelle!*« Meine Stimme wird über den mucksmäuschenstillen Platz getragen und ich bin mir sicher, dass man mich auch noch in den Nachbarorten hören kann.

Jetzt nur nicht zurückweichen! Angriff war schon immer die beste Verteidigung und dieses Konzept werde ich auch jetzt beibehalten. Nun, wo der dritte Wächter in greifbarer Nähe ist, werde ich nicht abwarten. Ich werde *machen*. Ich werde dafür sorgen, dass mein Volk gewinnt, und wenn ich dafür diesen verdammten Palast stürmen muss, dann soll es eben so sein!

»Das geht niemals gut«, murmelt Vincent neben mir und bedeckt sein Gesicht mit den Händen.

Aber mein Plan funktioniert. Einer der Wachen dreht sich um und rennt in den Palast. Derweil kommt auch wieder Leben in die Menschen um uns herum, die aufgeregt durcheinander reden und sich immer enger um uns drängen.

Lucian und Vincent haben Mühe, sie mir vom Leib zu halten. Hände greifen nach mir, wollen mein Haar berühren, verlangen nach meinem Segen und meinem Schutz vor den anderen Völkern, doch ich tue so, als würden sie nicht existieren. Stur starre ich den verbliebenen Wachmann nieder, der nach wenigen Sekunden meinem Blick ausweicht und den Kopf senkt. Als die Menschen um mich herum lauter werden und meine Wächter fast über den Haufen rennen, kommt auch in mir eine Unruhe hoch. Wo bleibt dieser verdammte Wachmann? Ich kann nur hoffen, dass wir schnell in den Palast eingelassen werden und dieser Horde um uns herum entkommen.

Ich muss das jetzt durchziehen. Ein weiterer Wächter ist zum Greifen nah. Ich darf jetzt nicht zögern. Danach brauche ich nur noch den vierten, um meine Mission zu erfüllen und dieses Spiel abzuschließen. Und niemand wird sich mir dabei in den Weg stellen!

Der zweite Wachmann kommt zurückgerannt, bleibt vor mir stehen und schnappt einen Moment lang nach Luft. Er keucht, als wäre er mehrere Kilometer weit gerannt, und muss seinen vorgebeugten Oberkörper abstützen. Ungeduldig tippe ich mit der Fußspitze auf den Boden.

»Verzeiht die Wartezeit, Hüterin«, sagt er dann, um schnell wieder nach Atem zu ringen.

Ich trete derweil von einem Fuß auf den anderen. *Nun sag schon, dass ich in den Palast darf!*, beschwöre ich ihn mit Blicken. *Hör auf zu atmen und sprich endlich!*

Er tritt zur Seite und steht stramm. »Der König empfängt Euch jetzt, Hüterin.«

Na bitte! Ich werfe einen triumphierenden Blick nach hinten zu meinen Wächtern, ziehe eine Augenbraue Im Sinne von *»Hab ich es euch nicht gesagt?«* nach oben und trete zwischen den beiden Wachmännern hindurch, die die Lücke hinter mir jedoch sofort schließen. Augenblicklich gerate ich ins Stocken und drehe mich wieder um.

»M-Moment! Meine Wächter-«, will ich protestieren, doch einer der Wachmänner schneidet mir das Wort ab: »Wir haben Befehl, nur Euch durchzulassen, Hüterin.«

Was? Ich soll alleine da rein? Ich werfe Lucian und Vincent einen hilflosen Blick zu, doch sie scheinen genauso verdattert zu sein wie ich. Ich habe in dieser Welt noch nie etwas ohne einen der beiden unternommen, und nun soll ich alleine zum König? Ich habe doch keine Ahnung von der Etikette dieser Welt! Wenigstens Vincent, der als Hohepriester in solchen Dingen sicher viel mehr Erfahrung hat als ich, sollte mich begleiten.

»Ihr könnt uns nicht hier draußen lassen!«, donnert Lucian, der sich aus der Menge befreit hat und nun versucht, einen der Wachmänner mit bloßem Blick zu töten. »Wir sind ihre *Wächter*! Wo sie hingeht, da werden auch wir hingehen!« Vincent stellt sich neben ihn und sieht genauso bedrohlich aus. Mir entgeht auch nicht die Handbewegung, mit der er nach hinten zu seinen tödlichen Karten greift, die er immer im Gürtel bei sich trägt.

Mein Herz quillt über bei so viel Ehrgefühl, doch als die Wachmänner ihre Speere auf meine Wächter richten, schreite ich ein. »Genug!«, rufe ich und habe sofort die Aufmerksamkeit aller. Ich nicke Lucian und Vincent leicht zu, die widerwillig die Hände von ihren Waffen nehmen. »Führt mich zu eurem König«, befehle ich den Wachen und lächle meinen Wächtern kurz zu.

Natürlich wäre es mir tausendmal lieber, sie bei der Suche nach dem dritten Wächter um mich zu haben, aber ich werde nicht riskieren, dass einer von ihnen verletzt wird, weil ich es nicht alleine schaffe. Ich werde den dritten Wächter finden und Vincent und Lucian werden stolz auf mich sein. Ich muss nur dem Vibrieren des Amulettes folgen und er wird sich uns anschließen.

Was soll schon passieren?

# # #

Doch seit ich einen Fuß in den prunkvollen Palast gesetzt habe, weiß ich: Es kann *eine Menge* passieren.

Das Schloss ist angelegt wie ein Labyrinth. Hinter jeder Ecke gibt es eine Abzweigung, und schon nach drei Abbiegungen habe ich hoffnungslos die Orientierung verloren.

Die Schritte der Wachmänner hallen laut durch die Gänge und ich husche ihnen hinterher, damit ich sie nicht verliere. Hier würde ich niemals wieder alleine hinausfinden. Und dabei dachte ich immer, ich hätte ein eingebautes GPS im Kopf … Ich kann mich an kein Spiel erinnern, bei dem ich je so planlos umhergeirrt bin.

Wir kommen an Dienern vorbei, die hinter vorgehaltener Hand tuscheln, als ich an ihnen vorbeilaufe, doch ich beiße die Zähne zusammen und halte den Kopf hoch. Spott und Getuschel hinter meinem Rücken bin ich aus der wirklichen Welt gewohnt. Meine eigene Mutter beherrscht diese Kunst bis zur Perfektion. Warum sollte es hier also anders sein?

Das Vibrieren des Amuletts wird stärker, je länger wir durch die endlosen Gänge laufen, die sich gleichen wie ein Ei dem anderen. Es gibt keine Markierungen, keine Schilder, nicht einmal andersfarbige Türen oder Wände. Der Inneneinrichter hat sich hier wirklich nicht selbst übertroffen …

Vor einer riesigen Doppeltür mit Goldgriffen bleiben wir stehen.

»Der König wird Euch jetzt empfangen, Hüterin«, teilt mir einer der Wachmänner mit und ich nicke möglichst huldvoll, während ich mir innerlich fast vor Angst in die Hose mache. Ich stand noch nie einem König gegenüber, schon gar nicht allein. Also, in Spielen vielleicht schon, aber das hier fühlt sich nun mal überhaupt nicht an wie ein Spiel. Ich habe nicht die entfernteste Ahnung, wie ich mich verhalten oder nach dem Wächter fragen soll, der hier irgendwo sein muss.

Am besten bleibe ich ganz direkt, so wie immer. Ich schlucke also meine Nervosität hinunter und gehe durch die Tür, die die Wachmänner für mich geöffnet haben.

Der Saal, in dem ich mich nun befinde, hat hohe Decken mit Malereien und wird von langen Säulen gestützt.

Und natürlich sind wir nicht allein. Der Weg zum Thron, der auf einem kleinen Podest steht, ist von unzähligen Menschen gesäumt, die mich mit ihren Blicken zu durchbohren scheinen.

Nur nicht die Nerven verlieren, Eve!, mahne ich mich selbst, straffe den Rücken und gehe auf den König zu, ohne nach links oder rechts zu blicken. Schmerzlich vermisse ich Lucian und Vincent, die mir sonst wie zwei Schatten folgen und mir allein durch ihre Anwesenheit Kraft geben. Bisher ist mir das gar nicht so aufgefallen, aber nun wird mir bewusst, wie sehr sie mich unterstützt haben, indem sie einfach nur bei mir waren. Nun bin ich allein inmitten all dieser Menschen, die ich nicht kenne und nicht einschätzen kann. Ich gebe mir zwar Mühe, sie auszublenden und mich nur auf den König und das Vibrieren des Amuletts zu konzentrieren, doch es fällt mir schwer, denn ihre

Blicke registrieren jede noch so kleine Bewegung von mir. Ich hasse es, so beobachtet zu werden. Es macht mich nervös, und wenn ich nervös bin, mache ich Fehler.

Irgendwann habe ich endlich diesen endlosen Gang überwunden und stehe direkt vorm Thron. Kurz überlege ich, ob ich mich hinknien soll, entscheide mich jedoch dagegen. Ich bin die Hüterin und knie vor niemandem. Keine Ahnung, ob das gut ankommt, aber das ist nun mal meine Entscheidung. Also bleibe ich stehen, verschränke die Arme und schaue möglichst emotionslos hoch zum König, obwohl es in mir brodelt. Nicht vor Angst oder Wut, sondern vor Unsicherheit, aber ich werde einen Teufel tun und ihn oder einen der anderen das merken lassen!

Als sich unsere Blicke begegnen, erstarre ich kurz. Ich habe mit einem alten Tattergreis gerechnet, dessen weißer Bart fast bis zum Boden reicht und auf dessen grauem Haupt eine goldene Krone sitzt. Was ich jedoch sehe, verschlägt mir fast die Sprache. *Das* soll der König sein? Wo kann ich mich als Untertan für dieses Land bewerben? Ich würde sofort unterschreiben, auch wenn ich dazu zusätzlich eine sinnlose Waschmaschine kaufen müsste.

Als er mein Stocken bemerkt, verziehen sich seine Lippen zu einem einseitigen Grinsen und seine Augen glitzern schalkhaft. Er stützt den Ellenbogen auf die Lehne des Throns und legt den Kopf auf die Hand.

»Du bist also die Hüterin, ja?«, fragt er dann. Seine Stimme ist tief und dennoch weich. Die vertrauliche Anrede stört mich kein Stück, obwohl ich als Hüterin etwas dagegen haben sollte, aber, hey, mir ist absolut egal, was er da von sich gibt. Es reicht mir vollkommen, ihn nur weiter anzuschauen.

Als ich nicht reagiere, zieht er eine Augenbraue nach oben und ich blinzle mehrmals, um aus den Tiefen meiner Gedanken wieder aufzutauchen. »Ähm, ja, freut mich, Eure Bekanntschaft zu machen, Eure hohe Heiligkeit.«

Ach. Du. Scheiße. Ich sollte wirklich langsam lernen, die Klappe zu halten, wenn mein Gehirn gerade im Urlaub ist. Und es *ist* verdammt noch mal gerade im Urlaub!

Ich räuspere mich kurz, in der Hoffnung, dass mein Gefasel nicht aufgefallen ist. »Es freut mich, dass Ihr mich empfangt, Majestät.« Ja, schon viel besser. Puh, gerade noch mal gerettet!

»Was verschafft mir die Freude deines Besuchs?« Er beugt sich ein Stück nach vorne und für einen Moment verliere ich mich darin, seine hohen Wangenknochen einfach nur anzustarren. Wie bei einem Model. Der würde in der richtigen Welt sicherlich jeden Vertrag bei jedem Label bekommen. Wobei ich die bevorzugen würde, bei denen er sich möglichst weit entkleiden muss. Er trägt zwar weite, kostbare Gewänder, doch ich bin mir sicher, dass darunter …

»Hüterin?«, fragt er erneut.

Kein Kopfkino vor dem König, Eve!

»Wie Ihr sicher wisst, ist es meine Aufgabe, den Schlaf der Göttin zu beenden, und dazu brauche ich die Hilfe der vier Wächter. Dank des Amulettes, das mir die Göttin Gaia verliehen hat«, ich halte kurz das Amulett an der Kette nach oben, »gehe ich davon aus, dass der dritte Wächter sich in diesem Palast befindet.«

Und so, wie das Amulett ausschlägt, ist er höchstwahrscheinlich sogar in diesem Raum. Ich grinse diebisch vor Vorfreude.

Der junge König macht ein nachdenkliches Gesicht und fährt beim Überlegen mit dem Zeigefinger über seine Lippen. Wie gebannt folge ich dieser Bewegung.

»Und wie gedenkst du, den Wächter hier zu finden?«, fragt er dann.

»Durch eine Berührung«, erkläre ich. »Der Wächter wird auf die Kraft des Feuers, die ich in mir trage, reagieren.«

Bitte lass es den König sein!, bete ich stumm. *Bitte lass den dritten Wächter der König sein!* Ich habe zwar keine Ahnung, wie ich mit drei solchen Männern um mich herum einen kühlen Kopf bewahren soll, aber – Himmel noch mal! – ich *will*, dass der König der dritte Wächter ist! Einfach nur, damit ich ihn um mich haben kann. So ein Gesicht und so einen Körper darf man doch nicht in einem Palast verstecken.

Er winkt mich mit einer Geste näher zu sich heran und ich folge dieser Einladung liebend gern.

»Majestät«, sagt eine Stimme hinter dem Thron. »Meint Ihr nicht –«

Doch der König bringt die Stimme zum Schweigen, indem er die Hand hebt. Als ich meine Augen von dem jungen Monarchen vor mir lösen kann, sehe ich auch, wer da gerade gesprochen hat. Hinter dem Thron steht eine Kriegerin in voller Montur, die mich aus zusammengezogenen, dunklen Augen mustert und jede meiner Bewegungen genau beobachtet. Als würde ich gleich einen Dolch aus meinem Gewand hervorziehen und dem König ins Herz stoßen.

Sicherlich, es ist ihre Aufgabe, den König zu bewachen, aber die Art, wie sie mich anstarrt, lässt mich frösteln. Es hat etwas Raubtierhaftes, Animalisches, etwas, das weit über normales Pflichtgefühl hinausgeht. Und die Art, wie sie da steht, den Körper angespannt und jederzeit bereit, einzuschreiten, wirkt bedrohlich auf mich.

»Hör auf, die Hüterin so anzustarren, Narissa!« Sofort senkt die Kriegerin ihren Blick, aber ich sehe deutlich, wie sie die Lippen zu einem schmalen Strich zusammenpresst. Auch ihr angespannter Körper löst sich kein bisschen, sondern ist noch immer jederzeit bereit, sich auf mich zu stürzen.

Was ist ihr Problem? Sehe ich wirklich aus wie eine Serienkillerin? Ja, gut, die wochenlange Reise auf den staubigen Straßen und ohne die geschickten Hände von Gwen hat mit Sicherheit ihre Spuren bei mir hinterlassen. Ich blicke an mir hinunter auf das fleckige Hemd und die strähnigen Haare, die als Zopf über meiner Schulter hängen. Wirklich kein passender Aufzug, um vor einem König zu stehen, doch ich wollte dieses Treffen nicht weiter hinauszögern. Irgendwo hier in diesem Raum ist der dritte Wächter, der mich einen Schritt näher nach Hause bringt. Vielleicht sitzt er sogar direkt vor mir auf diesem prunkvollen Thron und hat ein schiefes Grinsen im Gesicht, das ich nur zu gerne erwidere. Es gäbe wirklich Schlimmeres, als den König als dritten Gefährten zu haben. Diese Kriegerin da, zum Beispiel. Nicht auszudenken, wenn ich sie die ganze Zeit um mich haben müsste! Da würde ich sicherlich eines Morgens mit einem Messer im Rücken aufwachen … oder eben *nicht* mehr aufwachen, so, wie sie drauf ist.

Der König streckt die Hand nach mir aus und mein Herz klopft bis zum Hals vor Aufregung, als ich vorsichtig meine Finger in seine Handfläche lege. Ich warte auf das Feuer, das durch meine Adern rauscht, doch ich spüre – *nichts*.

Ich blinzle verwirrt, ziehe meine Hand zurück und lege die andere in seine, aber wieder stellt sich die Hitze nicht ein.

Mist. Mist. Mist!

Er ist es nicht! Warum ist er es nicht?

»Hätte jetzt etwas passieren müssen?«, fragt der König, als er mein Unbehagen bemerkt.

Ich bringe nur ein schwaches Nicken zustande, während ich bereits den Raum nach einem weiteren Kandidaten scanne. Mein Blick huscht über die Menschenmenge, die ich bis jetzt vollkommen ausgeblendet habe und die mich mittlerweile misstrauisch mustert. Einige tuscheln mit ihren Nachbarn, während sie mit den Fingern auf mich zeigen. Die alte Unsicherheit kommt wieder in mir hoch und ich muss den Drang, den Kopf zwischen die Schultern zu ziehen, niederkämpfen. Ich bin die Hüterin. Ich muss mich nicht verstecken. Ich bin hier, um meine Aufgabe zu erledigen. Einer von diesen Leuten muss mein dritter Wächter sein, wenn ich das wilde Pulsieren des Amuletts richtig deute. Jeder hier käme infrage! Ich werde also nicht darum herumkommen, jeden einzelnen zu berühren.

Ich wende mich wieder dem König zu und sage: »Mit Eurer Erlaubnis würde ich jetzt gerne die Suche nach dem dritten Wächter fortsetzen.«

Er vollführt eine huldvolle Geste mit der Hand, wie ich sie oft bei der englischen Queen gesehen habe, und ich beginne damit, die Hände der Menschen zu berühren, die sich im Saal versammelt haben. Jedem einzelnen sehe ich prüfend ins Gesicht, bevor ich nach seiner Hand greife. Manche wollen sich mir entziehen, doch ich lasse keinen aus. Der dritte Wächter muss hier sein, das weiß ich mit Sicherheit. Einer von ihnen muss es sein.

Nach gefühlten Stunden habe ich selbst die Alten und Kleinkinder angefasst und rein gar nichts gespürt. Das kann doch nicht sein! Ist dieses blöde Amulett kaputt? Ich rüttele an dem silbernen Schmuckstück, doch das Pulsieren bleibt genauso stark wie vorher. Er *muss* einfach hier sein!

Vielleicht ist es einer der Wachen oder Diener? Die habe ich bisher nicht beachtet. Ob ich sie irgendwie versammeln könnte?

»Gibt es Probleme, Hüterin?«, reißt mich die Stimme des Königs aus meinen Überlegungen und ich drehe mich zu ihm um. »Kannst du denjenigen nicht finden, für den du hergekommen bist?« Sein Grinsen wirkt plötzlich bösartig und verwandelt sein schönes Gesicht in eine Fratze. »Oder bist du eine Hochstaplerin, die nur behauptet, die Hüterin zu sein? Die sich die Haare rot gefärbt hat, um uns alle hier zu täuschen und mich zu töten?«

Ähm, wie bitte? Mein Gehirn hat Schwierigkeiten, dem Gesagten zu folgen. Ich soll *was* gemacht haben? Meine Haare gefärbt haben? Und ein Attentat planen? Wie kommt er jetzt da drauf?

»N-Nein, ich-«, stammle ich, immer noch darum bemüht, meine Suche in die richtigen Worte zu fassen. Wie oft soll ich ihm noch erklären, dass hier in diesem Raum der dritte Wächter sein muss, den ich dringend brauche, um meine Aufgabe zu erfüllen?

»Schweig, Schwindlerin!«, fährt er mich an und ich zucke zusammen. »Wachen! Nehmt sie fest und sperrt sie ein!«

»Aber ich ... Ich *bin* die Hüterin! Und der dritte Wächter muss hier irgendwo sein. Ihr *müsst* mir glauben!« Warum muss ich mich vor ihm rechtfertigen? Bisher haben mir alle geglaubt, dass ich die Hüterin bin. Warum ist es beim König anders? Vielleicht muss ich ihn nur besser überzeugen?

Doch die Wachen haben sich bereits in Bewegung gesetzt und mich umzingelt. Gehetzt blicke ich mich nach allen Seiten um, suche nach einer Fluchtmöglichkeit, aber finde keine. Mein Herz trommelt wie wild in meiner Brust und mein Atem geht flach. *Jetzt bloß nicht die Nerven verlieren!*

Hätte ich doch bloß auf Lucian und Vincent gehört! Wie konnte ich so dumm sein und alleine hierherkommen?

»Wagt es ja nicht, mich anzufassen!«, fauche ich, als sich der Ring um mich immer enger schließt. Krampfhaft versuche ich, einen Feuerball zu beschwören, doch ohne meine Wächter besitze ich nicht genügend Macht und bin vollkommen hilflos. Und natürlich habe ich das nutzlose Schwert keines Blickes mehr gewürdigt, seitdem ich wenigstens ein bisschen Macht über das Feuer habe. Nun bereue ich diese Entscheidung, denn ich stehe vollkommen schutzlos einer Übermacht gegenüber.

Mir muss etwas einfallen und zwar schnell!

Es ist die Kriegerin, die plötzlich vor mir steht und auf mich herablächelt. Sie ist fast einen halben Kopf größer als ich, das allein wirkt schon ziemlich einschüchternd. Ihre Nase ist eine Spur zu breit, als wäre sie mindestens einmal gebrochen gewesen und schlecht zusammengewachsen. Ihr braunes Haar ist zu einem straffen Zopf nach hinten gebunden und verleiht ihrem Gesicht etwas Habichtartiges. Durch das Grübchen im Kinn wirkt sie herber, burschikoser, und mir ist klar, dass sie nicht nur aus Spaß in Rüstung umherläuft. Ihre dunklen, fast schwarzen Augen glitzern vor Vorfreude und mein Magen sackt herab, als ich merke, dass sie meine Angst in puren Zügen genießt.

Sie greift nach meinem Unterarm und verdreht ihn schmerzvoll auf meinen Rücken. Nur mit Mühe kann ich ein Winseln unterdrücken.

»Vorwärts«, knurrt sie und stößt mich zur Tür.

Die Menschen säumen unseren Weg, zeigen mit den Fingern auf mich und tuscheln erneut. *Ich bin keine Lügnerin!*, will ich am liebsten schreien, doch keiner würde mir glauben. Wie kann ich ihnen nur klarmachen, dass ich die wirkliche Hüterin bin, wenn ich meine Kräfte nicht zeigen kann? Wie kann ich sie von der Wahrheit überzeugen? Ich *weiß*, dass es die Wahrheit ist, und ich werde mich nicht für das einsperren lassen, was ich bin!

Ich winde mich unter dem eisernen Griff ihrer Handschuhe, deren kleine Metallplättchen sich schmerzhaft in meine Haut schneiden, und stemme die Füße in den Boden. »Ich bin keine Betrügerin!«, rufe ich immer wieder, doch niemand scheint mir zuzuhören oder es hören zu wollen. »Lass mich los, Xena!«, fauche ich über die Schulter, doch meine Häscherin verzieht nur verächtlich den Mund. Wahrscheinlich hat sie noch nie von der berühmten Kriegerprinzessin gehört und hält es für eine Beleidigung.

Mit einem Ruck kann ich endlich meinen Arm befreien und wirbele zu der Kriegerin herum, hole aus und schlage ihr mit der flachen Hand ins Gesicht. Ich weiß nicht genau, was mich zu dieser Tat treibt. Eigentlich bin ich nicht gewalttätig, zumindest nicht im wirklichen Leben, aber diese bizarre Situation lässt alle meine schlechten Eigenschaften nach oben kochen. Ich bin hier, um den verdammten dritten Wächter zu finden, und was passiert? Ich werde als Betrügerin hingestellt und gefangen genommen. Dass ich mir das nicht ohne Gegenwehr bieten lasse, ist doch wohl logisch! Es ist ein richtig befriedigendes Gefühl, als meine flache Hand mit voller Wucht auf die Wange der Kriegerin klatscht und das mörderische Funkeln in ihren abgrundtief dunklen Augen erlischt.

Augenblicklich erstarren wir beide und auch alle um uns herum scheinen die Luft anzuhalten.

Es war zwar nur ein sehr kurzer Moment, den ich sie berührt habe, doch er hat absolut ausgereicht.

Ich habe es gespürt.

Das Feuer.

Sie ist es. Sie ist der dritte Wächter.

Die Göttin möge mir beistehen.

Zehn

Ich sitze inmitten der Zelle und habe den Kopf auf meine angewinkelten Knie gelegt, während ich versuche, das ohrenbetäubende Knurren meines Magens zu ignorieren. Seit Tagen habe ich nichts zu essen bekommen und langsam, aber sicher treibt mich der Hunger in den Wahnsinn. Mein Bauch fühlt sich an wie ein Loch, das immer größer und größer wird und mich schlussendlich zu verschlingen droht. Es dauert nicht mehr lange und ich verdaue mich noch selbst vor Hunger … Keine wirklich angenehme Vorstellung.

Ich habe keine Ahnung, wie lange ich schon hier bin, da es keine Fenster und kein Licht gibt. Ich sitze in fast völliger Dunkelheit, wenn man einmal von der Fackel absieht, die draußen im Gang einige Meter entfernt hängt und unheimliche Schatten an die Wand wirft.

Apropos Wand: An die habe ich mich zu Anfang gelehnt. Als ich jedoch meine Hand daran entlangfahren ließ, bin ich schnell dazu übergegangen, mich einfach mitten in die kleine Zelle zu setzen. Nicht nur, dass die Wand feucht und kalt war, nein, sie war auch irgendwie … pelzig. Ich erschaudere immer noch, wenn ich nur daran denke, und will gar nicht wissen, warum sie sich so anfühlt.

Einmal am Tag kommt Narissa, des Königs Kriegerin mit der krummen Nase, und bringt mir einen Becher Wasser. Das ist alles. Ich stehe kurz davor, sie auf Knien anzuflehen, mir doch endlich etwas zu essen zu geben oder mich hier rauszulassen. Bisher verbietet es mir mein Stolz, aber wer weiß, wie es in ein paar Tagen aussieht. Mein Stolz ist so schon auf die Größe einer getrockneten, runzligen Traube geschrumpft, und ich schaffe es immer nur im letzten Moment, mir auf die Zunge zu beißen, um Narissa nicht anzubetteln, mir zu helfen.

Ich habe schnell gelernt, das bisschen Flüssigkeit, das sie mir bringt, gut einzuteilen. Meine Lippen sind aufgesprungen und rissig und mein Hals fühlt sich an, als hätte ich mit einem Reibeisen und anschließend mit Rasierklingen gegurgelt.

Was Lucian und Vincent wohl gerade tun? Ob sie an einem Plan arbeiten, wie sie mich hier herausholen können? Das will ich ihnen geraten haben, denn ich halte es hier wirklich nicht mehr lange aus.

Aber was dann? Ich kann ohne Narissa nicht gehen, denn sie ist der dritte Wächter. Ohne sie ist unser ganzes Vorhaben sinnlos. Wenn ich nur wüsste, wie ich sie überreden kann, sich uns anzuschließen, doch sie redet nicht ein Wort mit mir, wenn sie mir meine Wasserration bringt. Ich bin mir sicher, dass sie das Feuer auch gespürt hat, als ich sie kurz berührt … na ja, *geschlagen* habe. Sie weiß, dass ich keine Betrügerin bin, und mit Sicherheit weiß sie auch, was sie ist. Doch sie schweigt und lässt mich hier in der dunklen Einsamkeit zurück, die mich noch wahnsinnig macht.

Ich habe keinen Schimmer, wie ich zu ihr durchdringen kann. Wie ich ihr irgendwie verständlich machen kann, dass ich sie brauche, um die Göttin zu erwecken und endlich nach Hause gehen zu können, bevor meinem Körper in der wirklichen Welt etwas passiert.

Aber ich muss versuchen, sie zu überzeugen! Wenn Lucian und Vincent kommen, um mich hier rauszuholen – was ich wirklich ganz, ganz stark hoffe -, muss ich Narissa so weit haben, dass sie ihren Posten beim König hinter sich lässt und uns folgt.

Das Klappern von Metall auf Stein lässt mich aufhorchen. Es ist also wieder so weit. Das Licht der Fackel, die Narissa in einer Hand trägt, kommt näher und brennt in meinen Augen, die an fast gänzliche Dunkelheit gewöhnt sind. Direkt vor mir bleibt Narissa stehen und schaut mit einer Mischung aus Abscheu und Zufriedenheit auf mich herab.

Na, das sind ja tolle Voraussetzungen … Trägt die Frau eigentlich auch mal etwas anderes als ihre Rüstung? Darin sieht sie aus wie eine Sardine in der Büchse. Und sie trägt um die Hüften herum ganz schön auf. Das sollte ihr mal jemand sagen – aber dieser Jemand möchte nicht ich sein, denn noch immer wirkt ihre bloße Anwesenheit einschüchternd auf mich.

Wortlos wie immer, schiebt sie den Becher durch die Gitterstäbe und wendet sich dann wieder zum Gehen.

»Narissa«, hauche ich und bin überrascht über den rauen Klang meiner Stimme.

Die Ritterin bleibt stehen und wendet sich mir halb zu. Ihre Augen sind leicht zu Schlitzen verengt, aus denen sie mich herablassend mustert. Fieberhaft überlege ich, was ich zu ihr sagen könnte, um sie irgendwie für mich zu gewinnen, doch einen wirklichen Plan habe ich nicht, also plappere ich wild drauflos.

»Du weißt doch, dass ich nicht lüge, oder? Du weißt, dass ich die Hüterin bin. Du hast es gespürt, oder nicht? Warum werde ich dann hier festgehalten? Bitte, ich muss meine Aufgabe erfüllen. Es ist doch auch zum Wohle eures Volkes, wenn ich die Göttin erwecke!«

Beim letzten Satz wirbelt sie zu mir herum. Ihre schwarzen Augen glitzern gefährlich, als sie mich anstarrt. »Du hast keine Ahnung von meinem Volk! Wie wir gelitten haben unter den anderen beiden Völkern. Wie wir unterdrückt und ausgebeutet wurden! Und dann kommt ein kleines Mädchen wie du daher und denkt, sie könnte das ändern? Dass ich nicht lache! Nichts kannst du! Sieh dich doch an! Wenn ich wollte, könnte ich dich in diesem Loch verhungern und verdursten lassen, und niemanden würde es interessieren. Die Menschen glauben nicht an die Hüterin und schon gar nicht an Wunder.«

Ihre Worte sind wie Peitschenhiebe, jedes einzelne schneidet sich tief in mein Herz und ich brauche einen Moment, bis ich sie verarbeitet habe. So viel Schmerz und Leid sehe ich plötzlich in ihrem Blick, gut versteckt hinter der ganzen Wut, doch sie sind auf jeden Fall da.

»Ich weiß nicht, was dir passiert ist, Narissa, und ich bin auch nicht hier, weil ich mich um den Job beworben habe, aber ich bin jetzt eben da und versuche, das Beste daraus zu machen. Und das Beste ist, die Göttin zu erwecken und den Menschen den Wohlstand zu bringen, auf den sie seit so vielen Jahren verzichten mussten.«

»Und du glaubst, das würde die ganzen Jahrhunderte in Knechtschaft vergessen lassen? Bist du wirklich so naiv?«

»Ich bin nicht naiv!«, fauche ich. »Aber es wird sich nie etwas ändern, wenn du nur die Hände in den Schoß legst und nichts tust! Deshalb bist du eine Wächterin – damit du etwas ändern kannst!«

Sie wendet sich schnaubend ab und ballt ihre Hände, die wie immer in metallischen Handschuhen stecken, zu Fäusten, was ein knirschendes Geräusch verursacht, bei dem sich mir die Nackenhaare aufstellen.

»Ich baue auf meinen König«, sagt sie dann, aber es ist nicht mehr als ein Flüstern. »Er wird die Menschen aus ihrem Elend befreien.«

So ein Blödsinn! »Und wie will er das tun? Will er den anderen Völkern noch mehr Versprechungen machen? Mehr Land? Sie haben doch schon alles! Sie müssten nur ihre Hände danach ausstrecken und-«

Wahrscheinlich habe ich damit direkt einen wunden Punkt erwischt, denn noch bevor ich Luft für meinen nächsten Satz holen kann, wirbelt Narissa zu mir herum und stemmt die Hände gegen das Gitter. Schnell rutsche ich ein paar Meter nach hinten, um auf sicheren Abstand zu gehen. Egal, wie sehr ich mich bemühe, es ist mir nicht möglich, diese Frau zu durchschauen oder vorherzusagen, was sie als nächstes sagen oder tun wird.

»Du hast keine Ahnung, Mädchen! Wage es ja nicht, schlecht über meinen König zu sprechen!«, faucht sie und bleckt die Zähne wie ein Tier.

Doch anstatt noch mehr Angst vor ihr zu haben und meine Klappe zu halten, komme ich jetzt erst so richtig in Fahrt. »Wenn dein König so toll ist, warum zittert ihr Menschen dann immer noch vor Angst vor den Flügelmännern oder Fischwesen? Warum seid ihr nicht schon längst eigenständig? Warum lasst ihr euch weiterhin unterdrücken und rumschubsen? Was tut der König dagegen?«

»Sei still!«, schreit sie so laut, dass es von den kahlen Wänden widerhallt, und ich zucke tatsächlich erneut zurück.

Obwohl ich meinen eigenen Herzschlag in den Ohren höre und ich weiß, dass ich lieber den Mund halten sollte, um sie nicht noch weiter zu reizen, räuspere ich mich und sage zu ihr: »Wir könnten zusammen so viel mehr schaffen, wenn wir die Göttin erwecken. Aber dazu brauche ich deine Hilfe, Narissa. Ohne dich schaffen wir das nicht.«

»Ich werde dir niemals folgen.« Ihr Gesicht verzieht sich bei diesen Worten so angewidert, als hätte sie in zehn Zitronen auf einmal gebissen.

Okay, das ist keine gute Ausgangsbasis. Mir gehen langsam die Argumente aus. Was kann ich noch sagen oder tun, um sie davon zu überzeugen, dass unser Weg der beste für die Menschen und damit auch für sie ist?

Narissa wirbelt herum und verlässt mit langen Schritten den Zellentrakt, ehe ich irgendwas erwidern kann, und lässt mich wieder allein im dämmrigen Licht der einzelnen Fackel zurück.

Verdammt, das verlief nicht nach Plan! Ich kaue an meinem Daumennagel, während ich mir eine neue Strategie überlege. Ohne Narissa brauche ich gar nicht nach dem vierten Wächter suchen, vorausgesetzt, ich komme jemals aus diesem Loch heraus. Wo sind Lucian und Vincent, wenn man sie einmal braucht?

Es ist natürlich Blödsinn, die beiden dafür verantwortlich zu machen. Schließlich war es ganz allein meine Entscheidung, ohne sie zu gehen, weil ich es einfach nicht erwarten konnte, den dritten Wächter zu finden. Damit, dass das so aus dem Ruder läuft, hätte ich niemals gerechnet. Lucian und Vincent haben da eindeutig mehr Weitsicht als ich. Aber trotzdem könnten sie sich mit ihrer Rettungsmission, die sie hoffentlich planen, ein bisschen beeilen!

Die Stunden vergehen, kriechen dahin, während ich vorsichtig an meinem Becher nippe, obwohl ich ihn am liebsten in einem Zug leeren würde, um die Trockenheit in meinem Mund wenigstens für eine kurze Zeit zu lindern, doch ich halte mich zurück, denn ich weiß, dass es einen weiteren Tag dauern wird, bis ich neues Wasser bekomme. Bisher ist mir noch nichts eingefallen, womit ich Narissa zum Umdenken bewegen könnte. Es ist offensichtlich, dass sie die anderen Völker hasst. Bestimmt ist etwas vorgefallen, dass sie zu diesem Hass bewegt, und irgendwie muss ich das doch für mich nutzen können! Aber wie soll ich an diese Informationen kommen? Normalerweise redet sie nicht ein einziges Wort mit mir. Das vorhin war quasi eine Premiere und wahrscheinlich hat sie mehr Wörter als sonst in einem ganzen Monat gesagt. Wie kann ich sie dann also dazu bewegen, mir das zu erzählen, was ich hören muss, um einen Plan auszuarbeiten? Das ist nahezu unmöglich!

Licht, das plötzlich den Zellentrakt erhellt, lässt mich den Kopf heben. Wieso kommt schon wieder jemand? Narissa war doch erst vor Kurzem hier. Bekomme ich vielleicht endlich etwas zu essen? Allein bei dem Gedanken daran, gibt mein Magen ein lautes Knurren von sich. Oder bin ich doch zu Narissa durchgedrungen und sie hat es sich anders überlegt? Oder sind es vielleicht sogar Lucian und Vincent, die endlich gekommen sind, um mich hier rauszuholen?

Ich blinzle gegen die Helligkeit an und kann die Gestalt, die sich vor mir aufbaut, nicht richtig erkennen, doch es ist eindeutig nicht Narissa.

»Hallo, Nemesis.«

Sofort stellen sich alle Härchen in meinem Nacken und meinen Armen auf. Ich kenne diese Stimme. Ich habe sie schon tausendmal gehört, beinahe täglich.

Krampfhaft versuche ich, den dicken Kloß in meinem Hals hinunterzuschlucken und ruhig ein- und auszuatmen, doch es will mir nicht so recht gelingen. In meinem Kopf wirbeln unzählige Fragen durcheinander, doch die wichtigste von ihnen lautet: Was zum Teufel macht *er* hier?

»Killswitch«, hauche ich, denn ich weiß genau, wer da vor mir steht. Ich kenne seine Stimme so gut wie die meiner Familie, schließlich habe ich sie jahrelang täglich über das Headset gehört.

Vor mir steht niemand anderes als Platz Zwei auf der Gamer-Weltrangliste. Der zweitbeste Zocker der Welt – genannt *Killswitch*.

# # #

»W-Was machst du hier?«, stammle ich, nachdem ich endlich meine Stimme wiedergefunden habe. Ich hebe die Hand und schütze so meine Augen vor der Helligkeit, die plötzlich im Zellentrakt herrscht, während ich mein klopfendes Herz in den eigenen Ohren höre. Es ist so abwegig, dass er hier ist. So unwirklich. Und ich bin mir noch nicht sicher, ob ich mich darüber freuen oder davor fürchten soll.

»Dasselbe wie du, würde ich sagen«, antwortet er und kommt ein Stück näher.

Erst jetzt bemerke ich, dass etwas mit seiner Gestalt nicht stimmt. Was ist das, das da aus seinem Rücken ragt?

Ich blinzle und versuche angestrengt, die Konturen auszumachen. Als ich es dann endlich schaffe, weiche ich mit einem schlecht unterdrückten Aufschrei zurück.

Aus seinem Rücken ragen zwei schwarze Fledermausflügel.

»D-Du bist einer von *denen*!«, würge ich hervor, als die Erinnerungen an den Angriff des Luftvolks und der damit verbundene Schrecken wieder über mich hereinbrechen.

»*Denen*?« Er runzelt für einen Moment die Stirn und folgt meinem Blick hinter seinen Rücken, wo die ledrigen Schwingen aus seinem Körper ragen. »Ach, du meinst das Luftvolk. Na klar, schließlich bin ich ihr Hüter.«

Er? Ein Hüter? Aber … Ich bin doch … Augenblicklich fällt mir wieder ein, was Vincent einmal zu mir gesagt hat. Dass jedes Volk seinen eigenen Hüter hat und alle drei gemeinsam auftauchen. Demnach müsste auch das Wasservolk gerade einen Hüter haben und wenn mich nicht alles täuscht und ich eins und eins richtig zusammengezählt habe, müsste das …

»Thunderstrike«, hauche ich. Ja, er muss es sein. »Ist er auch hier?«

Killswitch nickt. »Richtig, Rotschopf. Unsere Numero Uno ist der Hüter dieser stinkenden Fischköpfe.« Er lässt seinen Blick durch die Zelle schweifen. »Scheinst dich ja nicht sonderlich beliebt bei deinen eigenen Leuten gemacht zu haben.«

Seine Worte treffen mich und der lauernde Unterton in seiner Stimme lässt mich wachsam werden. Ich versteife mich und recke das Kinn. »Was geht dich das an? Was machst du überhaupt hier? Wenn ich mich recht erinnere – und davon gehe ich aus –, herrscht zwischen unseren Völkern Krieg. Wie kannst du einfach so hier in meine Zelle spazieren, ohne dass dir eine Horde Wachen auf den Fersen ist?« Apropos Fersen: Ich schaue auf seine Füße, die ebenfalls wie bei den Flügelmännern, die uns im Tempel überfallen haben, geformt sind wie Hühnerbeine. »Pardon, *auf den Krallen*, meine ich natürlich.«

Das gehässige Grinsen verschwindet aus seinem Gesicht. »Sei bloß vorsichtig, Nemesis«, knurrt er. »An deiner Stelle würde ich nicht so große Töne spucken.« Er macht eine ausladende Geste mit der Hand und schließt die Zelle und womöglich auch die Gesamtsituation mit ein.

Ich zucke nur mit den Schultern, spiele die Unbeteiligte, obwohl ich mich vor Angst am liebsten auf dem Boden zusammenrollen würde. »Eine vorübergehende Unpässlichkeit, nichts weiter«, sage ich, winke ab und versuche, schnell das Thema zu wechseln. »So, dich haben sie also zu ihrem Hüter gemacht. Das arme Luftvolk. Wissen sie, wie schlecht du als Anführer bist?«

Er fletscht die Zähne wie ein wildes Tier. »Halt's Maul! Was weißt du denn schon?«

Ah, der Ball ist also wieder in meinem Feld. »Oh, ich erinnere mich sehr gut an das eine Spiel, als du unser Anführer warst und uns geradewegs in den Hinterhalt des Gegners geführt hast. Wie viele Minuspunkte hat uns das gebracht? Fünfzig? Vom anschließenden Shitstorm ganz zu schweigen, schließlich wurde der Kampf live auf Twitch übertragen. Wir konnten uns tagelang nicht einloggen, weil du solchen Mist gebaut hast.«

Und immer schön weiter Salz in die offene Wunde. Ich weiß genau, wie ich Killswitch zur Weißglut bringen kann, und es tut so gut, nach so langer Zeit wieder mit einem normalen Menschen zu reden. Wir zwei können nicht miteinander – konnten es nie – und es artet bei uns immer aus, bis wir uns virtuell an die Gurgel gehen. Dummerweise konnte ich ihn nie besiegen. Bis jetzt. Ich habe das Gefühl, dass ich ihn in diesem Spiel schlagen kann, weil er kein Anführer ist und noch nie einer war. Er verkörpert keine Person, zu der man aufblickt, oder der man gar das Schicksal eines ganzen Volkes anvertrauen sollte.

Er wird scheitern, da bin ich mir sicher.

Und diesmal werde ich es sein, die triumphiert.

Sein Gesicht ist mittlerweile puterrot angelaufen und ich sehe, wie seine Kiefer arbeiten. Ein siegessicheres Lächeln stiehlt sich auf meine Lippen, ohne dass ich es verhindern kann.

»Ich wollte dir eigentlich einen Vorschlag machen«, presst er dann hervor, »aber ich glaube, das lasse ich doch lieber bleiben.«

Sofort werde ich hellhörig. »Was soll das für ein Vorschlag sein?«

In der Vergangenheit waren Killswitchs Vorschläge ein Fall für die Tonne. Es ist mir unbegreiflich, wie dieser Typ besser als ich sein soll! Er hat keine Ahnung von Taktik und keinen Sinn für den richtigen Zeitpunkt, und doch gewinnt er immer wieder. Vielleicht, weil er auch für seine Gegner – einschließlich mich – so unvorhersehbar ist. Ja, das muss es sein. Eine gehörige Portion Glück und diese Unvorhersehbarkeit, die ihm zu eigen ist, machen ihn besser als mich. Und das wurmt mich gewaltig!

Er streicht sich mit der Hand durch sein stoppeliges dunkles Haar, das selbst hier in diesem Spiel raspelkurz geschoren ist. Beinahe militärartig. Bei Lucian sah diese Geste weitaus besser aus. Na ja, Lucian sieht *allgemein* wesentlich besser aus als Killswitch, daher dürfte das nicht allzu verwunderlich sein.

»Ich schlage dir einen Deal vor.«

»Einen Deal?«, frage ich verwirrt. »Was für einen Deal?« Einerseits hoffe ich, dass es ein Deal ist, mit dem ich etwas anfangen kann, andererseits weiß ich, dass es wahrscheinlich ein Fall für die Tonne ist. Wie immer bei Killswitch und seinen Ideen.

»Verbünde dich mit mir, um Thunderstrike und seine Fischköpfe zu besiegen.«

»Killswitch«, murmle ich tadelnd, »du hast aber schon begriffen, dass das hier kein Gruppenspiel ist? Wir können nicht zusammen paktieren. Nur eine Seite kann gewinnen.« Ich schweige kurz und mustere ihn. Alles, was ich ihm sage, ist ihm nicht neu, und ein Verdacht keimt in mir. »Du weißt das alles, stimmt's? Aber du brauchst meine Hilfe, um Thunderstrike zu besiegen, weil du es alleine nicht schaffst. Und wenn er besiegt ist, wirst du mir in den Rücken fallen und mich töten. Ist es nicht so?«

Das gehässige Grinsen kehrt in sein Gesicht zurück. »Hübsch *und* schlau. Wer hätte das gedacht?«

»Die dummen Sprüche kannst du dir sparen! Meine Antwort lautet nein! Ich werde weder mit dir noch mit Thunderstrike zusammenarbeiten, sondern das Spiel alleine gewinnen.«

»Und wie willst du das tun? Von dieser Zelle aus? Mach dich doch nicht lächerlich! Ich habe die besseren Argumente, kleine Nemesis.«

Ich *hasse* es, wenn er mich klein nennt, und das weiß er genau! Ich bin nicht klein! Ich bin fast genauso groß wie er, doch ich schlucke den Köder nicht. »Und wie willst du mich hier rausholen? Falls es dir entgangen sein sollte, ich bin hier eingesperrt.«

»Kein Problem«, erklärt er und tippt sich mit dem Daumen auf die stolzgeschwellte Brust. »Ich habe bereits alles mit deinem König geklärt. Er lässt dich gehen, wenn ich im Austausch dem Luftvolk befehle, die Menschen in Ruhe zu lassen. Und dann wirst du mir mit deiner Kraft und deinen Wächtern helfen, Thunderstrike zu besiegen.«

Ich blinzle mehrmals, während ich das eben Gesagte zweimal in meinem Kopf wiederhole. »Und der König hat sich darauf eingelassen?«, frage ich ungläubig. Wie kann er nur so dumm sein? Selbst wenn – und dieses wenn ist ein sehr unsicherer Faktor – sich Killswitch wirklich an sein Wort hält, besteht noch immer die Gefahr, dass Thunderstrike und seine Fischmenschen das Spiel gewinnen.

Ich kenne Thunderstrike schon mindestens genauso lang wie Killswitch, und er ist nicht umsonst die Nummer Eins der Gamer. Der Junge hat's wirklich drauf. In einem offenen Kampf ist er unbesiegbar. Der einzige Weg, ihn zu schlagen, wäre, wenn ich meine Wächter finde, bevor er seine versammelt hat, und die Göttin erwecke, ehe er die Gelegenheit hat, einen Angriff zu planen. In einem direkten Kampf wäre ich ihm unterlegen, das weiß ich mit Sicherheit, schließlich hab ich's oft genug versucht.

Und Killswitch weiß das auch. Er mag vieles sein, aber dumm ist er nicht. Ich bin mir außerdem ziemlich sicher, dass er dieses unmoralische Angebot bereits Thunderstrike unterbreitet hat, bevor er zu mir gekommen ist. Ich bin also so was wie die zweite Wahl. *Toll, was auch sonst?*

»Euer König ist so leicht zu beeinflussen«, säuselt Killswitch dann. »Ich brauchte nur mit ein paar Edelsteinen vor seiner Nase zu wedeln und schon hat er mir aus der Hand gefressen wie ein hungriger Straßenköter. Erst viel später fiel ihm ein, dass er ja auch ein Volk hat, dem er irgendwie verpflichtet ist. Also, Kleines«, er beugt sich ein Stück hinab und breitet seine unheimlichen Schwingen aus, die fast das gesamte Licht der Fackel abschirmen, »auf wessen Seite möchtest du stehen? Die der Gewinner oder die der Verlierer? Wobei du dich mit Letzterem ja besser auskennst.«

Was er sagt, ist wahr. Ich habe weder gegen ihn, geschweige denn gegen Thunderstrike jemals gewonnen. Doch das heißt nicht, dass ich eine Verliererin bin. Und mit Sicherheit heißt es nicht, dass ich mich mit dem Feind verbünde. Wo kämen wir denn da hin?

»Nur ein Wort von dir, Rotschopf, und ich lasse dich aus diesem dunklen Loch frei. Das möchtest du doch, oder? Gemeinsam besiegen wir Thunderstrikes Fischköpfe.«

»Und dann? O Mann, Killswitch, du bist echt der größte Idiot, der mir je untergekommen ist!« Ich stütze die Stirn in meine Hand und schüttle den Kopf. »Glaubst du im Ernst, ich falle auf deine Versprechen herein? Was nützt es dir, nur einen von zweien zu vernichten? Um das Spiel zu gewinnen, musst du alle anderen besiegen. Und ich weiß, dass du dich jederzeit gegen mich wenden wirst, wenn du denkst, dass es dir zum Vorteil gereicht. Ich mag zwar unter dir stehen, aber ich bin nicht blöd. Um diesem Spiel zu entkommen, musst du sowohl mich als auch Thunderstrike besiegen, und das kannst du nicht. Und genau dasselbe wird dir Thunderstrike auch gesagt haben, als er dich ausgelacht und weggeschickt hat. Hab ich recht?«

Killswitchs Kiefer beginnen wieder zu arbeiten und ich sehe deutlich, wie die Adern an seinem Hals hervortreten und wild pochen. Dennoch beschließe ich, noch einen draufzusetzen.

Ich schiebe trotzig das Kinn vor und verschränke die Arme vor der Brust. »Also, Nummer Zwei: Ich lehne ab. Was hast du jetzt vor?«

Er braucht einen Moment, bis er sich gefangen hat. »Es ist egal, was du sagst. Du wirst in dieser Zelle verrotten, dafür werde ich sorgen! Ich werde deinem König erzählen, welch falsches Spiel du spielst, und du wirst das Tageslicht nie wiedersehen. Schade um dich, aber du hast es ja nicht anders gewollt!«

Mit einem Geräusch, als würde man Papier zerschneiden, faltet er seine Flügel am Rücken zusammen, nimmt die Fackel und verschwindet aus dem Zellentrakt.

Ein Teil in mir will ihm nachrufen, stehenzubleiben und mich hier rauszuholen. Ein Teil von mir würde nahezu alles tun, um aus diesem feuchten, dunklen Loch zu entkommen und endlich was zu essen zu kriegen.

Doch ich beiße die Zähne fest zusammen, um die Worte, die sich in meiner Kehle bilden, daran zu hindern, aus meinem Mund zu schlüpfen. Diese Blöße werde ich mir nicht geben. Eher verhungere ich hier!

Laut grummelnd protestiert mein Magen gegen dieses Vorhaben und ich presse meine Faust dagegen, um das nagende Hungergefühl etwas zu dämpfen. Viel erreiche ich damit nicht.

Das Gespräch mit Killswitch hat an meinen Kräften gezehrt. Müde lasse ich den Kopf zurück auf meine angewinkelten Knie sinken. Hoffentlich kann ich ein bisschen schlafen, um all das um mich herum zu vergessen. Und vielleicht, nur vielleicht, sehe ich dann in Lucians sturmumwölkte Augen, wenn ich wieder aufwache. Oder Vincent begrüßt mich mit seinem überheblichen Lächeln. Was die beiden wohl gerade machen? Schnell schlinge ich die Arme um meinen zitternden Körper. Warum ist mir nur so kalt? Liegt es an dieser Zelle oder daran, dass ich so lange von meinen Wächtern getrennt bin? Ich vermisse die beiden so sehr und fühle mich so einsam.

Wütend wische ich die Tränen von meinen Wangen. Ich habe keine Zeit und keine Kraft für Sentimentalitäten!

»Tränen, Hüterin?«, fragt eine Stimme von der Treppe.

Erschrocken reiße ich den Kopf hoch. »Narissa«, murmle ich verwirrt und schaue schnell woanders hin. »Was willst du? Du hast mir meine Wasserration doch schon gebracht.«

Was will sie hier? Sich an meinem Elend ergötzen? Das hat mir gerade noch gefehlt. Nach dem Gespräch mit ihr und dann noch mit Killswitch sind mir sämtliche schlagfertige Antworten ausgegangen. Für eine weitere Runde fehlt mir die Kraft und ich fühle mich mit einem Mal so müde. Ich wünschte, sie würde einfach verschwinden und mich wieder allein lassen, aber diesen Gefallen tut sie mir nicht, das entnehme ich den Schritten, die näher kommen.

Narissa stellt sich direkt vor die Gitterstäbe und nur am Rande registriere ich das fehlende Scheppern ihrer Rüstung, das sonst jede ihrer Bewegungen begleitet. Ohne den Kopf zu bewegen, schiele ich zu ihr. Tatsächlich, sie hat ihre Stahlrüstung abgelegt und trägt eine enge, dunkelbraune Lederrüstung, die sich an sie schmiegt wie eine zweite Haut. An ihrer Hüfte hängt ein Schwert, das zum Großteil durch einen weiten Umhang verdeckt wird. Was soll der Aufzug? Was hat sie vor?

»Der Mann vom Luftvolk, der vorhin bei dir war – kanntest du ihn?«

Was will sie denn von mir? Kann sie nicht einfach verschwinden und mich alleine lassen? *Ich bin so müde …*

Ich bringe ein schwaches Nicken zustande und starre weiter auf die Wand.

»Ich habe gehört, was er über den König gesagt hat«, murmelt sie dann.

Glückwunsch, du hast Ohren. Bitte verschwinde endlich und lass mich allein in der Dunkelheit.

»Schon seit längerem habe ich die Vermutung, dass der König etwas plant«, sagt sie so leise, als spräche sie zu sich selbst.

»Das hörte sich vorhin aber noch ganz anders an«, halte ich dagegen. »Hast du vorhin nicht noch deinen König wie eine Löwin verteidigt?«

»Das stimmt«, gibt sie zu, »aber ich hätte nie gedacht, dass es *so* schlimm ist. Dass er sich mit dem Feind verbündet und sein Volk verrät.«

Ich verliere langsam die Geduld mit ihr. »Was willst du, Narissa?«

»Warum hast du geweint?«

Diese Frage trifft mich unvorbereitet. Ich habe damit gerechnet, dass sie mich nach Killswitch ausquetscht oder weiter Selbstgespräche hier vor meiner Zelle führt, aber nicht mit so was. »Ich vermisse meine Wächter«, erkläre ich ehrlich, weil ich zu müde bin, um mir irgendeine Lüge aus den Fingern zu saugen. »Sie machen sich sicherlich Sorgen um mich. Sie waren von Anfang an dagegen, dass ich alleine in den Palast gehe, aber ich wollte nicht auf sie hören. Ich wollte mit aller Macht den dritten Wächter finden, damit wir schnell nach dem vierten suchen können.«

»Was erhoffst du dir davon? Du bist keine von uns. Du bist nicht von hier.«

Ich frage mich, wie viel sie von meinem Gespräch mit Killswitch wirklich gehört und verstanden hat. Ob sie weiß, dass sie nichts weiter als ein Charakter in einem Spiel ist?

»Ich möchte nach Hause«, gebe ich zu. »Ich bin seit Monaten in dieser Welt, ohne die Möglichkeit, wieder in meine eigene zu gelangen. Ich weiß nicht, wie es meiner Familie geht. Ob sie sich Sorgen um mich machen. Ich weiß nicht, was mit meinem richtigen Körper passiert, der in meiner Welt geblieben ist, während ich hier bin. Die einzige Möglichkeit für mich, wieder zurück in meine Welt zu gelangen, ist, die Göttin Gaia mithilfe meiner vier Wächter zu erwecken. Außerdem ... In der Zeit, in der ich hier bin, habe ich neue Freunde getroffen. Menschen, die mir etwas bedeuten und denen ich helfen möchte, wenn es in meiner Macht steht. Und ich bin mir sicher, dass ich es schaffen kann, die Göttin zu erwecken und den Menschen den lang ersehnten Frieden zu bringen. Aber dazu brauche ich die Hilfe meiner Wächter. *Deine* Hilfe, Narissa. Ohne sie bin ich für immer in dieser Welt gefangen und die Menschen werden sich weiterhin der Unterdrückung des Luft- und des Wasservolkes beugen müssen.«

Sie schweigt eine Weile, kaut auf ihrer Unterlippe herum, lässt meine Worte auf sich wirken. Im Nachhinein habe ich keine Ahnung mehr, was ich da eigentlich erzählt habe. Die Worte sind einfach so aus mir heraus gesprudelt, ohne dass ich auch nur eine Sekunde über sie nachgedacht habe.

Wahrscheinlich habe ich irgendwelchen weinerlichen Bockmist erzählt, für den ich mich im wachen, nicht hungrigen Zustand in Grund und Boden schämen würde.

Das Quietschen der Zellentür bringt mich ins Hier und Jetzt zurück. Narissa steht wartend daneben und schaut mit gerunzelter Stirn zu mir hinab.

»Nun steh schon auf! Wir müssen los«, sagt sie dann, doch ich verstehe nur Bahnhof und glotze vermutlich wie ein Schaf. »Ich werde dich begleiten.«

»Du willst dich uns anschließen? Aber sagtest du nicht-«

»Ich habe meine Meinung geändert. Da mein König versagt hat, werde ich mir anschauen, was du zustande bringst, Hüterin. Also, steh auf, ich werde dich jetzt aus dem Schloss bringen. Deine anderen beiden Wächter schleichen schon seit Tagen um die Mauern herum und wurden schon ein paar Mal beinahe festgenommen.«

Augenblicklich kribbelt es in meinem Bauch vor Vorfreude. Ich wusste, dass auf die beiden Verlass ist!

»Hier!« Sie wirft mir ein Bündel zu, das sich als Umhang entpuppt, in den ein Laib Brot gewickelt ist. Heißhungrig stürze ich mich auf das Essen und schlinge es ohne zu kauen hinunter. Ich weiß, dass sich das noch rächen wird, aber mein Körper übernimmt die Kontrolle und sperrt meinen Verstand aus. Ich will einfach nur essen. Kauen kann ich später.

»Bist du fertig? Gut. Dann zieh den Umhang über und verstecke dein Haar. Ich will nicht, dass die Wachen unterwegs Fragen stellen.«

Ich stemme mich hoch und muss mich an die Gitterstäbe lehnen, um nicht umzufallen. Seit Tagen habe ich mich kaum bewegt. Meine Muskeln sind fest und steif. Sie zittern protestierend, als ich ein paar vorsichtige Schritte wage.

Narissa legt mir den mitgebrachten Umhang um die Schultern und schlägt die Kapuze hoch. Dann packt sie mich bei den Armen und führt mich die gewundene Steintreppe nach oben.

Im Korridor blinzle ich gegen das Licht an, das in den Augen sticht und sie tränen lässt, aber Narissa zieht mich schon weiter, und ich stolpere eher neben ihr her, als dass ich gehe.

Zum Glück begegnen wir keinem Wachposten und schon nach wenigen Minuten, in denen ich mich in diesem Labyrinth hoffnungslos verlaufen hätte, schiebt Narissa mich durch einen Hinterausgang hinaus in die kühle Nachtluft.

»Komm mit! Deine Wächter sind ganz in der Nähe«, wispert sie dann.

»Du kennst sie?«

»Wir hatten in den letzten Tagen ein paar Mal das Vergnügen. Sie können sehr überzeugend sein.« Sie bleibt stehen und ich wäre fast in sie hineingelaufen. »Aber den Ausschlag hast du gegeben, Hüterin. Du hast das Angebot des anderen Hüters ausgeschlagen und dadurch wahre Größe bewiesen. Die Worte, die du vorhin zu mir im Kerker gesagt hast, waren genau die, die ich hören musste, um meine letzten Zweifel zu beseitigen. Das heißt nicht, dass ich dir vertraue oder dich mag, aber ich will sehen, was du erreichen kannst.«

Ich nicke. Das ist mehr, als ich mir noch vor ein paar Stunden hätte erträumen können. Narissa folgt mir, widerwillig zwar, aber dennoch ist sie hier.

Langsam schöpfe ich wieder so etwas wie Hoffnung.

Elf

Eve!«, ruft Lucian schon, bevor ich die beiden überhaupt gesehen habe, stürmt auf Narissa und mich zu und zieht mich in eine feste Umarmung.

Dankbar atme ich seinen süßen Duft nach Pfirsichen ein und schmiege mein Gesicht an seine Schulter. Sofort ist Vincent neben ihm und zieht an meinem Zopf, sodass ich ihm mein Gesicht zuwende. Sein Grinsen ist ansteckend. Ich könnte gerade platzen vor Glück darüber, dass sie endlich wieder bei mir sind. Ob das so eine Art Bindung zwischen Hüter und Wächter ist? Ich fühle mich sicher und geborgen, während Lucian mich festhält und alles, was mir widerfahren ist, scheint meilenweit entfernt.

»Mach nie wieder so einen Blödsinn«, murmelt Lucian so nah an meinem Ohr, dass ein Schauder durch meinen gesamten Körper läuft.

»Bestimmt nicht«, antworte ich und klammere mich noch ein bisschen fester an ihn. Mir war gar nicht klar, *wie sehr* ich ihn vermisst habe.

Vincent greift nach meiner Hand und lässt das Feuer zwischen uns hindurchströmen, damit ich endlich wieder sicher auf eigenen Beinen stehen kann. Die Kraft lässt mich die Tage im Kerker und die Entbehrungen vergessen.

»Du siehst furchtbar aus«, sagt Vincent dann und mustert mich mit einer hochgezogenen Augenbraue.

Ich grinse zurück. »Danke, ich hab dich auch vermisst.« Ich mache mich von Lucian los und zeige auf Narissa.

»Ah, du bist also doch mitgekommen«, sagt Lucian in einem Tonfall, den ich nicht einordnen kann, und verschränkt die Arme vor der

Brust. In seinen Augen liegt etwas Lauerndes, als er Narissa mustert, die seinem Blick mit erhobenem Kinn standhält.

Die Luft ist zum Schneiden dick, aber ich kann nur die Stirn darüber runzeln. Was geht denn hier ab?

»Kennt ihr euch schon?«, wispere ich zu Vincent, der sich ein Stück zu mir heruntergebeugt hat.

Er wiegt den Kopf hin und her. »*Kennen* wäre wohl zu viel gesagt. Sie hat uns ein paar Mal erwischt, als wir in den Palast gelangen wollten. Schwieriges Unterfangen, ohne deine Kraft.« Er lächelt verschmitzt. »Lucian und sie sind dann aneinandergeraten. Teilweise ziemlich heftig. Irgendwann ist ihr dann rausgerutscht, dass sie wohl auch ein Wächter sei. Und da du sie mitgebracht hast, scheint das auch zu stimmen.« Er mustert Narissas hochgewachsene Gestalt einen Moment versonnen, ehe er fortfährt: »Nicht, dass es mich stören würde, eine weitere Frau dabeizuhaben.«

Mir entgeht nicht, wie er ihren Körper von oben bis unten begutachtet und ich gebe ihm einen Klaps auf den Arm. »Du bist echt unmöglich!«, tadle ich ihn, kann das Lachen aber nicht unterdrücken.

Durch mein Kichern drehen sich auch Narissa und Lucian zu uns um. Beide sehen nicht fröhlich aus, doch wegen ihrer sauertöpfischen Mienen muss ich noch lauter lachen. All der Stress und die Angst der letzten Tage fällt von mir ab, als ich lache, bis mir der Bauch wehtut und Tränen meine Wange hinunterkullern.

Wahrscheinlich muss ich aussehen wie eine Geistesgestörte, aber das ist mir egal. Ich bin einfach nur heilfroh, aus diesem Loch raus und wieder bei meinen Wächtern zu sein.

»Alles in Ordnung mit dir?«, fragt Lucian, als ich nach Luft schnappe und sich ein fieser Schluckauf einstellt.

Ich winke ab und stemme eine Hand gegen die Seite. »Alles gut«, japse ich grinsend.

Die Antwort scheint Lucian nicht zufriedenzustellen, doch Vincent kommt ihm zuvor. »Ich bin dafür, dass wir von hier verschwinden und so viel Strecke wie möglich zwischen uns und die königlichen Wachen bringen. Wenn sie merken, dass ihre Gefangene und die Kommandantin verschwunden sind, werden sie uns jagen. Bis dahin wäre ich zumindest gerne aus der Stadt raus.«

Lucian starrt Narissa noch immer finster an, und ich berühre ihn kurz am Arm, um seine Aufmerksamkeit zu bekommen. »Lass uns gehen«, sage ich, als er endlich zu mir schaut. »Sie ist in Ordnung.«

Narissa gibt ein unfeines Schnauben von sich, als sie an Lucian und mir mit erhobenem Haupt vorbeimarschiert.

»Ich werde sie im Auge behalten«, verkündet Lucian düster und zieht mir meine Kapuze wieder über meinen Kopf. »Der Wagen steht hinter der Kurve da vorne. Du solltest etwas essen und dich ordentlich ausschlafen. Vinc hat recht, weißt du? Du siehst furchtbar aus.«

Ich strecke ihm die Zunge raus, drehe mich um und eile den anderen hinterher. Mit einem leisen Glucksen folgt Lucian mir durch die leeren Gassen hinaus aus der Stadt und in den angrenzenden Wald hinein.

# # #

Keine Ahnung, wie viel Zeit vergangen ist, als ich aufwache. Lucian meint, ich hätte geschlafen wie eine Tote, aber das hatte ich wohl auch bitter nötig. Seit Tagen fühle ich mich zum ersten Mal wieder erfrischt und munter, als ich die Augen aufschlage.

Narissa sitzt mir gegenüber auf der Ladefläche des Karrens, während Lucian und Vincent auf dem Kutschbock sitzen.

»Wohin fahren wir?«, frage ich, als ich mir den Schlaf aus den Augen reibe und mich ausgiebig strecke, bis mehrere Wirbel in meinem Rücken knacken.

»Zur Grenze.« Es ist Narissa, die mir antwortet, und ich bin ziemlich erstaunt darüber. Aber vielleicht sollte ich es als gutes Zeichen werten. Dass sie sich einbringen will oder so.

»Was wollen wir dort? Sind wir noch nicht weit genug von der Hauptstadt weg?«

Das Schweigen von Lucian und Vincent macht mich nervös. Normalerweise teilen sie mir ihre Pläne und Vorhaben bereitwillig mit. Hier stimmt ganz eindeutig etwas nicht.

»Hey Jungs, ich rede mit euch«, versuche ich es erneut, doch ich starre nur auf ihre Rücken, und keiner hält es für nötig, mir zu antworten. Also wende ich mich wieder an Narissa. »Was ist hier los?«

Sie kaut unentschlossen auf ihrer Unterlippe herum, ehe sie mich wieder ansieht. »Ich habe ihnen von ihm erzählt. Dem Himmelsmann, der dich im Kerker besucht hat. Ich habe ihnen gesagt, dass du ihn kanntest.«

Ein ungutes Gefühl beschleicht mich. »Was hast du ihnen noch erzählt?«, frage ich, so leise wie möglich. Hat sie ihnen gesagt, dass das für mich alles nur ein Spiel ist? Dass meine einzige Motivation das Ausloggen ist?

»Sie wissen von dem Pakt mit dem König. Und dass du ihn zurückgewiesen hast.«

»Was übrigens sehr dumm war«, mischt sich nun doch Lucian ein, schaut aber nicht zu uns nach hinten.

»Du hast ja keine Ahnung«, presse ich zwischen zusammengebissenen Zähnen hervor. »Du kennst ihn nicht. Sobald er es für richtig erachtet hätte, hätte mir Killswitch ein Messer in den Rücken gejagt.«

»Und doch wäre uns diese Allianz vorerst nützlich gewesen«, wirft Vincent ein, der den Wagen lenkt. »Wir hätten Informationen bekommen können. Wie viele Wächter sie schon gefunden haben, zum Beispiel.«

»Oder wie viele das Wasservolk schon hat«, ergänzt Lucian. »Denn deren Hüter scheinst du ja auch zu kennen.« Nun dreht er sich doch zu mir um. Seine silbernen Augen sind eiskalt wie Stahl und ich sinke augenblicklich ein Stück in mich zusammen. »Wann wolltest du uns das erzählen, Evelyn?«

Ah, wir sind also wieder bei *Evelyn*. Noch nie hat mich die Nennung meines vollen Namens so wütend gemacht. Sie haben ja keine Ahnung! Keiner von ihnen! Doch wie viel kann oder muss ich ihnen erzählen, damit sie es verstehen?

Ich kann nicht abschätzen, was es für Auswirkungen hat, wenn ich ihnen die Wahrheit sage. Wie werden sie es aufnehmen, wenn sie erfahren, dass sie eigentlich nichts weiter als Programme sind? Dass ihre ganze Vergangenheit nichts weiter als ein Code ist? Dass alles um sie herum nur aus Bits und Bytes besteht? Dass niemand von ihnen real ist, bis auf mich?

Kann ein Programm das überhaupt verstehen und verarbeiten? Oder löse ich damit einen *fatal error* aus? Was würde dann mit mir geschehen, wenn das Spiel um mich herum zusammenbricht oder laggt?

Zu viele Variablen, zu viele Ungereimtheiten. Also beschließe ich, lieber den Mund zu halten und ihnen nur das zu erzählen, was sie unbedingt wissen müssen.

»Sie kommen aus meiner Welt. Die beiden anderen Hüter, meine ich. Ich kenne die beiden schon seit einigen Jahren. Wir … haben zusammengearbeitet. Killswitch, der Hüter der Flügelmänner, ist ein Trottel. Ich bin mir sicher, dass er noch nicht nach seinen Wächtern gesucht hat, weil er viel zu sehr damit beschäftigt ist, Allianzen zu seinem Vorteil zu schmieden. Bei Thunderstrike, dem Hüter der Wasserwesen, bin ich mir da jedoch nicht so sicher. Er ist ein Stratege und ein sehr guter dazu. Er wird alles daran setzen, dieses Spi–… ähm … diesen Krieg zu gewinnen.«

»Trotzdem hätten wir diesen … – wie nanntest du ihn? – … Killswitch noch für unsere Zwecke nutzen können«, beharrt Lucian.

»Ich habe das dumpfe Gefühl, dass wir ihm noch früh genug wieder über den Weg laufen werden. Er ist niemand, der einfach aufgibt. Er mag ein Trottel sein, aber aufgeben ist für ihn keine Option. Genauso wenig wie für mich.«

Ich schaue Lucian und Narissa fest in die Augen, bevor ich fortfahre: »Es ist egal, ob ich die beiden anderen Hüter kenne oder nicht. Wichtig ist, dass wir bereits drei Wächter gefunden haben. Uns fehlt nur noch ein einziger, dann können wir die Göttin erwecken und den Krieg beenden. Wir sind ganz nah dran.«

Narissa schürzt die Lippen, während sie über meine Worte nachdenkt. Ich weiß nicht, wie viel sie von meinem Gespräch mit Killswitch gehört und verstanden hat, doch ich hoffe, dass sie ab jetzt die Klappe hält.

»Und wo finden wir den vierten Wächter?«, fragt sie dann.

Ich blicke hilfesuchend zu Lucian, doch der hat sich bereits wieder nach vorne gewandt und starrt auf die Straße. Was ist nur los mit ihm und Vincent? Seit ich im Kerker war und Narissa als Wächterin mitgebracht habe, verhalten sie sich seltsam.

Vielleicht sollte ich ihn einfach fragen, was sein verdammtes Problem ist. Sonst bin ich auch immer sehr direkt und falle am liebsten mit der Tür ins Haus, doch bei Lucian ist es irgendwie anders. Ihn umtänzle ich vorsichtig, immer darauf bedacht, keinen falschen Schritt zu tun. Ich habe keine Ahnung, warum das so ist. Bei jedem anderen würde ich den Kopf schütteln wegen dieses kindischen Verhaltens.

Wenn ich so darüber nachdenke, ist meine Beziehung zu Lucian mehr als seltsam. Entweder stehen wir uns sehr nah oder wir wollen uns am liebsten die Augen auskratzen. Ein Dazwischen scheint es für uns nicht zu geben. Beides sind aber keine guten Ausgangspunkte für eine professionelle Hüter-Wächter-Beziehung, wobei ich glaube, dass es für uns kein »*professionell*« geben kann.

Seufzend lege ich den Kopf auf die angewinkelten Knie. Ich war noch nie gut in so was. Mein einziger, richtiger Freund war ein Kerl, den meine Eltern für mich ausgesucht hatten, und auch das ging nicht lange gut. Kaum hatten wir unser Abitur gemacht, ging er in eine andere Stadt, um zu studieren. Bereits in der zweiten Woche erreichten mich Gerüchte darüber, dass er sich durch einige Betten geschlafen hätte. Das Ganze endete eher … unschön. Seitdem beschränkten sich meine Männerbekanntschaften auf sehr kurze Intermezzos. Nur Ben, mein Vibrator, hielt mir über all die Jahre die Treue, lebt ohne zu klagen in meiner Nachttischschublade und verlangte erst zweimal nach neuen Batterien.

Warum mache ich mir eigentlich jetzt Gedanken über so was? Mein Blick huscht zu Lucian, der mir noch immer den Rücken zugewandt hat, gleitet über seine breiten Schultern, das verwuschelte schwarze Haar und den markanten Kiefer, den ich im Profil sehe. Er sieht fast so aus wie ein Disney-Prinz, so perfekt, wenn er nur öfter mal lächeln würde.

Ich bin eindeutig schon viel zu lange hier. Langsam verwischen in meinem Gehirn die klaren Abgrenzungslinien von *Wirklichkeit* und *Spiel*. Das ist verdammt gefährlich und ich muss dringend damit aufhören.

»Hey!« Narissa wedelt mit ihrer Hand vor meinem Gesicht und ich muss mehrmals blinzeln, um aus meinen Gedanken aufzutauchen. »Ich hab dich gefragt, wie dein Plan ist, um den vierten Wächter zu finden. Ich würde die ganze Sache nämlich gerne schnell hinter mich bringen. Schließlich hab ich auch noch andere Dinge zu tun, als mit euch durch die halbe Welt zu reisen.«

Ehe ich es verhindern kann, verzieht sich mein Gesicht angewidert. Was bildet diese Kuh sich eigentlich ein, so mit mir zu reden? Sieht das für sie vielleicht so aus, als wäre das ein Vergnügungsausflug?

Ruhig bleiben, Eve. Ruhig und professionell.

Ich hebe die Kette ein Stück hoch und lasse das Amulett vor ihrer Nase baumeln. »Siehst du das? Das ist das Amulett der Göttin Gaia. Mit seiner Hilfe kann ich die Wächter finden. Es hat mich auch in den Palast geführt.«

Sie rümpft die Nase. Diese Frau kann wirklich Gesichtsgymnastik. »Und weiter? Zeigt dann ein Strahl aus dem roten Stein direkt auf den Wächter oder so?«

»Ähm, nein. Es pulsiert. Und dann weiß ich, dass ein Wächter in der Nähe ist«, erkläre ich ihr, obwohl ich ihr lieber sagen würde, dass sie ihre Klappe halten und mich in Ruhe lassen soll.

»Und in welchem Radius schlägt das Amulett an?«

Ihre Fragen fangen an, mich zu nerven. »Keine Ahnung. Ich habe es noch nie nachgemessen. Im näheren Umkreis eben.«

»Das heißt also, wir könnten an einem Dorf vorbeifahren und den Wächter verpassen? Oder dass wir durch Städte latschen müssen, in der Hoffnung, dass das Ding da pulsiert? Na großartig.«

Ihre Stimme trieft nur so vor Sarkasmus und meine Hand zuckt im Verlangen, ihr eine zu scheuern. Auch meine Armmuskeln betteln bei meinem Großhirn bereits um die Erlaubnis, zum Schlag ausholen zu dürfen, und nur zu gerne würde ich diese Erlaubnis erteilen. Ein roter Handabdruck würde sich bestimmt ganz hervorragend in ihrem Gymnastikgesicht machen.

Nur mit Mühe schlucke ich den Ärger und das Verlangen, rohe Gewalt anzuwenden, hinunter. Das ist doch sonst gar nicht meine Art. Ich bin eine Strategin. Ich meide offene Kämpfe. Und ich kann mir keine Zwistigkeiten leisten. Nicht mit ihr, nicht mit meinen Wächtern, denn ohne sie bin ich auf ewig hier gefangen. Aber es fällt mir nicht leicht, zurückzustecken, denn diese Frau legt es geradezu darauf an, mich auf die Palme zu bringen.

»Wenn du einen besseren Vorschlag hast, bin ich ganz Ohr«, säusele ich, so nett ich nur kann, doch selbst in meinen eigenen Ohren klingt es falsch.

Narissas fast schwarze Augen blitzen. Auch ihr ist dieser falsche Unterton nicht entgangen. »Mir würde es nicht im Traum einfallen, mich in deine Angelegenheiten einzumischen. Schließlich bist du doch die Hüterin, nicht wahr? Es ist deine Aufgabe, die Wächter zu finden. Wir«, mit einer Handbewegung schließt sie sich und die beiden Männer ein, »sind nur schmückendes Beiwerk.«

»Ich würde gerne aus euren Streitereien rausgehalten werden«, beschwert sich Vincent, doch ich höre das unterdrückte Belustigung in seiner Stimme.

Schön, dass sich zumindest einer hier amüsiert ...

»In den Städten waren wir bereits«, teile ich Narissa mit. »Wir müssen nun nur noch die kleinen Weiler besuchen.«

Sie zieht skeptisch eine Augenbraue nach oben. »Und was, wenn der Wächter gerade unterwegs war, als ihr in der Stadt wart? Wenn er gerade Waren in einen Nachbarort gebracht hat, oder so was? Dann hättet ihr ihn verpasst.«

Ich knirsche mit den Zähnen. *Ich verpasse* dir *gleich was!*

Aber sie hat recht, so widerwillig ich das auch zugeben muss. Daran habe ich noch gar nicht gedacht. Anders als normale NPCs, scheinen sich die Wächter frei in der Welt bewegen zu können. Das bedeutet, dass der vierte Wächter überall sein könnte.

»Dann fangen wir eben wieder von vorne an. Wir *werden* den vierten Wächter finden und die Göttin erwecken«, verkünde ich selbstsicher.

Auch für mich ist aufgeben keine Option.

»Entschuldige, wenn ich deinen Optimismus nicht teile, Hüterin«, sagt Narissa kopfschüttelnd. »Deshalb sind wir auf dem Weg zur Grenze.«

»Was wollen wir dort?«, frage ich erneut. Bevor das Gespräch so aus dem Ruder gelaufen ist, habe ich diese Frage schon einmal gestellt.

Narissa dreht ihren Kopf weg von mir und schaut nach vorne. »Wir besuchen den Schrein der Göttin.«

Ich runzle die Stirn. Ein Schrein? Was soll ich bei einem verdammten Schrein? Außerdem ... »Vincent ist doch der Hohepriester der Göttin. Der Schrein ist ganz woanders.«

»Nein.« Narissa schaut mich an, als würde sie einem kleinen Kind zum hundertsten Mal dasselbe erklären. »Vincent ist der Hohepriester im *Tempel* der Göttin, wo die Priester ausgebildet werden, die das Wort der Göttin dann in die Welt tragen. Der *Schrein* ist etwas völlig anderes.«

»Es ist eine Höhle«, sagt Vincent und hält mich so davon ab, Narissa an die Gurgel zu gehen. »Eine Höhle, die tief unter die Erde führt. Der Legende nach soll dort die Göttin schlafen. Wenn Gebete im Schrein gesprochen werden, soll sie sie erhören.«

Endlich ist es an mir, Narissa überheblich anzuschauen. »Du willst also unter einem Haufen Stein ein Gebet sprechen? *Das* ist dein Plan?« Als ob das etwas bringen würde! Ich kann ein belustigtes Glucksen nicht ganz unterdrücken.

Narissa zuckt mit den Schultern. »Immerhin *habe* ich einen Plan, nicht wahr?«

Okay, Wächterin oder nicht, ich werde diese Frau eigenhändig umbringen. Jetzt sofort, und es ist mir scheißegal, ob ich dann auf ewig in diesem blöden Spiel festhänge. Sie hat meine Geduld, die ohnehin schon seit Monaten nur an einem dünnen Fädchen hing, endgültig überstrapaziert.

Ohne es bewusst zu merken, bin ich aufgesprungen und will auf diese blöde Kuh losgehen, als Lucian mich grob am Arm packt und zurückhält.

»Beruhige dich, Eve! Was ist bloß los mit dir?«

Ja, das ist eine gute Frage. Normalerweise neige ich nicht zu Gewaltausbrüchen, bis auf wenige Male, in denen ich meine Tastatur gegen die Wand geschleudert habe, weil ich wieder einmal verloren hatte.

Als ich Narissas gehässiges Grinsen sehe, weiß ich wieder, warum ich so auf hundertachtzig bin. Wie kann sie es wagen, so mit mir zu reden?

»Was hab ich dir eigentlich getan?«, schleudere ich ihr entgegen, nachdem ich mich wieder hingesetzt habe. »Ich mache das hier für euch! Für euer Volk! Ich habe mich nicht freiwillig dafür gemeldet, die Hüterin zu sein!«

Vincent bringt den Karren zum Stehen und dreht sich ebenfalls zu uns um. Ich will ihn anschreien, dass er gefälligst weiterfahren soll – schließlich gibt es hier nichts zu sehen! -, aber ich lasse es bleiben. Er kann nichts dafür, dass ich mich so aufrege und es wäre unfair, ihn deswegen anzuschnauzen.

»Das hörte sich im Kerker aber noch ganz anders an.«

Wie gerne würde ich ihr dieses hochnäsige Grinsen aus dem Gesicht schlagen! Schnell lege ich die linke Hand auf meinen rechten Arm, der bereits verdächtig zittert. Gleichzeitig bildet sich in meinem Magen ein fester Klumpen. Wird sie erzählen, was Killswitch und ich besprochen haben?

»Was meint sie damit, Eve?« Lucians Silberblick liegt scheinbar ruhig auf mir, doch ich merke, dass unsere Auseinandersetzung auch an ihm nicht spurlos vorbeigegangen ist.

»Nichts«, fauche ich. »Können wir jetzt endlich zu diesem bekloppten Schrein fahren?«

Ich wage es nicht, Lucian oder Vincent anzusehen, denn ich bin mir sicher, dass es mir ins Gesicht geschrieben steht, was ich denke. Sie dürfen es nicht wissen! Sie würden sich von mir abwenden und ich wäre wieder allein. Und einsam.

»Ihr seid ihr vollkommen egal. Genauso wie all die anderen Menschen hier. Ist es nicht so, Hüterin?«

Die Stille um mich herum ist fast körperlich spürbar. Keiner sagt etwas und ich könnte schwören, dass sie nicht einmal mehr atmen, sondern mich einfach nur anstarren.

»Du Miststück!«, schleudere ich ihr entgegen, ehe ich vom Wagen springe und ziellos in den Wald renne.

# # #

Diese verdammte Hexe! Wie kann sie es *wagen*!? Sie macht alles kaputt!

Was ist, wenn sich nun auch Lucian und Vincent gegen mich stellen? Wenn ich den Rückhalt all meiner Wächter verliere, nur weil sie mir eine reinwürgen will? Dann würde ich ewig hier festsitzen und müsste dabei zusehen, wie Killswitch, nein, wohl eher Thunderstrike dieses Spiel gewinnt. Ich würde verlieren. Und diesmal gäbe es keinen Game-Over-Screen für mich, weil ich verdammt noch mal in diesem beschissenen Spiel festhänge!

Ich trete mit voller Wucht gegen einen wehrlosen Baumstamm und sinke einen Augenblick später schreiend auf die Knie. Mein Fuß pocht höllisch. Hoffentlich habe ich mir nichts gebrochen … Warum muss sich hier alles so real anfühlen? Es ist doch nur ein Spiel! Aber das stetige Pochen in meinem Fuß, das langsam über meine Wade nach oben kriecht, ist eindeutig echt und fühlt sich komplett anders an als die Simulationen, die wir durchlaufen haben, als uns die Chips in den Nacken gepflanzt wurden.

Hätte ich mich doch bloß nie auf dieses dämliche Experiment eingelassen! Aber was gibt es für einen Gamer wie mich besseres, als Teil des Spiels zu werden?

Ich lehne mich an den Baumstamm, den ich eben noch fies getreten habe, und lagere meinen schmerzenden Fuß ein Stück höher.

Toll. Nun sitze ich hier mitten im Nirgendwo, mutterseelenallein, und kann nicht einmal fliehen, wenn ich von irgendwas angegriffen werden sollte.

Es ist zum Kotzen! Dieser Baum, meine Wächter, meine Aufgabe, diese Welt – einfach alles! Ich will nach Hause!

Mehrere Male lasse ich meinen Kopf nach hinten gegen die Baumrinde schlagen. Ich schaff das nicht mehr. Es muss doch einen anderen Weg geben, um mich auszuloggen. In den letzten Monaten habe ich aufgehört, nach einer Lösung für den fehlenden Auslogg-Button zu suchen und mich an das Beenden des Spiels geklammert. Wenn all meine Wächter so wären wie Lucian, oder nein, lieber doch wie Vincent, hätte ich wahrscheinlich auch kein Problem damit gehabt. Aber nein! Wächter eins muss ja aussehen wie ein Disney-Prinz und mich buchstäblich um den Verstand bringen, und Wächterin drei muss sich als das größte, je erschaffene Miststück herausstellen. Und ich weiß nicht einmal, warum sie so einen Hass auf mich hat. Was habe ich ihr denn getan? Diese dämliche Kuh! Am liebsten würde ich sie achtkantig aus unserem Team schmeißen, nur dummerweise geht das leider nicht. Sie ist ein essenzieller Bestandteil des Teams, ob es mir nun passt oder nicht. Irgendwie muss ich einen Weg finden, mit ihr auszukommen, oder ich kann die ganze Sache abblasen und mich damit abfinden, für immer an diesem Ort gefangen zu sein.

Was dann wohl mit meinem Körper in der realen Welt passiert? Sicherlich haben sie mich bereits in irgendein Krankenhaus gebracht und an zig Schläuche angeschlossen. Es muss so aussehen, als läge ich im Koma. Ob sie versucht haben, die Verbindung zu trennen? Oder ob es ihnen zu riskant war? Immerhin ist es eine neue Technologie, über die kaum jemand etwas weiß. Am allerwenigsten ich, schließlich weiß ich selbst nicht, was mit mir hier passiert, wenn in der wirklichen Welt mein Stecker gezogen wird.

Wie gerne würde ich jetzt auf der Couch liegen und irgendeinen schwachsinnigen Film gucken, dabei Salzstangen knabbern und mich unter meine Decke kuscheln. Stattdessen sitze ich hier in einem Wald mit schmerzendem Fuß und erfriere.

Eigentlich habe ich mir mein Leben anders vorgestellt. So langsam sollte ich auch die Möglichkeit in Betracht ziehen, was aus mir werden soll, wenn ich das Spiel nicht gewinne, wenn ich es nicht schaffe, die Göttin zu erwecken, bevor Killswitch oder Thunderstrike es bei ihren Gottheiten schaffen. Für die Spielfiguren hier wird sich nicht viel ändern, wohl aber für mich. Ich wäre keine Hüterin, nichts Besonderes mehr. Ich wäre einfach nur ein Mädchen mit seltener Haarfarbe, das weder etwas gelernt hat noch irgendwas besonders gut kann.

Ich würde untergehen.

Oder war es nicht sogar so, dass die unterlegenen Hüter und Wächter sterben, sobald die gegnerische Gottheit erweckt wird? Ich hätte Vincent bei seinen Erklärungen wirklich besser zuhören sollen … Egal, so oder so wird es nicht gut für mich ausgehen, wenn ich nicht gewinne.

Fröstelnd schlinge ich die Arme um mich. Was soll ich bloß machen? Das Beste wäre, wenn ich allen die Wahrheit sage. Und damit meine ich die *gesamte* Wahrheit. Ob sie das überhaupt verstehen können, steht auf einem anderen Blatt. Meine Angst ist noch immer, dass ich damit einen Systemfehler auslöse, der fatale Folgen haben kann. Was, wenn Vincent die Wahrheit nicht verkraftet, dass alles, was er in seinem Leben erlebt zu haben glaubt, nur das Produkt eines zusammengeschriebenen Programms ist? Wenn er sich deswegen auflöst oder verschwindet, weil dieser Fehler im Spiel nicht vorgesehen war? Ohne all meine Wächter kann ich die Göttin nicht erwecken.

Andererseits scheint Narissa meine Unterhaltung mit Killswitch sowohl gehört, als auch verstanden zu haben. Und sie ist noch hier. *Leider.*

Seufzend lasse ich den Kopf hängen. Egal, wie ich es drehe und wende, es wird nicht einfach für mich werden.

Ein Rascheln schreckt mich auf und ich schaue panisch nach allen Seiten.

»Wenn ich es gewollt hätte«, ertönt eine Stimme direkt hinter mir und beschert mir dadurch fast einen Herzstillstand, »hätte ich dir jetzt ohne Probleme die Kehle durchschneiden können.«

»Mach das nie wieder, Narissa!«, schnaube ich und packe mir an die Brust, um mein wild klopfendes Herz festzuhalten, ehe es herausspringt.

Unbeeindruckt schlendert sie um mich herum und geht mir gegenüber in die Hocke. »Deine beiden Wächter meinen, ich soll schauen, wo du bist. Immerhin sei ich der Grund, weshalb zu abgehauen bist, zumindest laut ihnen.«

»Allerdings«, knurre ich. Nicht einmal mitten im Wald hat man vor dieser blöden Trulla Ruhe. Und mit meinem schmerzenden Fuß – ich glaube wirklich, dass da was gebrochen ist – kann ich noch nicht mal abhauen.

»Dabei habe ich doch nur die Wahrheit gesagt«, murmelt sie beiläufig, lässt mich jedoch nicht aus den Augen.

»Es geht darum, *wie* du es gesagt hast.«

»Als Hüterin bist du es wohl nicht gewohnt, dass man dir Widerworte gibt? So läuft es aber manchmal im Leben.«

»Auf deine Lebensweisheiten kann ich verzichten, vielen Dank!«, schnappe ich. Was bildet diese Kuh sich eigentlich ein? »Es wäre schön, wenn du mich jetzt wieder allein lassen würdest.«

»Das halte ich für keine gute Idee. Wir befinden uns nah an der Grenze, und ich bin mir sicher, dass es in diesem Wald vor Wasserwesen nur so wimmelt.«

Mir läuft es eiskalt den Rücken hinunter, als ich mich an meine letzte Begegnung mit einem der Fischmänner erinnere. »Aber hier ist weit und breit kein Wasser. Wie soll hier einer der Fischmänner sein?«

Narissas Blick wird lauernd, während sie ihn scheinbar ziellos nach rechts und links wandern lässt. »Nicht alle von ihnen brauchen Wasser, weißt du? Einige von ihnen können sich sogar frei in unseren Städten bewegen. Sie lassen sich dann an Land so was Ähnliches wie Beine wachsen.«

»So was Ähnliches?«, wiederhole ich ungläubig, wobei ich auf eine detaillierte Erläuterung wohl dankend verzichten kann. Allein die Zähne des Fischmannes von damals haben mir Alpträume beschert. Ich hebe schnell die Hand, um sie am Weiterreden zu hindern.

Das Schweigen zwischen uns dehnt sich aus. Ich fühle mich unwohl in ihrer Gegenwart und weiß nach einer Weile nicht mehr, wo ich noch hinschauen soll. Ob sie recht damit hat, dass hier überall Fischmänner lauern können? Oder ob sie mir nur Angst machen will? Bei Narissa weiß ich einfach nicht, woran ich bin, oder wie ich das, was sie sagt oder tut, verarbeiten soll. Gestern hat sie mich aus dem Kerker befreit, hat sich gegen ihren geliebten König gestellt und ist freiwillig mit mir gekommen. Heute fällt sie mir bei allem, was ich tue, in den Rücken.

»Ist es wahr?«, fragt sie nach einer gefühlten Ewigkeit und ich glaube im ersten Moment, mich verhört zu haben, doch dann legt sich ihr Blick wieder forschend auf mich. »Was du zu dem Himmelsmann im Kerker gesagt hast, meine ich. Ist das hier alles nicht real aus deiner Sicht?«

Ich versuche das ungute Gefühl, das in mir aufsteigt, zu ignorieren, zögere aber mit meiner Antwort. Ist es richtig, ihr die Wahrheit zu sagen? »Es ist wahr«, gebe ich dann zu, weil ich es leid bin, mir irgendwelche Geschichten auszudenken. Früher oder später werden sie alle doch die Wahrheit erfahren müssen. »Von meinem Standpunkt aus befinden wir uns alle in einem Spiel, einem Computerprogramm, das nicht real ist, sondern nur in meinem Kopf geschieht.« Ich lege meinen Zopf nach vorne und zeige auf den Knubbel in meinem Nacken. »Dort drin sitzt ein Gerät, mit dessen Hilfe ich meinen Geist direkt in dieses Programm projizieren kann. Ich kann mich bewegen, sprechen, alles wie im wirklichen Leben machen.« Ich lasse die Hand sinken und schaue ziellos in den Wald. »Aber ich komme hier nicht mehr weg. Normalerweise sollte es eine Vorrichtung geben, um sich aus dem Spiel auszuloggen, um die Verbindung zwischen dem Gerät und meinem Geist zu beenden. Aber die gibt es nicht. Ich habe schon alles probiert, aber ich sitze hier fest, und das schon seit Monaten. Meine einzige Möglichkeit, wieder in meine normale Welt zu kommen, ist, das Spiel als Sieger zu beenden und die Göttin zu erwecken.«

»Was passiert, wenn du das nicht schaffst?«

Ich schüttele den Kopf und ringe die Hände im Schoß. »Ich weiß es nicht. Es ist möglich, dass das gesamte Spiel auch beendet wird, wenn einer der anderen Hüter gewinnt, aber das weiß ich nicht mit Sicherheit. Vielleicht stecke ich dann auch für immer hier fest, allein in einer fremden Welt, während mein Körper in der realen Welt vor sich hinvegetiert.«

Narissa setzt sich mir gegenüber in den Schneidersitz, ehe sie flüstert: »Und was ist mit uns? Mit unseren Erinnerungen? Ich erinnere mich an meine Eltern, an meine Geschwister, an das Dorf, in dem ich aufgewachsen bin. Das soll alles nicht real sein?«

Wieder schüttele ich den Kopf. »Das alles sind Informationen, die dir das Programm eingeflößt hat. Nichts davon ist wirklich passiert.« Ich blicke ihr jetzt direkt in die Augen. »Du existierst nicht wirklich.

Keiner von euch tut es. Wenn das Spiel beendet wird, werdet auch ihr verschwinden. Diese ganze Welt wird zu Nichts.«

Zum ersten Mal sehe ich so etwas wie blankes Entsetzen in ihrem Blick. Das überhebliche Grinsen, das sie bisher immer zur Schau getragen hat, ist wie weggewischt. Beinahe empfinde ich so etwas wie Mitleid mit ihr. Aber wirklich nur beinahe.

»Und … wenn keiner der Hüter es schaffen würde, das Spiel zu beenden? Könnten wir dann weiter existieren?«

Es tut mir weh, ihr diesen Hoffnungsschimmer zu nehmen, doch ich muss es tun. »Theoretisch, ja. Aber dann wären wir drei Hüter auf ewig in dieser Welt gefangen. Wir könnten niemals nach Hause gehen.«

»Wäre das nicht ein kleiner Preis für das Leben von Tausenden? Von drei ganzen Völkern?« Ihr Blick ist wieder hart geworden, als sie mich von oben bis unten mustert.

Ich seufze. »Alles, was ich dir erzählt habe, sind Theorien. Ich habe keine Ahnung, ob es überhaupt möglich ist, sich gegen den Spielabschluss zu weigern. Und ich habe keinen Einfluss auf die Handlungen der anderen Hüter. Ich kenne sie beide. Sie stammen wie ich aus meiner Welt und wir sind schon seit Ewigkeiten Konkurrenten. Sie sind Gamer, genau wie ich, und werden nicht freiwillig aufgeben und ein Spiel verlieren. Außerdem werden auch sie genauso wie ich endlich wieder nach Hause wollen.«

Narissa schaut zu Boden. Ihr Gesicht ist für mich unmöglich zu lesen.

»Es tut mir leid«, flüstere ich dann. »Mir fällt der Gedanke auch nicht leicht, dass diese Welt dann nicht mehr existieren soll. Weißt du, in den Wochen und Monaten, die ich nun hier bin, habe ich Freunde gefunden. Beinahe so etwas wie eine Familie. In meiner wirklichen Welt kenne ich dieses Gefühl der Geborgenheit nicht, weil sich meine wahre Familie einen Dreck um mich schert. Ich bin so was wie das schwarze Schaf, das sie am liebsten verstecken und bei dem sie lieber schnell das Thema wechseln, wenn die Sprache auf mich kommt. Aber dennoch … das hier ist nicht die Wirklichkeit. Es ist eine Illusion.«

»Ich verstehe«, murmelt Narissa. »Jedenfalls irgendwie, zumindest deine Sicht. Mir geht nur nicht in den Kopf, dass alles, was ich jemals erlebt habe, nicht wirklich passiert sein soll.« Sie steht auf, um direkt danach vor mir niederzuknien. Ich bin im ersten Moment so überrascht, dass ich ein Stück zurückweiche. »Bitte verzeih mir, dass ich mich so unmöglich benommen habe. Ich verstehe nun, dass du alles, was in deiner Macht steht, versuchst, um die Göttin zu erwecken. Ich werde dir als Wächterin dabei zur Seite stehen. Bis zum Ende, wie immer das auch ausfallen mag.«

Ich blinzle gegen die Tränen an, die sich einfach so in meinen Augen gesammelt haben. Fast hätte ich schon nicht mehr daran geglaubt, mit Narissa noch auf einen gemeinsamen Nenner zu kommen. Doch das eben, diese kleine Ansprache von ihr, übertrifft vollends meine Erwartungen und überwältigt mich einfach.

»Schon okay«, stammle ich dann und wische mit dem Handrücken über meine Wangen. »Du wusstest es nicht besser. Ich wäre trotzdem froh, wenn wir es vor den anderen geheimhalten könnten.«

Narissa nickt. »Ja, das wäre wohl das Beste. Sie werden es noch früh genug erfahren.« Sie steht auf und streckt mir dann ihre Hand hin. »Es wird spät. Lass uns zurück zu den anderen gehen.«

Ich zeige auf meinen Fuß. »Ich glaube nicht, dass ich zurücklaufen kann.«

Sie hält mir auch ihre andere Hand hin. »Dann werde ich dich tragen. Zu irgendwas wird meine Verwandlung schon gut sein. Die Heilung deiner Verletzung überlasse ich dann lieber Lucian, damit habe ich keine Erfahrung.«

Ich zögere. Bisher habe ich es noch nicht geschafft, eine Verwandlung meiner Wächter nur durch die Berührung der Hände auszulösen, aber Narissa zu küssen, steht für mich außer Frage!

Doch ich muss es versuchen. Also schließe ich die Augen und konzentriere mich auf meine Atmung, so wie Vincent es mir während unseres Trainings gezeigt hat. Ich suche die Kraft, die wie ein wirbelndes Chaos in mir lodert und nur darauf wartet, freigelassen zu werden, und dirigiere sie direkt in meine Handflächen. Als ich der Meinung bin, genügend Kraft zusammengezogen zu haben, öffne ich meine Augen und umfasse Narissas Hände.

Augenblicklich lodern ihre Augen in einem warmen Rot-Orange und sie fällt auf alle viere. Hat es funktioniert? Ihr Gesicht sowie ihre Arme und Beine strecken sich und Flammen lodern um sie herum auf.

Nur einen Wimpernschlag später hat sich ihr Körper komplett verändert. Vor mir steht nun nicht mehr Narissa, sondern ein großes weißes Pferd, dessen Mähne und Schweif aus Feuer bestehen. Auch an den Hufen blitzen kleinere Flammen auf, als sie damit aufstampft und mich anwiehert.

»Du hattest recht. Deine Gestalt *ist* zu etwas gut«, sage ich grinsend. So muss ich zumindest nicht zurücklaufen.

Das Pferd geht vor mir in die Knie und ich hieve mich wenig elegant auf seinen Rücken. Ohne Sattel und Zaumzeug frage ich mich kurz, woran ich mich festhalten soll. Mein gesunder Menschenverstand verbietet mir immer noch, direkt in die Flammen zu greifen, obwohl auch jetzt das Feuer bis zu mir züngelt und ich, bis auf die warme Energie, die meinen Körper durchfließt, nichts spüre.

Als ich mich gerade aufrecht hingesetzt habe, stürmt Narissa bereits los, und mir bleibt nichts anderes übrig, als mich nach vorne zu beugen und die Arme um ihren Hals zu legen, um nicht gleich wieder runterzufallen.

Ich saß noch nie auf einem Pferd. Ich hatte auch nie ein Haustier. Meine Eltern sahen in so was keinen Sinn. Daher habe ich auch jetzt keine Ahnung, wie ich mich verhalten muss. Zum Glück ist es ja eigentlich Narissa, auf deren Rücken ich sitze, denn ein echtes Pferd hätte mich mit Sicherheit schon abgeworfen.

Als wir endlich beim Karren ankommen, beäugen uns Lucian und Vincent bereits von Weitem skeptisch und mit den Händen an den Waffen.

»Alles okay!«, rufe ich und winke ihnen zu, um sie zu beruhigen. Sie wissen ja nicht, dass das Feuerpferd Narissa ist, die jetzt in ein gemächliches Schritttempo verfallen ist. Wenigstens werde ich nun nicht mehr so sehr durchgeschüttelt. Mein Hintern und die Innenseiten meiner Oberschenkel schmerzen trotzdem, selbst nach dieser kurzen Strecke. Ich bin wohl für so was einfach nicht gemacht.

Vincent ist als Erster bei uns und fährt Narissa vorsichtig, beinahe andächtig mit der Hand über die Nüstern. »Ist das Narissa?«, fragt er grinsend. »Siehst gut aus. Fast besser als normal.«

Als Antwort schnappt das Pferd nach seiner Hand und lässt die Zähne geräuschvoll aufeinanderschlagen.

»Ist ja schon gut.« Vincent hebt beschwichtigend die Hände – in sicherem Abstand – und geht um Narissa herum, um mir runterzuhelfen.

»Warte«, sagt Lucian und eilt zu mir, wobei er Vincent aus dem Weg schiebt. »Sie ist verletzt, siehst du das nicht?«

Ich starre verdutzt auf den schwarzen Haarschopf, der sich über meinen pochenden und mittlerweile auch geschwollenen Fuß beugt, und beiße die Zähne zusammen, als er den Stiefel auszieht, in dem der Fuß immer noch steckt. Scheiße, tut das weh!

»Scheint gebrochen zu sein«, murmelt Lucian, während er vorsichtig meine enge Lederhose ein Stück höher schiebt und mit dem Daumen sanft über den Fußspann streicht. Die leichte Energie, die von seiner Berührung ausgeht, schwächt meinen Schmerz augenblicklich ab.

»Woher wusstest du das?«, fragt Vincent, der sich neugierig über Lucians Schulter beugt.

»Woher wusste ich was?«

»Dass sie verletzt ist. Ich hab's nicht gesehen.« Vincent wirft mir einen entschuldigenden Blick zu, doch ich schüttele nur leicht den Kopf. Woher sollte er es auch wissen? Mich wundert eher, dass Lucian es sofort gemerkt hat. Hat er neuerdings einen Röntgenblick? Uuh, gruselige Vorstellung ... Oder lag es an meinem schmerzverzerrten Gesicht? Aber er hat sich zielsicher auf meinen Fuß gestürzt, als wüsste er ganz genau, dass der Schmerz da seinen Ursprung hat ...

Lucian wirft einen Blick über seine Schulter und Vincent geht einen Schritt auf Abstand. Dann schiebt er einen Arm unter meine Kniekehlen und hebt mich von Narissas Rücken, als würde ich nichts wiegen. Ich bin völlig überrumpelt und klammere mich an seinem Hals fest, während mein Herz so wild klopft wie eine Buschtrommel. So nah war ich ihm seit dem Vorfall am See nicht mehr ... Ich liebe es, wie mich sein frischer Duft einhüllt und mich beinahe meine Schmerzen vergessen lässt. Ich wünschte, dieser Moment würde nie enden. Nein, halt, so was darf ich nicht denken!

Er trägt mich zum Karren und setzt mich auf die Ladefläche, bevor er sich vor mich kniet und wieder meinen Fuß befühlt. Vincent und Narissa sind nirgends zu sehen. Wohin sind sie denn so schnell verschwunden? Als mir klar wird, dass das bedeutet, dass ich ganz allein mit Lucian bin, werde ich noch nervöser. Das Kribbeln in meinem Bauch lässt mich keinen klaren Gedanken mehr fassen und ich bin mir sicher, dass er mein pochendes Herz ebenfalls hören kann.

Ich sitze da wie erstarrt, versuche krampfhaft, das nervöse Zittern zu unterdrücken und weiß nicht, was ich tun oder sagen soll, während er sanft meinen Fuß hochhebt und an ihm herumdrückt. Jede seiner Berührungen schickt einen neuen Stoß Hitze durch meinen Körper. Auch wenn es nicht ganz so intensiv ist, als würden sich unsere Hände berühren, so ist doch das ganze Drumherum anders, intimer. Das hier hat nichts mit einer Hüter-Wächter-Beziehung zu tun, denn das Knistern in der Luft ist beinahe greifbar.

Als er dann den Kopf hebt, verliere ich mich vollends in diesen silbernen Augen. Sie nehmen mich gefangen und ich sehe mich außerstande, meinen Blick zu lösen. Viel zu fesselnd sind die hellen Sprenkel in einem See aus Quecksilber. Ich habe noch nie etwas so Schönes gesehen.

Die Welt um uns herum scheint zum Stillstand gekommen zu sein. Ich nehme nichts wahr, außer seinen Blick, der jede Regung meines Gesichts abtastet. Ist er auch so angespannt wie ich? Spürt er diese Verbindung zwischen uns oder bilde ich mir das nur ein? Wie gerne würde ich jetzt etwas sagen, doch mein Hals ist wie zugeschnürt und mein Mund staubtrocken. Kein Wort kommt über meine Lippen und wenn, würde es diesen Augenblick nur verderben, denn ich wüsste eh nicht die passenden Worte für das, was ich gerade fühle. In so was war ich noch nie gut und ich habe Angst, dass ich auch das hier vermassle. Dass ich irgendwas Blödes sage oder tue und damit alles zunichtemache. Meine stolze Fassade bröckelt zusehends. Noch nie in meinem Leben spürte ich so widersprüchliche Gefühle in mir.

Er streckt mir stumm seine Hand hin, ohne mich aus seinem fesselnden Blick zu entlassen. Und ohne meinen Blick von seinem Gesicht abzuwenden, lege ich meine Hand hinein, wappne mich für den Energiestrom, der unweigerlich folgen wird.

Aber diesmal ist es anders. Das alles verzehrende Feuer, das sonst durch meine Adern rauscht, wenn ich einen meiner Wächter berühre, fühlt sich jetzt eher an wie eine glimmende Wärme, ohne die zerstörerische und mitreißende Kraft, und doch ist es pulsierender, inniger. *Anders.*

Wie von selbst verflechten sich unsere Finger. Nach ein paar Sekunden verschwindet das silbrige Glitzern aus seinen Augen und macht orange-rot leuchtenden Flammen Platz. Er scheint von innen heraus zu leuchten und ich brenne diesen Anblick fest in mein Gedächtnis. Niemals möchte ich dieses wunderschöne Farbspiel seiner Augen vergessen. Obwohl ich eigentlich genüsslich meine Lider schließen will, einfach weil das Feuer diese wohlige Wärme in mir auslöst, lasse ich sie offen und starre ihn weiter an. Und auch er nimmt den Blick nicht von mir.

Ich weiß nicht, wie lange wir uns in den Augen des anderen verlieren, doch irgendwann schaut er zur Seite und windet seine Finger aus meinen. Sanft zwar, doch trotzdem schnürt es mir die Kehle zu. Die Kälte in meiner Handfläche, ohne seine an ihr, lässt mich zittern. Ich möchte seine Augen sehen, seinen Blick auf mir spüren, der mir so vieles verheißt, auch wenn ich es mir nur einbilde. Ich brauche die Wärme, die er mir gibt, die so anders ist als das brennende Feuer, das alles auf seinem Weg zerstört und mich dann ins Bodenlose fallen lässt. Auch jetzt habe ich das Gefühl zu fallen und ich habe Angst, dass unten kein Netz auf mich wartet, um mich aufzufangen. Habe ich wirklich zu viel in diesen Moment hineininterpretiert?

Doch dann senkt er den Kopf, hebt meinen gebrochenen Fuß ein Stück an und fährt federleicht mit seinen Lippen darüber. Augenblicklich stehe ich in Flammen und klammere mich mit beiden Händen an dem rauen Holz der Ladefläche fest, um nicht zusammenzubrechen.

Kurz hebt er den Blick, beobachtet meine Reaktion und … ist das ein Lächeln, das an seinen Mundwinkeln zupft? Bevor ich genauer hinsehen kann, liegen seine Lippen wieder auf meinem Fußspann. Ich spüre regelrecht, wie das Feuer, das von dieser Berührung ausgeht, meine gebrochenen Knochen einschmilzt und neu zusammenwachsen lässt. Es tut weh, aber ich beiße die Zähne zusammen. Das einzige, worauf ich mich konzentriere, sind Lucians Finger und Lippen auf meiner Haut. Ich sehe nicht viel, da sein Kopf davor ist, aber die bloße Vorstellung, wie er mich berührt, lässt mein Blut kochen, auch ganz ohne die Feuerkraft. Unglaublich, was dieser Mann mit mir anstellt. Ich habe fast vergessen, dass ich zu solchen Gefühlen fähig bin.

Meine Finger kribbeln vor Verlangen, durch seinen schwarzen Haarschopf zu fahren, der sich wieder und wieder über meinen Fuß beugt.

Nur mit Mühe kann ich mich davon abhalten, durch das glänzende Haar zu streichen und meine Finger anschließend tiefer wandern zu lassen. Den Schmerz meiner sich richtenden Knochen habe ich komplett ausgeblendet. Er wird von etwas viel Stärkerem überlagert: Verlangen. Ich kann mich nicht daran erinnern, wann ich jemals etwas so sehr gewollt habe. Um nichts Unüberlegtes zu tun, kralle ich meine Finger fester in das Holz, auch auf die Gefahr hin, dass ich mir einen Splitter hole. Ich will das hier nicht durch eine dumme Handlung zerstören. Zu lange sind wir bereits umeinander herumgeschlichen, immer darauf wartend, dass der Andere den ersten Schritt macht, und im Grunde tue ich das auch jetzt noch. Teilweise aus Angst, teilweise aus Trotz. Ich habe mich schon mehrfach bis auf die Knochen vor ihm blamiert und mir nichts anderes eingehandelt als hämisches Grinsen.

Aber so, wie er mich berührt und ansieht, bin ich mir sicher, dass es ihm genauso ergeht wie mir.

Worauf wartet er dann also noch?

Worauf warte *ich* dann also noch?

Wie auf einen stummen Startschuss hin, springt er in dem Moment auf, in dem ich meine Hände von der Holzkante löse. Einen Augenblick erstarren wir beide, schauen den anderen an und warten auf eine Reaktion. Für einen Außenstehenden wäre dieser Anblick sicherlich lustig gewesen: wer sich zuerst bewegt, verliert.

Doch dann kommt Bewegung in uns beide. Er stemmt seine Hände seitlich meiner Hüften auf die Ladefläche und ich vergrabe endlich meine Finger in seinen seidig weichen Haaren, ziehe seinen Kopf zu mir herunter und berausche mich an seiner Nähe und dem Hauch von Pfirsichen, der ihn immer umweht.

Meine Atmung hat sich in dem Moment verselbstständigt, als er seine Hände neben mich gelegt und sich zu mir heruntergebeugt hat. Nur Zentimeter vor meinem Gesicht hält er inne. Ich spüre seinen Atem auf meiner Haut und alles in mir schreit danach, diese winzige Strecke zu überbrücken.

Warum tue ich es nicht?

Warum tut *er* es nicht?

Forschend mustern mich seine Augen, die noch immer die Farbe eines prasselnden Feuers haben. Gold mischt sich mit Gelb, Orange und Rot. Ein herrliches Farbspiel, dem ich stundenlang zuschauen könnte, wäre da nicht dieses Verlangen, ihm endlich näher zu sein.

Ihn zu küssen. Zwar habe ich ihn schon zweimal geküsst, aber beide Male ging es dabei nicht um irgendwelche Gefühle, sondern nur darum, seine Verwandlung hervorzurufen, um unser Leben zu retten. Doch diesmal ist es anders. Diesmal werde ich ihn küssen, weil ich es *will*, nicht weil ich es *muss*.

Die Anspannung zwischen uns ist beinahe nicht mehr auszuhalten. Ich beginne wieder zu zittern, weil sich jeder Muskel, jede Zelle in mir danach sehnt, dass endlich etwas passiert. Ich bin es leid zu warten. Also verstärke ich den Griff in seinem Nacken und ziehe ihn die letzte Distanz zu mir hinunter.

Zwölf

Und was ist dann passiert?« Narissas Augen, die mittlerweile wieder trocken sind, blicken unruhig zu mir, während sie sensationsheischend auf weitere Details wartet.

Die ich ihr eigentlich nicht erzählen will.

Es war sowieso schon ein Fehler, ihr überhaupt etwas davon zu erzählen! Ich hätte es wirklich besser wissen müssen. Irrtümlicherweise habe ich nach unserer Aussprache im Wald gedacht, nun eine Freundin gefunden zu haben, denn bei Männern kann Frau sich immer so schlecht ausweinen.

Tja, falsch gedacht!

Mit Tränen in den Augen habe ich ihr erzählt, was passiert ist, immer wieder unterbrochen von meinen Schluchzern, und was macht sie? Sie lacht mich aus! Vor lauter Lachen ist sie sogar umgefallen und musste sich den Bauch halten, weil sie Seitenstechen hatte. Dicke Tränen kullerten ihre Wange hinunter. Blöde Kuh! Wie kann man darüber lachen? Ich bin am Boden zerstört!

Alles habe ich mir so schön ausgemalt. Wir waren allein, die Stimmung hat gepasst, das Knistern war da, und als er endlich, endlich den nächsten Schritt gemacht hat, war ich mehr als bereit dazu gewesen.

Nur dummerweise lief es nicht so wie geplant.

»Hatte er eine kalte Schnauze oder war sie warm? Du weißt, wenn sie trocken ist, deutet das daraufhin, dass er sich irgendwas eingefangen hat.«

Ich suche irgendwas, das ich ihr an den Kopf donnern kann. Vorzugsweise etwas Hartes oder Spitzes. Warum macht es ihr so Spaß, auch noch Salz in meine Wunden zu streuen?

Der Anfang lief so gut! Seine weichen Lippen fühlten sich herrlich auf meinen an und ich schwebte auf Wolke sieben. Doch der Fall von dort oben war tief. Als ich mich fester an ihn presste und meinen Mund öffnete, um seine Zunge einzulassen, war ich so benebelt von diesem Kuss, dass ich keinerlei Kontrolle mehr über meine Kraft hatte.

Als Resultat stand dann in Nullkommanichts ein brennender Wolf vor mir.

Toll. *Ganz* toll.

Und Narissa findet das auch noch lustig! Mein erster richtiger Kuss mit Lucian und dann endet er in so einer Katastrophe! Hätte ich doch nur besser aufgepasst …

»Nun sag schon! Was ist dann passiert? Ist er wirklich einfach abgehauen und hat dich sitzen gelassen?«

Ich knirsche mit den Zähnen. So, wie sie das sagt, klingt es richtig gemein. Im Grunde war es das ja auch. Ich habe nur einen kurzen Blick auf den Feuerwolf erhascht, bevor er herumgewirbelt und im Wald verschwunden ist, während ich allein auf der harten Ladefläche des Karrens zurückblieb, noch immer mit dem Gefühl seiner Lippen auf meinem Mund und benebelt von seinem Duft.

Doch er war nicht mehr da. Und er kam auch nicht zurück.

Narissa und Vincent fanden mich dann einige Zeit später, wie ich immer noch frierend auf dem Wagen hockte und mich keinen Zentimeter bewegt hatte. Nicht, weil mein Fuß noch schmerzte – der war wieder wie neu, dank Lucians Behandlung -, sondern weil ich mich über mich selbst ärgerte und nicht wusste, wo ich hingehen sollte. Als Frau schien Narissa sofort zu spüren, dass etwas mit mir nicht stimmte, obwohl ich dieser hochgewachsenen Amazone so viel Feingefühl gar nicht zugetraut hätte.

Doch wie sich nun herausstellt, lag ich mit meiner ersten Einschätzung gar nicht so falsch. Diese Frau hat so viel Feingefühl wie ein Amboss.

Ich verschränke die Arme und schaue in eine andere Richtung. Mittlerweile ist es Nacht geworden. »Wo ist Vincent abgeblieben?«, versuche ich das Thema zu wechseln. »War er nicht bei dir? Ich dachte, wir wollten zu diesem Schrein fahren.«

»Dahin sind wir ja auch unterwegs. Es ist nicht mehr weit«, erklärt Narissa. Mir entgeht nicht, wie sie der Frage, ob er die ganze Zeit über bei ihr war, ausweicht.

Wenn es nach mir ginge, wäre ich lieber heute als morgen bei diesem Schrein. Vielleicht finden wir dort einen Hinweis auf den vierten Wächter. So wie die Dinge im Moment stehen, möchte ich dieses Spiel so schnell wie möglich beenden. Ich weiß selbst nicht, warum ich mich so für das, was vorhin passiert ist, schäme. Vielleicht, weil ich versagt habe, was meine Kraft angeht. Weil ich eben doch nicht so gut bin, wie ich dachte. Als ich Narissa nur durch die Kraft meiner Hände verwandeln konnte, war ich so stolz und so sicher, dass ich nun endlich die Energie kontrollieren könne. Immer. Tja, falsch gedacht.

Das Problem ist, dass ich nicht weiß, wie ich Lucian nun gegenübertreten soll. Klar, die Verwandlung war weder gewollt noch geplant, aber warum muss er mich dann einfach sitzen lassen, nach allem, was davor geschehen ist? Bedeute ich ihm so wenig? Wäre er auch gegangen, wenn ich ihn nicht versehentlich verwandelt hätte? Bei diesem Gedanken bildet sich ein eisiger Klumpen in meinem Magen. Er wäre geblieben … oder?

Diese Unsicherheit macht mich wahnsinnig, doch ich habe auch nicht den Mut, ihn direkt zu fragen, selbst wenn er jetzt hier wäre. Wahrscheinlich würde ich mich dann hinter Narissas Rücken verstecken, wenn er in diesem Moment zwischen den Bäumen hervortreten und mich mit seinen Quecksilberaugen mustern würde. Wann bin ich denn zu solch einem Feigling geworden? Ich scheue doch sonst keine Konfrontation. Warum also bei ihm?

Die Antwort ist einfach und verstörend zugleich: Weil er mir etwas bedeutet. Vielleicht zu viel. Ich verrenne mich hier in etwas, dessen Ausgang ich nicht absehen kann, und das ist gefährlich. Ich muss mich auf meine Mission konzentrieren. Wenn ich versage, werde ich vielleicht nie wieder nach Hause kommen. Vincent meinte einmal, dass die Verlierer bei diesem Wettkampf – denn nichts anderes ist es – sterben werden, sowohl der Hüter als auch seine Wächter. Nach allem, was ich bisher über dieses Spiel weiß, kann ich nicht ausschließen, dass mein Tod in dieser Spielwelt auch fatale Folgen für meinen richtigen Körper hat. Ich erinnere mich noch gut daran, wie ich von diesem Hurenwirt an meinem ersten Tag hier ins Gesicht geschlagen wurde oder wie der Fischmensch seine spitzen Zähne in meine Schulter geschlagen hat. Das waren keine simulierten Schmerzen, hervorgerufen durch elektromagnetische Impulse eines Spieles – das war verdammt real! Und wenn mich nach einem Game over wirklich der Tod hier erwartet, will ich mir nicht ausmalen, was mit meinem wahren Körper geschieht.

Ich habe keine Zeit, hier herumzusitzen und Trübsal wegen eines Kerls zu blasen, der noch nicht einmal echt ist! Ich muss dieses Spiel gewinnen, koste es, was es wolle! Und wenn ich dabei über mein gebrochenes Herz, das in tausend Splittern vor meinen Füßen liegt, hinwegsteigen muss, dann soll es so sein.

»Lass uns die beiden suchen«, sage ich zu Narissa, die gerade die beiden Zugtiere füttert. »Wir sollten weiterfahren.«

Sie sieht mich stirnrunzelnd an, während sie einem der Tiere den Rücken tätschelt. »Warum hast du es auf einmal so eilig?«

Ich springe vom Wagen und laufe in die Richtung, in die vorhin auch schon Vincent gegangen ist, um Lucian zu suchen. »Ich will endlich den vierten Wächter finden, darum«, erwidere ich kurz angebunden und stapfe auf die Bäume zu.

»Wir sollten beim Wagen bleiben. Die beiden kommen schon zurecht.«

Narissa macht keine Anstalten, mir zu folgen. Fein, dann gehe ich eben alleine! Ich werde Vincent und Lucian auch selbst finden und zum Wagen zurückschleifen, damit wir endlich weiterreisen können. So weit weg werden sie schon nicht sein.

Gerade als ich mich durch das dicke Gestrüpp schlagen will, kommen zwei Gestalten auf mich zu. Mit einem Aufschrei weiche ich zurück. Sind das die Fischmenschen, vor denen Narissa mich gewarnt hat? Wollen sie uns jetzt angreifen, wo wir uns aufgeteilt haben und schutzlos sind?

Doch nein, es ist Vincent, der breit grinsend auf mich zukommt, erst Lucian, der neben ihm läuft, auf die Schulter klopft und dann mir, als er an mir vorbeigeht und dabei belustigt gluckst. Was soll das denn, bitte? Findet er meinen vermasselten Kuss etwa genauso lustig wie Narissa? Ich hätte gerade nicht wenig Lust, ihm sein Grinsen aus dem Gesicht zu schlagen. Wütend starre ich ihm hinterher, sehe, wie er zu Narissa geht und sich mit ihr unterhält. Irgendwie stehen die beiden ganz schön dicht zusammen …

Meine Wut verraucht schlagartig, als ich wieder nach vorne blicke. Nicht einmal einen Meter entfernt steht Lucian und sieht mich mit einer Mischung aus Ärger und Belustigung an. Schön, dass wenigstens einer von uns – abgesehen von Vincent – hier irgendwas lustig findet! Doch ich schaffe es nicht, ihn dafür anzuschnauzen. Ich schaffe es ja nicht einmal, *irgendwas* zu sagen.

Stattdessen stehe ich nur da und schaue ihn an, bin gefesselt von seinem Silberblick, in dem so viele Emotionen durcheinanderwirbeln, dass mir allein vom Hinsehen schwindlig wird. Ich müsste nur die Hand ausstrecken und könnte ihn berühren, und ich muss mich wirklich beherrschen, es nicht zu tun. Jetzt, wo ich weiß, wie wunderbar sich seine seidigen Haare oder die festen Muskeln unter meinen Fingern anfühlen, bin ich schon fast süchtig danach. Vorsichtshalber balle ich die Hände zu Fäusten, um sie daran zu hindern, etwas Dummes zu machen.

Mein Vorhaben, schnellstmöglich zum Schrein zu reisen und endlich den vierten Wächter zu finden, um dieses Spiel zu gewinnen, geraten in diesen wenigen Augenblicken merklich ins Wanken, und das nur, weil ich ihn ansehe. Diese blödsinnigen Gefühle machen mich blind für das große Ganze, das weiß ich, aber ich kann nichts dagegen tun. Es kostet mich schon genug Kraft, das letzte bisschen meiner Selbstachtung zu wahren und mich ihm nicht sofort hier an den Hals zu werfen.

Dreh dich um und geh zu den anderen, rät mir mein Selbsterhaltungstrieb, doch meine Beine verweigern den Dienst, als seien sie festgewachsen. Warum bleibe ich hier stehen? Warum schaue ich ihn aus großen Augen an? Warte ich auf etwas? Auf eine Entschuldigung vielleicht? Oder darauf, dass er mich endlich in seine Arme zieht und mir ins Ohr murmelt, dass das vorhin der schönste Moment seines Lebens war? (Bis auf die unfreiwillige Verwandlung natürlich!)

Während mein Herz wie wild klopft und ich darauf warte, dass etwas – *irgendwas!* – passiert, ruft Vincent vom Wagen: »Hey, ihr zwei! Seid ihr dann mal fertig? Wir wollen weiter!«, und der Moment ist dahin. Wenn er denn jemals gekommen wäre, denn wie ich, hat auch Lucian keine Anstalten gemacht, etwas zu tun oder zu sagen.

Ich komme mir vor wie eine schlechte Statistin in einer billigen Soap, als ich mich endlich umdrehe und zurück zum Karren schlurfe. Was habe ich erwartet? Tja, mehr als *das* auf jeden Fall! Aber wieder einmal wurde ich enttäuscht, so wie immer, wenn es sich um Männer und Gefühle dreht. Vielleicht bin ich einfach nicht für Beziehungen bestimmt. Ich werde später mal einsam zusammen mit Ben, meinem Vibrator, beerdigt werden. Ja, genau so stelle ich mir das vor.

Ich hätte nicht wenig Lust, wieder gegen einen wehrlosen Baumstamm zu treten, doch ich zügle mich und stapfe mit zusammengebissenen Zähnen zu den anderen. Dem Rascheln hinter mir entnehme ich, dass Lucian mir folgt, und wie von selbst stellen sich die kleinen Härchen in meinem Nacken auf, allein durch seine Nähe. Diese Verräter! Haben sie denn noch nicht geschnallt, dass diese dumme Verliebtheit zu nichts führen wird? Anscheinend wird sie sowieso nicht erwidert, warum dann also die ganze Aufregung?

Die Einzige, die die angespannte Stimmung zu bemerken scheint, ist Narissa, die mit verschränkten Armen und hochgezogenen Augenbrauen am Karren lehnt und uns beobachtet. Als sie den Mund öffnet, hebe ich schnell die Hand, um sie zum Schweigen zu bringen. Das Letzte, was ich jetzt hören will, sind irgendwelche geheuchelten Beileidsbekundungen. Mein Selbstbewusstsein befindet sich sowieso gerade auf einer Talfahrt, da brauche ich nicht noch ihr Lachen oder gar ihr Mitleid, um es ins Bodenlose gleiten zu lassen.

Ich klettere zu Narissa auf die Ladefläche, hülle mich in einen der Umhänge und drehe mich um. Hoffentlich reicht das, um jeden davon abzuhalten, auch nur ein Wort zu mir zu sagen. Ich habe gerade so die Nase voll von den dreien. Vincent, der alles komisch zu finden scheint und auf die leichte Schulter nimmt. Narissa, die sich für etwas Besseres hält und mit Vorliebe und Anlauf auf meinen Gefühlen herumtrampelt. Und Lucian … Nein, an ihn möchte ich gerade lieber nicht denken! Ich schiebe sie alle drei aus meinem Kopf und versuche zu schlafen.

# # #

Etwas rüttelt unsanft an meiner Schulter. »Wach auf!«, höre ich Narissas Stimme. Sie soll weggehen. Ich will noch schlafen! Ich fühle mich, als hätte ich erst vor zwei Minuten die Augen zugemacht, doch sie lässt nicht locker. »Steh endlich auf! Wir sind da.«

Da? Was meint sie mit *da*? Jedenfalls nicht das Land der Träume, aus dem sie mich eben gerissen hat, so viel ist sicher.

Mit einem Grummeln reißt sie mir den Umhang von den Schultern.

»Hey!«, protestiere ich, während ich mit noch geschlossenen Augen wieder danach greife. Es war doch gerade so schön warm! »Was soll das?« Ich reibe mir die Augen und blinzle gegen die Sonne. Okay, anscheinend habe ich doch länger als zwei Minuten geschlafen. Die Umgebung hat sich auch geändert. Anstatt eines dichten Waldes umgibt uns eine freie Landschaft. Wiesen, so weit das Auge reicht. Und was ist das? Höre ich da das Rauschen von Wellen? Ja, jetzt rieche ich auch den salzigen Geruch des Meeres. Wie weit sind wir denn in dieser einen Nacht gefahren?

Ich drehe mich nach meinen anderen beiden Wächtern um, die sich bereits vom Karren entfernt haben und auf einen Felsbrocken zulaufen, der mitten auf einer Wiese liegt, und ich werde schwermütig. Was habe ich denn erwartet? Dass heute Morgen alles anders sein würde? Dass er zu mir kommen und mich in seine starken Arme schließen würde? Ich muss dringend mit diesen Fantasien aufhören und mich wieder auf das konzentrieren, was wichtig ist. Ich weiß, das sage ich mir die ganze Zeit schon, doch allein sein Anblick bringt mich wieder vom rechten Pfad ab.

Schnell fahre ich mir mit den Händen durch die Haare und hüpfe vom Wagen.

Narissa legt den Umhang wieder über meine Schultern und schlägt die Kapuze hoch. »Wir werden vielleicht ein paar Pilgern begegnen. Es ist also besser, wenn wir deinen Rotschopf für eine Weile verstecken.«

Ich nicke und folge ihr schweigend.

Vor dem Felsbrocken, der sich als Höhle entpuppt, stehen mehrere Bäume, die wundervolle Blüten tragen. Ein herrlicher Duft weht zu mir herüber, der mich magisch anzuziehen scheint. Ich glaube, es sind Apfelbäume, die mich schmerzlich an Zuhause erinnern. Als Kind hatte ich genau so einen Baum vor meinem Zimmer. Ich freute mich jedes Jahr auf den Frühling, schlief dann mit offenem Fenster, nur um von dem süßen Duft der Blüten geweckt zu werden.

Schnell blicke ich mich um. Außer uns vier ist niemand hier, also streife ich die Kapuze ab und stelle mich unter die Bäume, greife mit den Händen nach den Zweigen und befühle die samtweichen Blütenblätter. Sie fühlen sich sogar genauso an wie Zuhause. An diesem wundervollen Morgen vergesse ich beinahe, dass ich in einem Videospiel gefangen bin. Ich genieße die Sonne auf meiner Haut, das sanfte Rauschen des Windes, das meine Haare durchwirbelt und den Duft der Blüten zu mir trägt. Wenn ich könnte, würde ich diesen Augenblick einfrieren und ihn so für immer behalten. Alles ist perfekt, sodass die Last, die auf meinen Schultern liegt, federleicht zu sein scheint.

Aus dem Augenwinkel sehe ich, wie meine Wächter mich beobachten, doch keiner von ihnen sagt ein Wort über mein Verhalten. Sie stehen am Eingang der Höhle und warten auf mich. Ich weiß, dass sie nicht mehr lange Geduld mit mir haben werden, doch ich kann mich nicht von diesen Bäumen losreißen. Ich möchte hierbleiben, will sie alleine in diese dunkle Höhle schicken, während ich bei den duftenden Bäumen auf sie warte.

Schließlich ist es der, von dem ich es am wenigsten erwartet hätte, der mich in die Realität zurückholt. »Wir sollten jetzt gehen«, sagt Lucian mit weicher Stimme, die ich so selten bei ihm höre. »Die Göttin wartet.«

Deine Göttin schläft und schert sich einen Dreck, ob wir zu ihr kommen oder nicht! Schließlich ist sie nichts weiter als ein dummes Programm!, will ich ihm am liebsten entgegenschleudern, doch ich halte den Mund und verziehe die Lippen zu einem schwachen Lächeln. Nur mit Mühe kann ich mich von dem friedlichen Anblick um mich herum losreißen und meinen Wächtern in die kalte, dunkle Höhle folgen.

Ein muffiger Gestank weht mir entgegen. »Hier drin soll es einen Schrein geben?«, frage ich nach wenigen Metern. Es fehlt nicht viel und ich mache auf dem Absatz kehrt, doch ich weiß, dass Lucian hinter mir läuft und ich unweigerlich in ihn hineinrennen würde, wenn ich mich jetzt umdrehe.

»Gaia ist die Erdgeborene«, erklärt Vincent, der mit einer Fackel vorangeht, die nur spärlich Licht spendet. »Laut der Legende stieg sie hier aus der Erde empor. Und hier soll auch ihre Ruhestätte sein. Natürlich entsteht dann hier auch ein Schrein. Ich wundere mich nur, dass niemand hier ist …«

»Wer sollte denn hier sein?«, frage ich, weil die Stille in dieser Höhle mir Angst macht. Die Wände stehen so dicht zusammen, dass nur jeweils einer hindurchpasst. Lucian und Vincent müssen sich stellenweise sogar seitlich durch die Felsen schieben. Es hat etwas Beengendes. Habe ich schon erwähnt, dass ich unter Klaustrophobie leide? Mein Herz wummert wie verrückt in meiner Brust und ich merke, wie ich immer wieder hektisch nach Luft schnappe. Kommt es nur mir so vor oder ist die Luft hier unten verdammt dünn?

Ich will hier raus. *Sofort*!

Panik greift nach mir und verwandelt meine Knie in Wackelpudding. Außerstande, auch nur noch einen Schritt zu gehen, stütze ich mich an der feuchten Felswand ab und versuche, meine Atmung unter Kontrolle zu bekommen. Wie lang ist dieser Weg denn? Sind wir nicht bald da? Ich halte das nicht mehr lange aus!

Eine Hand legt sich auf meinen Rücken. Lucian beugt sich zu mir hinunter. »Alles in Ordnung?«

Er ist mir so nah, dass ich seine Körperwärme spüren kann. Toll, das trägt nicht gerade dazu bei, dass sich mein Herzschlag normalisiert. Ich atme hektisch ein, als ich merke, dass ich die ganze Zeit die Luft angehalten und ihn angestarrt habe.

»A-Alles gut«, stammle ich und setze schleunigst einen Fuß nach vorne, stütze mich aber immer noch an der Felswand ab.

»Du hast vorhin wunderschön ausgesehen, als du bei den Bäumen standest«, flüstert er in mein Ohr. Sein Atem streicht über meine Wange.

Hat er das gerade wirklich gesagt? Ich gerate ins Stolpern und kurz bevor ich auf dem Boden aufschlage, schlingt sich ein Arm um meinen Bauch und hält mich fest. Unfähig, mich zu bewegen, lasse ich mich von Lucian zurück auf die Füße stellen.

Vincent und Narissa haben sich umgedreht. »Geht weiter«, sagt Lucian zu ihnen, weil ich den Mund nicht aufkriege. »Sie ist nur gestolpert.«

Narissa nickt, als hätte sie sich das schon gedacht – *blöde Kuh!* – und Vincent grinst mich nur an, während sein Blick zwischen Lucian und mir hin und her huscht, bevor er sich umdreht und weitergeht. Wie viel er wohl weiß? Hat er nicht einmal gesagt, er und Lucian seien Brüder? Mir fällt auf, dass ich daran gar nicht mehr gedacht habe. Allein die Vorstellung, diese beiden ungleichen Männer seien

Brüder, kam mir von Anfang an absurd vor, aber da ich von Natur aus neugierig bin, nehme ich mir vor, einen von beiden bei Gelegenheit danach zu fragen.

Da Vincent nun fast aus meinem Blickfeld verschwunden ist – und mit ihm die einzige Lichtquelle in dieser Höhle –, bleiben Lucian und ich im Dunkeln zurück. Sein Arm liegt noch immer locker um meine Mitte und ich lehne mich wie selbstverständlich nach hinten gegen seine Brust.

Was machen wir hier gleich noch mal? Warum verabschiedet sich mein Gehirn immer dann, wenn er in meiner Nähe ist? Alles, was in meinem Kopf gerade abläuft, ist entweder nicht jugendfrei oder hat nur mit ihm zu tun, aber rein gar nichts mit meiner Mission. Das *muss* aufhören! Ich sollte jetzt sofort Vincent und Narissa hinter-

»Eve«, murmelt er und streift mit den Lippen dabei leicht über mein Ohr.

Mein ganzer Körper erschauert unter dieser winzigen Berührung. Ich lehne mich nach hinten an ihn, weil meine Beine schon wieder verdächtig zittern, und er legt auch seinen zweiten Arm um mich. Sein Gesicht vergräbt er an meiner Halsbeuge und ich hätte nichts dagegen, für immer so stehen zu bleiben.

Ich weiß nicht, wie viel Zeit vergangen ist, seit wir allein in dieser Höhle stehen, bis er flüstert: »Es tut mir leid.«

»Mir a…«

»Sei still«, unterbricht er mich.

Seine Arme schließen sich fester um mich, pressen meinen Rücken an seinen Körper, sodass es mir schwer fällt, mich zu bewegen, doch irgendwie schaffe ich es, mich umzudrehen. Ich kann ihn nur schemenhaft erkennen, doch das genügt mir vollkommen. Allein zu wissen, dass er hier bei mir ist, vertreibt die Ängste, die ich habe. Ich lasse meine Hände an seinem Oberkörper hinaufwandern, spüre, wie seine Muskeln kurz unter meiner Berührung zucken und wie sein Herz gegen seine Brust hämmert. Genau wie meines. Für einen Moment schließe ich die Augen, verbanne die Kraft in meinem Innern in die hinterste Ecke, ehe ich meine Hände höher schicke. Viel zu sehr muss ich mich darauf konzentrieren, keine Energie auszutauschen, sodass ich diese Berührungen kaum genießen kann, doch es ist besser als nichts.

Meine Finger zittern ein wenig, als ich sie über seine Wangen nach hinten gleiten lasse, um sie im Nacken zu verschränken und seinen Kopf zu mir hinunterzuziehen. Als er mir näher kommt, legt er eine Hand an meine Wange, streichelt mit dem Daumen sanft über mein Jochbein. Die andere Hand wandert meinen Rücken hinab. Durch jeden Zentimeter, den sie südlicher wandert, kocht mein Blut etwas mehr, was nichts mit der Feuerkraft zu tun hat.

Dieser Mann macht mich wahnsinnig.

Er umfasst meinen Po und hebt mich so das letzte Stück nach oben, das unsere Lippen noch voneinander trennt. Ich bin so erstaunt darüber, dass ich erschrocken nach Luft schnappe. Die Kraft tobt in mir ob dieser Berührungen, bettelt darum, freigelassen zu werden, und ich tue mein Möglichstes, um sie unter Verschluss zu halten. Das letzte, was ich will, ist wieder so ein Malheur wie bei unserem letzten Kuss.

Viel zu schnell nimmt er seine Lippen von meinen, die sich sofort kalt anfühlen, doch er gibt mir dadurch die Möglichkeit, Herr über die Kraft zu werden, die sich nun mit allen Mitteln einen Weg nach draußen bahnen will. Ich beiße die Zähne zusammen und zwänge sie zurück an ihren Platz, lasse aber vorsichtshalber meine Hände nicht direkt auf seiner Haut liegen, bis ich mich unter Kontrolle habe.

Wie gern würde ich jetzt seine Augen sehen können! Ob sie dunkel sind wie eine Sturmwolke oder hell und glänzend wie geschmiedetes Silber?

»Ich liebe dich«, platzen die Wörter aus mir heraus, bevor ich sie zurückhalten kann. Erschrocken hole ich Luft. Hab ich das gerade laut gesagt?

Eine peinliche Stille breitet sich zwischen uns aus und ich spüre, wie Lucian sich versteift.

Scheiße! Ich hab's doch tatsächlich vermasselt! Ich bin so blöd! Warum musste ich das auch ausgerechnet jetzt sagen? Mist, Mist, Mist! Fieberhaft überlege ich, wie ich das wieder ausbügeln kann, ohne wie eine komplette Vollidiotin dazustehen. Aber wie soll man so etwas zurücknehmen? *»Sorry, hab's nicht so gemeint«?*

»Als Mann«, beginnt er und reißt mich aus meiner Panik, »kann ich dir sagen, dass ich dich auch liebe, Eve.«

Mein Herz setzt für einen Schlag aus. Habe ich mich verhört oder hat er gerade gesagt, dass …

»Aber als Wächter«, fährt er fort und nimmt seine Hände von mir, »ist es mir unmöglich, dich zu lieben.«

»W-Was?«, stammle ich. Ohne seinen Halt gerate ich wieder ins Wanken. Meine komplette Welt dreht sich und mein Herz schlägt so schnell, dass ich Angst habe, dass es gleich in tausend Teile zerspringt. »Was meinst du damit?« Meine Stimme ist belegt und bebt verdächtig. *Reiß dich zusammen, Eve! Fang jetzt bloß nicht an zu flennen!*

»Es tut mir leid. Dies war unser letzter Kuss.«

Er dreht sich um und lässt mich in der Dunkelheit allein zurück. Ich sinke auf die Knie, kralle meine Finger in den Steinboden, um meine Welt daran zu hindern, auseinanderzubrechen.

# # #

Irgendwann habe ich es geschafft, mich aufzurappeln. Wie lange ich auf dem Boden gekniet und geweint habe, weiß ich nicht. Es ist mir auch egal. Meine Knie tun weh und sind steif, als ich mich wieder hochhieve, doch ich achte nicht darauf. Ich habe gerade schlimmere Schmerzen. Kann man an gebrochenem Herzen sterben? Es fühlt sich nämlich verdammt noch mal danach an!

Ich reibe mir mit den Händen über die tränennassen Wangen, ehe ich meinen Weg durch die Höhle fortsetze. Es hat keinen Sinn, weiter hierzubleiben. Ein Gutes hat es schließlich: Ich kann mich wieder voll und ganz auf meine Mission konzentrieren.

Auch wenn mir seine Worte nicht mehr aus dem Kopf gehen. Ich war so glücklich, als er sagte, dass er dasselbe für mich empfindet, und dann …

Der Schein der Fackel, die den Weg vor mir erleuchtet, zeigt mir, dass ich fast bei den anderen bin. Schnell wische ich mir noch einmal über die Wangen und straffe die Schultern. Hoffentlich bemerken sie im fahlen Licht meine verquollenen Augen nicht.

Natürlich ist das Wunschdenken. So, wie Narissa sofort die Stirn runzelt und sogar Vincents Lächeln verblasst, als sie mich in die Höhle stolpern sehen, ist mir klar, dass ich ein Bild des Jammers abgeben muss. *Großartig.*

Ich schaue stur auf Vincent, der vor einer Art Altar steht, aber sehe in den Augenwinkeln, wie auch Lucian mich beobachtet, während er mit verschränkten Armen an der Höhlenwand lehnt. Um möglichst teilnahmslos zu wirken, recke ich ein wenig das Kinn und würdige ihn keines Blickes.

»Also«, sage ich möglichst gelassen und bin fast stolz, dass meine Stimme nicht zittert, »was wollen wir hier?«

Vincent schaut mich an und zögert kurz. Er öffnet den Mund, um etwas zu sagen – zu Lucian und mir, da bin ich mir sicher –, doch ich bringe ihn mit meinem Blick zum Schweigen. Ich werde jedem an die Gurgel gehen, der es wagt, die Sache zwischen Lucian und mir anzusprechen!

»Ähm«, Vincent räuspert sich, ehe er fortfährt, »der Legende nach wurde die Göttin hier erschaffen. Und hier soll auch die Ruhestätte während ihres Schlafs sein. Spürst du irgendwas? Reagiert das Amulett?«

Das nutzlose Ding? Natürlich nicht. Es kann nichts anderes, als sinnlos an meinem Hals zu baumeln. »Nein«, sage ich schlicht, obwohl ich das Verlangen habe, dieses blöde Amulett gegen die Wand zu schmettern. Oder irgendwas anderes. Vorzugsweise Lucians Kopf. »Können wir dann wieder gehen? Es ist kalt hier unten.«

Vincent lässt die Schultern hängen und sieht richtig niedergeschlagen aus. So habe ich ihn noch nie gesehen. »Ich habe gehofft, dass wir hier irgendeinen Hinweis der Göttin bekommen, um den vierten Wächter zu finden.«

»Hier unten finden wir ihn bestimmt nicht«, sage ich und wende mich zum Gehen. »Sicherlich wird er nicht wie ein Grottenolm in einer Höhle hausen.«

Was habe ich mir nur dabei gedacht, zuzustimmen, diese dämliche Höhle zu besichtigen? In der Zeit hätten wir schon zwei weitere Orte nach dem vierten Wächter absuchen können. Und diese beiden schrecklich schönen Küsse mit Lucian hätte es auch nie gegeben. Ja, das wäre besser gewesen.

Ich will hier weg. Weg von Lucian, aus dieser Höhle, aus dieser Welt. Ohne auf meine Wächter und die Fackel zu warten, zwänge ich mich durch die Felsen, renne fast, und bin unendlich erleichtert, als ich endlich wieder auf der Wiese stehe. Wehmütig werfe ich einen Blick auf die blühenden Apfelbäume, die mich vorhin so verzaubert haben. Nach dem, was Lucian zu mir gesagt hat, haben sie ihren

Zauber für mich verloren. Sie erinnern mich nur schmerzlich daran, nach Hause zu kommen.

Ich bin so in meinen Gedanken versunken, die zwischen Wut und Verzweiflung schwanken, dass ich nicht mitbekomme, dass ich Gesellschaft habe. Und leider sind es nicht meine Wächter.

»Solche Haare sind wahrlich selten.«

Ich erstarre. Die Stimme hinter mir lässt einen eiskalten Schauer über meinen Rücken laufen und ich wage nicht, mich umzudrehen. Das muss ich auch nicht, denn ich kenne die Stimme sehr gut, auch wenn ich sie seit Monaten nicht mehr gehört habe. Sie könnte mir nicht bekannter sein, wenn sie einem Familienmitglied gehören würde. Jeden Tag habe ich sie gehört. Durch mein Headset, durch meine Boxen, durch den Teamspeak, sodass mir ihr Klang in Fleisch und Blut übergegangen ist, und er hat sich nicht verändert.

»Thunderstrike«, wispere ich beinahe ehrfurchtsvoll, während ich stocksteif dastehe. Die Nummer Eins, Weltranglistenführer aller professionellen Gamer.

»Es freut mich auch, dich zu sehen, Nemesis.« Ich höre, wie er durch das Gras läuft und auf mich zukommt. Da sind noch mehr Schritte, die ihm dicht folgen. »Was führt dich so nah an diese Grenze?«

Er steht neben mir, doch ich wage noch immer nicht, mich zu bewegen. Seit jeher hat dieser Mann es geschafft, eine unwahrscheinliche Aura um sich herum aufzubauen, die jeden Gegner vor Angst erstarren lässt. Es ist die Art, wie er spricht, sich gibt und reagiert, die seinem Gegenüber mindestens Respekt einflößt. Die wenigen Male, die ich die Ehre hatte, gegen ihn anzutreten – freiwillig, wohlgemerkt! -, waren niederschmetternd. Egal, was ich versuchte, er schien meine Pläne noch vor mir zu kennen und fegte mich ohne Gnade vom Spielfeld. Plötzlich und schnell wie ein Donnerschlag besiegt er seine Gegner, bevor diese überhaupt wissen, wie ihnen geschieht. Er hat noch niemals verloren und ist seit Jahren die ungeschlagene Nummer Eins. Ich bin ihm einige Male auf Conventions und Wettkämpfen begegnet und habe ein paar Worte mit ihm gewechselt. Meistens jedoch standen wir als Team auf dem Spielfeld und ich hatte die Ehre, sein unwahrscheinliches Talent mit eigenen Augen zu bewundern und seinen Anweisungen, die ich über das Headset bekam, zu folgen.

»Wir haben den Schrein besucht, der in dieser Höhle ist«, antworte ich ihm so ruhig wie möglich. Ich will ihm nicht zeigen, dass ich vor Angst schlottere, doch allein seine Nähe wirkt einschüchternd auf mich.

»Wir?«, wiederholt er. »Aber du bist allein hier.«

In seiner Stimme liegt etwas Lauerndes, das meine Unsicherheit noch verstärkt. Am liebsten würde ich weglaufen, doch ich weiß, dass ich keine Chance habe. Er ist nicht allein. Ich spüre, wie die anderen um mich herumstehen und nur auf seinen Befehl warten. Was will er von mir? Doch diese Frage ist müßig. Wenn auch er hier ist, weiß ich, was er ist.

Ein Hüter, genau wie Killswitch und ich.

Ich sammle all meinen Mut zusammen und drehe den Kopf. Was ich erblicke, hätte aus einem schlechten Horrorfilm stammen können. Thunderstrike ist eigentlich ein Bild von einem Mann, groß, schlank und hübsch. Nicht, wie man sich den typischen Gamer vorstellt. Er hat dieses Netter-Typ-von-nebenan-Aussehen, sodass man leicht vergisst, wie einschüchternd er ist.

Doch was ich jetzt sehe, hat nichts mit dem zu tun, wie er früher aussah. Seine sonst so sonnengebräunte Haut ist hell, fast durchsichtig, schleimig und irgendwie … grünlich. *Wie eine Wasserleiche.* Die Nase ist fast nicht mehr vorhanden. Nur zwei kleine Löcher sind noch da, doch ich sehe so was wie Kiemen, die direkt unter seinen Ohren sitzen. Als er den Mund öffnet, blitzen mir spitze Zähne entgegen, die oben und unten zweireihig sind, wie bei einem Hai.

Ich traue mich gar nicht, ihn weiter anzusehen, aber es ist wie bei einem Verkehrsunfall: Man *muss* einfach hinschauen und gaffen. Und so wandert mein Blick weiter nach unten. Zwischen seinen Fingern und seinen Zehen – seine Füße stecken nicht in Schuhen – spannt sich eine dünne Haut. Ach du Scheiße, sind das Schwimmhäute?

Mir muss die Abscheu ins Gesicht geschrieben stehen, denn Thunderstrike packt mich am Umhang, der unter meinem Hals zusammengebunden ist. Seine fast milchigweißen Augen blitzen gefährlich, als er zischt: »Was gibt es da zu glotzen, Weib?«

Ich brauche einen Moment, bis ich meiner Stimme wieder trauen kann. »Du sahst auch schon mal besser aus«, schleudere ich ihm entgegen. Rückwirkend betrachtet, war das wohl nicht unbedingt eine meiner besten Ideen, denn sein Blick verfinstert sich und er fletscht die Zähne.

»Tut mir leid, wenn dir mein Äußeres nicht zusagt, Nemesis. Es ist nicht so, dass ich mir das ausgesucht hätte. Aber immerhin spiele ich im Gewinnerteam!«

Jetzt rücken seine Schergen näher, allesamt schleimige Fischmänner, die mich grinsend betrachten, als hätten sie mich eben aus dem Meer gefischt.

»Ich hab mir sagen lassen, dass ihr Landbewohner das schwächste Volk seid. Kein Wunder, dass sie dich zu ihrer Hüterin gemacht haben. Die nehmen anscheinend alles, was sie kriegen können.«

»Wenigstens sehe ich nicht so aus, als würde ich schon seit zwei Jahren auf dem Meeresgrund verrotten«, schnappe ich. »Und sonderlich gut riechen tust du auch nicht.«

Die letzte Bemerkung beschert mir einen schmerzhaften Schlag ins Gesicht und ich spucke Blut. Wo sind denn meine verdammten Wächter, wenn man sie mal braucht? Ich überlege kurz, um Hilfe zu rufen, aber da stößt Thunderstrike mich auch schon zurück und ich pralle gegen einen seiner Schergen, der mir die Arme auf den Rücken dreht und mich fesselt. Ich wimmere kurz vor Schmerz auf, ehe ich unsanft vorwärtsgestoßen werde.

»Was hast du mit mir vor?«, frage ich, während ich versuche, das Gleichgewicht zu halten.

Thunderstrike dreht sich zu mir um und zeigt mir sein Haifischgrinsen, das mich erschaudern lässt. »Das wirst du schon noch früh genug erfahren, Kleines. Nehmt sie mit.«

Die Fischmänner schubsen mich in Richtung Wasser und ich taumle eher, als dass ich laufe. Ich versuche natürlich zu entkommen, aber zwei von ihnen haben meine Arme gepackt, sodass ich weder nach links noch rechts ausweichen kann. Ihr Griff ist eisern und ihre glitschigen Finger bohren sich in meine Oberarme. Immer wieder drehe ich den Kopf und werfe einen Blick zurück zur Höhle, doch keiner meiner Wächter erscheint zu meiner Rettung. Veranstalten die unten im Schrein ein Kaffeekränzchen, während ihre Hüterin entführt wird?

Als sie mich ins Wasser zerren wollen, werde ich panisch. Anders als sie, habe ich keine Kiemen oder Schwimmhäute, um unter Wasser zurechtzukommen. Ich winde mich unter ihrem Griff, doch keiner von ihnen gibt nach.

»Willst du mich ertränken?«, frage ich ängstlich, doch Thunderstrike grinst nur.

»Hat die kleine Nemesis etwa Angst vor Wasser?« Seine Stimme trieft vor Spott und Häme. »Doch sorge dich nicht. Wir bringen dich nur zu unserer Stadt dort drüben.«

Er zeigt mit seinen ekligen Runzelfingern zu einer Sandbank, die ich entfernt am Horizont ausmachen kann. Bis *dahin* soll ich schwimmen? Ist er wahnsinnig?

Gerade als ich protestieren will, werde ich schon ins Wasser gezerrt, wo ich panisch mit den Füßen strample, weil meine Hände noch immer am Rücken gefesselt sind. Ich werde jämmerlich ertrinken! Einer der Fischmänner packt mich und bindet mich bei einem anderen auf den Rücken, sodass mein Gesicht nach oben zum Himmel zeigt. Der, an den ich gefesselt wurde, stürzt sich in die Fluten und schwimmt los. Immer wieder schlägt mir ein Schwall Wasser ins Gesicht und das Salz brennt in meinen Augen.

Als wir schon einige Meter im offenen Meer sind, sehe ich in der Ferne, wie mehrere Gestalten aus der Höhle treten. Meine Wächter! Ach, schön, dass sie auch endlich da sind! Merken sie, dass ich verschwunden bin? So panisch, wie sie umherrennen, wohl schon.

Ich öffne den Mund, um zu schreien, schlucke aber nur Salzwasser, das in meiner Kehle brennt.

»Lucian!«, rufe ich, so laut ich kann. »Hilfe!«

Doch es ist bereits zu spät. Wir sind schon zu weit draußen, wahrscheinlich hören sie mich über das Tosen der Wellen gar nicht.

Ich bin auf mich allein gestellt. Und ich weiß, dass ich verlieren werde, so wie immer, wenn ich Thunderstrike gegenüberstehe.

Dreizehn

Halb erfroren, durchnässt und verängstigt werde ich wie ein Packstück auf den Strand geworfen, und der Sand klebt an meiner Haut und meinen Klamotten fest. Mir kommt es so vor, als wären wir ewig unterwegs gewesen. Ich kneife die Augen zusammen und versuche die Wiese zu sehen, auf der meine Wächter wahrscheinlich gerade nach mir suchen, doch ich sehe nichts als blaues Wasser, das sich bis zum Horizont erstreckt.

Mein Mut sinkt. Hier werden sie mich niemals finden. Diesmal wird niemand kommen, um mich zu retten.

Ich bin verloren.

Jemand reißt mich an meinem Arm nach oben und ein stechender Schmerz durchfährt meine Schulter.

»Sei vorsichtig mit ihr!«, höre ich Thunderstrikes durchdringende Stimme, die vor Autorität nur so strotzt. »Wir brauchen sie in einem Stück und unversehrt.«

»Wofür?«, stammle ich, während ich meine schmerzende Schulter bewege. »Wofür brauchst du mich? Tu uns doch beiden den Gefallen und bringe es hier und jetzt zu Ende. Um der alten Zeiten willen.« Noch immer klammere ich mich an die geringe Chance, dass ich einfach in meinem realen Körper aufwache, wenn ich in dieser Spielwelt sterbe. Ich habe zwar keinen Beweis dafür, aber es wäre auf jeden Fall besser, als eine Gefangene der Fischmenschen zu sein.

»Weißt du es denn nicht?«, fragt Thunderstrike und beugt sich ganz nah zu mir herab, sodass mir sein fauliger Gestank fast den Atem raubt, und ich muss mich zusammenreißen, um nicht vor ihm zurückzuweichen.

»Was soll ich wissen?« Ich bin gerade gefühlte zweitausend Kilometer durchs Wasser gezerrt und durchgespült worden. Ich habe keine Lust auf irgendwelche Frage-Antwort-Spielchen. Jeder Zentimeter meines Körpers schmerzt, ich bin pitschnass und in meinem Kopf hämmert es, als würde eine achtspurige Autobahn darin gebaut. Ich bin allein im Feindgebiet, ohne Aussicht auf Rettung. Am liebsten würde ich mich hier im Sand zusammenrollen und schlafen, um nie wieder aufzuwachen.

»Ich werde dich nicht umbringen. Auch wenn dies nur ein Spiel ist, wird dein Tod hier fatale Folgen für deinen Körper in der realen Welt haben. Schließlich kann er ohne Bewusstsein nicht leben«, erklärt Thunderstrike. »Ich werde jedenfalls nicht zum Mörder werden, auch wenn das gegen meine Gesinnung geht, schließlich mache ich nichts lieber als gewinnen, und du, Nemesis, bist mir verdammt noch mal im Weg!«

Meine Beine knicken ein, doch der Fischmann hält mich weiterhin am Arm fest, sodass ich nicht zu Boden sacken kann. Trotz seiner schleimigen Hände schneidet sich sein Griff eisern und fest in meine aufgeweichte Haut.

Thunderstrike hat gerade meine schlimmsten Vermutungen bestätigt. Was soll ich jetzt tun? Ich bin eine Gefangene ohne Aussicht auf Flucht oder Hilfe. Alleine komme ich niemals von dieser Insel weg und meine Wächter werden mich hier nicht aufspüren können. Diesmal sitze ich ganz schön in der Klemme … Aber aufgeben kommt für mich niemals in Frage!

»Willst du mich hier verrotten lassen?«, schleudere ich ihm entgegen.

»Du wirst mir hier eine Weile Gesellschaft leisten«, antwortet er gelassen und schlendert voran. »Hier, in meinem Reich, hast du keine Kräfte, und ohne deine Wächter bist du sowieso ein Nichts. Du bist keine Gefahr.«

»Also willst du mich so lange hierlassen, bis du deine Wächter gefunden und deine Gottheit erweckt hast?« Ein fieser Plan, doch ich habe nicht weniger von ihm erwartet. Thunderstrike gewinnt immer, auf die eine oder andere Weise.

Er wirbelt zu mir herum, stellt sich ganz nah vor mich und starrt mir in die Augen. Es kostet mich meine ganze Kraft, seinem Blick standzuhalten doch diese Genugtuung, dass ich mich zuerst abwende, werde ich ihm nicht geben. Aber ganz ehrlich, diese Augen sind einfach nur schaurig, auch ohne dass er diesen fiesen Blick aufsetzt. »Das würde ich gerne«, sagt er dann mit schneidender Stimme, die mir eine zusätzliche Gänsehaut beschert, »doch das ist unmöglich.«

Unmöglich? Was soll denn das schon wieder heißen? »Was meinst du damit?«

»Ich kann die Gottheit nicht erwecken.« Er wendet mir wieder seinen Rücken zu.

Wieso soll er seine Gottheit nicht erwecken können? Er muss dafür doch nur all seine Wächter ... Und da dämmert es mir. »Deine Wächter ... Du kannst nicht alle vier finden, weil einer von ihnen tot ist.«

Die Art, wie sich seine Schultern verkrampfen, verrät mir, dass ich recht habe. Wenn er die Gottheit nicht erwecken kann, kann er das Spiel nicht gewinnen und beenden. Und die Gottheit kann nicht ohne die Hilfe der vier Wächter erweckt werden.

Thunderstrike hat verloren. Bereits jetzt schon hat er verloren.

Ich weiß nicht, ob ich darüber lachen oder weinen soll. Wie kann er so ruhig bleiben angesichts dieser Niederlage? Es geht ja über so vieles hinaus als über das einfache Verlieren. Es wird ihm nicht möglich sein, mit seinem Geist diese Welt zu verlassen.

Und wenn ein anderer Hüter seine jeweilige Gottheit erweckt und das Spiel gewinnt, werden die gegnerischen Hüter und Wächter ...

»Sterben ...«, murmle ich und blinzle ein paar Mal, als diese Information in mein Gehirn sickert. »Du wirst sterben.«

»Nein«, sagt er laut, doch ich sehe, wie seine Schultern beben. Ist das Angst? Verspürt Thunderstrike zum ersten Mal in seinem Leben so etwas wie Angst? »Ich muss nur verhindern, dass einer von euch das Spiel gewinnt.«

»Aber dann sind wir auf ewig hier gefangen!« Das kann doch nicht die Lösung sein! Ich will nicht den Rest meines Lebens in diesem Spiel verbringen! Und schon gar nicht in solcher Gesellschaft.

Sein Kopf ruckt zu mir herum und ich weiche einen kleinen Schritt zurück. Sein Blick ist wild und verschleiert, fast wahnsinnig, und ich schlucke hart gegen die Enge in meinem Hals an. Er meint das wirklich ernst, was er eben zu mir gesagt hat. Er will Killswitch und mich daran hindern, das Spiel zu beenden, um selbst nicht als Verlierer dazustehen. Und ich bin nun seine Gefangene …

»Sieh dich um!«, befiehlt er mir, während er die Arme ausbreitet.

Vorsichtig lasse ich meinen Blick nach links und rechts gleiten. Wir stehen an einem befestigten Ort, der auf dieser gottverlassenen Insel erbaut wurde. Die Hütten sind einfach und haben die Form von Iglus, sind aber aus Sand oder Lehm gebaut. Fischmenschen säumen die Straßen, als unsere Truppe, angeführt von Thunderstrike, vorbeiläuft. Alle sinken auf die Knie, als sie ihren Hüter erblicken.

»Sie verehren dich«, wispere ich, erstaunt über die Ehrerbietung, die sie ihrem Hüter entgegenbringen. Wenn ich an meine Begegnungen mit einfachen Menschen meines Volkes denke … Klar, sie haben mich um Dinge gebeten, aber sie haben mich nicht angebetet. Sie waren nur auf ihren eigenen Vorteil bedacht. Wie kann es sein, dass die Fischmenschen Thunderstrike behandeln, als sei er ein Gott? Irgendwie bin ich ja beinahe neidisch.

»Natürlich tun sie das«, erklärt er mir überheblich.

Natürlich, pah! Es ist beinahe widerlich, wie er sich in der Anbetung dieser Leute suhlt.

»Wissen sie, dass du ihren wirklichen Gott nicht erwecken kannst?« Die Antwort darauf kann ich eigentlich nur raten, doch als der Muskel unter seinem Auge zuckt, weiß ich, dass ich vollkommen ins Schwarze getroffen habe. »Sie wissen es also nicht.« Ich verschränke die Arme und kann mir ein gemeines Grinsen nicht verkneifen. »Wie lange willst du sie noch für dumm verkaufen?«

»Spotte nur, so viel du willst, kleine Nemesis! Ich werde hier verehrt, die Menschen liegen mir zu Füßen. Ich habe hier das Sagen. Hier bin ich Gott! Warum sollte ich das aufgeben?«

Meint er das wirklich ernst? Ist er mittlerweile so verblendet? »Das hier«, ich breite die Arme aus und versuche, alles um mich herum einzuschließen, »ist nichts weiter als ein *Spiel*! Es sind nichts weiter als Programme, die ihren virtuellen Kopf vor dir beugen! Wie kann dir das wichtiger sein als die reale Welt? Als dein wirklicher Körper, der darauf wartet, dass sein Geist zurückkehrt?«

»Nur einer von uns kann dieses Spiel, wie du es nennst, lebend verlassen. Ich glaube, so schlau warst du auch schon und hast das verstanden. Also sag mir, Nemesis, wer sollte deiner Meinung nach gewinnen? Killswitch? Oder doch eher du? Denn ich kann es nicht mehr. Willst du dafür verantwortlich sein, dass Killswitch und ich sterben? Nur, damit du gewinnen kannst? Findest du das nicht etwas egoistisch?«

»Ich will *leben*!« Meine Stimme überschlägt sich bei dem letzten Wort fast.

»Schau dich um! Wir leben hier, und das nicht einmal schlecht. Für mich«, er beugt sich ganz nah zu mir hinab und sein Gestank lässt mich beinahe würgen, »gibt es keine Alternative als das hier. Und ich werde alles in meiner Macht Stehende tun, um dich und Killswitch daran zu hindern, diesen Wettstreit zu beenden. Wenn das beinhaltet, dass ich dich bis ans Ende aller Zeiten auf dieser Insel festhalten muss, dann soll es eben so sein!«

Die letzten Worte schreit er und bei jedem einzelnen sinke ich weiter in mich zusammen. Ich verstehe, dass er verzweifelt ist. Dass er keinen Ausweg für sich selbst sieht. Aber muss das auch für mich gelten? Muss ich für immer in diesem Spiel leben, nur weil mein Sieg Konsequenzen für die anderen beiden Hüter hätte?

Ich bin ganz ehrlich: Ich weiß es nicht. Es ist für mich unvorstellbar, für immer in diesem Spiel gefangen zu sein und zu wissen, dass mein wahrer Körper langsam in der realen Welt vor sich hin rottet. Zu wissen, dass ich niemals heiraten und Kinder bekommen werde. Ich *will* hier nicht bleiben, das wollte ich nie! Na ja, okay, es gab zu Beginn, als ich gerade erst das Spiel betreten hatte, ein paar Momente, in denen ich es mir durchaus vorstellen konnte, hierzubleiben, aber mittlerweile sehe ich das anders. Hier gibt es nichts für mich. Egal, wie ich es drehe und wende – am Ende werde ich allein sein. Wenn ich die Göttin erwecke – angenommen, ich bleibe dann in diesem Spiel –, werde ich keine Daseinsberechtigung mehr haben. Die Menschen werden keine Hüterin mehr brauchen und meine bloße Existenz wäre nutzlos. Wenn ich die Göttin nicht erwecke und weiter hierbleibe, so wie Thunderstrike es *vorschlägt*, wird sich das Volk, das ich als Hüterin vertrete, gegen mich stellen. Genau wie meine Wächter, die sich nach und nach von mir abwenden werden. Ich schlinge die Arme um mich, um das Zittern einzudämmen, das garantiert nicht nur von der kalten Seeluft kommt, die über meinen immer noch feuchten Körper weht. Das hier ist anders. Liegt es vielleicht daran, dass ich von meinen Wächtern getrennt bin?

Ich kann also nicht hierbleiben, in diesem Spiel, denn am Ende hätte ich nichts. Doch wenn ich – wie auch immer – das Spiel beenden sollte, bin ich unweigerlich für den Tod von Killswitch und Thunderstrike verantwortlich, und zwar im realen Leben. Ich würde sie töten. Ich würde zu einer Mörderin werden.

Wenn ich es mir so überlege, würde ich an Thunderstrikes Stelle wahrscheinlich ganz genauso handeln. Er hat keine Möglichkeiten mehr, außer uns andere Spieler am Gewinnen zu hindern. Er könnte uns, oder zumindest mich, töten, wenn er es wollte, doch er tut es nicht. Er will nicht zu einem Mörder werden.

Meine Gedanken schweifen zu Lucian und den anderen. Ich würde sie enttäuschen, wenn ich meine Mission, auf die ich so lange hingearbeitet habe, einfach hinschmeißen würde. Das gesamte Erdvolk würde weiterhin der Spielball der anderen Völker sein. Doch andererseits sind es nur Programme. Sie sind nicht lebendig wie Killswitch, Thunderstrike und ich.

Sie sind nicht real. Warum ist dann der bloße Gedanke daran, dass sie durch mein Zögern sterben könnten, so schmerzvoll für mich?

»Wie ist er gestorben?«, frage ich. »Der Wächter, der dir fehlt.«

Thunderstrikes Kiefer arbeiten und ich meine fast das Knirschen seiner Zähne bis zu mir zu hören. Für einen Moment glaube ich, dass er mir nicht antworten wird, doch dann sagt er: »Es war ein Unfall. Sie wollte mich beschützen und wurde dabei von einem der Flügelmenschen aufgeschlitzt.«

Seine Augen sind dunkel, verschleiert, als er sich an den Augenblick des Todes seiner Wächterin erinnert, und sein Verlust ist fast für mich greifbar, auch ohne dass ich seine Wächterin kannte.

»Du hast sie geliebt.« Wieder keine Frage, sondern eine Feststellung von mir. Der Schmerz in seinen Gesichtszügen kann nur diesen einen Schluss zulassen. Er nickt knapp, ohne mich anzusehen. Beinahe empfinde ich Mitleid mit ihm. Ich weiß ziemlich genau, was es heißt, sich in den eigenen Wächter zu verlieben, aber ich will mir nicht einmal vorstellen, wie es wäre, ihn dann durch den Tod zu verlieren. Seine Wächterin wurde von einem Vertreter des Luftvolk getötet, als sie ihren Hüter beschützen wollte. »Und das ist auch der Grund, warum du dich nicht mit Killswitch verbündet hast.«

»Killswitch ist ein jämmerlicher Versager«, fährt er mich an und ich zucke erschrocken zusammen. »Er ist unfähig, Allianzen zu bilden, und ist nur auf seinen eigenen Vorteil bedacht.«

Nun ist es an mir, zu nicken. Zu genau dieser Auffassung bin ich damals im Kerker auch gekommen. Ich bin mir sicher, dass Thunderstrike ihn auch zum Teufel gejagt hätte, wenn seine Wächterin nicht auf so tragische Weise getötet worden wäre, schließlich kennen wir beide Killswitch schon lange genug.

»Meine Hoffnung liegt also auf dir«, sagt Thunderstrike nach einer Weile. »Um Killswitch werde ich mich persönlich kümmern, keine Sorge. Ich bezahle immer meine Schulden.«

Mir läuft es eiskalt den Rücken hinunter, denn ich habe eine Ahnung, was er tun will. Um nicht zum Mörder an einem von uns zu werden, muss er sich einen von Killswitchs Wächtern vornehmen. *Auge um Auge.* »Du wirst doch aber meinen Wächtern nichts tun, oder?« Vor meinem inneren Augen ziehen die Bilder von Lucian, Vincent und Narissa auf, wie sie sich gegen die Fischmänner verteidigen. Doch ohne meine Kraft werden sie früher oder später ermüden, auch wenn sie noch so geschult im Umgang mit ihren Waffen sind.

Sie würden verlieren.

Und sterben.

Und mit ihnen auch meine letzte Hoffnung, dieses Spiel jemals verlassen zu können.

Er greift nach einer Strähne meines Haares und lässt sie zwischen seinen schleimigen Fingern entlanggleiten. Der Drang, sie ihm angewidert zu entreißen, ist fast übermächtig, doch ich denke jetzt vorrangig an meine Wächter. »Wenn du ein braves Mädchen bist, werde ich ihnen kein Haar krümmen.«

Mein Herz gerät ins Stolpern, denn das Glitzern in seinen fast weißen Augen verrät nichts Gutes, doch ich kann nur zitternd nicken. Für meine Wächter. Für Lucian. Scheiß drauf, dass sie nur Programme sind. Ich liebe diesen Mann, Spielfigur oder nicht, und ich werde nicht zulassen, dass dieser widerliche Schleimbeutel Thunderstrike ihn auch nur schief ansieht. Ich werde alles in meiner Macht Stehende tun, um meinen Wächtern Leid zu ersparen.

»Was willst du von mir?«, würge ich hervor. Ich will es eigentlich gar nicht so genau wissen, aber ich frage trotzdem. Vielleicht male ich mir auch nur die abstrusesten Szenarien aus und dabei ist es gar nicht so …

»Du wirst hierbleiben. Bei mir. Und meine Königin werden.«

… schlimm. Nein, ich muss mich verbessern: Es ist *verdammt* schlimm! Hab ich mich da verhört? Ein gezischtes »*Niemals*!« liegt mir schon auf der Zunge, doch ich kann mich im letzten Moment noch beherrschen und die Antwort hinunterschlucken, die unbedingt meinen Mund verlassen will. Für meine Wächter, für Lucian, bin ich bereit, dieses Opfer zu bringen.

Jedenfalls eine Zeit lang, denn ich klammere mich noch immer an die Hoffnung, dass er kommen und mich retten wird.

Irgendwie.

Ich muss das tun. Wenn ich mich weigere, wird Thunderstrike auch seine Truppen gegen meine Wächter aussenden, und ohne meine Kraft werden sie sich nicht lang genug verteidigen können. Dann wäre ich noch immer hier gefangen und nicht mehr in der Lage, die Göttin zu erwecken. Ich muss meine eigenen Wünsche in den Hintergrund stellen, um zu überleben, auch wenn es alles andere als leicht wird.

»Gegen uns beide wird Killswitch nichts ausrichten können. Und wenn ich ihm einen seiner Wächter nehme, wird er vollkommen hilflos sein und vor mir im Staub kriechen!« Thunderstrike redet sich allmählich in Rage und ich kann es ihm nicht einmal verdenken. Ich würde genauso handeln, wenn Killswitch Lucian getötet hätte. Ich würde ihn jagen, finden und leiden lassen, bis er sich vor mir auf dem Boden windet und um den Tod bettelt. Ich kann es mir nur vorstellen, wie sehr Thunderstrike leiden muss: Gefangen in dieser Welt und der Person beraubt, an der sein Herz hing. Auch ich würde in seiner Situation zu seltsamen Mitteln greifen.

Beinahe habe ich Mitleid mit ihm. Und ich werde mitspielen, bis meine Wächter zu meiner Rettung kommen. Das werden sie, da bin ich mir sicher. Lucian wird mich finden, auch hier am Ende der Welt. Bis dahin werde ich Thunderstrike helfen, seine Rache zu bekommen, denn auch ich habe mit Killswitch noch ein Hühnchen zu rupfen.

Wenn das bedeutet, an der Seite der Nummer Eins über diese schleimigen Fischmenschen zu herrschen, dann soll es eben so sein.

# # #

Ich folge Thunderstrike weiter durch die Iglustadt und beobachte die Fischmenschen, wie sie vor uns den Kopf neigen oder gar auf die Knie fallen. Niemand wagt es, das Wort an uns zu richten, doch ich spüre ihre Blicke in meinem Rücken. Sicher fragen sie sich, was ich hier will. Ein Mensch. Eine vom Erdvolk. *Ihr Feind.*

Ich reibe mir über die Arme, auf denen sich eine Gänsehaut gebildet hat. Ich friere erbärmlich, und das liegt nicht nur an der schneidenden Seeluft, sondern vielmehr daran, dass ich so weit von meinen Wächtern entfernt bin. Ohne ihre Nähe ist die Kraft in mir zu glimmender Asche verfallen, und mein Körper fühlt sich kalt und taub an. Leer. Gefühllos.

Ich muss darauf hoffen, dass sie mich hier finden, bevor ich innerlich zu Eis erstarre. Nie hätte ich es für möglich gehalten, dass ihre Abwesenheit so starke Spuren bei mir hinterlässt, die schon an körperliche Schmerzen grenzen. Ob es ihnen ohne mich genauso ergeht? Vincent sagte einmal zu mir, dass ein Hüter nichts ohne seine Wächter ist, und umgekehrt. Meinte er das damit oder ging es nur um das Benutzen der Kraft?

»Wo sind deine anderen Wächter?«, frage ich Thunderstrike, um mich vor der Kälte in meinem Inneren abzulenken. Ich brauche das Feuer! Doch ohne die Nähe meiner Wächter ist es mir unmöglich, auch nur eine winzige Flamme hervorzurufen.

»Im Tempel«, erwidert er. »Sie freuen sich schon auf deine Ankunft.«

Ich habe keine Ahnung, was der letzte Teil seiner Antwort zu bedeuten hat, doch ich weiß, dass es nichts Gutes sein wird. Nichts ist gut hier. Wie kann er ernsthaft annehmen, dass ich für immer in dieser Welt oder gar an seiner Seite sein will?

»Sehnst du dich nicht nach daheim? Nach deiner Familie? Ich hätte es niemals für möglich gehalten, doch ich vermisse meine. Sie machen sich bestimmt Sorgen um mich.«

»Erspar mir deine Mitleidstour«, fährt er mich an. »Versteh es endlich: Wir können hier nicht weg, ohne zu riskieren, die anderen zu töten. Also hör auf, von dem Unmöglichen zu träumen!«

»Und wenn es noch einen anderen Weg gibt, dieses Spiel zu beenden, ohne dass einer von uns die Gottheit erwecken muss?« Ich kann mir nicht vorstellen, dass dies die einzige Möglichkeit sein soll. Auch ich möchte nicht über Leichen gehen und schließlich gibt es keine Garantie dafür, dass ich nach einem Sieg auch wirklich wieder zurück kann. Was, wenn ich dann immer noch an diese Welt gebunden bin? Ich hätte die Tode von Killswitch und Thunderstrike zu verantworten und hätte rein gar nichts erreicht. Ich fröstele allein bei dem bloßen Gedanken.

Thunderstrike zögert. Ich sehe ihm an, dass er etwas weiß, das er mir nicht sagen will, und eine dämliche Hoffnung keimt in mir, die ich versuche niederzukämpfen. Ich will nicht hoffen, nicht träumen, denn ich wurde bereits zu oft enttäuscht.

Dennoch frage ich: »Was weißt du?«

»Komm mit, ich will dir etwas zeigen.«

Ich folge Thunderstrike in einen großen Tempel, der ähnlich gebaut ist wie der, in dem ich Vincent das erste Mal begegnet bin. Viele Säulen tragen die großen, nach oben strebenden Dächer. Anders als beim Tempel der Göttin Gaia, stehen hier jedoch keine Feuerschalen, sondern unzählige Springbrunnen, deren Plätschern jede Unterhaltung übertönt.

Thunderstrike verschwindet in einem Nebenraum und ich habe Probleme, mit ihm Schritt zu halten. Meine Beine sind steif, die Muskeln hart. Ich möchte mich nicht mehr bewegen, denn selbst das Heben meiner Hand bereitet mir Schmerzen, dennoch setze ich tapfer einen Fuß vor den anderen. Die Kälte in mir breitet sich immer weiter aus und das macht mir Angst. Wie weit wird das gehen? Werde ich zu Eis erstarren? Oder fühlt es sich nur innerlich so an? Ich schaue auf meine Hände, doch ich kann nichts entdecken. Sie sehen aus wie immer, obwohl sie so kalt wie Eiszapfen sind. Schnell balle ich sie zu Fäusten, in der Hoffnung, sie so irgendwie wärmen zu können, und folge Thunderstrike weiter durch den Raum.

Vor einem großen Buch bleibt er stehen. »Das sind die Aufzeichnungen der vorangegangenen Generationen. Viele Hüter kamen und gingen bereits vor uns.« Er blättern in dem Buch, dessen Seiten bereits vergilbt und brüchig sind. »Ganz vorne steht etwas, das ich sehr interessant fand. Es ist der Eintrag eines der ersten Hüter, der in diese Welt gebracht wurde.« Er dreht das Buch um und deutet mit dem Finger auf die krakelige Schrift. Was für eine Sauklaue! Ich habe Mühe, sie zu entziffern.

Thunderstrike rollt ungeduldig mit den Augen, während ich noch immer versuche, einen Sinn aus diesen Hiroglyphen zu ziehen. »Da steht, dass er einen Weg gefunden hat, dieser Welt zu entkommen.«

»Ehrlich?«, frage ich und mein Herz macht einen Satz. Eine Chance! »Und wie?«

»Er schreibt, dass er durch ein Buch in diese Welt gekommen ist.«

Moment, ein Buch? »Aber das hier ist eine Spielwelt, erschaffen aus Nullen und Einsen. Und die Technologie, die uns hergebracht hat, ist brandneu! Wie kann er durch ein Buch in dieses Spiel gekommen sein?« Wie kann überhaupt ein Hüter vor uns hierhergekommen sein? Das ergibt doch überhaupt keinen Sinn! Wir sind die ersten und einzigen, die diese Technologie testen durften. Diese Welt sollte überhaupt nicht vor unserem Spielantritt existiert haben. Wie kann es dann Einträge oder Aufzeichnungen von früheren Hütern geben? Oder sind diese Aufzeichnungen auch nur Teil des Spiels und nicht echt? Aber was, wenn sie doch echt sind? Wenn wirklich schon Hüter – wie auch immer – vor uns hier waren?

Thunderstrikes Augen funkeln, während er mich beobachtet. Sicher kann er förmlich sehen, wie meine kleinen grauen Zellen arbeiten und fieberhaft nach einer logischen Erklärung suchen. »Das ist es ja gerade! Wenn das hier echt ist – und davon gehe ich aus –, kann das unmöglich eine erst vor kurzem erschaffene Spielwelt sein! Einige andere Hüter haben berichtet, dass sie durch eine Art Tor hierhergelangt sind.«

»Moment, Stopp!« Die Gedanken in meinem Kopf überschlagen sich. »Du willst mir also erzählen, dass wir gar nicht in einem Spiel sind? Aber wir haben eine Auswahl zu Beginn getroffen …«

»… die aber nicht so war, wie wir sie normalerweise von Spielen kennen, oder?«

Ich stutze und die Erklärung, die ich ihm liefern will, bleibt mir im Halse stecken. Er hat recht. Von Anfang an kam es mir seltsam vor, dass ich nirgends einen Alias angeben konnte und einfach mit meinen normalen Klamotten in dieses Spiel geworfen wurde. Das war alles andere als normal. Ab dem Moment, als ich meine Waffe ausgewählt hatte und das Spiel um mich herum für kurze Zeit schwarz wurde, lief alles aus dem Ruder und wurde … seltsam und real. »Worauf willst du hinaus?«

»Laut den anderen Hütern gibt es viele Wege, in diese Welt zu gelangen. Vielleicht ist es auch so eine Art Parallelwelt zu unserer. Das würde erklären, warum verschiedene Hüter auf unterschiedliche Weise hierhergekommen sind.«

»Eine *Parallelwelt*?«, unterbreche ich ihn entgeistert. *Das* soll seine Erklärung sein? »Ich bitte dich, so was existiert nur in Science-Fiction-Romanen! Das hier ist ein *Spiel.*« So ein Blödsinn! Wie kommt er nur auf eine solche Idee? Er muss sich doch, genau wie ich, mit dem Spiel und dem Chip in unserem Nacken verbunden haben. Wie kann er dann davon ausgehen, dass das hier nicht das Spiel ist, das für uns ausgewählt wurde, um die Technologie zu testen?

»Und wenn es doch kein Spiel ist?« Wieder schaut er mich mit funkelnden Augen an und ich muss schlucken. Ja, was, wenn nicht? Wenn das wirklich eine andere Welt ist und all die Menschen hier wirklich *leben* und nicht nur bloße Computer-Figuren sind? »Das würde alles ändern, nicht wahr?«

Wenn es eine richtige Welt wäre, dann wäre auch Lucian real. Irgendwie, zumindest. Schon komisch, dass mein erster Gedanke ihm gilt. Thunderstrike versucht mich gerade davon zu überzeugen, dass wir uns in einer Parallelwelt befinden, und alles, woran ich denke, ist mein Wächter, dem mein Herz gehört. Allein der bloße Gedanke an ihn wärmt mein Innerstes. Vorsichtig, fast zaghaft, glimmt die Kraft in mir auf, als ich mich daran erinnere, wie er mich an diesem See vor den Fischmännern gerettet hat. Damals merkte ich zum ersten Mal, dass ich mehr für ihn empfinde als nur bloße Schwärmerei. Doch ich habe es sofort als Humbug abgetan, denn für mich war er nicht mehr als ein Programm, ohne die Möglichkeit auf eine gemeinsame Zukunft.

Wenn das, was Thunderstrike mir jedoch gerade versucht zu sagen, wirklich wahr ist, dann …

»Kannst du hier leben, wenn es eine echte Welt ist?«, fasst er meine Gedanken zusammen, bevor ich sie aussprechen kann.

Könnte ich es? Könnte ich hier leben, zusammen mit Lucian und den anderen?

»Ich weiß es nicht«, gebe ich zu, denn noch klingt das alles zu weit hergeholt für mich. Mein Herz klopft wie verrückt bei der Vorstellung, für immer hier mit Lucian leben zu können, in einer echten Welt. In seiner Welt. Doch was passiert mit meinem Körper? Mit meiner Familie? Kann ich wirklich auf den Luxus unserer Welt verzichten, für ihn? Immerhin war er in dieser Höhle sehr deutlich, was unsere Beziehung zueinander anbelangt … *Haben* wir überhaupt so etwas wie eine Beziehung? »Konnten die anderen Hüter in ihre Welt zurückkehren?«

Thunderstrike beginnt wieder, im Buch zu blättern. »Einige berichten, dass sie ihren Wunsch dazu benutzt haben, zurückzukehren.«

»Ihren Wunsch?«, frage ich. »Was denn für einen Wunsch?« Davon höre ich zum ersten Mal und es lenkt meine Gedanken ab, die alle um Lucian kreisen.

»Das weißt du nicht? Wenn du deine Gottheit erweckst, hast du einen Wunsch frei. Manche Hüter wünschten sich Wohlstand für das Volk, das sie vertreten. Die meisten nutzten ihn aber, um wieder nach Hause zu kommen.«

Ein Wunsch? Der direkt von der Gottheit gewährt wird? Was könnte man damit alles machen! »Dieser Wunsch … Ist es egal, um was es sich handelt?«

»Soweit es hier geschrieben ist, ja. Es gibt keine Einschränkungen.«

Keine Einschränkungen. Die volle Kontrolle. Ich könnte alles haben, was ich will. Doch was ist das? Ich weiß ja nicht einmal, ob ich lieber nach Hause oder hier bei Lucian bleiben möchte. Ich weiß gar nichts mehr, nach allem, was Thunderstrike mir eben erzählt hat. Kann ich so selbstsüchtig sein und all die, die zu mir als Hüterin aufsehen, im Stich lassen? Die sich darauf verlassen, dass ich ihr Schicksal ändere? Wenn es wirkliche Menschen und nicht nur Programme sind …

»Du könntest auch meine Letizia wieder zum Leben erwecken.«

Ich weiß, von wem er redet, auch ohne dass ich den Namen bereits gehört habe. Die Wächterin, die er geliebt hat und die von Killswitchs Leuten getötet wurde.

»Erweckung von den Toten – das geht immer schief, das weißt du doch«, sage ich ausweichend. »Ich könnte den Wunsch auch dazu benutzen, uns drei wieder sicher nach Hause zu schicken.«

Thunderstrikes Blick verfinstert sich. Habe ich etwas Falsches gesagt? »Da du hierbleibst, brauchst du gar nicht darüber nachzudenken, was du mit deinem Wunsch machen wirst. Du wirst deine Gottheit nicht erwecken.«

Das werden wir ja noch sehen, denke ich grimmig. Ich habe keine Ahnung, warum er um jeden Preis verhindern will, dass einer von uns das Spiel gewinnt. Er kann es nicht mehr, da ihm einer seiner Wächter fehlt. Wenn ich tatsächlich meinen Wunsch dazu nutzen würde, uns zurückzuschicken, müsste er auch keine Angst davor haben, zu sterben, denn das würde die Verlierer erwarten.

Und die Wächter des Verlierers.

»Es gab bereits genügend Opfer«, sagt er, ehe er mir den Rücken zuwendet und das dicke Buch zurück an seinen Platz stellt.

»Du willst nicht, dass den Wächtern etwas geschieht«, murmle ich.

Anstatt zu antworten, packt er mich grob am Arm und stößt mich gegen die Wand hinter mir. Keuchend entweicht mir die Luft aus den Lungen und mein Kopf schlägt hart auf.

»Was zum–« Doch weiter komme ich mit meinem Protest nicht. Sein Gesicht ist meinem so nah, dass mich sein fauliger Gestank nach abgestandenem Wasser und totem Fisch einhüllt und meinen Verstand vernebelt.

Als er seine feuchten Lippen auf meine drückt, muss ich beinahe kotzen. Der widerliche Geschmack nach vermoderten Algen drängt in meinen Mund wie ein Tsunami, und obwohl ich verbissen die Zähne zusammenbeiße, findet seine Zunge, die eiskalt und glitschig ist, einen Weg hinein. Ich hämmere mit den Fäusten gegen seine Schultern, versuche immer wieder, ihn von mir wegzustoßen, doch er stemmt sich dagegen und presst mich fester gegen die Wand.

Tränen treten mir in die Augen, teils aus Wut und Frustration, teils wegen des widerlichen Gestanks, der in meiner Nase beißt.

Er soll aufhören! Er soll *endlich* aufhören!

Lucian, hilf mir!

Irgendwann lässt er von mir ab – mir kommt es wie Stunden vor – und ich sinke kraftlos an der Wand nach unten auf die Knie. Meine Schultern beben, als ich versuche, die Schluchzer zurückzuhalten, die sich in meiner Brust festsetzen. Ich fühle mich benutzt und besudelt.

Immer wieder wische ich mit dem Handrücken über meine Lippen, doch der eklige Geschmack bleibt.

»Tränen, meine Königin?«, fragt Thunderstrike spöttisch.

»Ich bin nicht deine verdammte Königin!«, fauche ich, habe aber nicht die Kraft, meinen Kopf zu heben und ihn anzuschauen. »Du bist weder ein König noch gehöre ich dir!«

»Oh, das wirst du aber. Und es wird nicht mehr lange dauern, bis mich das Wasservolk zu seinem Anführer ernennt. Dann besitze ich die absolute Macht!«

Er ist verrückt!, ist das einzige, das mir durch den Kopf schießt. *Er ist vollkommen durchgeknallt!* Vielleicht ist er mit dem Kopf aufgekommen, als er das Spiel betreten hat. Nein, diese Welt, verbessere ich mich. Denn egal, wie gaga Thunderstrike mir gerade vorkommt: Die Theorie, dass dies eine andere Welt ist, ist gar nicht so abwegig. Die Schmerzen, die ich spüre, sind real. Ekel, Freude, Wut, Trauer – all das fühlt sich an wie immer. Das *kann* einfach nicht simuliert sein! Doch kann ich wirklich an die Existenz einer anderen Welt neben der unsrigen glauben?

»Sieh zu, dass du dich anschaulich herrichtest.« Er greift sich eine Strähne meines roten Haares und reibt sie beinahe zärtlich zwischen Daumen und Zeigefinger. »Aber die hier«, haucht er und ich erschaudere bei seinem Tonfall, »kannst du ruhig zeigen. Ich mochte deine Haare schon immer.«

Ich reiße ihm die Strähne aus den Fingern und hebe trotzig das Kinn. »Du kannst mich mal!«

Seine Lippen verziehen sich zu einem breiten Grinsen, sodass ich seine spitzen Zähne sehen kann, und ich bereue meine Worte sofort, als ich an die Schmerzen denke, die sie verursachen können. »Nur zu gern, kleine Nemesis! Aber das muss warten. Zuerst wird es eine Zeremonie geben, aber dann, wenn wir alleine sind …«

Für einen Moment bin ich zu starr vor Angst, um reagieren zu können. Hat er das gerade wirklich gesagt? »Niemals!«, zische ich. »Das kannst du dir aus dem Kopf schlagen! Ich mag zwar deine Gefangene sein, aber ich werde *niemals* etwas mit *dir* anfangen!«

Ich sollte wirklich endlich lernen, *erst* zu denken und *dann* zu reden.

Er beugt sich wieder zu mir hinab und in seinen Augen blitzt es gefährlich. »Vergiss nicht, du bist hier in Feindesland. Niemand wird kommen und dich retten. Sei lieber nett zu mir, denn ich bin es, der über dein weiteres Schicksal bestimmt!«

»Meine Wächter werden mich hier rausholen und dann kannst du was erleben, wenn du es wagst, auch nur eine deiner Froschhände an mich zu legen!« Fast euphorisch merke ich, dass meine Stimme kein bisschen zittert, obwohl ich innerlich vor Angst schlottere. Ich weiß, dass er recht hat. Ich weiß, dass ich seiner Gunst auf Gedeih und Verderben ausgeliefert bin. Doch ich werde einen Teufel tun und ihm zu Willen sein! Lieber verrotte ich in einem Loch!

Ich sehe den Schlag nicht kommen, doch mein Kopf ruckt schmerzhaft zur Seite und stößt gegen die Wand.

»Ich dulde es nicht, dass du mich beleidigst, Weib!«

Ich halte mir die pochende Wange. Okay, jetzt bin ich *richtig* sauer! Wahrscheinlich ist es nicht klug, ihn noch weiter zu reizen, aber wieder einmal ist mein Mundwerk schneller als mein Verstand. »Hast du mit ihr auch so geredet? Mit der Wächterin, die für dich gestorben ist? Hast du sie auch so erniedrigt? Was würde sie wohl denken, wenn du dir jetzt sofort wieder eine neue Frau suchst? Noch dazu, wenn die Frau dich gar nicht will? Und nur fürs Protokoll, ich *will* dich nicht! Du *widerst* mich an!«

Seine glitschigen Hände legen sich erstaunlich fest um meinen Hals und drücken mir die Luft ab. Ich strample, trete, schlage, doch immer wieder rutsche ich an seiner Haut ab, ohne etwas zu erreichen. Wie ein Fisch auf dem Trockenen, öffne und schließe ich meinen Mund, doch ich schaffe es nicht, einen einzigen Atemzug zu tun. Ich will schreien oder um Gnade flehen – einerlei, ich will nur, dass er aufhört!

Mein Blickfeld wird an den Rändern bereits dunkel und ich spüre, wie meine Gliedmaßen anfangen, unkontrolliert zu zittern. Ein letztes Aufbäumen, dann werde ich ohnmächtig sein. Hat er seine Meinung nun doch geändert und wird mich hier und jetzt töten?

Ein dicker Nebel legt sich über mich, hüllt meine Gedanken und Gefühle ein, als wäre ich in Watte gepackt. Um mich herum läuft alles wie in Zeitlupe ab, während mein Körper nur noch instinktiv reagiert und sämtliche Gegenmaßnahmen ergreift. Doch es ist zu spät. Ich spüre, wie mein Herz verzweifelt versucht, Blut durch meine Adern zu pumpen. Immer lauter, immer kräftiger, aber dann immer langsamer.

Sanft pulsiert das Amulett an meinem Bauch. *Nutzloses Ding! Jetzt regst du dich? Wie willst du mir jetzt noch helfen?*

»Hüter?«

Thunderstrike nimmt seine Hände von mir und ich falle würgend und röchelnd auf alle viere. Der Schmerz an meinem Hals ist unbeschreiblich. Jedes bisschen Luft, das ich gierig einsauge, schneidet sich wie Rasierklingen durch meine Luftröhre. Mein Blick ist verschwommen, deshalb kann ich die Person, die mich gerettet hat, nur schemenhaft erkennen. Selbst einfache Dinge, wie den Kopf zu heben, erweisen sich als nahezu unmöglich. Ich möchte mich hinlegen, einrollen und nicht wieder aufwachen, bis diese Schmerzen vorbei sind.

»Ich habe ausdrücklich angeordnet, dass ich nicht gestört werden will!«, herrscht Thunderstrike meinen Retter an, der sichtbar zusammenzuckt.

»Vergebt mir, Hüter, aber das solltet Ihr Euch ansehen. Ihr werdet im Tempelhof erwartet.«

Thunderstrike brummt etwas Unverständliches und verschwindet endlich. Dankbar breche ich zusammen.

Als ich meine Augen einen Spalt öffne, sehe ich, dass sich mein Retter über mich gebeugt hat. Von Nahem kann ich sein Gesicht etwas besser erkennen. Er sieht nicht aus wie einer der Fischmänner, aber auch nicht wie ein Mensch. Er hat diese hellen, gruseligen Augen, aber ihm fehlt die schleimige Haut und seine Nase ist fast normal und besteht nicht nur aus diese beiden dunklen Höhlen.

»Haltet durch«, murmelt er und legt seine Hand in meine.

Keine Schwimmhäute, denke ich noch, bevor mich die Energie mitreißt, die brüllend und tobend in meinem Inneren wütet. Endlich befreit, sucht sie sich ungefiltert ihren Weg durch meinen Körper, lässt das Blut in meinen Adern kochen und spendet mir die Kraft, um mich augenblicklich zu erholen. Als ich so weit bin, dass mein Körper wieder meinen Befehlen gehorcht, rufe ich die Kraft zurück, balle sie tief in mir zu einem festen Ball, um nicht zu viel davon abzugeben. Doch wo kam sie auf einmal her? Mein Innerstes war kalt, beinahe wie Eis, und nun fühle ich mich, als tobe ein Vulkan in mir.

Sofort wird meine Sicht klar und ich starre den Jungen an, der sich über mich gebeugt hat und meine Hand hält. Ein hübsches, markantes Gesicht, wenn man von den fast weißen Augen einmal absieht, das von hellbraunen Haaren umrahmt wird. Er sieht aus wie eine Mischung aus Fischmann und Mensch, aber ist so was überhaupt möglich?

»D-Du … Du bist …«, stammle ich, da sich meine Gedanken überschlagen.

»Ich bin Seth. Und ich bin Euer Wächter«, antwortet er leise, während er mich ernst ansieht.

Vierzehn

Lucian

»Habt ihr das auch gespürt?«, frage ich und bleibe wie angewurzelt stehen.

»Was meinst du?« Vincent ist sofort an meiner Seite und sieht mich mit einer Mischung aus Mitleid und Angst an.

Ich will nicht, dass er mich so ansieht! Dazu gibt es keinen Grund. Schon seit Tagen behandeln mich Narissa und er wie ein rohes Ei.

Seit dem Tag, an dem *sie* verschwunden ist.

Seitdem ist alles anders.

Unsere Kräfte sind versiegt. Während in ihrer Gegenwart das Feuer durch uns geflossen ist und uns bestärkt hat, ist da nun nichts mehr. Es fühlt sich kalt und leer an, als wäre ein großes, wichtiges Stück aus meinem Inneren herausgerissen worden.

Wie kann das sein? Ich habe so viele Jahre ohne dieses Mädchen mit ihren seltsamen Kräften gelebt, und es ging mir nicht wirklich schlecht dabei. Und nun, da sie weg ist, scheint es, als wäre meine Sonne erloschen und ich müsste allein in einer eisigen Welt leben.

Das ist doch vollkommen irrsinnig! Ich könnte mich für diese Gedanken selbst ohrfeigen.

»Ich habe es auch gespürt!«, sagt Narissa hinter mir und reißt mich aus meinen Grübeleien. »Das Feuer … Für einen kurzen Moment konnte ich es spüren.«

»Meint ihr, sie ist in der Nähe?«, fragt Vincent aufgeregt und sieht sich um.

Doch ich schüttele den Kopf. »Nein«, knurre ich nur.

Wie kann mein Bruder, der auch noch der Hohepriester der Göttin Gaia ist, so ein mieser Wächter sein? Er konnte damals schon nicht Eves Fußverletzung spüren und nun bildet er sich ihre Nähe ein.

Erbärmlich!

Narissa boxt mir gegen den Oberarm und ich reibe kurz mit der Hand darüber. Für eine Frau hat sie einen verdammt harten Schlag. »Wir finden sie«, sagt sie dann leise.

Ich gebe nur ein abfälliges Schnauben von mir und stapfe weiter. Warum denken denn alle plötzlich, sie müssen mich aufmuntern? Als ob es mir was ausmachen würde, dass diese Nervensäge verschwunden ist!

Wir brauchen sie, um endlich in Frieden leben zu können, aber mehr ist da nicht!

… zumindest versuche ich mir das schon seit Tagen einzureden, mal mit mehr, mal mit weniger Erfolg.

»Willst du darüber reden?«

Knurrend fahre ich zu Narissa herum, die sich jedoch wenig beeindruckt zeigt. Wie gern würde ich diesem neugierigen Weib das Maul stopfen! Seit Eve verschwunden ist, meint sie, darüber reden zu müssen, wie ich mich dabei fühle. Wahrscheinlich, weil Eve schon in dieser Höhle so aufgewühlt war, nach dem, was ich zu ihr gesagt habe.

Ja, ich habe es verbockt, aber so richtig. Aber was hätte ich sonst tun sollen?

»Die Antwort ist dieselbe wie jeden Tag«, knurre ich nur und gebe mein Bestes, sie zu ignorieren, während wir durch den Wald laufen.

Die ersten Tage haben wir damit verbracht, wieder und wieder die Wiese und das Ufer abzusuchen, doch nirgends konnten wir eine Spur von Eve finden. Es ist, als hätte sie sich einfach in Luft aufgelöst. Ohne Hinweis und ohne Ziel durchstreifen wir seitdem die angrenzenden Wälder, in der Hoffnung, sie wie durch ein Wunder wiederzufinden.

Als wir aus der Höhle kamen, war es mir, als hätte ich sie meinen Namen rufen hören, doch wahrscheinlich war es nur Einbildung, denn als ich auf das Meer geblickt habe, sah ich nur Wellen und Wasser. Was sollte ich auch sonst sehen, wenn ich auf den Ozean schaue?

»Wir sollten eine Pause machen«, murmelt Vincent hinter mir und ich muss mich zwingen, nicht mit den Augen zu rollen. Ja, ich weiß, er ist nicht wie ich. Er ist behütet in seinem Tempel aufgewachsen, während ich mich all die Jahre um unsere Eltern kümmern musste und dadurch abgehärtet bin.

Auch Narissa hebt fragend die Augenbraue und sieht kein bisschen erschöpft aus. Wahrscheinlich denkt sie genau dasselbe wie ich – dass Vincent uns bei der Suche nach Eve aufhält. Aber wir können ihn nicht zurücklassen, schließlich ist auch er ein Wächter, und wenn er Eves Kräfte hat, ist er ein sehr mächtiger. Vielleicht ist er sogar noch stärker als ich.

Doch ohne Eve, die ihn allein durch ihre Nähe mit Energie versorgen könnte, ist er eine Last.

Ich sollte nicht so über den Mann denken, mit dem ich aufgewachsen bin. Der beinahe mein Bruder ist, auch wenn wir nicht dieselben Eltern haben. Mutter würde mich dafür ausschimpfen.

»Lasst uns hier rasten«, gebe ich schließlich nach und lasse mich auf einen Baumstumpf sinken.

Im Stillen grüble ich über das Gefühl nach, das ich vorhin hatte. Es war wie ein kurzes Aufflackern der Feuerkraft, wenn Eve mich flüchtig berührt, und doch wieder nicht. Eher passiv, als würde ich diese Energie durch einen anderen spüren.

Ich habe keine Ahnung, was das bedeutet. Wahrscheinlich war es auch nur Einbildung, weil ich mich nach all den Tagen so danach sehne, dieses Kraftrauschen wieder in meinen Adern zu fühlen. Langsam bekomme ich wohl schon Entzugserscheinungen …

Ich weiß selbst nicht, warum ich sie noch immer suche. Sie ist einfach verschwunden nach unserem … Streit. Obwohl es ja gar kein Streit war, denn ich habe nur meinen Standpunkt klargemacht, bevor die Sache mit ihr aus dem Ruder läuft.

Die Sache … Wie blöd das klingt! Eve ist schließlich keine Sache und meine Gefühle für sie ebenso wenig. Aber ich hatte einfach keine andere Wahl, als ein für alle Mal einen Schlussstrich zu ziehen.

Narissa tritt neben mich und schaut gedankenverloren in den Wald hinein. »Ob sie wohl wieder in ihre Welt zurückgekehrt ist?«, fragt sie nach einer Weile und ich zucke nur mit den Schultern. »Sonst hätten wir doch schon längst eine Spur von ihr gefunden. Ein junges Mädchen mit feuerroten Haaren, die allen erzählt, dass sie die Hüterin ist, würde bestimmt auffallen.«

Sie hat recht und ich weiß das. Nach tagelanger Suche ohne auch nur den kleinsten Hinweis über Eves Verbleib, gibt es nicht mehr viele Möglichkeiten. Der einzig logische Schluss ist, dass Eve nicht mehr hier ist. Dass sie genauso plötzlich, wie sie hergekommen ist, wieder aus unserer Welt verschwunden ist.

Doch das will ich mir nicht vorstellen.

Sie ist hier. Sie *muss* hier sein.

Und ich werde sie finden. Selbst wenn es das Letzte ist, was ich tue.

Ich werfe einen Blick über meine Schulter und sehe Vincent, wie er müde an einem Baumstamm lehnt. Er ist eine Belastung … Vielleicht sollte ich ihn zurück– … Nein! Wenn wir Eve finden, brauchen wir ihn. Ich kann ihn nicht zurücklassen. Er ist eben nicht wie ich. Sein ganzes Leben hat er behütet im Tempel der Göttin Gaia verbracht und wurde zum Priester ausgebildet. Also kann ich nicht erwarten, dass er denselben Belastungen standhält wie ich.

Narissa folgt meinem Blick. »Wir werden alle schwächer. Ich spüre es auch.« Sie schaut auf ihre Hände, die leicht zittern. »Es ist seltsam. Vor ein paar Wochen wusste ich nicht einmal, dass ich eine Wächterin bin, und trotzdem war ich stärker als die meisten Männer. Und nun schwinden meine Kräfte von Tag zu Tag.«

Ich nicke. Genauso empfinde ich es auch. Ohne dass wir es bewusst wahrgenommen haben, war es Evelyn, die uns Kraft gespendet hat. Sie war unsere Sonne, die uns stetig mit Energie versorgt hat. Von einem Moment auf den anderen wurden wir von dieser Energie abgeschnitten und darben nun in völliger Dunkelheit.

Ich weiß nicht, wie lange wir das noch aushalten, ohne ernsthafte Schäden davonzutragen. Vielleicht ist das Zittern von Narissas Händen erst der Anfang …

Wir müssen alles daransetzen, Eve wiederzufinden. Es ist egal, in welcher Welt sie ist. Ob in dieser oder einer anderen.

Wir brauchen sie.

Koste es, was es wolle.

# # #

Der Gastwirt, mit dem ich gerade gesprochen habe, schüttelt den Kopf und meine Hoffnung sinkt erneut. Mit hängenden Schultern gehe ich nach draußen zu Vincent und Narissa, die an einer Hauswand lehnen und die vorbeiziehenden Menschenmassen beobachten.

Wir sind zurück in der Hauptstadt, nachdem wir die ganze Umgebung des Schreins zweimal durchkämmt und dennoch nicht den kleinsten Hinweis über Eves Verbleib gefunden haben.

In der Hoffnung, in einer großen Stadt vielleicht doch jemandem über den Weg zu laufen, der etwas über sie gehört hat, haben wir uns dann auf die Reise hierher gemacht.

Doch bereits jetzt spüre ich, dass wir auch hier keinen Erfolg haben werden.

»Wieder nichts?«, fragt mich Narissa mit gerunzelter Stirn, nachdem sie mein Gesicht gemustert hat.

Ich schüttle den Kopf und presse die Lippen fest zusammen. Ich will es nicht laut aussprechen. Nicht schon wieder. Ich habe das Gefühl, nur noch zu versagen. Wie schwer kann es denn sein, eine auffällige Person zu finden? Es ist ja nicht so, dass sie sich in Luft auflösen könnte!

Und doch scheint sie vom Erdboden verschluckt zu sein …

»Als wäre sie nicht mehr im Reich der Erdgöttin«, murmelt Vincent. Er ist genauso niedergeschlagen wie wir, doch bei ihm scheinen noch nicht so viele Entzugserscheinungen eingesetzt zu haben wie bei Narissa und mir. Wir sind kraftlos, antriebslos und gereizt. Es vergeht mittlerweile kein Tag, an dem wir uns nicht fast an die Gurgel gehen, jedes Mal wegen Nichtigkeiten. Es ist zermürbend, doch ich weiß nicht, was ich dagegen tun kann.

»Was hast du gesagt?«, fragt Narissa und sieht Vincent mit großen Augen an.

Was ist denn jetzt schon wieder? Will sie etwa auch mit ihm einen Streit vom Zaun brechen?

Gerade als ich dazwischengehen will, hebt sie die Hand und hält mich zurück, während sie sich ganz nah zu Vincent beugt. »Wiederhole, was du eben gesagt hast«, fordert sie ihn auf. Ihre Stimme ist schneidend und ihre dunklen Augen funkeln wild, fast manisch.

»Dass sie … nicht mehr im Reich der Erdgöttin ist?«, stammelt Vincent, der Narissas Reaktion genauso wenig deuten kann wie ich.

»Das ist es!«, ruft sie und springt ein Stück in die Luft.

Ist sie jetzt komplett übergeschnappt?

»Versteht ihr denn nicht?« Mit großen Augen sieht sie abwechselnd zu mir und Vincent. Ich habe keinen Schimmer, was sie meint, und finde ihr Verhalten sehr merkwürdig. »Wir finden sie nicht, weil sie nicht hier ist!«

»Was meinst du mit *nicht hier*? Soll das heißen, sie ist zurück in ihre Welt gegangen?«, fragt Vincent, nachdem er mich stirnrunzelnd angesehen hat.

»Nicht doch!« Narissa wedelt mit der Hand und hebt dann ihren Zeigefinger. »Ich meine damit, dass sie nicht hier in unserem Einflussgebiet ist. Als sie im Kerker saß, hatte sie Besuch von einem Mann des Luftvolkes.«

Ich ziehe scharf die Luft ein. Stimmt, das hatte ich vollkommen vergessen. Narissa und Eve hatten darüber gesprochen, nachdem sie aus dem Kerker geflohen ist.

Vincent findet als erster seine Stimme wieder. »Wie ist das möglich?«

Narissa zuckt mit den Schultern. »Ich glaube, er war eine Art Unterhändler, der mit dem König gesprochen hat.« Da ist ein seltsamer Unterton in ihrer Stimme, der mich aufhorchen lässt. Verschweigt sie uns etwas? Vielleicht über diesen *Unterhändler*, von dem sie eben gesprochen hat? »Aber das ist auch völlig unwichtig! Was ist, wenn sie Eve entführt haben? Das wäre der einzige Grund, warum wir sie nirgends finden können. Weil sie nicht *hier* ist.«

»Du meinst also, sie wird vom Luftvolk gefangen gehalten?«, frage ich und muss ein Knurren unterdrücken. Warum bin ich noch nicht früher darauf gekommen? Hatte ich auf der Wiese am Schrein nicht Eves Rufen vom Wasser aus gehört? Ich habe es später als bloße Einbildung abgetan, aber wenn ich jetzt darüber nachdenke …

»Aber warum sollte das Luftvolk sie gefangen halten? Wäre es für sie nicht viel effizienter, wenn sie den feindlichen Hüter einfach töten?«, fragt Vincent und tippt sich mit dem Zeigefinger ans Kinn, eine Bewegung, die er immer macht, wenn er nachdenkt.

»Evelyn kannte den Mann vom Luftvolk. Sie hat mit ihm im Kerker gesprochen.«

Mein Kopf fährt sofort zu Narissa herum. »Warum erzählst du uns das erst jetzt?«, schreie ich und balle meine Hände zu Fäusten, um mich davon abzuhalten, diese Frau zu packen und zu schütteln, bis ihre Zähne aufeinanderklappen. Mit aller Kraft kämpfe ich die Wut nieder, die in mir brodelt. So eine wichtige Information und Narissa hält es anscheinend nicht für nötig, sie mit uns zu teilen.

»Evelyn wollte nicht, dass ich euch davon erzähle«, sagt sie dann und hebt beide Hände, wahrscheinlich, um mich zu beruhigen. »Sie hat mich gebeten, euch nichts zu sagen, und ich habe es ihr versprochen. Ich habe auch gar nicht mehr an dieses Gespräch gedacht, bis Vincent mich eben wieder darauf gebracht hat.«

»Aber woher soll Eve denn einen vom Luftvolk kennen? Sie war die ganze Zeit bei mir. Außer bei dem Angriff auf den Tempel und bei der Sache am See, hat sie niemals jemanden von einem der anderen Völker getroffen«, erkläre ich, während in meinem Kopf alles durcheinanderwirbelt.

»Sie sagte, er wäre auch aus ihrer Welt.«

Ich starre Narissa an, die die Arme vor der Brust verschränkt hat und mich herausfordernd mustert. Wenn dieser Kerl vom Luftvolk, den sie im Kerker getroffen hat, auch aus ihrer Welt ist, bedeutet das …

»Einer der anderen Hüter?« Vincent spricht es vor mir aus. Er ist zum gleichen Schluss gekommen wie ich.

Narissa wiegt den Kopf hin und her. Wahrscheinlich hat er voll ins Schwarze getroffen, doch sie will noch immer nicht mit der Sprache rausrücken. »Möglich. Aber die beiden mochten sich nicht. Evelyn hat ihn weggeschickt, obwohl er ihr angeboten hat, sie aus dem Kerker zu holen.«

»Der Schrein …«, murmle ich, während eine Idee in meinem Kopf Form annimmt, »der war doch direkt am Meer. Wäre es nicht viel wahrscheinlicher, dass sie vom Wasservolk entführt wurde?«

Vincent berührt mich an der Schulter. »Keine voreiligen Schlüsse, Bruder! Noch mal: Welchen Sinn sollte es haben, einen feindlichen Hüter am Leben zu lassen? Ich bezweifle, dass sie irgendwo gefangen gehalten wird.«

»Was willst du damit sagen?« Mit einem Ruck schüttle ich seine Hand ab, weil ich seine Berührung gerade nicht ertragen kann. »Dass sie tot ist?«

Begütigend hebt er die Hände. »Beruhige dich, Luc! Niemand sagt, dass sie tot ist. Das hätten wir gespürt, oder nicht? Oder wären selbst tot … So ganz genau wissen wir nicht, wie die Hüter-Wächter-Beziehung funktioniert, weil wir keine Aufzeichnungen darüber haben. Sicherlich lebt Eve noch. Wir können sie nur nicht finden …«

»Aber wie sollen wir in den Ländern des Luft- und Wasservolkes nach ihr suchen? Vorausgesetzt, sie ist dort. Es ist für uns praktisch unmöglich, dorthin zu gelangen«, wirft Narissa ein. »Selbst wenn wir einen Fuß auf feindliches Gebiet setzen könnten, würden wir sofort angegriffen werden.«

Ich schlage mit der Faust gegen die Hauswand und ignoriere den Schmerz, der sich ausgehend vom Handgelenk meinen Arm hinauffrisst.

Dann kommt mir eine Idee. »Kommst du noch in den Palast, Narissa?«

Sie zögert einen Augenblick und mustert mich mit zusammengezogenen Augenbrauen. »Schon möglich. Offiziell müsste ich immer noch die Kommandantin sein. Worauf willst du hinaus?«

Ich verziehe den Mund zu einem einseitigen Grinsen. »Wir fragen den König. Wenn er wirklich Beziehungen zum Luftvolk unterhält, wird er wissen, ob sie Eve dort gefangen halten. Ansonsten nehmen wir uns das Wasservolk vor.«

»Und wie sollen wir das machen?«, quengelt Vincent dazwischen, noch ehe ich meinen Satz beendet habe.

Ich wirbele zu ihm herum, packe ihn am Hemd und beuge mich ganz nah zu ihm herab. Nur mit Mühe kann ich den Drang, ihn hier und jetzt zu schlagen, niederkämpfen. Ich habe sein Gejammer und *Was wäre wenn?* so satt! »Ich habe keine verdammte Ahnung, *wie* wir es machen sollen! Ich weiß nur, *dass* wir es endlich machen müssen! Selbst *du* musst es doch auch spüren! Jeden Tag werden wir schwächer. Wir können nicht weiterhin einfach dasitzen und nichts tun!«

Vincent sinkt bei jedem meiner Worte weiter in sich zusammen, bis er nichts weiter als ein Häufchen Elend ist. »Ja, schon, aber–«

»Wenn ich noch einmal ein *Aber* aus deinem Mund höre«, unterbreche ich ihn knurrend, »schlage ich dir die Zähne ein, ist das klar? Wir können uns kein Zögern mehr leisten!«

Vincent schluckt sichtbar und nickt dann. Ich entlasse ihn aus meinem Klammergriff und er stolpert ein paar Schritte zurück. Es tut mir in der Seele weh, dass ich meinen Bruder so hart rannehmen muss, aber ich kann nicht erlauben, dass er uns weiterhin aufhält. In ihm steckt so viel mehr, das weiß ich, doch momentan scheint die Suche nach Eve und das bloße Dasein als Wächter zu viel für ihn zu sein.

Es muss etwas passieren. Sofort.

Oder wir werden alle die Konsequenzen zu spüren bekommen.

Fünfzehn

In den Palast zu gelangen, war viel einfacher, als ich gedacht hatte. Schwierig gestaltete sich nun das Hinauskommen.

Narissa kam spielend leicht an den Wachen vorbei, indem sie Vincent und mich als gefangene Diebe ausgab. Im Inneren des Palastes lotse sie uns durch die verwinkelten Gänge. Immer wieder blieb ich stehen und musste mich daran hindern, irgendwelche dieser funkelnden Schätze tatsächlich einzustecken. Nur einer dieser goldenen Kelche, dessen Griff mit riesigen Edelsteinen besetzt war, würde meine Eltern für mehrere Jahre ernähren können! Und hier stand er auf einer Vitrine herum und setzte Staub an.

Die Welt ist so ungerecht …

Nach einer gefühlten Ewigkeit, die wir durch immer gleich aussehende Gänge geirrt sind, bleibt Narissa nun vor einer großen Doppeltür stehen und dreht sich zu uns herum.

»Egal, was passiert: Überlasst mir das Reden«, fordert sie uns auf und reckt ihr Kinn, als ich gerade protestieren will.

Mir ist nicht wohl dabei, alles ihr zu überlassen. Was, wenn sie uns geradewegs in unser Verderben führt? Sie mag zwar ein Wächter sein, aber im Grunde weiß ich nichts über sie. In der Vergangenheit ist sie einige Male sehr unschön mit Eve aneinandergeraten und ich mache mir insgeheim Sorgen, ob für sie die Suche nach Eve genauso wichtig ist wie für mich. Narissa ist in meinen Augen die große Unbekannte in unserer Gruppe, und nun vollkommen von ihr abhängig zu sein, verursacht mir Übelkeit.

Doch ich nicke knapp als Zeichen, dass ich sie verstanden habe, während ich mir im Kopf bereits einen Notfallplan zurechtlege. Hoffentlich habe ich mir den Weg hierher durch diesen Gängeirrgarten richtig gemerkt, sodass ich mit Vinc so schnell wie möglich verschwinden kann, sollte sie uns wirklich in den Rücken fallen.

Ich bin gerne auf alle Eventualitäten vorbereitet und das hat mir schon mehr als einmal das Leben gerettet.

Ich gebe Vincent möglichst unauffällig ein Zeichen, dass er sich an mich halten soll, wenn etwas schiefgeht. Er nickt und ein wenig Anspannung fällt von mir ab.

Narissa legt je eine Hand an eine Türseite und stößt sie beide auf, ehe sie vorangeht. Unter gesenkten Lidern schaue ich nach links und rechts. Wir befinden uns in einem großen Saal, doch ich kann niemanden entdecken, weder einen der Adligen noch einen der Wachen.

Was sollen wir hier? Will sie uns doch in die Irre führen? Warten hinter diesen Säulen vielleicht schon Soldaten, die uns gleich überwältigen werden?

Wie von selbst, fahren meine Hände an die Seite, wo meine beiden Kurzschwerter hängen. Ich musste sie dank Eves Kräften schon lange nicht mehr verwenden und hoffe, dass meine Fertigkeiten nicht allzu eingerostet sind.

Dann sehe ich ihn.

Eine Gestalt sitzt auf dem ausladenden Thron auf dem Podium direkt vor uns. Den Kopf auf eine Hand gestützt, beobachtet er uns aus zusammengekniffenen Augen und mit gekräuselten Lippen, als wären wir Insekten, die sich gerade über seinen Nachtisch hermachen wollen und die er nun zerquetschen will, doch ich lasse mich davon nicht einschüchtern. Wenn er alleine ist, ist er keine Bedrohung.

Ich bedeute Vincent mit einer kleinen Handbewegung, weiter hinten zu bleiben, damit er im Falle eines Falles seine Wurfkarten einsetzen kann. Im Nahkampf ist er nicht zu gebrauchen. Er nickt und bleibt neben einer der Säulen stehen; eine Hand schwebt über der Tasche an seinem Gürtel, in der er seine Karten verstaut hat.

»Majestät«, sagt Narissa mit lauter Stimme, die im leeren Saal widerhallt, und fällt beinahe anmutig auf ein Knie.

Ich denke nicht einmal im Traum daran, es ihr gleichzutun, und fixiere den Mann auf dem Thron. Er ist jung, viel jünger, als ich es vermutet hätte. *Das* soll unser König sein? Er ist vielleicht so alt wie ich und ich wette, er hat nicht einmal die Hälfte von dem erlebt, was ich bereits durchmachen musste. Ich sehe es in seinen Augen, die hochnäsig auf uns hinabblicken. Aber ich muss mich zusammenreißen, vielleicht ist er die einzige Verbindung zum Himmelsvolk und damit zu Eve.

»Was willst du hier, Narissa?«, fragt er, nachdem sein Vorhaben, mich mit bloßen Blicken zu erdolchen, fehlgeschlagen ist. Nicht eine Sekunde habe ich die Augen gesenkt, wie es sich eigentlich gehört hätte. »Hast du nicht dieser Hochstaplerin zur Flucht verholfen?«

Hochstaplerin? Von wem redet der Kerl da? Mein Blick schweift zu Narissa, die den Kopf gesenkt hat.

»Es stellte sich heraus, dass sie keine Hochstaplerin war, mein König«, antwortet sie und langsam dämmert es mir. Sie sprechen von Eve. Haben sie sie deswegen eingesperrt? Weil sie dachten, sie würde sich als falsche Hüterin ausgeben? Das ist doch lächerlich! Ein tiefes Grollen kommt aus meiner Kehle, ohne dass ich es aufhalten kann. Eve musste leiden, weil dieser Idiot dort vorne sie eingesperrt hat! Und Narissa … hat sie ihm etwa dabei geholfen? War sie es, die Eve in den Kerker gesteckt hat?

Mein flammender Blick begegnet ihren weit aufgerissenen Augen. Wieder und wieder schüttelt sie leicht den Kopf, um mir zu verstehen zu geben, dass ich mich zurückhalten soll, doch das kann ich nicht. Es fällt mir schon schwer genug, nicht zu diesem lächerlich prunkvollen Thron zu rennen, den angeblichen König zu packen und ihn windelweich zu prügeln.

Doch dann erinnere ich mich an das Versprechen, das ich Narissa vor ein paar Minuten gegeben habe. Sie will das Reden übernehmen und wir haben uns zurückzuhalten. Als ich dazu mein Einverständnis gab, wusste ich auch noch nicht, *wie* schwer mir das fallen würde. Ich knirsche mit den Zähnen, füge mich jedoch dann, ohne meine Schwerter loszulassen, doch ich werde mich zurücknehmen. Zumindest so lange, bis er mir einen Grund gibt, ihm sein perfektes Gesicht einzuschlagen.

Und ich weiß, dass dieser Grund früher oder später folgen wird.

Nachdem ich mich etwas zurückgelehnt habe, wendet der König seine Aufmerksamkeit wieder Narissa zu, die noch immer vor ihm kniet. »Wie kamst du zu der Annahme, dass es sich nicht um eine Betrügerin handelte?«

Ich sehe, wie Narissa schluckt. Wird sie ihm die Wahrheit sagen und sich damit selbst enttarnen? Ich bin mir sicher, dass ihr König noch nichts davon weiß, dass sie eine Wächterin ist. Wie wird er darauf reagieren? Schon als Narissa erzählte, dass der König mit den feindlichen Völkern paktieren würde, entwickelte sich in mir ein unwahrscheinlicher Hass gegen diesen Mann, der sein eigenes Volk verrät. Jetzt, als ich ihn vor mir sitzen sehe, wird dieser Hass nur noch bestärkt. Mir war gar nicht klar, dass ich zu so extremen Gefühlen überhaupt fähig bin.

»Hast du etwas mit ihrer Flucht zu tun?«, fragt der König dann, als Narissa ihm eine Antwort auf die letzte Frage schuldig bleibt. Seine Stimme ist schneidend und lauernd, so als kenne er die Antwort bereits, und mir stellen sich die Härchen im Nacken auf. Meine Hände umschließen die Schwerter unauffällig fester und meine Muskeln sind bereits zum Angriff gespannt. Ich kann Narissa zwar nicht einschätzen, aber sie ist eine Wächterin. Wenn er sie bedroht, bedroht er uns alle, und das werde ich niemals zulassen.

»Ich bin nicht wegen der Hüterin hier, Majestät«, versucht Narissa, die Situation zu retten. Auch sie spürt sicherlich die Feindseligkeit in der Stimme und der Haltung des Königs.

»Nicht? Nun, was hat dich dann wieder zu mir geführt, nachdem du deinen Posten schändlich vernachlässigt hast und einfach verschwunden bist?«

Narissa sinkt immer weiter in sich zusammen. Warum treffen sie die leeren Worte des Königs so sehr? Warum unternimmt sie nichts und steht endlich auf? Schließlich sind wir nicht wegen eines netten Pläuschchens hier, sondern um Informationen über Eves Aufenthaltsort zu bekommen. Ich muss mich sehr beherrschen, um nicht das Wort an mich zu reißen. Wir drehen uns im Kreis. Ich will endlich Antworten auf die Fragen, wegen denen wir hier sind!

»Es tut mir leid, dass Ihr dachtet, ich sei abtrünnig geworden, doch das Gegenteil ist der Fall.« Endlich steht Narissa auf – mir würden nach dem langen Knien alle Knochen wehtun – und deutet mit dem rechten Arm auf uns. Sofort bildet sich ein fester Klumpen in meinem Magen. Was zur Hölle hat sie vor? »Ich habe tatsächlich dem Mädchen, das sich für die Hüterin ausgegeben hat, zur Flucht verholfen und bin ihr gefolgt. Nun kann ich euch zwei der Wächter aushändigen.«

Ich bin unfähig zu reagieren. Alles, was ich zustandebringe, ist, sie mit offenem Mund anzustarren, und ich bin mir sicher, dass es Vincent genauso ergeht. Habe ich mich eben verhört? Sie will uns *ausliefern*? Ist sie von allen Göttern verlassen?

In ihrem Gesicht suche ich nach irgendeinem Hinweis, dass es sich dabei um einen dummen Scherz handelt, doch ich kann nichts entdecken. Ihre dunklen Augen sind kalt wie Granit und ihre Miene ist versteinert.

Sie meint das wirklich ernst, schießt es mir durch den Kopf, und endlich schaffe ich es, meinen Mund wieder zuzuklappen. Wie kann das sein? Habe ich sie so falsch eingeschätzt? Sie ist eine Wächterin, verdammt noch mal! Ich habe ihre verwandelte Gestalt gesehen, als Eves Fuß verletzt war. Wie kann sie uns da so in den Rücken fallen? Sie hat doch die letzten Wochen genauso unter Eves Abwesenheit gelitten wie ich. Was soll das jetzt?

»Wachen!«, höre ich die Stimme des Königs rufen und sofort strömen Dutzende Soldaten in den Saal, als hätten sie nur auf den Befehl gewartet.

Eine Falle! Das war von Anfang an geplant!

»Wie kannst du es wagen?«, zische ich zwischen zusammengebissenen Zähnen in Narissas Richtung. Wie konnte ich mich nur so von ihr täuschen lassen? Ein Blick über meine Schulter bestätigt mir, dass zwar auch Vincent schon in Kampfposition gegangen ist, aber hinter ihm noch weitere Wachen Aufstellung genommen haben. Wir sind umzingelt. Die Ausgänge hinter und vor uns werden von mehreren Soldaten gesichert. Selbst wenn wir es schaffen sollten, uns den Weg zu einem Ausgang freizukämpfen, kommen wir niemals heil aus dem Palast heraus. Da draußen in den Irrgängen warten sicher noch weitere Wachen nur darauf, dass wir uns zeigen.

Wir sind erledigt. Verraten von einer von uns.

»Ergebt euch und sie werden euch kein Haar krümmen.« Narissas Stimme ist das Letzte, was ich gerade hören will. Ich wirbele zu ihr herum und starre in ihre reglose Maske, mit der sie mich mustert. Eiskalt und berechnend. Meine Augen huschen auf der Suche nach einem Ausweg durch den Saal, doch ich finde nichts. Kein Fenster, kein unbewachter Ausgang, nur Soldaten mit Speeren und Schwertern, die immer näher auf Vincent und mich zukommen.

Wütend und mit bebenden Muskeln schmeiße ich beide Schwerter zu Boden, wo sie klirrend einen Meter von mir wegrutschen. Zwei Soldaten schieben sie mit den Füßen noch weiter aus meiner Reichweite. Hinter mir höre ich, wie Vincents Stahlkarten ebenfalls scheppernd zu Boden fallen.

Ohne meinen hasserfüllten Blick von Narissa zu nehmen, werden mir die Arme schmerzhaft auf den Rücken verdreht und ich werde an den Händen gefesselt. Wenn ich vorhin noch verwundert darüber war, welchen Hass ich für den König empfinde, der Eve eingesperrt hat, so wird der Hass, der nun in meiner Brust tobt und sich gegen Narissa richtet, davon in den Schatten gestellt.

Soldaten schubsen uns vorwärts und ich habe Mühe, einen Fuß vor den anderen zu setzen. Wie in Trance wanke ich aus dem Saal und werde zusammen mit Vincent eine enge Steintreppe hinuntergestoßen.

Narissas kalte Onyx-Augen, die uns von oben herab gemustert haben, als wir gefesselt aus dem Saal geführt wurden, brennen sich in mein Gedächtnis. Als der Schlüssel zu unseren Zellen herumgedreht wird, ist mir klar, dass sie bitter dafür bezahlen wird, wenn sie es jemals wieder wagen sollte, mir gegenüberzutreten.

# # #

Ich weiß nicht, wie lange ich schon in dieser Zelle auf dem kalten, feuchten Steinboden hocke und mir alle erdenklichen Todesarten für Narissa ausmale. Mein knurrender Magen erinnert mich daran, dass es schon eine ganze Weile sein muss.

Noch immer kann ich nicht wirklich begreifen, was in diesem Saal geschehen ist. Egal, wie oft ich darüber nachdenke, es ergibt einfach keinen Sinn. Nicht nur, dass Narissa uns ausgeliefert hat, sondern auch unsere Gefangennahme. Was will der König mit uns? Ich meine, sollte er nicht froh sein, dass es uns gibt? Durch uns kann nach Jahrhunderten endlich die Göttin Gaia wiedererweckt und unser Volk zu Wohlstand geführt werden. Sollte er das als König nicht auch wollen und uns unterstützen, anstatt uns Steine in den Weg zu legen? Was geht in dem kranken Kopf dieses Kerls nur vor?

Wenn er uns als Bedrohung betrachtet – warum auch immer! –, wäre es doch viel einfacher gewesen, uns in diesem Saal zu töten. Stattdessen steckt er uns in diese Zellen. Was erhofft er sich davon? Was will er von uns?

Ich gebe ein unwirsches Schnauben von mir, weil mein Kopf vor lauter Fragen bestimmt schon qualmt. Auf keine davon werde ich hier unten in diesem feuchten Loch eine Antwort bekommen, also sollte ich endlich damit aufhören, mich zu quälen.

»Bist du in Ordnung, Luc?«, fragt Vincent aus der Zelle neben meiner. Wir können uns durch die Gitterstäbe sehen, zumindest schemenhaft, denn eine wirkliche Lichtquelle haben wir hier unten nicht.

Ich überschlage die Beine zu einem Schneidersitz und atme tief ein, ehe ich antworte: »Schau dich um. Sieht das für dich in Ordnung aus?«

»Nein.« Seine Antwort kommt zögerlich, als müsse er tatsächlich darüber nachdenken. »Hast du schon einen Plan, wie wir hier verschwinden können?«

Typisch Vincent! Schon immer hat er sich auf mich verlassen, wenn wir mal wieder bis zum Hals in Ärger steckten. Und das taten wir oft. Aber diesmal kann ich mit keinem grandiosen Plan auftrumpfen, der uns rettet. Wir sitzen hier fest, verraten von einer von uns, und ich weiß nicht, was ich daran ändern kann.

»Diesmal nicht, kleiner Bruder«, antworte ich mit hängendem Kopf. Kurz nachdem wir hier runtergeführt wurden, habe ich schon sämtliche Scharniere, Schlösser und Haltevorrichtungen überprüft: Alle sitzen fest, nichts ließe sich aushebeln oder herausbrechen. Scheint wirklich so, als würden wir auf ewig hier festsitzen.

»Narissa wird uns rausholen«, sagt Vincent in die Stille.

Im ersten Moment denke ich, dass er einen Witz gemacht hat und fange beinahe an, laut zu lachen, doch als er nichts weiter sagt, merke ich, dass er es wirklich ernst gemeint hat. Und langsam beginne ich, an seiner Intelligenz zu zweifeln, Bruder hin oder her.

»Falls du es nicht mitbekommen hast«, knurre ich dann, ohne ihn anzusehen, »sie hat uns ans Messer geliefert. Sie ist daran schuld, dass wir in diesem Loch sitzen und uns wahrscheinlich den Tod in dieser Eiseskälte holen!«

»Das glaube ich nicht«, sagt er mit einer ruhigen Stimme, die mich nur noch wütender macht. Er klingt, als würde er einem seiner Novizen zum zehnten Mal etwas erklären. Ich hasse es, wenn man so mit mir spricht, und ich balle die Hände zu Fäusten. »Ich denke, sie hat einen Plan«, fährt er dann fort. »Schließlich ist sie eine Wächterin, eine von uns. Ich bin mir sicher, dass sie uns absichtlich hat einsperren lassen, dass sie einen Plan hat.«

Der Drang, meinen Kopf gegen die Steinmauer zu schlagen, damit ich mir diesen Blödsinn nicht mehr länger anhören muss, wird beinahe übermächtig. Wie kann man so blauäugig sein? War er geistig nicht anwesend, als Narissa uns hat gefangen nehmen lassen? Da gibt es nichts schönzureden! Sie ist eine Verräterin, war es von Anfang an! Wer weiß, was sie dem König alles erzählt hat. Wie kann er sie angesichts dieser Tatsachen noch in Schutz nehmen?

Der Lichtschein einer Fackel erscheint am Treppenaufgang und ich hebe misstrauisch den Kopf. Wie von selbst fahren meine Hände an die Seite, greifen jedoch ins Leere. Natürlich, sie haben uns die Waffen abgenommen, bevor sie uns eingesperrt haben. Wir sind absolut schutzlos. Im Notfall kann ich mich auf meine Fäuste verlassen, aber Vincent … Ich werfe schnell einen Blick zur Seite, bevor ich mich wieder auf den näher kommenden Lichtkegel konzentriere. Er ist kein Kämpfer, war es nie. Von klein auf wurde er als Priester erzogen und besitzt nicht die körperliche Stärke wie ich. Wenn es hart auf hart kommt, weiß ich nicht, ob ich auch ihn hier rausbringen kann.

Ich kneife meine Augen zu Schlitzen zusammen und hebe schützend eine Hand, denn das helle Licht brennt darin. Wie lange wir wohl schon hier unten gefangen sind?

Klirrend fällt etwas auf den Steinboden und ich zucke erschrocken zusammen. Damit habe ich nicht gerechnet. Vorsichtig taste ich danach und bin verwirrt, als sich meine Finger um den bekannten Ledergriff eines meiner Schwerter legen. Mit gerunzelter Stirn schaue ich wieder zu der Gestalt, die im Schein der Fackel steht. Beinahe zeitgleich scheppert es auch in Vincents Zelle und ich sehe durch die Gitterstäbe, wie er seine Stahlkarten vom Boden aufsammelt.

Was um alles in der Welt geht hier vor?

»Versteckt die Waffen«, sagt Narissa leise und beim Klang ihrer Stimme muss ich ein Knurren unterdrücken. Am liebsten würde ich jetzt an die Gitterstäbe springen, meine Arme ausstrecken und meine

Hände fest um ihren Hals legen. Sie ist schuld, dass wir hier festsitzen! Aber warum gibt sie uns unsere Waffen zurück?

»Was willst du hier?«, frage ich lauernd und kann gerade noch das *Verräterin*, das eigentlich noch in der Frage mit aus meinem Mund schlüpfen wollte, zurückhalten.

»Er kommt gleich. Seid bereit.« Mit diesen Worten dreht sie sich um und steigt die Treppe wieder hinauf. Ihre Schritte hallen blechern durch den kleinen Raum.

»Wer kommt?«, fragt Vincent verwirrt von der Zelle neben mir, doch ich kann nur mit den Schultern zucken. Ich habe keine Ahnung. Was sollte das eben?

Immer noch ratlos, schaue ich nach unten auf meine beiden Schwerter. Vielleicht könnte ich damit das Zellenschloss …

Ein weiteres Geräusch lässt mich zusammenfahren. Wieder wird die dicke Holztür am oberen Treppenabsatz geöffnet, nur kurz nachdem Narissa verschwunden ist. Auch wenn ich ihr kein Stück traue, befolge ich ihre Anweisung und stecke die beiden Kurzschwerter hinter meinem Rücken in den Gürtel, sodass sie von vorne nicht zu sehen sind. Vincent folgt meinem Beispiel, klaubt die letzten Karten vom Boden auf und lässt sie in den Ärmeln seines Gewandes verschwinden.

Wie gebannt starren wir auf die Treppe, von der sich Schritte nähern. Kratzend und schleifend, als würde man Metall über Stein ziehen. Das Geräusch lässt mir einen Schauer über den Rücken laufen.

Jeder Muskel in meinem Körper ist angespannt und meine Kehle fühlt sich wie ausgedörrt an, während ich hastig versuche zu schlucken. Ich weiß nicht, was mich nun erwartet, und das macht mich nervös.

Als erstes sehe ich verformte Füße, die den Steinboden betreten und in Krallen enden, die dieses schauderhafte Geräusch verursachen. Ich halte den Atem an und lasse meinen Blick höher wandern. Schwarze, ledrige Schwingen ragen aus seinem Rücken und schlucken einen Großteil des spärlichen Fackellichts, sodass sein Gesicht im Schatten liegt.

Zischend lasse ich die Luft entweichen. Einer vom Luftvolk! Was tut er hier im Schloss unseres Königs? Wie ist das möglich? Das ist der Feind! Wie kann er …?

Er kommt ganz nah an meine Zelle und hängt lässig einen Arm zwischen den Gitterstäben hindurch, während er mich weiter stumm mustert. Meine Hände zucken bereits, so gerne möchte ich nach hinten greifen, meine Schwerter ziehen und sie ihm in den Leib rammen.

Doch dann dämmert mir, was er hier will.

»Bist du … ein Hüter?«, frage ich vorsichtig, ohne ihn aus den Augen zu lassen. Narissa hat davon erzählt, dass Eve, als sie ebenfalls in dieser Zelle saß, Besuch vom Hüter des Luftvolkes bekommen hatte. Ich gehe jede Wette ein, dass es sich hierbei um denselben Kerl handelt. Wenn das wahr ist, ist er aus Eves Welt.

»Ein ganz Schlauer, was?«, antwortet er, während er mich von oben herab betrachtet, doch ich denke gar nicht daran, aufzustehen. Mühelos halte ich seinem Blick stand, denn es liegt keinerlei Autorität darin, nur Überheblichkeit, und ich bin mir sicher, dass da nicht viel dahintersteckt.

»Was willst du?«, frage ich dann, als mir das Anstarr-Spielchen zu langweilig wird. Seine lässige Fassade bröckelt für einen kurzen Augenblick und ich kann mir ein flüchtiges Grinsen nicht verkneifen. Ja, ich habe ihn richtig eingeschätzt: Er hält sich für etwas Besonderes, aber das ist nichts als heiße Luft. Und so jemand hat meiner Eve Angst eingejagt?

Moment … *meine* Eve?

»Ihr seid zwei ihrer Wächter, nicht wahr?« Er schlendert nach drüben zu Vincents Zelle. Vielleicht denkt er, dass er ihn eher einschüchtern kann als mich. Soll er es doch versuchen! Vincent mag zwar kein körperlicher Kämpfer sein, aber seine Willenskraft ist weitaus höher als meine. Während ich gerne gleich an die Decke gehe, bleibt er ruhig und gelassen. An ihm wird sich dieser Flügelmann die Zähne ausbeißen.

Ich sehe, wie Vincent trotzig das Kinn vorschiebt. Auch er sitzt noch immer auf dem Boden und muss zu dem Kerl, den ich für den Hüter des Luftvolks halte, aufsehen. Doch das schüchtert meinen Bruder nicht ein. »Und wenn es so wäre?«

Der Kerl fletscht die Zähne und ich grinse wieder. Seine Geduld mit uns scheint erschöpft zu sein. Ich bin schon ganz gespannt darauf, was er als nächstes tun wird; vielleicht kann ich dann endlich mal wieder meine Waffen benutzen.

»Ihr werdet mir jetzt auf der Stelle antworten!«, donnert er und ich breche nun vollends in schallendes Gelächter aus. Der Kerl ist einfach nicht ernst zu nehmen! Und so was hat das gefürchtete Luftvolk zu seinem Hüter gemacht? Wütend stapft er zurück zu meiner Zelle und stemmt sich gegen die Gitterstäbe. »Warum lachst du so blöd?«

Seine Stimme klingt schneidend, doch anstatt damit aufzuhören, muss ich nur noch mehr lachen. Ich stütze mich mit den Händen ab und komme auf die Beine. Bevor ich näher auf ihn zugehe, klopfe ich mir in aller Seelenruhe den Staub von der Hose, immer darauf bedacht, ihm nicht meinen Rücken zuzuwenden, damit er meine Waffen nicht sehen kann.

Als ich vor ihm stehe, bemerke ich erst, wie klein er ist. Fast eine ganze Kopflänge muss ich nach unten blicken und ich sehe mit Genugtuung, wie sich seine Pupillen kurz verengen. Anscheinend hat er mich unterschätzt, während ich im Schneidersitz auf dem Boden saß. Seine ganze Gestalt ist unscheinbar, schmächtig und nichtssagend. Ich habe irgendwie erwartet, dass alle Hüter, die aus einer anderen Welt kommen, eine Erscheinung sind wie Eve mit ihren feuerroten Haaren und ihrem unerschöpflichen Temperament, doch dieser Kerl scheint gar nichts besonderes an sich zu haben. Seine Haare sind kurzgeschoren und dunkel, ebenso wie die Augen. Doch anders als in Narissas schwarze Onyx-Augen, liegt keinerlei Glanz in seinen. Stumpf blicken sie mir entgegen und mustern mich ebenfalls. Abgesehen von den ausladenden Schwingen und den gekrümmten Beinen, die in Krallen enden, wäre er von einem normalen, langweiligen Menschen nicht zu unterscheiden. Und so jemand soll aus einer anderen Welt kommen und ein Hüter sein?

Gerade als er einen Schritt zurückweichen will, lasse ich meine rechte Hand nach vorne schnellen und packe ihn am Kragen seines Priesterwamses, um ihn wieder näher ans Gitter zu ziehen. Damit hat er nicht gerechnet, denn er öffnet und schließt hektisch den Mund, ohne dass auch nur ein einziger Ton herauskommt.

Vincent ist mittlerweile auch aufgestanden und mit jeweils einer seiner Karten an das Trenngitter zu meiner Zelle getreten. Betont langsam greife ich hinter mich und ziehe eines meiner Schwerter aus dem Gürtel.

Der Kerl schluckt angestrengt, als ich die Waffe direkt vor ihn halte und mich zu ihm herunterbeuge. »Also, *Hüter*«, ich lege so viel Missachtung wie möglich in dieses eine Wort, »du warst es also, der Evelyn in dieser Zelle bedroht hat.« Blanke Panik hat Besitz von seinen Zügen ergriffen, während sein Blick zwischen Vincent und mir hin und her schnellt.

»W-Wer ist Evelyn?«, stammelt er.

Für einen Augenblick halte ich inne. Stellt er sich dumm? Oder weiß er wirklich nicht, von wem ich rede? Ich verstärke den Griff um seinen Kragen. »Ich rede von unserer Hüterin Nemesis!«

Erkenntnis huscht über seine Miene. Also war er es. Ich ziehe meinen Arm nach hinten, wodurch er mit seinem Gesicht gegen die Gitterstäbe gepresst wird. Als er ein leises Wimmern von sich gibt, halte ich ihm die Spitze meines Schwertes gegen die Wange. »Wo ist sie?«, knurre ich.

»W-Wo ist wer?«

Schon wieder dieses dämliche Frage-Antwort-Spielchen! Ich will Antworten, sofort! »Unsere Hüterin«, schreie ich ihn an, woraufhin er zusammenzuckt.

»Woher soll ich das wissen?«, nuschelt er undeutlich, da sein Mund gegen den kalten Stahl der Stäbe drückt.

Mit der Spitze des Schwerts ritze ich in seine Wange, woraufhin ein kleines Rinnsal roten Blutes herausläuft. Ich ziehe scharf die Luft zwischen den Zähnen ein. *Rotes Blut!* Also ist er *tatsächlich* aus Eves Welt und ein Hüter! Ich werfe einen schnellen Blick zu Vincent, der kaum merklich nickt. Wir stehen nun vor einem ziemlichen Dilemma.

Ich bedrohe hier gerade den Hüter – ich wollte es ihm ja nicht glauben – eines anderen Volkes, in der Hoffnung, dass er etwas über Eves Aufenthaltsort preisgibt. Ich weiß, dass es keine gute Idee ist, weiterzumachen, und dass ich mir eine Menge Ärger einhandeln werde, doch ich kann nicht anders. Er ist meine einzige Chance, zu erfahren, ob Eve in der Gewalt des Luftvolkes ist oder nicht. Mir ist durchaus bewusst, dass meine Handlungen einen Vergeltungsangriff zur Folge haben könnten, aber das kümmert mich gerade nicht im Geringsten. Das einzige, was ich will, ist, Eve wiederzusehen, koste es, was es wolle.

»Du wirst mir jetzt auf der Stelle sagen, wo sie ist, oder ich schwöre dir, dass du nie wieder hier rauskommen wirst«, knurre ich. Meine beiden Hände zittern vor Anspannung. Was, wenn er wirklich nichts weiß? Kann ich ihn dann einfach gehen lassen? Wohl eher nicht. So wie ich ihn einschätze, würde er sofort zum Luftvolk rennen und einen erneuten Angriff anzetteln. Ich sollte ihn töten, sobald ich meine Antwort habe. Ja, das wäre das Beste, doch kann ich einen anderen Hüter einfach so töten? Kann es wirklich so leicht sein?

»Ich hab keine Ahnung, wo sie ist!«, stammelt er und versucht sich aus meinem Klammergriff zu winden, wobei er immer wieder mit dem Kopf gegen die Gitterstäbe stößt. »Bitte, du musst mir glauben! Ich habe sie zum letzten Mal hier in dieser Zelle gesehen. Danach nicht wieder. Das ist die Wahrheit!«

Verdammter Mist! So wie er jammert, weiß er wirklich nicht, wo Eve steckt. Ich habe so sehr gehofft, dass wir einen Hüter-Austausch hätten vornehmen können, doch nun ist diese Hoffnung zerstört. Ich bin wieder bei null, ohne zu wissen, wo Eve ist und wie es ihr geht. Und nun stehe ich auch noch vor der Entscheidung, was ich mit diesem Jammerlappen machen soll.

Gerade als ich mein Schwert hebe, kreischt er auf. »Warte, warte, warte!« Ich halte sofort inne und eine dumme Hoffnung keimt erneut in mir. Weiß er doch was? »Ich habe keine Ahnung, wo sie steckt«, augenblicklich packe ich ihn fester und er versucht, sich wegzuducken, »aber ich habe etwas gehört.«

»Was?«, knurre ich. Sekunden verstreichen, in denen er schweigt und mich mit angsterfüllten Augen mustert. *Sag endlich, was du weißt, verdammt!*

»Ich habe gehört, dass der andere Hüter, der der Fischköpfe, heiraten will.«

»Warum sollte mich das interessieren?«, schnappe ich.

»Weil er nicht irgendwen heiratet, sondern einen anderen Hüter.«

Ich bin so perplex, dass ich ihn um ein Haar losgelassen hätte. Was hat er gerade gesagt? Weil sich meine Gedanken wie wild überschlagen, blicke ich hilfesuchend zu Vincent, der merklich bleich geworden ist.

»Wann soll das stattfinden?«, fragt mein Bruder, als ich kein Wort über die Lippen bringe. »Antworte!«

»Ich habe keine Ahnung! Es ist nur ein Gerücht, nichts weiter. Warum sollte Thunderstrike die kleine Nemesis heiraten wollen?«

Sein Gejammer geht mir allmählich auf die Nerven. Was faselt er da? Thunder-wer? »Gerücht oder nicht, du wirst mir jetzt auf der Stelle alles erzählen, was du weißt! Sofort!«

»Ist ja schon gut!«, jammert er und versucht, sich erneut aus meinem Griff zu befreien, doch meine Muskeln sind mittlerweile so verkrampft, dass ich meine Hand nicht einmal öffnen könnte, wenn ich es gewollt hätte. »Ich habe es von einem aus meinem Volk gehört, der an der Grenze zum Fischland Handel treibt. Es wird erzählt, dass Thunder– … ähm … der Hüter der Fischköpfe einen anderen Hüter gefangen hat und ihn zu seiner Frau machen will, um so den Krieg zu beenden.«

Beinahe sacken meine Beine unter mir weg. Mein Magen fühlt sich an, als würde ich aus einer großen Höhe hinunterspringen. Kann ich dem, was der Kerl gerade gesagt hat, wirklich glauben? Doch viel wichtiger ist die Frage: Macht Eve da freiwillig mit? Immerhin besteht die Chance, dass sie auch den anderen Hüter kennt, dem ich bisher noch nicht begegnet bin. Konnten wir sie vielleicht deshalb nicht finden, weil sie freiwillig dort bleibt und uns deswegen keine Nachricht schickt?

»Luc.« Vincents Ermahnung reißt mich aus meinen Gedanken und ich schüttle kurz den Kopf, um wieder klar zu werden, und mich auf das Hier und Jetzt zu konzentrieren. »Was machen wir mit ihm?« Mit dem Kinn deutet er auf den Hüter, den ich noch immer gepackt habe.

Ich habe keine Ahnung. Egal, ob wir ihn laufen lassen oder töten: Das Luftvolk wird sich für das rächen, was wir ihm angetan haben. Dummerweise wird die Vergeltung nicht nur uns treffen, sondern garantiert auch Unschuldige.

Vincent bemerkt mein Zögern und wirft eine seiner Karten durch die Gitterstäbe, sodass sie den Schulter des Hüters streift und eine kleine Wunde hinterlässt. Als wäre er tödlich verletzt, jault er auf und greift mit einer Hand nach der Verletzung, aus der gerade so ein paar rote Blutstropfen quellen. Wie gebannt starre ich auf diese Farbe, wie auch damals schon bei Eve.

»Hör mir zu, Hüter, ich sage das nur einmal.« Vincents Stimme vibriert geradezu, als er den Kerl aus zusammengekniffenen Augen mustert. Ich spüre sein hektisches Schlucken an meiner Hand. »Du wirst jetzt gehen und niemandem hiervon erzählen. Wir schenken dir dein Leben im Austausch für deine Verschwiegenheit. Wenn du es wagen solltest, uns oder einen unseres Volkes anzugreifen, werden wir dich finden und das beenden, was wir angefangen haben. Ist das klar?«

Ich will ihm am liebsten widersprechen, ihm sagen, dass wir es hier und jetzt beenden sollten. Ein Hüter weniger bringt uns unserem Ziel, die Göttin Gaia zu erwecken, sehr viel näher. Doch ich schweige, denn insgeheim möchte ich ihn nicht töten. Er war nützlich. Durch ihn haben wir immerhin einen Anhaltspunkt, wo wir suchen müssen.

Mit Zwang öffne ich meine schmerzenden Finger und er befreit sich hastig aus meinem Klammergriff, geht drei Schritte zurück und mustert uns mit mörderischem Blick. Als ich denke, dass er nun zu einem Vergeltungsschlag ausholen wird, sirrt eine weitere von Vincents Karten durch die Luft und bleibt in der Wand direkt neben dem Ohr des Hüters stecken.

»Ich hoffe, ich habe mich deutlich ausgedrückt, Hüter. Diesmal lassen wir dich gehen, weil du uns wichtige Informationen beschafft hast. Aber beim nächsten Mal werden wir nicht so nachsichtig sein.«

Der Kerl bedenkt Vincent mit einem finsteren Blick, ehe er herumwirbelt, losläuft und zwei Stufen auf einmal nehmend aus dem Kerker verschwindet, wobei seine Kralle über den Stein schleifen.

Erst als die Tür wieder ins Schloss fällt, atme ich auf und die Anspannung fällt von mir ab. Meine Beine tragen mich nicht mehr und ich sacke kraftlos zu Boden.

»Alles klar?«, fragt Vincent und ich bringe ein schwaches Nicken zustande.

Ich stütze den Kopf in die Hände, während die Worte des Hüters wieder und wieder in meinen Ohren gellen. Evelyn wird die Frau eines anderen. Geschieht mir ganz recht! Ich habe sie von mir gestoßen, als sie mir sagte, dass sie mich liebt. Ich habe keinerlei Anspruch auf sie. Es sollte mir also nichts ausmachen. Warum fühlt es sich dann so an, als würde man mir das Herz herausreißen?

Wieder öffnet sich die Tür am Treppenansatz und jemand kommt herunter. Schnell lassen Vincent und ich unsere Waffen wieder verschwinden.

Die Arme in die Hüfte gestemmt, baut sich Narissa vor meiner Zelle auf und mustert meine zusammengesunkene Gestalt. Sicherlich gebe ich ein Bild des Jammers ab.

»Habt ihr die Informationen erhalten, die wir benötigten?«, fragt sie dann Vincent.

Wir? Es gibt kein *Wir*! Sie ist eine Verräterin!

Gerade als ich ihr das an den Kopf schleudern will, höre ich Vincent sagen: »War das dein Plan? Hast du uns hier einsperren lassen, damit wir den anderen Hüter treffen konnten?«

Narissa nickt. »Ich habe vermutet, dass er noch immer gemeinsame Sache mit unserem König macht und dass er sich die Chance, gleich zwei andere Wächter zu treffen, nicht nehmen lassen wird.« Ihr Blick gleitet wieder zu mir. »Ich hatte recht. Und da er vorhin aus dem Schloss geflüchtet und nicht tot ist, vermute ich, dass er nützliche Informationen hatte. Wissen wir nun, wo Eve ist?«

»Wir haben einen Hinweis. Ein Gerücht. Vielleicht ist es falsch, aber es ist besser als nichts«, antwortet Vincent.

Wie durch einen Schleier höre ich das metallische Quietschen der Zellentüren, die Narissa aufschließt.

»Steh auf!«, herrscht sie mich an, als ich mich keinen Zentimeter bewege. »So wirst du sie nicht retten können.«

Sie soll den Mund halten. Eve will nicht gerettet werden. Sie will einen anderen heiraten. Sie hat ihre Mission und uns, ihre Wächter, vergessen. Warum soll ich sie dann also retten wollen? Welchen Sinn hat das? Ich habe meine Chance bei ihr verspielt.

Vincent legt Narissa eine Hand auf die Schulter und ich runzle die Stirn. Diese Geste hat etwas Vertrautes, beinahe Intimes, und die Art, wie sie ihn ansieht, versetzt mir einen Stich. Habe ich da etwas verpasst?

»Was habt ihr erfahren, dass er so neben sich steht?«, fragt sie Vincent dann, als ich immer noch keine Anstalten mache, aufzustehen und aus der Zelle zu kommen.

»Nichts Gutes. Angeblich soll Eve den Hüter des Wasservolkes heiraten«, erklärt Vincent ihr.

»Was?« Narissas Aufschrei gellt in meinen Ohren und am liebsten hätte ich sie mir zugehalten. »Das kann doch nicht dein Ernst sein! Ich dachte, sie würde …« Ihr Blick huscht zu mir und ich begegne ihm eiskalt. Was dachtest du? Dass sie mich will? Ich schlucke bittere Galle hinunter. Das war vielleicht einmal so. Scheinbar haben sich die Dinge aber ziemlich schnell geändert.

»Wir sollten keine voreiligen Schlüsse ziehen«, sagt Vincent zu Narissa, sieht dabei aber mich an. In seinem Blick liegt so viel Mitleid und gleichzeitig auch Verständnis, dass mir beinahe schlecht wird. »Viel wichtiger ist es, Eve so schnell wie möglich zu finden. Bestimmt wird sie gegen ihren Willen gefangen gehalten.«

Ja, wer's glaubt …

Narissa stupst mich mit ihrer Fußspitze an. »Aufstehen, Wächter! Unsere Hüterin muss gerettet werden.«

Widerwillig komme ich auf die Füße und folge den beiden die Steintreppe hinauf. Mit jedem Schritt nimmt das ungute Gefühl in meinem Magen zu. Ich teile ihre Ansicht, dass Eve gegen ihren Willen dort festgehalten wird, nicht, doch ich muss mich mit eigenen Augen davon überzeugen. Ich muss sie wiedersehen, auch wenn es mir das Herz zerreißt.

Sechzehn

Wir sind wieder zurück am Schrein der Göttin, wo wir Evelyn damals verloren haben. Nichts hat sich geändert und dieser Ort weckt unschöne Erinnerungen. Wie gern würde ich das, was ich als letztes zu ihr gesagt habe, zurücknehmen, doch das ist unmöglich. Nicht, weil ich es nicht will, sondern weil es die Wahrheit ist, mit der ich leben muss. Kein Wort, das ich zu ihr in dieser Höhle gesagt habe, war gelogen, und doch brannte jedes einzelne davon wie Säure in meinem Mund.

»Wie sieht der Plan aus?«, fragt Narissa, die neben mir steht und ihren Blick über die weite Graslandschaft schweifen lässt, auf der der Eingang zum Schrein liegt.

Ich lasse die Schultern hängen. Warum kommt sie mit dieser Frage gerade zu mir? Ich habe keinen Plan. Ich will nicht einmal hier sein! Auf dem Weg hierher habe ich mehr als einmal darüber nachgedacht, wie es wäre, einfach zu verschwinden und zurück zu meinen Eltern zu gehen, um Vaters Mühle zu übernehmen. Der Wunsch, das Leben als Wächter und die Probleme mit Eve hinter mir zu lassen, wurde beinahe übermächtig, sodass ich mich zwingen musste, Vincent und Narissa zu folgen. Tief in mir glimmt eine Hoffnung, dass Eve vielleicht doch nicht aus freien Stücken im Land des Wasservolkes ist. Doch dann denke ich mir: Selbst wenn es so wäre, es würde nichts ändern. Zwischen ihr und mir kann nie etwas anderes sein als das, was wir haben. Sie ist die Hüterin und ich bin ihr Wächter, nicht mehr und nicht weniger. Auch wenn mir dieser Gedanke nicht gefällt, ist es doch für uns beide das Beste.

Ich wende mich von Narissa ab und stapfe Richtung Strand. Das Tosen der Wellen ist ohrenbetäubend und wird mit jedem Schritt noch lauter. Das hohe Gras reicht mir bis zur Hüfte und macht das Vorankommen schwierig, doch davon lasse ich mich nicht aufhalten.

»Luc!«, ruft Vincent hinter mir. »Warte doch!«

Ich höre, wie er vom Wagen springt und zusammen mit Narissa hinter mir herkommt, doch weder drehe ich mich um noch warte ich auf sie.

Am Strand bleibe ich stehen und starre auf das schaumige Wasser, das meine Stiefel umspült.

Vincent schnappt neben mir nach Luft, ehe er fragt: »Und was jetzt? Wie sollen wir über das Wasser kommen?«

»Vorausgesetzt, die Insel ist wirklich dort, wo der Händler sie vermutete«, wirft auch Narissa ein.

Vor zwei Tagen sind wir unterwegs einem fahrenden Händler begegnet, der uns erzählte, dass es inmitten des Meeres eine große Insel geben soll, auf der eine größere Stadt des Wasservolks erbaut wurde. Hin und wieder treibt er mit Vertretern der Fischmenschen Handel, hat jedoch diese Insel noch nie mit eigenen Augen gesehen oder gar betreten.

Das ist alles, was wir haben. Ich würde gerne sagen, dass es besser ist als nichts, aber dem ist nicht so. Das Meer ist riesig und voller Gefahren. Wir haben kein Boot und keine Ahnung, wohin wir uns wenden sollen. Es ist, als suche man eine Stecknadel im Heuhaufen.

Ich fahre mir mit der Hand durch die Haare und seufze frustriert auf. Irgendwas *müssen* wir doch tun können! Indem wir hier rumstehen, wird es auch nicht besser.

Plötzlich erfasst mich eine Hitzewelle und ich greife mir an die Brust. Mit aufgerissenen Augen schaue ich zu Vincent und Narissa, die ebenso erstaunt dreinschauen.

»Was war das?«, fragt Vincent, während er auf seine Hände starrt.

Das Feuer, das endlich wieder durch meine Adern fließt, berauscht mich so stark, dass ich unfähig bin zu antworten. Die Hitze dringt in meine Muskeln ein und erweckt mich zu neuem Leben. Wie habe ich dieses Gefühl vermisst! Ich fühle mich, als könnte ich nach Monaten, die ich nur gebückt laufen konnte, endlich wieder aufrecht stehen. Mit geschlossenen Augen balle ich meine Hände zu Fäusten, genieße den Rausch, der bis in meine Fingerspitzen fließt und sie kribbeln lässt.

»Eve«, murmelt Narissa neben mir, doch ich nehme es wie durch einen Schleier wahr. Im Moment interessiert mich nichts anderes, als nach so langer Zeit wieder dieses Gefühl auskosten zu können.

Doch viel zu schnell verfliegt die Hitze und die darauffolgende Kälte scheint mir noch eisiger zu sein als jemals zuvor. Als würde ein ganzes Gebirge wieder auf meinen Schultern liegen, fühle ich mich kraft- und antriebslos.

»Sie muss ganz in der Nähe sein«, sagt Narissa neben mir, als sie sich die Schulter reibt. Auch sie scheint die Last, die ohne Eves Kraft wieder auf uns liegt, zu spüren.

Mit gerunzelter Stirn schaut Vincent uns an. »Wir müssen sie finden. Wenn sie ihre Kraft einsetzt, heißt das vielleicht, dass sie in Schwierigkeiten steckt.«

Damit könnte er recht haben. Aber wie kann Eve ihre Kraft ohne einen ihrer Wächter einsetzen?

Diese Frage lässt mich nicht mehr los, als ich den Strand nach einem Boot oder etwas in der Art absuche. Von mir aus kann es auch ein verdammter Holzstamm sein, Hauptsache, wir können endlich nach ihr suchen und müssen nicht mehr sinnlos hier herumstehen!

Hat sie vielleicht … Nein, das ist unmöglich! Wie soll sie bei den Fischmenschen den vierten Wächter gefunden haben? Und doch kämpfe ich plötzlich gegen ein Engegefühl in der Brust und bleibe stehen. Was, wenn sie ihn doch gefunden hat? Ich werfe einen Blick über den Schulter zu Narissa und Vincent, die wild gestikulierend miteinander reden. Zum Glück kann ich sie bei diesem Getose nicht verstehen. Aber wenn Eve wirklich den letzten Wächter gefunden hat, wären wir komplett und könnten …

Ich schüttle heftig den Kopf, um diese Gedanken zu vertreiben. Sie kann den letzten Wächter nicht gefunden haben. Sie ist eine Gefangene des Feindes. Ich sollte mich darauf konzentrieren, meine Hüterin zu befreien, als mich mit wilden Spekulationen aufzuhalten.

Und doch will diese kleine Stimme in meinem Hinterkopf nicht verstummen. Immer wieder flüstert sie: *Und was, wenn doch?*

Tja, was, wenn doch …? Ich knirsche mit den Zähnen, als ich über die Konsequenzen nachdenke. Keine davon gefällt mir. Eine scheint sogar schlimmer als die andere zu sein. Ich sollte dringend damit aufhören, mich mit diesen Gedanken zu quälen, denn noch wissen wir nichts Genaues. Vielleicht haben wir Eves Kräfte auch nur gespürt, weil sie irgendwo in der Nähe ist und unsere Körper so ausgehungert nach der Hitze waren. Ja, das wird es sein! Das *muss* es sein!

# # #

Am Abend sind wir den Strand gefühlte hundertmal auf und ab gelaufen, ohne irgendwas zu finden, das uns über das Wasser transportieren könnte.

Frustriert ramme ich meinen Fuß in nassen Sand. Wir haben seitdem das Feuer nicht mehr gespürt und ich merke, wie sich langsam Entzugserscheinungen in mir ausbreiten. Ich werde unruhig, noch unruhiger als sonst, und reagiere auf alles und jeden gereizt. Als Vincent mich fragt, ob ich auch etwas essen will, schreie ich ihn an. Völlig grundlos. Noch während ich brülle, tut es mir leid, doch anstatt mich zu entschuldigen, mache ich auf dem Absatz kehrt und stapfe in die Nacht davon.

Ziellos laufe ich eine gefühlte Ewigkeit umher, ehe ich mich in den Sand fallen lasse, die Beine anwinkle und den Kopf darauflege. Ich fühle mich so erschöpft und ausgelaugt wie noch nie, doch ich weiß nicht, was ich dagegen tun soll. Es gibt nur ein Mittel dagegen, aber zwischen ihr und mir liegt ein ganzer verdammter Ozean!

Uns rennt die Zeit davon und alles geht mir nicht schnell genug. Warum können wir nichts finden, mit dem wir das Wasser überqueren können?

Dann kommt mir eine Idee. Wenn die Fischmenschen Eve damals wirklich von dieser Graslandschaft entführt haben, müssen sie sie auch irgendwie mitgenommen haben. Da sie so was wie Flossen und Schwimmhäute haben, sind sie nicht auf Transportmittel angewiesen, aber anscheinend können sie jemanden mitnehmen.

Ich springe auf die Füße und renne zurück zu den anderen. Die Muskeln in meinen Beinen zittern, als ich endlich am Lagerfeuer ankomme, da ich ständig im Sand versunken bin.

»Was ist los?«, fragt Narissa stirnrunzelnd, während ich nach Luft schnappe.

»Ich glaube … ich habe … einen Weg gefunden«, schnaufe ich. Seit wann strengt mich Laufen denn so an? Unweigerlich erinnere ich mich an meinen ersten Tag mit Eve, als wir zusammen hunderte Stufen zum Tempel der Gaia hochgestiegen sind. Als sie damals auf dem Boden lag und nach Luft schnappte wie ein Fisch auf dem Trockenen, habe ich sie belächelt, aber irgendwie fand ich es auch niedlich.

»Was für einen Weg?«, fragt Vincent und legt den Fisch, den er gerade an einem Stock gebraten hat, weg.

»Über das Wasser«, sage ich augenrollend. Ist das denn nicht offensichtlich? Warum sollte ich sonst so aufgeregt sein? »Wir machen es genauso wie bei Eve. Sie müssen sie irgendwie mitgenommen haben, als sie sie entführt haben.«

»Sie haben sie getragen«, schlussfolgert Narissa richtig und ich lächle sie dankbar an. Wenigstens eine, die mitdenkt.

Vincent schüttelt den Kopf, ein ungläubiger Ausdruck liegt in seinen Augen. »Ist das dein Ernst? Du willst Fischmenschen dazu bringen, dass sie dich übers Wasser zu ihrer geheimen Insel tragen?« Als ich aufgeregt nicke, bricht er in schallendes Gelächter aus. »Bist du noch zu retten? Die würden dich ertränken und in die Tiefe ziehen, sobald sie einen Fuß – oder eine Flosse – im Wasser haben! Wie kannst du denken, dass sie dich freiwillig zu ihrer Insel bringen würden?«

Verdammt! Daran habe ich überhaupt nicht gedacht. Kurz erschüttert es mich, wie viele Schwachstellen mein vermeintlich genialer Plan doch hat, aber dann sage ich: »Wir müssen sie dazu zwingen! Sie bedrohen oder … ach, was weiß ich denn!« Genervt werfe ich beide Hände in die Luft. »Immerhin *habe* ich Ideen und sitze nicht nur herum!«

Vincent gluckst und widmet sich wieder seinem Essen. »Ja, wenn es darum geht, wie du uns alle möglichst schnell umbringen kannst, sind deine Ideen echt super.«

Meine Finger beginnen zu zucken, so gerne würde ich ihn jetzt erwürgen. Wie kann er es wagen, so mit mir zu reden? Während er sich hier den Bauch vollschlägt, zerbreche ich mir den Kopf, wie wir unsere Hüterin befreien können und er macht mir Vorwürfe!

»Beruhigt euch, ihr beiden!«, ermahnt Narissa uns und ich wende mich zähneknirschend ab. Sie hat recht. Es bringt uns keinen Schritt weiter, wenn wir uns hier gegenseitig die Köpfe einschlagen. Wir müssen zusammenhalten, um unser Ziel zu erreichen. Also atme ich tief ein, versuche, den Ärger, der in meiner Brust tobt, hinunterzuschlucken, und mich auf das Wesentliche zu konzentrieren.

»Während du vorhin weggelaufen bist wie ein schmollendes Kind«, beginnt Vincent, ohne mich anzusehen, und augenblicklich flammt die Wut bei seinen abwertenden Worten wieder auf, »haben Narissa und ich etwas gefunden, das uns über das Meer bringen wird.«

Ich bin sofort hellwach und richte meine ganze Aufmerksamkeit auf Vincent. Seine verletzenden Worte sind vergessen. Jetzt will ich ihn nur noch packen und schütteln, damit er endlich mit der Sprache rausrückt, was sie denn nun gefunden haben. Und warum wir verdammt noch mal dann noch hier rumsitzen!

»Nun sag schon!«, knurre ich, nachdem weitere Sekunden verstrichen sind, in denen weder Vincent noch Narissa es für nötig hielten, mich in ihren Plan einzuweihen. Ich platze beinahe vor Neugier und Tatendrang und muss mich zwingen, still stehen zu bleiben.

»Wir haben ein Boot«, erzählt Narissa dann.

Für einen Moment bin ich wie vor den Kopf gestoßen. Wir haben den Strand mehrmals abgesucht, wie können sie da plötzlich ein Boot haben? »Woher?«, frage ich einfach nur.

»Von mir«, antwortet eine Stimme hinter mir.

Noch ehe ich herumwirble, haben sich sämtliche Härchen auf meinen Armen aufgestellt. Ich habe nicht gehört oder gespürt, dass noch eine Person anwesend ist, und nun steht sie ganz dicht bei mir, ohne dass ich es gemerkt habe. Als ich in pupillenlose Augen schaue, die ihre Farbe ständig wechseln, ist mein Mund staubtrocken und ich bin unfähig, auch nur ein Wort zu sagen.

Schneeweiße Haare rahmen ein spitz zulaufendes Gesicht ein. Spätestens als ich die beiden Ohren auf dem Kopf und die drei peitschenden Schwänze hinter ihr entdecke, weiß ich, wen ich vor mir habe und sinke auf die Knie. Teils, weil es sich so gehört, wenn man einer Göttin gegenübersteht, teils, weil meine Beine mich nicht mehr tragen. Hektisch schlucke ich und versuche gleichzeitig, mich nicht zu übergeben. Vor mir steht eine Göttin, nein, sie *schwebt*, wie mir ein kurzer Blick auf ihre Füße bestätigt, und die Übelkeit nimmt noch weiter zu.

»Nun steh schon auf, Lucian«, befiehlt sie mit einer hallenden Stimme und ich beeile mich, diesem Befehl Folge zu leisten. Eine starke Aura umgibt sie und um nichts in der Welt möchte ich mir ihren Zorn zuziehen. Wenn ich es könnte, würde ich mich jetzt ganz klein machen und irgendwo verstecken, bis sie wieder weg ist. Noch nie hat mich etwas so sehr eingeschüchtert wie dieses Wesen. Ich beneide Vincent und Narissa, die scheinbar teilnahmslos am Lagerfeuer sitzen und mich beobachten. Spüren sie die Macht der Göttin nicht oder sind sie einfach nur lebensmüde?

Um meine Nervosität zu überspielen, klopfe ich mir umständlich den Sand von den Knien, nur um ihr nicht noch einmal ins Gesicht schauen zu müssen.

Sie schwebt an mir vorbei und als sie einige Meter entfernt ist, atme ich erleichtert auf. Mein Herz wummert jedoch immer noch wie wild.

Doch dann fällt mir etwas auf und ich wende mich wieder der Göttin zu. »Verzeiht meine Frage, Gaia, aber … wie könnt Ihr hier sein? Liegt Ihr nicht in einem tiefen Schlaf, irgendwo verborgen, und wartet darauf, dass wir Euch erwecken?«

Sie mustert mich mit schiefgelegtem Gesicht und ihre pupillenlosen Augen verursachen mir erneut eine Gänsehaut, doch ich zwinge mich dazu, den Blick nicht abzuwenden.

»Schlau bist du ja«, sagt sie dann und ich erlaube mir wieder zu atmen. »Das, was du hier siehst, ist nicht mein richtiger Körper. Denn du hast recht: Ich schlafe. Doch ich konnte meinen Geist zu euch senden, um euch zu helfen. Immerhin habt ihr meine Hüterin verloren.«

Mit einem Schlag ist die Übelkeit wieder da. Macht sie uns dafür verantwortlich, dass Eve, die Hüterin, in die sie so viel Hoffnung gesetzt hat, entführt wurde? Sicherlich ist sie wütend darüber, dass wir versagt haben … Was wird sie jetzt mit uns anstellen? Hoffentlich verwandelt sie uns nicht in irgendwelche Insekten …

Sie streckt ihre bleiche Hand nach mir aus und ich kneife die Augen zusammen. Gleich wird sie mich bestrafen. Hoffentlich wird es nicht wehtun …

Als die Sekunden verstreichen und ich keinen Schmerz spüre oder zu einem Häufchen Asche verarbeitet wurde, öffne ich vorsichtig ein Auge und spähe zwischen den Lidern hindurch, immer noch jederzeit darauf gefasst, gleich die Strafe der Göttin zu spüren. Doch was ich sehe, lässt mich abermals nach Luft schnappen. Ihre Hand geht durch meinen Körper hindurch, verschwindet einfach in meinem Bauch, ohne dass ich sie spüre.

Ich blinzle verwirrt. Sie ist also tatsächlich nicht wirklich hier, sondern nur ein Abbild, doch wie kann sie uns dann helfen?

Ihr Mund verzieht sich zu einem spöttischen Grinsen. »Etwas mehr Vertrauen in deine Göttin würde nicht schaden, Wächter«, tadelt sie mich und ich senke beschämt den Blick. Kann sie etwa Gedanken lesen? Hoffentlich nicht ... Andererseits ist sie eine Göttin; warum sollte sie es nicht können? »Jemand schuldete mir noch einen Gefallen und da ich nicht mehr zusehen konnte, wie ihr euch im Kreis dreht, ohne eure Hüterin befreien zu können, habe ich beschlossen, diesen Gefallen einzufordern.«

Sie zieht ihre Hand aus mir heraus und deutet mit einer Armbewegung hinter mich. Ich drehe mich herum und – tatsächlich! – da liegt ein Boot am Wasser, das genügend Platz für vier Personen bietet. Einfach so, als wäre es aus dem Nichts erschienen.

»Bei Sonnenaufgang segeln wir los«, sagt Vincent in die Stille hinein.

Gaia nickt zufrieden. »Dies ist das einzige Mal, dass ich euch helfen kann. Für weitere Hilfe reicht meine verbleibende Kraft nicht aus. Ab jetzt seid ihr auf euch allein gestellt.«

Während ich immer noch das Boot mustere, kommt mir die Frage, warum die Göttin ihren Gefallen oder ihre Macht nicht dazu nutzt, ihre Hüterin zu befreien. Wäre das nicht viel einfacher, als uns in Feindesland zu schicken? Mit nichts weiter als einem Boot?

Die Göttin wirbelt zu mir herum und ihr pupillenloser Blick bohrt sich in mich. »Weil es uns Göttern verboten ist, direkt in den Wettstreit einzugreifen.«

Verdammt! Ich ziehe den Kopf zwischen die Schultern und schaue auf meine Schuhspitzen, während ich krampfhaft versuche, an etwas Unverfängliches und weniger Ketzerisches zu denken. Anstatt dankbar für ihre Hilfe zu sein, muss ich Idiot sie erneut infrage stellen.

Ihr weißes Gewand taucht in meinem Blickfeld auf, was bedeutet, dass sie nun direkt vor mir stehen muss, doch ich kann mich nicht dazu überwinden, den Kopf zu heben.

Bevor es zu Ende geht, wird sie dich brauchen, Lucian.

Ich zucke erschrocken zusammen, als ich die Stimme der Göttin in meinem Kopf höre, und mache nun doch den Fehler, sie anzuschauen. Ihre wirbelnden Augen, die ständig die Farbe wechseln, fixieren mich, bis ich schließlich nicke, auch wenn ich nicht verstanden habe, was sie mir damit sagen will. Welches Ende? Warum ich?

»Ich werde euch jetzt verlassen, meine Wächter. Mein ganzes Vertrauen liegt in euch. Enttäuscht mich nicht.« Sie sieht jedem von uns nacheinander fest ins Gesicht, bevor sie immer blasser wird und sich schließlich in Luft auflöst.

Erst als sie weg ist, kann ich wieder normal atmen. Ihre Präsenz hat etwas Erdrückendes, und ich hätte nichts dagegen, wenn wir ihr *nicht* allzu bald wieder begegnen würden.

Narissa reißt mich aus meiner Erstarrung, indem sie neben sich in den Sand klopft und mir einen Stock mit einem gebratenen Fisch hinhält. Erst jetzt merke ich, wie hungrig ich eigentlich bin, und lasse mich dankbar neben ihr nieder.

»Und sie ist einfach so hier aufgetaucht«, frage ich zwischen zwei Bissen, »und hat uns das Boot besorgt?«

Vincent wiegt den Kopf hin und her, bevor er antwortet: »Sie ist aus diesem Feuer gekommen.« Mit dem Kinn deutet er auf das prasselnde Lagerfeuer, um das wir sitzen.

»Zuerst hat sie uns zusammengestaucht, wie wir es wagen können, ihre Hüterin zu verlieren«, erzählt Narissa mit einem Lächeln. »Als wir ihr dann erzählt haben, dass das Wasservolk sie entführt hat, hat sie uns dann nach kurzem Zögern das Boot überlassen.«

Ich nicke und kaue weiter an meinem Fisch herum. Im Grunde ist es völlig egal, woher die Göttin das Boot hat und wer ihr einen Gefallen schuldig war. Hauptsache, wir können endlich los und Eve suchen. Ich denke absichtlich nicht, dass wir Eve *retten*, denn ich bin mir noch immer nicht sicher, ob sie nicht doch freiwillig bei den Fischmenschen bleibt. Sie ist so temperamentvoll und stürmisch, dass ich mir nicht vorstellen kann, dass sie mehrere Wochen dort in Gefangenschaft bleibt, ohne uns irgendeine Nachricht zu senden. Und sei es nur, um uns mitzuteilen, dass sie noch lebt. Sie muss doch wissen, dass wir krank vor Sorge sind!

Oder vielleicht weiß sie das auch nicht, schließlich war unsere letzte Begegnung eher … Ich weiß auch nicht, wie ich es nennen soll. *Unschön* trifft es nicht im Entferntesten. Sie war aufgewühlt und verletzt. Dachte sie etwa wirklich, dass wir sie nicht mehr wollen? Dass wir kein Vertrauen mehr in sie haben?

Stöhnend stütze ich den Kopf in die Hand und lasse den Fisch in der anderen sinken. Ich habe keinen Hunger mehr. Selbst wenn wir sie morgen finden – und dieses wenn ist eine unbekannte Größe –, weiß ich nicht, wie ich ihr gegenübertreten soll. Ich möchte, dass ihr klar ist, dass das, was ich gesagt habe, nicht so gemeint war, denn in den Wochen, in denen sie nun aus meinem Leben verschwunden war, fühlte ich mich, als würde ein Teil von mir fehlen.

Ich werfe Vincent, der mir gegenübersitzt, einen Blick zu, die flackernden Flammen zwischen uns. Ich weiß, dass er nicht meiner Meinung ist, das hat er damals im Wald deutlich gemacht, als ich nach dem verpatzten Kuss mit ihm gesprochen habe. Stundenlang hat er auf mich eingeredet und versucht, mich von seiner Ansicht zu überzeugen.

Doch anhand dessen, was wir über die Hüter und Wächter wissen – was nicht sehr viel ist, da schon seit Generationen keiner mehr auch nur ansatzweise das Erdvolk wirklich lange vertreten konnte –, *können* Eve und ich einfach nicht in der Art zusammen sein, wie wir es uns wünschen.

Ach, verdammt! Wem will ich hier eigentlich etwas vormachen? Es fühlt sich jetzt schon an, als würde mein Herz bluten. Ich kann mir nicht vorstellen, dass es *noch schlimmer* sein könnte, aber ich will es auch nicht herausfinden. Egal, wie sehr sie und auch ich es uns wünschen – für uns wird es nie ein *Wir* geben, und damit muss ich mich endlich abfinden.

Siebzehn

»Da ist sie!«, ruft Narissa laut, um die tosenden Wellen zu übertönen, und wedelt aufgeregt mit einem Arm.

Ich schaue in die Richtung, in die sie zeigt, während ich das Paddel fest umklammere. Und tatsächlich: In der Ferne kann ich Land erkennen. Das muss die Insel sein, auf der Eve ist.

Mit neuem Elan bedeute ich Narissa, dass sie Vincent am anderen Paddel ablösen soll, damit wir schneller vorankommen. Dankbar räumt er seinen Platz und massiert sich die Schultern. Immer zugleich lassen Narissa und ich die Paddel ins Wasser gleiten und manövrieren das Boot so näher an die Insel heran. Ich ignoriere die Schmerzen in meinen Armen und Schultern. Seit wir heute früh losgepaddelt sind, hatte ich noch keine Pause, aber das ist nun auch nicht mehr wichtig. So kurz davor werde ich nicht schlappmachen!

»Was machen wir, wenn wir dort sind?«, fragt Vincent, als wir unser Ziel fast erreicht haben.

Dass er mich aber auch immer mit solchen Nichtigkeiten nerven muss! Als ob es mich interessieren würde, ob wir angegriffen werden oder nicht.

»Wir brauchen einen Plan!«, ruft er erneut.

»Scheiß auf den Plan!«, antworte ich und beginne, noch kräftiger zu rudern.

»Luc, ernsthaft, die werden uns töten, bevor wir auch nur einen Fuß an Land gesetzt haben.«

Mir geht sein Gejammer auf die Nerven und ich beschließe, ihn einfach zu ignorieren. Narissa neben mir macht es ja auch nicht anders. Sollen sie nur kommen! Ich werde jeden einzelnen von ihnen niedermachen, der es wagen sollte, sich zwischen meine Hüterin und mich zu stellen!

Ich weiß auch nicht, woher dieser Enthusiasmus auf einmal kommt. Je mehr ich mich der Insel – und damit auch Eve – nähere, umso weniger mache ich mir Gedanken über das, was mich die letzten Tage so beschäftigt hat.

Es stellt sich heraus, dass unsere Sorgen völlig unbegründet sind. Der Strand, an dem wir anlegen, ist vollkommen verwaist. Weit und breit kann ich keinen der Fischmenschen entdecken, und selbst im Wasser scheint sich keiner von ihnen zu tummeln.

»Merkwürdig«, murmelt Vincent, nachdem wir das Boot notdürftig hinter einer Sanddüne verborgen haben.

»Hör auf, dir darüber Gedanken zu machen, und freu dich lieber, dass wir nicht sofort als Fischfutter enden«, tadelt Narissa ihn spielerisch und stupst ihn mit der Schulter an.

Auch wenn ich eben noch über Vincents ewig negative Einstellung gemurrt habe, kann ich ihm nun nur zustimmen. Es *ist* seltsam, dass niemand hier ist und den Strand bewacht, und ich habe ein ganz mieses Gefühl dabei. Dennoch folge ich Narissa, die die Führung übernommen hat und über die hohen Sanddünen klettert.

Dahinter erstreckt sich eine Stadt, die sich über die ganze Insel ausbreitet. Runde, kleine Häuser, aus denen Rauchfahnen aufsteigen, drängen sich dicht an dicht und säumen schmale Straßen, die aus Lehm zu bestehen scheinen.

Ich runzle die Stirn, während ich den Blick über diese Stadt schweifen lasse. Bisher habe ich das Wasservolk für das fortschrittlichste gehalten, doch als ich nun diese rückständigen Hütten und die mangelnde Bewachung sehe, muss ich meine Meinung wohl ändern.

Moment mal, das hier ist das *Wasser*volk. Sollten die nicht *unter* Wasser leben, anstatt an Land? Warum gibt es dann eine ganze Inselstadt? Ob das was mit ihrem Hüter zu tun hat? Vielleicht kann ein Wesen aus einer anderen Welt nicht lang genug unter Wasser leben, selbst wenn er zum Hüter des Volkes ernannt wurde …

Vincent stupst mich an und deutet auf das größte Gebäude, das sich am Rand der Insel befindet. »Das muss ihr Tempel sein.«

Er hat recht. Bis auf wenige Ausnahmen sieht der weitläufige Platz und das prächtige Bauwerk fast so aus wie der Tempel der Gaia.

Ich weiß nicht, woher dieser Gedanke kommt, doch ich sage bestimmt: »Wenn sie Eve wirklich hier festhalten, dann dort.«

Sofort nicken die anderen beiden. Die übrigen Gebäude scheinen nicht sicher genug, um eine Hüterin festzusetzen.

»Wie sollen wir unbemerkt dorthin gelangen?«, fragt Vincent, doch ich schleiche mich schon an den Sanddünen entlang Richtung Tempel, ohne auf ihn zu warten. Wir müssen uns einfach vom Strand her anschleichen, so schwer wird das schon nicht sein! Schließlich sehe ich weit und breit keine Wachen oder Patrouillen.

Das wird ein Kinderspiel!

»Luc, pass auf!«

Narissas Schrei lässt mich herumwirbeln. Zu sehr war ich auf den Tempel und meinen Weg dahin fixiert, dass ich nicht auf meine Füße geachtet habe. Auch jetzt ist das erste, was ich bemerke, dieses flaue Gefühl im Magen, und als ich nach unten sehe, weiß ich, woher es kommt.

Der Sand unter mir ist verschwunden und ich falle in ein dunkles Loch, dessen Boden ich nicht sehen kann.

Etwas reißt an meinem Arm, sodass ich ihn mir fast auskugle. Ich beiße die Zähne zusammen und schaue nach oben, wo Vincent und Narissa beide meinen Unterarm gepackt haben und mich festhalten. Ich versuche, mit der anderen Hand ebenfalls nach ihnen zu greifen, doch ich rutsche immer wieder ab. Da mein ganzes Gewicht an einem Arm hängt, fühlt es sich so an, als würde er mir abgerissen. Ich spüre, wie die Muskeln und Sehnen sich dehnen, bis ich es fast nicht mehr aushalte, doch die beiden schaffen es nicht, mich aus dem Loch zu ziehen. Vincents Hände, die meinen Unterarm umklammert halten, werden immer feuchter, und langsam, aber sicher rutsche ich tiefer.

Sein Gesicht ist vor Anstrengung verzerrt, als er versucht, mich aus dem Loch zu ziehen, in dem ich baumle. Narissa lässt mich los und für einen Moment denke ich wirklich, dass es das jetzt war. Vincent kann mich unmöglich alleine halten, dafür ist er nicht stark genug. Doch Narissa beugt sich über das Loch und endlich kann ich mit der anderen Hand nach ihr greifen. Keine Sekunde zu früh, denn in dem Augenblick, in dem sich ihre Hände um mich legen, rutscht mein anderer Arm aus Vincents verschwitzten Fingern. Schnell greift er nach und gemeinsam schaffen sie es, mich aus dem Loch zu ziehen.

Schwer atmend hocken wir eine Weile am Rand, ehe ich wieder hineinspähe. Ist das eine Falle? Wahrscheinlich, denn es sieht nicht aus, als wäre das Loch natürlich entstanden. Dafür sind die Ränder viel zu gleichmäßig, so als wäre es mit Schaufeln angelegt worden. Vielen Schaufeln.

»Wir sollten besser aufpassen, wo wir hintreten«, sagt Narissa dann, als sie aufsteht und sich den Sand von der Kleidung klopft.

Ihr Gesicht ist noch vor Anstrengung gerötet, doch sie spürt genau wie ich den Drang, endlich weiterzugehen. So kurz vor unserem Ziel dürfen wir nicht schlappmachen! Also stehe auch ich auf und ziehe Vincent mit mir auf die Füße. Ich drücke seine Schulter und werfe ihm ein Lächeln zu, um meine Dankbarkeit zu zeigen. Auch wenn ich mich oft über ihn ärgere – er ist mein Bruder und wird immer zu mir stehen.

»Sicher sind noch mehr solcher Fallen am Strand versteckt. Kein Wunder, dass sie sich die Wachen sparen.« Mit zusammengezogenen Augenbrauen wirft auch Narissa einen Blick ins Loch. »Ich will lieber gar nicht wissen, was uns auf dem Grund erwarten würde.«

Ich nicke. Da kann ich ihr nur zustimmen. Ich knete die schmerzende Schulter und bewege ein paar Mal den Arm im Kreis, bevor ich mit einem Kopfnicken zu verstehen gebe, dass wir weitergehen sollten.

# # #

Ohne größere Zwischenfälle, aber langsamer als erhofft, erreichen wir die Tempelanlage, und noch immer haben wir nicht einen einzigen Fischmenschen zu Gesicht bekommen. Ich bin mir nicht sicher, ob das gut oder schlecht ist.

»Und was jetzt?«, wispert Vincent, um nicht doch noch die Aufmerksamkeit irgendwelcher Wachen auf uns zu lenken. »Sollen wir da einfach reingehen?«

»Hast du einen besseren Vorschlag?«, frage ich ebenso leise zurück. »Willst du etwa warten, bis sie von alleine rauskommt?«

»Nein, aber--

»Na also«, schließe ich schnell, bevor er zu einer Erwiderung ausholen kann. Wenn es darum ginge, seine Feinde totzuquatschen, wäre Vincent der Sieger in allen Kategorien.

Ich bin froh, dass wenigstens Narissa auf meiner Seite und auch für einen Frontalangriff ist, und wir Vincent somit überstimmen können.

Geduckt schleiche ich mich zu den Mauern und spähe vorsichtig drüber. Wieder ist niemand zu sehen und das ungute Gefühl, das ich dabei habe, verstärkt sich immer mehr. Es kann doch nicht normal sein, dass eine ganze Stadt wie ausgestorben ist! Aber ich habe keine Zeit, mir darüber Gedanken zu machen. Eve ist direkt vor meiner Nase. Ich muss nur die Hand nach ihr ausstrecken und sie retten. Dann kann ich vielleicht endlich all den Mist, den ich angerichtet habe, richtigstellen.

Aber will ich das überhaupt?

Die ersten Tage nach ihrem Verschwinden habe ich mir eingeredet, dass ich sie nur retten will, weil sie die Hüterin ist und wir sie brauchen. Je länger sie jedoch verschwunden war, umso mehr wurde mir bewusst, dass da mehr dahintersteckt, und aus einer eher halbherzigen Suche ist nach und nach ein regelrechter Wahn geworden.

Fakt ist, dass ich nicht weiß, was ich tun oder sagen soll, wenn sie jetzt wirklich vor mir stünde. Wie würde sie reagieren? Würde sie den Kopf nach hinten werfen, sich umdrehen und mich einfach stehenlassen, wie schon so oft? Oder würden sich ihre braunen Augen weiten, wenn sie mich sieht, und sie würde mir um den Hals fallen?

Natürlich gefällt mir die zweite Variante besser, aber nachdem wir so auseinandergerissen wurden, bin ich mir nicht sicher, was sie tun würde, wenn sie mich sieht.

Ich werde es einfach drauf ankommen lassen! Wir brauchen Eve. Ohne sie können wir die Göttin nicht aus ihrem Schlaf erwecken und unser Volk wird weiterhin unter dem Luft- und dem Wasservolk zu leiden haben. Alle anderen Gedanken sperre ich für den Moment ganz weit weg. Das ist jetzt das Wichtigste – unsere Aufgabe – und ich muss es mir immer vor Augen halten.

Ich atme tief durch, um diese widersprüchlichen Gefühle in mir zum Schweigen zu bringen, und klettere über die Mauer, presse mich dann an die Wand des Tempels und schleiche weiter. Als ich sicher bin, dass die Luft rein ist, winke ich Vinc und Narissa näher heran.

Das Plätschern von unzähligen Springbrunnen erfüllt die Luft und dämpft die Geräusche unserer Schritte, als wir den großen

Tempel betreten. Während in unserem überall prasselnde Feuerschalen stehen, sehe ich hier nur Wasser, aber wahrscheinlich ist das so gewollt, schließlich befinden wir uns im Tempel des Wasservolkes.

Die Tempelanlage ist riesig und verwinkelt und ich habe keine Ahnung, wo wir mit unserer Suche beginnen sollen. Vielleicht im Keller? Sind Verliese nicht immer im Keller?

Ständig werfe ich argwöhnische Blicke nach links und rechts, um mich zu versichern, dass wir nicht doch von Wachen umzingelt sind, doch alles um uns herum bleibt ruhig.

Fast so, als wären alle Einwohner der Insel woanders.

Abrupt bleibe ich stehen.

»Was ist los?«, flüstert Narissa und sieht sich gehetzt nach allen Seiten um.

»Sie sind nicht hier«, sage ich tonlos und meine Stimme klingt laut in meinen Ohren, nachdem ich so lange leise gesprochen habe. Ohne eine weitere Erklärung wirbele ich herum und renne aus dem Tempel.

»Luc«, ruft Vincent mir gedämpft hinterher, doch ich achte nicht auf ihn. In meinem Kopf läuft nur ein Gedanke wieder und wieder ab.

Alle Einwohner sind weg. Es gibt keine Wachen, keine Priester im Tempel.

Und auch keine Evelyn.

Sie sind alle weg, weil sie auf einer Zeremonie sind, und ich weiß auch, um welche es sich handelt.

Eves Hochzeit.

Achtzehn

Evelyn

Ich starre auf die Frau im Spiegel. Das bin nicht ich. Warum ahmt sie alle meine Bewegungen nach?

Meine Hände verkrampfen sich um die Stuhllehnen aus Korallen, während die beiden Fischfrauen weiterhin geschäftig um mich herumhuschen. Sie stecken meine Haare kunstvoll nach oben und schmücken sie mit kleinen, glänzenden Muscheln, während ich teilnahmslos dasitze und alles stumm über mich ergehen lasse.

Eigentlich sollte ich mich wehren und gegen das, was mit mir geschehen wird, aufbegehren, doch als sie mich in dieses weiße, fließende Kleid mit Schleppe und Spitze steckten, verstummte ich und habe seitdem meine Stimme auch nicht wiedergefunden.

Sehr untypisch für mich. Vielleicht ein erstes Symptom auf den ganzen Stress der letzten Wochen. Schon lange habe ich es aufgegeben, ständig auf das Meer hinauszustarren, in der Hoffnung, dass meine Wächter kommen, um mich zu retten. Tag für Tag saß ich in diesem Turm und schaute auf die Wellen, immer sicher, dass sie zusammen mit der nächsten an den Strand gespült werden.

Doch es geschah nie.

Sie kamen nicht. Sie ließen mich hier zurück. Allein auf dieser Insel, umgeben vom Feind. Auf mich allein gestellt.

Nun, ganz stimmt das nicht. Ich hatte Seth, meinen vierten Wächter, der mir die einsamen Stunden etwas erträglicher gemacht hat. Wie gern hätte ich ihn auch jetzt bei mir, doch seit dem Vorfall vor drei Tagen ist er verschwunden, und ich weiß nicht, ob es ihm gut geht.

Vor drei Tagen haben wir einen letzten Fluchtversuch unternommen. Ich gab ihm all die Kraft, die ich ihm übertragen konnte, ohne Gefahr zu laufen, ohnmächtig zu werden. Durch Seths Fähigkeit wäre es uns auch beinahe geglückt, die Insel endlich zu verlassen, doch sie schnappten uns, ehe wir unseren Plan in die Tat umsetzen konnten.

Mich sperrten sie zurück ins Turmzimmer. Was sie mit Seth gemacht haben, weiß ich nicht. Niemand sagt mir etwas, egal, wie sehr ich bettle oder flehe. Überhaupt spricht so gut wie niemand mit mir. Die Fischmenschen strafen mich mit Missachtung, wann immer sie mich sehen. Die, die mir mein Essen bringen, tun einfach so, als wäre ich Luft. Mittlerweile habe ich schon angefangen, Selbstgespräche zu führen, um nicht vollends den Verstand zu verlieren.

Mehr als alles andere will ich nach Hause. Diese feuchte, kalte Welt ist dabei, mich zu brechen. Wie konnte ich nur jemals denken, dass es mir hier gefällt? Dass ich für immer hierbleiben könnte? Bei ihm? Wobei ich mittlerweile schon gar nicht mehr sicher weiß, wer *ihm* eigentlich ist. Konnte ich mich wirklich so in ihm täuschen?

Ich möchte etwas in den Spiegel vor mir werfen, damit ich das gleichgültige Gesicht der rothaarigen Frau, die mich anstarrt, nicht mehr sehen muss. Unmöglich, dass ich das bin! Die Wangen der Frau sind eingefallen, unter ihren Augen liegen dunkle Schatten, die selbst das Make-up der weiblichen Fischmenschen nicht überdecken kann.

Das schlimmste jedoch sind ihre Augen. Es ist, als würden mir die Augen einer Toten entgegenstarren.

Ich habe aufgegeben, und das ist das, was mich am schlimmsten schockiert. Ich, Nemesis, habe aufgegeben. Ich, die niemals verliert, habe verloren.

Ich bin hier gefangen, ohne Ausweg, ohne Zukunft, und tief in mir drin habe ich mich mit diesem Schicksal abgefunden. Es ist fast schon ironisch, dass ich, die beste Gamerin der Welt, in einem verdammten Spiel sterben werde, denn nichts anderes ist das, was mir bevorsteht. Innerlich bin ich zumindest schon so gut wie tot, und es ist nur eine Frage der Zeit, bis auch der Rest von mir dieses unausweichliche Ende akzeptiert.

Als sie mir Seth genommen haben, ist das letzte Stück, das noch an ein gutes Ende geglaubt hat, in mir zerbrochen. Mein Innerstes ist kalt, fast eisig, und ich habe jegliche Emotionen verloren. Verstoßen und vergessen von meinen Wächtern und abgeschnitten vom Feuer, das durch meine Adern loderte, vegetiere ich hier vor mich hin, während die Tage ineinander verschwimmen und mir durch die Finger gleiten.

Die erste Zeit habe ich mit den Fäusten gegen die Tür gehämmert, bis meine Hände bluteten, und geschrien, bis nichts weiter als ein heiseres Krächzen aus meiner Kehle kam. Aber nach und nach ergriff diese lethargische Kälte von mir Besitz und hüllte mich in eisige Gleichgültigkeit. Mittlerweile hebe ich schon gar nicht mehr den Kopf, wenn jemand meine Turmkammer betritt.

Fluchtpläne schmiede ich auch schon lange nicht mehr und der Versuch vor drei Tagen war quasi das letzte Aufbäumen, das jedoch kläglich fehlgeschlagen ist. Wozu sollte ich auch Fluchtpläne schmieden? Wo sollte ich hin, selbst wenn ich von dieser Insel entkommen könnte? Ich wäre noch immer in diesem Spiel gefangen, wäre die Zielscheibe der anderen Völker und hätte nicht einmal einen Ort, an den ich gehen kann. Meinen Wächtern ist es egal, was aus mir wird, sonst wären sie schon längst hier. Lucian war sehr deutlich, als wir uns das letzte Mal gesehen haben, und auch Narissa und Vincent waren mit meiner Leistung als Hüterin alles andere als zufrieden. Ich bin eine Enttäuschung für sie, und dieser Gedanke hat sich wie ein dunkler Stachel in mir festgesetzt.

Niemand braucht mich. Niemand sucht mich. Niemand rettet mich. Ich bin nutzlos.

Ich wünsche mir nichts sehnlicher, als diese Welt – ob Spiel- oder Parallelwelt – endlich verlassen zu können. In meiner, der realen, Welt habe ich einen Namen, eine Zukunft, ein Leben, doch hier habe ich als Hüterin versagt und bin deshalb nichts mehr wert. Damit habe ich mich abgefunden und lebe von Tag zu Tag, ohne etwas bewusst wahrzunehmen, weil ich so zumindest ein bisschen den Schmerz dämpfen kann, der in meiner Brust wummert und mir in dunklen Stunden die Luft zum Atmen nimmt. Ab dem Zeitpunkt, an dem ich aufwache, funktioniere ich einfach nur noch über den Tag hinweg, in der Hoffnung, dass er bald vorbei sein und sich sinnlos an all die bereits vergangenen Tage reihen wird, die schon an mir vorbeigezogen sind.

Ich weiß aber, welcher Tag heute ist. Selbst wenn ich es nicht wüsste, wäre das weiße Kleid und die aufwändige Frisur, die ich gerade verpasst bekomme, Hinweis genug.

Der schlimmste Tag für mich, denn im Austausch für Seths Leben habe ich einem Handel zugestimmt, der den letzten Rest von meinem Selbst zertrümmern wird. Ich verbünde mich mit dem Feind. Ich verbünde mich mit meinem ärgsten Konkurrenten.

Mir bringt dieser Bund nichts außer Schrecken, doch ich rette einen meiner Wächter damit. Außerdem wird diese Verbindung zwischen Erde und Wasser auch dem Erdvolk helfen. Thunderstrike hat mir versichert, dass die Übergriffe auf die Menschen aufhören werden, sobald ich meine Hand in seine schleimige Flosse lege. Ich mag zwar als Hüterin versagt haben, jedoch klammere ich mich an den Gedanken, dass ich durch mein Opfer wenigstens den Menschen etwas helfen konnte. Ich werde das durchstehen, denn ich bin mir sicher, dass meine Abmachung mit Thunderstrike null und nichtig ist, sobald mir etwas geschieht, also habe ich die Idee, mich aus diesem Turmfenster zu stürzen, auch schnell verworfen.

Nachdem glänzende Muschelohrringe an meinen Ohrläppchen baumeln, scheinen die beiden Fischfrauen endlich zufrieden mit meinem Äußeren zu sein und ziehen sich zurück. Ich bleibe reglos auf dem Stuhl sitzen und starre, ohne eine Miene zu verziehen, auf mein Spiegelbild. Meine Hände zittern vor Verlangen, die Ohrringe und die Kette abzureißen und das weiße Kleid zu zerfetzen, doch ich rühre keinen Muskel. Ich flüchte mich in die Kälte, die in mir tobt und die meine Emotionen betäubt. Meine Angst, meinen Widerwillen, mein Ekel vor dem, was nun folgen wird – alles begrabe ich unter dem Berg aus Eis.

Die Tür öffnet sich erneut und mein Bick fliegt im Spiegelbild nur für einen kurzen Moment zu der Person, die den Raum betritt, ehe ich mit einem hoffnungslosen Seufzen meine Augen schließe.

Es beginnt also.

Thunderstrike packt meinen Arm und zieht mich nach oben, wo ich auf wackeligen Beinen stehen bleibe, die Augen noch immer geschlossen.

»Du siehst wunderschön aus«, sagt er dann. Es klingt ehrlich, dennoch spüre ich, wie Galle in mir aufsteigt. Ich will nicht schön aussehen, nicht für ihn.

Ich öffne die Augen und starre ihn an, hoffend, dass er die Abscheu in meinem Blick nicht sofort sieht, denn nun gelingt es mir nicht mehr, sie gänzlich zu verbergen.

Ich will es nicht, aber ich muss es tun. Ich befehle meinen Beinen, einen Schritt vor den anderen zu setzen, während mein Arm bei Thunderstrike untergehakt ist, um mich zu stützen, ansonsten wäre ich wohl schon nach dem ersten Schritt eingeknickt.

»Ist diese Verbindung nicht wundervoll?«, sagt er dann, während er mich aus dem Zimmer führt. »Ein Zusammenschluss der Völker, herbeigeführt durch uns aus einer anderen Welt. Noch in tausend Jahren werden sich die Bewohner daran erinnern.«

Ich beiße mir auf die Zunge, um ihn nicht daran zu erinnern, dass wir uns in einer Spielwelt befinden. Ich habe mir zwar seine Theorien zur Parallelwelt angehört, aber ich glaube nicht daran. Warum sollte ich auch? Ich bin hier, weil in meinem Nacken ein Kabel steckt, das mich mit meinem PC verbindet, in dem dieses verdammte Spiel läuft. Nichts hiervon ist real, auch nicht Thunderstrikes feuchte Hand, die meine aufmunternd tätschelt und dabei einen schleimigen Film hinterlässt.

Bisher habe ich dieses ominöse Buch, aus dem er seine Informationen haben will, nicht wieder zu Gesicht bekommen. Gerne hätte ich auch durch die Seiten geblättert, aber im Grunde würde es nichts an meiner Einstellung ändern. Hätte ich nicht so viel Angst davor, meinem richtigen Körper etwas anzutun, wenn ich hier sterben würde, hätte ich schon längst auf einem anderen Weg versucht, diesem Spiel zu entfliehen.

Draußen säumen Fischmenschen den Weg, jubeln uns zu und werfen Blumen vor uns auf die Pflastersteine. Ihre Schreie gellen in meinen Ohren, die seit Wochen auf Stille getrimmt sind, und die Sonne lässt meine Augen tränen.

Wir befinden uns nicht im Tempel, wie ich eigentlich angenommen habe, sondern auf der anderen Seite der Insel. Unser Weg führt zu einem Schloss, das direkt am Wasser erbaut worden ist. Ich sehe die Gischt der Wellen, die an seinen Seitenwänden hochspritzt. *Super, ein feuchtes, schlimmliges Heim – was kann es Schöneres geben?*

»Hörst du, wie sie dich feiern?«, fragt Thunderstrike.

»Sie feiern nicht mich.« Ich erschrecke darüber, wie kratzig meine Stimme klingt. »Sie feiern dich. Mich möchten sie am liebsten auf dem Grund des Ozeans versenken.« Ich schiebe mein Kinn nach vorne und begegne den Blicken der Fischmenschen mit äußerlicher

Gleichgültigkeit. Es ist mir egal, was sie über mich denken, und doch lösen ihre weißen, pupillenlosen Augen einen eiskalten Schauer nach dem anderen bei mir aus.

Ich bin froh, dass Thunderstrike nun die Klappe hält. Das Letzte, was ich will, ist, mich auch noch mit ihm unterhalten zu müssen. Als ob diese Hochzeit nicht schon schlimm genug wäre!

Ich lasse meinen Blick über die Menge schweifen und erstarre. Ein Gesicht ist anders. Hellbraune Haare rahmen ein fast menschliches Äußeres ein.

Seth!

Er lebt! Mein vierter Wächter lebt! Erleichterung durchflutet mich und nur mit Mühe kann ich meine Beine davon abhalten, in seine Richtung zu laufen, doch ich darf ihn nicht verraten. Mein Körper lechzt nach der Wärme, die seine Nähe mir geben kann, und für einen Moment drohen mich die Emotionen, die ich so sorgsam in der Kälte eingeschlossen habe, zu überrollen. Das darf nicht passieren! Ich will das alles nicht fühlen!

Ich greife mir mit der Hand an die Brust, um mein wild pochendes Herz zu beruhigen, und schnappe nach Luft. Thunderstrike ist stehen geblieben und schaut stirnrunzelnd auf mich hinab. Hat er Seth bemerkt? Wird er ihn wieder einfangen lassen? Panisch blicke ich dorthin, wo ich ihn eben gesehen habe, doch er ist verschwunden.

Habe ich mir das nur eingebildet?

Neunzehn

Lucian

Ich haste durch die Straßen der Fischmenschenstadt und renne auf den riesigen Palast zu, der über alle Gebäude hinausragt und sich am anderen Ende der Insel befindet. Sie *muss* dort sein!

Vincents und Narissas Schritte und ihr wütendes Geflüster hinter mir, werden allmählich leiser.. Mir ist klar, dass ich nicht so komplett ohne Deckung am helllichten Tag durch die Straßen des Feindes laufen sollte, doch ich habe keine Zeit, um mir über solch nebensächliche Dinge Gedanken zu machen. Eve braucht mich, das spüre ich ganz deutlich. Wir haben von Anfang an diese Verbindung gehabt, die sie mit keinem der anderen Wächter teilt. Ich wusste immer, was sie fühlte und spürte ihre Verletzungen, bevor die anderen sie sehen konnten. Auch jetzt sind ihre Emotionen, die wild durcheinanderwirbeln, für mich klar zu spüren. Sie steckt in Schwierigkeiten und braucht dringend Hilfe. Hoffentlich kommen wir nicht zu spät!

Plötzlich tritt eine Gestalt auf die Straße und blockiert mir den Weg. Für einen Moment denke ich darüber nach, sie einfach über den Haufen zu rennen, dennoch bleibe ich stehen. Obwohl er einen Umhang mit Kapuze trägt, kann ich den Großteil des Gesichts des Jungen sehen, der vor mir steht. Irgendwas stimmt damit nicht. Es ist nicht das Gesicht eines Fischmenschen, aber einer vom Erdvolk ist er auch nicht.

Stumm starre ich ihn an. Er verzieht keine Miene, während er mich mustert.

Vincent und Narissa haben endlich zu mir aufgeschlossen und schauen irritiert auf den Jungen. Es dauert kurz, bis auch sie sein seltsames Gesicht bemerken, das es so nicht geben dürfte. Jedenfalls habe ich noch nie von so etwas gehört oder es gar gesehen. Es ist … unnatürlich..

Ich mache einen Schritt auf ihn zu, rechne damit, dass er zusammenzuckt, doch stattdessen reckt er sein Kinn weiter vor und fixiert mich aus milchigweißen Augen.

»Wer bist du?«, knurre ich, die Hände zu Fäusten geballt. Ich habe keine Zeit für solche Dinge! Entweder er geht mir jetzt sofort aus dem Weg, oder ich werde ihn dazu zwingen.

»Bist du Lucian?«, fragt er mich und ich gerate für einen Moment aus dem Gleichgewicht. Woher kennt dieser Junge meinen Namen?

»Geh mir aus dem Weg, wir haben es eilig!«, antworte ich stattdessen. Ich habe keine Zeit, mich mit diesem Burschen abzugeben!

»Ich kann euch zu ihr bringen«, sagt er und verschränkt die Arme. »Doch zuerst muss ich wissen, ob ihr die seid, für die ich euch halte.«

»Und für wen hältst du uns?«, fragt Narissa, die neben mich getreten ist und den Jungen mit unverhohlener Neugier mustert.

»Für ihre Wächter.« Er schaut jeden von uns nacheinander an. »Eve hat mir von euch erzählt«, sein Blick huscht zurück zu mir, »vor allem von dir, Lucian.« In seiner Stimme liegt Abneigung, beinahe so etwas wie Hass, und ich muss schlucken.

»Du kennst Eve?«, fragt Vincent. »Wo ist sie?«

Mit einem Kopfnicken weist der Junge auf das Schloss, das hinter ihm aufragt. »Dort hinten. Sie zu befreien wird allerdings nicht einfach werden.«

»Das ist mir egal!«, rufe ich sofort und mache einen weiteren Schritt auf ihn zu.

Seine Lippen verziehen sich zu einem Grinsen. »Ich habe erwartet, dass du das sagst.« Er streckt mir seine Hand entgegen. »Mein Name ist Seth und ich bin genauso wie ihr Eves Wächter. Freut mich, euch endlich kennenzulernen.«

Ich bin zu perplex, um seine Hand zu ergreifen, und starre auf den Jungen, der mir gerade mal bis zur Schulter reicht und nicht älter als sechzehn Jahre alt sein kann. Er soll ein Wächter sein? Er ist ein Kind!

Vincent reagiert schneller als ich und schüttelt Seths Hand, genauso wie Narissa, und das macht mich wütend. Warum glauben sie diesem – was ist er eigentlich? – und stellen es nicht infrage? Jeder könnte behaupten, ein Wächter zu sein. Ohne Eves Kräfte, die seine hervorbringen, können wir gar nicht wissen, ob er die Wahrheit sagt.

Aber spielt das jetzt eine Rolle? Er weiß, wo Eve ist, und mit etwas Glück hat er einen Plan, wie wir zu ihr gelangen, ohne einen offenen Krieg anzuzetteln. Ich bin mittlerweile so weit, dass ich nach jeder Chance greife, die sich mir bietet.

»Erzähl uns, was du weißt«, fordere ich, ohne ihn aus den Augen zu lassen.

Seth nickt. Ihm scheint meine Abneigung nichts auszumachen. Vielleicht hat er auch damit gerechnet, was mich wieder zur Frage bringt, was Eve, sofern sie ihn wirklich kennt, über mich erzählt hat. Sicherlich nichts Positives …

»Eve wird gerade zum Schloss gebracht, wo die Hochzeitszeremonie stattfinden soll. Sie findet unter Ausschluss der Öffentlichkeit statt, was wir zu unserem Vorteil nutzen können. Durch einen Abwasserschacht gelangen wir in eine Kammer, die an die Haupthalle grenzt. Aber wir müssen uns beeilen!«

Er wendet sich zum Gehen, doch weder Vincent oder Narissa noch ich rühren einen Muskel. »Was war an *wir müssen uns beeilen* unverständlich?«, fragt der Kleine dann zähneknirschend.

»Wer sagt uns, dass du uns nicht direkt in eine Falle führst?« Ich möchte Narissa dafür umarmen, dass sie endlich eine gesunde Portion Misstrauen an den Tag legt. Vincent nickt bekräftigend.

Der Junge, Seth, wirft seufzend die Arme in die Luft. »Wollt ihr ernsthaft hier stehen bleiben und das ausdiskutieren? Die Hüterin braucht unsere Hilfe! Sobald diese Hochzeit vollzogen ist, gehen unsere Chancen, sie zu retten, gegen null, denn dann wird sie wieder in diesen Turm eingesperrt.«

Ehe ich es verhindern kann, steigt ein Knurren meine Kehle hinauf. Jemand hat es gewagt, Eve in einen Turm einzusperren? Wenn ich den in die Finger bekomme, der dafür verantwortlich ist …

»Selbst wenn wir dir glauben«, beginnt Narissa und unterbricht meine Gedanken, »wie sollen wir dann von hier fliehen? Wir sind auf einer Insel und das Boot, mit dem wir hierhergekommen sind, liegt erstens auf der anderen Seite und zweitens passen nur vier Personen hinein. Von dir wussten wir nichts.«

Seth zuckt abfällig mit den Schultern, als wäre die Antwort auf diese Frage das Einfachste von der Welt. »Wir fliehen natürlich mit meiner Fähigkeit.«

»Fähigkeit?«, fragen Vincent und ich gleichzeitig.

Wieder seufzt Seth genervt. »Ernsthaft, wenn wir hier weiter nur sinnlos rumstehen, können wir es auch gleich sein lassen! Vertraut mir einfach!«

Warum sollten wir?, will ich fragen, doch ich nicke stattdessen widerwillig. Was auch immer diese Fähigkeit ist, von der er spricht – sie ist immerhin besser als nichts. So ungern ich es auch zugebe, aber dieser Junge scheint die einzige Möglichkeit zu sein, Eve ohne großes Aufsehen zu befreien.

»Zeig uns den Weg«, sage ich dann und folge dem Jungen durch die engen Gassen der Stadt.

# # #

»Da sollen wir rein?«, fragt Narissa naserümpfend und späht in den Abwasserschacht, zu dem Seth uns geführt hat. Der Schacht liegt ein gutes Stück vom Schloss entfernt, doch ich kann die jubelnde Menge bis hierher hören. Wir müssen uns beeilen! Ich bin so unruhig, dass ich am liebsten alle sofort in diesen Schacht schubsen würde, nur damit wir endlich weiterkönnen. Für Diskussionen bleibt auch später noch genügend Zeit.

Seth springt als Erster hinein, ohne auf Narissas Protest einzugehen, und ich folge ihm umgehend. Nach mir klettert auch Vincent hinunter und Narissa schließt sich an, jedoch nicht, ohne weiter leise vor sich hin zu murren.

Entgegen meiner Erwartungen, ist der Schacht geräumig, sodass ich nur leicht gebückt stehen muss. Ich hatte schon befürchtet, durch das Abwasser kriechen zu müssen. Flink huscht Seth durch die dunklen Gänge und ich bleibe ihm dicht auf den Fersen, um ihn nicht zu verlieren.

Nach einer Weile bleibt er stehen und legt mahnend den Zeigefinger an die Lippen. Ich nicke und bedeute auch Vincent und Narissa, still zu sein.

Durch einen Schlitz über uns fällt Licht in den Schacht und ich blinzle kurz, weil die Helligkeit in meinen Augen brennt. Von oben höre ich gedämpfte Stimmen. Anscheinend befinden wir uns nun direkt unter dem Schloss.

Seth huscht noch ein paar Meter weiter, klettert dann eine Leiter empor und öffnet leise eine kleine Tür. Nachdem er sich vergewissert hat, dass niemand im Raum ist, winkt er uns hinter sich her.

»Den Gestank werde ich nie wieder aus meiner Rüstung bekommen«, mault Narissa leise, als wir in einem engen, schmucklosen Zimmer stehen.

Ich werfe ihr einen tadelnden Blick zu, ehe ich frage: »Wo sind wir hier?«

»In einem Bedienstetenzimmer«, wispert Seth zurück und tastet die Wand ab. Gerade als ich ihn fragen will, was zum Teufel er da macht, höre ich eine Art Mechanismus und sehe staunend zu, wie die Wand sich einen Spaltbreit öffnet.

»Wie lautet der Plan?«, fragt Vincent und hält mich davon ab, meinen Körper sofort durch den Spalt zu zwängen.

»Eve befindet sich im Zimmer hinter dieser Wand«, erklärt Seth. »Wenn mich nicht alles täuscht, hat die Zeremonie bereits begonnen, was bedeutet, dass nur der Hohepriester, die beiden Hüter und eine Handvoll Wachen anwesend sind, die die Vermählung bezeugen. Eine bessere Chance bekommen wir nicht. Zuerst schalten wir die Wachen aus, setzen Thunderstrike fest–«

»Moment«, unterbricht Narissa, »*wen*?«

»Thunderstrike, den Hüter des Wasservolks. Der Hohepriester wird keine Gefahr darstellen.«

»Und was machen wir, nachdem wir Eve haben? Dann sitzen wir noch immer auf dieser Insel fest«, wirft Vincent ein.

Seth grinst geheimnisvoll. »Lasst euch überraschen!«, sagt er nur und verschwindet als Erster durch den Spalt in der Wand.

Ich zögere keine Sekunde und folge ihm. Ich mache mir auch jetzt keine Gedanken über das *Wie* unserer Flucht. Für mich zählt in diesem Moment nur Eves Rettung, denn mittlerweile bin ich mir sicher, dass sie nicht freiwillig hier ist.

Ich kann nur hoffen, dass ich damit recht behalte.

Zwanzig

Evelyn

Ich bin erleichtert, als sich das massige Tor des Schlosses hinter mir schließt und das Gekreische der Fischmenschen aussperrt. Doch diese Erleichterung währt nur kurz, denn am Ende des Ganges vor mir wartet bereits der Hohepriester auf Thunderstrike und mich, um uns zu vermählen. Mein Magen schlägt bei dem bloßen Gedanken, dass es jetzt wirklich so weit ist, beunruhigende Purzelbäume. Wie von selbst rammen sich meine Füße in den Boden und zwingen auch Thunderstrike, der noch immer meinen Arm festhält, dazu, stehen zu bleiben.

Ich will nicht hier sein. Ich will das nicht!

Mein Herz galoppiert vor Panik und mein Blick huscht von links nach rechts auf der Suche nach einem Fluchtweg.

Warum rege ich mich plötzlich so auf? Wo ist die Gleichgültigkeit hin, die wochenlang von mir Besitz ergriffen hat?

Und dann spüre ich es: Ein Pulsieren in meinen Adern, das das Feuer ausgehend von meinem Herzen bis in meine Fingerspitzen transportiert. Erschrocken schnappe ich nach Luft, als die Hitze mich innerlich zu versengen droht und mich doch gleichzeitig so lebendig fühlen lässt wie schon lange nicht mehr. Ich entwinde meinen Arm aus Thunderstrikes Umklammerung und starre auf meine Hände, denn ich bin mir fast sicher, dass dort Flammen emporschlagen müssen, so heiß fühlen sie sich an. Meine Muskeln pulsieren und ich fühle mich wie ein ganz anderer Mensch. Die Kälte der letzten Wochen ist mit einem Mal vergessen.

Ich stehe in Flammen. Ich verbrenne. Und das ist wundervoll.

Doch woher kommt plötzlich dieses Gefühl? Es gibt nur eine Möglichkeit, doch das ist unmöglich. Sie haben mich vergessen, mich verstoßen. Sie haben mich hier verrotten lassen. Heiße Wut brodelt zusammen mit dem Feuer in mir auf. Wo vorher nur Gleichgültigkeit war, spüre ich nun Zorn über diese Zurückweisung.

Thunderstrike mustert mich mit zusammengezogenen Augenbrauen. Er kann sich auf mein seltsames Verhalten keinen Reim machen, denn er spürt die Hitze nicht, die in meinem Inneren tobt und meine Adern versengt, doch ich umso mehr.

Mein Blick fliegt in der Schlosshalle umher, sucht den Auslöser für dieses unbeschreibliche Gefühl, auf das ich so lange verzichten musste. Ich bin mir sicher, dass einer meiner Wächter ganz in der Nähe sein muss. Hat Seth es irgendwie geschafft, sich an den Wachen vorbeizuschleichen?

Ich bin mir sicher, gleich seinen braunen Haarschopf irgendwo zu sehen, doch unvermittelt bleibt mein Blick an einem breiten, mir zugewandten Rücken hängen, und ich schnappe laut nach Luft und schlage die Hände vor den Mund, um das Geräusch zu dämpfen.

Er muss es ebenfalls gehört haben, denn langsam, ganz langsam, wendet er sich zu mir um. Die Zeit um uns scheint stillzustehen, alle sind erstarrt, Thunderstrike ebenso wie die drei Wachen, die mit uns in der Schlosshalle stehen. Sie alle sind bedeutungslos in dem Moment, als mein Blick seinen findet und ich in dieses glänzende Silber seiner Augen schaue. Unfähig zu atmen, blinzle ich ein paar Mal, weil ich denke, dass ich mir das nur einbilde und er gleich wieder verschwunden sein wird. So wie bei den anderen Gelegenheiten, zu denen ich ihn während meiner Gefangenschaft gesehen habe. Tagträume, Fata Morganas, Wunschdenken. Gleich wird er sich ebenfalls in Luft auflösen und mich in einer eisigen Gefühlswelt allein lassen.

Doch nichts davon geschieht. Er bleibt dort, schaut mich mit leicht schiefgelegtem Kopf an und streckt zögernd eine Hand nach mir aus, lässt sie jedoch dann wieder sinken, als ich mich nicht rühre.

Er kann nicht hier sein! Das ist unmöglich! Er hat mich weggeschickt, wollte mich nicht mehr und hat mich hiergelassen. Was will er also plötzlich hier?

Hinter ihm tauchen zwei weitere Personen auf, die ich kenne. Vincent und Narissa. Erleichterung überrollt mich und ohne dass ich es verhindern kann, steigen mir Tränen in die Augen. Sie sind hier! Sie sind alle hier!

Jetzt kommt auch Bewegung in die Wachen und ich höre, wie Thunderstrike ein paar Befehle bellt, ohne dass ich genau verstehe, was er sagt. Es ist mir auch völlig egal.

»Lucian!«, schreie ich, als die Wachen mit gezückten Waffen meine Wächter umkreisen.

# # #

Lucian

Ich brauche eine Weile, um mich in dieser riesigen Halle zurechtzufinden, doch dann spüre ich einen Blick in meinem Rücken. Er brennt sich förmlich in mich hinein und mir ist sofort klar, dass es Eve sein muss. Dieses Kribbeln im Nacken löst nur sie bei mir aus, niemand sonst.

Ich drehe mich langsam um und erstarre, genau wie sie. Dort steht sie, wunderschön in einem weißen Kleid, durch das ihre feuerroten Haare noch intensiver leuchten. Ihre Augen weiten sich, als sie mich sieht, und ich spüre sofort den Drang, sie zu berühren. Sie steht zwar gut zehn Meter von mir entfernt, doch diese läppische Kluft hätte ich spielend leicht überwunden, wäre da nicht ihr Arm gewesen, der bei einem anderen untergehakt ist.

Bei einem Fischmann.

Als ich dies sehe, lasse ich meine Hand, die ich automatisch nach ihr ausgestreckt habe, gleich wieder sinken und muss gegen einen dicken Kloß in meinem Hals anschlucken. Am liebsten hätte ich ihm den Arm abgehackt, auf dass er sie nie wieder berühren kann, doch ich zögere. Was, wenn sie von ihm berührt werden will? Wenn sie all das hier freiwillig macht? Immerhin sieht es für mich nicht so aus, als wäre allzu viel Gewalt nötig gewesen, um sie hierher in diesen Saal zu bringen …

Aus den Augenwinkeln sehe ich, dass die drei Wachen, die beim Eingang stehen, zu ihren Waffen greifen und beginnen, Vincent, Narissa und mich zu umkreisen.

Eves Schrei hallt durch die Halle. Es ist nur ein Wort, das sie ruft, und das lässt mein Herz nahezu überquellen. Sie schreit meinen Namen und das so vermisste Feuer schießt endlich wieder durch meine Adern.

Einundzwanzig

Evelyn

Ich raffe das dämliche Kleid, das mich beim Laufen behindert, und renne auf meine vier Wächter zu, die mit Leichtigkeit die drei Wachen ausgeschaltet haben.

Seth steht mit einem triumphierenden Grinsen neben dem gefesselten Hohepriester und schaut mich an wie ein Hund, der nach einem Kunststück auf ein Leckerchen wartet. Das würde er bekommen, immerhin hat er es – wie auch immer! – geschafft, meine anderen drei Wächter hierherzubringen.

Ich stolpere über den zu langen Kleidsaum und wäre fast hingefallen, hätte sich nicht ein eiserner Griff um mich gelegt und mich zurückgehalten. Glitschige Hände bohren sich in das nackte Fleisch meiner Schulter und ich starre erschrocken in Thunderstrikes finsteres Gesicht. Ihn habe ich vollkommen vergessen.

Ehe ich etwas sagen oder tun kann, blitzt eine silberne Klinge an seinem Hals auf und ein frischer Duft nach Pfirsichen hüllt mich ein, der meine Panik augenblicklich beruhigt.

Ich höre Lucians knurrende Stimme ganz dicht hinter meinem Ohr. »Nimm sofort deine Flossen von ihr, oder ich schwöre bei der Göttin, dass du nie wieder etwas anfassen wirst!«

Zögerlich lösen sich die Finger von meiner Schulter und ich muss den Drang unterdrücken, mit der Hand drüberzuwischen, um den Schleim loszuwerden. Von hinten schlingt sich Lucians anderer Arm, der nicht das Schwert hält, um mich und schiebt mich ein Stück zur Seite. Widerwillig gehorchen meine Füße, machen Tippelschritte, weil ich nicht von ihm weg will, doch ich weiß, warum er es tut. Er will mich auf Abstand zu Thunderstrike bringen.

Augenblicklich umringen mich meine anderen drei Wächter schützend, ohne die Augen vom Wasserhüter zu lassen.

Thunderstrikes Mund verzieht sich zu einem hässlichen Grinsen. »So, so. Ihr seid also ihre Hüter.« Seine Stimme trieft geradezu vor Abneigung. »Ihr kommt reichlich spät. Ich hätte schon viel früher mit einem schlecht geplanten Fluchtversuch gerechnet. Und du«, sein Blick fliegt zu Seth, der rechts hinter mir steht, »ich dachte, dass du etwas dazugelernt hast, nachdem ich dich das letzte Mal gerade so mit dem Leben davongekommen ließ.«

Also habe ich recht gehabt: Sie haben Seth erwischt. Ich will gar nicht genau wissen, was sie ihm angetan haben, aber ich nehme mir vor, ihn danach zu fragen, vorausgesetzt, wir können von hier fliehen.

»Halt's Maul!«, schnauzt Lucian und presst sein Schwert noch stärker an Thunderstrikes Hals. Ein schmales Rinnsal roten Blutes tritt aus dem dünnen Schnitt hervor.

Panisch greife ich nach Lucians Schwertarm. »Nicht«, beschwöre ich ihn. Ich will nicht dafür verantwortlich sein, dass Thunderstrike stirbt, weder hier noch im wirklichen Leben. Das ist es nicht wert! »Er ist keine Gefahr. Lass ihn gehen!«

Der eiskalte Silberblick, den Lucian mir aus zusammengekniffenen Augen zuwirft, geht mir durch und durch. Blanke Wut schlägt mir entgegen, die ich nicht einordnen kann. Was hat diese Mordlust nur bei ihm ausgelöst?

»Wir werden jetzt gehen«, sage ich an Thunderstrike gewandt und bin froh, dass meine Stimme nicht bebt. Ich übe etwas mehr Druck auf Lucians Arm aus, und nachdem er ihn einen Augenblick erwidert hat, lässt er seinen Arm sinken, nicht ohne mir noch einen vernichtenden Blick zuzuwerfen, bevor er herumwirbelt und zu den anderen stapft.

»Du glaubst doch nicht im Ernst, dass du von dieser Insel entkommen kannst, kleine Nemesis?« Thunderstrike verzieht spöttisch den Mund. »Sobald ihr aus diesen Hallen geht, werdet ihr niedergemacht.«

Er hat recht. Unsicher kaue ich auf meiner Unterlippe. Vielleicht kommen wir auf demselben Weg hinaus, wie Lucian und die anderen hineingelangt sind? Aber selbst dann wären wir auf dieser Insel und könnten nicht von ihr entkommen.

»Ich kann dir Schutz bieten.« Thunderstrike streckt seine Schwimmhautflosse nach mir aus und unweigerlich weiche ich ein Stück zurück. »Schutz und Sicherheit, wie ich es dir versprochen habe.«

»Fass sie nicht an!«, höre ich Lucians aufgebrachte Stimme hinter mir und Vincents und Narissas Gemurmel, um ihn zu beruhigen.

Ohne Thunderstrike aus den Augen zu lassen oder mich um das Gewirr hinter mir zu kümmern, straffe ich die Schultern und sage: »Ich brauche deinen Schutz nicht. Ich bin Nemesis. Ich werde dieses Spiel gewinnen.«

Für einen kurzen Moment entgleiten seine Gesichtszüge, doch er fängt sich schnell wieder. »Das werde ich nicht zulassen.«

Ich sehe seine Bewegung nicht kommen, spüre nur den Schmerz des Aufpralls, als ich auf dem harten Boden lande. So schnell ich kann, rapple ich mich wieder auf, doch es ist zu spät. Ich sehe die Klinge aufblitzen, die Thunderstrike in der Hand hält. Zielsicher richtet er sie auf das schwächste Mitglied meiner Wächter – auf Seth.

»Nein!«, schreie ich, doch Thunderstrike hat bereits zum Schlag ausgeholt, zu schnell für Seth, um zu reagieren, denn er ist immer noch damit beschäftigt, Lucian zurückzuhalten.

Lucian reagiert als Erster – und Einziger! –, stößt Seth zur Seite und fängt Thunderstrikes Hieb mit dem Unterarm ab. Die Klinge des Dolchs gräbt sich tief in sein Fleisch und sofort läuft schwarzes Blut aus der Wunde.

In diesem Moment sehe ich rot. Niemand legt Hand an meine Wächter! Schon gar nicht, wenn ich danebenstehe! Mit so großen Schritten, wie das Kleid es zulässt, bin ich neben Lucian, der gerade Thunderstrike abgeschüttelt und den Dolch aus dem Arm gezogen hat, packe seine Hand und schicke ihm so viel Kraft durch die Verbindung, wie ich nur kann.

Sein Kopf ruckt zu mir herum und schon einen Sekundenbruchteil später flackert ein helles Feuer in seinen Augen, das die Verwandlung einleitet.

»Töte ihn nicht«, schärfe ich ihm ein, als er auf alle viere fällt und sein Körper sich verändert.

Als der knurrende Feuerwolf neben mir steht, lege ich schnell die Hand auf seinen Rücken, um mir genügend Energie zurückzuholen, damit ich nicht ohnmächtig werde. Ich bin nach der langen Zeit aus der Übung und es wundert mich, dass die Übertragung gleich beim ersten Mal so problemlos geklappt hat.

Mit gebleckten Zähnen nähert sich Lucian Thunderstrike her, der mit aufgerissenen Augen auf dem Boden hockt und die Verwandlung verfolgt hat. Ich bleibe bei den anderen drei Wächtern zurück. Nach außen hin mag ich ruhig und berechnend aussehen, während ich stumm dastehe und meinen Wolfwächter dabei beobachte, wie er Thunderstrike wie eine Beute umkreist, doch innerlich ist jeder Muskel in mir angespannt. Ich bin jederzeit bereit, einzuschreiten, denn das Letzte, was ich will, ist, dass Thunderstrike getötet wird. Er hat meinen Wächter angegriffen und dafür wird er einen Denkzettel bekommen, aber es liegt mir fern, ihn ernsthaft zu verletzten. So betrachtet, war Lucian dafür wohl nicht die beste Wahl. Wenn es nach ihm gegangen wäre, hätte er Thunderstrike vorhin schon in der Luft zerfetzt. Vielleicht hätte ich doch Vincent wählen sollen …

Direkt vor seinem Gesicht lässt Lucian seine Wolfszähne aufeinanderklappen und Thunderstrike weicht mit einem ängstlichen Aufschrei ein Stück zurück.

»Ein Wolf«, murmelt Seth neben mir. »Beeindruckend!«

Ich schmunzle und kann ihm nur recht geben. »Bringst du uns hier weg, Seth?«, frage ich, ohne Lucian aus den Augen zu lassen.

»Verlass dich auf mich, Hüterin! Ich hoffe, du hast noch ein bisschen Feuer für mich aufgespart«, bekomme ich zur Antwort.

Nur mit Mühe kann ich den Drang, nach Lucian wie nach einem Hund zu pfeifen, unterdrücken. Ich glaube, das hätte er mir für immer übel genommen, und ich will unsere … *Beziehung* nicht noch weiter verkomplizieren. Also rufe ich nur: »Lucian, wir gehen«, und wende mich einem grinsenden Vincent und Narissa zu, die mich mit einer spöttisch hochgezogenen Augenbraue begrüßt.

Wie habe ich sie alle vermisst! Ja, sogar Narissa. Irgendwie zumindest.

»Ihr kommt spät«, sage ich und vergewissere mich mit einem Blick über die Schulter, dass auch Lucian uns folgt, ehe ich hinter Seth die Leiter in den dunklen Schacht hinabsteige.

»Du wirst mir nicht entkommen! Ich werde dich finden und dann–«

Thunderstrikes weitere Worte gehen in Lucians wütendem Knurren unter, mit dem er wieder zum Wasserhüter herumgewirbelt ist.

Schnell strecke ich noch einmal den Kopf aus dem Schacht und rufe Lucian zu mir. Zu Thunderstrike sage ich dann: »Ich freue mich auf unser Wiedersehen. In der wirklichen Welt.«

Als wir alle unten sind, springt auch Lucian in den Schacht. Die Flammen, die aus seinem Rücken und Schwanz schlagen, erhellen die Umgebung und ich lege eine Hand sanft an seinen Nacken, um mir noch etwas Energie zurückzuholen.

Für das, was wir vorhaben, brauche ich so viel Kraft, wie ich nur aufbringen kann, und die bloße Vorstellung verursacht mir Übelkeit. Danach werde ich wieder tagelang weggetreten sein, doch wir haben keine andere Wahl. Um von dieser Insel zu gelangen, müssen wir uns ganz auf Seths Fähigkeiten verlassen, die ich zwar auch noch nie gesehen habe, aber von denen er mir erzählt hat. Angeblich sollen sie in irgendeinem Buch stehen.

Augenblicklich bleibe ich stehen. *Das Buch!*

»Was ist los?«, fragt Narissa und schaut sich kampfbereit nach allen Seiten um.

Ich wedele kurz mit der Hand, um sie zu beruhigen. »Die Fischmenschen haben ein Buch«, erkläre ich, »in dem alle Hüter und Wächter aufgezählt sind, die es vorher schon gab, zusammen mit ihren Fähigkeiten.«

»Haben wir so was auch?«, fragt Narissa dann an Vincent gewandt.

Dieser schüttelt den Kopf. »Weder unsere Hüter noch unsere Wächter haben je so lange gelebt, dass sich das gelohnt hätte. Aber was wollen wir mit dem Buch?«

»Informationen«, antworte ich prompt, doch das ist nur die halbe Wahrheit. Mir geht es darum, herauszufinden, ob Thunderstrikes Parallel-Welten-Theorie wahr sein könnte. Aber würde das einen Unterschied für mich machen? Ohne dass ich es verhindern kann, wandert mein Blick neben mich und ich schaue in ein fragendes Wolfsgesicht, in dem Feueraugen leuchten. Würde es einen Unterschied machen, wenn Lucian echt wäre? »Wir müssen dieses Buch holen.«

»Das wird im Tempel aufbewahrt, auf der anderen Seite der Insel«, antwortet Seth zögernd und ich sehe ihm seinen Widerwillen an. Ich verstehe sein Zögern sogar, denn es wäre viel einfacher, gleich von hier aus über das Meer zu fliehen, als erst noch den Weg quer über die ganze Insel in Kauf zu nehmen.

»Das können wir nicht riskieren«, entscheidet Narissa und schiebt mich vorwärts. Ich wehre mich dagegen, denn ich will dieses verdammte Buch haben!

»Wir haben dafür keine Zeit«, beruhigt mich auch Vincent und selbst Lucian gibt ein kurzes Winseln von sich, das ich als Zustimmung deute.

Stöhnend gebe ich mich geschlagen. »Na gut, lasst uns verschwinden. Aber wenn wir noch einmal hierherkommen sollten, gehen wir nicht ohne das Buch!«

Alle nicken erleichtert und wir folgen Seth durch die verwinkelten Gänge der Kanalisation.

# # #

Als wir die stinkende, unterirdischen Gänge verlassen, sind wir außerhalb der Fischmenschenstadt, beinahe direkt am Meer. Der salzige Wassergeruch kitzelt in meiner Nase und der harsche Wind zerzaust die schöne Hochsteckfrisur.

Narissa tritt mit gezücktem Dolch neben mich und kurz will ich unsicher zurückweichen, doch dann hockt sie sich hin und schneidet das Hochzeitskleid knapp über meinem Knie ab. Ich reiße mir derweil Ohrringe und Kette ab und schleudere alles achtlos von mir weg. Erleichtert lächle ich Narissa an und sie grinst ebenfalls.

»Was jetzt?«, fragt Vincent und schaut unsicher aufs Meer hinaus.

»Jetzt«, sagt Seth und rollt mit den schmächtigen Schultern, »bin ich dran!«

Er schaut mich erwartungsvoll an und hält mir seine Hand hin. Ich zögere einen Moment, kaue auf meiner Unterlippe, weil ich nicht weiß, ob ich schon genügend Kraft für eine weitere Verwandlung habe, doch dann höre ich Rufe aus der Stadt. Sie sind hinter uns her! Mein Zögern ist augenblicklich verschwunden und ich lege meine Hand in Seths.

Die Kraft durchfließt meine Fingerspitzen, taucht sie in flüssiges Feuer und geht auf den jungen Mann vor mir über, dessen Augen einen feurigen Glanz annehmen.

Doch weiter geschieht nichts. Sein Körper verwandelt sich nicht und ich spüre bereits, wie meine Knie zittern und meine Beine unter mir nachgeben. Meine Kraft reicht nicht aus; die Übertragung ist nicht stark genug, um die Verwandlung hervorzurufen.

Panik überrollt mich und lässt den Energiefluss noch weiter abschwächen. Was soll ich tun? Wir können nicht weg. Den einzigen Fluchtweg, den es gibt, wäre die Kanalisation, doch auch dort werden sie uns früher oder später finden. Sie werden mich wieder fangen und in diesen Turm sperren, und meine Wächter werden sie töten. Das darf ich nicht zulassen! Nicht, nachdem ich sie nun endlich wiederhabe.

Unter meiner anderen Hand breitet sich Hitze aus und reißt mich aus meinen panischen Gedanken. Wolf Lucian ist neben mich getreten und hat meine Hand auf seinen Kopf gelegt. Er nickt kurz und ich lächle ihm dankbar zu.

Ohne Rücksicht auf Verluste nehme ich so viel Energie wie möglich, um meine Wächter und mich zu retten, und gebe sie ungefiltert und ohne Zurückhaltung an Seth weiter.

Seine Augen weiten sich für einen Moment, ehe sein Körper endlich beginnt, sich zu verwandeln.

Ich habe es geschafft!, denke ich jubelnd. Dann wird alles um mich herum schwarz.

Zweiundzwanzig

Lucian

Es schmerzt, als Eve die Energie wieder aus mir heraussaugt. Sie nimmt immer mehr, sodass ich das Gefühl habe, zu Boden gedrückt zu werden, weil meine Beine mich nicht mehr tragen. Es ist, als würde die Erde mich noch stärker anziehen. Von den Pfoten ausgehend, breitet sich eine bleierne Kälte in meinen Gliedern aus, die mich erschauern und fast zurückschrecken lässt.

Doch ich weiß, dass ich das durchstehen kann und muss. Für sie. Für uns alle. Ich hoffe nur, dass es sich lohnt und dass dieser kleine Knilch, Seth, uns wirklich retten kann, wenn Eve schon so viel Energie für ihn opfert.

Als ich nur noch aus Eis zu bestehen scheine, verwandle ich mich zurück und fange Eve auf, die im selben Moment zusammenbricht. Narissa reagiert als Erste und legt mir ihren Mantel um, nicht ohne den Blick von Seth zu lassen, dessen Gestalt sich gerade verändert.

Da ich noch keine Verwandlung beobachten konnte, stockt mir bei seiner der Atem, und für einen Moment vergesse ich die leblose Eve in meinen Armen.

Seths Beine werden länger und dünner und enden in gespaltenen Hufen. Die größte Veränderung ist jedoch an seinem Kopf zu erkennen: oben sprießt ein mehrendiges Geweih heraus, dessen Spitzen in Flammen stehen.

Ein Hirsch. Der Kleine ist ein brennender Hirsch. Und es sieht *verdammt* eindrucksvoll aus.

Schnaubend stampft er zweimal mit seinem Huf auf, ehe er sich umdreht und Richtung Meer rennt. Ich schlinge mir den Umhang notdürftig um den Körper und trage dann Eve hinterher.

»Und was jetzt?«, fragt Vincent, während das Meerwasser unsere Füße umspült. Trotz des Wellenrauschens höre ich hinter uns die aufgebrachten Rufe der Wachen. Sicher sind sie nicht erfreut, dass wir ihren Hohepriester und Hüter gefesselt und festgesetzt haben ... Jedoch kann ich auf ein weiteres Treffen mit ihnen dankend verzichten.

»Bring uns hier raus, Kleiner«, knurre ich und presse die bewusstlose Eve schützend an meine Brust. Hinter den Dünen tauchen bereits die ersten Fischmänner auf, die wütend Waffen über ihren Köpfen schwingen.

Vincent wirft mir meine Schwerter vor die Füße. Wahrscheinlich hat er sie vorhin aufgesammelt, nachdem ich mich verwandelt habe, und ich bin ihm dankbar dafür. Ein Blick auf ihn und Narissa zeigt mir, dass beide kampfbereit sind, aber ich spüre auch, dass sie nicht daran glauben, dass wir es schaffen können. Ich sehe es in ihren Augen, denen der blitzende Kampfeswillen fehlt. Und sie haben recht. Wie sollen wir das auch schaffen? Ich sehe es ganz genauso. Hinter uns erstreckt sich das Meer, in dem wir für die Fischmenschen noch leichtere Beute wären. Auch kann ich nicht mit Eve, die noch immer bewusstlos ist, schwimmen, ohne dass einer von uns ertrinken würde. Wir müssen uns also hier verteidigen, doch als immer mehr Fischmenschen den Strand hinunterrennen, wird mir klar, dass wir es nicht schaffen werden. Nicht ohne Eves Feuerkraft, die sie jedoch im bewusstlosen Zustand nicht abgeben kann. Selbst als ich kurz meine Hand in ihre nehme, spüre ich nichts außer ihrer normalen Körperwärme. Kein Feuer, keine Flammen, die zwischen uns emporschießen und mir die dringend benötigte Kraft verleihen könnten, um die Angreifer zu besiegen.

Hinter mir gibt Seth ein tiefes Röhren von sich und ich wirble zu ihm herum. Beinahe hätte ich ihn angeknurrt. Für diese nutzlose Gestalt hat Eve ihre und meine Kraft geopfert? *Na großartig!*

Doch dann stapft er mit einem seiner Hufe ins Wasser und ich muss blinzeln. Das kann nicht sein! Es ist vollkommen unmöglich! Unter seinen Hufen entsteht plötzlich fester Boden – Erde – und als er einen weiteren Schritt nach vorne macht, setzt sich dieses Wunder fort. Direkt unter seinen gespaltenen Hufen erscheint – mitten im Wasser! – ein Weg aus Erde. Das ist doch irrsinnig! Wie kann so etwas sein? Und es scheint auch noch ein stabiler Weg zu sein, der Seths Hirschgestalt problemlos trägt.

Er dreht seinen Kopf zu uns und röhrt erneut. Auch Vincent und Narissa schauen fassungslos auf den Weg, der sich direkt auf dem Wasser auftut, und ich muss sie anstupsen, damit sie sich in Bewegung setzen. Für's Starren haben wir jetzt keine Zeit! Die Wachen haben uns beinahe erreicht.

Ich schiebe Vincent und Narissa auf den Pfad, den Seth entstehen lässt, und folge mit Eve auf den Armen als Letzter. Direkt hinter mir zerfällt der Boden, zerbröselt einfach und wird vom Meerwasser verschluckt, als hätte es ihn nie gegeben.

»Lauft!«, schreie ich und haste den anderen drei hinterher. Wir brauchen einen guten Vorsprung, denn selbst wenn wir jetzt *auf* dem Wasser laufen können, werden wir die Fischmenschen in ihrem Element nicht leicht abschütteln können.

Ich presse Eve fest an mich und renne, so schnell ich kann, über den schmalen Erdpfad, den Seths Hufe hinterlassen. *Den Trick muss er mir bei Gelegenheit zeigen.*

Das Überraschungsmoment spielt uns in die Hände, denn die Wachen bleiben einige Augenblicke perplex am Strand stehen und beobachten, wie wir scheinbar mühelos übers Wasser laufen. Erst als einer von ihnen einen Befehl brüllt, kommt wieder Bewegung in die Menge. Sie gleiten ins Wasser und schwimmen mit gleichmäßigen Schlängelbewegungen auf uns zu.

Verdammt, sie kommen näher! Aber ich kann nicht mehr schneller laufen. *Jetzt wäre ein guter Zeitpunkt, um aufzuwachen, Eve!*

Doch ihre Augen bleiben geschlossen. Mit Sorge bemerke ich, wie blass und wächsern ihr Gesicht mit einem Mal aussieht. Hoffentlich ist ihr nichts zugestoßen und es ist nur die Erschöpfung …

Ich spüre etwas Spitzes an meinem Fuß und schreie auf, wirble herum und trete nach einem der Fischmenschen, der mir seine Speerspitze in die Ferse gerammt hat.

Seth bleibt stehen und dreht sich zu mir um, steigt mit seinen Vorderhufen in die Luft und lässt sie dann auf den Pfad niedersausen, den er erschaffen hat. Augenblicklich zieht sich direkt vor mir eine Mauer aus fester Erde empor, die ich kaum überblicken kann. Wo kommt diese Mauer auf einmal her? War das etwa auch Seth? Ist das die Fähigkeit, von der er gesprochen hat?

»Weiter!«, höre ich Narissa rufen und reiße mich von diesem Anblick los.

Keuchend und außer Atem erreichen wir das rettende Festland. Seit die Mauer erschienen ist, hat uns keiner der Fischmenschen mehr verfolgt. Vorsichtig lege ich Eve in den Sand, bevor ich selbst neben ihr zusammenbreche. Meine Arme zittern und verkrampfen sich nach dieser Anstrengung, und aus meiner Ferse quillt schwarzes Blut.

»Wir müssen weg vom Strand«, sagt Narissa neben mir, die sich als Erste erholt hat.

Keine Chance! Ich werde so schnell nicht wieder aufstehen können. Vor meinen Augen tanzen dunkle Flecken, als ich halbherzig gegen die Sonne blinzle, und eine erschöpfende Übelkeit steigt in mir auf.

»Sie hat recht, Luc. Wir müssen Eve hier wegbringen.« Vincent streckt mir seine Hand entgegen und nach kurzem Zögern ergreife ich sie und lasse mich von ihm auf die Füße ziehen. Ich schwanke kurz, weil meine Knie nachgeben. »Ich werde sie ein Stück tragen«, bietet er an, doch da habe ich mich bereits nach unten gebeugt und Eve wieder auf die Arme genommen. Vincent grinst mich an. »Schon klar.«

»Wo sollen wir hin?«, fragt Narissa und lässt den Blick über die freie Wiesenebene beim Schrein gleiten.

»In den Wald«, sage ich und deute mit dem Kinn nach rechts. »Wir bringen sie nach Hause.«

Vincent runzelt verwirrt die Stirn, bis er versteht. »Aber Luc … Hältst du das wirklich für eine gute Idee? Wenn wir immer noch verfolgt werden … Wenn wir sie zu ihnen führen …«

»Ich weiß, Vinc. Wir werden auch nicht lange bleiben. Aber ich brauche was zum Anziehen, genau wie Seth, wenn er sich zurückverwandelt, und auch Eve wird nicht ewig in diesen Fetzen umherlaufen wollen.«

Kurz mustert Vincent das schmutzige und schief abgeschnittene Hochzeitskleid, das Eves Körper nur unzureichend bedeckt, und am liebsten hätte ich mich umgedreht, um sie vor seinen Blicken zu schützen. »In Ordnung«, gibt er dann nach. »Aber nur ganz kurz. Ich möchte unsere Eltern nicht in Gefahr bringen.«

Als ob ich das will! Bei ihnen bekommen wir aber Kleidung und vielleicht eine Nacht Ruhe, die sowohl Eve als auch ich, und mit Sicherheit auch Seth, dringend brauchen.

Ich wende mich an den Hirsch. »Ihre Hütte liegt etwa eine halbe Tagesreise nördlich von hier. Schaffst du es bis dahin, ohne dich zurückzuverwandeln?«

Seth neigt sein gehörntes Haupt und nickt kurz. »Sehr gut. Vinc, du gehst voran. Narissa, du wechselt dich mit Seth bei der Nachhut ab. Sobald ihr einen Verfolger entdeckt, gebt ihr sofort Alarm.«

Narissa salutiert knapp und ich schmunzle über diese Geste. Ich bin froh, dass sie doch keine Überläuferin ist, wie ich es im Palast erst befürchtet hatte, aber ganz schlau werde ich aus ihr trotzdem nicht. Vielleicht kann ich etwas mehr über sie in Erfahrung bringen, sobald wir Zeit zum Luftholen haben. Ich schaue auf Eve, die in meinen Armen liegt und ihre Wange an meine Brust presst. Ihre Schultern heben und senken sich gleichmäßig, als würde sie schlafen, doch ihre Gesichtsfarbe ist noch immer ungesund. Ich muss sie so schnell wie möglich zu meiner Mutter bringen. Sie weiß sicher, wie wir ihr helfen können. Mutters Heilkräuter und ein paar Stunden Schlaf in einem richtigen Bett werden sicher Wunder wirken. Bis dahin hoffe ich, dass sie auch in meinen Armen träumen kann.

# # #

Ohne weitere Schwierigkeiten erreichen wir die Hütter meiner Eltern bei Sonnenaufgang des nächsten Tages, nachdem wir die ganze Nacht gelaufen sind, ohne Rast zu machen. Ich habe die anderen unerbittlich angetrieben und jedes Angebot, dass ein anderer als ich Eve ein Stück trägt, im Keim erstickt. Wahrscheinlich sind meine Arme nun zwanzig Zentimeter länger und auch meine Schultern schmerzen höllisch, doch ich beiße die Zähne zusammen und sage mir, dass es nicht mehr weit ist.

Eve hat sich nicht ein einziges Mal geregt und ich habe aus Angst immer wieder ihren Mund und ihre Nase ganz nah an mein Ohr gehalten, um zu überprüfen, ob sie überhaupt noch atmet. Sie muss dringend etwas essen und trinken, aber vor allem braucht sie Ruhe, um sich zu erholen.

Ich schicke Vincent voraus, der unsere Eltern vorwarnen soll, schließlich möchte ich nicht für Mutters Herzstillstand verantwortlich sein, wenn plötzlich ein riesiger Hirsch mit brennendem Geweih in ihrem Garten steht. Erst als Vincent von der Hütte aus winkt, bedeute ich Narissa und Seth, mir zu folgen. Mit Eve im Arm gehe ich voran.

Vater hat Vincent in eine feste Umarmung gezogen und gibt ihm einen Klaps auf den Rücken, unter dem er kurz zusammenzuckt, während Mutter mich mit verschränkten Armen mustert. Ihr Blick wandert von mir zu Eve, wieder zurück zu mir und dann zu Narissa und dem Hirsch, die beide hinter mir stehen.

Dann seufzt sie und schüttelt den Kopf. »Rein mit euch«, sagt sie nur und hält die Tür auf. »Ich bringe euch gleich etwas zum Anziehen. Das Essen ist auch fast fertig.« Praktisch wie immer hat sie die wichtigsten Punkte sofort erfasst und wedelt ungeduldig mit der Hand, als wir nicht schnell genug ihrer Aufforderung folgen.

»Leg sie dort aufs Bett«, sagt Mutter im Vorbeigehen, bevor sie ins angrenzende Zimmer rauscht.

Nur widerwillig lege ich Eve auf die weiche Matratze und decke sie zu. Meine Arme fühlen sich kalt und taub an, nachdem ich sie nicht mehr festhalte.

Mutter ist schon wieder zurück und drückt mir einen Stapel Kleidung in die Hand. »Was ist mit dem da?«, fragt sie und weist mit dem Kopf auf Seth, der als Hirsch noch immer unsicher vor der Tür steht und mit den Hufen scharrt.

»Ich kümmere mich um ihn«, sage ich und reiße mich von Eve los, nicht ohne Narissa mit einem Kopfnicken zu verstehen zu geben, dass sie sich um Eve kümmern soll, während ich weg bin. Als Antwort rollt sie mit den Augen und setzt sich auf die Bettkante.

Ich lasse Mutter alte Kleidung von Vincent holen, die Seth hoffentlich passt, und gehe zu ihm nach draußen. »Du kannst dich jetzt zurückverwandeln«, sage ich, während ich den geborgten Umhang ablege und in die Klamotten schlüpfe, die herrlich frisch riechen. Wie lange ist es her, dass ich zuletzt frische Kleidung am Leib hatte …

Als ich mich wieder zu ihm umdrehe, hat Seth schon wieder seine menschliche Gestalt angenommen und steigt gerade in die Hose, die er jedoch umkrempeln muss, da sie zu lang ist.

Eine bleierne Stille senkt sich über uns, während wir uns schweigend mustern. Schließlich mache ich den ersten Schritt. »Danke … für deine Hilfe.«

Er zuckt mit den schmächtigen Schultern. »War doch nichts dabei.«

Ein abfälliges Schnauben entweicht mir. Das ist die größte Untertreibung, die ich je gehört habe, doch ich sage nichts weiter dazu, sondern schaue in seine weißen Augen. »Was bist du?«

Er zögert und es scheint so, als wäre ihm dieses Thema unangenehm, doch wenn er zu uns gehören will, wird er es mir erzählen müssen. Ich habe keine Lust, noch einmal wie bei Narissa ins offene Messer zu laufen. »Ist das nicht offensichtlich?«, fragt er nach einer Weile.

»Nein«, antworte ich und versperre ihm den Weg, als er zurück ins Haus gehen und sich so der Unterhaltung entziehen will. Wir werden das hier und jetzt klären, ohne die anderen. »Etwas wie dich habe ich noch nie gesehen.«

Er zuckt kurz zusammen, bestimmt, weil ich *etwas* anstatt *jemanden* gesagt habe, doch ich nehme es nicht zurück. »Ich bin ein Halbblut«, presst er dann zwischen zusammengebissenen Zähnen hervor und wendet den Blick ab.

Ein Halbblut? Ein Mischling? Ich meine, ja, ich sehe schon, dass er kein richtiger Fischmensch ist, aber ich habe noch nie davon gehört, dass sich die drei Völker jemals vermischt hätten. Allein beim Gedanken daran läuft mir ein eiskalter Schauer den Rücken hinunter.

»Meine Mutter war ein Mensch«, erzählt er dann, während er unruhig im Garten auf und ab läuft. »Sie war eine Priesterin der Gaia und wurde vor knapp zwanzig Jahren als eine Art Missionarin zum Wasservolk geschickt. Jedenfalls war das die offizielle Version.« Er stößt mit den Schuhen, die ihm zweifellos ebenfalls viel zu groß sind, einen Stein weg. »In Wahrheit war sie eine Trophäe für den damaligen Hohepriester des Wasservolks. Er hat meine Mutter einmal gesehen, als sie am Schrein der Gaia direkt am Meer gebetet hat, und wollte die schöne Menschenfrau für sich.«

»Er hat sich in sie verliebt?«, frage ich ungläubig.

»Nein!«, ruft Seth und funkelt mich wütend an. »Er hat meine Mutter als Sklavin gehalten.« Er wendet sich wieder von mir ab und ich sehe, wie seine Schultern beben. »Sie starb bei meiner Geburt und ich wurde mehr oder weniger in der Küche des Schlosses aufgezogen und habe dann als Diener dort gelebt.«

»Und wie kommt es, dass du ein Wächter des Erdvolks bist?«

Er zuckt mit den Schultern und reckt dann das Kinn. »Warum bist du einer?«, fragt er zurück und ich verstehe, worauf er hinauswill. Keiner von uns hat sich dieses Schicksal freiwillig ausgesucht. Wir wurden so geboren, ohne dass wir etwas dafür können.

»Wie hast du das mit dem Wasser gemacht?«, frage ich dann, um das Thema zu wechseln. »Wie konntest du einen Pfad entstehen lassen? Woher wusstest du, zu was du fähig bist?«

»Ich wusste es nicht.«

»Was?«, rufe ich schockiert. »Du hast uns auf gut Glück an den Strand geführt?«

Er grinst von einem Ohr zum anderen. »Hat doch funktioniert, oder?«

Es fehlt nicht viel und ich wische ihm dieses selbstgefällige Grinsen aus dem Gesicht! Ist das sein Ernst? Eve und ich habe unsere Kraft geopfert, ohne dass er über seine Fähigkeiten Bescheid wusste? Ich glaube wirklich, mich verhört zu haben.

»Beruhig dich, Mann«, sagt er dann und tätschelt meine Schulter. Sofort schüttele ich seine Hand mit einem Knurren ab. »Ich habe in dem Buch darüber gelesen, das Eve unbedingt mitnehmen wollte. Ich vereine zwei Elemente in mir, also kann ich das Eine aus dem Anderen erschaffen. Aus Wasser mache ich Erde, und aus Erde mache ich Wasser, aber das ist ganz schön anstrengend.«

Ich runzle die Stirn. »Und das stand in diesem Buch?«

»Na ja, nicht direkt. Es wird von den vier Wächtern gesprochen und davon, dass sie sich verwandeln können. Zwei für den Angriff, zwei für die Verteidigung. Einer der verteidigenden Wächter ist immer ein Wandler, so wie ich. Als ich dann Eve nach den anderen Wächtern ausgefragt habe, wurde mir klar, dass ich es sein muss, der die Elemente ändern kann, weil ihr ja …«, er sucht nach einem passenden Wort, während er mich von oben bis unten mustert, »normal seid.«

»Wärmsten Dank auch«, knurre ich. War das ein Kompliment?

»Du bist zweifelsohne ein Angriffswächter und ich glaube, Vincent ist auch einer. Er kann sich in einen Löwen verwandeln, nicht wahr? Eve hat's mir erzählt.«

Ich überlege kurz, ob ich es wirklich fragen soll und ob ich die Antwort dazu hören will, entscheide mich dann aber dafür. »Was hat sie dir denn noch erzählt?«

Augenblicklich verschließt sich Seths Miene. Wahrscheinlich war meine Frage doch nicht so subtil, wie ich gehofft habe. »Viel über dich. Dass du … wie hat sie sich ausgedrückt? Ach ja! Dass du der größte Vollhorst wärst, dem sie je begegnet wäre. Was auch immer ein Vollhorst ist.«

Nichts Gutes, so viel steht fest. Ich lasse die Schultern hängen. War ja klar, dass Eve nicht gut über mich gesprochen hat, aber es direkt von dem Knilch da zu hören, tut weh. »Was weißt du denn schon«, schnappe ich und wende mich ab. Ich habe keine Lust mehr, mich weiter mit ihm zu unterhalten. Alles, was ich wissen wollte, habe ich in Erfahrung gebracht, und ich bin noch nicht bereit, um weiter über Eve zu reden.

»Hey«, ruft er mir hinterher, als ich schon auf halbem Weg zurück zur Hütte bin, und ich bleibe stehen, drehe mich aber nicht zu ihm um. »Wenn du ihr noch einmal wehtust, bringe ich dich um.«

Ich weiß nicht, ob ich lachen, weinen oder ihm einfach nur eine reinschlagen soll. Was bildet sich dieses abgebrochene, kleine … *Kind* eigentlich ein! Ich bleibe eine Antwort schuldig, aus Angst, dann wirklich die Beherrschung zu verlieren, und stapfe wütend zurück zur Hütte. Von dem Kleinen habe ich erst mal die Nase voll!

# # #

Anstatt zu Eve und Narissa zu gehen, biege ich in den rechten Raum ab, wo Vater und Vincent an einem Tisch sitzen und sich unterhalten.

Vinc hat sich ebenfalls umgezogen und seine langen blonden Haare zu einem straffen Zopf geflochten, der ihm beinahe bis zur Hüfte reicht. Ich habe nie verstanden, wie ihn so lange Haare nicht behindern, aber wahrscheinlich darf ich ihn nicht mit mir vergleichen. Sein Leben im Tempel war sehr viel ruhiger als meines, und manchmal war ich neidisch auf ihn, weil er von so viel Prunk und Verehrung umgeben war, während ich mit unseren Eltern ums Überleben kämpfen musste.

Als ich Vater und Vincent für einen Moment beobachte, fallen mir die gravierenden Unterschiede zwischen beiden auf, die mich daran erinnern, dass Vincent nicht mein richtiger Bruder ist. Das rabenschwarze Haar meines Vaters, das, anders als meines, bereits von etlichen grauen Strähnen durchzogen ist, und die kräftige Statur, die ich ebenfalls von ihm geerbt habe, passen nicht zu Vincents eher schmächtiger Erscheinung.

Vater entdeckt mich, wie ich unschlüssig im Türrahmen stehe, und winkt mich zu ihnen heran. Eigentlich wollte ich mich doch zuerst davon überzeugen, dass es Eve gut geht, doch ich lasse mich auf einem Stuhl zwischen den beiden nieder.

»Es tut gut, euch wiederzusehen, meine Söhne«, sagt Vater dann und zeigt ein seltenes Grinsen, das mir das Herz wärmt. Seit seinem Unfall vor so vielen Jahren ist seine Miene meist von Trauer und Angst geprägt, vor allem vor der Zukunft.

Unwillkürlich wandert mein Blick seitlich nach unten zu seinen Beinen. Das rechte endet knapp eine Handbreit über dem Knie. Obwohl es schon über zwanzig Jahre her ist, kann ich mich noch genau daran erinnern, wie er es verloren hat. Ein starkes Gewitter suchte unsere Lande heim, doch uns war das Feuerholz ausgegangen. Erst wenige Wochen zuvor hatte Mutter am Fluss den kleinen Vincent in einem Korb gefunden, halb erfroren und bereits so schwach, dass er kaum noch schreien konnte. Also zog Vater trotz des Sturms los, damit seine Familie nicht vor Kälte starb. Er kehrte diese Nacht nicht mehr zurück und ich weiß noch, dass Mutter fast umkam vor Sorge. Wie ein eingesperrtes Tier lief sie in der Hütte auf und ab, warf einen Blick zu mir, wie ich auf dem Boden saß, und zur Wiege, in der Vincent lag, und dann wieder zur Tür. Als müsste sie sich entscheiden, ob sie loszog, um ihren Mann zu suchen und uns beide hier allein lassen könnte.

Sie entschied sich für uns. Erst am nächsten Morgen, als der Sturm sich gelegt hatte, schlüpfte sie in einen Umhang und eilte in den Wald. Ich war damals fünf oder sechs Jahre alt und ich kann mich erinnern, dass ich große Angst hatte, allein in der Hütte zu bleiben. Ich verstand nicht, warum Mutter gegangen war. Das Baby schrie und ich hatte keine Ahnung, wie ich es beruhigen sollte, also rannte ich in das Schlafzimmer meiner Eltern, warf mir die Decke über den Kopf und hielt mir die Ohren zu, um dieses grässliche Geräusch wenigstens halbwegs auszusperren.

Die Stunden zogen sich dahin und als die Sonne begann, unterzugehen, hörte ich, wie die Hüttentür aufgestoßen wurde, und raste aus dem Zimmer. Den Anblick werde ich wohl niemals vergessen. In der Tür stand Mutter, die schwer atmete und eine leblose Gestalt halb trug, halb schleifte. Erst als sie ihn auf den Boden legte, erkannte ich, dass es Vater war, der bleich und blutend vor mir lag. Panisch flog mein Blick zu Mutter, die auch nicht besser aussah. Ihr dunkles Haar klebte an ihrer Stirn und sie war so blass wie die Monde.

Stirnrunzelnd sah ich wieder auf Vater, denn irgendwas stimmte nicht mit ihm. Etwas fehlte, doch ich war wohl damals zu klein, um es gleich zu bemerken.

Später erzählte Mutter, dass während des Sturms ein Baum umgefallen und direkt auf sein Bein gefallen war. Er konnte sich nicht mehr retten und lag begraben unter dem dicken Stamm. Als ich älter war, habe ich einmal gefragt, wie sie den Baum alleine hatte beiseiteschaffen können. Der sonst immer gegenwärtige Glanz verschwand aus ihren silbergrauen Augen, als sie mich traurig musterte und sich ohne ein Wort abwandte.

Selbst jetzt, als ich mich an damals erinnere, muss ich dabei schlucken. Mutter konnte es unmöglich geschafft haben, den Stamm von Vaters Bein zu ziehen. Sie muss eine Entscheidung gefällt haben, vor die ich niemals gestellt werden möchte: Das Leben des Menschen, den sie liebt, gegen seine Unversehrtheit. Allein bei der Vorstellung, wie sie ihm das Bein abgeschnitten haben muss, spüre ich Galle in mir aufsteigen und schüttle schnell den Kopf, um diese Gedanken zu vertreiben.

All das ist viele Jahre her. Vater kann seitdem nicht mehr seiner Arbeit nachgehen und es blieb an Mutter und später dann an mir hängen, für die Familie zu sorgen. Vincent wurde schon mit etwa zwölf Jahren als Priester ausgewählt und durfte in den Tempel der

Gaia ziehen, wo wir ihn nur hin und wieder besuchen konnten. Ich glaube, Vater macht seine Verletzung und der Umstand, dass er nicht anständig für seine Familie sorgen kann, noch immer zu schaffen. In seinen Augen hat er seine Familie im Stich gelassen, und egal, wie sehr ich mich bemühte, für uns zu sorgen, habe ich doch das Gefühl, dass es nicht gut genug ist. Als die Ernten immer schlechter wurden oder durch die Übergriffe des Luft- oder Wasservolks nahezu komplett ausfielen, tat ich fast alles, um Geld für uns herbeizuschaffen, damit wir überleben konnten.

Unter anderem ging ich sogar so weit, ein junges Mädchen wegen ihrer feuerroten Haare an einen mir bekannten Hurenwirt zu verkaufen. Wahrlich nicht meine klügste Entscheidung, wie sich dann herausstellte, aber in dem Moment hielt ich sie für sehr ertragreich, zumindest bis Eve meinen Arm berührte und ich wusste, was sie ist.

»Ich bin auch froh, endlich wieder einmal zu Hause zu sein«, sagt Vincent und ich schüttele kurz den Kopf, um die Gedanken zu vertreiben. »Wir können leider nicht lange bleiben.«

»Wie schade.« Ich sehe echtes Bedauern, aber auch Verständnis in Vaters Miene. Sein Blick richtet sich auf mich. »Die Frau, die du getragen hast … Ist sie das, wofür ich sie halte?«

Ich nicke. »Sie ist die Hüterin und ihr Name ist Evelyn.«

Er mustert mich eine Weile nachdenklich, bevor er sich wieder Vincent zuwendet. »Und ihr habt tatsächlich alle vier Wächter gefunden?«

Mit stolzgeschwellter Brust berichtet Vincent: »So ist es! Sie alle sind versammelt. Jetzt wird es nicht mehr lange dauern und wir können die Göttin aus ihrem Schlaf erwecken. Endlich! Noch nie ist das Erdvolk so weit gekommen wie wir! Wir werden in die Geschichtsbücher eingehen! Nachfolgende Generationen werden sich an unsere Namen erinnern.«

Ich knirsche mit den Zähnen, denn ich kann seine Freude nicht teilen. Er hat recht, noch nie ist dem Erdvolk gelungen, was wir geschafft haben. Unsere Hüterin hat länger als ein paar Tage überlebt und wir konnten alle Wächter finden und versammeln. Normalerweise sollte ich außer mir sein vor Freude, denn unser Sieg über die anderen Völker würde bedeuten, dass ich nicht mehr so hart für das

Überleben meiner Eltern sorgen muss, aber etwas trübt dieses Glücksgefühl: die Unwissenheit.

Unser Volk besitzt kein dickes Buch wie das Wasservolk, in dem sich die vorangegangenen Hüter und Wächter verewigt und ihr Wissen weitergegeben haben. Wir versuchen blind und unwissend die paar Fetzen, die uns überliefert wurden, zu einem Ganzen zusammenzusetzen, doch wir haben keine Ahnung, was wir nun tun sollen.

Oder was aus uns wird. Oder aus Eve.

Schließlich gibt es keine Hinweise, dass die Hüter nach der Erweckung der jeweiligen Gottheit weiter in dieser Welt waren. Oder ob sie überlebt haben …

Das ist die schlimmste meiner Ängste. Vincent sagte einmal etwas, das mich seitdem verfolgt: Wenn die vier Wächter gefunden sind, muss Eve zum Element selbst werden, um die Göttin zu erwecken. Was bedeutet das? Es klingt jedenfalls nicht nach etwas, das wir vernachlässigen sollten, und auch Vincent konnte mir nicht erklären, was mit dieser Voraussage gemeint ist.

Ich bin deswegen heftig mit ihm aneinandergeraten, als er mich im Wald gefunden hat, damals nach dem verpatzten Kuss mit Eve. Vincent nimmt einfach alles zu leicht, ohne sich Gedanken darüber zu machen, doch ich konnte seitdem an nichts anderes mehr denken.

Ich habe mir selbst versprochen, einen anderen Weg zu finden, den Krieg zu beenden und trotzdem nicht wieder als Verlierer dazustehen. Keinesfalls würde ich Eve opfern!

Ich habe zwar noch keine Idee, wie ich das umsetzen soll, und ich dachte auch, dass mir noch genügend Zeit bleibt – schließlich waren die Wächter noch nicht vollzählig –, doch nun gibt es keinen Grund, den ich vorschieben kann, um die Göttin nicht erwecken zu müssen.

Vincent beobachtet mich stirnrunzelnd, wie ich meine Hände zu Fäusten balle, sie wieder öffne, um sie anschließend wieder zu ballen. Schnell schiebe ich sie unter den Tisch und schaue weg.

»Sie sah ziemlich erschöpft aus«, sagt Vater dann, ohne auf mich zu achten. Sicherlich hat er bemerkt, dass ich mit den Gedanken die ganze Zeit woanders war, und ich bin ihm dankbar dafür, dass er mich nicht darauf anspricht. Ich wüsste nämlich nicht, was ich ihm erzählen sollte.

»Wir mussten vor dem Wasservolk fliehen«, erklärt Vincent. »Dabei hat sie sich ziemlich verausgabt und braucht dringend Ruhe.«

Vater nickt und brummt etwas Unverständliches in seinen Bart, bevor er sagt: »Ich bin sicher, dass eure Mutter nach ihr sehen wird. Bestimmt hat sie ein paar Kräuter, die der Hüterin wieder auf die Beine helfen.«

Und was dann?, fragt eine Stimme in meinem Kopf. *Was passiert, wenn es Eve besser geht?*

Ich stehe auf, eine Spur zu schnell, denn der Stuhl, auf dem ich gesessen habe, fällt beinahe um. »Ich werfe mal einen Blick in den Stall«, sage ich leise, den Kopf gesenkt, um niemanden ansehen zu müssen, und flüchte dann aus dem Zimmer.

Ich brauche dringend eine Ablenkung! Wenn ich noch weiter über das *Was* und *Wie* nachdenke, werde ich noch wahnsinnig.

Dreiundzwanzig

Mit Feuereifer mache ich mich im Stall an die Arbeit. Das Dach ist an einer Stelle undicht und die Tiere sind auch noch nicht gefüttert. Also klettere ich auf das Gebäude, flicke das Loch und vergesse so für ein paar Stunden meine Sorgen. Ich konnte schon immer bei körperlicher Arbeit gut abschalten, einer der Gründe, warum ich mich nie für das Leben im Tempel interessiert habe, selbst wenn ich auserwählt worden wäre.

Durch Vincents Priesterstudium erfuhren wir schon früh davon, dass wir beide Wächter des kommenden Hüters sein sollten. Keine Ahnung, woher die Priester das wussten; es war einfach so, als wäre es schon lange vorherbestimmt gewesen. Anfangs habe ich es belächelt. Ich, ein Wächter? Eine unpassendere Wahl hätte die Göttin gar nicht fällen können! Ich interessierte mich nicht für ihre Überlieferungen und Gebräuche und gab nichts auf die Prophezeiungen. Das Einzige, was für mich wichtig war, war das Überleben meiner Familie. Ich kümmerte mich um die Aussaat und das Vieh, übernahm sämtliche Arbeiten, die Nachbarn und Menschen in der Stadt anzubieten hatten, um uns Nahrung kaufen zu können. Ich hatte keine Zeit, um mir über andere Dinge den Kopf zu zerbrechen, sodass ich über die Jahre schon beinahe vergessen hatte, dass ich ein Wächter war.

Bis ich sie auf der Straße stehen sah, den Kopf in den Nacken gelegt und die Augen staunend aufgerissen, während sie den Himmel betrachtete. Vielleicht sieht der Himmel in ihrer Welt anders aus? Wie gerne würde ich sie danach fragen oder ihn einmal mit eigenen Augen sehen!

Autsch!

Ich schüttle die Hand und versuche, das Pochen in meinem Daumen zu vertreiben, der eben unter den Hammer geraten ist. So was passiert mir doch sonst nicht! Frustriert seufze ich auf. Ich muss mich dringend wieder auf das Hier und Jetzt konzentrieren!

Ich stecke mir zwei weitere Nägel zwischen die Lippen, während ich einen weiteren in das Brett hämmere, das das Loch im Dach flicken soll.

»Luc!«, höre ich Vincents Stimme von unten und lehne mich ein Stück über den Dachvorsprung, bis ich ihn sehe. »Sie wacht auf!«

Augenblicklich spucke ich die Nägel aus, werfe den Hammer beiseite und springe vom Dach. Zum Glück ist der Stall nicht hoch, aber auch das hätte mich gerade nicht abgehalten.

Mit großen Schritten haste ich über die Wiese, hüpfe über das Gatter und stürme in die Hütte, sodass die Tür gegen die Wand schlägt.

Gerade als ich Eves Zimmer betreten will, versperrt Mutter mir den Weg. Mit vor der Brust verschränkten Armen funkelt sie mich wütend aus stahlgrauen Augen an. Was habe ich denn jetzt wieder verbrochen? Das letzte Mal, als sie mich so angesehen hat, war, als ich ihr Hochzeitskleid mit roter Farbe angemalt habe – damals war ich neun oder so.

Ich versuche mich an ihr vorbeizuschieben, doch immer wieder tritt sie vor mich und spiegelt meine Bewegungen. Kurz denke ich darüber nach, sie einfach zu packen und zur Seite zu schieben, immerhin reicht sie mir gerade einmal bis zur Brust, doch ich verwerfe diesen Gedanken schnell wieder; immerhin ist sie meine Mutter.

»Was?«, knurre ich stattdessen und funkle genauso wütend zurück.

»Ich weiß ja nicht, was du dem Mädchen angetan hast«, beginnt sie und ein eisiger Klumpen bildet sich in meinem Magen, »aber sie will dich nicht sehen.«

Das habe ich befürchtet, doch es nun zu hören, versetzt mir einen Stich. »Ist mir egal! Und jetzt geh mir aus dem Weg!«, zische ich und bin selbst darüber überrascht, in welchem Ton ich mit meiner Mutter rede.

Aber sie schüttelt nur stur den Kopf. »Narissa und Seth sind bei ihr. Das genügt für's Erste.«

Toll! Die, die sie nicht leiden kann, und das kleine Halbblut. Wahrlich ihre passendsten Wächter. Die Idee, Mutter einfach zur Seite zu schieben, wird immer verlockender.

»Lass mich *auf der Stelle* durch!«, rufe ich aufgebracht.

Mutter stellt sich breitbeinig vor mich und stemmt die Hände seitlich in den Türrahmen. »Du wirst erst dieses Zimmer betreten, wenn sie es erlaubt, und keine *verdammte* Sekunde früher!«

Wenn ich noch Zweifel gehabt hätte, wüsste ich spätestens jetzt, von wem ich meinen Dickkopf und mein Temperament geerbt habe. Schnaubend drehe ich mich um und laufe im Flur auf und ab, in der Hoffnung, dass Mutter endlich verschwinden wird, doch den Gefallen tut sie mir nicht. Wie versteinert bleibt sie im Türrahmen stehen und lässt mich nicht aus den Augen.

Vincent beobachtet ebenfalls meinen Ausbruch, allerdings liegt in seiner Miene ein spöttischer Ausdruck. Ja, er hat gut lachen! Ihn hat sie auch nicht ausgesperrt!

Er kommt zu mir herübergeschlendert und legt mir den Arm um die Schultern. Am liebsten würde ich ihn sofort abschütteln, doch ich beherrsche mich. Im Moment weiß ich nicht, zu was ich noch fähig wäre.

»Lass uns nach draußen gehen«, sagt Vincent leise und schiebt mich zur Tür. Über die Schulter und etwas lauter fügt er dann hinzu: »Mutter wird uns sicher rufen, wenn Eve uns ebenfalls sehen will.«

Widerwillig lasse ich mich von meinem Bruder aus der Hütte schieben.

Die Sonne geht gerade unter und taucht den Wald um uns herum in ein leuchtendes Orange, das mich an das Feuer in Eves Augen erinnert, wenn sie eine Verbindung eingeht.

Seufzend stütze ich mich am hüfthohen Gatter ab. Wieso bekomme ich sie nicht aus meinem Kopf raus? Das kann unmöglich so weitergehen …

»Du hast es echt verbockt, Mann«, sagt Vincent grinsend hinter mir.

»Auch wenn du mein Bruder bist, hindert mich das nicht daran, dich hier und jetzt niederzuschlagen, wenn du deinen Mund nicht halten kannst«, grolle ich, denn das Letzte, was ich jetzt noch gebrauchen kann, ist eine weitere Standpauke. Es reicht vollkommen, dass ich mir den Kopf zerbreche und meine Mutter mir in den Rücken fällt – da brauche ich nicht auch noch Vincent, der mir aus seinem nicht vorhandenen, aber seiner Meinung nach reichhaltigen Erfahrungsschatz Ratschläge gibt. Sein letzter Rat an mich war schon dämlich genug, um für die nächsten zwanzig Jahre einen Vorrat zu bilden.

»Ich meine ja nur.« Er lehnt sich mit der Hüfte neben mich an das Gatter und schaut in den Himmel hinauf. »Du hast dir die Probleme mit Eve ganz alleine eingebrockt. Warum hast du nicht auf mich gehört und ihr schon damals im Wald gesagt, was du empfindest?«

»Habe ich dich um deine Meinung gebeten?« Ich will den Mist nicht hören und am liebsten würde ich gerade jedem von ihnen aus dem Weg gehen. Aber wo soll ich hin? Allein in den Wald, bei Nacht? Und in die Hütte kann ich auch nicht, ohne ständig daran zu denken, dass mich nur eine dünne Holzwand von Eve trennt. Der Stall sieht mit einem Mal sehr einladend aus. Ja, ich glaube, ich schlafe heute im Heu.

Ich stoße mich vom Gatter ab und laufe zum Stall hinüber. Einfach nur weg von Vinc, Mutter und all den anderen, die meinen, mir Vorwürfe machen zu müssen wegen Dingen, die sie nicht verstehen. Wieso bilden sich plötzlich alle ein, mir irgendwelche Ratschläge geben zu müssen? Sehe ich etwa so aus, als würde ich Wert auf ihre Meinung legen? Ich weiß selbst, dass ich Mist gebaut habe und ihn so einfach nicht wiedergutmachen kann. Im Grunde habe ich mich schon damit abgefunden, Eve für immer verloren zu haben, aber ich werde nicht zulassen, dass ihr etwas passiert. Ich werde einen Weg finden, den Krieg zu beenden, ohne ein Opfer bringen zu müssen.

Vierundzwanzig

Evelyn

Die stechenden Kopfschmerzen zwingen mich dazu, meine Augen geschlossen zu halten. Es fühlt sich an, als würde man mir eine glühende Nadel in die eine Schläfe hinein, und zur anderen wieder hinaus treiben. Das geht nun schon stundenlang so und auch die Energie, die ich von Seth bekommen habe, hat daran nichts geändert.

Ich war sehr vorsichtig, habe nur so viel genommen, dass ich einigermaßen klar sehen und mich aufrichten konnte, aus Angst, bei einer Überdosis sofort wieder umzukippen. Meine Muskeln schmerzen, obwohl meine Gliedmaßen sich seltsam schlaff anfühlen, und am liebsten würde ich einfach nur schlafen, doch ich zwinge mich, wach zu bleiben. Ich habe meinen Wächtern schon genug Sorgen gemacht und auch die Frau mit den grauen Augen, die seit Stunden um mich herumschwirrt und mir immer wieder Kräutertee einflößt, hat mehrmals die Stirn sorgenvoll in Falten gelegt.

Ich möchte niemandem zur Last fallen. Dafür bin ich nicht hier.

»Möchtet Ihr etwas Brühe trinken, Hüterin?«, fragt die Frau, deren Namen ich immer noch nicht kenne, von der ich aber weiß, dass sie Lucians Mutter sein muss, doch ich schüttle den Kopf. Allein bei der Vorstellung, etwas zu essen oder es nur zu riechen, rebelliert mein Magen.

»Sie muss etwas essen«, flüstert sie zu Narissa, die teilnahmslos an der Wand lehnt. Wahrscheinlich denkt sie, dass ich sie nicht hören würde, doch ich verstehe jedes Wort.

Es ist mir egal, was ich *muss* – ich werde keinen Bissen runterbekommen, ohne mich anschließend sofort übergeben zu müssen, also bleibe ich stur.

Seth sitzt auf dem Rand des Bettes, in das man mich gelegt hat, und lässt mich nicht aus den Augen. Immer wieder greift er nach meiner Hand, um mich mit weiterer Energie zu versorgen, doch ich entziehe sie ihm. Ich will einfach nur meine Ruhe! Warum versteht das niemand? Es wird mir gerade alles zu viel. Erst die wochenlange Kälte, die mein Innerstes zu Eis erstarren ließ, und nun habe ich plötzlich alle Wächter um mich versammelt und könnte endlich zurück nach Hause.

Doch will ich das? Kann ich die Konsequenzen in Kauf nehmen?

Meine Zeit in Thunderstrikes Gefangenschaft hat mir gezeigt, dass es in dieser Welt nichts gibt, das mich hält. Ich war allein, ohne Familie. Selbst die kleinen Annehmlichkeiten wie warmes Wasser aus dem Wasserhahn oder Strom habe ich in dieser Zeit schmerzlich vermisst.

Mein Problem ist, dass ich zu wenig darüber weiß, was passiert, wenn ich es tatsächlich schaffen sollte, die Göttin zu erwecken. Werden dann die anderen beiden Hüter wirklich sterben? Sterben sie auch in der wirklichen Welt? Wäre ich dann eine Mörderin? Und was geschieht mit den Menschen hier? Oder sind es doch nur Programme und Thunderstrikes Parallel-Welt-Theorie ist ausgemachter Schwachsinn?

Wenn es sich um wirkliche Menschen und nicht nur um Programme handelt, kann ich sie nicht im Stich lassen. Sie leiden schon so lange und ich bin ihre einzige echte Chance auf ein besseres Leben. Doch das würde bedeuten, dass durch meinen Sieg die anderen Hüter verlieren – und sterben. Auch wenn es seit Jahren meine Rivalen sind und ich danach lechze, sie endlich zu besiegen, kann ich dieses Risiko nicht eingehen. Was, wenn ich in der wirklichen Welt aufwache und feststellen muss, dass beide tot sind? Und ich wäre schuld daran! Damit könnte ich nicht leben.

»Seth«, sage ich und bin erschrocken darüber, wie kratzig meine Stimme sich anhört. Sofort rutscht er ein Stück näher heran, um mich besser zu verstehen, und sieht mich an wie ein treuer Hund. »Weißt du etwas darüber, was mit den Hütern geschieht, wenn eine Gottheit erweckt wurde?«

»Ich weiß nicht viel. Nur das, was in den Chroniken steht. Nachdem der Hüter die Gottheit erweckt hat, konnte er in seine Welt zurückkehren«, berichtet er.

»Und die anderen Hüter? Die, die es nicht geschafft haben, ihre Gottheit zu erwecken?«

Seth schüttelt den Kopf. »Darüber weiß ich nichts. Aber die meisten werden nicht lange genug überlebt haben. Der sicherste Weg, als Erster die Gottheit zu erwecken, ist, den gegnerischen Hüter zu vernichten. Es genügt zwar auch, einen der Wächter zu töten, aber dennoch kann der Hüter mit seiner Kraft gefährlich werden.«

Ich erschauere bei seinen Worten, doch sie machen mir auch Mut. Dass ich gewinne, heißt nicht zwangsläufig, dass die anderen sterben. Vielleicht wird es nur angenommen, weil es bisher immer in einen offenen Kampf zwischen den Völkern ausgeartet ist, was ich unter allen Umständen vermeiden will.

Thunderstrike kann zwar seinen Gott nicht mehr erwecken, da ihm ein Wächter fehlt, aber er ist dennoch ein mächtigerer Gegner als Killswitch. Es würde mich nicht wundern, wenn Killswitch noch nicht einen einzigen seiner Wächter gefunden hat, weil er viel zu sehr damit beschäftigt war, Allianzen zu schmieden.

Auf der Insel war es mein Plan, mich mit Thunderstrike zusammenzutun. Gemeinsam hätten wir Killswitch – wie auch immer – besiegen können und unsere Verbindung hätte die Kriegslust der beiden Völker Erde und Wasser vielleicht besänftigt, auch ohne dass eine Gottheit erweckt werden muss. Ich hatte so gehofft, dass mein Plan funktioniert, und ich hatte mich mit meinem Schicksal abgefunden, doch nun … Ich weiß nicht, was ich jetzt tun soll. Plötzlich ist alles anders. Meine Wächter, von denen ich dachte, dass sie mich vergessen haben, kamen zu meiner Rettung, und nun bin ich hier, im Haus von Lucians Eltern, und bin verwirrter denn je.

»Wie kommt der Hüter wieder nach Hause?«, frage ich dann. »Schickt der Gott ihn zurück?«

Seth blinzelt ein paar Mal, als müsse er angestrengt über meine Frage nachdenken. »Nein. Der Hüter nutzt seinen Wunsch dafür.«

Der Wunsch! Den habe ich ja vollkommen vergessen! »Ach ja, richtig«, murmle ich, um meine Unwissenheit zu überspielen. »Und man kann sich alles wünschen?«

Thunderstrike wollte, dass ich seine getötete Wächterin wiedererwecke, aber jedes Märchen, jedes Spiel, jede Göttersage, jeder verdammte

Disney-Film hat mich gelehrt, dass die Rückkehr von den Toten niemals gut geht. Ich hätte ihm gern den Wunsch erfüllt – wenigstens hätte dann nur noch einer von uns ein gebrochenes Herz –, aber ich habe Angst davor, was passieren könnte. Außerdem ist es *mein* Wunsch.

»Ich glaube, dass sich bisher jeder Hüter gewünscht hat, in seine Welt zurückkehren zu können«, berichtet Seth niedergeschlagen. »Ist es denn bei uns so schlimm?«

Unwillkürlich muss ich über diese Frage lächeln. »Nein. Es ist nur … anders.«

»Erzählt uns von Eurer Welt, Hüterin«, bittet Lucians Mutter und lässt sich auf einen Stuhl nieder. Selbst Narissa spitzt die Ohren und sieht mich erwartungsvoll an.

Ich seufze und suche nach Worten. Wie soll ich ihnen die reale Welt beschreiben? Können sie es überhaupt verstehen? »Es gibt … viele große Städte, in denen Häuser stehen, die bis in den Himmel reichen. Wir brauchen keine Kerzen, um uns Licht zu spenden. Wir müssen einfach nur auf einen Schalter drücken. Wenn wir einen Wasserhahn aufdrehen, bekommen wir immer kaltes oder warmes Wasser. Wenn wir Hunger haben, müssen wir nur in einen Supermarkt gehen und können uns dort alles kaufen, auf das wir Lust haben.« Ich huste, weil es in meinem Hals kratzt. Das Sprechen bereitet mir Schmerzen.

»Was hast du gemacht in deiner Welt?«, fragt Narissa. »Hattest du eine Arbeit?«

Ich schmunzle. »Ja. Ich war einer der besten Gamer der Welt.«

»Was ist ein Gamer?«, fragt Seth, der förmlich an meinen Lippen hängt, mit großen Augen.

»Ich habe … Spiele gespielt. Wir nennen sie Videospiele. Dabei lenke ich virtuelle Figuren und kämpfe gegen andere Spieler.«

Seth klatscht begeistert in die Hände. »Kein Wunder, dass Gaia dich auserwählt hat! Du bist eine Kriegerin!«

»Ähm … nun …« Wie soll ich jemandem, der nicht einmal weiß, was Elektrizität ist, erklären, was Videospiele sind? »Nicht wirklich. Diese Spiele … Sie sind nicht real.«

Ich schaue in die zweifelnden Gesichter der drei Menschen, die mit mir im Raum sind, und weiß nicht, wie ich es ihnen begreiflich machen soll.. Sie alle sind Teil eines Spieles und somit nicht real, doch das kann ich ihnen unmöglich sagen. Narissa kennt ein bisschen von der Wahrheit, und ich bin ihr dankbar dafür, dass sie den Mund hält.

»Wisst ihr, nun habe ich doch etwas Hunger«, sage ich schnell, um die bedrückende Stille zu durchbrechen und vom Thema abzulenken.

Freudig springt Lucians Mutter auf und rauscht aus dem Zimmer. Beeindruckend schnell für so eine zierliche Person. Narissa und auch Seth folgen ihr, und ich bin froh, ein paar Minuten allein zu sein.

Mich nach so langer Zeit wieder an meine Heimat zu erinnern, hat alte Wunden in mir aufgerissen. Ich hätte es nie für möglich gehalten, dass ich jemals so unter Heimweh leiden könnte. Wütend wische ich mir die Tränen weg, die meine Wange hinunterkullern.

Ich weine nicht. Ich zeige keine Schwäche. *Ich bin Nemesis.*

Wieder und wieder bete ich mein Mantra runter, doch diese blöden Tränen hören einfach nicht auf zu fließen! Niemand darf mich so sehen. Ich habe ihnen schon genug Schwierigkeiten gemacht.

Vorsichtig schwinge ich beide Beine aus dem Bett und teste, ob sie mein Gewicht tragen. Als ich stehe, werfe ich mir die braune Decke über die Schultern und laufe mit wackligen Schritten zur Tür. Hoffentlich kann ich unbemerkt aus dem Haus.

Ein paar Schritte an frischer Luft tun mir sicherlich gut.

# # #

Ich atme tief die kalte, klare Luft ein und bleibe einfach eine Weile mit geschlossenen Augen vor der Hütte stehen. Es war einfach, ungesehen nach draußen zu gelangen. Aus der Küche hörte ich die Stimmen von Seth und Lucians Mutter, während ich einen kurzen Blick auf Vincent und Lucians Vater im Wohnzimmer erhaschen konnte. Niemand bemerkte mich, also beeilte ich mich und ging durch die Tür.

Der eisige Wind lässt mich frösteln, denn ich trage nur ein dünnes Unterkleid, daher ziehe ich die Decke enger um mich. Jetzt schon wieder reinzugehen, kommt für mich nicht infrage. Ich brauche eine Weile für mich allein.

Da es schon dunkel wird, werde ich mich nicht weit von der Hütte wegbewegen. Ich lasse meinen Blick über die Lichtung gleiten, auf der die Hütte von Lucians Eltern steht. Es ist ein einfaches Haus mit drei

Zimmern, aber es ist gemütlich. Direkt davor ist ein großer Kräutergarten angelegt, der einen himmlischen Duft verströmt, und eine eingezäunte Koppel, wahrscheinlich für Tiere, schließt sich gleich daran an. Hinter der Koppel kann ich ein weiteres Gebäude sehen. Ist das ein Stall? Ich mache ein paar Schritte darauf zu. Das Gras kitzelt an meinen nackten Füßen, doch ich genieße diese kurze Freiheit, ehe ich wieder zur Hüterin werden muss.

Als ich vor dem Stall stehe, zögere ich. Die Tür ist nur angelehnt. Ob da jemand drin ist? Aber wer soll da sein? Es sind doch alle im Haus. Ich drücke die Tür einen Spalt weit auf und stecke den Kopf hinein. Ein paar Tiere, die mich entfernt an Kühe erinnern, wenn man einmal von den zwei Höckern auf ihrem Rücken absieht, begegnen neugierig meinem Blick, widmen sich dann jedoch wieder dem Gras, das vor ihnen liegt.

Niemand ist zu sehen, also beschließe ich, es mir eine Zeit lang im Stall gemütlich zu machen. Hier bin ich allein und gleichzeitig vor der kühlen Nachtluft geschützt. Wenn ich mich wieder gesammelt habe und nicht mehr so viel Schwäche ausstrahle, werde ich zurückgehen.

Ich schließe die große Stalltür, nachdem ich eingetreten bin, und laufe an den kauenden Tieren vorbei. Zögerlich strecke ich eine Hand aus und fahre einem der Kuhkamele, wie ich sie für mich nenne, über den haarigen Kopf. Es nimmt nicht sonderlich viel Notiz von mir und doch tat es gut, wieder ein lebendes Wesen zu berühren, ohne gleich von brennendem Feuer verzehrt zu werden. Irgendwie finde ich die Dinger ja niedlich. Ich sollte mal jemanden fragen, wie sie hier genannt werden.

Ich schlendere weiter und lausche dem zufriedenem Schmatzen der Tiere, während ich nach einem Platz Ausschau halte, wo ich mich für eine Weile hinsetzen und ausruhen könnte.

Dort hinten scheint das Heu gelagert zu werden, dort finde ich bestimmt ein nettes Plätzchen, an dem ich ungestört sein kann.

Als ich jedoch um die Ecke biege, ramme ich beide Füße in den Boden und bleibe stocksteif stehen. *Das darf doch nicht wahr sein!*

Ich überlege kurz, ob ich verschwinden kann, ohne dass er mich bemerkt, doch die Art, wie seine Schultern sich verkrampfen und seine Hände sich zu Fäusten ballen, zeigt mir, dass er genau weiß, dass ich hier bin. Ich starre auf Lucians breiten Rücken und meine Kehle ist wie ausgedörrt. Warum muss ausgerechnet er hier sein? Ich bin nicht dazu bereit, ihm ohne die Rückendeckung der anderen – *allein!* – gegenüberzutreten, doch Flucht kommt für mich ebenfalls nicht infrage. Jedenfalls keine so offensichtliche. Wenn ich mich einfach umdrehe und so tue, als wäre er gar nicht da, vielleicht …

Doch bevor ich reagieren kann, dreht er sich ganz langsam zu mir um. *Scheiße!* Ich muss gerade aussehen wie ein Reh, das direkt in die Flinte des Jägers schaut. So darf ich nicht aussehen! Also beiße ich die Zähne zusammen und straffe den Rücken, ziehe die kühle Gewinnerfassade nach oben, in der Hoffnung, dass er dadurch nicht sieht, welcher Sturm in mir wütet.

Er *darf* nicht wissen, wie es in mir aussieht. Ich will nicht als die zurückgewiesene, weinerliche Hüterin in die Chroniken eingehen, die einem ihrer Wächter nachgelaufen ist! Er will mich nicht? Schön! Ich will ihn auch nicht!

Als ich jedoch den Fehler begehe und in sein Gesicht schaue, gerät dieser Vorsatz sofort ins Wanken. Egal, wie oft ich ihn sehe – allein sein Anblick lässt kleine Schmetterlinge in meinem Bauch Amok laufen. Das ist doch nicht normal! Wie kann man so aussehen? Ach ja, ein Spiel … Da war ja was.

Er ist nicht echt. Er ist nicht echt! Vehement versucht mein Gehirn auch mein Herz davon zu überzeugen, aber irgendwie klappt das nicht, denn es ist der unumstößlichen Meinung, dass der Kerl da vorne sehr wohl echt ist, wenn ich ihn riechen, sehen und anfassen kann.

Und spüren kann …

Ich zucke zusammen. *Konzentration, Eve! Du flüchtest dich schon wieder in Träumereien!*

Wenigstens ist auf meinen Kopf Verlass, ansonsten hätte ich mich schon längst in ein sabberndes Fangirl verwandelt.

Wir starren uns an, ohne dass einer von uns einen Ton von sich gibt. Ich hoffe inständig, dass ich äußerlich so cool und gelassen erscheine, wie ich mir das vorstelle, doch sicher bin ich mir nicht. Ich spüre, wie er versucht, mich einzuschätzen, während sein Blick mein Gesicht nach einer Regung abtastet, und ich muss mich beherrschen, um nicht zu seufzen. So lange musste ich auf seine Blicke und die

Art, wie er meine Bewegungen registriert, verzichten, dass es beinahe schon einem Rausch gleichkommt, was ich gerade empfinde.

Nun sag doch schon was!, denke ich kurz und schelte mich sofort dafür.

Als meine Hände anfangen zu zittern, nicke ich ihm knapp zu und drehe mich um, damit möglichst würdevoll aus diesem Stall zu flüchten. Ja, ich ziehe es mittlerweile in Betracht zu flüchten, weil ich es keine Sekunde länger mehr hier aushalte. Ich will wieder ins Haus, zu Seth und Vincent und von mir aus auch zu Narissa, aber hier … allein mit ihm … das ist zu viel für mich.

»Warte!«, ruft er und ich blöde Kuh bleibe tatsächlich stehen.

Bewegt euch, Beine, dort ist die Tür! Wir haben es gleich geschafft! Doch diese nutzlosen Dinger rühren sich nicht vom Fleck, sondern drehen meinen Körper stattdessen wieder ihm zu. *Na toll! Vielen Dank auch!*

Ich balle die Hände zu Fäusten und klammere mich an die Decke, in der Hoffnung, dass er das Zittern nicht bemerkt. Warum bin ich nur so nervös? Er ist nichts weiter als mein Wächter, kein Grund, durchzudrehen!

»Geht es dir besser?«, fragt er leise und ich sehe echte Sorge in seinem Gesicht. Vorsichtig macht er einen Schritt auf mich zu und beobachtet dabei genau meine Reaktion. Als ich nicht panisch vor ihm zurückweiche, macht er einen weiteren Schritt, und mit jedem Zentimeter, den er mir näher kommt, klopft mein Herz ein paar Takte schneller, bis es sich anfühlt, als würde es jede Sekunde aus meinem Brustkorb hüpfen.

Wie war die Frage noch mal? Ich war zu sehr damit beschäftigt, ihn anzustarren und mich über seine Sorgen um mich zu freuen, also klappe ich schnell meinen Mund, der die ganze Zeit offen stand und wohl eine Antwort geben wollte, wieder zu, ehe noch irgendein Blödsinn rauskommt. Wie beispielsweise »Ich liebe dich«, wie in dieser gottverdammten Höhle! Ich könnte mich heute noch dafür ohrfeigen!

»Du siehst blass aus«, sagt er dann.

Danke, auf solche Komplimente war ich gar nicht vorbereitet, denke ich bissig und schaffe es endlich wieder, mich zurück in meine kühle Fassade zu flüchten.

»Es geht mir gut«, sage ich dann so neutral, wie ich nur kann. »Seth hat mich mit Energie versorgt.«

Augenblicklich verhärten sich seine Züge und er schaut zu Boden. Puh, ohne direkten Blickkontakt fühle ich mich gleich weniger nervös. Warum versetzt mir dann aber sein niedergeschlagener Anblick einen Stich?

»Ich … gehe jetzt besser wieder«, murmle ich. »Ich wusste nicht, dass jemand hier ist.«

Ich drehe mich um und mache einen Schritt auf die rettende Tür zu, als ich seine Stimme hinter mir höre. »Wird das jetzt immer so laufen?«

Wieder bleibe ich stehen. Lerne ich denn nie etwas dazu? Ich sollte schnellstens von hier verschwinden, stattdessen hänge ich an jedem Wort, das seine Lippen verlässt.

»Das zwischen uns, meine ich. Dass du vor mir davonläufst.«

Ich wirble zu ihm herum und starre ihn an. »Erstens gibt es kein Uns, da warst du *sehr* deutlich.« Ich weiß, dass ich mich gerade anhöre wie eine keifende Ehefrau, doch ich kann nichts dagegen tun. Dieser Mann macht mich wahnsinnig und bringt meine schlechtesten Eigenschaften zum Vorschein. Trotzig recke ich mein Kinn vor, ehe ich hinzufüge: »Und zweitens laufe ich bestimmt nicht vor dir davon!«

Er verschränkt die Arme vor der Brust. »Und was tust du dann gerade?«

»Ich … –« Verzweifelt suche ich nach einer Ausrede. Niemals würde ich zugeben, dass ich genau das vorhatte. »Ich suche einen Platz, wo ich ein paar Stunden ungestört sein kann«, sage ich schließlich und hoffe inständig, dass er das verräterische Zittern in meiner Stimme nicht bemerkt.

Er macht einen Schritt auf mich zu und ich weiche eilig zurück. Mein Herz klopft mir bis zum Hals, während ich jede seiner anmutigen Bewegungen gebannt beobachte. Ich hasse es, wie wir umeinander herumschleichen, habe es schon immer gehasst, aber irgendwie scheinen wir diesen Teufelskreis nicht durchbrechen zu können. Sobald einer zu nahe kommt, stößt der andere ihn weg. Früher oder später wird dieses Verhalten einen von uns zerstören, und ich habe die blöde Vermutung, dass ich dieser Eine sein werde.

»Als Hüterin solltest du nicht alleine umherlaufen«, sagt er dann, als er nur noch eine Armeslänge von mir entfernt steht.

Sein Pfirsichduft nimmt mir die Luft zu atmen – zumindest, wenn ich mich daran erinnern könnte, wie das überhaupt funktioniert.

Ich mache den großen Fehler und schaue in seine Augen. Sofort nimmt das wirbelnde Silber mich gefangen. Keine Spur von den finster dreinblickenden Gewitteraugen; diesmal liegt beinahe so etwas wie Wärme in seinem Blick.

Wie war noch mal mein Name?

»Hast du mich verstanden, Eve?« Ach ja, richtig! Evelyn. Und wie war die Frage? Verdammter Mist! Ich sollte mich wirklich dringend auf unser Gespräch konzentrieren und mich nicht ablenken lassen – von seinen Augen, dem Geruch, seiner Stimme, die bis in mein Innerstes vibriert, oder von den breiten Schultern, die in…

Whoa! *Aufwachen, Eve!*

Ich blinzle mehrmals, tarre auf die Bretterwand hinter ihm und sage: »Ich kann selbst auf mich aufpassen. Ich bin nicht weit entfernt von meinen Wächtern.«

»Du warst schon immer eine schlechte Lügnerin«, murmelt er lächelnd und streckt eine Hand nach mir aus. Ich wage mich nicht zu bewegen, als er nach einer Haarsträhne von mir greift und sie sich vorsichtig um den Zeigefinger wickelt.

Meine Knie beginnen zu zittern und ich bete stumm, dass sie mich weiterhin tragen werden, doch sicher bin ich mir nicht. Aber ich kann doch nicht einfach hier zusammenbrechen … Wie sähe das denn aus?

Lucian beobachtet mich kurz, hält mich mit seinem Silberblick gefangen, ehe er seine Hand sinken lässt und nach meiner greift, die sich noch immer in die umgehängte Decke krallt hat.

»W-Was tust du da?«, frage ich leicht panisch.

»Dich wärmen. Du zitterst.«

Sofort fahre ich sämtliche Abwehrmechanismen nach oben und sperre ihn und die Kraft, die sich unweigerlich zwischen uns aufbaut, aus, auch wenn ich mich eigentlich danach sehne. Zwar hat Seth mich vorhin mit Feuerenergie versorgt, doch sie ist so ganz anders als Lucians. Vielleicht bin ich verrückt, aber ich spüre einen immensen Unterschied. Lucians Kraft ist strahlender, reiner und mächtiger. Seths Energie versorgt mich mit dem Grundlegendsten, aber es fühlt sich so an, als würde man ein Auto, das Super-Benzin braucht, mit gepanschtem Sprit tanken. Lucians Energie dagegen ist die exklusive Super-Plus-Sprit-Version mit sämtlichen Zusätzen.

Das Feuer in mir läuft randalierend gegen die Schutzmauern und verlangt danach, dass ich Lucians Kraft einlasse, doch ich wehre mich dagegen. Bereits ohne die Kraft jagt mir seine Berührung einen Stromstoß nach dem anderen durch den Körper. Wenn ich jetzt seine Energie nehme, weiß ich nicht, ob ich je wieder aufhören könnte, ihn zu berühren.

Er runzelt die Stirn, als nichts passiert, und er merkt, dass ich mich dagegen sträube. Abrupt lässt er meine Hand los, die sich sofort kalt anfühlt, und tritt einen Schritt zurück. Ich erlaube mir, endlich wieder zu atmen, nun da mich sein Pfirsichduft nicht mehr umhüllt und meinen Verstand vernebelt.

»Bin ich dir nicht mehr gut genug?«, knurrt er dann zwischen zusammengebissenen Zähnen.

Verdutzt entweicht mir ein »Häh?«, weil ich seine Frage gerade gar nicht einordnen kann.

»Nimmst du nur noch Energie von diesem *Kind*?«

Nun ist es an mir, die Stirn zu runzeln. Kind? Wen meint er damit? Und endlich macht es auch bei mir *klick*. »Das hat rein gar nichts mit Seth zu tun. Lass ihn da raus! Er war meine einzige Stütze, als keiner von euch da war.«

Ich sehe, wie meine Worte ihn treffen, und für den Bruchteil einer Sekunde wünsche ich mir, sie zurücknehmen zu können. Vorsorglich presse ich die Lippen zu einem schmalen Strich zusammen, damit kein Wort der Entschuldigung hindurchschlüpfen kann.

»Du verstehst es nicht«, grollt er dann.

»Was verstehe ich nicht?« Ich merke, wie ich mich in Rage rede, aber ich schaffe es nicht, mich zu stoppen. Er will eine Aussprache? Gut, die kann er haben! »Du bist doch derjenige, der eine klar professionelle Beziehung als Hüterin und Wächter will. Verschwendest du überhaupt einen einzigen Gedanken daran, wie es mir dabei geht?« Ich beginne, wild mit den Armen zu gestikulieren, sodass die Decke von meinen Schultern rutscht und zu Boden gleitet. »Es interessiert dich einen *Dreck*, wie ich mich fühle! Für dich bin ich nur die Hüterin, die es vielleicht endlich schafft, dieses blöde Spiel zu gewinnen. Ich«, ich presse die Hände vor meiner Brust zusammen und befehle mir, nicht vor ihm in Tränen auszubrechen, »interessiere dich einen Scheißdreck! Es geht dir nur um meine Kraft!«

»Das stimmt nicht!«, fährt er mich an, doch ich achte nicht auf seinen Einwand.

»*Niemand* von euch interessiert sich für mich! Für das, was ich durchmache, weil ich in dieser beschissenen Spielwelt festhänge und nicht nach Hause kann. Hat mich jemals jemand gefragt, ob ich hier sein will? Nein! Und glaube mir, ich würde lieber heute als morgen von hier verschwinden!«

Er macht wieder einen Schritt auf mich zu. »Eve …«

»Lass mich!«, schnappe ich und weiche eilig zurück, ehe er die Hand nach mir ausstrecken kann. »Wenn ich eins während der Zeit in dem Turm gelernt habe, dann, dass du recht hattest. Das zwischen uns«, ich zeige mit dem Finger erst auf ihn, dann auf mich, »kann nicht funktionieren. Schließlich bist du nichts anderes als ein Charakter in einem blöden Spiel!«

Ehe er reagieren kann, wirble ich herum und renne, nur mit dem Unterkleid bekleidet, raus in die Nacht. Ich achte nicht auf die Umgebung, aber ich hätte sowieso nicht viel davon gesehen, da mir ein Tränenschleier die Sicht nimmt. Krampfhaft balle ich alle Emotionen in mir zusammen, lasse sie noch nicht nach außen dringen. Ich stürme in die Hütte, ignoriere die besorgten Gesichter, die mich aus den verschiedenen Zimmern anschauen, und eile in das Zimmer, in dem ich aufgewacht bin. Erst als ich die Tür hinter mir verriegelt habe, gleite ich mit dem Rücken an dem rauen Holz hinunter und erlaube den Tränen, endlich zu fließen.

Erschöpft bette ich den Kopf auf meinen Knien, als mich ein Luftzug aufschreckt. Es riecht nach Pfirsichen! Panisch schaue ich mich um. Ist er mir etwa so schnell gefolgt? Würde mich das freuen, dass er mich nicht einfach so gehen lässt? Doch dann sehe ich, dass das Fenster offen ist. Und direkt davor steht ein Pfirsichbaum in voller Blüte.

Stöhnend lasse ich meinen Kopf zurück auf die Knie sinken.

Fünfundzwanzig

Ich will nicht aufstehen.

Nicht nach gestern Abend und all dem, was ich Lucian an den Kopf geworfen habe. Ich muss ihm zugutehalten, dass er nichts von dem wirren Zeug, das ich von mir gegeben habe, infrage gestellt hat.

Zusammengerollt liege ich im Bett, ohne Decke. Ich habe zwar noch in der Nacht das Fenster geschlossen, aber dieser betörende Geruch wollte einfach nicht verschwinden. Meine Augen sind geschwollen und fühlen sich wund an vom Weinen.

Gedankenverloren drücke ich mit den Fingern auf dem Knubbel in meinem Nacken herum.

Wie konnte ich mir nur ernsthaft länger als eine Sekunde wünschen, in dieser Welt bleiben zu können? Jetzt würde ich alles dafür geben, endlich gehen zu können. Nein, eigentlich wollte ich schon nichts anderes, als ich in diesem Turm eingesperrt und vollkommen allein war. Als niemand kam, um mich zu retten. Als ich merkte, dass ich hier anscheinend doch keine Bestimmung habe. Zu der Zeit wünschte ich mir nichts sehnlicher, als endlich wieder nach Hause zu können. Dort erwartet mich zwar nichts als meine überkritischen Eltern, aber es ist allemal besser als … *das hier.*

Ich muss mit Seth und Vincent reden. Wenn jemand etwas über die Erweckung der Göttin weiß, dann die beiden. Ich möchte alles daransetzen, es so schnell wie möglich hinter mich zu bringen.

In der Nacht kam mir eine gute Idee für den Wunsch an die Göttin, denke ich zumindest. Vielleicht kann ich so sowohl Thunderstrike als auch Killswitch zusammen mit mir aus dieser Welt retten, ohne dass einer von uns zurückbleibt oder gar sterben muss.

Ja, ich halte es für eine gute Idee. Nun muss ich nur noch meinen Körper davon überzeugen, endlich aufzustehen. Ich fühle mich bleischwer und sehe bestimmt schrecklich aus. Wie gern hätte ich jetzt Gwen, die junge Priesterin aus dem Tempel, bei mir, die mir so wundervoll die Haare frisiert hat. Wie es ihr wohl geht? Ich werde Vincent bitten, dass wir noch einmal beim Tempel vorbeischauen, damit ich mich von ihr verabschieden kann. Sie war meine erste Freundin in dieser Welt und wahrscheinlich auch die einzige.

Es klopft an meiner Tür und ich schrecke hoch.

»J-Ja?«, rufe ich unsicher. Bitte, lass es nicht Lucian sein! Er darf mich nicht so sehen!

»Kann ich reinkommen?«

Es ist Narissas Stimme. Was will sie denn hier bei mir? Ich richte mich auf und kämme kurz mit den Fingern durch meine Haare. Ein hoffnungsloses Unterfangen.

Seufzend rufe ich ihr zu, dass sie reinkommen darf. Sie öffnet die Tür nur einen Spaltbreit, huscht in mein Zimmer und verschließt sie sofort wieder.

Schweigend mustern wir uns eine Weile. Es ist kein Geheimnis, dass wir uns nicht mögen. Wir haben nach der Aussprache im Wald zwar so was wie einen Waffenstillstand geschlossen, aber über stummen Respekt wird unsere Beziehung nie hinausgehen. Ich würde niemals so weit gehen und Narissa als eine Freundin bezeichnen.

»Du siehst furchtbar aus«, sagt sie dann.

»Vielen Dank«, gebe ich mit einem liebenswürdigen Lächeln zurück und unterdrücke den Drang, ihr die Augen auszukratzen. Sie sieht aus, wie aus dem Ei gepellt: Die dunklen Haare sind zu einem straffen Zopf geflochten, in den schwarzen Augen liegt ein Funkeln und ihre Lederrüstung sitzt perfekt. Warum kann ich nie so aussehen?

»Warum bist du noch nicht angezogen?«, fragt sie.

»Was willst du?«, frage ich zurück. Ich habe keine Lust, mir auch noch von ihr Vorwürfe anzuhören. Mein Nervenkostüm ist zur Zeit sowieso nur so dünn wie Butterbrotpapier.

»Dich abholen. Aber ich sehe, du bist noch nicht so weit.« Sie geht zu dem kleinen Tisch in der Ecke und inspiziert die Kleidung darauf, die sicher Lucians Mutter für mich bereitgelegt hat, mit spitzen Fingern. »Du solltest dich anziehen. Wir wollen los.«

»Los? Wohin?«, frage ich verwirrt.

Narissa verdreht die Augen und seufzt theatralisch. »Na, die Göttin erwecken, du Dummchen! Damit du wieder nach Hause kommst.«

Sofort werde ich hellhörig. »Woher willst du wissen, dass ich nach Hause will?«

Sie sieht mich einen Moment durchdringend an. »Lucian«, sagt sie dann einfach nur und ich sacke in mich zusammen. Wie viel hat er den anderen wohl von unserem Streit gestern Abend erzählt? Was wissen die anderen überhaupt über ihn und mich, außer dem, was ich ihnen selbst erzählt habe? Ob sie sich ihren eigenen Reim darauf bilden? Sogar einem Blinden mit Krückstock würde auffallen, dass es diese gewisse Spannung zwischen Lucian und mir gibt.

Ich stehe auf und nehme mir die Klamotten vom Tisch. Sie haben Ähnlichkeit mit denen, die mir Gwen damals gebracht hat: ein wadenlanges, braunes Überkleid und eine dunkle Korsage, die ich unmöglich alleine schnüren kann.

Narissa schnalzt mit der Zunge. »Schlüpf rein und ich helfe dir.«

Ich stelle ihre plötzliche Hilfsbereitschaft nicht infrage und tue, wie mir geheißen. Nachdem sie meine Korsage fachmännisch geschnürt hat, bürstet sie meine Haare, die garantiert aussehen, als hätte ein ganzer Vogelschwarm darin genistet, und flechtet sie zu einem dicken Zopf.

Ich fasse an meinen Bauch, wo normalerweise das Amulett der Göttin baumeln müsste, doch seit meiner Flucht von der Insel habe ich es nicht mehr. Mir fehlt sein Gewicht um meinen Hals.

»Fertig?«, fragt Narissa, und als ich nicke, fügt sie hinzu: »Dann lass uns los. Die anderen warten schon draußen.«

Ich folge ihr und tatsächlich stehen meine drei männlichen Wächter bereits vor der Hütte und unterhalten sich mit Lucians Eltern. Als ich aus dem Haus trete, fahren ihre Köpfe gleichzeitig zu mir herum. Seth lächelt mich breit an, in Vincents Grinsen liegt dieses überhebliche Wissen, bei dem ich mich immer frage, wie viel er tatsächlich weiß und wie viel nur Fassade ist, und Lucian ... Seine Miene ist verschlossen und er fixiert mit zusammengepressten Lippen einen Punkt hinter mir. War ja klar ...

Ich gehe zu Lucians Eltern, umarme seine Mutter und schüttle seinem Vater, der auf Krücken dasteht, die Hand. Mir ist während meines Aufenthaltes hier gar nicht aufgefallen, dass er nur noch ein Bein hat. Ja, okay, ich war auch mit anderen Dingen beschäftigt …

Als ich mich nicht mehr länger davor drücken kann, trete ich zu meinen Wächtern. »Also«, sage ich, an Vincent gewandt. »Wie ist der Plan?«

Sein Grinsen wird breiter. »Ich habe mich lange mit unserem Kleinen hier unterhalten.« Er stößt Seth mit dem Ellenbogen an, sodass mein jüngster Wächter beinahe das Gleichgewicht verliert. »Wir sind uns ziemlich sicher, wie die Erweckung der Göttin funktioniert.«

»Ziemlich sicher?«, frage ich zweifelnd.

Vincent zuckt lässig mit den Schultern. »Ich muss mich auf das verlassen, was der Kleine sagt.«

Mein Blick wandert zu Seth, der plötzlich ernst dreinschaut. »Was genau müssen wir tun?«

Da ich ihn angesprochen habe, antwortet mir Seth. »All deine Wächter müssen gleichzeitig eine Verbindung zu dir aufbauen, während du das Siegel der Göttin öffnest.«

Das klingt doch gar nicht so kompliziert. »Welches Siegel?«

Vincents Grinsen ist verschwunden. »Das, was sie seit tausenden Jahren schlafen lässt.«

»Und wo ist dieses Siegel? Wie muss ich mir das vorstellen? Ist das ein Zauber oder eine Art Schloss, zu dem es einen Schlüssel gibt?«

»Es ist beides«, sagt Seth. »Wir müssen zum Siegel vordringen, das durch Magie geschützt ist, und benötigen dann den Schlüssel, der nur durch unsere vereinten Kräfte seine Macht entfaltet. So stand es zumindest in den Chroniken des Wasservolks.«

Ich wusste doch, dass ich das Buch hätte mitnehmen sollen! Bestimmt stand noch Genaueres da drin und wir müssten jetzt nicht raten. Doch freiwillig setze ich nie wieder einen Fuß auf diese Insel!

»Also«, beginne ich, »wo ist dieses Siegel?«

»Wir vermuten es im Schrein der Göttin, wo wir bereits waren«, antwortet Vincent.

Oh ja, an diese verdammte Höhle erinnere ich mich gut. Kurz huscht mein Blick zu Lucian, der mich ebenfalls fixiert, und schnell schaue ich wieder weg. Doch allein diese Nanosekunde Blickkontakt reicht, um mir einen wohligen Schauer über den Rücken laufen zu lassen.

»Ihr *vermutet* das Siegel dort?« Das klingt in meinen Ohren nicht sehr vertrauenerweckend. »Aber in dieser Höhle war doch gar nichts. Nur …«

»Erde«, beendet Narissa meinen Satz. »Das Element der Göttin.«

Ich wollte zwar *Dreck* sagen, aber ich verstehe, worauf sie hinauswill.

»Wir glauben, dass die Göttin unter der Erde schläft«, erklärt Seth, als er meinen fragenden Gesichtsausdruck gemerkt.

»Moment«, sage ich, »*unter* der Erde? Wie sollen wir denn da drankommen?«

»Es ist ein Zauber«, erklärt Vincent achselzuckend. »Wir müssen noch herausfinden, wie wir ihn brechen können. Vielleicht ist es nur ein einfacher Illusionszauber und wir standen die ganze Zeit vor der schlafenden Göttin, ohne sie zu sehen.«

»Okaaay …«, sage ich gedehnt, ohne überzeugt zu sein. Für meinen Geschmack sind das alles zu viele *Vielleichts* und *Wenns*. »Nehmen wir mal an, wir können diesen Zauber umgehen, brechen, wie auch immer – dann stehen wir in dieser Höhle«, *die ich nie wieder betreten will,* füge ich in Gedanken hinzu, »vor der schlafenden Göttin. Und was dann?«

»Dann kommt der Schlüssel ins Spiel«, sagt Seth. »Über ihn wissen wir zum Glück Genaueres. Er muss auf das schlagende Herz der Göttin gelegt werden, während du als Hüterin ihn berührst und wir dir gleichzeitig unsere Kraft übertragen.«

Gut, das klingt wirklich nicht kompliziert. »Und was ist der Schlüssel?«

»Das Amulett, das du von der Göttin bekommen hast«, erklärt Vincent lächelnd, doch als er meinen geschockten Gesichtsausdruck sieht, gefriert es augenblicklich auf seinen Lippen. Seine Augen wandern von meinem Hals hinab, wo keine lange silberne Kette hängt.

Das darf doch wohl nicht wahr sein! Warum muss es ausgerechnet dieses nutzlose Ding sein?

»Wo ist das Amulett, Eve?«, fragt Vincent und seine Stimme zittert verdächtig.

Ich möchte am liebsten im Boden versinken. »Auf der Insel«, gebe ich kleinlaut zu. »Sie haben es mich nicht zu der Hochzeit tragen lassen.«

»Was?«, schreien Vincent und Narissa aus einem Mund.

»Hättest du es nicht irgendwie mitschmuggeln können?« Narissas Stimme klingt mehr als vorwurfsvoll.

Ich beiße die Zähne zusammen und funkle sie wütend an. »Schickt mir doch das nächste Mal vorher eine verdammte E-Mail, wann ihr endlich gedenkt, mich zu retten«, keife ich. »Vielleicht hätte ich es dann mitgenommen.« Mittlerweile scheinen sich meine Wächter schon an meine seltsamen Äußerungen gewöhnt zu haben, denn niemand fragt nach, was genau denn eine E-Mail sei. Ich hätte auch gerade nicht die Nerven, es ihnen zu erklären.

»Was machen wir jetzt?«, fragt Seth ängstlich. »Ohne das Amulett können wir die Göttin nicht erwecken.«

»Wir müssen es holen.« Ich zucke zusammen, als ich Lucians Stimme zum ersten Mal heute höre. »Eine andere Wahl bleibt uns nicht.«

Ich wirble zu ihm herum. Er mustert mich mit dunkler Miene und verschränkten Armen. »Du willst zurück auf diese Insel zu den Fischmenschen?«, frage ich, ohne mich von seiner Haltung einschüchtern zu lassen. »Bist du verrückt?«

»Es ist unsere einzige Chance«, sagt er betont ruhig. »Ohne das Amulett können wir unsere Aufgabe nicht erfüllen. Und du kommst nicht nach Hause.«

Der Blick, den er mir bei seinem letzten Satz zuwirft, lässt mich erschaudern. »Aber das ist doch Wahnsinn! Wir werden niemals in den Turm gelangen, ohne geschnappt zu werden, vorausgesetzt, das Amulett ist noch dort, wo ich es zurückgelassen habe.« Was unwahrscheinlich ist. Sicherlich hat es bereits irgendein schleimiger Fischmensch gefunden und zu Thunderstrike gebracht.

»Über was machst du dir denn solche Sorgen, Hüterin?« Bei der Art, wie Lucian *Hüterin* betont, fliegt mein Blick wieder zu ihm zurück. »Für dich sind wir doch nichts weiter als Charaktere in einem Spiel. Warum hast du also Angst um unsere Sicherheit?«

Ich schnappe nach Luft, genau wie alle anderen um mich herum, und wage nicht mehr zu atmen. Das hat er jetzt nicht wirklich gesagt, oder? Seine grauen Gewitteraugen fixieren mich und warten auf eine Reaktion, doch ich habe keine Ahnung, was ich sagen oder tun soll.

»Was meint er damit, Eve?«, fragt Seth, aber ich wage nicht, zu ihm zu schauen. Zu gefangen bin ich von Lucians Silberaugen, die kalt wie Stahl sind und regelrecht durch mich hindurch zu schneiden scheinen.

Wir starren uns an und die Welt und die Personen um mich herum sind nicht mehr wichtig. Warum sagt er das? Warum tut er mir das an? Aber ich kenne die Antwort: Weil ich ihn verletzt habe. Meine Worte gestern Nacht haben eine tiefe Wunde bei ihm hinterlassen, und anstatt mit mir allein darüber zu reden, führt er dieses Gespräch vor allen anderen, selbst vor seinen Eltern.

»Lucian!« Die scharfe Stimme seiner Mutter bricht den Bann zwischen uns. Nachdem sie ihn eine Weile niedergestarrt hat, bis er den Blick abwendet, schaut sie mich an. In ihrem Blick liegt Wärme. »Entschuldigt bitte das Verhalten meines Sohnes. Ich dachte eigentlich, dass ich ihn besseres Benehmen gelehrt hätte.«

Ich winke ab, froh über diese Ablenkung, doch ein kurzer Blick in die Gesichter von Seth und Vincent sagt mir, dass das Thema noch nicht durchgestanden ist.

Narissa ist die erste, die ihre Stimme wiederfindet. »Wir müssen also wieder auf die Insel, um das Amulett zurückzuholen.«

Ich nicke mit hängendem Kopf. Es ist zwar nicht meine Schuld, dass sie sich einen so blöden Zeitpunkt dafür ausgesucht haben, um mich zu retten, aber ich bin die Trägerin des Amuletts, also ist es auch meine Aufgabe, darauf zu achten, auch wenn ich dieses nutzlose Ding in der Vergangenheit mehr als einmal verflucht habe.

»Das wird nicht nötig sein«, sagt eine Stimme, die mir das Blut in den Adern gefrieren lässt. Langsam drehe ich mich zu ihr um und wage nicht zu atmen. Sofort stellt Lucian sich schützend vor seine Eltern, während die restlichen Wächter mich hinter sich schieben.

Neben der Hütte steht Thunderstrike, flankiert von gut einem Dutzend seiner Fischmenschen.

Sechsundzwanzig

»Schön, dich wiederzusehen, Nemesis«, sagt Thunderstrike und zeigt sein zweireihiges Haifischgrinsen, bei dem sich mir sämtliche Nackenhaare aufstellen. Er macht zwei Schritte auf mich zu, was meine Wächter in Angriffsstellung gehen lässt. »Ah, das kleine Halbblut!« Er fixiert nun Seth mit einem Blick aus seinen weißen Augen, und ich sehe, wie mein jüngster Wächter unruhig von einem Bein aufs andere tritt. »Ist das der Dank dafür, dass der vorherige Hohepriester dich am Leben gelassen hast? War ich nicht auch immer gütig zu dir? Und wie dankst du es mir? Indem du meiner Braut zur Flucht verhilfst!«

Sein lebloser Blick huscht zurück zu mir und ich schlucke trocken.

»Wie hast du uns gefunden?«, frage ich und bin froh, dass meine Stimme nicht zittert.

Thunderstrike bewegt seine rechte Flosse und einer der Fischmänner tritt vor. »Auch meine Wächter haben Fähigkeiten. Lurolf hier ist ganz hervorragend darin, Spuren und Gerüchen zu folgen.« Der Fischmann, Lurolf, verzieht die Lippen zu einem fiesen Grinsen. »Und ihr habt euch nicht sonderlich viel Mühe dabei gegeben, eure Spuren zu verwischen.«

Ich schaue zu Vincent, der unmerklich nickt. Ich selbst habe von der Flucht nicht viel mitbekommen, nachdem ich meine komplette Energie an Seth übertragen hatte, aber wenn Vincent bestätigt, was Thunderstrike sagt, wird es stimmen. Niemand von uns hat daran gedacht, dass wir verfolgt werden könnten, und das rächt sich nun.

Ich quetsche mich an Narissa und Seth vorbei, die mich hinter sich eingekeilt haben, und trete zu Lucian und seinen Eltern.

»Bring sie hier weg. Schnell!«, flüstere ich und hoffe, dass weder Thunderstrike noch einer seiner Fischmenschen mich hören kann.

»Ich kann dich nicht alleine lassen«, knurrt Lucian und ich kann ihm seine Zerrissenheit förmlich ansehen. Einerseits will er nicht, dass seinen Eltern etwas zustößt, andererseits ist er mein Wächter und muss mich beschützen.

»Die anderen werden auf mich aufpassen«, sage ich und lege meine Hand für einen Moment auf seinen freien Arm. Er reißt die Augen auf und wendet den Kopf zu mir, als er den Energiestrom bemerkt, den ich an ihn weitergebe. Nicht so viel, dass er sich verwandelt, aber genug, um sich und seine Eltern im Notfall verteidigen zu können. »Schaff sie weg«, sage ich erneut und ziehe die Hand weg.

Seine Lippen formen ein stummes Danke, ehe er seine Eltern weiter nach hinten über die Koppel schiebt. Zwei Fischmänner wollen ihnen nachsetzen, doch Vincent stellt sich den beiden in den Weg und wirft einem von ihnen eine seiner Karten entgegen, die in der Schulter des Fischmannes steckenbleibt. Jaulend fasst sich der Getroffene an die Wunde, aus der sofort schwarzes Blut sickert, und zieht die Karte heraus.

Um von Lucian und seinen Eltern abzulenken, setze ich mich selbst wieder in den Mittelpunkt des Geschehens. »Was willst du, Thunderstrike?«, frage ich kühl. Ich muss ihn so lange hinhalten, bis Lucian mit seinen Eltern sicher im Wald verschwunden ist. Ich weiß, dass sie länger brauchen aufgrund seines Vaters, also muss ich besonders viel Zeit schinden. Hoffentlich denkt Lucian diesmal daran, seine Spuren besser zu verwischen.

»Blöde Frage. *Dich natürlich!* Wir wurden bei unserer Hochzeit gestört.«

Angewidert kräusele ich die Lippen. »Ich dachte, meine Flucht war ein klares Nein, ich will nicht. Du hast also umsonst den ganzen Weg hierher gemacht. Hier wirst du keine Braut finden.«

Seine weißen Augen verengen sich für einen Moment. »Das klang vor ein paar Tagen aber noch ganz anders. Was ist mit dem Bündnis, das wir eingehen, damit wir gemeinsam das Luftvolk besiegen können? War das nicht dein Wunsch?«

Ich straffe die Schultern. »Dieses Bündnis benötige ich nicht mehr. Ich habe nun alle meine Wächter gefunden und werde die Göttin Gaia aus ihrem Schlaf erwecken.«

»Was?« Echte Panik macht sich in seinen Zügen breit. »Du willst uns töten?«

Schnell schüttele ich den Kopf, ehe er sich weiter aufregen kann. »Ich glaube, dass ich einen Weg gefunden habe, wie wir drei gerettet werden können. Ich kann das Spiel gewinnen, ohne dass die Verlierer sterben müssen.«

»Bullshit!«, zischt Thunderstrike und fletscht die Zähne. »Du *glaubst*? Ich werde mich nicht darauf verlassen. Das wäre mein Tod! Willst du zur Mörderin werden?«

»Eve, wovon redet er da?«, fragt Vincent leise, ohne die Fischmänner aus den Augen zu lassen.

»Das Kämpfen muss aufhören«, sage ich an Thunderstrike gewandt und ignoriere meinen Wächter. »Lass mich das Spiel beenden, damit wir wieder nach Hause können!«

»Hast du es denn noch immer nicht verstanden? Wir werden *nie wieder* nach Hause kommen, ohne dass wir den Tod der anderen billigend in Kauf nehmen. Finde dich damit ab, dass wir für immer in dieser Welt gefangen sind! Ich werde es nämlich nicht zulassen, dass du über Leichen gehst!«

Ich schüttle den Kopf. »Thunderstrike, versteh doch bitte. Es *gibt* einen Weg, da bin ich mir sicher. Wir *müssen* dieses Risiko eingehen! Wer weiß, wie es unseren Körpern in der wirklichen Welt geht. Vielleicht werden sie uns nicht mehr lange am Leben erhalten können. Und was dann? Dann haben wir alles umsonst durchgemacht. Wir *müssen* dieses Spiel beenden, so schnell wie möglich! Um unser aller willen.«

»Niemals!«, ruft er. »Ich werde dafür sorgen, dass du deine Göttin nicht erwecken kannst.«

Ein eiskalter Schauer läuft mir den Rücken hinunter, als mir die Tragweite seiner Drohung bewusst wird. Er hat nur eine Möglichkeit, mich daran zu hindern, ohne mich selbst zu töten: Er wird einen meiner Wächter ermorden.

»Vernichtet das Halbblut«, weist er dann seine übrigen Fischmänner an.

Mein Blick fliegt panisch zu Seth. War ja klar, dass er sich den Schwächsten auswählen wird. Als die Fischmänner den Kreis enger um uns schließen, raune ich Seth zu: »Eine Idee wäre jetzt nicht schlecht.«

»Narissa«, sagt Seth nach ein paar quälend langen Sekunden, die sich wie Stunden anfühlen.

»Was ist mit ihr?«, frage ich verwirrt.

»Sie ist ein Abwehrwächter. Lass sie sich verwandeln! Vielleicht können wir mit ihrer Gabe entkommen«, erklärt er schnell.

Ganz schön gewagt, denke ich, doch es ist die beste Idee, die wir haben. Hoffen wir, dass Narissa in ihrer Pferdegestalt wirklich etwas Nützliches drauf hat.

Während Vincent versucht, die Fischmänner auf Abstand zu halten, wende ich mich schnell Narissa zu, die mit einem siegessicheren Lächeln dasteht. Sie scheint sich darauf zu freuen, endlich zu zeigen, was sie kann. Warum aber die einzige wirkliche Kriegerin unter uns eine Abwehrgabe haben soll, werde ich wohl nie verstehen.

»Bist du bereit?«, frage ich.

Sie verdreht die Augen und hält mir beide Hände hin, die ich sofort ergreife. Sie hat recht, wir haben keine Zeit zu vergeuden.

Obwohl ich vorhin bereits etwas Energie an Lucian abgegeben habe, spüre ich im Moment des Hautkontakts das Feuer in mir auflodern, und ich gebe die Kraft ohne Zurückhaltung an Narissa weiter. Ihre schwarzen Augen werden orange und ihre Lippen zeigen ein breites Grinsen, bevor sie vornüberfällt und ihr Körper sich verändert.

»Jetzt zeig mal, was du kannst«, murmle ich, nachdem das Feuerpferd neben mir steht und unruhig mit den Hufen scharrt.

Sie wendet sich den Fischmännern zu, die bereits bedrohlich nahe gekommen sind. »Pass aber bitte auf, dass du ihrem Hüter nicht schadest«, füge ich hinzu, ehe ich eilig ein paar Schritte von ihr weggehe. Als Antwort ernte ich ein Schnauben, das ich nicht deuten kann.

Als auch Vincent zu uns aufgeschlossen hat, steigt Narissa auf die Hinterhufe und gibt ein durchdringendes Wiehern von sich, das mir in den Ohren gellt. Auch die Fischmänner lassen ihre Waffen fallen und halten sich die Ohren zu, ihre Mienen schmerzhaft verzerrt. Als Narissa ihre Vorderhufe mit voller Wucht auf die Erde donnern lässt, bildet sich darunter ein Riss, aus dem dunkler Nebel aufsteigt.

Immer mehr wabernder Rauch steigt auf und nimmt uns die Sicht auf unsere Angreifer, die panisch auseinanderlaufen – und umgekehrt.

»Schnell! Lasst uns verschwinden!«, sagt Vincent unnötigerweise.

Sofort setzen wir uns in Bewegung, rennen auf den Wald zu und nutzen die Verwirrung, die Narissas Verwandlung ausgelöst hat. Obwohl ich mich immer wieder ängstlich umdrehe, kann ich keinen Verfolger entdecken. Ich höre nur ihr Husten und Thunderstrikes gebellte Befehle, aber keiner von ihnen findet einen Weg durch Narissas Nebelwand.

»Du bist ja doch zu was gut«, raune ich ihr am Waldrand zu, während ich nach Luft schnappe. Narissa legt die Ohren an und bleckt ihre Zähne.

»Was jetzt?«, fragt Seth, ehe die Situation zwischen Narissa und mir eskalieren kann.

»Wir sollten uns trennen«, murmelt Vincent, aber wirklich überzeugt scheint er von seinem eigenen Plan auch nicht zu sein.

»Wir müssen immer noch das Amulett zurückholen«, werfe ich ein. »Vielleicht sollten wir uns am Schrein der Gaia treffen und von dort aus zurück zur Insel gelangen.«

»Mir gefällt der Gedanke nicht, dass wir uns aufteilen«, sagt Seth, die Stirn in Falten gelegt.

Mir gefällt diese Idee auch nicht. Was, wenn eine Gruppe geschnappt wird? Die anderen wüssten nicht, was mit ihnen passiert wäre.

»Nemesis!« Thunderstrikes aufgebrachte Stimme lässt mich eilig herumfahren. Er ist ganz nah und meine Beine zittern vor Verlangen, zu fliehen und mich in Sicherheit zu bringen. Doch wo soll ich hin? Ich kenne mich hier nicht aus und würde bei meinem Glück eher noch in einen Hinterhalt laufen.

»Wir sollten uns schnell entscheiden«, sage ich panisch, als ich mehrere Schritte näher kommen höre. Sie sind ganz nah! Sicher werden sie uns gleich aufgespürt haben. Wir müssen hier weg!

»Seth, kannst du sie nicht irgendwie mit deiner Gabe aufhalten?«, frage ich, doch mein Mut sinkt sofort, als mein Wächter mit dem Kopf schüttelt.

»Ich bin ein Wandler. Ich könnte den Waldboden in Wasser verwandeln, aber dadurch wären die Fischmenschen nur im Vorteil«, erklärt er. »Es tut mir leid, Hüterin, aber ich bin im Moment völlig nutzlos.«

Bliebe noch Vincents verwandelte Gestalt, aber ich will nicht riskieren, dass ihm etwas zustößt, denn genau darauf zielt Thunderstrike ab. Er will einen meiner Wächter töten. Welchen, ist dabei zweitrangig. Ich kann also keinen Angriff riskieren, sondern muss zusehen, dass meine Wächter und ich uns verteidigen können.

»Narissa, kannst du sie noch eine Weile beschäftigen?«, fragt Vincent und legt dem Pferd eine Hand an den flammenden Hals. »Wir treffen uns beim Tempel.« Narissa bläht die Nüstern, aus denen kleine Dampfwolken aufsteigen, ehe sie in Richtung der Angreifer rennt.

Ich sehe ihr nach und der eisige Klumpen der Angst, der sich in meinem Bauch gebildet hat, breitet sich immer weiter aus.

Siebenundzwanzig

Ich bin völlig erledigt, nachdem ich mich die letzte Stufe zum Tempel hinaufgeschleppt habe. Ich muss wirklich dringend mit Vincent über die Installation eines Lifts reden. Schon das letzte Mal, als ich kurz nach meiner Ankunft mit Lucian hier raufgekraxelt bin, war ich körperlich am Ende. Heute, Monate danach, ist es nicht besser.

Ich lasse mich einfach auf die kühlen Pflastersteine fallen und presse mein erhitztes Gesicht dagegen. Meine Beine zittern und meine Knie haben sich schon während der Hälfte der Strecke verabschiedet und in Pudding verwandelt.

Eigentlich will ich Vincent fragen, warum wir wieder beim Tempel sind, schließlich vermuten wir die schlafende Göttin doch im Schrein unter der Erde, aber mein Mund ist so ausgetrocknet, dass ich kein einziges Wort herausbekomme. Meine Zunge ist geschwollen und klebt an meinem Gaumen. Für einen Schluck Wasser würde ich gerade einen Mord begehen und zusätzlich meine eigene Mutter verkaufen.

»Sie müssten schon längst hier sein«, murmelt Vincent, der neben mir auf und ab geht. Woher er die Energie dazu hat, ist mir ein Rätsel. Auch Seth scheint der Aufstieg keinerlei Probleme bereitet zu haben. Vielleicht können Computerfiguren sich nicht erschöpft fühlen? Die Glücklichen! Ich könnte gerade auch dankend auf meine Schweißdrüsen verzichten. Ich stinke bestimmt wie ein seit drei Wochen toter Iltis.

Gerade als ich die Augen schließen will, spüre ich ein leichtes Vibrieren unter meiner Wange, als würde jemand auf uns zulaufen. *Prima*, noch jemand, der sich an meinem Elend ergötzen will.

Und zu meinem persönlichen Glück ist es natürlich Lucian, der auf uns zugerannt kommt, während ich keuchend und mit allen vieren von mir gestreckt auf dem Boden liege.

Ganz prima!

Hätte es nicht einer der vielen Priester sein können, die im Tempel leben? Nein, es muss *natürlich* ausgerechnet Lucian sein! Ich brauche dringend einen Glücks-Buff. Oder eine Schaufel, um ein Loch zu graben, aus dem ich nie wieder herauskomme.

Unter größten Anstrengungen drehe ich den Kopf ein Stück und sehe zu, wie sich Vincent und Lucian grüßend auf den Rücken klopfen. Für Seth hat er nur ein kurzes Nicken übrig, aber das erstaunt mich nicht.

»Sind sie in Sicherheit?«, höre ich Vincent dann fragen.

»Natürlich«, antwortet Lucian. »Ich habe sie in die Obhut von Gwen gegeben.«

Gwen! Erleichterung durchflutet mich und ich seufze auf. Der zierlichen Priesterin, meiner einzigen Freundin in dieser Welt, geht es gut!

Lucian schaut über Vincents Schulter und unsere Blicke kreuzen sich kurz, ehe ich, so schnell ich kann, den Kopf wieder wegdrehe. »Was ist mit ihr?«

»Ich glaube, sie ist ziemlich fertig«, murmelt Vincent. »Vielleicht solltest du sie in ihr Zimmer tragen.«

Bei diesen Worten bin ich augenblicklich hellwach und stemme mich mit den Armen, die sich anfühlen, als wären sie aus Blei, nach oben. Ich schlucke den Schmerzensschrei hinunter, der mir entfleuchen will, als ich wackelig auf die Beine komme. Mit hoch erhobenem Haupt, aber so unsicher, als würde ich dreißig Zentimeter hohe Absätze tragen, laufe ich an den beiden ungleichen Brüdern vorbei, ohne einen von ihnen auch nur eines Blickes zu würdigen. *Mich zu meinem Zimmer tragen, so weit kommt's noch!* Trotzig beiße ich die Zähne aufeinander und erlaube mir erst, Schwäche zu zeigen, als ich die Tür zu meinem Zimmer hinter mir schließe und erschöpft an der Tür hinunterrutsche.

Mit letzter Kraft schleppe ich mich in das weiche Bett, das selbst bis hier zum Eingang einen herrlich frischen Duft verbreitet. Ohne mir die Mühe zu machen, mich auszuziehen, schlafe ich ein, ehe mein Kopf das Kissen berührt.

# # #

Durch ein zaghaftes Klopfen werde ich einige Zeit später geweckt. Auch wenn es sich so angefühlt hat, als hätte ich nur Minuten geschlafen, sagt mir ein kurzer Blick aus dem Fenster, dass es bereits dunkel wird und somit Stunden vergangen sein müssen.

Immer noch erschöpft und mit schmerzenden Muskeln richte ich mich auf, ehe ich schwach »Herein« rufe.

Augenblicklich wird ein blonder Haarschopf in mein Zimmer gesteckt und mit einem Quietschen renne ich zur Tür und falle Gwen um den Hals.

Sie erwidert meine stürmische Begrüßung mit genau so viel Begeisterung. Dann hält sie mich eine Armlänge von sich weg und mustert mich kritisch.

»Ihr seht furchtbar aus«, sagt sie dann mit gerunzelter Stirn.

Ich grinse sie an. »Vielen Dank auch.« Bei ihr weiß ich, dass sie das aus Sorge um mich sagt, und nicht, um mich aufzuziehen.

»Ich bringe Euch sofort zu den heißen Quellen, damit Ihr Euch waschen könnt, und lege frische Kleidung für Euch bereit.« Mit gerümpfter Nase begutachtet sie die Sachen, die mir Lucians Mutter geliehen hat. Wahrscheinlich entsprechen sie nicht Gwens Vorstellung von passender Hüterinnen-Kleidung.

Als sie die heißen Quellen erwähnt hat, habe ich wohlig meine Augen geschlossen. Das heiße Wasser wird wieder wahre Wunder an meinen Muskeln vollbringen und ich kann es kaum erwarten, es endlich um mich zu spüren.

»Ich werde gleich die Herrin Vilanna fragen, ob sie Euch Gesellschaft leisten möchte«, sagt Gwen und wendet sich zum Gehen.

»Vilanna? Wer ist das?«, frage ich, denn den Namen habe ich noch nie gehört. Ich kann mir nicht vorstellen, dass eine einfache Priesterin gleichzeitig mit mir baden soll.

Gwen sieht mich aus großen blauen Augen an. »Herrin Vilanna ist die Mutter von Lucian und unserem ehrenwerten Hohenpriester Vincent. Ich nahm an, Ihr wüsstest, dass sie ebenfalls hier ist.«

Ich nicke kurz. Also hat Lucian sie tatsächlich hierhergebracht. Ob das klug war? Schließlich wurde der Tempel schon einmal angegriffen. Ich kann mir zwar nicht vorstellen, wie Thunderstrikes Fischmenschen durch die Stadt den Weg hier hinauf zu den Tempelanlagen schaffen sollen – Killswitchs Flügelmänner hatten es da leichter, sie griffen einfach vom Himmel aus an –, aber wir sollten trotzdem vorsichtig sein.

»Ich würde mich freuen, wenn sie mir Gesellschaft leistet. Sagst du bitte noch den anderen Wächtern, dass ich mit ihnen reden möchte, sobald ich fertig bin?«

Die Priesterin macht einen kurzen Knicks. »Sehr wohl, Hüterin. Der Hohepriester teilte mir bereits mit, dass eine weitere Wächterin erwartet wird.«

»Narissa ist noch nicht da?«, frage ich, plötzlich alarmiert. Ich war heute Morgen bei unserer Ankunft so fix und fertig, dass ich keinen Gedanken mehr an sie verschwendet habe, und sofort beschleicht mich ein schlechtes Gewissen. Sie ist zurückgeblieben, um uns die Flucht zu ermöglichen. Hoffentlich geht es ihr gut und Vincent hat recht damit, dass sie ebenfalls bald eintreffen wird.

»Ich gebe Euch sofort Bescheid, wenn sie eintrifft. Bitte geht doch schon zur Quelle, Hüterin. Ich bringe Euch gleich alles, was Ihr braucht.« Mit diesen Worten wirbelt Gwen aus meinem Zimmer.

Wie konnte ich nur so lange ohne diese gute Seele überleben? Ich seufze erleichtert auf und beim bloßen Gedanken an das heiße Quellwasser beginnt meine Haut zu kribbeln.

Gerade als ich zur Tür hinausgehen will, werfe ich noch einen kurzen Blick in den Spiegel. Meine rechte Gesichtshälfte, die ich gestern nach dem Aufstieg an den kühlenden Boden gepresst habe, ist dreckig, und auch meine Kleidung starrt vor Schmutzt und ist zerknittert. Von meinen Haaren will ich lieber gar nicht erst anfangen. Ohne Gwens Zaubermittel werde ich sie wohl nie wieder kämmen können.

Ehe ich mir dieses Elend weiter anschauen muss, husche ich aus der Tür und mache mich auf den Weg zu den unterirdischen Quellen.

# # #

Ich bin heilfroh, dass ich unterwegs niemandem begegne. Sicherlich tummeln sich die Priester um diese Tageszeit draußen oder in einer der Kapellen. Ich hätte mich wohl in Grund und Boden geschämt, so wie ich aussehe.

Nachdem ich mich vergewissert habe, dass ich allein bin, schlüpfe ich aus den geborgten Klamotten und prüfe mit den Zehen die Wassertemperatur. Herrlich kochend heiß! Ganz langsam lasse ich nach und nach das erste Bein hineinsinken, das sofort krebsrot wird. Dann folgt das zweite. Als ich mir sicher bin, dass ich es aushalten kann, lasse ich den Rest meines Körpers in das dampfende Wasser gleiten und wate zum Rand des Steinbassins, an den ich mich lehne.

Die Welt um mich herum ist vergessen. Ich spüre nur noch das heiße Wasser, das den Schmutz von meiner Haut wäscht und meine strapazierten Muskeln lockert. Ich könnte ewig hierbleiben, und solange Gwen noch nicht da ist, nötigt mich auch niemand, schnell wieder rauszukommen.

Ich hoffe, dass Narissa eingetroffen ist, bis ich fertig bin, damit ich mit allen Wächtern gemeinsam besprechen kann, wie wir nun vorgehen wollen. Wir brauchen das Amulett, so viel steht fest, und wir müssen noch in Erfahrung bringen, ob die Göttin wirklich im Schrein liegt, und wenn ja, wie wir den Zauber lösen können, der sie umgibt und vor den Augen aller verbirgt.

Weder das eine, noch das andere wird eine leichte Aufgabe. Ich habe keine Ahnung, wie wir das anstellen sollen und hoffe daher, dass einer meiner Wächter die zündende Idee hat.

Ich rutsche ein Stück nach vorne und lasse den Kopf unter Wasser sinken, halte es aber nicht lange aus. Das heiße Wasser brennt in meinen Augen und ich kneife sie zu. Prustend komme ich wieder nach oben, als mein Gesicht sich anfühlt, als wäre es fast durchgegart. Dann höre ich hinter mir Schritte auf dem Steinboden.

»Leg die Sachen einfach hin, Gwen, ich brauche noch ein bisschen«, rufe ich und reibe mir über die zugekniffenen Augen. Als ich nach einer Weile noch immer keine Antwort bekommen habe, rufe ich: »Gwen? Kannst du mir mal ein Handtuch reichen, bitte? Ich hab irgendwas im Auge …«

Blind taste ich mit der Hand umher, bis sie sich endlich um etwas Weiches legt. Ich trockne mein Gesicht ab und blinzle ein paar Mal vorsichtig. Besser. Als meine Sicht wieder klar wird, drehe ich mich um, um das Handtuch zurückzureichen.

Und erstarre.

Mit einem lauten Schrei lasse ich mich bis zur Nasenspitze ins Wasser sinken und bedecke mich vorsichtshalber noch mit den Armen.

Was will *er* denn hier??

Achtundzwanzig

Lucian

»Kein Grund, gleich auszuflippen«, sage ich so ruhig wie möglich, obwohl meine Stimme dabei bebt. Hoffentlich hört sie es nicht auch. »Da gibt's nichts, das ich noch nicht gesehen hätte.«

Das ist noch nicht mal gelogen, trotzdem lässt mich der Anblick einer nackten Evelyn, deren helle Haut im Schein der Fackeln vor Nässe schimmert, alles andere als kalt.

Ich versuche verzweifelt meine Atmung unter Kontrolle zu bekommen und sehe schnell zur seitlichen Wand, ehe meine Augen sich noch an diesen Anblick gewöhnen.

Eve taucht mit ihrem Kopf ein Stück weit aus dem Wasser auf, sodass sie sprechen kann, ohne Wasser zu schlucken. »Was hast du hier zu suchen?« Ihre Stimme ist mindestens eine Oktave höher als sonst und zittert verdächtig.

»Ich wollte mit dir reden. Ich wusste nicht, dass du …« Ich mache irgendeine sinnlose Geste mit der Hand, um die Situation irgendwie zu verdeutlichen, weil mir die Worte ausgehen. *Baden* hätte ich sagen können, aber das alles ist so anders als *baden*. Ach verdammt, nicht einmal meine Gedanken ergeben gerade einen Sinn!

»Verschwinde!«, schnappt sie und als mein Blick wieder zu ihr wandert, ohne dass ich es verhindern kann, sehe ich, dass ihre Hände sich um ihre Schultern verkrampfen.

Irgendwie läuft das gar nicht nach Plan … Als ich Gwen gefragt habe, wo Eve ist, sagte sie zwar, dass die Hüterin hier unten bei den Quellen sei, aber nicht, dass sie badet. Allein.

Ich habe mir eine ganze verdammte Rede zurechtgelegt, alles, was ich ihr sagen will, wenn ich sie einmal alleine treffe. Ich wollte ihr erklären, warum ich mich wie ein – wie nannte sie mich gleich? – *Vollhorst* verhalten habe und dass mir unser Gespräch im Stall leidtut, aber nicht ein einziges Wort fällt mir gerade ein.

Also schweigen wir uns an und dieses Schweigen zieht sich mehr und mehr. Es ist fast körperlich greifbar, so stark lastet es auf uns. Ich sollte mich umdrehen und sie allein lassen, damit sie in Ruhe baden kann, doch meine Füße sind wie festgewachsen. Ich werde erst von hier verschwinden, wenn die Sache zwischen uns geklärt ist.

Jetzt, wo wir kurz davor sind, oder zumindest einen Plan davon haben, die Göttin zu erwecken, kann ich nicht mehr länger stillhalten. Ich dachte, wir hätten mehr Zeit. Dass die Suche nach den Wächtern sehr viel länger dauern würde. Oder dass Eve es ganz aufgibt, nach ihnen zu suchen. Wie sehr habe ich mir das gewünscht und ein paar Mal habe ich das Gefühl gehabt, dass sie auch kurz davor war, doch immer wieder hat sie sich aufgerafft und ist weitergegangen. Einerseits bewundere ich sie dafür. Andererseits will ich, dass sie aufhört.

Denn wenn sie die Göttin erweckt, wird sie …

»Du wirst sterben«, flüstere ich so leise, dass ich es selbst fast nicht höre. Es ist das erste Mal, dass ich es überhaupt ausspreche, und als ich die Worte mit meinen eigenen Ohren höre, scheine ich sie erst zu begreifen.

Ich weiß nicht, ob sie mich verstanden hat. Noch immer schweigt sie und schaut mich nur an. Ihre Haut muss mittlerweile vollkommen aufgeweicht und rot sein und eigentlich sollte sie auch bald aus dem heißen Wasser raus.

Ich bücke mich, hebe eines der großen Tücher auf, die am Boden liegen, und halte es ihr hin, das Gesicht in die andere Richtung gedreht. Als sie das Tuch ergreift und ich das Plätschern von Wasser höre, drehe ich ihr den Rücken zu.

Ich höre, wie ihre nassen Füße über den Steinboden tapsen, als sie sich ein paar Meter von mir entfernt, so als würde sie mir nicht trauen. Geschieht mir ganz recht! Ich habe mich ihr gegenüber wie der letzte Idiot verhalten und beinahe wäre meine Einsicht zu spät gekommen. Ich werde niemals das Gefühl ihres leblosen Körpers in meinen Armen vergessen, als ich sie den ganzen Weg von der Insel bis zur Hütte meiner Eltern getragen habe. Nie werde ich vergessen, wie ich immer wieder mein Ohr zu ihrer Nase hinuntergebeugt habe, um zu überprüfen, ob sie überhaupt noch atmet. Die ständige Angst, sie noch einmal zu verlieren, ließ mich fast verrückt werden.

Und dann wollte sie mich nicht sehen. Ich glaube, das hat mich am meisten getroffen. Ich war es, der die anderen pausenlos angetrieben hat, als wir nach ihr gesucht haben. Ich war es, der sie vor dem Wasserhüter beschützt hat. Ich war es, der sie getragen hat, als sie all ihre Kraft an den Knilch übertragen hat. Und dafür stößt sie mich von sich? Ich wollte ihr die Zeit geben, die sie brauchte, um sich über ihre Gefühle klarzuwerden, aber dann musste sie ja unbedingt in diese blöde Scheune kommen!

Warum muss das zwischen uns so kompliziert sein? Warum kann sie nicht einfach verstehen, dass ich nur das Beste für sie will? Schließlich wird sie … Sie wird …

Ich knirsche mit den Zähnen. Ach, zum Teufel mit *Zeit geben* und *Zurückhaltung*!

Ehe ich meine Meinung wieder ändern kann, drehe ich mich um und mache zwei große Schritte. Eve steht mit dem Rücken zu mir. Ihre nackten Schultern verkrampfen, als sie hört, dass ich auf sie zukomme, doch das ist mir egal.

Mir ist gerade alles egal, außer sie.

Ich lege meine Arme um ihre Mitte und ziehe ihren nackten und noch feuchten Rücken an meine Brust. Dann lasse ich den Kopf nach unten auf ihre Schulter sinken. Ihr Körper wird stocksteif in meinen Armen, aber sie wehrt sich nicht gegen mich, versucht nicht, sich aus meiner Umarmung zu winden, und das werte ich als gutes Zeichen.

Sie klammert sich vorne an das Tuch und ihre Brust hebt und senkt sich hastig, aber nicht panisch. Als ich meine Lippen federleicht über ihre Schulter gleiten lasse, jagt ein Schauer durch sie hindurch – ich weiß nicht, ob es die Feuerkraft ist, die sich sofort zwischen uns bildet, die selbst durch diese winzige Berührung zwischen uns auflodert – und sie zieht scharf die Luft ein, doch noch immer stößt sie mich nicht weg.

Irgendwie war der Plan doch ganz anders und nun bin ich an einem Punkt angekommen, an dem ich mich entscheiden muss. Ich stehe an der Klippe und schaue in den schwarzen Abgrund, dessen ungewisses Ende ich nicht sehen kann. Werde ich einfach hier oben stehen bleiben und das sichere Leben wählen, oder werde ich das Risiko eingehen und springen?

»Luc, was –«

Ihre Stimme reißt mich aus meinen Überlegungen und gibt mir die Antwort. Noch nie hat sie mich Luc genannt. Allein dieses Wort reicht aus, um mich springen zu lassen.

»Ich liebe dich, Eve«, hauche ich in ihr Ohr und beobachte fasziniert die Gänsehaut, die sich auf ihren Armen bildet.

»W-Was? Aber du hast doch gesagt –«

»Ich weiß, was ich gesagt habe«, unterbreche ich sie schnell.

Ich drehe sie zu mir um und versuche dabei, so wenig wie möglich freie Haut von ihr zu berühren. Nicht, dass ich sie nicht berühren will. Das Letzte, was ich jedoch will, ist, wieder in einen Wolf verwandelt zu werden. Jetzt oder nie! Wenn ich es jetzt nicht schaffe, ihr die Wahrheit zu sagen, werde ich vielleicht nie den Mut haben, bis es irgendwann zu spät ist, und das würde ich mir niemals verzeihen.

Das Kribbeln in meinem Bauch nimmt zu. Es ist unangenehm, ungewiss, wie ein Sprung aus der Höhe, und genau so fühle ich mich auch gerade. Ich befinde mich im freien Fall und habe keine Ahnung, was mich unten erwartet, aber zum Umkehren ist es zu spät. Und selbst wenn es möglich wäre, würde ich nicht umkehren wollen. Alles, was ich will, ist das Mädchen, das ich in meinen Armen halte. Das ist mir klar geworden, als sie aus meinem Leben verschwunden war und ich nicht wusste, was mit ihr passiert ist. Nie wieder will ich diese Angst in mir spüren! Doch das, was ihr bevorsteht, ist noch viel schlimmer als das, was bereits hinter uns liegt. Bin ich bereit dafür? Ich weiß es nicht. Ich weiß nur, dass es endlich an der Zeit ist, ihr die Wahrheit zu sagen, ehe ich es nicht mehr kann.

Ihre großen braunen Augen funkeln im Schein der Fackeln, als sie zu mir aufblickt. Ihr rotes Haar ist dunkel, fast schwarz, und klebt nass an ihren Schläfen und Schultern.

Noch nie sah sie schöner aus.

»Darf ich es dir erklären?«, frage ich, während ich mich in ihrem Blick verliere. Als sie langsam, fast unsicher nickt, fahre ich fort: »Alles, was ich damals gesagt habe, ist wahr.«

»Was?« Ihre Unsicherheit wandelt sich augenblicklich in Wut. Ich finde es immer wieder faszinierend, wie schnell Eve von einem Extrem ins andere wechseln kann.

»Lass mich ausreden«, sage ich schnell, ehe sie sich noch weiter hineinsteigern kann. »Erinnerst du dich daran, was genau ich zu dir gesagt habe?«

»Als könnte ich das je vergessen«, kommt prompt ihre Antwort, kühler, als ich gehofft habe, aber das war zu erwarten.

Trotzdem werde ich unsicher. Ich sehe langsam den Boden, wie er unausweichlich auf mich zurast. »Was ich gesagt und getan habe, geschah aus dem Bedürfnis, dich und mich schützen zu wollen.« Stirnrunzelnd sieht sie mich an und ich setze zu einer weiteren Erklärung an. »Wir wissen so gut wie nichts darüber, was mit dem Hüter und seinen Wächtern nach der erfolgreichen Erweckung geschieht. Absolut nichts, was auch nur im Entferntesten einen Sinn ergeben würde. Aber eines wissen wir.« Ich mache eine Pause, denn die Worte hängen in meinem Hals fest. Doch ich muss sie aussprechen. Sie müssen gesagt werden. Um unser beider willen. »Keiner der Hüter hat eine Erweckung überlebt.«

Ihre Augen weiten sich erschrocken und sie weicht ein Stück zurück. »Was? Was meinst du damit?«

»Die Hüter geben ihr Leben. Sie werden zum Element selbst, um die Gottheit aus ihrem Schlaf zu erwecken.«

»A-Aber …« Ich sehe förmlich, wie es in ihrem Kopf arbeitet. »Seth hat von einem Buch erzählt. Irgendeine Chronik, in der die erfolgreichen Hüter etwas hinterlassen haben.«

Ich schlucke meinen Ärger darüber, dass sie ausgerechnet ihn jetzt erwähnen muss, hinunter. »Es gibt keine Aufzeichnungen von erfolgreichen Hütern. Und auch nicht von ihren Wächtern. Alles, was in diesen Büchern geschrieben steht, wurde aufgezeichnet, als die Suche nach den Wächtern und die Erweckung noch andauerte. Wissen, das danach eingefügt wurde, stammt von den Hohepriestern oder anderen, die dabei waren und die Hüter auf ihrem Weg begleitet haben.«

Eine Weile starrt Eve ins Leere. Zwischen ihren Augenbrauen hat sich eine Falte gebildet, wie immer, wenn sie angestrengt über etwas nachdenkt. »Aber wieso …? Das ist doch Bullshit! Warum sollte die Göttin wollen, dass ich –, dass *wir* sterben?«

Ich lege den Kopf leicht schräg, während ich sie beobachte. »Weil das immer so ist. Die Götter fordern ihr Opfer, in unserem Fall sind es fünf Opfer im Austausch für ein ganzes Volk.«

»Der Wunsch«, murmelt Eve. »Die anderen Hüter haben ihren Wunsch benutzt, um wieder in ihre Welt zurückgeschickt zu werden.« Ihr Blick fliegt wieder zu mir. »Das ist der einzige Weg.«

Die Entschlossenheit in ihrer Stimme lässt mich nach Luft schnappen. Nichts verläuft so, wie es soll. Ich ziehe sie eng an mich, balle die Hände zu Fäusten, sodass ich nicht direkt ihre Haut berühre, und suche verzweifelt nach Worten. Noch nie habe ich mich so hilflos gefühlt.

»Du darfst sie nicht erwecken, Eve.« Meine Stimme ist nicht mehr als ein heiseres Flüstern, denn meine Kehle ist wie zugeschnürt. »Du wirst sterben, wenn du es tust. Das darf nicht sein!«

Sie legt ihre Hände sanft an meine Brust und schiebt mich ein Stück von sich weg. Die darauffolgende Leere, zieht mich immer weiter in den Abgrund, doch dann schaue ich in ihre Augen, in denen so viel Wärme und Zuversicht liegt, dass mir beinahe die Tränen kommen.

»Hast du mich deswegen auf Abstand gehalten?«, fragt sie dann.

Ich nicke. »Ich habe gehofft, dass du dich von uns abwenden wirst. Oder dass du deine Mission einfach vergisst. Es war mir egal. Es ging mir nur darum, dein Leben zu retten. Als wir immer mehr Wächter fanden und auch ohne Probleme zum Schrein gelangten, bekam ich Angst. Alles ging zu schnell und ich hatte keine Idee, wie ich es verlangsamen konnte. Aber als du dann weg warst – einfach so! –, da war es noch schlimmer. Die Angst, dich für immer verloren zu haben, war noch viel schlimmer. Ich hätte damit leben können, wenn du nichts mehr von mir hättest wissen wollen, nachdem ich dich von mir gestoßen habe. Ich hätte es sogar verstanden, wenn du dir einen anderen gesucht hättest, mit dem du glücklich geworden wärst. Alles, solange du am Leben geblieben wärst. Und nun …« Ich hole tief Luft. Wo kamen denn all die Worte her, die eben aus meinem Mund gesprudelt sind?

»Was ist nun?«, fragt sie mit einem übermütigen Funkeln in den Augen, das mich in seinen Bann schlägt.

Die Armlänge zwischen uns kommt mir unendlich vor, also ziehe ich sie wieder an mich heran, unterdrücke das Verlangen, das mich durchfließt, als meine Hände kurz ihren nackten Rücken hinabgleiten, und flüstere in ihr Ohr: »Nun will ich nie wieder auch nur eine einzige Sekunde von dir getrennt sein.«

# # #

Evelyn

Ich weiß nicht, was ich zuerst fühlen soll. Alles vermischt sich, fließt zusammen und wirbelt wild durcheinander. Seine Worte, seine Berührungen, meine Gedanken.

In einer Sekunde bin ich im siebten Himmel, in der nächsten stürze ich in tiefe Verzweiflung.

So gern möchte ich glauben, dass Lucian mich nur auf Abstand gehalten hat, um mich zu beschützen, doch ist das wirklich möglich? Oder ist das nur eine leere Entschuldigung, weil er nun doch seine Meinung geändert hat?

Sein Kopf liegt auf meiner Schulter und seine starken Arme halten mich fest umschlungen, ohne dass er mich dabei direkt mit den Händen berührt. Doch wie sehr sehne ich mich danach! Als er vorhin meine Schulter mit seinen Lippen gestreift hat, dachte ich, mein Herz würde aussetzen. Das Feuer lodert immer besonders stark, wenn er in meiner Nähe ist, doch das hier, er so nah an mir, seine Berührungen, ist eine ganz andere Stufe.

Ich brenne heller als die Sonne, und es fühlt sich so gut an.

Eben, als seine Hand ganz leicht meinen Rücken hinuntergeglitten ist, hätte ich fast die Beherrschung verloren. Lichterloh und hell tobt das Feuer in mir und will nichts anderes, als auf ihn übergehen. Bei keinem meiner Wächter ist das Verlangen danach so groß wie bei Lucian. Er ist anders. *Wir* sind anders.

Wir … Wie das klingt! So lange liebe ich diesen Mann. Es fühlt sich so echt an.

Und doch …

Ich muss mich entscheiden. Glaube ich an das, was er mir erzählt hat? Wähle ich eine Zukunft mit ihm? Dann würde ich auf ewig in diesem Spiel gefangen sein, sofern es Killswitch nicht gelingt, seine Gottheit zu erwecken.

Ich würde verlieren. Ich wäre eine Versagerin, eine Enttäuschung für das Volk, das so große Hoffnungen in mich gesetzt hat. Alles nur wegen meiner Liebe zu einem Charakter in einem Spiel …

Denn ganz egal, wie echt sich seine Berührungen auf meiner Haut anfühlen – er ist nicht real. Mein wirklicher Körper wird irgendwann den Geist aufgeben, vielleicht schalten sie auch die Geräte ab, die mich zweifellos mittlerweile am Leben erhalten, und dann werde ich hier verschwinden. Ohne Vorwarnung.

Aber was erwartet mich in der richtigen Welt? Nichts. Spiele, tagein, tagaus. Eine Spießerfamilie, die mich an den Erstbesten mit dem dicksten Portemonnaie verschachern will.

Dort erwartet mich keine Liebe.

Doch kann ich, die Gamerin Nemesis, so kurz vor dem Ziel aufgeben? Alle Wächter sind gefunden. Ja, okay, es wird schwierig werden, das Amulett zurückzuholen, aber danach ist alles nur noch ein Spaziergang. Ich könnte gewinnen. Ich wäre die Beste. Die Erste vom Erdvolk, die es je geschafft hätte. Man würde sich an mich erinnern.

Meine Finger krallen sich in Lucians Hemd, während ich keinen klaren Gedanken mehr fassen kann. Ich sehe nur seinen Hals und seinen dunklen Haarschopf, doch ich weiß, dass ich es nicht über mich bringen könnte, ihn zu verlassen. Nicht jetzt. Nicht, nachdem ich weiß, dass er genauso empfindet wie ich.

Das tut er doch, oder?

Ich wage es nicht, ihn zu berühren oder gar zu küssen, aus Angst, dass ich dann sofort wieder einen Feuerwolf vor mir habe. Warum muss gerade er die Energie so stark in mir hervorrufen? Kann es bei ihm nicht so sein wie bei Narissa? Oder Seth?

»Was soll ich jetzt tun?«, frage ich tonlos, denn ich kenne die Antwort auf diese Frage nicht. Beide Seiten haben ihr Für und Wider.

Lucian hebt langsam den Kopf von meiner Schulter und sieht mich an. O Gott, wie ich seine Augen liebe! Dieses wirbelnde Silber ist auf einmal so warm und funkelnd wie die strahlenden Monde, die die Nacht in dieser Welt erhellen. Ich würde alles dafür geben, dass er mich für den Rest meines Lebens so ansieht!

»Bleib bei mir«, antwortet er dann und ich habe Mühe, ihn zu verstehen. »Geh mit mir weg. Vergiss, dass du die Hüterin bist. Vergiss, dass ich dein Wächter bin. Lass uns irgendwo leben, als Mann und Frau.«

Ich schlucke heftig. Hat er mir gerade einen Antrag gemacht? Ähm … Müsste ich jetzt nicht etwas sagen? Mein Gehirn befinden sich in einem panischen Leerlauf, während mein Herz gegen meinen Brustkorb trommelt.

Als kein Wort aus meinem Mund kommt, der sich immer wieder öffnet und schließt, ziehen sich seine Augenbrauen zusammen. »Eve?«, fragt er dann unsicher.

Wahrscheinlich denkt er, dass ich ihm jetzt einen Korb gebe. Für wie blöd hält er mich eigentlich?

»Ja«, hauche ich. »Für immer ja.«

Neunundzwanzig

Nerviges Geplätscher weckt mich. Ich drehe mich grummelnd um und ziehe mir die Decke über den Kopf, um die Helligkeit auszusperren, die nun zwischen meinen Lidern hineinkriechen will.

Jedenfalls *will* ich die Decke nehmen, aber meine Hand greift ins Leere. Auch der Untergrund fühlt sich nicht so an wie die weiche Matratze, auf der ich sonst schlafe, wenn ich im Tempel bin.

Hier stimmt etwas nicht.

Meine Hand, die noch immer suchend umherwandert, trifft auf weiche Haut und augenblicklich bin ich hellwach, da das Feuer meinen Arm hinaufschießt und mein Blut kochen lässt.

Memo an mich: Nackten Wächter anfassen, der neben einem schläft, kommt nicht gut. Zumindest nicht morgens im Halbschlaf, wenn ich die Kraft noch nicht im Zaum halten kann.

Wie haben wir das gestern Abend gemacht?

Ich richte mich langsam auf, um Lucian nicht zu wecken, und drücke den schmerzenden Rücken durch. Vielleicht hätten wir doch in mein Zimmer gehen und es nicht hier auf dem Steinboden der Quellen tun sollen.

Mehr und mehr Erinnerungsfetzen von gestern Nacht strömen auf mich ein.

Wenn uns jemand beobachtet hätte, würde er sich mit Sicherheit scheckig lachen, wie wir immer wieder Pausen einlegen mussten, weil die Feuerkraft zu stark zwischen uns brannte. Immer wenn seine oder meine Augen anfingen, rot zu glühen, mussten wir voneinander ablassen, und gerade zu Beginn war das ziemlich häufig. Für einen Unbeteiligten sah es bestimmt lustig aus, aber für mich war es irgendwie frustrierend.

Jedoch entschädigte Lucian mich vollends dafür.

Je länger die Nacht andauerte, umso besser konnte ich meine Kräfte kontrollieren und zurückhalten. Bestimmt ist das alles nur eine Frage der Übung.

Und ich hätte nichts dagegen, jetzt noch ein bisschen zu üben.

Ich rutsche ein Stück näher an ihn heran und genieße für einen Moment den Anblick, der sich mir bietet. Lucian liegt auf dem Bauch, den Kopf zur Seite gelegt und auf den angewinkelten Arm gebettet. Er sieht so friedlich aus, wenn er schläft. Das Heben und Senken seines Rückens hat etwas ungemein Beruhigendes, und ich ertappe mich dabei, wie ich grenzdebil grinsend hier sitze und ihn einfach nur anstarre. Aber egal, ich könnte das den ganzen Tag machen und hätte keine Sekunde davon verschwendet.

Meine Finger kribbeln vor Verlangen, die Wölbung seines muskulösen Rückens hinabzufahren. Vor allem diese beiden Grübchen über seinem Hintern betteln mich geradezu danach an, berührt zu werden.

Wer bin ich, dass ich mich dagegen wehren könnte?

Ich lasse meinen Zeigefinger über seine Schulter wandern und heiße das heiße Prickeln willkommen, das sich sofort bei dieser Berührung einstellt, doch ich achte darauf, es nicht zu einem Feuer heranwachsen zu lassen. Ich halte es klein, eine glimmende Glut, die schnell zu einem Brand werden kann. Ich beobachte, wie mein Finger seinen Weg zwischen seinen Schulterblättern fortsetzt und dann an seiner Hüfte anhält. Sanft erkunde ich erst die eine, dann die andere kleine Kuhle über seinem Po.

Sein Rücken bebt unter einem unterdrückten Lachen. Als ich meinen Blick endlich von seinem Hinterteil lösen kann, schaue ich in halbgeöffnete Quecksilberaugen.

»So unersättlich, *mo soléy?*« Er streckt den Arm nach mir aus und ich rutsche sofort wieder hoch zu ihm, lege mich hin und kuschle mich an ihn. Es fehlt nicht viel und ich fange an zu schnurren wie eine Katze.

»Ich musste auch lange genug darauf warten«, erwidere ich. Mit halb geschlossenen Augen genieße ich die Berührungen seiner Finger, die federleicht meinen Rücken hinauf- und hinabfahren und dabei eine brennende Spur hinterlassen. »Was hast du eben zu mir gesagt?«

»Hm?«, macht er verschlafen.

»Wie hast du mich eben genannt? Es klang so schön.«

Lucian grinst einseitig und ich schmelze dahin. Für dieses Lächeln bräuchte er in meiner Welt einen Waffenschein. »*Mo soléy*«, sagt er wieder in einer anderen Sprache, die ich nicht verstehe, deren Klang jedoch mein Innerstes vibrieren lässt. Von mir aus könnte er immer in dieser Sprache mit mir reden, auch wenn ich kein einziges Wort davon verstünde. Hauptsache, ich könnte sie immer hören.

»Was bedeutet das?«, will ich wissen.

Er zieht mich ein Stück näher heran und gibt mir einen kurzen Kuss auf die Stirn. Meine Haut brennt, wo seine Lippen sie berührt haben. »Es ist eine alte Sprache, die die Priester hier lernen. Angeblich soll es ein alter Dialektder Götter sein und sie fühlen sich ihnen wohl näher, wenn sie in fremdartigen Wörtern sprechen. Wer weiß? Vinc hat mir ein paar Brocken beigebracht, wenn er mal zu Hause war.«

»Und was hast du nun zu mir gesagt?«

»Es bedeutet *meine Sonne.*« Seine Finger fahren kurz durch meine roten Haare, dann wandern sie über meine Schulter den Arm hinab. »Strahlend hell, erhaben über alles andere auf der Welt. Warm und sanft, aber auch hitzig und zerstörerisch. Das ist, wie ich dich sehe. Immer gesehen habe. Du bist mein Licht in der Dunkelheit. Meine strahlende, persönliche Sonne.«

Ich vergesse zu atmen und mein Mund ist völlig ausgetrocknet, weil er die ganze Zeit offen stand. Noch nie in meinem Leben habe ich etwas Schöneres gehört, geschweige denn, dass das jemand zu mir gesagt hätte. Und dann kommt das auch noch von diesem Mann, für den jede dritte Frau mit einem Lächeln ihre eigene Oma verscherbeln würde, um auch nur einmal von ihm angesehen zu werden. Das Verrückteste ist, dass dieser Mann mich will – *mich!*

Mein Herz quillt über vor so viel Liebe, dass es mir unmöglich ist, sie in Worte zu fassen. Nicht einmal ansatzweise hätte ich etwas so Schönes zustandegebracht wie er, deshalb versuche ich es gar nicht und schlinge als Antwort meine Arme um seinen Hals – was liegend gar nicht so einfach ist – und presse meinen Mund auf seinen. Nur kurz, denn das Feuer, das zwischen uns entfacht wird, ist so übermächtig, dass ich es nicht lange kontrollieren kann. Gern würde ich diesen Moment länger auskosten, denn das Gefühl seiner Lippen auf meinen lässt mich bis zum kleinen Zeh erschaudern, doch ich tröste mich mit dem Gedanken, dass es mit der Zeit einfacher werden wird. Ich bin mir sicher, dass ich nach und nach die Kraft immer besser kontrollieren kann, wenn wir uns nahe sind.

Ich weiß nicht, wie viel Zeit uns zusammen bleibt, doch ich verspreche mir selbst, dass ich jede einzelne Sekunde davon auskosten werde.

»Ich habe auch eine Frage an dich«, sagt er, nachdem wir eine Weile einfach nur in den Armen des anderen gelegen haben. Ich hebe den Kopf und sehe ihn an. Sein Gesichtsausdruck ist auf einmal so ernst und mir schwant nichts Gutes. Das bestätigt auch das nagende Gefühl, das in meinem Bauch wütet. »In der Nacht, als du in den Stall kamst, … da hast du etwas zu mir gesagt, das ich nicht verstanden habe.«

Ich muss nicht lange überlegen, um zu wissen, was er meint. Ich habe ihm in dieser Nacht zwar einige unschöne Sachen an den Kopf geknallt, aber ich weiß genau, auf was er hinauswill.

Und ich habe keine Ahnung, was ich darauf antworten soll.

»Du sagtest zu mir, dass ich nichts weiter sei als ein Charakter in einem Spiel.« Sein Blick hält meinen gefangen und ich bin unfähig, auch nur einen Muskel zu bewegen, obwohl ich mich am liebsten verkriechen würde. Ich wusste, dass früher oder später dieses Gespräch aufkommen würde, doch ich habe gehofft, dass es *später* sein würde und nicht nach dieser bombastischen Nacht.

Ich suche fieberhaft nach einer Erklärung, einem Ausweg, ohne dass ich ihm die Wahrheit sagen muss, denn ich weiß nicht, wie er sie aufnehmen würde.

Würde er mir glauben oder mich für verrückt erklären? Immerhin glaubt er ja auch, dass ich aus einer anderen Welt komme. Aber seine eigene Existenz als nicht real zu akzeptieren, steht auf einem anderen Blatt.

»Was verschweigst du mir, Eve?« Seine Stimme ist plötzlich um zwanzig Grad kälter als noch vor wenigen Minuten. Ich möchte die Zeit zurückdrehen.

Resigniert schließe ich die Augen und seufze. Dann drehe ich mich in seinen Armen um, sodass mein Rücken an seiner Brust liegt, und schiebe die Haare nach oben.

»Siehst du das?«, frage ich und deute mit der anderen Hand auf den Knubbel in meinem Nacken, unter dem sich der Chip verbirgt.

Ich zucke kurz zusammen, als er vorsichtig mit den Fingern über die Erhebung fährt und sie abtastet.

»Was ist das?«

Ich lasse die Arme wieder sinken, drehe mich aber nicht um, sondern setze mich auf. Das, was ich ihm nun erzählen muss, geht leichter, wenn ich nicht die Enttäuschung und die Wut sehen muss, die zweifelsohne gleich in seinen Augen aufflackern wird.

»Es ist ein Chip«, erkläre ich. »Eine mechanische Vorrichtung, mit der ich mich in meiner Welt mit einem Gerät verbunden habe, das Computer heißt. Ich habe diesen Chip als Belohnung bekommen, weil ich zu den besten Spielern meiner Welt gehöre. Damit kann ich vollkommen in Spiele eintauchen und Teil ihrer Welt werden.« Ich schweige kurz und überlege, wie ich es am besten beschreiben könnte.. Keine Ahnung, ob er mir überhaupt bis hierhin folgen konnte. Ich habe einfach drauflos geredet, ohne mir Gedanken zu machen, wie ich es ihm verständlich erklären kann. »So bin ich in deine Welt gekommen. Von meinem Standpunkt aus befinde ich mich in einer nicht realen Spielwelt, in der ich die Hauptrolle habe und zur Hüterin wurde. Aber nichts ist so, wie es sein sollte. Eigentlich sollte ich in dieser Welt, diesem Spiel, nichts fühlen, weder Schmerz oder Leid noch … Liebe, und doch spüre ich alles davon. Ich kann mich nicht ausloggen, um zurück in meine Welt zu kommen, und bin hier gefangen. Am Anfang hatte ich große Angst deswegen, doch mittlerweile … bin ich mir nicht mehr so sicher, ob ich überhaupt zurück will, wenn ich die Möglichkeit hätte.«

»Warum?«

Seine Frage verunsichert mich. Er klingt so, als hätte er alles, was ich eben gesagt habe, verstanden und akzeptiert, doch das ist unmöglich. Ich habe damit gerechnet, dass er wütend wird, mich anschreit, mich auslacht, wie ich auf so einen Blödsinn kommen kann – doch stattdessen fragt er, warum ich nicht zurück möchte. Das ergibt keinen Sinn! Es wäre so viel einfacher, wenn er einfach lachen und mich für verrückt erklären würde, aber seine Anteilnahme und sein Verständnis sind zu viel für mich.

Ohne dass ich es verhindern kann, füllen sich meine Augen mit Tränen, die ungehindert meine Wangen hinablaufen. Müde und verwirrt stütze ich den Kopf auf die angewinkelten Knie.

Es dauert nicht lange und Lucian legt seine Arme um mich und bettet sein Kinn auf meiner Schulter. Durch meine Schluchzer wird er sicher ganz schön durchgeschüttelt, trotzdem hält er mich weiter fest, bis ich mich ein wenig beruhigt habe.

»Ist deine Welt so schlimm?«, fragt er, als ich mich allmählich beruhige.

Ich schüttele matt den Kopf. »Nein. Ich weiß auch nicht, wie ich dir das erklären soll.«

»Versuch es einfach.« Er zieht mich ein Stück nach hinten, sodass ich mich mit dem Rücken an seine Brust anlehnen kann. Sein gleichmäßiges Atmen hat etwas Beruhigendes und ich entspanne mich allmählich.

»In meiner Welt bin ich ein Niemand. Man kennt mich zwar unter den Spielern, aber trotzdem bin ich nur die Nummer Drei der weltbesten Gamer. Wer erinnert sich schon an den Dritten? Selbst den Namen des zweiten Mannes auf dem Mond kennen nur ganz wenige.«

»Ihr habt Leute auf dem Mond?«, fragt Lucian verdutzt und ich muss beinahe kichern.

»Nicht wirklich. Wir schicken immer mal eine Rakete ins All und erforschen den Weltraum. Unendliche Weiten und so.« Ich hebe die Hand und bilde eine Kluft zwischen meinem Mittel- und dem Ringfinger. Natürlich versteht er diese Anspielung nicht, aber das macht nichts. »Wie dem auch sei, ich habe keinen wirklichen Platz in meiner Welt.«

»Hast du keine Familie? Ich habe dich noch nie über deine Eltern sprechen hören. Sind sie gestorben?«

»Nein, sie leben beide, aber sie interessieren sich nicht für mich.« Ich ziehe wieder die Knie an und schlinge meine Arme darum. »Ihnen geht es nur um ihre Arbeit und darum, wie sie noch mehr Geld verdienen können. Wäre es nach meinen Eltern gegangen, hätten sie mich schon mit dem meistbietenden Sohn einer der Geschäftspartner verheiratet, um ihren Einfluss zu sichern. Sie interessieren sich nicht für mich und wollen mich verbiegen, damit ich so bin, wie sie mich haben wollen. Aber das wäre das Schlimmste, was man mir antun könnte.«

»Ich weiß.« Lucians Hände wandern sanft über meine Arme und mein Blut pulsiert an den Stellen, die er berührt.

»Aber hier«, fahre ich fort, »werde ich *gebraucht*. Hier gehöre ich dazu und muss mich nicht verstellen. Auch wenn es nicht immer einfach ist, weder mit dir noch mit den anderen oder gar mit den übrigen Hütern, so habe ich hier doch eine Bestimmung.«

Seine Hände verharren bei diesen Worten. »Eve, du darfst keine Hüterin mehr sein. Darüber haben wir doch gestern gesprochen. Die Erweckung der Göttin Gaia wird … Sie wird dich das Leben kosten.«

Ich nicke und lege eine Hand auf seine. »Spürst du das?«, frage ich und schicke einen kurzen, aber starken Kraftimpuls durch unsere Hände.

Lucian zieht scharf die Luft ein. »Natürlich.«

»Ich kann nicht aufhören, die Hüterin zu sein. Das *bin* ich. Das wäre, als würdest du von mir verlangen, ich solle aufhören, rote Haare zu haben. Das ist unmöglich. Ich könnte sie mir zwar färben, aber doch wären die Strähnen, die nachwachsen, wieder rot.« Er zieht die Hand weg und ich spüre, wie sein Körper sich hinter mir versteift. Schnell drehe ich mich um und lege meine Hände federleicht an sein Gesicht. »Ich kann nicht aufhören, die Hüterin zu sein, aber ich kann mich entscheiden, die Göttin nicht zu erwecken.«

Es dauert zwei Sekunden, bis Erleichterung und Verständnis seine Züge wieder weicher werden lassen. Er nimmt eine meiner Hände und haucht einen Kuss auf die Innenfläche.

»Spürst du das?«, fragt er mich, genauso wie ich ihn vor wenigen Augenblicken gefragt habe.

»Natürlich«, antworte ich und schließe genüsslich die Augen.

»Wie könntest du es spüren, wenn ich nicht echt wäre? Wenn ich, wie du sagtest, nur ein Charakter in einem Spiel wäre? Würde es sich dann nicht künstlich anfühlen? Falsch?«

»Ja«, hauche ich.

Er hat recht. Ich bin zwar noch nicht vollends davon überzeugt, dass dies eine Art Parallelwelt sein soll, wie Thunderstrike mir weismachen wollte, aber für ein Spiel ist all das hier *zu* real. Vor allem seit letzter Nacht sind alle Zweifel ausgeräumt. Im Grunde ist es mir auch scheißegal, was diese Welt nun genau ist. Er ist hier und ich bin hier – das ist alles, was für mich zählt.

»Ich liebe dich, *mo soléy*.«

»Und ich liebe dich«, erwidere ich mit einem breiten Grinsen.

»Ich möchte es so bald wie möglich meinen Eltern sagen«, eröffnet er mir dann mit leuchtenden Silberaugen, und obwohl mir kurz flau im Magen wird, freue ich mich darauf. Es gibt nichts, was ich zu bereuen hätte.

»Was willst du mir sagen?«, fragt eine schneidende Stimme hinter meinem Rücken und ich erstarre augenblicklich zur Salzsäule.

Lucian reagiert als Erster und schiebt sich vor mich, um mich mit seinem Körper vor neugierigen Blicken abzuschirmen. Immerhin sind wir beide splitterfasernackt.

»Mutter«, murmelt er dann, beinahe kleinlaut.

Ich spitze über seine Schulter. Direkt vor uns steht seine Mutter – Vilanna, nun kenne ich ihren Namen –, die Hände in die Hüften gestützt, und funkelt uns aus Quecksilberaugen an, die Funken zu sprühen scheinen. Hinter ihr entdecke ich Gwen, die sich sichtlich unwohl zu fühlen scheint.

»Vergebt mir, Hüterin. Ich konnte sie nicht mehr länger hinhalten. Als Ihr gestern nicht wieder nach oben gekommen seid, wollten sie von mir wissen, wo Ihr hingegangen seid«, murmelt sie mit gerunzelter Stirn und sieht aus, als wolle sie jeden Moment in Tränen ausbrechen.

»Es ist in Ordnung«, beruhige ich die junge Priesterin, ehe sie tatsächlich gleich die Fassung verliert.

Dann wandert mein Blick wieder zurück zu Lucians Mutter, die uns noch immer bedrohlich anfunkelt, und ich schrumpfe regelrecht unter dieser geballten Form von mütterlicher Autorität. Lucian geht es genauso, denn auch er zieht den Kopf zwischen die Schultern, bevor ihm wieder einfällt, dass er doch eigentlich ein erwachsener Mann ist.

»Was machst du hier mit der Hüterin, Lucian?«, donnert seine Mutter mit einer Stimme, die ich bei einer so kleinen Person nicht erwartet hätte. »Ich bitte untertänigst um Entschuldigung, Hüterin! Ich weiß doch, dass Ihr ihn nicht sehen wolltet.« Sie verbeugt sich kurz vor mir, während ich nur perplex blinzeln kann, ehe sie sich wieder an Lucian wendet. »Habe ich dir nicht beigebracht, wie man eine junge Frau zu behandeln hat? Habe ich dir nicht hundertmal gesagt, dass kein Mann eine Frau zu etwas drängen sollte? Die Hüterin wollte nicht mehr mit dir reden, weiß die Göttin, was du dem armen Mädchen angetan hast!«

»Ähm …«, versuche ich, dazwischenzugehen, werde jedoch von ihrem Schimpfen wieder unterbrochen.

»Und nun stellst du ihr sogar nach, wenn sie badet? Am liebsten würde ich dir eine saftige Ohrfeige verpassen! Ich schäme mich dafür, so einen Jungen großgezogen zu haben.«

»Nun hol doch erst mal Luft!«, ruft Lucian und hebt begütigend die Hand. »Und lass uns auch mal zu Wort kommen.« Als er Gwens Blick und ihr puterrotes Gesicht bemerkt, überkreuzt er schnell die Beine. »Könntet ihr uns kurz zwei Minuten geben?«

»Glaub ja nicht, dass du mir so einfach davonkommst!« Mit erhobenem Zeigefinger beugt sie sich zu uns hinab. »Da gibt's nichts, das ich nicht schon gesehen hätte.« *Okay, zu viel Input!* »Aber wir werden uns kurz umdrehen. Versuche ja nicht, dich davonzumachen, Luc!«

Sie wirbelt herum und wendet uns den Rücken zu, und nach einem letzten Blick auf den nackten Lucian tut Gwen es ihr gleich. Ich glaube, ich muss mich mal ernsthaft mit ihr unterhalten. Es gefällt mir gar nicht, wie sie ihn anstarrt. Doch zuerst wird mich ein Gespräch mit Lucians Mutter erwarten, deren Schultern noch immer vor unterdrückter Wut beben.

Lucian springt auf die Füße und hält mir dann die Hand hin, um mir aufzuhelfen.

Da ich noch keine frische Kleidung habe (und Gwen sie auch nicht mitgebracht hat), streife ich kurzerhand sein Hemd über den Kopf, das mir fast bis zu den Knien reicht. Nervös spiele ich mit meinen Haaren, während ich Lucian dabei zusehe, wie auch er sich anzieht. In meinem Bauch flattert es aufgeregt. Gerne hätte ich mehr Zeit gehabt, um mich etwas vorzeigbarer herzurichten, doch das ist immerhin besser, als gar nichts anzuhaben. Meine Haare drehe ich schnell zu einem unordentlichen Zopf zusammen. Ich bin froh, zumindest das hinzubekommen, so sehr zittern meine Finger. Am liebsten würde ich fliehen und mich irgendwo verstecken. Warum habe ich nur so viel Angst? Seine Mum wird uns schon nicht den Kopf abreißen. Zumindest hoffe ich das …

Als er fertig ist, reicht er mir wieder seine Hand, doch ich schüttele nur mit dem Kopf und berühre nur kurz seinen Arm. Ich weiß nicht, wie das Gespräch, das nun folgt, verlaufen wird, und ich bin jetzt schon so durch den Wind, dass ich das Feuer unmöglich sicher kontrollieren kann. Lieber berühre ich ihn nicht direkt mit den Händen, denn ich weiß, was dann passieren würde.

Während Lucian zu seiner Mutter geht, husche ich schnell zu Gwen und bringe sie zum Eingang der unterirdischen Höhle. Immer wieder beteuert sie, dass es ihr leidtun würde und dass sie uns gerne mehr Zeit verschafft hätte.

»Hast du etwa Lucian gestern Abend hier runtergeschickt?«, wispere ich ihr leise zu, sodass die anderen beiden uns nicht verstehen können.

Gwen nickt unsicher. »Er hat nach Euch gesucht und war völlig niedergeschlagen. Also habe ich ihm erzählt, wo er Euch finden kann, und auf das Beste gehofft.« Ihr Gesicht erhellt sich. »Und wie ich sehe, hat es geklappt.«

Ihr Grinsen ist ansteckend. Ich rempele sie kurz mit der Schulter an. »Beinahe wäre es danebengegangen.« Als sie mich aus großen, traurigen Augen ansieht, beuge ich mich zu ihr herab und schließe sie kurz in die Arme. »Danke«, hauche ich leise und schiebe sie aus dem Gewölbe.

»Viel Glück«, sagt sie noch, ehe sie sich umdreht und die Treppen hinaufsteigt.

Ja, Glück kann ich auf jeden Fall gebrauchen. Ich schließe für einen Moment die Augen und hole tief Luft. Bis in die Ohren kann ich meinen pochenden Herzschlag spüren und das wilde Rauschen meines Blutes hören.

Ohne Gwens Eingreifen hätte ich wahrscheinlich immer noch kein Wort mit Lucian gewechselt und wäre ihm weiterhin aus dem Weg gegangen, und nun stehe ich gleich vor seiner Mutter, von der er ihren Segen für unsere … Ja, was? *Beziehung?* Ich habe keine Ahnung …

Ich drehe mich um und begegne Lucians Blick, der mich bittet, ihm endlich beizustehen. Das Gezeter seiner Mutter kann ich bis hierher hören. Ich stoße die angehaltene Luft aus und mache mich auf den Weg zu den beiden. Über das, was zwischen Lucian und mir ist, werde ich mir danach Gedanken machen.

Dreissig

Lucian

Erst als sie wieder neben mir steht, fühle ich mich komplett. Für einen Moment hatte ich Angst, sie würde dern Priesterin folgen und mich hier mit diesem feuerspeienden Drachen, der sich meine Mutter nennt, allein lassen, doch zum Glück tat sie das nicht. Ich glaube, dann hätte mir Mutter wirklich den Kopf abgerissen. So hält sie sich der Hüterin wegen etwas zurück.

Eve steht ein Stück hinter mir, doch nah genug, dass ich ihre Wärme spüren kann. Die gesamte Höhle ist aufgeladen von ihrer Energie, was mir das Denken nicht gerade einfacher macht. Wie gern würde ich meiner Mutter jetzt einfach sagen, dass sie verschwinden soll, und mich Eve noch für einen ganzen weiteren Tag widmen. Nur wir beide, ohne Verpflichtungen. Nur sie und ich. Keine Hüterin und kein Wächter.

Vielleicht haben wir das bald. Eve hat es mir gestern Nacht versprochen. Sie wird die Göttin nicht erwecken und dadurch leben. Gemeinsam mit mir, in einem entfernten Ort wo niemand weiß, dass sie die Hüterin ist.

Noch nie in meinem Leben war ich so glücklich wie in dem Moment, als sie mir dieses Versprechen gegeben hat. Sie entschied sich für mich. Nicht für ihre Welt oder die Bestimmung, die sie hier hat, sondern für mich. Wie könnte ich da nicht vor Glück platzen?

Doch eine Sache müssen wir vorher noch erledigen. Meine Familie hat bisher mein Leben bestimmt. Ich liebe meine Eltern und auch meinen Ziehbruder, und ich habe mein Leben lang dafür gearbeitet, dass es ihnen gut geht. Vincent wusste ich gut versorgt im Tempel, aber seit Vaters Verletzung konnte er nicht mehr für alle sorgen, also habe ich das übernommen.

Nun ist es an der Zeit, dass ich endlich meinen eigenen Weg gehe, doch dazu wünsche ich mir nichts sehnlicher als den Segen meiner Mutter. Ich könnte nicht gehen, wenn sie sagt, dass sie mich noch braucht und dass sie auf mich angewiesen ist. Eve und ich müssten dann einen anderen Weg finden, denn ich kann meine Eltern nicht ihrem Schicksal überlassen. Bis vor ein paar Monaten, als Eve in diese Welt kam, waren sie alles, was ich hatte und brauchte. Das kann ich nicht einfach hinter mir lassen und vergessen. Das wäre nicht ich.

Fieberhaft überlege ich schon die ganze Zeit, wie ich es Mutter möglichst schonend beibringen kann, aber die richtigen Worte wollen mir einfach nicht einfallen. Stattdessen stehe ich hier und lasse ihre Schimpftirade über mich ergehen, die mich nicht im Entferntesten berührt. Nichts, was sie sagt oder mir vorwirft, könnte mich von meinem Entschluss, mit Eve eine gemeinsame Zukunft zu erschaffen, abbringen. Ich hoffe nur, dass auch Eve sich nicht von Mutters scharfer Zunge beeindrucken lässt.

»Ich kann mich nur immer wieder bei Euch entschuldigen, Hüterin«, sagt Mutter, nachdem sie endlich mal Luft geholt hat. »Das Verhalten meines Sohnes ist inakzeptabel. Er hatte kein Recht, Euch zu nahe zu treten.« Sie beugt den Kopf. »Ich entschuldige mich in seinem Namen.«

Ich zwinge mich dazu, nicht mit den Augen zu rollen und zu seufzen. »Was denkst du eigentlich von mir?«, frage ich dann. Meine Stimme bebt vor unterdrückter Wut. »Dass ich mich über sie hergemacht habe wie ein Tier?« Eve kichert hinter meinem Rücken. Schön, dass es wenigstens einer von uns lustig findet. »Sah es für dich so aus, als hätte ich sie zu irgendwas gezwungen?«

Mutter stutzt, als sie die Szene, in der sie uns überrascht hat, wieder und wieder in ihrem Kopf abspielt. »Nein«, gibt sie dann mit gerunzelter Stirn zu und schaut von mir zu Eve und wieder zurück, als würde ihr erst jetzt auffallen, dass sie so nah neben mir steht. »Aber was … Was war das dann?«

Jetzt ist es so weit, schießt es mir durch den Kopf. Der Augenblick der Wahrheit ist gekommen. Mein Mund ist ganz trocken vor Aufregung, doch ich straffe die Schultern und schaue Mutter ernst ins Gesicht. »Ich liebe sie«, sage ich einfach. Mehr muss ich nicht sagen. Diese drei Worte drücken all das aus, was wichtig und kostbar ist.

Mutters Mund steht sperrangelweit offen und sie starrt mich an, als sei mir ein Geweih gewachsen. Aber das ist unmöglich, schließlich bin ich nicht Seth. *Zum Glück.*

»Aber … du… du bist –«, stammelt sie, während ihr Blick immer wieder zu Eve huscht, als suche sie in ihrer Miene nach einem Anzeichen dafür, dass ich lüge.

»Ich bin was?«, frage ich mit zusammengebissenen Zähnen. Kurz spüre ich Eves warme Hand an meinem Rücken und es fühlt sich so an, als würde sie einen Teil der Wut, die in mir tobt, aus mir herausziehen. Augenblicklich fühle ich mich ein wenig entspannter.

»Ihr Wächter«, sagt meine Mutter, nachdem sie sich wieder gefangen hat. Ungläubig mustert sie mich, ehe sie den Kopf schüttelt. Das läuft nicht wie geplant … »Bist du *wahnsinnig*?«, ruft sie dann und wirft die Arme in die Luft. »Sie ist die verdammte Hüterin – vergebt mir bitte.«

»Schon in Ordnung«, murmelt Eve hinter mir.

»Wie kannst du dich mit der Hüterin einlassen? Hast du das letzte bisschen Verstand verloren? Du bist ihr *Wächter*!«

Ich nutze die Sekunde, in der sie Luft holt, um endlich selbst zu Wort zu kommen. »Stell dir vor, ich weiß sehr wohl, dass ich ihr Wächter bin. Aber weißt du was? Das eine schließt das andere nicht aus!«

Sie schüttelt wieder den Kopf, macht einen Schritt zur Seite und wendet sich Eve zu. »Hüterin«, beginnt sie.

»Eve«, berichtigt sie Mutter. »Bitte nenn mich einfach nur Eve.«

Mutter stockt kurz. Ich weiß, dass es gegen alles geht, woran sie glaubt, wenn sie die Hüterin – in ihren Augen – so respektlos ansprechen soll, doch sie beugt sich Eves Wunsch.

»Bitte versteht mich nicht falsch. Ich freue mich, wenn mein Sohn endlich jemanden gefunden hat, an dem sein Herz hängt, denn bei den Göttern, er hatte kein leichtes Leben. Aber, bei allem Respekt, Ihr seid die Hüterin, Eve. Ihr habt eine Aufgabe, die nur Ihr vollenden könnt.« Ihr Blick huscht wieder zu mir und ich sehe Traurigkeit darin. »Es wird dir das Herz brechen, wenn sie in ihre Welt zurückkehrt.«

Sie hat recht und ich weiß das. Deshalb ist es mein oberstes Ziel, Eve davon abzuhalten, die Göttin zu erwecken. Ich weiß, dass der Wasserhüter seinen Gott nicht mehr erwecken kann, da ihm einer seiner Wächter fehlt, und um den Lufthüter werde ich mich auch noch kümmern. Ich würde alles tun, damit Eve auf ewig bei mir bleiben kann.

»Wer sagt, dass ich wieder in meine Welt gehe?«, höre ich Eves Stimme hinter mir und atme erleichtert aus.

»Weil jeder Hüter diese Welt verlassen hat. Sei es durch Tod oder nach Beendigung seiner Aufgabe hier. Ihr werdet da keine Ausnahme bilden.« Mutter klingt kühl, doch ich weiß, dass sie nur in Sorge um uns ist.

»Ich werde meine Aufgabe nicht beenden.«

Ich zucke kurz zusammen, als ich Eves Worte höre, denn ich hätte es Mutter gerne schonender beigebracht, und nicht so ... *direkt.* Doch nun muss ich damit umgehen.

»Ich bitte dich um deinen Segen, Mutter«, sage ich mit respektvoll geneigtem Kopf, einerseits, weil es sich so gehört, andererseits, um nicht Mutters funkensprühende Augen sehen zu müssen.

Die Sekunden vergehen, in denen niemand von uns ein Wort sagt. Wir alle drei scheinen angespannt die Luft anzuhalten. Nur das Knistern der Fackeln an den Wänden und das leise Rauschen der Quelle ist zu hören.

Immer noch gebückt, sehe ich aus dem Augenwinkel, wie Mutter nach Eves Händen greift, und hebe den Kopf.

»Ihr wollt uns aufgeben?«, fragt sie mit belegter Stimme. »Wir setzen so viel Hoffnung in Euch und Eure Wächter. Wir hoffen schon so lange auf Glück und Frieden für unser Volk. Ihr seid die Einzige, die uns das geben kann.« Ihre Hände umklammern Eves und es bricht mir das Herz, so viel Trauer in Mutters Gesicht zu sehen.

»Sei unbesorgt, Vilanna. Ich werde dem Erdvolk den ersehnten Frieden bringen, auch ohne die Hilfe der Göttin. Wenn ich Gaia erwecke, wird sie mein Leben fordern. Es muss einen Weg geben, all die Kämpfe auch ohne weitere Opfer zu beenden, und ich verspreche, dass ich diesen Weg, zusammen mit meinen Wächtern, finden werde.«

Mutter lässt Eves Hände los und dreht sich um, ohne ein Wort zu sagen. Mir wird flau im Magen, als sie sich einfach so von uns abwendet, doch ich zögere, sie zurückzuhalten. Ich will sie nicht bedrängen. Vielleicht muss sie all das auch erst einmal verstehen und in Ruhe überdenken, aber ihr Schweigen und die damit einhergehende Zurückweisung meiner Bitte verletzen mich tief. Ich habe mein Leben für sie und

Vater geopfert und nun, da ich endlich mein eigenes Glück gefunden habe, wendet sie sich von mir ab und wirft uns Pflichtvergessenheit vor.

Ich knirsche mit den Zähnen, während ich auf ihren Rücken starre und sie dabei beobachte, wie sie mit langsamen Schritten das Gewölbe verlässt.

Eve berührt mich kurz am Arm und ich drehe den Kopf zu ihr.

»Es tut mir leid«, flüstert sie.

Ich lege den Arm um sie, ziehe sie an mich und drücke meine Lippen auf ihren Kopf. »Es ist nicht deine Schuld. Ich werde mit Mutter reden, wenn sie ein bisschen Zeit zum Nachdenken hatte. Sicher wird sie uns dann verstehen.«

Doch ich zweifle an meinen eigenen Worten. Mutter wird ihre Meinung nicht ändern. Sie hat damals in der stürmischen Nacht, als Vater nicht heimkehrte, ihre Pflicht ihren kleinen Kindern gegenüber nicht vergessen und ist bei uns geblieben, anstatt nach ihm zu suchen. Sie hat sich gegen die Liebe und für die Verantwortung entschieden.

Ich hingegen entscheide mich für das Gegenteil und das kann sie nicht verstehen.

»Wir sollten zu den anderen gehen«, sagt Eve dann und löst sich aus meiner Umarmung. »Ich muss sehen, ob Narissa zurückgekehrt ist.«

Ich nicke. »Zieh dir aber zuerst was anderes an, ich suche derweil Vinc und Seth. Wir treffen uns vor dem Tempel.«

Ich beuge mich zu ihr herab und hauche ihr einen sanften Kuss auf die Lippen, ehe wir uns auf den Weg nach oben machen.

# # #

Evelyn

Gwen plappert aufgeregt und ohne Punkt und Komma auf mich ein, stellt mir Fragen zu letzter Nacht und redet schon weiter, ehe ich antworten kann. Nicht, dass ich ihre neugierigen Fragen überhaupt beantwortet hätte.

Wie ein aufgescheuchter Bienenschwarm schwirrt sie um mich herum, hilft mir in meine Klamotten, schnürt die Korsage und flechtet meine zerzausten Haare zu einem straffen Zopf.

Als die Sprache auf Lucians Mutter kommt, werfe ich ihr nur einen kurzen Blick im Spiegel zu und sie lässt das Thema sofort fallen und begibt sich zurück auf sichereres Gesprächsterrain.

»Ist Narissa schon zurück?«, frage ich, als sie tatsächlich mal den Mund hält. Ich mag Gwen wirklich. Sie ist die erste und einzige Freundin, die ich in dieser Welt habe, aber ihr ständiges Geschnatter geht mir auf den Keks.

»Wer?«, fragt sie. »Ach so, die Wächterin! Ich habe sie ja noch nicht offiziell kennengelernt, aber ja, heute beim ersten Sonnenstrahl kam eine Kriegerin mit einem Gefangenen in den Tempel, kurz bevor ich zu Euch nach unten zu den Quellen kam.«

Erleichterung durchflutet mich. Es geht ihr gut. Auch wenn ich sie nicht wirklich leiden kann, hätte ich mir auf ewig Vorwürfe gemacht, wäre ihr etwas zugestoßen. Schließlich hat sie uns die dringend benötigte Deckung gegeben, um zu entkommen, und ist zurückgeblieben, bis wir alle in Sicherheit waren.

Kurz habe ich ein schlechtes Gewissen, weil ich seitdem kaum an sie gedacht und stattdessen meine Zeit mit Lucian verbracht habe. Eine schöne Hüterin bin ich! Doch ich werde das wieder geradebiegen. Sobald Gwen endlich von mir ablässt, werde ich mich gleich auf die Suche nach Narissa machen und mich davon überzeugen, dass es ihr gut geht und sie alles hat, was sie braucht.

Und ich werde herausfinden, was das für ein Gefangener ist, den sie da mitgebracht hat. Sieht ihr gar nicht ähnlich, Gefangene zu machen. Sie kam mir immer eher vor wie der Fressen-oder-gefressen-werden-Typ, aber anscheinend habe ich mich geirrt. Soll vorkommen.

Bevor ich jedoch nach draußen gehe, sollte ich noch schnell bei Lucian vorbeischauen oder zumindest Gwen mit einer Nachricht zu ihm schicken, obwohl … Nein, Gwen lieber nicht.

»Kann ich dann los?«, frage ich, als die junge Priesterin endlich von mir ablässt.

Sie nickt und tritt einen Schritt zurück. »Die anderen erwarten Euch im großen Saal, Hüterin.«

Na toll, doch keine Chance mehr, Lucian allein zu sprechen. Dann kann ich nur hoffen, dass er genauso denkt wie ich und wir unser … *was-auch-immer* … erst mal geheimhalten, genau wie unseren Plan, die Göttin doch nicht zu erwecken. Vorerst sollten die anderen nichts davon wissen, schließlich ist es nicht auszuschließen, dass sie genauso reagieren wie Lucians Mutter.

Ich drücke kurz Gwens Schulter und mache mich auf den Weg zum Saal.

# # #

Ich bin die Letzte. All meine Wächter sind bereits im großen Saal versammelt und stehen im Zentrum der vier Feuerschalen, in denen unablässig die Flammen knistern.

In ihrer Mitte kniet ein Mann mit gefesselten Händen. Das muss der Gefangene sein, den Narissa mitgebracht hat.

Lucian bemerkt mich als Erster. Sein Kopf dreht sich in dem Moment zu mir um, in dem ich einen Fuß in den Saal setze, lange, bevor er mich eigentlich hätte hören dürfen. Er macht einen Schritt auf mich zu, doch ich halte ihn mit einem kurzen Kopfschütteln davon ab. Er nickt, hat verstanden, und doch ist da dieser verletzte Ausdruck, der ganz kurz über sein Gesicht huscht.

Erst als ich näher komme, drehen sich auch Seth und Vincent zu mir um. Der jüngere kommt lächelnd auf mich zu.

»Wo warst du gestern den ganzen Abend?«, fragt er mich, während er neben mir herläuft. »Ich habe dich beim Abendessen vermisst.«

»Ich war müde«, sage ich ausweichend. Genaueres wird er nicht aus mir herausbekommen. Ich bleibe vor Narissa stehen, die dem Gefangenen nicht von der Seite weicht. »Ich bin froh, dass es dir gut geht.«

Sie neigt kurz den Kopf und ein Lächeln umspielt ihre Lippen.

»Wen hast du uns da mitgebracht?«, frage ich und schaue hinab auf die Gestalt, die vor mir kniet. Mehr als die gefesselten Hände kann ich nicht erkennen, denn der restliche Körper wird durch einen weiten Umhang mit Kapuze verdeckt. Dann schaue ich mir die Hände genauer an. Der seltsame Glanz der Haut im Schein der Feuer fesselt meine Aufmerksamkeit und ich weiche mit einem Zischen zurück, als ich erkenne, was das für Hände sind. »Ein Fischmensch«, rufe ich und schaue verwirrt zu Narissa, die siegessicher grinst. »Was soll das? Warum bringst du den Feind hierher?«

»Sie hat einen guten Grund«, höre ich Vincents Stimme hinter mir. Sogar er heißt es gut, dass ein Fischmensch hier ist? Hier, in seinem Tempel?

»Na, da bin ich aber gespannt«, sage ich, gehe sicherheitshalber einen Schritt zurück und verschränke die Arme. Ich spüre, wie Lucian näher zu mir tritt, um im Falle eines Falles schnell einschreiten zu können. Seine Nähe gibt mir Sicherheit.

Narissa packt den Umhang, der die Gestalt des Fischmenschen umhüllt, und zerrt ihn mit einem Ruck weg.

Ich schnappe nach Luft. Unmöglich! Sie wird doch nicht ... »Du hast den *verdammten Hüter* der Fischmenschen gefangen und hierhergebracht?«, schreie ich Narissa an. »Bist du noch ganz *dicht*?«

Anstatt mir zu antworten, sieht sie mich nur herablassend an. Ihre schwarzen Augen funkeln und mir läuft dabei ein eiskalter Schauer den Rücken hinab. Wie kann sie so doof sein? Weiß sie denn nicht, dass die Fischmenschen nun kommen, um ihren Hüter zu ...

Und dann sehe ich es, als Narissa ihn aufstehen lässt. Die silberne Kette habe ich auf Thunderstrikes weißer, fast durchscheinender Haut kaum wahrgenommen, aber der rotglühende Edelstein, der in das Amulett eingefasst ist, das an seiner Brust baumelt, ist nicht zu übersehen. Mit offenem Mund starre ich auf das Amulett der Göttin, das ich verloren glaubte.

»Eine Entschuldigung wäre angebracht, *Hüterin*«, sagt Narissa hochnäsig und ich knirsche mit den Zähnen, hin und her gerissen zwischen dem Verlangen, ihr eine reinzuhauen oder sie tatsächlich um Vergebung anzuflehen. Immerhin hat sie nicht nur unsere Flucht gedeckt und sich für uns geopfert, nein, sie hat sogar einen feindlichen Hüter gefangen *und* das zurückgebracht, ohne das wir die Göttin nicht erwecken können. Was wir eigentlich nicht mehr vorhaben, aber davon weiß ja noch niemand etwas.

Ich stelle mich vor Thunderstrike und begegne seinem weißen, nichtssagenden Blick. »Ich entschuldige mich für die Unannehmlichkeiten«, sage ich zu ihm.

»Bei mir sollst du dich entschuldigen!«, zischt Narissa hinter mir, doch ich bringe sie mit einem Blick zum Schweigen.

»Du hast etwas, das mir gehört, und ich will es wiederhaben.« Er und ich starren uns an, ohne dass einer von uns auch nur einen Muskel rührt.

»Fühlst du dich hier stark, Nemesis?«, fragt er nach einer Weile und seine Stimme verursacht mir eine Gänsehaut. Zu viele schlechte Erinnerungen an Kälte und Eis stürmen auf mich ein. »Hier, umringt von deinen Wächtern, die dich allein gelassen haben? Bei mir.«

Ich höre ein Knurren hinter mir und weiß auch ohne hinzusehen, dass es von Lucian kommt.

Auch Thunderstrikes Blick fliegt über meine Schulter zu meinem Wächter. »Ah ja, ich erinnere mich. Warst du nicht der, der sich in einen Wolf verwandelt und mich bedroht hat? Dafür werde ich dir bei Gelegenheit das Fell über die Ohren ziehen, Fiffy! Weißt du, was wir in unserer Welt mit Wölfen machen?«

»Sei still!«, zische ich.

»Wenn wir sie nicht wie räudige Hunde erschießen, stecken wir sie in Zoos, damit tausende von Menschen sie täglich begaffen können. Dort vegetieren sie in zu kleinen Käfigen oder Gehegen dahin, bis sie nur noch im Kreis herumlaufen, vollkommen wahnsinnig vor Langeweile. Aber dieses Schicksal ist noch zu gut für dich. Dich werde ich schön langsam töten.«

»Das reicht!«, schreie ich und stelle mich zwischen die beiden.

Sein Blick huscht zurück zu mir. »Du bist so dumm, Nemesis. Schon immer hat dir der Blick für das große Ganze gefehlt. Genauso dumm wie deine Wächter hier.«

»Du sollst den Mund halten, hab ich gesagt!«, herrsche ich ihn an und greife nach dem Amulett, doch er macht einen Schritt nach hinten, um mir auszuweichen, wird aber gleich von Narissa gestoppt. »Gib mir das verdammte Amulett und dann kannst du irgendwo verrotten. Du hast verloren, Thunderstrike! Du bist nicht mehr die Nummer Eins, finde dich damit ab!«

Anstatt mich anzubrüllen, bricht er in schallendes Gelächter aus. »Du hast es noch immer nicht geschnallt, oder? Durch die Dummheit deiner Wächterin da hinten«, er deutet mit einem Kopfnicken auf Narissa, die schräg hinter ihm steht, »sind nun zwei Hüter an einem Punkt versammelt. Meine Insel kennt er nicht, aber hier, bei eurem Tempel, war er schon. Wäre das nicht ein perfekter Zeitpunkt für einen Angriff?«

Ich erstarre. »Davon kann er nichts wissen«, wispere ich, merke aber, wie mein ganzer Körper beginnt, unkontrolliert zu zittern.

»Und ob er es weiß. Es ist nur noch eine Frage der Zeit. Auch du hast verloren, kleine Nemesis.«

»Nein«, rufe ich und suche fieberhaft nach einer Lösung. Thunderstrike hat recht. Wenn Killswitch, der Hüter des Luftvolkes, auch nur einen Funken strategischen Verstand besitzt und davon weiß, dass Thunderstrike unser Gefangener ist, wird er hier zuschlagen und zwar bald.

Ich reiße Thunderstrike das Amulett vom Hals, wobei meine Hände seine schleimige Brust berühren. Schnell wische ich sie an meiner Hose ab, ehe ich das Amulett vorne in meine Korsage stecke. Bei Gelegenheit werde ich mich um eine neue Kette kümmern.

»Bringt ihn in eine Zelle«, sage ich zu Narissa und Seth und wende mich dann an Vincent. »Du sorgst dafür, dass der Tempel auf einen Angriff vorbereitet ist.«

Vincents Gesicht wird blass, doch er nickt.

»Steht uns denn ein Angriff bevor?«, fragt Seth unsicher.

Ich schaue jedem meiner Wächter ins Gesicht, ehe ich sage: »Da bin ich mir sicher. Wir sollten alle bereit sein. Und wir haben nicht viel Zeit.«

Narissa und Seth packen den noch immer lachenden Thunderstrike bei den Armen und führen ihn hinaus, während Vincent mit langen Schritten aus dem Saal eilt und laut Befehle in den Gang brüllt.

Lucian legt seine Hände auf meine Schultern und erst jetzt bemerke ich, wie sehr sie beben.

»Das wird schlimm«, flüstere ich. »Bring deine Eltern hier weg und nehmt Gwen mit.«

»Du glaubst doch nicht im Ernst, dass ich dich allein lasse, wenn ein feindlicher Angriff bevorsteht«, sagt er dicht an meinem Ohr und ich erschaudere. »Ich werde dich und auch meine Eltern beschützen, aber ich werde nicht eine Sekunde von deiner Seite weichen. Nie wieder werde ich zulassen, dass dir etwas zustößt.«

Kurz lege ich die Hand auf seine, die noch immer auf meiner Schulter ruht, und genieße die Hitze, die sich sofort zwischen uns bildet. »Diesmal wird es nicht so einfach wie beim letzten Mal. Killswitch wird dazugelernt haben.«

»Das haben wir auch«, sagt Lucian bestimmt. »Wir haben vier Wächter, die nur darauf warten, ihre Gaben einzusetzen, um dich und unser Volk zu beschützen. Dieser Killswitch wird sich noch wünschen, nie auch nur daran gedacht zu haben, uns anzugreifen.«

Ich teile seinen Enthusiasmus nicht, denn ich kenne Killswitch. Er ist zwar kein Stratege, aber genau das macht ihn für seine Gegner unvorhersehbar. Seine Angriffe in Spielen glichen immer Guerilla-Attacken und genau so etwas wird uns hier auch erwarten: Ein schneller, gezielter Angriff, wenn wir es am wenigsten erwarten, mit dem Ziel, zwei Fliegen mit einer Klappe zu schlagen.

»Wir sollten uns ebenfalls nützlich machen«, sage ich. »Schau nach deinen Eltern und sorge dafür, dass man sie irgendwo geschützt unterbringt, genau wie die Priesterinnen und jüngeren Novizen.«

Er löst sich von mir. »In Ordnung. Versprich mir aber, dass du immer in der Nähe einer der Wächter bleibst, solange ich nicht bei dir bin.« Er haucht mir einen Kuss auf die Stirn und läuft aus dem Saal.

Ich bleibe eine Weile stehen, bis ich das Zittern unter Kontrolle habe, das noch immer meinen Körper erschauern lässt. Ich darf nicht verlieren. Ich werde ihn besiegen, ein für alle Mal!

Einunddreissig

Als ich auf den Tempelhof hinaustrete, ist alles wie immer. Keine hektische Betriebsamkeit, kein Sichern der Stellungen – nichts! Das ungute Gefühl, das ich schon seit einer Weile habe, wächst und wächst. Warum passiert hier nichts? Warum laufen die Priester in aller Seelenruhe umher und gießen die Blumen?

Jederzeit kann ein Angriff erfolgen und niemanden scheint es zu kümmern. Wo ist Vincent? Er sollte doch dafür sorgen, dass alle ihren Platz kennen.

Ich drehe mich mehrmals um die eigene Achse, sehe jedoch keinen meiner Wächter.

Unruhe erfasst mich, weil ich nicht weiß, was ich tun soll. Wo sind meine Generäle, die meine Befehle weitergeben? Ich kann nicht an mehreren Orten gleichzeitig sein. Ich muss mich auf sie verlassen können.

Als ich Gwens blonden Haarschopf zwischen den Priestern, die über den Hof schlendern, sehe, werde ich panisch.

Ich renne zu ihr und packe sie am Oberarm. Verdutzt schaut sie mich an.

»Hüterin«, murmelt sie und macht einen Knicks. »Was kann ich für Euch tun?«

Sie wissen es nicht!, schießt es mir durch den Kopf. *Warum wissen sie es noch nicht?*

Möglichst leise, so dass die umstehenden jüngeren Novizen uns nicht hören, sage ich zu ihr: »Nimm die Kinder und die anderen Frauen und geht nach unten in die Höhlen. Versteckt euch dort.«

Ihre blauen Augen werden immer größer. »Aber … warum?«

Ein *»Weil ich es sage!«* entschlüpft mir beinahe, doch ich presse schnell die Lippen zu einem schmalen Strich zusammen. Es bringt nichts, wenn ich sie alle unwissend lasse. Sie müssen wissen, was uns bevorsteht, um sich angemessen verteidigen zu können.

»Wir vermuten einen Angriff des Luftvolkes und zwar bald. Jetzt geh, nimm die Frauen und Kinder und schaff sie irgendwohin, wo ihr in Sicherheit seid.«

Aus ihrem Gesicht weicht jede Farbe und ihre Unterlippe beginnt zu beben. »Ein weiterer Angriff? Auf unseren Tempel?«

»Psst!«, mache ich eindringlich, weil sich die ersten schon nach uns umdrehen. Das Letzte, was ich jetzt gebrauchen kann, ist eine Massenpanik. »Sei um Himmels willen leise! Nimm die, die nicht kämpfen können, und versteckt euch. Aber schüre bloß keine Angst! Vielleicht irre ich mich auch und es wird–«

Etwas saust nur Millimeter an meinem Ohr vorbei und der plötzliche Luftzug lässt mich frösteln. Mein Magen befindet sich auf Talfahrt. Noch bevor ich mich umdrehe, höre ich die ersten Schreie über den Tempelhof hallen.

Wie gelähmt starre ich nach oben in den Himmel, wo unzählige schwarze Gestalten immer näher kommen.

Gwen hinter mir wimmert und endlich komme ich wieder zu mir. Ich entdecke Vincent am anderen Ende des Tempelhofs, der Kinder um sich geschart hat und in die Tempelanlage bringt.

Ich wirble zu Gwen herum und packe sie an den Schultern. Ich muss sie ein paar Mal schütteln, bis sie mich anschaut. »Nimm so viele, wie du finden kannst, und bringt euch in Sicherheit! Wir kümmern uns darum. Lauf!«

Ich sehe zu, wie sie panisch einige umstehende Priesterinnen am Arm packt, mit sich reißt und auf die Gebäude zurennt. Dort drinnen sind sie sicherer als hier draußen auf freiem Feld.

»Hüterin«, höre ich eine Stimme über all die Schreie rufen und ich brauche eine Weile, ehe ich Lucians Mutter sehe. Sie steht beim Eingang zum Tempel, wo auch Gwen gerade die jüngeren Priester hinein begleitet.

Noch sind die Flügelmänner weit genug weg, sodass ich schnell über den Hof renne und mich zu ihr stelle.

Vilanna nimmt meine Hände in ihre. »Ich muss mich bei Euch für meine Worte entschuldigen, Eve. Bitte vergebt mir. Es wäre für mich unerträglich, wenn einem von uns während dieses Angriffs etwas zustoßen würde und ich Euch das nicht hätte sagen können.«

»Es gibt nichts zu vergeben, Vilanna«, sage ich schnell und sehe mich nach Lucian um. Er steht einige Meter entfernt und hilft einem der älteren Priester hinein. »Lucian wird gleich hiersein und euch zu einem sicheren Ort bringen.«

Ich lasse ihre Hände los und wende mich Gwen zu. »Sieh zu, dass ihr hier wegkommt. Sie sind bald hier«, raune ich ihr zu und schaue dann wieder in den Himmel hinauf.

Einige Priester, bewaffnet mit Pfeil und Bogen, versuchen, die ersten Flügelmänner abzuschießen, ehe sie uns zu nahe kommen, doch sie haben wenig Erfolg. Die einzigen, die etwas gegen diese Übermacht ausrichten können, sind meine Wächter und ich. Ich kann nur hoffen, dass meine Kraft ausreicht, um all meine Wächter zu verwandeln, denn ich werde jeden Einzelnen von ihnen brauchen, wenn wir nicht verlieren wollen.

Die letzten Priester sind endlich drinnen und Gwen umarmt mich kurz. Tränen funkeln in ihren Augen. »Passt bitte auf Euch auf, Hüterin!«

»Keine Sorge«, murmle ich, obwohl ich selbst nicht überzeugt bin. Ich drücke ihren kleinen Körper für einen Moment an mich. Mein Herz pocht wie wild bis zum Hals und ich höre mein Blut in den Ohren rauschen. Ich kann mich nicht daran erinnern, wann ich zuletzt solche Angst vor einem Kampf hatte.

Plötzlich erschlafft Gwens Körper in meinen Armen.

»Gwen?«, flüstere ich und schaue auf sie hinab, wie sie an mir hinuntergleitet, weil ihre Beine unter ihr nachgeben. »Gwen!«

Ihre Augen sind blicklos nach vorne gerichtet, der Glanz ist verschwunden. Nur eine einzelne Träne rollt ihre Wange hinab.

»Nein!«, schreie ich.

Dann sehe ich es. Einen schwarzen Fleck, der sich, ausgehend von ihrem Bauch, immer weiter vergrößert. Ein dunkler Pfeil steckt mitten in ihrem Rücken.

Ein Pfeil, der zweifelsohne für mich bestimmt war.

»Nein, Gwen!«, schreie ich wieder, doch die junge Priesterin reagiert nicht.

Die nackte Panik lässt Galle in meinem Hals hochsteigen und ich wende mich schnell ab, um zu würgen. Das darf nicht sein! Warum ausgerechnet sie? *Meinetwegen*, gebe ich mir selbst die Antwort. Weil sie vor mir stand, als der Pfeil auf mich abgeschossen wurde. *Es ist meine Schuld.*

Erst als ein weiterer Schrei ertönt, komme ich wieder zu mir. Mehr benommen als klar, lasse ich meinen Blick über den beinahe leeren Tempelhof schweifen und sehe Lucian, wie er sich über jemanden beugt.

Nein! Nein, nein, nein!

Ich komme auf die Füße und renne zu ihm. Schon Meter entfernt sehe ich, dass es seine Mutter ist, die am Boden liegt und aus deren Brust ein schwarzer Pfeilschaft ragt. Als ich mich neben sie knie, hustet sie und spuckt dabei einen Schwall schwarzes Blut aus. Ich vergesse zu atmen, als ich sehe, wie das Blut neben ihr auf die Pflastersteine tropft. Sie streckt eine Hand nach mir, die andere nach ihrem Sohn aus und legt unsere Hände dann mit letzter Kraft ineinander. Ein kleines Lächeln umspielt ihre Lippen, als sie die Augen schließt. Wäre da nicht das feine Blutrinnsal, das aus ihrem Mundwinkel läuft, hätte der Anblick ihres Gesichts etwas friedliches.

Meine Hand zittert, genau wie Lucians, und als ich mich endlich aus meiner Starre löse, schaue ich ihn an. Seine Wangen sind tränenverschmiert und sein Blick wild und voller Wut.

Ich brauche keine Worte. In mir tobt dieselbe Wut und der Wunsch nach Vergeltung wie in ihm. Ich umfasse seine Hand fester, verflechte seine Finger mit meinen und reiße all die Schutzmauern ein, die ich um meine Kraft herum aufgebaut habe. Ohne Zurückhaltung schicke ich sie an meinen Wächter, der sich augenblicklich verwandelt.

Kurz stupst er in Wolfsgestalt den Körper seiner toten Mutter mit der Schnauze an, ehe er sich knurrend an meine Seite stellt.

In mir brennt das Feuer heißer und wilder als jemals zuvor. Ungezügelt rauscht die Kraft durch meine Adern und bringt jede Nervenzelle zum Glühen.

Ich strecke beide Hände aus, über denen sofort Feuerbälle tanzen, die ich hinauf in den Himmel schieße.

Ich werde jeden Einzelnen von ihnen vernichten für das, was sie uns angetan haben. Keiner von ihnen wird lebend dieses Schlachtfeld verlassen.

Niemand wird meinem Zorn entkommen, denn ich bin *Nemesis.*

Noch nie war der Name der griechischen Rachegöttin für mich so passend wie in diesem Moment.

# # #

Lucian

Ich nehme alles wie durch einen dichten Nebel wahr. Alles, was ich spüre, ist das pulsierende Blut, das durch meine Adern rauscht, meine Pfoten auf dem Boden und den überwältigenden Drang, jeden Einzelnen von ihnen zu zerfetzen.

Immer mehr Flügelmänner holt Eve mit ihren Feuerbällen vom Himmel, und noch bevor sie auf dem Boden aufkommen, schlage ich meine Zähne so fest in sie, dass ihre Knochen unter dieser Kraft zersplittern.

Ich zähle sie nicht, es sind zu viele und doch nicht genug.

Nur am Rande bemerke ich, wie nach und nach die anderen Wächter zu uns treten und im Eiltempo von Eve verwandelt werden.

Narissa hüllt den gesamten Tempel in dichten Rauch, sodass die Priester, die bisher tapfer mit Pfeilen nach den Angreifern geschossen haben, den Rückzug antreten können. Sie wären auch nur im Weg.

Die ersten Flügelmänner, die es schaffen, einen Fuß auf den Boden zu setzen, lässt Seth ins Wasser fallen, was er sogleich wieder zu Erde werden lässt, wodurch sie eingeschlossen und zerquetscht werden. Ihre Schreie gellen in meinen empfindlichen Wolfsohren, feuern mich aber nur noch weiter an.

Ich will sie töten, einen nach dem anderen, bis keiner mehr übrig ist. Ich will sie vernichten.

Sie kommen in dunklen Schwärmen, durchbrechen den Rauch und stürzen sich von oben auf uns. Ihre Krallen graben sich tief in meinen Rücken und ich jaule auf.

Vincent übernimmt in seiner Löwengestalt die Angreifer, hält sie mir vom Leib, während ich mich zu Eve schleppe. Ihre Augen glänzen rot, als sie sich neben mich kniet und ihre Hände auf meinen blutenden Rücken legt. Ich spüre, wie sich meine Haut zusammenzieht und die Wunde sich schließt. Kurz streicht sie mir mit den Fingern über die Schnauze, bevor ich mich zurück in den Kampf stürze.

Ich weiß nicht, wie viel Zeit vergangen ist. Der Hof ist übersät mit den Leichen von Flügelmännern, sodass ich bald nicht mehr weiß, wo ich stehen kann.

Als Narissas Rauch sich lichtet, schaue ich hinauf in den Himmel. Nur noch eine kleine Schar schwebt dort. In ihrer Mitte erkenne ich ihren Hüter.

Eve muss ihn auch gesehen haben, denn ich spüre eine gewaltige Energie hinter mir und drehe mich zu ihr um. Um sie herum wirbelt das Feuer, das schon längst ihre Hände verlassen und Besitz von ihrem ganzen Körper ergriffen hat. Rot wie die Flammen, die um sie herum auflodern, tanzen die Haare um ihren Kopf.

»Komm herunter, du Feigling!«, brüllt sie in den Himmel. »Komm runter und kämpfe, anstatt dich hinter deinen Bauern zu verstecken!«

Doch niemand rührt sich. Eve lässt einen Feuerball auf ihrer Hand erscheinen, den sie nach oben schießt, doch er verpufft, ehe er sein Ziel erreicht hat.

»Die Königin will mich schachmatt setzen?«, höhnt der feindliche Hüter aus sicherer Entfernung. Ich habe keine Ahnung, von was er redet, aber es ist mir auch egal. Das Einzige, was für mich im Moment zählt, ist, ihn zu töten, doch er ist viel zu weit entfernt, als dass ich ihn erreichen könnte. »Dazu musst du dir Flügel wachsen lassen, Nemesis!«

Er dreht sich um und fliegt davon. Einfach so.

Frustriert jaule ich auf.

»Komm zurück, du feiger Bastard!«, schreit Eve. Ihre Stimme klingt schrill, und als ich mich zu ihr umdrehe, sehe ich, dass die Flammen immer weiter Besitz von ihr ergreifen und sie zu verschlingen drohen.

Ich laufe zu ihr, doch sie sieht mich nicht, starrt noch immer in den Himmel, fixiert die kleiner werdenden Punkte der Flügelmänner, die sich zurückziehen. Als die Flammen um sie herum immer höher schlagen, packe ich ihr Hemd und zerre so stark daran, dass sie auf die Knie fällt. Erst jetzt kommt sie wieder zu sich. Das Feuer um sie verschwindet und sie schaut mich blinzelnd an.

Die anderen drei Wächter stellen sich um uns auf. Auch sie sehen mitgenommen aus. Jeder von ihnen hat gut gekämpft und uns alle verteidigt.

Doch es war nicht genug.

Als ich mir sicher bin, dass Eve außer Gefahr und einfach nur erschöpft ist, trotte ich über den Tempelhof, der von Flügelmännerleichen nur so wimmelt. Nahezu bei jedem Schritt muss ich einem von ihnen ausweichen.

Doch es ist nicht genug.

Nichts davon ist genug.

Jeder Schritt, den ich auf sie zumache, fühlt sich an, als würden meine Pfoten mit dem Boden unter ihnen verwachsen, bis ich glaube, überhaupt nicht mehr vorwärts zu kommen.. Sie liegt abseits, dort, wo es passiert ist. Noch immer ist da ein kleines Lächeln auf ihren Lippen. War sie glücklich in ihrem letzten Moment, als sie uns doch noch ihren Segen gegeben hat? War es ihre Art, sich für das, was sie heute Morgen gesagt hat, zu entschuldigen? Wie gerne würde ich sie danach fragen, doch das kann ich nicht. Ich habe mein ganzes Leben mit ihr verbracht.

Doch es ist nicht genug.

Ich merke, wie ich mich zurückverwandle, während ich einfach nur vor Mutters Leichnam sitze und sie anstarre, als könne ich sie mit meiner bloßen Willenskraft ins Leben zurückholen. Was soll ich jetzt tun? Was wird aus Vater? Er kann wegen seines fehlenden Beins nicht für sich selbst sorgen..

Eine Hand drückt meine Schulter und ich schaue nach oben. Es ist Vincent, der mit tränenverschleierten Augen auf Mutter hinabschaut und mir mit der anderen Hand einen Umhang reicht.

»Ich kümmere mich um sie«, sagt er mit brüchiger Stimme. »Ich werde dafür sorgen, dass sie ein ordentliches Begräbnis bekommt. Geh und sieh dich um Eve. Jemand muss sie von hier wegbringen. Sie kann nicht aufstehen.«

Ich beobachte, wie Narissa hinter Vincent tritt und ihre Arme von hinten um seine Mitte schlingt. Mein Bruder schließt die Augen, aus denen immer mehr Tränen fließen, und lehnt sich für einen Moment dankbar an die Kriegerin. Dann löst sie sich von ihm und beginnt mit einem Rundgang über den verwüsteten Tempelhof.

Schwerfällig komme ich auf die Füße. Meine Beine fühlen sich an, als hätte ich sie monatelang nicht benutzt. Jede Bewegung tut weh. Doch ich darf mich jetzt nicht verkriechen, wie ich es eigentlich gerne tun würde. Vincent hat recht. Ich muss mich um Eve kümmern. Sie ist sicherlich völlig verausgabt. Es wäre mir nicht wohl dabei, sie nur in der Obhut von Seth und Narissa zu lassen.

Nachdem ich mich in den Umhang gehüllt habe, drücke ich meinen Bruder kurz an mich. Seine Schultern beben, ebenso wie meine. Unsere Mutter ist tot. Ermordet vom Luftvolk.

»Er wird nicht damit davonkommen«, knurre ich. »Wir werden ihn finden und dann wird er dafür bezahlen.«

Vincent nickt. »Ich weiß. Aber jetzt ist nicht die Zeit dafür. Kümmere du dich um die Lebenden, während ich die Toten ehre.«

Ich schleppe mich zu Eve, die mitten auf dem Hof zusammengebrochen ist. Seth hat sie mittlerweile aufgerichtet und versucht gerade, ihr Wasser einzuflößen, was aber aus ihren Mundwinkeln wieder herausfließt. Ohne auf ihn oder Narissa zu achten, die die toten Flügelmänner inspiziert und dem einen oder anderen noch den Todesstoß mit ihrem Schwert verpasst, lege ich meine Arme unter Eves Knie und an ihren Rücken und hebe sie hoch. Wie eine Puppe liegt sie da, leblos und schlaff.

Ich drücke sie an mich und atme ihren Duft ein, der so süß ist, dass er mich immer wieder an das Gebäck erinnert, das meine Mutter gemacht hat, als Vinc und ich noch Kinder waren.

Ich sollte Eve schnell in ihr Zimmer bringen, damit sie Ruhe bekommt. Sie wird Tage brauchen, um sich von diesem Kampf zu erholen.

»Seth«, murmle ich und sogleich ist der Junge an meiner Seite. »Geh hinab in die Höhlen und sage den Priestern, dass sie aus ihren Verstecken kommen können. Sie sollen Vincent helfen, hier alles … zu säubern.«

Seth nickt, bevor er noch einen unsicheren Blick auf Eve wirft. Wahrscheinlich fragt er sich, ob er sie bedenkenlos in meiner Obhut lassen kann, denn er weiß ja nicht, wie es nun zwischen uns ist.

»Kommst du zurecht?«, fragt Narissa, die für einen Augenblick von ihrer grausigen Aufgabe aufsieht.

Dämliche Frage. Nein, ich komme nicht zurecht. Aber ich muss weitermachen. Wenn nicht für mich, dann für meinen Vater und Eve, also nicke ich nur, ehe ich mich auf den Weg zur Tempelanlage mache.

Zweiunddreissig

Evelyn

Wie lange ich tatsächlich geschlafen habe, weiß ich nicht. Ich weiß nur, dass ich für eine Weile so tue, als sei ich nicht wach. Einfach, um die grausame Wahrheit noch so lange wie möglich auszusperren.

Doch als sich Lucian hinter mich ins Bett legt und sein Gesicht in meinen Haaren vergräbt, kann ich mich nicht mehr länger zurückhalten. Ich drehe ich um und ziehe ihn in meine Arme, halte ihn ganz fest, während sein Körper von Schluchzern geschüttelt wird.

Ich weine mit ihm um seine Mutter, um Gwen, um die Ungerechtigkeit, warum es ausgerechnet sie treffen musste. Ich verfluche das Schicksal, die Göttin, die so etwas zulässt, und meine eigene Schwäche.

Nur wegen mir gab es diesen Angriff.

Es ist meine Schuld, dass die beiden Frauen und wer weiß wie viele weitere Priester tot sind, und ich werde das nur auf eine Art wieder gutmachen können.

Als ich keine Tränen mehr habe, die ich vergießen könnte, liegen wir einfach nur eng umschlungen da und genießen die tröstliche Nähe des anderen, doch wir beide wissen, dass wir uns nicht für immer verstecken können.

Gegen Abend klopft es an meine Tür. Da ich noch immer zu schwach bin, um aufzustehen, öffnet Lucian sie und schaut verdutzt auf seinen Vater, der davor steht.

Er schaut an seinem Sohn vorbei und beugt respektvoll den Kopf, doch ich erhasche einen kurzen Blick auf sein Gesicht. Es scheint mir, als wäre er um Jahrzehnte gealtert, und ich spüre wieder dieses Schuldgefühl in mir aufsteigen.

»Hast du ein paar Minuten für mich?«, fragt er Lucian dann.

Mein Wächter schaut zu mir und erst als ich ihm zunicke, geht er mit seinem Vater aus dem Zimmer und lässt mich zurück.

Ich richte mich mühsam auf und lasse den Blick durchs Zimmer schweifen. Auf dem Tisch liegt ein Stapel Wäsche, den Gwen am Morgen des Angriffs noch für mich bereitgelegt hat. Etwas, das sie nie wieder wird tun können. Ich habe ihre unbeschwerte Art so sehr genossen, dass es mir vorkommt, als hätte man mir einen Teil meiner Seele geraubt. Wie muss es dann erst für Lucian sein, der seine Mutter verloren hat? Und was wird nun aus seinem Vater?

Ich fühle mich so nutzlos. Nichts kann ich richtig machen, weder in meiner Welt noch hier. Müde lasse ich den Kopf auf die angewinkelten Knie sinken. Was soll ich nur tun? Ich kenne die Antwort. Es gibt nur einen Weg, damit ich mich nicht mehr wertlos fühle, doch dieser Weg wird mich brechen. Danach, egal, wie es ausgeht, werde ich nicht mehr dieselbe sein. Aber vielleicht kann ich mich dann wieder im Spiegel betrachten, ohne vor Scham zu vergehen.

Die Tür öffnet sich erneut. Lucian ist noch blasser als zuvor und eine tiefe Traurigkeit spiegelt sich in seinen Augen.

»Was wollte dein Vater?«, frage ich. Beinahe erkenne ich meine eigene Stimme nicht. Sie ist kratzig und rau, weil ich kein einziges Wort gesagt habe, seit ich mit Lucian in diesem Zimmer bin. Es gab einfach keine Worte, die das ausgedrückt hätten, was wir beide fühlten.

Anstatt mir zu antworten, sinkt er vor dem Bett auf die Knie.

»Was ist los?«, frage ich verwirrt. »Geht es dir nicht gut?« Ich mache Anstalten, aufzustehen und zu ihm zu gehen, doch er hebt die Hand und hält mich zurück.

»Mutter hat mit Vater gesprochen, bevor sie … vor dem Angriff«, beginnt er dann. Ihm fällt das Sprechen genauso schwer wie mir. »Sie hat ihm erzählt, wie sie uns bei den Quellen erwischt hat, und auch von unseren Plänen. Und dass sie uns ihren Segen nicht geben wollte. Vater war deswegen sehr erbost und hat sich mit ihr gestritten, bevor er ihr den *Kopf zurechtgerückt* hat, wie er es nannte.«

Lucian schluckt schwer und greift in seine Hosentasche. Er hält dann die Faust in meine Richtung, während er mich aus seinen Silberaugen beobachtet. Beinahe hätte ich mich unter seinem Blick gewunden, so intensiv ist er.

Als er dann die Hand öffnet, verschlägt es mir komplett die Sprache und ich schnappe nach Luft. Zu mehr bin ich in diesem Moment nicht fähig. Auf seiner Handfläche liegen zwei silberne Ringe. Meine Kehle ist wie zugeschnürt, als ich auf die beiden Schmuckstücke starre.

»Das … sind die Ringe meiner Eltern. Vater hat sie mir eben gegeben und gesagt, dass die gemeinsame Zeit kostbar ist. Du weißt, dass ich dein Wächter bin und dir überallhin folgen werde, sofern es mir möglich ist.« Ich will etwas sagen, doch wieder bringt er mich mit einer Handbewegung zum Schweigen. »Bitte lass mich ausreden. Ich möchte das, was ich gerade fühle, irgendwie in Worte fassen.« Er holt tief Luft, ehe er fortfährt. »Du bist nicht von dieser Welt, das weiß ich. Was ich nicht weiß, ist, wie viel Zeit dir hier bleibt, selbst wenn wir an unserem Vorhaben, die Göttin nicht zu erwecken, festhalten. Ich weiß aber, dass du, seit du hier bist, zum Licht in meinem dunklen Leben geworden bist. Vater hat recht – unsere Zeit ist kostbar, denn sie ist nicht endlos, und ich will jede einzelne Sekunde mit dir verbringen.«

Ich kann nicht verhindern, dass mir bei seinen Worten, die direkt mein Herz treffen, Tränen in die Augen schießen, auch wenn ich dachte, dass ich längst keine mehr in mir hätte. Doch diesmal sind es keine Tränen der Trauer, sondern des Glücks.

»Bei mir musst du deine Tränen niemals zurückhalten. Du musst nicht versuchen, stark zu sein. Für mich bist du so viel mehr als die Hüterin, die alle in dir sehen. Du strahlst für mich heller als die Sonne. Ich schwöre, dich immer zu beschützen und dir als Wächter sowie als Mann zur Seite zu stehen, wenn du mich brauchst. Also frage ich dich, *mo soléy*, ist es auch dein Wunsch, deine Zeit in dieser Welt mit mir zu verbringen? Als meine Frau?«

Stellt er mir diese Frage wirklich? Weiß er denn nicht, wie es in meinem Herzen aussieht?

»Ja«, antworte ich dann einfach nur, weil es mir bei seinen Worten die Sprache verschlagen hat.

Mit einem zufriedenen Lächeln greift er nach meiner Hand, streift den kleineren Ring über meinen Ringfinger und haucht mir dann einen kurzen Kuss auf den Handrücken.

Ich wiederhole dieses Ritual mit zittrigen Fingern und stecke ihm den anderen Ring an seinen Finger.

»Ich würde sehr gern den restlichen Abend hier mit dir verbringen, *mo soléy*, doch unsere Anwesenheit wird verlangt.«

Er nimmt auch meine andere Hand in seine und hilft mir, zum Tisch hinüberzugehen, auf dem die Waschschüssel, Klamotten und eine Bürste liegen. Ich setze mich auf den Schemel, weil meine Beine mich nicht länger tragen.

Lucian greift nach der Bürste und beginnt, mein Haar zu kämmen. Dann flechtet er es zu einem Zopf, wobei seine Finger immer wieder sanft über meinen Hals streifen, was das Feuer in mir kurz auflodern lässt.

Ich frage gar nicht, bei was wir anwesend sein müssen, denn ich weiß es. Ich würde mich gerne davor drücken, aber das wäre ungerecht gegenüber Vilanna und Gwen. Ich werde ihnen das letzte Geleit geben, auch wenn es mein Herz zerreißt.

# # #

Die Hand mit dem Ring fühlt sich sonderbar schwer an und immer wieder fahre ich mit dem Daumen über das ungewohnte Schmuckstück an meinem Finger.

Seine Frau. Ich bin jetzt seine Frau. Vielleicht nicht offiziell, doch mehr brauche ich nicht. Sein Eid und seine Worte reichen mir völlig und wappnen mich für das, was uns noch bevorstehen mag.

Ich würde gerne seine Hand halten, aber ich habe Angst, dass ich das Feuer nicht zurückhalten kann. Unsere Berührungen sind flüchtig, ein Wimpernschlag, nicht genug. Wenn all das vorbei ist, werde ich daran arbeiten, die Kraft besser zu kontrollieren. Für uns.

Als wir gemeinsam auf den Tempelhof treten, sind alle anderen schon da. Lucian entschuldigt sich kurz und geht zu seinem Vater, bei dem Vincent bereits steht. Ich stelle mich zu Seth und Narissa, die mich beide mit gerunzelter Stirn mustern.

»Es geht mir gut«, sage ich ausweichend. Natürlich geht es mir nicht gut, und das wissen sie auch, aber ich werde keine Schwäche zeigen.

Mitten auf dem Hof sind fünf Holzbahren aufgebaut, auf denen unsere Verluste aufgebettet sind. Nur fünf. Wir haben nur fünf Leute verloren und ausgerechnet … Nein, ich schäme mich für diesen Gedanken. Jedes Leben ist kostbar, ob derjenige mir nun nahestand oder nicht. Jedes verlorene Leben sollte betrauert werden.

»Wie viele von den Flügelmännern haben wir erwischt?«, frage ich Narissa, ohne den Blick von den Bahren zu wenden.

»Fast zweihundert«, antwortet sie ruhig. »Aber ihr Anführer ist uns entkommen.«

Ich nicke. Killswitch hat aus der letzten Reihe zugesehen, wie ein Bauer nach dem anderen gefallen ist, und hat sich dann in letzter Minute mit seinen Springern zurückgezogen. Doch ich werde ihn aus seinem Versteck locken und dafür zur Rechenschaft ziehen, das schwöre ich.

»Wie geht es dem anderen Hüter, Thunderstrike?«, frage ich dann.

»Gut.« Es ist nicht zu überhören, dass Narissa sich darüber ärgert. »Er wird behandelt wie ein Gast und muss nicht einmal in einer Zelle schmoren.«

»Er ist keine Gefahr«, sage ich dann. »Ihm fehlt ein Wächter, somit ist er als Hüter nutzlos. Wer weiß? Wahrscheinlich wollen ihn seine eigenen Leute nicht einmal befreien, weil er für sie nichts weiter als eine Bürde ist.«

»Aber sie haben ihn so verehrt«, wirft Seth ein.

»Sie haben ihn verehrt, weil er anders war. Etwas Besonderes. Sie haben ihn nicht für das verehrt, was er geschafft hat. Und nun, da er aus ihrem Blickfeld verschwunden ist, haben sie ihn vergessen. So gesehen unterscheidet sich diese Welt nicht sehr von meiner.« Ich wende mich wieder an Narissa. »Ich will morgen mit ihm sprechen und ich möchte, dass du mich begleitest.«

»Ich? Bist du sicher, dass du nicht einen von den Männern mitnehmen willst?«, fragt sie mit gerunzelter Stirn.

Ich schüttle den Kopf. »Nein. Ich will dich mitnehmen.«

»Wie du wünschst, Hüterin«, antwortet sie und wendet sich um.

Mehr kann ich von ihr nicht erwarten, aber ich brauche ihren Rückhalt bei dem, was ich vorhabe, und ich weiß, wie ich ihn bekommen kann. Etwas, das sie einmal zu mir gesagt hat, hat mich darauf gebracht. Wenn ich in den Krieg gegen das Luftvolk ziehen will, ist Narissa meine wichtigste Verbündete.

»Du hast gut gekämpft«, sage ich dann zu Seth und werde mit einem strahlenden Lächeln belohnt. Er wird wegen seines jungen Alters von den anderen zwar nicht ernst genommen, aber er hat wieder einmal bewiesen, dass man ihn nicht unterschätzen sollte.

Vincent betritt ein kleines Podium, das zwischen den fünf Bahren steht, und fesselt dadurch meine Aufmerksamkeit. Direkt hinter ihm steht Narissa und mir entgeht nicht, dass sie seine Hand hält. Die Geste hat etwas Vertrautes und es wärmt mir für eine kurze Zeit mein trauerndes Herz, als ich sehe, wie meine sonst so wortkarge Kriegerin dem Hohepriester Kraft spendet. Wäre der Umstand ein anderer, würde ich mich für die beiden freuen, doch ich schaffe es nicht, gegen die Dunkelheit in meinem Inneren anzukämpfen. Ich starre nur auf die fünf Bahren, die direkt vor mir stehen, und versuche, die Gesichter der Toten vor meinem inneren Augen heraufzubeschwören.

Vincent beginnt dann, ein Gebet in einer anderen Sprache zu sprechen, und obwohl ich kein einziges Wort verstehe, berührt es mich doch tief.

Dann bittet er mich nach vorne. Kurz stutze ich und bin verunsichert, als sich alle zu mir umdrehen und ich hunderte Blicke auf mir spüre, doch dann setze ich einen Fuß vor den anderen und halte das Kinn hoch, während ich auf Vincent zugehe.

Er fasst mich bei der Hand und ohne dass er etwas sagen muss, verstehe ich, was jetzt meine Aufgabe ist. Ich nehme etwas Kraft von ihm und lasse dann seine Hand los, ehe ich zur ersten Bahre trete, das Holz berühre und es mit einem kleinen Feuerball entzünde. Dies wiederhole ich noch viermal, bis alle Bahren lichterloh in Flammen stehen. Wieder beginnt Vincent zu beten und alle anderen fallen mit ein. Nur ich starre mit zusammengebissenen Zähnen auf die brennenden Bahren, deren Flammen bis hinauf in den Nachthimmel schlagen und neben denen die Sterne zu erlöschen scheinen.

Dafür wirst du büßen, Killswitch! Es ist mir egal, was mit dir passiert, wenn ich dich hier töte. Nichts und niemand wird dich jetzt noch vor meinem Zorn beschützen können.

Mit brennenden Augen wende ich mich ab und flüchte in mein Zimmer. Noch lange spüre ich das Brennen des Feuers in meinem Rücken.

# # #

Später am Abend klopft es wieder an der Tür. Mir steht nicht der Sinn nach Gesellschaft, dennoch rufe ich »Ja?«.

»Ich bin es«, ertönt Lucians Stimme von draußen und ich springe auf und laufe zur Tür.

»Warum klopfst du denn?«, frage ich, noch während ich die Tür öffne, sehe aber gleich, warum. Neben ihm steht sein Vater. »Oh«, sage ich nur. Seine Augen sind gerötet, genau wie Lucians, und wieder schnürt es mir die Kehle zu, ihn so niedergeschlagen zu sehen.

Dann streckt sein Vater, der sich wie immer auf eine Krücke stützt, seine Hände nach mir aus und ich mache einen Schritt auf ihn zu, damit er mich erreichen kann. Er zieht mich näher an sich und haucht mir einen Kuss auf die Wange.

»Ich freue mich, dich nun meine Tochter nennen zu dürfen«, sagt er und ich muss schlucken. »An diesem dunklen Tag habe ich zwar meine Frau verloren, aber eine Tochter bekommen. Ich freue mich für euch und wünsche euch alles Glück dieser Welt. Möge die Göttin auf ewig eure Liebe segnen.«

Ich schenke ihm ein scheues Lächeln. »Ich danke dir«, sage ich dann, weil ich nicht weiß, was ich sonst antworten soll.

Lucian beugt sich zu mir herunter und gibt mir einen Kuss auf die Stirn. »Ich bringe ihn kurz zurück in sein Zimmer und bin gleich wieder da«, flüstert er und ich muss tatsächlich kurz grinsen.

»Beeil dich«, füge ich hinzu und er grinst ebenfalls. Mein Herz quillt über vor Glück, als ich ihn nach all dem Schmerz endlich wieder lächeln sehe. Ich nehme mir vor, für weitere glückliche Momente zu sorgen, solange es mir noch möglich ist.

# # #

Es dauert wirklich nicht lange, bis er zurück ist. Wahrscheinlich hat er seinen Vater in Windeseile abgewimmelt oder einfach nur in seinem Zimmer abgesetzt, jedenfalls hätte ich es so gemacht, wenn jemand wie Lucian auf mich warten würde.

Mein ganzer Körper kribbelt vor Vorfreude. Ein bisschen verfluche ich die Kraft, denn sie lässt mich Lucian nicht so nahe kommen, wie ich es gerne hätte, aber sie ist hier, in dieser Welt, nun mal ein Teil von mir und das kann ich nicht ändern. Ich kann nur versuchen, das Beste daraus zu machen.

Als sich die Tür wieder öffnet, wirble ich zu ihm herum und werfe mich in seine Arme. Mit dem Fuß schließt Lucian die Tür, während er meinen Körper fest umschlungen hält.

»Mo soléy«, flüstert er in mein Ohr. Seine Hände wandern meinen Rücken hinunter und umfassen meinen Po, um mich hochzuheben. »Meine Frau.«

Er trägt mich zum Bett und lässt mich vorsichtig darauf nieder. Dann setzt er sich davor, hebt mein Bein an und beginnt, meine Stiefel aufzuschnüren. Ich verlagere mein Gewicht auf die Unterarme und schaue wie gebannt auf seine flinken Finger, wie sie einen Senkel nach dem anderen nach oben ziehen und lösen. Allein von diesem Anblick wird mir ganz heiß, was definitiv nicht an der Kraft liegt, denn er berührt nicht einen Zentimeter meiner Haut. Die Schuhe poltern achtlos zu Boden. Als er fertig ist und sich auch seiner Schuhe entledigt hat, fährt er mit einer Hand, beginnend von meinem Fuß, mein Bein hinauf. Seine Berührungen sind beinahe nicht zu spüren, und doch jagen sie mir einen Schauer nach dem anderen durch den Körper. Wenn meine Nervenzellen jetzt schon verrücktspielen, wie wird das erst, wenn er mich *richtig* berührt? Ohne störenden Stoff dazwischen?

Als ich die Luft anhalte, hält er inne und schaut mich an. In seinem Blick liegt so viel Liebe und Verlangen, dass es mir schier die Sprache verschlägt, und mein Herz stolpert bei diesem Anblick. Wenn er mich so ansieht, vergesse ich für den Moment all den Schmerz und Schrecken der vergangenen Tage. Jetzt, hier, in diesem Moment gibt es nur uns. Einen Mann und eine Frau, nicht den Wächter und die Hüterin, nicht den Krieger und das Mädchen aus der anderen Welt. All das ist in diesem Augenblick bedeutungslos.

Jetzt zählt nur das *Wir*.

Mein Herz klopft so sehr, dass ich Angst habe, es könnte jeden Moment aus meiner Brust springen. Mit einem Mal bin ich aufgeregt und ängstlich zugleich, was natürlich Blödsinn ist. Wir hatten bereits Sex, mehrmals sogar in dieser unterirdischen Höhle, und doch zittere ich unter seinem Blick, der jeden Zentimeter meines Körpers abzutasten scheint und ihn dabei in Flammen aufgehen lässt.

Sorgfältig verschließe ich die Kraft hinter hohen Mauern und hoffe inständig, dass sie so lange wie möglich dort bleiben wird, denn ich will nichts sehnlicher, als ihn zu berühren und berührt zu werden. Ihn in mir zu spüren. Ohne Angst, gleich einem brennenden Wolf gegenüberzuliegen.

Ich will es richtig machen, aber die Panik, es zu verpatzen, nimmt beinahe Überhand.

Lucian muss meine Unsicherheit bemerkt haben, denn er lächelt, legt sich neben mich und zieht mich in seine Arme, wo er mich fest umschlungen hält.

Als ich wieder normal atme, fragt er: »Besser?«

Ich nicke. »Entschuldige«, murmle ich dann.

Er gibt mir einen Kuss auf die Stirn. »Es gibt nichts, wofür du dich entschuldigen müsstest, *mo soléy*. Ich bin mindestens genauso nervös wie du.«

»Komisch, oder? Man sollte meinen, dass wir wissen, wie es geht.«

»Das tun wir auch«, flüstert er und lässt seine Hand meinen Rücken hinuntergleiten. »Wir müssen nur aufhören, dabei zu denken.«

Er schnürt meine Korsage auf und ich winde mich heraus, wobei das Amulett, das noch immer darin steckt, scheppernd zu Boden fällt.

»Lass es liegen«, sage ich, packe sein Hemd und presse meine Lippen auf seine. Was interessiert mich das nutzlose Schmuckstück einer schlafenden Göttin, wenn jemand wie Lucian neben mir liegt?

Fordernd, verlangend, drängend wird unser Kuss, der jegliche Vorsicht verloren hat. Ich vergrabe meine Hände in seinen schwarzen, seidig weichen Haaren, während er meine Hüfte besitzergreifend an seine drängt. Ein Prickeln, ausgehend von unseren vereinten Lippen, schießt durch meinen gesamten Körper und lässt meine Synapsen aus allen Rohren feuern. Als mein Blut zu kochen beginnt und ich das Brennen bis in meine Fingerspitzen spüre, will ich aufhören, nur für eine Sekunde, um wieder einen klaren Gedanken fassen zu können, aber, Gott, es fühlt sich so verdammt gut an! Ich will mehr, immer mehr!

Das Kribbeln in meinem Schoß verstärkt sich und ich schnappe nach Luft. Lange halte ich das nicht mehr aus, ohne zu verglühen.

Er zupft an meiner Unterlippe, verärgert darüber, dass ich unseren Kuss unterbrochen habe, und gibt dann dieses sexy Knurren von sich, dass einen wohligen Schauer meinen Rücken hinunterrieseln lässt.

»Ich brauche einen Moment«, bitte ich atemlos und schiebe mich ein Stück von ihm weg, obwohl sich mein ganzer Körper dagegen wehrt.

Er legt seine Hände an meine Wangen und streicht mit den Daumen sanft über mein Jochbein, während er mir tief in die Augen sieht.

»Wie die Farben des Sonnenuntergangs«, haucht er dann und küsst mich wieder. »Hab keine Angst«, murmelt er an meinen Lippen. »Du kannst gar nichts falsch machen. Lass dich einfach gehen. Hör auf zu denken und fühle.«

Er hat gut reden! Sein Körper steht ja auch nicht in Flammen … oder doch?

Sein Mund wandert meinen Hals hinab, knabbert an den empfindlichen Stellen meiner Haut und hinterlässt eine brennende Spur. Ich winde mich weiterhin unter ihm, unsicher, ob ich ihn noch näher an mich ziehen oder wegstoßen soll, um nicht innerlich zu vergehen.

Als seine Hand beginnt, meine Brust durch den dünnen Hemdstoff hindurch zu liebkosen, schaffe ich es endlich, meinen Verstand auszuschalten. Während die feine Grenze von Lust und Schmerz verschwimmt, fühle ich nur noch – seine Lippen und Hände an meinem Körper, sein warmer Atem, der über meine Haut streicht und mich erschaudern lässt.

Ich bewege mich unter ihm, reibe mich an ihm, strecke meinen Rücken durch, auf dass er mich noch mehr berührt. Ich will ihn ganz, ohne störenden Stoff zwischen unserer Haut, auch auf die Gefahr hin, dass ich mich nicht kontrollieren kann. Diese bittersüße Qual bringt mich sonst vollkommen um den Verstand.

Ich zerre ungeschickt an seinem Hemd und ziehe es ihm über den Kopf, ehe ich es achtlos neben das Bett fallen lasse. Im Kerzenschein bewundere ich seine muskulöse Brust und fahre sanft mit den Fingern die definierte Bauchpartie nach, bis zu dem Streifen feiner Härchen, der unter dem Hosenbund verschwindet.

Mein Mund ist mit einem Mal staubtrocken. Schnell balle ich die Hand zur Faust, ehe das Feuer überspringen kann. Diese verdammte Feuerkraft! Ich kneife die Augen zu und zwinge mich, ruhig zu atmen, was bei dem Pochen zwischen meinen Beinen alles andere als einfach ist.

Ich spüre, wie er mich an den Händen nach oben zieht, sodass ich im Bett sitze. Verwirrt schaue ich ihn an, doch da hat er schon den Saum meines langen Hemdes gepackt und über meinen Kopf gezogen. Es landet genauso achtlos auf dem Boden wie seines. Mein Herz schlägt in einem wilden, ungleichen Rhythmus und ich bin sicher, dass er es auch hören kann. Oder er sieht das hektische Heben und

Senken meiner Brust. Egal, etwas davon muss mich verraten haben, denn er nimmt meine Hände und verflechtet seine Finger mit meinen. Ich ziehe scharf die Luft ein, als die Kraft das Blut in meinen Adern pulsieren lässt. Ich versuche, meine Hände von seinen zu lösen, weil das Feuer mich zu überwältigen droht, doch er hält sie unerbittlich fest und beobachtet mich aus halbgeschlossenen Augen.

»Ich kann das nicht«, jammere ich. »Ich brauche eine Pause.«

»Und ob du das kannst!« Er verstärkt den Druck an meinen Händen. »Ich blockiere deine Kraft, lasse sie nicht in mich fließen. Nun musst du sie nur noch in dir kontrollieren.«

Ich stöhne auf, als meine Arme in Flammen zu stehen scheinen. Dann beiße ich die Zähne zusammen. Ich muss die Kraft nicht für immer verschließen, nur für heute Nacht. Das schaffe ich. Das *muss* ich schaffen. Ich kneife die Augen zu und konzentriere mich auf unsere verschlungenen Hände und die Stellen, an denen sich unsere Haut direkt berührt. Bewusst schiebe ich die Kraft zurück, sammle sie tief in mir drin, in der Hoffnung, sie dort für eine Weile gefangen halten zu können.

»Ich versuche es«, wispere ich dann.

»Lass es mich testen«, antwortet Lucian und löst seine Hände aus meinen, um sie sanft meine Arme hinaufgleiten zu lassen. Ein Schauer läuft mir über den Rücken und als er seine Hände auf meine Schultern legt, bäumt sich die Kraft in meinem Inneren auf, rennt gegen die Mauern, die ich errichtet habe, und verlangt, freigelassen zu werden, doch ich verstärke die Mauern nur noch mehr. Erst als ich mir sicher bin, dass ich es unter Kontrolle habe, öffne ich die Augen und sehe ihn an. Er lächelt.

Dann drückt er mich zurück auf die Matratze und stützt sich mit den Händen rechts und links neben mir ab. Er senkt seinen Mund auf meinen, knabbert kurz an meiner Unterlippe und macht sich dann wieder auf den Weg nach unten. Ich kralle meine Hände in das Laken, als er beginnt, an meiner Brust zu saugen. Automatisch biege ich den Rücken durch, um ihm noch näher zu sein, und er schiebt einen Arm unter mich, ehe er wieder nach oben kommt und mein Gesicht mit Küssen bedeckt. Mit der Hand drückt er meine Hüfte an seine und ich schlinge die Beine um ihn und reibe mich stöhnend an seiner Erektion, die ich deutlich durch die dünne Lederhose spüre.

Mehr. Ich brauche *mehr*!

Beinahe gleichzeitig winden wir uns aus unseren Hosen, ohne unsere Lippen voneinander zu lösen. Das blöde Leder klebt wie eine zweite Haut an mir und ich muss mehrmals strampeln, bis ich sie endlich ausgezogen habe. Aber nicht für eine Sekunde würde ich auf die Idee kommen, dafür meine Hände von Lucian zu nehmen.

Als wir in der unterirdischen Höhle miteinander geschlafen haben, mussten wir uns ständig voneinander lösen. Heute Nacht ist es anders. Heute Nacht werde ich das Feuer kontrollieren und jede Sekunde mit Lucian in vollen Zügen auskosten. Noch nie habe ich solche Lust empfunden oder einen Mann so sehr begehrt wie ihn. Noch nie habe ich jemanden so sehr gebraucht.

Als er in mich eindringt, ist es, als würde mein Körper in Flammen aufgehen. Nicht wegen der Kraft, sondern wegen der Lust, die mich vom Scheitel bis zur Sohle durchströmt.

Ich wünschte, diese Nacht würde niemals enden.

Auch ohne aus dem Fenster in den Nachthimmel zu schauen, sehe ich Sterne, als ich komme. Lucian hält mich fest, während sich mein ganzer Körper verkrampft, um dann endlich Erlösung zu finden.

Dreiunddreissig

Es ist mitten in der Nacht, als wir voneinander ablassen, doch ich bin viel zu aufgewühlt, um zu schlafen. Lucian sieht mit gerunzelter Stirn dabei zu, wie ich unruhig im Zimmer umherlaufe, um dann am Fenster stehen zu bleiben. Den Kopf gegen den Rahmen gelehnt, schaue ich in den Nachthimmel zu den zwei Monden und den unzähligen Sternen hinauf, und wieder einmal wird mir schmerzlich bewusst, dass dies nicht meine Welt ist.

Lucian tritt hinter mich, gibt mir einen Kuss auf die nackte Schulter und legt mir dann eine Decke um, die ich dankbar enger um mich schlinge.

»Was ist los, *mo soléy?*«, fragt er dann. »Habe ich … etwas falsch gemacht?«

Schnell schüttle ich den Kopf. »Es hat nichts mit uns zu tun. Ich denke nur an das, was uns nun bevorsteht.«

»Du meinst das Luftvolk? Sei unbesorgt! Sie sind besiegt. Wir haben hunderte ihrer Krieger vernichtet, nur wir Wächter und du, und wenn sie so dumm sind und wieder angreifen, werden wir sie erneut besiegen.«

Ich schlucke gegen den dicken Kloß an, der sich in meinem Hals gebildet hat, und als das nicht gleich funktioniert, denke ich, dass ich fast ersticke. Die Angst vor dem, was ich tun muss, scheint mich zu erdrücken, und ich würde am liebsten davonlaufen. Aber das wäre nicht fair. Ich kann Gwens und Vilannas Tod nicht ungesühnt lassen.

»Ich werde den Hüter des Luftvolkes herausfordern«, sage ich dann, ohne mich umzudrehen.

»Was?« Ich spüre, wie Lucians Körper sich hinter mir verspannt.

»Ich werde den Krieg zu ihm bringen, wie er es bei uns getan hat, und dann werde ich mich ihm stellen. Nur wir beide. Und diesmal werde ich gewinnen.«

»Bist du *wahnsinnig*?«

Danke für dein Vertrauen, würde ich am liebsten sagen, doch ich beiße die Zähne zusammen. Es war mir klar, dass er von meinem Plan, wenn man ihn denn so nennen kann, alles andere als begeistert sein wird.

»Es ist mir wichtig«, sage ich dann nur. »Thunderstrike, der Hüter des Wasservolks, ist keine Bedrohung für uns. Sein Volk hat ihn aufgegeben und selbst wenn nicht, könnte er seinen Gott nicht erwecken. Aber ich weigere mich, mir vorzustellen, dass ich mich in ständiger Angst hier verkriechen und jederzeit mit einem weiteren Angriff des Luftvolks rechnen muss, bei dem weitere Unschuldige sterben! Das geht nur Killswitch und mich etwas an. Nur uns beide. Ich verlange nicht, dass du das verstehst.«

Mit einem genervten Knurren beginnt nun Lucian, im Zimmer auf und ab zu gehen und macht mich damit nur noch nervöser.

Dann bleibt er stehen und stößt einen tiefen Seufzer aus. »Wie lautet dein Plan?«

Ich sehe ihn eine Weile abwartend an. »Thunderstrike war bereits im Reich des Luftvolks. Er wird wissen, wie wir dorthin gelangen. Ich werde Narissa mitnehmen und ihn nach Sonnenaufgang befragen.«

»Und dann?«

Ich umklammere das Fensterbrett, bis meine Knöchel weiß hervortreten. »Dann greife ich an.«

»*Das* ist dein Plan?«, fragt er ungläubig. »Du willst uns in Feindesland schicken, ohne genau zu wissen, was uns dort erwartet?« Er breitet die Arme aus. »Hier sind wir im Vorteil. Hier können wir uns verteidigen.«

»Ich bin es leid, mich zu verkriechen und zu verteidigen!«, schnappe ich. »Ich habe es satt, anderen beim Kämpfen und Sterben zuzusehen, während ich nur danebenstehen darf. Ich *kann* kämpfen! Ich will beweisen, dass ich … etwas wert bin!«

Mit einem Schritt ist er bei mir und legt seine Hände um mein Gesicht. »Weißt du es denn nicht? Du bist etwas wert. Du bist alles für mich. Wir lassen dich nicht kämpfen, weil du zu wichtig bist. Ich würde es mir nie verzeihen, wenn dir etwas zustoßen würde.«

Mit aller Macht blinzle ich die Tränen zurück, die sich in meinen Augen sammeln. »Lass mich kämpfen«, sage ich dann bestimmt. »Lass mich den Krieg beenden.«

»Und dann?« Seine Stimme ist nicht mehr als ein heiseres Flüstern.

Angestrengt schlucke ich. Mein Mund ist wie ausgedörrt, doch ich zwinge mich, zu antworten. »Dann werde ich der Göttin meinen Wunsch vortragen.«

Augenblicklich lässt er seine Hände sinken und starrt mich an. Das Silber in seinen Augen wird eiskalt, schneidend wie die Klinge eines Schwertes.

»Ich verlange nicht, dass du das verstehst«, sage ich dann und drehe mich wieder um, um aus dem Fenster zu sehen. Eigentlich will ich nur nicht, dass er die dummen Tränen sieht, die meine Wange hinunterrollen.

»Nein, tut mir leid. Ich verstehe es nicht.« Ich höre seine Schritte, als er wieder beginnt, im Zimmer auf und ab zu laufen wie ein eingesperrtes Tier. »Ich dachte, wir hätten darüber gesprochen. Wir brauchen die Göttin nicht! Wir kümmern uns selbst darum, ohne dass wir uns dafür opfern müssen. Warum hast du deine Meinung geändert?«

Eigentlich habe ich das nicht. Ich klammere mich nur an die Möglichkeit, dass ich mit meinem Wunsch alle retten kann, auch die, die bereits verloren sind, ebenso wie Thunderstrike und Killswitch. Ich kann nicht erwarten, dass Killswitch so weiträumig denkt – im Grunde denkt er nur von der Tapete bis zur Wand, so kommt es mir zumindest vor –, daher muss ich das übernehmen.

Ob ich es will oder nicht, steht da nicht zur Debatte.

»Eve, sprich mit mir«, bittet Lucian und schließt mich in die Arme. »Was ist los mit dir? Warum vertraust du uns nicht? Wir können das schaffen! Wir *werden* das schaffen!«

Gequält schließe ich die Augen und gebe mir Mühe, seine Worte nicht an mich ranzulassen.

»Du hast recht«, sage ich dann und die Lüge schmeckt bitter. »Wir schaffen das auch ohne die Göttin.« Ich drehe mich in seinen Armen um und schaue ihm ins Gesicht. Die Erleichterung, die ich darin sehe, ist fast mit den Händen greifbar, was es mir noch schwerer macht, ihn weiter anzulügen. »Aber ich werde das Luftvolk angreifen. Ich werde Killswitch herausfordern und besiegen. Er gegen mich, ohne einen der Wächter.«

Er will widersprechen, das sehe ich ihm deutlich an, doch bevor er etwas sagen kann, füge ich hinzu: »Das ist die einzige Bedingung, die ich stelle. Danach werde ich aufhören, die Hüterin zu sein. Wir können gemeinsam weggehen, wie wir es geplant haben. Aber ich brauchen diesen Sieg. Ohne ihn kann ich meine Mission nicht als abgeschlossen ansehen.«

Er nickt, widerwillig, aber er tut es. Und ich nicke ebenfalls.

»Bei Morgengrauen suche ich Narissa und werde aus Thunderstrike alles Wichtige herausholen, was wir für unseren Angriff wissen müssen. Vincent und Seth werden hierbleiben.«

»Was? Wieso?«

»Weil die beiden die einzigen sind, die die alten Schriften lesen und deuten können. Nur für den Fall«, füge ich schnell hinzu.

»Es gefällt mir nicht, dass wir uns trennen sollen. Vielleicht brauchen wir die beiden«, wirft Lucian ein, doch ich merke, dass er zögert.

»Seths Kraft ist im Reich des Luftvolkes nutzlos. Er verwandelt Erde in Wasser und umgekehrt, also ist er dort oben nicht zu gebrauchen. Wie du bereits richtig sagtest, haben wir ihre Truppen stark dezimiert. Es wird reichen, wenn wir nur einen Angreifer dabeihaben.« Ich tippe ihm mit dem Zeigefinger auf die nackte Brust. »Dich. Sollte es wirklich zu einem ernsthaften Kampf kommen, wird uns Narissas Gabe zur Flucht verhelfen.«

Ich wende ihm den Rücken zu, um zu zeigen, dass die Diskussion für mich beendet ist. Jedenfalls offiziell.

Lucian tritt einen Schritt zurück und sofort hüllt mich die kalte Nachtluft ein. Ich erschauere und bekomme eine Gänsehaut.

»Wie Ihr wünscht, Hüterin«, sagt er dann, dreht sich um und geht, nicht ohne die Tür hinter sich zuzuwerfen, sodass sie fast aus den Angeln fällt.

Seufzend stütze ich den Kopf in die Hände. Ich dachte eigentlich, dass wir über diesen Punkt hinaus wären, aber anscheinend wird es erst jetzt wirklich kompliziert. Nervös bewege ich mit dem Daumen den silbernen Ring an meinem Finger. Soll ich ihm nachgehen und noch mal mit ihm reden? Aber was würde das bringen? Er versteht nicht, warum ich so handle, und egal, wie oft ich versuche, es ihm zu erklären, er wird es auch nie verstehen.

Damit muss ich leben.

Auch wenn es mir das Herz zerreißt.

# # #

Lucian

Ich lehne an einem Baumstamm und starre in den Nachthimmel hinauf. Eigentlich müsste ich frieren, denn ich trage nicht mehr als eine Hose, doch ich koche innerlich so sehr, dass mir die kalte Nachtluft nichts anzuhaben vermag.

Ich habe gehofft, dass Eve mittlerweile den Plan, die Göttin zu erwecken, verworfen hat. Warum fängt sie jetzt wieder damit an? Weil Mutter und Gwen tot sind? Mein Herz trauert noch immer um sie, aber das ist doch kein Grund, um …

Ich wirbele herum und hämmere mit voller Wucht meine Faust gegen den Stamm, sodass er erzittert und einige Blätter zu mir hinabrieseln.

»Was ist dir denn über die Leber gelaufen?«, fragt eine Stimme hinter mir.

Ich brauche mich nicht umzudrehen, um zu wissen, wer da steht. »Sollten Kinder wie du um diese Uhrzeit nicht längst im Bett sein?«

»Ich bin kein Kind!«, schnappt Seth.

Ah, da habe ich wohl einen wunden Punkt getroffen!

»Also«, sagt er, als ich nichts erwidere. »Was ist zwischen dir und Eve vorgefallen, dass du mitten in der Nacht auf wehrlose Bäume eindrischst?« Er wirft einen schnellen Blick auf meine Hand, die so sehr pulsiert und schmerzt, dass ich die Faust nicht lösen kann. »Muss ja ein heftiger Streit gewesen sein.«

»Das geht dich nichts an!« Nun ist es an mir, bissig zu sein. Was bildet dieser Knilch sich eigentlich ein? Er soll sich gefälligst um seine eigenen Angelegenheiten kümmern.

»Wir dachten eigentlich, dass es zwischen euch nun besser läuft.« Er lehnt sich neben mich an den Baumstamm und ich mustere ihn misstrauisch.

»*Wir?*«, wiederhole ich.

Seth nickt und starrt mich an. »Wir übrigen Wächter, die nicht ganz so hoch in Eves Gunst stehen.«

Ich verschränke die Arme vor der Brust und muss mir ein Schnauben verkneifen. »Bist du etwa eifersüchtig?«

Die Art, wie er das Gesicht verzieht, verrät mir, dass ich erneut mitten ins Schwarze getroffen habe.

»Ich war für sie da, als du es nicht warst«, sagt er anstatt einer Antwort auf meine Frage. »Ich habe sie beschützt, als sie in einem Turm eingesperrt war. Ich war der Einzige, der in ihren dunkelsten Stunden bei ihr war. Während du«, er mustert mich aus zusammengekniffenen Augen von oben bis unten, »wer weiß was getrieben hast.«

»Vorsicht, Freundchen«, knurre ich. »Du magst zwar ein Wächter sein, aber …«

»Aber was? Willst du mir etwa drohen? Glaub mir, nichts von dem, was du mir androhen würdest, könnte das übertreffen, was ich bereits erlebt habe. Mein ganzes Leben lang wurde ich mit Füßen getreten, bespuckt und verspottet. Ich war am Ende. Am Boden. Allein.« Er schaut wieder in den Nachthimmel und sein Blick wird weich. »Und dann kam *sie*.«

Ohne dass ich es verhindern kann, ballen sich meine Hände – auch die vor Schmerz pochende – zu Fäusten. Ich will, dass er den Mund hält, denn sonst kann ich für nichts garantieren.

»Ich habe sie mehrmals gerettet, als Thunderstrike sich an ihr vergreifen wollte. Das erste Mal, als ich sie sah, wollte er sie gerade erwürgen.«

Heiße Wut fließt bei seinen Worten durch meine Adern. Der Mistkerl wollte Eve erwürgen? Ist er nicht hier irgendwo eingesperrt? Vielleicht sollte ich ihm einen kleinen Besuch abstatten …

»Ich heilte sie mit meiner Kraft, während sie am Boden lag und wie ein Fisch an Land nach Luft schnappte. Und als ich sie berührte … da spürte ich es.«

Ich knirsche mit den Zähnen. Ich will den Mist nicht hören!

»Sie war immer freundlich zu mir und ich bin mir sicher, dass wäre sie auch gewesen, wenn ich keiner ihrer Wächter wäre. Sie hat mich nicht so behandelt wie die anderen Fischmenschen. Bei ihr fühlte ich mich … normal. Akzeptiert.« Er dreht den Kopf zu mir und mustert mich aus seinen weißen Augen. »Wir haben viel über dich gesprochen, weißt du das?«

Nein, aber ich konnte es mir bereits denken … Doch ich sage nichts dazu.

»Sie hat mir viel über dich erzählt und wie du dich ihr gegenüber verhalten hast. Ich dachte eigentlich, dass sie dich hasst.«

»Das dachte ich eigentlich auch«, gebe ich leise zu.

»Ich habe sogar gehofft, dass sie dich hasst und dass sie dich irgendwann einfach vergisst. Ich bin geduldig, weißt du? Das lernt man, wenn man sein ganzes Leben lang allein ist. Man lernt, geduldig und zufrieden mit dem zu sein, was man hat. Ich hätte auch weiter über sie gewacht. Auch als sie uns trennten, nachdem sie bemerkten, was ich bin, habe ich immer aus dem Verborgenen über sie gewacht. Habe sie beschützt, als keiner von euch da war, um es zu tun. Doch dann …« Er schluckt mühsam und starrt geradeaus. »Dann seid ihr bei dieser Hochzeit aufgetaucht und alles, was sie tat, war, deinen verdammten Namen zu rufen.«

Ich presse die Lippen fest aufeinander. Ich erinnere mich gut an diesen Moment, als sie in dieser Halle stand, gekleidet in einem weißen Kleid. So verloren. So wunderschön. Und sie hatte nur Augen für mich. Nicht für Vincent oder einen der anderen Wächter – nur für mich. Ich glaube, das war einer der glücklichsten Momente in meinem Leben. Aber nun die Situation aus Seths Sicht geschildert zu bekommen, trübt dieses Glück.

»Ich habe mich seitdem im Hintergrund gehalten«, fährt er fort, »in der Hoffnung, dass sie irgendwann aufwachen und erkennen würde, was für ein Mistkerl du bist.«

»Du kennst mich doch gar nicht!«

»Es reicht, um mir ein Bild von dir machen zu können. Du bist nicht gut genug für sie.«

Ich packe ihn am Hemd und ziehe ihn ganz dicht an mich. »Pass auf, was du sagst, Kleiner. Wächter oder nicht, ich werde–«

»*Was* wirst du? *Gar nichts* wirst du!« Er befreit sich aus meinem Griff und stößt mich ein Stück zurück. »Sieh dich doch um!« Er breitet die Arme aus. »Du hast alles, was man sich nur wünschen kann. Eine Familie, einen Bruder und du bist stark, sodass Leute zu dir aufsehen. Nicht zu vergessen, liebt dich das schönste Mädchen auf der ganzen Welt. Und was machst du? Du stößt sie von dir!«

»Das stimmt doch überhaupt nicht!«

»Ach nein? Und was machst du dann mitten in der Nacht hier draußen, halb bekleidet, und warum schlägst du auf Bäume ein? So toll kann die Nacht also nicht gewesen sein.«

»Halt's Maul!«, knurre ich. Wie kann dieses Kind es wagen, so mit mir zu reden? Und warum treffen mich seine Worte so?

»Nach der Sache mit den Ringen dachten wir eigentlich, dass sich das zwischen euch endlich mal eingependelt hat.« Er deutet mit einer Kopfbewegung auf die Hand, an der der silberne Ring im Mondschein glitzert.

Schnell lege ich die andere Hand schützend darauf und verstecke den Ring vor seinen Blicken. »Woher wisst ihr denn davon?«

»Vincent«, antwortet er nur schulterzuckend.

War ja klar. Wahrscheinlich hat Vater es meinem Bruder erzählt, der wieder einmal nicht die Klappe halten konnte. Dabei wollte ich es doch geheimhalten, bis alles mit den anderen Hütern geregelt ist …

»Also, Lucian. Hättest du nun die Güte, mir zu erklären, was zur Hölle mit dir nicht stimmt? Du hast alles und doch hast du nichts. Du solltest das schleunigst klären. Vielleicht wartet Eve nicht für immer darauf, dass du zur Vernunft kommst. Und wer weiß? Vielleicht hat dann meine große Stunde geschlagen.«

Ehe ich etwas erwidern – und ihm endlich meine Faust ins Gesicht schlagen – kann, macht er auf der Hacke kehrt und schlendert in die Nacht davon.

Ich starre ihm nach, während seine Worte noch lange in mir nachhallen. Vielleicht sollte ich mich Eve gegenüber wirklich etwas versöhnlicher zeigen. Sie hat es schwer genug in dieser für sie fremden Welt, auch ohne dass ich ihr noch weitere Probleme mit meinen Launen bereite. Ich weiß das alles, aber …

Mein Blick fällt auf den Ring an meiner Hand. Sie gehört zu mir! Zu niemandem sonst! Ich werde nicht zulassen, dass sich das ändert. Gleich morgen werde ich mich bei ihr entschuldigen.

Ich bin ihr Wächter. Ich bin ihr Mann.

Wenn sie sich nicht auf mich verlassen kann, auf wen dann?

Vierunddreissig

Evelyn

Er kam nicht mehr zurück.

Noch lange habe ich die verwaiste Bettseite angestarrt, bis ich endlich in einen unruhigen Schlaf gefallen bin.

Eher müde als wach, krabble ich aus dem Bett und gehe zum Waschtisch. Ich muss heute vieles schaffen und habe keine Zeit zu vertrödeln.

Als ich gerade dabei bin, meine Haare wenigstens halbwegs zu entwirren, öffnet sich die Tür.

Es ist Lucian und ich halte unwillkürlich die Luft an und lasse den Arm, der meine Haare gerade zu einem Pferdeschwanz zusammenfassen wollte, wie in Zeitlupe sinken.

Wir starren einander an, ohne dass einer von uns ein Wort sagt. Jeder versucht die Mimik des anderen zu deuten.

Dann schüttelt er plötzlich den Kopf und grinst dieses einseitige schiefe Grinsen, das mich schon am ersten Tag in dieser Welt völlig aus dem Konzept gebracht hat.

Er tritt hinter mich, nimmt mir die Bürste aus den Händen, an der ich mich festgeklammert habe, und kämmt mein Haar, ehe er es flechtet. Ich genieße mit geschlossenen Augen seine Berührungen und seine Nähe.

Unser Streit gestern Nacht kommt mir auf einmal so dumm und ganz weit weg vor. Ich brauche keine Worte und er ebenso wenig, um alles, was gestern Nacht schiefgelaufen ist, zu vergessen. Er ist hier und nur das allein zählt. Beinahe hatte ich schon Angst, dass er mich mit Narissa allein zu Thunderstrike gehen lassen wird. Ich hätte nicht gewusst, wie ich ohne seine Nähe all das hätte schaffen sollen. Ich brauche ihn. Er ist meine Stütze in Zeiten, in denen ich ansonsten fallen würde.

Nachdem er sich selbst angezogen hat – von mir aus hätte er ruhig für den Rest des Tages oberkörperfrei bleiben können! –, hilft er mir mit den Schnüren meiner Korsage. Während er sie bindet, fädele ich das Amulett, das noch immer vergessen auf dem Fußboden lag, auf eine neue Kette auf und lege sie mir um den Hals. Wie zuvor baumelt das Schmuckstück knapp über meinem Bauchnabel und ich atme erleichtert auf, als ich das gewohnte Gewicht in meinem Nacken spüre.

Gerade als ich fertig bin, klopft es an der Tür. »Herein«, rufe ich.

Es ist Narissa, die sich gähnend den Schlaf aus den Augen reibt. Ihr schwarzes Haar ist zwar zu einem Zopf zusammengefasst, aber einige Strähnen stehen störrisch nach allen Seiten ab. Ein seltener Anblick, denn ich erinnere mich noch genau daran, wie ich sie um ihr tadelloses Aussehen beneidet habe, doch heute sieht sie so gar nicht wie frisch aus dem Ei gepellt aus.

»Warum müssen wir denn den anderen Hüter so früh befragen?«, murrt sie, als sie hinter Lucian und mir durch die Korridore schlurft. Mir ist bisher gar nicht aufgefallen, dass sie ein Morgenmuffel ist. Wahrscheinlich, weil ich selbst nie zeitig aus dem Bett komme.

»Weil wir danach noch etwas vorhaben«, antworte ich ausweichend. »Danach kannst du dann schlafen, solange du willst.«

Sie murmelt etwas Unverständliches und wahrscheinlich war es nichts Nettes, aber das bin ich ja von ihr gewohnt – mittlerweile habe ich sogar begonnen, unsere kleinen Reibereien zu genießen – und reagiere gar nicht mehr darauf.

Stattdessen gehe ich ihm Kopf durch, was ich zu Thunderstrike sagen will und was ich von ihm wissen muss. Besonders wichtig ist die Info, wie wir ins Reich des Luftvolkes gelangen. Ob es da so was wie eine Leiter nach oben gibt? Oder einen Flugservice? Die leben doch über den Wolken, oder? Immerhin haben sie Flügel … Brauchen sie deswegen vielleicht gar keinen Weg und schaffen es auch ohne ein Transportmittel? Das wäre natürlich blöd.

Ich kaue an meinem Daumennagel, während ich gedankenverloren durch die Gänge laufe. Irgendwie müssen die Bewohner des Luftvolkes Handel oder so was treiben. Oder zumindest Gesandte empfangen oder was weiß ich! Es *muss* einfach einen Weg für Nicht-Flügelmenschen zu ihnen hinauf geben und den muss ich finden. Und wenn es diesen Weg gibt, wird Thunderstrike ihn kennen, denn er war mit Sicherheit schon dort und hat sich mit Killswitch getroffen. Er war garantiert nicht so dumm, diese hinterhältige Kröte zu sich auf die abgelegene Insel zu holen.

Das Einzige, was meine rotierenden Nerven gerade etwas beruhigt, ist Lucians Nähe, die ich ganz deutlich spüre. Erleichtert atme ich auf. Meine Sorgen wegen gestern Nacht waren wohl vollkommen unbegründet. Zum Glück! Ich wüsste nicht, was ich gemacht hätte, wenn er nicht mitgekommen wäre. Wahrscheinlich wäre ich spätestens jetzt auf der Hacke umgedreht und vor diesem Gespräch geflohen, aber so schöpfe ich die benötigte Kraft allein aus seiner Nähe und setze tapfer einen Fuß vor den anderen. Sicherlich wird es gar nicht so schlimm werden. Ja, okay, Thunderstrike und ich haben in der jüngsten Vergangenheit einige … unschöne Zusammenkünfte gehabt, aber ich bin bereit, darüber hinwegzusehen, wenn er seinerseits bereit ist, mit mir zu kooperieren. Ich nehme mir auch fest vor, ihm von meinem Plan zu erzählen, wenn Lucian nicht dabei ist. Mein Wächter soll nichts davon wissen, dass ich noch immer daran festhalte, die Göttin zu erwecken.

Vor der Tür, hinter der Thunderstrike untergebracht sein soll, bleibe ich stehen. Und runzle die Stirn.

Ein einzelner Priester steht davor und grüßt mich.

»Wird er nicht besser bewacht?«, frage ich an Narissa gewandt, die dafür verantwortlich war, Thunderstrike hier im Tempel unterzubringen.

Bevor sie mir antwortet, gähnt sie herzhaft und streckt sich ausgiebig. »Wieso? Er hat keine Anstalten gemacht, zu fliehen und sein Volk hat nicht eine Flosse krummgemacht, um ihn zu befreien. Warum sollte ich dann also mehr Leute dafür einteilen, einen nutzlosen Gefangenen zu bewachen?«

»Du bist so dumm!«, zische ich, schiebe den Priester zur Seite und reiße die Tür auf, die nicht einmal verschlossen ist. Das darf doch wohl nicht wahr sein! Sicherlich ist Thunderstrike bereits über alle Berge, ehe einer von ihnen es überhaupt bemerkt. Warum habe ich mich nicht früher davon überzeugt, wie man ihn hier festhält? Dann hätte ich schon viel früher–

Ein bestialischer Gestank raubt mir für einen Moment die Luft zum Atmen und ich halte schnell den Ärmel vor Mund und Nase.

Selbst meine Augen beginnen augenblicklich zu tränen, obwohl ich maximal zwei Atemzüge gemacht habe.

»Ach du Scheiße!«, fluche ich laut, als ich meine Stimme wiedergefunden habe.

Wie erstarrt schaue ich in das Zimmer, in dem Thunderstrike gefangen gehalten wurde, doch dann übermannt mich doch die Übelkeit, die ich mit aller Macht zurückhalten wollte, und ich drehe mich um, um zu würgen.

»D-Das kann nicht sein«, stammelt der Priester, der zur Wache eingeteilt war. »Ich habe ihm gestern Abend noch etwas zu essen gebracht.«

»Tja«, macht Narissa und geht ins Zimmer, wo sie die frei baumelnden Beine des anderen Hüters anstupst und so seinen hängenden Körper in Schwingung versetzt. Beinahe muss ich bei dem Quietschen, das das Seil macht, wieder kotzen. »Scheinbar braucht er kein Frühstück mehr.«

Lucian hilft mir auf und stützt mich, als meine Beine erneut unter mir nachzugeben drohen.

»Holt ihn da runter«, befehle ich matt und wende schnell den Blick von seinem Gesicht ab, doch zu spät – der Anblick seiner blauen, geschwollenen Zunge, die seitlich aus seinem Mundwinkel herauslugt, sowie seiner Augen, die fast aus den Höhlen quellen, wird mich wohl mein Leben lang verfolgen.

Wie konnte er so was tun? Wie konnte er sich selbst erhängen? *Warum?*

Wusste er etwas, das wir nicht wissen? Eine andere Erklärung fällt mir für eine solche Tat nicht ein. Ich war doch so kurz davor, uns alle zu retten! Warum konnte er nicht noch ein bisschen länger warten? Warum musste er diesen Weg für sich wählen? Egal, wie oft das *Warum* noch durch meinen Kopf schießt, ich finde einfach keine passende Antwort darauf.

Als ich zitternd den Blick abwende, sehe ich einen Zettel auf dem Boden liegen, direkt neben dem umgestürzten Stuhl, den er offenbar genutzt hat. Ich bücke mich nach dem Stück Papier und hebe es auf.

Es stehen nur drei Worte darauf geschrieben.

Schach.

Gewinne!

Wolkenberg.

»Was soll das bedeuten?«, fragt Lucian, der den Zettel über meine Schulter hinweg gelesen hat.

»Ich weiß es nicht«, antworte ich, doch es ist gelogen. Zumindest weiß ich, was er mir mit den ersten beiden Worten sagen will. Thunderstrike war schon immer ein begeisterter Schachspieler und hat virtuell einige Turniere gewonnen. Ich dachte mir schon, dass er gerne solche Begriffe verwendet, also fällt es mir auch nicht schwer, den Kontext zu verstehen. Als Killswitch mit seinen Flügelmännern den Tempel angegriffen hat, haben wir ihm schwer zugesetzt. Wir haben ihn sozusagen ins Schach gesetzt, jedoch konnte er fliehen. Indem sich Thunderstrike aus der Gleichung nahm, liegt es nun an Killswitch und mir, das Spiel zu beenden. Doch warum hat er sich selbst umgebracht? Warum hat er nicht gewartet, bis ich Killswitch besiegt und gefangen genommen habe? Warum musste er sterben?

»Wolkenberg«, murmelt Lucian. »Ist das nicht so ein Dorf ganz weit oben?«

Narissa kommt zu uns und reißt mir den Zettel aus der Hand.

»He!«, protestiere ich, verstumme jedoch, als ich ihren konzentrierten Gesichtsausdruck sehe.

»Ihr wollt nach Wolkenberg?«, fragt sie dann und deutet auf den Zettel. In ihren dunklen Augen funkelt etwas, das ich nicht deuten kann, und sie scheint mit einem Mal hellwach zu sein. Keine Spur mehr von Müdigkeit.

»Ich weiß ja nicht einmal, was das ist«, antworte ich und sehe sie verwirrt an. Was hat sie denn jetzt bloß? Sagt ihr dieses Wolkenberg etwa was?

»Ein Dorf. Wenn ihr dorthin geht, werde ich euch begleiten. Keine Diskussion!«, sagt sie dann und stemmt die Hände in die Hüften.

»O…kay?«, sage ich. »Und was wollen wir in diesem Dorf?«

»Na, was wohl?« Narissa wendet sich ab und geht zur Tür. »Den Flügelmännern den Arsch aufreißen, natürlich!«

# # #

Die Reise ist beschwerlich und bereits nach wenigen Stunden leide ich unter hämmernden Kopfschmerzen, da unser Wagen die befestigten Straßen verlassen hat und über halb ausgetretene Waldwege rumpelt.

»Warum müssen wir denn diesen Weg nehmen?«, jammere ich nicht zum ersten Mal und massiere mir mit zwei Fingern die pochenden Schläfen.

»Weil kein anderer Weg den Berg hinaufführt«, erklärt Lucian geduldig und reicht mir einen Becher Wasser.

Wir sind hastig aufgebrochen und haben nur das Nötigste eingepackt. Etwas Proviant, ein paar Klamotten zum Wechseln und Waffen. Sehr viele Waffen. Ich habe zwar keine Ahnung, wie sie als Wolf und Pferd Schwerter führen wollen, aber ich habe mich Lucians und Narissas Anweisungen gebeugt. Als ob ich sie als Menschen kämpfen lassen würde … Ihre Tiergestalten sind doch viel cooler und vor allem wirkungsvoller!

Seth war zutiefst betrübt, als ich ihn zusammen mit Vincent im Tempel zurückgelassen habe. Mein jüngster Wächter scheint mir schon eine ganze Weile aus dem Weg zu gehen und ich frage mich, warum das so ist. Wenn wir zurück sind, sollte ich ihn danach fragen. Fürs Erste habe ich ihn damit beauftragt, gemeinsam mit Vincent Thunderstrikes Beerdigung zu überwachen und zu organisieren. Er mag ein feindlicher Hüter gewesen sein, aber er war auch so was wie ein Freund. Na ja, *Freund* ist vielleicht etwas übertrieben. Zumindest war er aus meiner Welt und verdient eine ordentliche Beisetzung. Vincent war davon nicht begeistert, aber das war mir herzlich egal. Ich habe meinen Willen durchgesetzt und durchblicken lassen, dass, wenn nicht alles zu meiner Zufriedenheit abgehalten wird, ich auch andere Saiten aufziehen kann. Was natürlich eine leere Drohung war, aber Vincent hat sich meinem Wunsch schließlich gebeugt. Seth war von Anfang an Feuer und Flamme und begierig darauf bedacht, alles so zu machen, wie ich mir das vorstellte.

Können nicht alle meine Wächter so sein wie er?

Ich trinke den Becher aus und reiche ihn Lucian zurück, der mit mir zusammen auf der Ladefläche des Wagens sitzt. Narissa führt vom Kutschbock aus zwei Wesen, die aussehen wie eine Mischung aus Ochse und Kamel, über die unweglichen Pfade.

Seit wir losgefahren sind, hat sie kaum ein Wort gesprochen. Ich wundere mich immer noch darüber, dass sie so bereitwillig mitgekommen ist. Mittlerweile habe ich die begründete Vermutung, dass sie was mit Vincent laufen hat, weshalb ich es seltsam finde, dass sie einfach so ohne ihn aufbricht und sich nicht einmal darüber beklagt. So kenne ich sie gar nicht … Ich werde das Gefühl nicht los, dass da mehr dahintersteckt. Vielleicht will sie ihn auch nicht der Gefahr aussetzen, denn – zugegeben – Vincent ist zwar auf die Distanz mit seinen Karten ein ernst zu nehmender Gegner, verliert aber auch schnell den Kopf im Kampfgetümmel. Ich bin froh, ihn und Seth in Sicherheit zu wissen. Narissa und Lucian sind den offenen Kampf gewohnt und werden eine größere Hilfe für mich sein. Nicht auszudenken, was mit uns geschehen könnte, wenn ich so kurz vor meinem Ziel noch einen meiner Wächter verlieren würde …

Gegen Nachmittag machen wir kurz Halt an einem Fluss, der mir jedoch irgendwie komisch vorkommt. Anstatt zu fließen, wie Flüsse es ja normalerweise tun, bewegt sich das Wasser nicht und steht ruhig wie in einer Pfütze.

Als ich die Hand hineintauche, um zu trinken, bemerke ich, wie schal und abgestanden, ja beinahe verwest das Wasser riecht, und schnell schüttle ich die Hände aus.

»Was ist hier los?«, frage ich verwirrt. »Was ist mit dem Fluss?«

Lucian ist sofort neben mir und schöpft ebenfalls eine Handvoll Wasser heraus, riecht daran und verzieht angewidert das Gesicht. »Vielleicht ist weiter oben ein Tier im Wasser verendet und der verwesende Körper lässt nun das Wasser giftig werden.«

Ich nicke, merke aber, dass er selbst nicht zufrieden mit seiner Erklärung ist. Mir entgeht ebenfalls nicht, wie er Narissa einen Blick zuwirft, den ich nicht deuten kann. Was geht hier vor? Wissen sie etwas, das sie mir nicht sagen wollen? Vielleicht werde ich auch nur langsam paranoid. Ich meine, es ist ein Fluss, dessen Wasser – warum auch immer – verwest ist. Das ist nichts Außergewöhnliches. Sicher gibt es eine ganz logische Erklärung dafür und ich mache mir einfach nur zu viele Gedanken. Ja, das muss es sein.

Ohne dass jemand ein weiteres Wort sagt, klettern wir wieder auf den Wagen und setzen unsere Reise fort. Stunde um Stunde scheint dahinzufliegen, ohne dass wir unserem Ziel näher kommen, zumindest scheint es mir so. Vielleicht bin ich auch nur zu empfindlich. Ich war noch nie ein Freund von längeren Reisen, schon gar nicht, wenn sie so ungemütlich sind wie diese.

»Wie weit ist es noch bis zum Wolkenberg?« Langsam klinge ich wie ein quengelndes Kind, das ständig fragt: »Sind wir bald da?«, aber das stört mich nicht. Je eher ich von diesem Karren runterkomme, desto besser. Ich habe jetzt schon Schmerzen in Muskeln, von deren Existenz ich nicht einmal gewusst habe.

Wie schön wäre es, wenn wir uns einfach in ein Flugzeug setzen könnten und mir nichts, dir nichts am Ziel wären. Ich vermisse so kleine Annehmlichkeiten meiner Welt.

»Wir werden morgen früh da sein«, sagt Narissa, ohne sich dabei umzudrehen.

»Morgen früh erst?«, quietsche ich. Noch einen verdammten ganzen Tag auf diesem … Ding halte ich nicht aus. Nein, garantiert nicht! Ich halte ja nicht einmal mehr eine weitere Stunde auf diesem Schaukelschiff aus! Also schnappe ich mir einen der Rucksäcke, schütte den Inhalt wahllos auf den Boden und beginne die Sachen einzupacken, die wir dringend brauchen. Alles andere werfe ich achtlos von mir. Vier verschiedene Dolche? Wer packt denn so was ein? Brauchen wir nicht!

»Was machst du da?«, fragt Lucian und mustert mich stirnrunzelnd.

»Die Sache beschleunigen«, antworte ich einsilbig. »Finden die Viecher nach Hause?« Ich deute mit einem Kopfnicken auf unsere beiden Zugtiere.

»Eigentlich schon«, meint er zögernd und reibt das Kinn an seiner Schulter. »Warum fragst du?«

»Diese Waffen brauchen wir doch nicht wirklich, oder?« Ohne eine Antwort abzuwarten, rede ich weiter: »Für jeden Klamotten und Rüstung, schließlich sollt ihr ja dann nicht nackt dastehen. Ein Schwert für mich und etwas Proviant.« Ich schnüre den Rucksack und ein Bündel zusammen und werfe es mir über die Schultern.

»Was soll das, Eve? Was machst du mit unseren Sachen?«

Ich achte nicht auf seinen Protest und rufe zu Narissa nach vorne: »Halte den Karren an und steig ab!« Selbst springe ich hinten von der Ladefläche und winke Lucian ungeduldig hinter mir her.

Mit verschränkten Armen baut sich Narissa vor mir auf und funkelt mich wütend an. »Wenn du uns dauernd unterbrichst, brauchen wir noch länger!«

Ich grinse liebevoll zurück. »Ich halte uns nicht auf. Ich kürze unsere Reise ab. Mit dem Karren brauchen wir viel zu lange durch die Wälder. Als Tiere jedoch …«

»Und was wird aus den Waffen?«, unterbricht Lucian mich.

Ich winke ab. »Wozu braucht ihr denn Waffen? Für den Notfall habe ich aber etwas eingepackt.« Ich tätschle das Bündel, das an meiner Seite herunterhängt und so schwer ist, dass der Gurt sich in meine Schulter schneidet. Dann strecke ich jedem von ihnen eine Hand hin und sehe sie abwartend an. »Ihr wisst, dass ich recht habe, also macht schon!« Mein Geduldsvorrat für heute ist nun endgültig erschöpft. So kurz vorm Ende, nein, vor meinem letzten Sieg lasse ich mich doch nicht durch so einen blöden Karren ausbremsen!

Lucian ist der Erste, der seine Hand in meine legt, und ich lächle ihn dankbar an, ehe ich ihm genügend Energie für eine Verwandlung schicke. Nur einen Augenblick später steht er als Flammenwolf neben mir und drückt sich an meine Seite, sodass ich meine Hand auf seinen Rücken legen kann, um meine Kraft wieder aufzuladen.

Ich hebe die Augenbrauen, schaue Narissa abwartend an und wackle mit den Fingern, als sie sich immer noch nicht regt.

»Aber nur, weil es wirklich schneller geht«, gibt sie schließlich nach und lässt auch ihre Verwandlung zu.

Schnell gehe ich zu den beiden Zugtieren und durchtrenne mit einem Dolch ihre Geschirr, und sogleich machen sie sich langsam und gemächlich auf den Rückweg. Ich vertraue einfach darauf, dass sie wirklich von alleine nach Hause finden oder zumindest an einen Ort gelangen, wo es ihnen gut geht.

Der Anblick, wie diese riesigen, aber langsamen Kreaturen zwischen den Bäumen verschwinden, schnürt mir mit einem Mal die Brust zu und nimmt mir die Luft zum Atmen.

Es hat etwas Endgültiges.

Ehe ich jedoch von meinen Gefühlen übermannt werden kann, schüttle ich schnell den Kopf und wende mich meinen Wächtern zu, die bereits auf mich warten.

Dann schwinge ich mich auf Narissas Rücken und halte mich an ihrem langen Hals fest. Die flammende Mähne kitzelt in meinem Gesicht. In wildem Galopp prescht sie los, springt über Baumstämme und rast durch Hecken. Lucian bleibt dicht neben uns und kann das Tempo mühelos halten.

\# # #

Noch bevor die Sonne ihren Zenit überschritten hat, erreichen wir unser Ziel. Zumindest denke ich, dass es unser Ziel ist, denn zum ersten Mal bleibt Narissa stehen. Vorher hat sie nicht für eine Sekunde ihr halsbrecherisches Tempo gedrosselt. Na ja, *halsbrecherisch* wäre es ja nur für mich gewesen. Meine Hände haben sich bereits nach wenigen Metern regelrecht um ihren Hals verkrampft und nun schmerzen sie, als ich meinen Klammergriff löse und wenig elegant von ihrem Rücken plumpse. Um das zu überspielen, rücke ich die Träger des Rucksacks zurecht und sehe mich um.

Wir stehen zwar auf dem Gipfel eines hohen Berges, aber um uns herum sind nur Ruinen. Verfallene Gebäude, teilweise ausgebrannt, von denen nur noch kümmerliche Mauerreste übrig sind, umgeben uns, so weit das Auge reicht. Sie sehen so alt und kaputt aus, dass ich denke, ich müsste sie nur mit der Fingerspitze berühren, um sie zu Staub zerfallen zu lassen.

Es sieht so aus wie die Städte in den Endzeit-Spielen, in denen hinter jeder Ecke ein gehirnsaugender Zombie lauert. Allein die Vorstellung lässt mich erschaudern und meine Paranoia nimmt wieder zu.

»Was ist hier passiert?«, flüstere ich und ziehe den Umhang enger um mich, als ein peitschender Wind über den Gipfel pfeift und an mir zerrt.

Narissa stupst meine Schulter an und schaut schnaubend zu einer Hütte, von der etwas mehr übrig geblieben ist. Gemeinsam mit ihr gehe ich dorthin, wo sie sich zurückverwandelt, und ich reiche ihr schnell die eingepackten Klamotten.

Während sie sich anzieht, gehe ich zu Lucian zurück, der unruhig zwischen den Ruinen hin und her läuft. Immer wieder hält er die Schnauze in den Wind und schnüffelt, während sein Flammenschweif steil nach oben steht.

»Hast du etwas entdeckt?«, frage ich und lege ihm beruhigend die Hand auf den Kopf.

»Er riecht den Tod«, höre ich Narissas Stimme hinter mir. Sie tritt gerade aus der Ruine heraus und fasst ihre Haare zu einem Zopf zusammen.

»Kennst du diesen Ort?«, frage ich sie. Welchen Tod riecht Lucian denn? Klingt ja nicht sonderlich vertrauenserweckend …

Ohne auf meine Frage zu antworten, läuft sie an mir vorbei, als wäre ich Luft. War ja klar … Warum habe ich auch erwartet, einmal eine vernünftige Antwort von ihr zu bekommen?

Als Lucian ihr folgt, setze ich auch widerwillig einen Fuß vor den anderen, obwohl ich eigentlich am liebsten ganz schnell wieder weg von hier will. Das soll also der Ort sein, an den Thunderstrike mich mit seiner letzten Mitteilung geschickt hat? Sonderlich einladend sieht es hier ja nicht aus … Und hier soll es einen Weg ins Reich des Luftvolkes geben? Irgendwie bezweifle ich das. Hier gibt es nur zertrümmerten Stein und verkohltes Holz. Und den Geruch des Todes. Allein bei der Vorstellung stellen sich sämtlich Härchen in meinem Nacken auf. Als ich dann auch noch ein Knirschen unter meinen Füßen höre, traue ich mich gar nicht, nach unten zu sehen. Ich will lieber gar nicht wissen, auf was ich gerade draufgetreten bin. Bei meinem Glück sind es noch irgendwelche Knochen oder gar ein Schädel …

Vor einer Ruine bleibt Narissa stehen und legt eine Hand auf die Steine, die anscheinend einmal den Türrahmen gebildet haben. Dann sehe ich in ihrem Gesicht etwas, das ich noch nie gesehen habe: Schmerz. Tiefer, emotionaler Schmerz. Nicht einmal zur Trauerzeremonie, als sie hinter Vincent stand, um ihm Kraft zu spenden, hatte sie diesen Ausdruck auf dem Gesicht. Wo immer wir hier auch sind, es muss etwas für sie bedeuten.

»Was ist das hier?«, frage ich erneut.

»Mein Zuhause«, antwortet sie so leise, dass ich sie fast nicht verstehen kann, und im ersten Moment denke ich, ich hätte mich verhört. Beinahe zärtlich lässt sie dann ihre Finger über den Stein gleiten. »Hier wurde ich geboren.«

»Hier?«, wiederhole ich und sehe mich um. Ein beklemmendes Gefühl überkommt mich, als ich über die zerstörten Gebäude schaue, die vielleicht einmal eine blühende Metropole gewesen waren, doch jetzt nichts weiter als staubige Ruinen sind. »Was ist hier passiert?«

Narissa ballt die Hand, mit der sie eben noch den Stein gestreichelt hat, zu einer Faust. »Das Luftvolk«, lautet ihre kurze Antwort, doch sie muss auch nicht mehr sagen, damit ich es verstehe. Sie schließt die Augen und holt tief Luft, ehe sie fortfährt. »Diese Stadt war einst das Bindeglied zwischen dem Erd- und dem Luftvolk. Wer nach oben wollte, musste an uns vorbei und umgekehrt. Die Bewohner von Wolkenberg wahrten den Frieden zwischen den Völkern, bis …« Sie schluckt und hämmert plötzlich mit der Faust gegen den Stein. »… bis das Luftvolk uns angriff. Ich war damals noch klein, fast ein Kind, und überlebte den Angriff, weil meine Mutter mich versteckte. Als ich es endlich schaffte, mich aus dem Keller zu befreien, stand ich hier, inmitten dieser Ruinen. Ganz allein.«

»Das tut mir leid«, sage ich lahm. Es klingt schrecklich, was sie mir erzählt, und ich glaube fast, ihren Schmerz und Verlust ebenfalls spüren zu können.

Narissa wirbelt zu mir herum und ihre dunklen Augen funkeln wild, fast manisch. »Ich will dein Mitleid nicht!«, herrscht sie mich an und ich ziehe automatisch den Kopf zwischen die Schultern. Sie kommt auf mich zu und nur mit Mühe kann ich meine Füße davon überzeugen, an Ort und Stelle stehen zu bleiben und sich nicht hinter Lucian in Sicherheit zu bringen. Ich hebe den Kopf und hoffe, dass es mir nicht ins Gesicht geschrieben steht, wie sehr diese Frau mich einschüchtert. »Ich habe mich allein durchgeschlagen, bis ich eines Tages völlig verwahrlost von einem Soldaten gefunden wurde. Er nahm mich auf, behandelte mich wie sein eigenes Kind und brachte mir den Umgang mit dem Schwert bei. Ich war talentiert und schaffte es als einzige Frau, in die Ränge eines Leibwächters des Königs aufzusteigen. Ich habe hart dafür gearbeitet, habe alles, was ich besitze, erkämpft. Und dann kommst du daher! Es ist kein Geheimnis, dass ich nicht viel von dir halte. Als Hüterin ist jemand wie du eine Enttäuschung.« Neben mir knurrt Lucian bedrohlich und bleckt die Zähne. Ich bringe ihn mit einer Handbewegung zum Schweigen. Natürlich gefällt es mir nicht, was sie mir da an den Kopf wirft, aber ich werde nicht zulassen, dass Lucian sich einmischt und meine Probleme für mich regelt. Ich bin die Hüterin, ich muss das alleine durchstehen. »Aber«, sagt Narissa dann, »wenn ich durch dich die Chance bekomme, mich am Luftvolk für das, was sie mir angetan haben, zu rächen, folge ich dir bis ans Ende der Welt.«

Verdutzt schaue ich sie an. Ich muss mich verhört haben! Doch nein, nun sinkt sie auch noch vor mir auf die Knie. Zu perplex, um zu reagieren, stehe ich einfach nur da und glotze auf ihren gesenkten

Kopf. Erst als Lucian mich mit seiner Schnauze anstupst, erwache ich aus meiner Starre und berühre sie kurz an der Schulter, obwohl ich noch immer nicht glauben kann, was sie eben zu mir gesagt hat.

Nachdem sie wieder aufgestanden ist, strecke ich ihr die Hand hin. Sie umfasst meinen Unterarm und schlägt ein. Ich kann mir ein zufriedenes Lächeln nicht verkneifen. Auch wenn Narissa nicht die Wächterin ist, die ich gerne hätte – und sie es auch nie sein wird – und wir weiterhin unsere Probleme haben werden, weiß ich doch nun, dass ich mich zumindest bei dieser Mission voll und ganz auf sie verlassen kann. Ich wusste, dass sie die richtige Wahl für diesen Angriff ist.

»Wie kommen wir nun nach oben?«, frage ich dann.

»Durch den Nebel«, antwortet Narissa mit einem merkwürdigen Grinsen, das ein flaues Gefühl in meinem Magen auslöst.

FÜNFUNDDREISSIG

Ich habe schon etwas Seltsames erwartet, als Narissa *die Nebel* ankündigte, doch das, was dann tatsächlich geschieht, stellt alles, was ich mir ausgemalt habe, in den Schatten.

Sie führt uns in eine Höhle, aus der heller Rauch herauswabert. Sofort stellen sich die kleinen Härchen in meinem Nacken wieder auf und meine Füße weigern sich, auch nur einen weiteren Schritt zu machen. Erst als Lucian mich von hinten weiterschiebt, setze ich stolpernd meinen Weg fort, nicht ohne mir fröstelnd über die Arme zu reiben.

»Wo sind wir hier?«, frage ich kleinlaut, als Narissa endlich vor einer Art Spiegel stehen bleibt, aus dem die ganzen Nebelschwaden herauskommen, die alles um uns herum einhüllen.

»Ich habe gehofft, dass er noch intakt ist«, sagt Narissa mit einem erleichterten Seufzen und streckt die Hand nach dem Spiegel aus. Als sie ihn berühren müsste, verschwindet jedoch ihre Hand darin und ich stoße einen spitzen Schrei aus. Narissa schaut kurz grinsend in meine Richtung, ehe sie ihren ganzen Körper in den Spiegel schiebt.

»Das mache ich auf keinen Fall!«, stelle ich sofort klar und mache Anstalten, umzukehren, doch Lucian versperrt mir den Weg. »Was?«, herrsche ich ihn an. »Ich gehe nicht durch einen verdammten Spiegel, aus dem Nebel kommt! So was geht nie gut aus! Kennt keiner von euch *Alice hinter den Spiegeln?* Oder das Spiegel-Level bei *Super Mario?* Das ist mörderisch!«

Doch Lucian jault nur kurz und schiebt mich zurück vor den Spiegel. Mein Herz hämmert wie wild, als ich die Nebelschwaden anstarre, die ohne Unterlass herausfließen. Ich will dieses Ding nicht anfassen, aber es ist mein einziger Weg zu Killswitch. Ich kann so kurz vor meinem Ziel nicht umkehren! Schon komisch … Ich zaudere keine Sekunde, wenn es darum geht, in einem offenem Kampf den anderen Hütern gegenüberzutreten, aber solch ein magischer Spiegel bringt mich an meine Grenzen. *Tief durchatmen, Eve! Du kannst das!*

Zögerlich strecke ich meine Hand aus und bemerke, wie meine Finger zittern. Schnell balle ich sie zu einer Faust und kneife die Augen zu. Kälte ist das Einzige, was ich spüre. Eisige Kälte, wie tausend kleine Nadelstiche, die sich ausgehend von meiner Hand den Arm hinauffrisst. Mein Herz wummert immer noch wie verrückt und ich würde am liebsten meine Hand zurückziehen, doch ich beiße die Zähne zusammen und schreite durch den Spiegel.

# # #

Die Kälte verschwindet augenblicklich, sobald ich auf der anderen Seite bin. Noch immer mit zugekniffenen Augen stehe ich da und wage nicht, mich zu rühren, doch ich merke, dass dieses drückende Gefühl weg ist, als wäre ich in einem Kokon aus Glas und Eis gefangen. Das Nächste, was ich dann spüre, ist ein starker Wind, der an meinen Haaren, dem Umhang und meiner Kleidung zerrt. Als ich einen tiefen Atemzug mache, merke ich, dass die Luft hier sehr dünn zu sein scheint. Zu wenig Sauerstoff strömt in meine Lungen und ich stehe kurz vor einer weiteren Panikattacke.

Ich reiße die Augen auf und sehe mich um, während ich hastig nach Luft schnappe, um mein wild klopfendes Herz ausreichend mit Sauerstoff zu versorgen.

Über mir erstrahlt der Himmel in einem solch satten Azurblau, wie ich es noch niemals gesehen habe. So weit das Auge reicht, erstreckt sich der Horizont in alle Richtungen.

Unter mir ist alles weiß, fast nebelig, als stünde ich auf …

»Wolken!«, rufe ich und hüpfe von einem Bein auf das andere, aus Angst, gleich zu versinken und vom Himmel zu fallen. »Wir stehen auf Wolken!«

»Was hast du denn erwartet?«, fragt Narissa, die sich auf den flauschigen Wolken bewegt, als wäre sie hier zu Hause und wäre niemals auf festem Boden gelaufen. Ohne zu zögern, setzt sie einen Fuß vor den anderen. »Natürlich lebt das Luftvolk in den Wolken!«

Ja, was habe ich erwartet? Natürlich dachte ich, dass das Luftvolk im Himmel lebt, aber jetzt tatsächlich auf Wolken zu wandeln, ist schon etwas anderes, als es sich nur vorzustellen. Verbissen schlucke ich meine Angst hinunter. Ich darf jetzt nicht nachlassen! »Was machen wir jetzt?«, frage ich, nachdem ich mir wirklich sicher bin, dass auch die Wolke, auf der ich gerade stehe, mein Gewicht trägt.

Narissa schürzt für einen Moment die Lippen, als würde sie überlegen. »Da vorne ist ein Dorf. Das könnten wir etwas aufmischen, um den Hüter herauszulocken«, schlägt sie dann vor.

»Ich werde keine Unschuldigen angreifen!«, stelle ich sofort klar. »Niemals. Killswitch wird auch so auf uns aufmerksam werden.«

»Und wie soll das gehen? Das Reich des Luftvolks erstreckt sich über die gesamte Welt. Er könnte gerade überall sein, wenn er nicht gerade wieder den Tempel angreift. Wie soll er uns dann hier finden? Wir sind mitten im Nirgendwo.«

Ich verenge die Augen zu Schlitzen und funkle meine Wächterin wütend an. »Ich habe eigentlich gehofft, dass du dich mehr engagierst, wenn wir gegen das Luftvolk in den Kampf ziehen. Aber dass du Unschuldige angreifen willst, ist sogar für dich zu viel, Narissa. Gleiches kann nicht mit Gleichem vergolten werden. Wenn wir das Dorf da vorne angreifen, wird deines nicht wieder aus den Ruinen emporsteigen.«

»Glaubst du, das weiß ich nicht?«, schnappt sie. »Aber ich werde nicht hier rumstehen und Däumchen drehen, bis sie irgendwann auf uns aufmerksam werden.«

Ich grinse sie an. »Dann lass das mal meine Sorge sein. Ich habe schon eine Idee, wie ich ihn zu uns locken kann, doch dazu brauche ich auch deine Hilfe als Tiergestalt.« *Und ich muss dann ihr Gezeter nicht mehr ertragen.*

Lucian sitzt die ganze Zeit neben mir und verfolgt stumm unser Gespräch. Ich streiche ihm kurz über den Kopf und schicke eine ganze Welle Feuerkraft in seinen Wolfskörper, damit er noch länger in dieser Gestalt bleiben kann. Wir werden sie brauchen, früher oder später, und vielleicht habe ich dann nicht mehr genügend Energie, um eine erneute Verwandlung hervorzurufen.

Widerwillig nimmt Narissa meine Hand und lässt die Verwandlung zu, nicht ohne mir anschließend beißenden Rauch aus ihren Nüstern ins Gesicht zu schnauben, der unangenehm in meinem Hals kratzt.

»Ja, ich mag dich auch«, grummle ich, während ich mit der Hand vor meinem Gesicht herumwedle, um die letzten Rauchschwaden zu vertreiben.

Dann lege ich eine Hand auf Narissas Pferderücken und lasse über der anderen einen Feuerball entstehen, der so groß wie mein Kopf ist. Anschließend schieße ich ihn hinauf in den Himmel über uns, wo er ohrenbetäubend laut verpufft und dabei ein Lichtspektrum abgibt wie ein überdimensionales Feuerwerk.

Ich grinse zufrieden. Egal, wo Killswitch ist, früher oder später wird er dieses Spektakel sehen. Ich muss nur lange genug dafür durchhalten.

Schnell ziehe ich weitere Energie aus meinen Wächtern und wiederhole das Kunststück ein paar Mal. Es dauert nicht lange, bis die ersten Flügelmänner auf uns zugeflogen kommen und uns in sicherer Entfernung umkreisen.

Lucian knurrt bedrohlich und schiebt mich hinter sich, während Narissa mit den Hufen scharrt, was auf den Wolken keinerlei Geräusch verursacht.

Einer von ihnen landet etwa zwanzig Meter von uns entfernt und sofort spannt Lucian sich neben mir an. »Wer seid ihr?«, brüllt er dann zu uns herüber. Trotz der Entfernung kann ich seine Worte klar und deutlich verstehen. »Wie seid ihr hierhergekommen?«

Ich lasse einen kleineren Feuerball über meine Finger tanzen, ehe ich ihn direkt vor seine Füße schleudere. Ängstlich weicht er ein paar Schritte zurück und seine ledrigen Flügel an seinem Rücken schlagen aufgeregt auf und ab, als könnten sie sich nicht entscheiden, ob sie ihren Träger hinauf in die Lüfte bringen oder ihn auf der Wolke lassen sollen. »Ich will mit eurem Hüter sprechen«, verlange ich.

Der Flügelmann zögert kurz, schaut von der angesengten Stelle zu seinen Füßen und mir hin und her. »Ich glaube nicht, dass unser Hüter etwas mit Euch zu bereden hätte«, sagt er dann, doch ich höre, wie seine Stimme vor Unsicherheit zittert.

»Na fein, wie du willst«, sage ich dann schulterzuckend und scheinbar desinteressiert. »Hol ihn dir, Lucian!«

Mein Wächter setzt ohne zu zögern zum Sprung an, als hätte er nur auf diesen Befehl gewartet, rennt über den weichen Wolkenuntergrund und noch ehe er reagieren kann, hat der Feuerwolf ihn an einer seiner ledrigen Schwingen gepackt und zu Boden gerissen. Schreiend versucht er sich gegen die Zähne und Klauen zu wehren, die ihn nun attackieren, doch Lucian lässt nicht locker, wirft den Kopf hin und her, bis ich das Reißen der Flügel sogar bis zu mir hören kann, gefolgt von den markerschütternden Schreien des Flügelmanns.

»Das reicht!«, rufe ich, bevor Lucian ernsthaften Schaden anrichten kann. Mit einem enttäuschten Knurren lässt er von seiner Beute ab und trottet ein paar Schritte zur Seite, während die anderen zwei Flügeltypenvom Himmel aus nur teilnahmslos zusehen. Warum kommen sie ihrem Kameraden nicht zu Hilfe? Wie können sie einfach nur zuschauen, wie Lucian ihm beinahe einen seiner Flügel ausreißt? »Bringt mir euren Hüter hierher oder ich werde meine Begleiter ausschicken, um jede Siedlung auf meinem Weg zu vernichten!« Als kleine Unterstreichung meiner Drohung lasse ich einen weiteren Feuerball erscheinen, einen größeren diesmal, den ich in die Luft nach oben schieße, wo er mit einem lauten Knall explodiert.

Die Flügelmänner halten sich die Ohren zu und gaffen mit offenen Mündern in den Himmel, als hätten sie noch nie ein Feuerwerk gesehen. Nun, das haben sie vermutlich auch noch nie, aber trotzdem sieht es lustig aus und ich freue mich wie ein Kind, dass ich sie mit so mickrigen Taschenspielertricks beeindrucken kann. Ich kann nur hoffen, dass meine Kraft für ein paar weitere Tricks ausreicht, denn ich merke schon, wie allmählich eine bleierne Schwere in meine Glieder kriecht und meine Bewegungen verlangsamt.

»Also? Was ist nun? Bekomme ich meine Unterredung mit eurem Hüter?«, frage ich und lasse provokant einen neuen Feuerball über meine Finger tänzeln. Ich darf mir auf keinen Fall anmerken lassen, dass ich keinesfalls in der Lage wäre, ganze Dörfer zu zerstören, ganz davon abgesehen, dass ich das niemals mit meinem Gewissen vereinbaren könnte. Ich habe kein Problem damit, gegen Krieger zu kämpfen und mein Leben oder das meiner Wächter bis zum Äußersten zu verteidigen, aber ich werde nie dazu übergehen, Unschuldige anzugreifen.

Der Flügelmann, den Lucian beinahe in seine Einzelteile zerlegt hat, kommt auf die Füße, schafft es aber nicht, sich wieder in die Lüfte zu schwingen, denn einer seiner Flügel steht in einem seltsamen Winkel ab. Wahrscheinlich ist er gebrochen. Ich kann mir ein Grinsen nicht verkneifen.

»Holt ihn her, verdammt!«, ruft er den anderen zu, die sich noch immer in sicherer Entfernung befinden und keinerlei Anstalten machen, dem Verletzten zu helfen.

Wahrlich das perfekte Volk für eine Ratte wie Killswitch … Passender hätte er es wirklich nicht treffen können. Feiglinge, Großmäuler und Speichellecker – kurz gesagt: Ein richtiges Abbild ihres Hüters, den sie mir nun ohne Widerstand ausliefern werden. Andernfalls werde ich auch die weiteren zwei Flügelmänner vom Himmel holen und ihnen Lucian auf den Hals hetzen. Mein Wolfswächter tänzelt bereits unruhig um mich herum und wartet nur auf einen Befehl zum Angriff, den ich ihm jederzeit erteilen werde, wenn jetzt nicht langsam Bewegung in die Sache kommt.

Endlich fliegt einer der Flügelmänner los. Als der Verletzte sich ebenfalls aus dem Staub machen will, schmettere ich ihm den kleinen Feuerball vor die Füße und laufe dann gemächlich auf ihn zu, flankiert von meinen beiden Wächtern. Als ich etwa fünf Meter von ihm entfernt stehe, sage ich grinsend: »Du bleibst schön hier. Wir wollen doch nicht, dass dein Kumpel vom Weg abkommt, nicht wahr?«

Mit zu Schlitzen verengten Augen starrt er mich an und ich starre zurück. Auch wenn mich bei diesen Augen ein eiskalter Schauer nach dem anderen packt, werde ich nicht die Erste sein, die den Blick abwendet. Ich bin die Hüterin. Ich sitze hier am längeren Hebel.

»Du legst dich mit den falschen Leuten an, Mädchen!«, faucht er dann und ich sehe mit Genugtuung zu, wie er versucht, ein paar Meter nach hinten zu kriechen, um mehr Abstand zwischen sich und mich zu bringen. Vielleicht ist es auch der knurrende Feuerwolf zu meiner Rechten, der ihm die Düse gehen lässt, aber, hey, ich will da nicht kleinlich sein.

»Ja, das haben mir schon andere gesagt«, gebe ich achselzuckend zurück. »Ist halt so 'ne Macke von mir.«

»Was glaubst du eigentlich, wer du bist?« Sein Körper zittert vor unterdrückter Wut. »Tauchst einfach hier auf und verlangst, mit unserem Hüter zu sprechen! Wie kannst du es wagen?«

Oh, anscheinend eilt mir mein Ruf doch nicht voraus. Dann sollte ich das schnellstens ändern. »Ach, hast du es immer noch nicht bemerkt?«, frage ich. »Ich bin Nemesis und ich bin hier, um deinen heißgeliebten Hüter ein für alle Mal zu besiegen!«

Sechsunddreissig

Es dauert eine Ewigkeit, doch wahrscheinlich nicht länger als eine halbe Stunde, bis ich am Himmel schwarze Punkte ausmachen kann, die sich uns schnell nähern.

Wie ich erwartet habe, denke ich. Anstatt meiner »Bitte« zu folgen, hat der idiotische Flügelmann den kümmerlichen Rest seiner Armee mobilisiert. Fein, sollen sie doch kommen! Selbst die richtige Streitmacht haben wir mit links und verbundenen Augen besiegt! Na ja, fast zumindest. Aber von solch ein paar Flügelmännchen werde ich mich nun nicht beeindrucken lassen, nachdem ich ihre ganze Armee besiegt habe. Niemand wird mich davon abhalten, Killswitch für das, was er getan hat, zur Rechenschaft zu ziehen!

Mein Blick fliegt zu Lucian, der mir zunickt und dabei seine spitzen Zähne bleckt. Hinter mir geht Narissa in Stellung. Ich schließe die Augen, um mich zu konzentrieren, spüre die Kraft, die durch meine Adern rauscht und durch die körperliche Nähe meiner Wächter noch mehr angefeuert wird. Bis zu den Fingerspitzen stehe ich in Flammen und warte nur darauf, endlich meine Macht entfesseln zu können. Ich habe lange genug gewartet. Diesmal werde ich siegen! Für mich. Für Thunderstrike. Mit einem einzigen, letzten Zug werde ich die Nummer Zwei schachmatt setzen und endgültig auf den ersten Platz aufsteigen.

»Ha!«, macht der verletzte Flügelmann. »Nun werdet ihr sehen, was ihr davon habt!«

Gelassen schaue ich ihn an und setze mein bestes überhebliches Grinsen auf, was seinen Siegeswillen schnell auf den Nullpunkt schrumpfen lässt.

»Hatte ich mich nicht klar genug ausgedrückt?«, frage ich betont lässig, als ich an ihm vorbei und auf die anrückenden Flügelmänner zuschlendere, während ich in meiner Hand die Feuerkraft balle und forme. Ein Feuerblitz schießt gen Himmel, mitten in den Schwarm aus schwarzen Flügeln und Leibern hinein, und explodiert dort. Scharenweise fallen sie vom Himmel. Als ich mir sicher bin, dass sie nicht mehr weiter auf uns vorrücken, wirble ich zu dem verletzten Flügelmann herum. »Ich will euren verdammten Hüter sehen! Schick von mir aus den mickrigen Rest deiner Soldaten! Ich werde sie einen nach dem anderen vom Himmel holen und dann wird er«, ich zeige auf Lucian, der sofort bedrohlich knurrt, »sich um sie kümmern!«

Mein Blut pulsiert wild und ich höre es in meinen Ohren rauschen. Vor mir wird der Flügelmann immer kleiner, fällt nahezu in sich zusammen, während er mich anstarrt, dann wieder ängstlich zu Lucian blickt, ohne einen Ton zu sagen. Ich bin mir sicher, dass meine Augen leuchten wie lodernde Flammen. Ich packe ihn am Kragen und ziehe ihn ganz dicht an mich heran, bis er ein Wimmern ausstößt. »Ich will deinen Hüter sehen. Jetzt. Sofort.«

»H-Holt ihn!«, schreit er und der letzte Flügelmann von vorhin, der noch immer teilnahmslos über uns umhergeschwirrt ist, setzt sich endlich in Bewegung.

Angewidert stoße ich den Verletzten von mir. Was bin ich froh, nicht die Hüterin dieses Volkes geworden zu sein! Ich glaube, ich hätte mich schon nach wenigen Tagen freiwillig von einer dieser Wolken gestürzt. Feiglinge, allesamt! Anstatt seinem Kumpel zu Hilfe zu kommen, bleibt er lieber in sicherer Entfernung. Wenn das einer meiner Leute wäre, würde ich ihm aber gehörig den Marsch blasen!

»Er w-wird sicherlich gleich hier sein«, stammelt der Flügelmann hinter mir. Dann schreit er wieder auf, als Lucian ihn anknurrt, weil er mir zu nahe gekommen ist. »Ihr seid die Hüterin des Erdvolks, nicht wahr? Und ihr habt den Wasserhüter gefangen genommen. Er ist tot.«

»Woher willst du das wissen?«, frage ich, doch ein ungutes Gefühl beschleicht mich. Es ist unmöglich, dass sich diese Nachricht so schnell bis hierher verbreitet hat. Wie kann er also bereits davon erfahren haben? »Sehe ich aus wie jemand, der Gefangene macht und sie dann einfach tötet?«

»Das Wasser«, sagt er schnell. »Es fließt nicht mehr. Das passiert nur, wenn der Hüter nicht mehr da ist. Also muss er tot sein.«

Ich horche auf. Der Fluss, an dem wir vorbeigekommen sind … Ist er deshalb nicht mehr geflossen, weil Thunderstrike sich das Leben genommen hat?

In meinem Kopf überschlagen sich die Gedanken. Wenn das Wasser aufhört zu fließen, sobald der Wasserhüter stirbt … Was passiert dann, wenn der Lufthüter getötet wird? Ohne dass ich es verhindern kann, wandert meine Hand zu meinem Hals und ich atme hektisch ein.

»Ah, wie ich sehe, kommt Ihr zur entscheidenden Frage«, sagt der Flügelmann. Am liebsten würde ich ihm das Maul stopfen, doch nun gibt er endlich nützliche Dinge von sich. »Seid Ihr wirklich gewillt, unseren Hüter zu töten? Dann solltet Ihr Eure Göttin bereits gefunden und so gut wie erweckt haben, denn viel Zeit bleibt Euch dann nicht mehr, werte Hüterin.« Sein Lächeln ist falsch wie das eines schmierigen Seitenstraßenverkäufers, der gefälschte iPhones als echte verkauft, und ich muss mich zwingen, ihm nicht angewidert vor die Füße zu spucken.

»Ich habe nie gesagt, dass ich euren Hüter töten will«, sage ich schnell, weil ich kein weiteres Wort von ihm ertrage. »Ich sagte, ich will ihn *besiegen*. Was ich dann mit ihm mache, entscheide ich spontan.«

Er lacht plötzlich auf und ich zucke erschrocken zusammen. Diese Psycho-Lache geht mir durch Mark und Bein. »Werte Nemesis, wenn Ihr unserem Hüter gegenübertretet, wird nur einer von euch diesen Kampf lebend beenden. Das wisst Ihr genauso gut wie ich, also macht mir nichts vor. Ich bin einer seiner Wächter. Ich weiß, wozu Killswitch fähig ist.«

Ich schlucke gegen einen dicken Kloß in meinem Hals an. War ja klar, dass wir ausgerechnet einen seiner Wächter am Wickel haben müssen. Aber so haben wir ein besseres Druckmittel, falls Killswitch wieder nicht auftaucht. Moment, warum ist der Wächter hier im Nirgendwo und nicht in der Nähe seines Hüters? Ich kann fast keinen Schritt machen, ohne nicht mindestens einen meiner Wächter am Hintern kleben zu haben, und Killswitch erlaubt ihnen, sich so weit von ihm zu entfernen? Mein Herz setzt bei der bloßen Vorstellung für einen Schlag aus. Ich brauche meine Wächter und ihre Nähe wie die

Luft zum Atmen. Ohne sie ergreift eine eisige Kälte Besitz von mir, die mich in einen tiefen, dunklen Abgrund zieht. Liegt Killswitch nichts an seinen Wächtern? Oder hat er nicht solche Entzugserscheinungen wie ich?

Ich mustere den verletzten Flügelmann vor mir, als plötzlich eine andere Idee in meinem Kopf Form annimmt. Sie ist dunkel und passt nicht zu mir, aber dennoch …

»Das heißt also«, sage ich, »wenn ich dich hier und jetzt töte, beende ich den Wettstreit, denn ohne dich kann Killswitch euren Gott nicht erwecken.« Ich ziehe das Schwert, das an meiner Seite hängt, aus der Scheide und ziele mit der Spitze direkt auf seinen Hals und weide mich für einen Moment an der blanken Panik in seinen Augen. »Dann sollte ich also nicht zögern.«

»Nemesis!«, ruft eine Stimme hinter mir, und mit einem Grinsen lasse ich das Schwert sinken. *Endlich!* Erleichtert atmet der feindliche Wächter vor mir auf und rutscht einen Meter weiter nach hinten, außerhalb meiner Reichweite, doch das interessiert mich nicht im Geringsten.

Ich bin nicht hier, um irgendwelche Flügelmänner zu töten, egal, ob Wächter oder nicht. Hier geht es um Killswitch und mich, um niemanden sonst. In diesem Moment ist mir das Spiel egal, der Krieg zwischen den Völkern sowieso. Es geht einzig und allein um unseren Wettstreit und diesmal – *endlich!* – werde ich als Sieger hervorgehen.

# # #

Ich balle meine Hände zu Fäusten und beobachte jede von Killswitchs Bewegungen. Nicht einmal ein Zucken seiner Augenmuskeln entgeht mir.

Ich kenne seine Art zu kämpfen, zumindest die aus den Spielen, die wir bisher gespielt haben. Wie er sich jetzt verhalten wird, wo er auf sich allein gestellt ist und keine Möglichkeit hat, aus dem Hinterhalt anzugreifen, kann ich noch nicht einschätzen. Deshalb gebe ich ihm gar nicht erst die Chance, mich zu überrumpeln. Ich muss ihn dazu bringen, sich auf einen offenen Kampf mit mir einzulassen. Sobald er es schaffen sollte, sich hinter mich zu schleichen, habe ich verloren, denn niemand kann so gut aus dem Hinterhalt attackieren wie er. Die einzige Möglichkeit, die ich habe, ist, ihn aus seiner

Komfortzone herauszuholen und schnell genug zuzuschlagen, sodass er sich nicht auf die ungewohnte Situation einstellen kann.

Nachdem er ein paar Meter von mir entfernt auf der Wolke gelandet ist, habe ich nicht mehr geblinzelt, lasse meinen Gegner nicht einmal für eine Nanosekunde aus den Augen. Mein Körper zittert vor Anspannung und meine Muskeln warten nur darauf, endlich zuschlagen zu können. Heute wird es passieren, da bin ich mir ganz sicher. Heute werde ich ihn endlich besiegen. Heute werde ich die Nummer Eins.

»Niemand von euch mischt sich ein«, zische ich meinen Wächtern zu, ohne den Blick von Killswitch zu nehmen. Lucian winselt kurz auf, wahrscheinlich frustriert, aber darum kümmere ich mich nicht.

Ich muss beweisen, dass ich es alleine schaffen kann. Ich werde die Nummer Eins sein, wenn ich Killswitch besiegt habe. Ich muss das schaffen! Mein Herzschlag wummert in meinen Ohren, während ich mir im Kopf bereits eine Taktik zurechtlege. Nirgends um uns herum hätte er eine Möglichkeit, sich zu verstecken. Perfekt! Hier, auf offenem Feld, wird er mir unterlegen sein, denn darin hat er keinerlei Erfahrung. Darauf muss ich bauen. Ein schneller frontaler Angriff, bevor er die Möglichkeit zum Reagieren hat, wird mir den Sieg bringen. Was ich dann mit ihm mache, entscheide ich spontan. Ich habe nicht das Bedürfnis, ihm ernsthaft zu schaden, aber ich werde mich verteidigen, wenn ich es muss. Um mein Leben zu schützen und zu gewinnen, bin ich mittlerweile auch gewillt, bis zum Äußersten zu gehen.

Kurz flackern die Gesichter von Gwen und Lucians Mutter, vor meinem inneren Auge auf und ich revidiere diesen Gedanken schnell wieder. Um ihretwillen werde ich Killswitch vernichten. Er wird meine Rache zu spüren bekommen und sich noch wünschen, niemals dieses Spiel – oder diese Welt, was auch immer – betreten zu haben!

»So stehen wir uns also endlich gegenüber, kleine Nemesis«, säuselt er und beginnt, mich zu umkreisen. Seine ledrigen Flügel liegen eng an seinem Körper an und ich bin froh, dass seine Krallenfüße keinerlei Geräusche auf den Wolken verursachen, denn das hat mich immer völlig aus dem Konzept gebracht. Ich drehe mich mit ihm mit, um ihm keine Gelegenheit zu geben, mich von der Seite oder gar von hinten angreifen zu können. Sein Blick fällt auf meine beiden Wächter, die sich seitlich von mir, aber einige Meter entfernt, halten.

»Hältst du es für klug, ganz allein gegen mich antreten zu wollen? Bisher bist du dabei doch immer kläglich gescheitert.«

Er hat recht und ich knirsche mit den Zähnen, versuche aber, mich nicht noch weiter von ihm verunsichern zu lassen. Unsere bisherigen Duelle waren allesamt digital. Nie sind wir Einer gegen Einen gegeneinander angetreten, sondern haben immer unsere Spielfiguren und nicht selten ganze Armeen ins Feld geschickt. Es ist richtig, dass ich ihm dabei immer unterlegen war, aber vielleicht war das mein Fehler. Ich habe ihn nie frontal angegriffen, habe mich immer hinter meiner Armada versteckt, die ich aus sicherer Entfernung befehligt habe. Aber nun stehe ich ihm gegenüber. Nun kann ich zeigen, dass ich selbst es besser kann und keine virtuellen Soldaten benötige, um ihn zu besiegen. Ich werde gewinnen. Ich werde nicht zulassen, dass er mich erneut besiegt. Nicht hier, nicht in dieser Welt, nicht als die Hüterin, die ich bin.

»Thunderstrike ist tot«, sage ich, weil ich finde, dass er es wissen sollte. Killswitch ist nun die Nummer Eins, doch das gedenke ich, bald, sehr bald sogar, zu ändern.

Ich bin mir immer noch nicht ganz sicher, warum Thunderstrike sich für den Freitod entschieden hat, und kann nur Vermutungen anstellen. Vielleicht dachte er doch, dass er so diesem Spiel entkommen kann. Vielleicht war aber auch der Verlust seiner Wächterin, der sein Herz gehörte, zu viel für ihn. Vielleicht ist er mit dem Druck, der als Hüter auf ihm lastete, nicht mehr klargekommen. Vielleicht war es die Zurückweisung des Volkes, das er vertreten hat, das keinen Finger gerührt hat, um ihn zu befreien.

Oder vielleicht war es eine Mischung aus alledem. Egal, ich kann ihn nicht mehr fragen. Ich kann nur hoffen, ihn irgendwann in der realen Welt wiederzusehen, weil wir dann doch ganz einfach wieder aufwachen, nachdem wir hier sterben, und alles nichts anderes als ein dummes Spiel war. Daran glaube ich zwar nicht, aber irgendwie hoffe ich es dennoch.

»Du willst mir doch nicht weismachen, dass du ihn getötet hast, oder?«, fragt Killswitch und zieht spöttisch eine Augenbraue nach oben.

»Natürlich nicht!«, schnappe ich. »Ich bin keine Mörderin!« Jedenfalls will ich keine sein, auch wenn ich vorhin, als der feindliche

Wächter vor mir kniete, einen Augenblick darüber nachgedacht habe, ihn zu töten. Doch es gibt nur eins, was für mich im Moment wichtig ist: Der endgültige Sieg über Killswitch.

Er breitet die Arme aus. »Und doch bist du hier. Warum, wenn nicht, um mich zu töten?«

»Ich bin hier, um zu gewinnen«, stelle ich klar.

»Und du glaubst, dass du das kannst, in dem du mich einfach nur besiegst? Du bist so dumm, kleine Nemesis! Ich werde mich erst geschlagen geben, wenn der letzte Funken Leben aus diesem Körper gewichen ist!«

Ich blecke die Zähne. Das läuft gar nicht nach Plan … Killswitch mag zwar ein Großkotz sein, doch er spuckt nicht nur große Töne. Wenn er einen Kampf auf Leben und Tod will, dann … Kann ich es? Kann ich ihn wirklich töten? Bei mir würde er keine Sekunde zögern, das weiß ich mit Sicherheit. Wenn er die Möglichkeit hätte, mich zu töten, würde er sie ergreifen, doch das ist eigentlich nicht mein Weg.

Aber ich habe keine Wahl. Ich bin hier, stehe ihm endlich gegenüber. Jetzt werde ich sicherlich nicht kneifen, nach allem, was ich bereits hinter mir habe. Nun heißt es: er oder ich. »So sei es«, knurre ich und lasse einen Feuerball über meiner Hand erscheinen.

»Ah, so wollen wir also kämpfen? Nun, da du zwei deiner Wächter mitgebracht hast, auf deren Kraft du zurückgreifen kannst, ist es sicherlich nur fair, wenn ich das auch darf.«

Er schnippt mit den Fingern und der verletzte Flügelmann, der bis eben teilnahmslos ein paar Meter entfernt gekauert hat, schleppt sich zu seinem Hüter. Dann legt Killswitch seine Hand an den Nacken des Verletzten. Fast augenblicklich verzieht der Luftwächter schmerzlich das Gesicht, und irgendwie habe ich das Gefühl, dass der Schmerz, den er empfindet, nicht von den Verletzungen stammt, die Lucian ihm zugefügt hat.

Er saugt ihn aus, schießt es mir durch den Kopf, als ich mit offenem Mund dieses grausame Schauspiel verfolge. Er bedient sich der ganzen Lebenskraft seines Wächters. Der Verletzte sackt auf die Knie und selbst das Atmen scheint ihm nun Schmerzen zu bereiten. Jämmerlich schnappt er nach Luft und fasst sich mit beiden Händen an den Hals, als wolle er die unsichtbaren Seile entfernen, die sich zu eng darumgelegt haben. Doch da ist nichts und nackte Panik macht sich in seiner Miene breit.

»Hör auf!«, rufe ich, als der Flügelmann gurgelnde und röchelnde Laute von sich gibt. So etwas habe ich schon einmal in einer Reportage über Foltertechniken gesehen. Ich glaube, da ging es ums Waterboarding. Genau so hört der Flügelmann sich gerade an und es verursacht mir eine Gänsehaut.

»Hast du etwa Mitleid mit ihm?«, spottet Killswitch, als er auch noch das letzte bisschen Kraft aus seinem Wächter zieht. Ein wirbelnder Wind umgibt den Lufthüter nun und lässt die weite Kleidung um seinen hageren Körper tanzen.

Der Energieaustausch der beiden stellt eine Einbahnstraße dar. Anders als bei meinen Wächtern und mir, scheint sich Killswitch nur die Kraft seines Wächters einzuverleiben, ohne dass er etwas von der seinen weitergibt. Wenn ich einen meiner Wächter so lange und direkt berührt hätte, würde er schon längst in verwandelter Form vor mir stehen, aber hier passiert … nichts!

»Warum verwandelt er sich nicht?«, frage ich misstrauisch, ohne den Blick von dieser Grausamkeit abzuwenden. Es ist wieder wie bei einem Autounfall: man will nicht hinsehen, tut es aber trotzdem.

Killswitchs Augen glühen nun vor Kraft und ich spüre den Wind, der ihn umgibt, bis zu mir, obwohl ich mehrere Meter entfernt stehe. Die Böen schneiden sich wie Rasierklingen in meine Haut und ich muss die Zähne zusammenbeißen, damit nicht schon jetzt ein Schmerzenslaut über meine Lippen kommt. Immerhin haben wir noch nicht einmal richtig begonnen.

Endlich lässt er von seinem Wächter ab, der einfach an Ort und Stelle in sich zusammensackt und sich dann nicht mehr bewegt. Ist er etwa tot? Würde Killswitch tatsächlich so weit gehen?

Wie kann er so mit seinen Wächtern umspringen? Selbst Narissa, mit der ich keine innige Verbindung teile, würde ich so etwas nie antun. Einmal mehr zeigt es, was für ein Mensch Killswitch wirklich ist. Nur weil er denkt, dass das hier nichts weiter als ein Spiel ist, beutet er alle um sich herum aus und ist nur auf seinen eigenen Vorteil bedacht. Meine Abscheu ihm gegenüber wächst immer weiter und die Vorstellung, ihn zu einem Häufchen Asche zu verbrennen, setzt sich in meinem Kopf fest. Ich will gar nicht wissen, wie vielen Leuten er hier bereits Schaden zugefügt hat, um sich selbst zu profilieren. Es wird bestimmt nicht nur bei seinen bemitleidenswerten Wächtern geblieben sein.

»Warum sollte er sich verwandeln?«, fragt Killswitch. Dann wirft er einen Blick auf Lucian und Narissa und verzieht spöttisch den Mund. »Nein, auf solch eine Animal Freakshow stehe ich nicht, das überlasse ich lieber dir. Ich habe, was ich brauche.« Er ballt eine Hand zur Faust und sofort rauscht ein weiterer Windstoß auf mich zu, der mich fast von den Füßen holt. Schnell hebe ich die Arme schützend vor's Gesicht und kneife die Augen zu. Der Feuerball, den ich vorhin hervorgerufen habe, verpufft angesichts dieses Sturms.

Ich stemme mich mit aller Kraft gegen die Wind, der immer stärker zu werden scheint und mir die Luft zum Atmen nimmt. Wie soll ich mich nur dagegen zur Wehr setzen? Ich kann ja nicht einmal den Arm bewegen! Die Böen zerren an meinen Haaren und der Kleidung, rauschen mit einer solchen Kraft über mich hinweg, dass ich bereits erste Schnitte an den Armen davongetragen habe. Nie hätte ich es für möglich gehalten, dass bloßer Wind eine solche Kraft besitzt!

Als der Sturm für einen Moment abflacht, beschwöre ich schnell eine weitere Feuerkugel, doch im nächsten Augenblick nimmt der Wind wieder zu, rauscht über die Kugel über meiner Hand und bläst sie einfach aus, als wäre sie nichts weiter als die Flamme eines Teelichts inmitten eines Tornados. Frustriert schreie ich auf.

Meine Augen beginnen zu tränen und ich nehme alles um mich herum nur noch verschwommen wahr. Wie soll ich so kämpfen? Wie kann ich mich wehren? Ich überlege fieberhaft, suche nach einer Lösung, doch mir will einfach nichts einfallen. Ich bin gefangen, kann mich angesichts des Sturms keinen Zentimeter bewegen, ohne zu riskieren, sofort den Boden unter den Füßen zu verlieren. Meine Feuerkraft ist ebenfalls nutzlos und bringt mich kein Stück weiter.

Was habe ich mir da nur eingebrockt?

Panik kriecht in mir hoch und lässt meine Atmung unregelmäßig werden. Ich bin am Ende. Ich habe keine Idee, wie ich mich aus diesem Mist wieder herausmanövrieren kann. Warum musste ich auch auf die bescheuerte Idee kommen, Killswitch auf seinem Territorium herauszufordern? Manchmal sollte man mich wirklich vor meinen eigenen Schnapsideen warnen …

Mein Herz rast, verlangt nach immer mehr Sauerstoff, aber wegen des starken Winds, der mir ins Gesicht peitscht, fällt mir das Atmen unendlich schwer, was meine Panik nur noch mehr verstärkt. Ich muss ein Bild des Jammers abgeben, denn Killswitchs gehässiges Gelächter gellt in meinen Ohren.

Konzentrier dich, Eve! Verlier jetzt nicht die Nerven oder du wirst niemals gewinnen!

»Na, gibst du schon auf, Nemesis?«, höre ich Killswitchs Stimme durch den Sturm, der mich umgibt, kann aber nicht ausmachen, aus welcher Richtung sie kommt. Zu sehr rauscht, wirbelt und dröhnt der Wind um mich herum und nimmt mir meinen Orientierungssinn.

»Niemals«, würge ich hervor, bin mir aber nicht sicher, ob er mich überhaupt hören kann. Ich höre mich ja selbst nicht einmal. Alles wird von den tosenden Winden um mich herum übertönt, die scharf wie die Schneiden tausender Messer meine Kleidung und Haut zerfetzen. Ich blute aus unzähligen kleinen Wunden.

Meine Knie zittern verdächtig, doch wenn ich jetzt einknicke, habe ich verloren, denn dann werde ich nicht mehr aufstehen können. Ich muss mich unbedingt auf den Beinen halten, koste es, was es wolle! Egal, wie stark die Schmerzen sind, ich muss durchhalten!

Mir muss etwas einfallen und zwar schnell!

Ich versuche noch einmal, einen Feuerball entstehen zu lassen, doch noch bevor er sich über meiner Hand gebildet hat, ist er bereits erloschen. Verdammter Mist! Für noch mehr Versuche fehlt mir einfach die Kraft. Ich fühle mich jetzt schon ausgezehrt und lechze nach der Energie meiner Wächter, die jedoch unerreichbar auf der anderen Seite des Sturms stehen.

Ich bin auf mich allein gestellt. Und prompt versage ich.

Bin ich es nicht mehr gewohnt, allein zu kämpfen? Bin ich ohne meine Wächter nichts wert?

Meine Beine geben unter mir nach und ich sacke auf die Knie. Fast augenblicklich lässt der Sturm nach, verkümmert zu einem vergleichsweise mickrigen Rauschen wie an einem lauen Herbstnachmittag. Ich schnappe nach Luft wie ein Fisch auf dem Trockenen und versuche, die Tränen wegzublinzeln, die sich in meinen Augen angesammelt haben. Meine Muskeln zittern, so sehr habe ich mich bemüht, aufrecht stehen zu bleiben, aber ich bin kläglich gescheitert.

Ich bin besiegt.

Ich knie vor meinem Gegner.

Wieder einmal.

Eigentlich sollte ich mich bereits daran gewöhnt haben, doch das hier ist ... anders. Es fühlt sich nicht an wie die Niederlage in einem Spiel, sondern wie in der Realität. Bittere Galle steigt in meinem Hals auf. Ich habe mich übernommen und muss nun die Konsequenzen tragen.

Ich höre Schritte näher kommen, gedämpft zwar durch die Wolken, auf denen wir uns befinden, aber trotzdem wirken sie unnatürlich laut in meinen Ohren, obwohl ich eigentlich gedacht hätte, nach dem tosenden Sturm taub geworden zu sein.

Killswitch kommt auf mich zu, um es zu beenden. Um seinen Sieg vollkommen zu machen. Und ich habe nicht einmal die Kraft, aufzustehen und ihm entgegenzutreten. Mein Körper fühlt sich schlaff und ausgelaugt an, sodass selbst das Knien beinahe eine zu große Anstrengung für mich ist. So werde ich also abtreten ... Gebeugt und gebrochen vor meinem Gegner, ohne die Kraft, mich zu wehren.

Wie erbärmlich.

Ein wütendes Knurren ertönt hinter mir, das meine Lebensgeister zumindest etwas wieder zurückkehren lässt. Lucian ist auf die Flügelmänner losgegangen, die ihn und Narissa davon abhalten wollen, zu mir zu gelangen.

Lass es gut sein, will ich ihm zurufen. *Ich bin besiegt. Daran bin ich mittlerweile gewöhnt.*

Aber anders als in einem Spiel, habe ich nicht die Chance auf eine Revanche, wenn ich kapituliere. Ich kann mich morgen nicht einfach wieder einloggen und ihn erneut herausfordern. Jetzt oder nie. Wenn ich jetzt verliere, wenn er mich jetzt tötet, war's das. Ich bekomme keinen zweiten Versuch.

Selbst wenn ich wirklich wieder in meiner Welt zu mir kommen sollte, nachdem ich hier getötet wurde, werde ich diese Welt verlassen, ohne etwas erreicht zu haben. Ich werde Lucian nie wiedersehen. Sein Jaulen geht mir durch Mark und Bein und mein Kopf dreht sich automatisch in seine Richtung. Hilflos muss ich mit ansehen, wie einer der Flügelmänner seine Krallen in Lucians Rücken versenkt. Auch Narissa wird von einigen Kriegern bedrängt, die aufgetaucht sind. Sie schafft es nur mit Mühe und gezielten Tritten, sie auf Abstand zu halten, doch ich sehe, dass auch ihre Kräfte schwinden. Sie brauchen meine Kraft, sind auf mich angewiesen, so wie ich auf sie. Ohne einander sind wir nichts. Warum habe ich da nicht früher dran gedacht? Warum habe ich uns alle hierher geführt? Nur um zu scheitern?

Wir sind alle dem Tod geweiht und alles nur wegen meines Hochmuts. Ich war mir so sicher, dass ich Killswitch besiegen kann. Ich war mir so sicher, dass ich die bessere Spielerin von uns beiden bin. Und nun knie ich hier besiegt vor ihm und muss mit ansehen, wie meine Wächter ebenfalls angegriffen und vielleicht sogar getötet werden. Direkt vor meinen Augen. Und was mache ich dagegen? Nichts.

»Wie gern hätte ich jetzt eine Kamera«, säuselt Killswitch, der direkt vor mir steht, aber ich schenke ihm keine Beachtung. Mein Blick klebt an Lucian, der sich unerbittlich gegen seine Angreifer zur Wehr setzt. Er gibt nicht auf, so wie ich. Er kämpft weiter bis zum bitteren Ende. »Diesen Anblick, wie Nemesis besiegt vor mir kniet, würde ich zu gerne für immer festhalten. Ich würde das Bild als Poster ausdrucken und über mein Bett hängen, damit ich mir jeden Abend einen drauf runterholen kann.« Er greift an seine Seite und zieht einen Dolch hervor, bevor er sich zu mir hinabbeugt, um mir ins Ohr zu flüstern: »Noch ein paar letzte Worte, Nemesis, oder schmeckt deine Niederlage so bitter, dass du deine Stimme verloren hast? Ich hatte eigentlich mit einer herzzerreißenden Rede gerechnet, in der du mich anflehst, dich und deine Wächter zu verschonen. Du enttäuschst mich.«

Mein Auge zuckt kurz bei seinen Worten und ich beiße die Zähne zusammen. Seine Nähe verursacht mir Übelkeit und sein Atem, der heiß und widerlich über mein Gesicht streicht, stinkt nach etwas Verwestem. Er hat recht, ich bin besiegt. Ich knie als Verliererin vor ihm, wie schon so oft davor, aber diesmal ist es kein Game-over-Screen, der meine Niederlage verkündet. Diesmal wird es mein Tod sein, der einfach alles beendet.

Dann erinnere ich mich an etwas, das er vorhin zu mir gesagt hat.

Ich werde mich erst geschlagen geben, wenn der letzte Funken Leben aus diesem Körper gewichen ist!

Ich balle die Hände zu Fäusten. Noch ist Leben in meinem Körper. Noch pulsiert das Blut durch meine Adern, auch wenn ich mich erschöpft fühle.

Noch bin ich *nicht* geschlagen!

Blitzschnell mobilisiere ich meine letzten Kräfte und greife an meine Hüfte, ziehe das Einhandschwert heraus, das bisher immer nutzlos an meiner Seite gebaumelt hat, hebe es an und ramme es mit voller Wucht in Killswitchs Körper. Der Aufprall der Klinge, als ich seine Rippen und seine Wirbelsäule durchbreche, vibriert bis in meine Schultern hinauf, doch ich beiße die Zähne zusammen, ignoriere den Schmerz und lehne mich weit nach vorne, bis mein Schwert auf der anderen Seite aus seinem Körper ragt.

»Ich bin *Nemesis*«, flüstere ich in sein Ohr. »Ich verliere nie. Und schon gar nicht gegen jemanden wie *dich*.«

Sein Mund ist geöffnet, die Augen vor Schreck geweitet und sein Körper zuckt unkontrolliert, bevor jegliche Spannung aus ihm weicht und er in sich zusammenfällt.

Meine schweißnassen Hände gleiten vom Schwertgriff und auch ich sacke neben ihm zusammen.

Bevor gnädige Dunkelheit mich umfängt, denke ich nur an ein einziges Wort.

Schachmatt.

Siebenunddreissig

Lucian

Sie hat es geschafft. Sie hat es tatsächlich geschafft!

In dem Moment, als ihr Hüter fällt, lassen die Flügelmänner von uns ab, und ich kann endlich zu Eve rennen, die reglos am Boden liegt.

Ich ignoriere die Schmerzen und das Blut, das auf beiden Seiten meines Wolfskörpers hinunterfließt. Das einzige, was ich will, ist, mich davon zu überzeugen, dass es Eve gut geht. Nichts anderes zählt in diesem Moment für mich. Hoffentlich hat der Mistkerl ihr nichts angetan, sonst wird er dafür bezahlen!

Meine Pfoten fliegen über den weichen Untergrund, berühren ihn nur für die Dauer eines Wimpernschlags, und doch geht es mir nicht schnell genug.

Als ich endlich bei ihr ankomme, bleibt mir vor Schreck beinahe das Herz stehen. Ihr Körper ist übersät von Schnittwunden, aus denen rote Blutstropfen quellen – ich werde mich nie an diese rote Farbe ihres Blutes gewöhnen –, und ihre Kleidung ist beinahe zerfetzt. Ein tiefes Grollen steigt aus meinem Brustkorb auf. Ich werde den Bastard für das, was er Eve angetan hat, leiden lassen! Als ich zu ihm herumwirble, sehe ich das Schwert, das aus seiner Brust ragt, und bemerke seinen Blick, der starr nach oben in den azurblauen Himmel gerichtet ist.

Er ist tot. Eve hat ihn getötet.

Ungläubig schaue ich zu meiner Hüterin. Ich glaube nicht, was ich da sehe. Wieso hat sie ihn umgebracht? Ich hätte es nie für möglich gehalten, dass Eve zu so etwas fähig ist. Nicht einmal, als der Wasserhüter sie über Wochen eingesperrt hat und dann zu einer Heirat zwingen wollte, hat sie mir erlaubt, ihm irgendwie zu schaden. Was hat ihr dieser Hüter angetan, dass ihre Reaktion auf ihn so … anders war?

Plötzlich beginnt der Boden unter meinen Pfoten zu beben. Die Wolke, auf der ich stehe, wird dünner, als wolle sie sich auflösen. Ich schaue mich hektisch um und sehe, dass das gesamte Wolkenreich auseinanderzufallen scheint.

Wie kann das sein? Hat es etwas damit zu tun, dass der Hüter besiegt ist? War es nicht der Luftgott, der zuletzt als Sieger hervorging und für hundert Jahre geherrscht hat? Nun ist sein neuer Hüter besiegt worden und er muss, zumindest wenn man den Legenden Glauben schenken darf, in Schlaf gefallen sein.

Ich stoße ein Heulen aus, um Narissa zu rufen, die nervös umherläuft. Sicherlich spürt sie ebenfalls, dass etwas nicht stimmt. Als sie näher kommt, sehe ich, dass auch sie nicht besser aussieht als ich. Tiefe Kratzer ziehen sich quer über ihre Flanken und das schwarze Blut, das daraus hervorsickert, lässt ihr ansonsten weißes Fell grau und schmutzig wirken. Sie tänzelt panisch um mich herum, versteht dann aber endlich, was ich will, und lässt sich neben Eve auf alle viere nieder. Ich zerre und reiße an Eves Kleidung, und nach einer gefühlten Ewigkeit habe ich es endlich geschafft, sie auf Narissas Rücken zu hieven. Sie hängt dort zwar eher schlecht als recht, aber bis runter auf die Erde muss es gehen.

Ich renne voraus und Narissa folgt mir, so schnell es ihr mit Eve auf dem Rückenmöglich ist. Als wir bei dem Spiegel sind, schicke ich sie zuerst hindurch und werfe einen letzten Blick über die Schulter. Noch immer beben die Wolken unter meinen Pfoten, als würde sich Donner darunter sammeln. Schnell springe ich ebenfalls durch den Spiegel, während das Himmelsreich um mich herum auseinanderbricht.

# # #

Auf der anderen Seite des Spiegels finden wir den zurückgelassenen Rucksack, den Eve gepackt hat.

Endlich kann ich mich zurückverwandeln, ziehe schnell die Kleidung an, die unordentlich in den Rucksack gestopft wurde, und hebe dann vorsichtig Eve von Narissas Rücken. Während Narissa sich ebenfalls zurückverwandelt, lasse ich mich mit Eve in den Armen auf den Boden gleiten und untersuche ihren Körper nach Verletzungen.

Die offensichtlichen Schnitte an Armen und Beinen sind mir bereits aufgefallen. Wichtig ist mir nun, herauszufinden, ob sie vielleicht noch schwerwiegendere Verletzungen hat. Ihr Atem ist flach und ich halte alle paar Minuten mein Ohr an ihre Nase, um zu prüfen, ob sie überhaupt noch atmet. Auch ihre sonst so rosigen Wangen sind bleich, beinahe wächsern. Hat sie sich während des Kampfes zu sehr verausgabt?

Vorsichtig taste ich ihren schlaffen Körper ab, um irgendwo mögliche Knochenbrüche zu finden. Normalerweise spüre ich durch unsere starke Verbindung, wenn sie verletzt ist, doch diesmal scheint ihr ganzer Körper vor Schmerzen zu schreien, sodass ich es nicht unterscheiden kann.

»Was machen wir jetzt?«, fragt Narissa, die unbemerkt neben mich getreten ist. »Gehen wir zurück zum Tempel?«

Ich überlege kurz, dann schüttle ich den Kopf. »Nein, lass uns zum Schrein gehen.«

»Zum Schrein? Warum zum Schrein? Es ist näher, aber … Was wollen wir da?«

Ich drücke mich mit den Knien nach oben und komme wackelig zum Stehen. »Ich hab da so eine Ahnung«, murmle ich nur, drücke Eve fester an mich und mache mich auf den Weg aus der Höhle. Narissa schnappt sich den Rucksack und das andere Bündel und folgt mir.

»Was für eine Ahnung?«, fragt sie, nachdem sie zu mir aufgeschlossen hat.

»Ich bin mir nicht sicher«, sage ich ausweichend, »aber … die beiden anderen Hüter sind tot. Das Wasser hat aufgehört zu fließen und in absehbarer Zeit wird auch der Wind aufhören zu wehen. Wir können das nur beenden, wenn wir unsere Aufgabe erfüllen.«

»Du meinst …« Sie bleibt stehen und ich drehe mich zu ihr um, begegne ihrem Stirnrunzeln. Ihr Blick gleitet zu Eve und instinktiv drücke ich sie noch fester an mich. »Du willst sie die Göttin erwecken lassen?« Ihr Blick huscht zurück zu mir und ich sehe ihr deutlich an, dass sie mich für verrückt hält. »Du willst sie *opfern*?«

»Habe ich denn eine Wahl?« Ich schreie sie an und mein Körper bebt vor Zorn. Wie kann sie es wagen, zu denken, dass mir das leichtfallen würde? Dass ich diese Entscheidung einfach so getroffen hätte? »Wenn wir es nicht tun, wird unsere Welt untergehen. Wir müssen uns diesem widerlichen Spiel der Götter beugen oder wir werden alle sterben.«

»Es gibt sicherlich einen anderen –«

»Es gibt *keinen verdammten* anderen Weg!« Ich schließe für einen Moment die Augen und atme ein paar Mal tief durch. Dann lege ich meine Stirn an Eves. »Du hast es gewusst, nicht wahr?«, flüstere ich ihr zu. »Du wusstest, dass es unausweichlich ist.«

»Was redest du da, Mann?«, ruft Narissa, der ich den Rücken zugedreht habe. »Sprich mit mir und komm endlich zur Vernunft! Ich hatte gedacht, dass du sie *liebst*! Und nun willst du sie opfern?! Und uns alle dazu! Ich mach da nicht mit.«

Ich wirbele wieder zu ihr herum. »Du bist eine Wächterin. Du hast keine Wahl.«

»Und ob ich die habe!«

Ich mache ein paar Schritte auf sie zu, doch sie reckt nur trotzig das Kinn. »Sieh dich um, Narissa«, sage ich dann so ruhig, wie es mir momentan möglich ist. »Unsere Welt zerbricht, weil keiner der Götter mehr auf ihr weilt. In dem Moment, als Eve den anderen Hüter tötete, ist deren Luftgott in den hundertjährigen Schlaf gefallen. Erst nach dieser Zeit kann er einen neuen Hüter erwählen, in der Hoffnung, dass dieser es schafft, den Gott aus seinem Schlaf zu befreien. Es ist nun an uns, die Erdgöttin zu erwecken, oder es wird bald nichts mehr geben, über das sie herrschen könnte.« Ich stehe nun direkt vor ihr und sehe, wie sie wankt und mit sich hadert. »Das ist unsere Bestimmung. Dafür wurden wir geboren. Ich für meinen Teil«, ich gebe Eve einen Kuss auf die Stirn, »werde sie bis zum bitteren Ende begleiten, egal, wie es ausfallen mag.«

»Du opferst sie, nein, uns alle, um die anderen zu retten«, murmelt Narissa dann und ich nicke. Kurz verziehen sich ihre Lippen zu einem traurigen Lächeln. »Irgendwie habe ich mir das alles anders vorgestellt. Jetzt, wo die anderen Hüter tot sind, dachte ich, dass wir alle glücklich und in Frieden leben können.«

»Unsere Aufgabe bestand nie darin, die anderen Hüter zu töten«, erkläre ich ihr dann. »Sie waren nur ein Teilstück des Weges, den wir noch gehen müssen. Unsere Aufgabe ist es, die Göttin aus ihrem Schlaf zu erwecken, und wenn die Vermutung, die ich habe, richtig ist, ist das Siegel, das sie umgeben hat, in dem Moment gebrochen worden, als der letzte feindliche Hüter fiel.«

»Also war es unvermeidlich, dass er sterben musste«, murmelt sie. »Meinst du, dass Eve das gewusst hat?«

Ich zucke mit den Schultern, so gut es mit Eve auf den Armen geht. »Ich weiß es nicht. Vielleicht. Vielleicht auch nicht. Es ist unwichtig, denn es ist geschehen. Wenn wir Glück und Zeit haben, können wir sie noch fragen, bevor …« Ich verstumme, denn meine Brust ist auf einmal wie zugeschnürt und ich bin unfähig zu atmen.

Narissa stößt langgezogen die Luft aus. »Meinst du, sie ist wieder auf den Beinen, bis wir den Schrein erreichen? Kann ich irgendwas tun?«

Ich schüttle den Kopf. »Sie ist einfach nur erschöpft. Der Kampf hat zu viel ihrer Kraft verbraucht. Sobald sie wach ist, werde ich ihr genügend Energie geben für das, was vor uns liegt.«

Narissa nickt und legt mir kurz die Hand auf die Schulter. »Dann lass uns gehen, Wächter.«

Ich will nicht gehen. Ich will nicht, dass Eve, mein Bruder oder irgendeiner der anderen stirbt. Aber ich weiß, dass wir alle dieses Opfer bringen müssen, um das, was wir unsere Heimat nennen, zu retten. Wenn wir uns nicht opfern, wird die gesamte Welt früher oder später auseinanderbrechen.

Ich bin kein Held. Zumindest wollte ich nie einer sein. Es wäre gelogen, wenn ich jetzt behaupten würde, dass das, was vor uns liegt, mir keine Angst macht. Ich habe mir mein Leben auch anders vorgestellt, doch nun werde ich diesen Weg bis zu Ende gehen.

Ich werde nicht wanken. Ich werde bis zum Ende bei dir bleiben, egal, wie schmerzhaft es wird, damit ich dir im nächsten Leben wieder unter die Augen treten kann. Das verspreche ich dir, *mo soléy.*

Achtunddreissig

Wir kommen langsam voran, ohne Wagen und zu Fuß. Aber das ist mir ganz recht so. Immerhin bleiben mir so noch ein paar Augenblicke mehr mit Eve, die immer noch nicht aufgewacht ist. Mittlerweile hat ihr Gesicht etwas mehr Farbe bekommen und auch ihre Atmung ist kräftiger. All das ist ein gutes Zeichen und ich bin sicher, dass sie bald wieder zu sich kommen wird. Das war die letzten Male, als sie vor Erschöpfung zusammengebrochen ist, ebenfalls so, doch die Sorge um sie bleibt trotzdem. Was, wenn sie diesmal nicht aufwacht? Was würde aus uns werden, ohne sie, die letzte Hüterin, die die Göttin erwecken muss? Ich will mir darüber nicht den Kopf zerbrechen. Am liebsten würde ich diese Gedanken weit weg schieben, so als müsste ich mich erst in vielen, vielen Jahren damit befassen.

Aber dem ist nicht so. Uns bleiben nur Tage, um zu handeln, wenn überhaupt. Wir haben keine Zeit, zu trödeln oder zu zaudern. Und wir haben erst recht keine Zeit für Zweifel. So schwer es mir auch fällt, an das zu denken, was vor uns liegt – das Letzte, was ich will, ist, mir die restlichen Tage durch Schwermut und Angst zu verderben. Ich muss stark sein. Ich muss ihr den Rücken stärken, wenn sie selbst es nicht kann. Ich muss ihr Halt geben, wenn sie strauchelt. Dafür wurde ich geboren. Deswegen bin ich ein Wächter. Ich kenne meine Aufgabe und meine Bestimmung, kannte sie immer. Man sollte meinen, dass es mir jetzt nicht so schwerfallen dürfte, schließlich wusste ich ja, was mich erwartet.

Mein Blick fällt auf das Mädchen in meinen Armen, das so aussieht, als würde es nur friedlich schlafen, und mein Herz wird mit einem Mal schwer. Eve war nie das, was ich von dem Hüter, den die Göttin für uns auswählte, erwartet habe. Ich dachte, wir bekommen einen starken Krieger oder zumindest einen Gelehrten, aber kein rothaariges Mädchen, das nicht auf den Mund gefallen ist. Ja, am Anfang war ich enttäuscht und absolut sicher, dass wir wieder als schwächstes Volk den Wettstreit der Götter verlieren würden. Doch je länger ich an Eves Seite blieb, desto mehr merkte ich, wie stark und schlau dieses Mädchen doch ist. Vielleicht war es genau das, was wir gebraucht haben: Etwas vollkommen anderes, als wir erwartet haben.

Was ich ebenfalls nicht erwartet habe, waren die Gefühle, die ich nach und nach für sie entwickelte. Es sollte nicht sein. Es *darf* nicht sein, denn wir sind alle dem Tod geweiht. Lange habe ich mich dagegen gewehrt, aber irgendwann einfach aufgegeben, weil es sinnlos war. Ein Blick von ihr, ein Lächeln in meine Richtung, und schon waren all die guten Vorsätze und die strikt zurechtgelegten Gründe, warum ich mich von ihr fernhalten sollte, zunichtegemacht. Mehr brauchte es nicht, um die Mauern, die ich zu meinem Schutz um mich errichtet habe, einzureißen.

Es war von Anfang an ein sinnloses Unterfangen, mich gegen diese Anziehung wehren zu wollen, und mittlerweile ärgere ich mich darüber, nicht schon viel früher auf mein Herz gehört zu haben. So hätte ich vielleicht ein paar weitere Monate mit ihr gehabt und nicht nur die wenigen Tage, die uns nun geblieben sind. Doch es ist müßig, sich darüber den Kopf zu zerbrechen. Wir sind hier und unser Weg liegt direkt vor uns, von dem wir nicht abweichen können, nein, nicht abweichen *dürfen*. Egal, was es kostet, ich muss die Stütze sein, die Eve für die restlichen Schritte des Weges benötigt.

Narissa redet kaum, seit wir aufgebrochen sind. Bestimmt hängt sie ihren eigenen Gedanken nach, so wie ich auch. Ich sehe ihr an, dass auch sie mit unserem Schicksal hadert, doch genau wie ich setzt sie weiter einen Fuß vor den anderen. Es wäre leicht, einfach stehen zu bleiben und sich umzudrehen, und doch gehen wir weiter. Für unsere Bestimmung. Für unsere Welt. Eine Welt, die zum ersten Mal seit tausend Jahren anders sein wird, als wir sie kennen. Durch uns. Durch das Opfer, das wir bringen.

»Was wird aus deinem Vater?«, fragt Narissa dann plötzlich und reißt mich aus meinen Gedanken. »Was wird er tun, wenn du und Vincent … wenn wir unsere Aufgabe erfüllt haben?«

Ich weiche ihrem stechenden Blick aus. »Ich weiß es nicht«, gebe ich dann zu. Darüber habe ich mir noch keine Gedanken gemacht. »Sicherlich wird man sich im Tempel um ihn kümmern.«

Narissa nickt, aber sie scheint mit meiner Antwort nicht zufrieden zu sein.

»Gibt es bei dir jemanden, um den du dir Sorgen machst?«, frage ich sie.

»Nein«, sagt sie schnell. »Es gibt nur mich.«

»Wirklich?«

Sie bleibt stehen und schaut mich an. Auf einmal ist da so viel Schmerz in ihrem Blick, dass es mir fast die Kehle zuschnürt. »Ich lasse niemanden zurück. Der, dem mein Herz gehört, wird mit mir sterben.«

»Es tut mir leid«, sage ich dann, weil ich nicht weiß, was ich sonst sagen soll. Sie spricht von Vincent, das ist mir klar. Ich würde sie gerne fragen, seit wann sie ein Paar sind, aber ich beiße fest die Zähne zusammen. Ich bin mir sicher, dass sie nun, da wir bald unsere Aufgabe erfüllen werden, nicht darüber reden will. Mir geht es da nicht anders, denn auch ich will nicht daran denken, dass meine Zeit mit Eve sich dem Ende neigt. Darin sind wir uns sehr ähnlich: Wir können beide nicht über Gefühle reden, anders als Eve und Vincent, die beide kein Blatt vor den Mund nehmen.

»Lass uns zusehen, dass wir in einem der Dörfer irgendeinen Karren besorgen können. Meine Füße bringen mich sonst noch um!«, jammert sie dann und ich bin froh über diesen Themenwechsel.

»Es wäre einfacher, wenn du dich verwandeln könntest.«

Sie wirbelt zu mir herum. »Als ob ich dir erlauben würde, auf meinem Rücken zu sitzen! Soweit kommt's noch!«

Ich muss mir das Lachen verkneifen. »Gib's zu, das würde dir noch gefallen.«

Es tut so unendlich gut, mit ihr über solch alltäglichen Blödsinn zu witzeln, dass ich tatsächlich für ein paar Momente alles um mich herum vergesse und einfach nur lebe.

Ich wünschte, das könnte für immer so sein.

# # #

Wir erreichen den Schrein nach zwei weiteren Tagen.

Eve ist seitdem nicht aufgewacht. Unterwegs habe ich ihr immer wieder etwas Wasser, das wir in einem der Dörfer gekauft haben, eingeflößt. Es war mir zu riskant, Wasser aus einem der Bäche oder Flüsse zu nehmen, die allesamt stillstehen.

Narissa hat eines ihrer reich verzierten Schwerter gegen einen klapprigen Karren und zwei altersschwache Zugtiere getauscht, aber es war immerhin besser, als den ganzen Weg zu Fuß zu gehen.

Nun stehe ich auf der Wiese, auf der sich der Eingang zum Schrein befindet. Kein Lüftchen weht über die Ebene und die Stille ist beinahe erdrückend. Normalerweise würde man hier das Rauschen des Meeres hören und die hohen Wellen sehen, die sich am Strand brechen, doch das Meer ist genauso still und starr wie die restlichen Gewässer. Wie zu Eis erstarrt, liegt es direkt vor uns.

»Glaubst du es mir jetzt?«, flüstere ich, ohne den Blick vom starren Meer zu nehmen.

»Muss ich ja wohl«, antwortet Narissa, die so schockiert aussieht, wie ich mich fühle. »Wir sollten uns beeilen.«

Sie hat recht. Wenn ich genau hinschaue, sehe ich bereits die ersten Fische, die mit dem Bauch nach oben auf der Wasseroberfläche treiben.

Es hat also begonnen. Der Anfang vom Ende.

»Da seid ihr ja!«, höre ich eine Stimme über die Ebene rufen und drehe mich um.

Vincent und Seth kommen auf uns zugerannt. Ich laufe ihnen entgegen, froh, dass auf meinen Bruder Verlass ist.

»Was ist mit Eve?«, ist das erste, was Seth fragt. Besorgt mustert er unsere Hüterin und ich unterdrücke den Impuls, sie noch fester an mich zu ziehen und ihm den Rücken zuzukehren, damit er aufhört, sie so anzusehen.

»Der Kampf gegen den Lufthüter hat sie sehr erschöpft«, erklärt Narissa, doch ich bin es, dem Seths flammender Blick gilt.

»Du hast sie nicht beschützt?« Eine steile Falte bildet sich zwischen seinen Augenbrauen.

»Eve hat darauf bestanden, allein gegen den Hüter zu kämpfen«, sagt Narissa in beruhigendem Tonfall.

»Und das hast du zugelassen?«

Der Knilch kann froh sein, dass ich gerade Eve in den Armen halte, sonst würde ich ihm seine Fischvisage polieren! Wie kann er es wagen, so mit mir zu reden? Als ob ich Däumchen drehend daneben gestanden hätte!

Ich atme ein paar Mal tief durch, um mich wenigstens ansatzweise zu beruhigen. Dann wende ich mich an Vincent. »Ist das Siegel gebrochen?«

»He, hör auf, mich zu ignorieren! Ich will eine Antwort!«, mischt sich Seth ein und drängt sich zwischen meinen Bruder und mich. »Du hast zugelassen, dass sie verletzt wird. Was bist du nur für ein Wächter?«

Ich verzichte, ihn darauf hinzuweisen, dass auch Narissa dabei war und ebenfalls nicht eingegriffen hat. Wir *konnten* nicht eingreifen, nicht gegen den Willen unserer Hüterin, und außerdem hatten wir alle Hände voll mit den Flügelmännern zu tun.

»Lass gut sein, Seth«, versucht Vincent, ihn zu beruhigen. »Ich bin sicher, Luc würde nie absichtlich zulassen, dass Eve etwas zustößt. Sie ist nur müde und muss sich ausruhen.«

Mit einem Ruck schüttelt Seth Vincents Hand ab, die er dem jüngeren auf die Schulter gelegt hat. »Eve ist bei dir nicht sicher«, stellt er dann klar und ich rolle mit den Augen.

»Jungs, ganz ehrlich: Schluss damit!« Narissa tritt zwischen Seth und mich und schiebt uns ein Stück voneinander weg. »Wir haben Wichtigeres zu tun, als uns über solche Dinge zu streiten.« Sie schaut zu Vincent und für einen Moment wird ihr Blick weich. »Ist alles vorbereitet?«

Mein Bruder nickt. »Das Siegel ist gebrochen. Die Göttin liegt im Schrein, wie wir es vermutet haben.«

Stille senkt sich über uns wie ein bleischwerer Vorhang. Wir wissen alle, was das bedeutet. Wir wissen, was wir nun tun müssen, doch keiner von uns spricht es aus. Das hätte etwas Endgültiges.

»Wir müssen warten, bis sie aufwacht«, sagt Narissa. »Ohne sie können wir nicht ...«

Sie beendet ihren Satz nicht, aber jeder von uns weiß, was sie sagen will.

Vincent packt Seth am Kragen und zieht ihn ein Stück mit sich. »Wie wäre es, wenn du ein bisschen Feuerholz sammeln gehst? Narissa und ich werde in den Wald gehen und etwas zu essen suchen.«

Seth will protestieren, doch Vincent schiebt ihn einfach weiter. Ich werfe ihm ein dankbares Lächeln zu, denn ich weiß, was er damit bezwecken will.

Narissa haut mir kurz mit der Hand auf die Schulter, ehe sie sich den anderen anschließt und Eve und mich allein auf der Ebene zurücklässt.

Danke, Vinc, sage ich in Gedanken, ehe ich mich mit Eve in den Armen an den Karren lehne.

Schlaf weiter, mo soléy, schlaf für immer weiter. Ich bin glücklich, dich einfach nur festhalten zu können. Mehr verlange ich nicht.

Neununddreissig

Evelyn

Noch bevor ich die Augen öffne, weiß ich, wo ich bin. Ich grinse, lasse die Augen weiterhin geschlossen und kuschle mich noch enger an seine Brust. Sein Pfirsichduft hüllt mich ein und lässt mich meine schmerzenden Glieder vergessen.

Nicht aber den Durst und den nagenden Hunger. Meine Mundhöhle fühlt sich an, als hätte ich mit Schleifpapier gegurgelt und anschließend die halbe Wüste mit einem Strohhalm inhaliert.

Ich muss mich bewegt haben, denn Lucians Arme schließen sich fester um mich.

»Schlaf weiter«, murmelt er dann.

»Ich hab aber Durst«, murre ich leise und wundere mich über meine brüchige Stimme. Als hätte ich tagelang nicht gesprochen. »Wie lange war ich diesmal weg?«

»Fast drei Tage«, antwortet er und nimmt meine Hand.

Augenblicklich heiße ich das Prickeln willkommen, das meinen Arm hinaufschießt und sich von dort in meinem Körper ausbreitet und ihn erfrischt. Mein Blut kocht und erweckt meine verkrampften Glieder wieder zum Leben.

Als ich genug habe, löse ich meine Hand aus seiner. »Danke. Ich würde trotzdem gerne etwas trinken.«

Augenblicklich hält er mir eine Feldflasche hin und ich greife mit immer noch halb geschlossenen Augen danach. Gierig trinke ich in großen Schlucken und genieße das herrliche Gefühl, als das Wasser meine ausgetrocknete Kehle hinunterrinnt.

»Wie fühlst du dich?«, fragt er, als ich ihm die Flasche reiche.

»Besser.« Ich brauche einen Moment, um die letzten Ereignisse zu sortieren, an die ich mich erinnere. Ich bin immer noch nicht richtig da und würde am liebsten wieder einschlafen, doch eine innere Stimme, die mir immer wieder zuflüstert, dass ich etwas Wichtiges zu erledigen habe, hält mich davon ab. »Killswitch …«, murmle ich dann. »Habe ich ihn wirklich getötet?«

Lucian zieht mich enger in seine Arme und haucht mir einen Kuss auf die Stirn. »Mach dir keine Sorgen darüber. Es ist alles, wie es sein soll. Du hast nur dein Leben verteidigt. Hättest du ihn nicht getötet, hätte ich es getan, weil er dich so verletzt hat.«

Ich schaue auf meine Arme und mustere die langsam verblassenden Schnittwunden. Vor der Kraftübertragung sahen sie bestimmt schlimmer aus, mittlerweile sind es nur noch hellrosa Striemen, die nicht weiter schmerzen, doch ich erinnere mich daran, wie die Windböen sich in mein Fleisch geschnitten haben, und erschauere kurz.

Bevor ich mich weiter hineinsteigern kann, fokussiere ich meine Gedanken auf das, was im Moment wichtig ist. »Wo sind die anderen? Sind sie auch hier?«

»Sie sind irgendwo unterwegs, das machen sie schon seit gestern. Sie geben uns … Zeit.«

Kurz kribbelt es in meinem Bauch, bis ich verstehe, was er meint, dann setzt mein Herz für einen Schlag aus. »Du meinst … das Siegel … Ist es gebrochen?«

Ich hebe den Kopf und schaue in sein Gesicht. Die Traurigkeit in seinen silbernen Augen raubt mir für einen Moment den Atem und treibt mir die Tränen in die eigenen. Ich kralle mich mit beiden Händen in sein Hemd, presse mich an seinen Körper, bis ich wieder halbwegs normal atmen kann. Es ist so weit. Das Ziel meiner Reise ist erreicht. Ich muss nur aufstehen, in den Schrein gehen und meine Aufgabe beenden. Ich habe gewonnen. Ich bin die beste Gamerin der Welt. Ich bin die erste Erdhüterin, die ihre Aufgabe erfüllt hat.

Warum freue ich mich nicht darüber? Warum wüten nur Kummer und nackte Angst in meinem Inneren?

»Ich will nicht«, wispere ich an Lucians Brust. »Ich will es nicht.«

Er schlingt seine Arme fest um meinen Rücken, hält mich, als ich anfange zu schluchzen. Normalerweise würde ich mich für meine Tränen, meine Schwäche, schämen, aber nicht hier. Nicht jetzt.

»Lass uns weggehen«, flehe ich undeutlich. »Lass uns gehen, jetzt gleich.«

Er antwortet nicht, streichelt nur weiter über meinen Rücken und gibt mir den Halt, den ich jetzt dringend benötige.

Ich möchte weinen, schreien, auf etwas einschlagen, fliehen und mich verstecken – am besten alles gleichzeitig. So sehr nimmt die Angst Besitz von mir, dass ich zu keinem klaren Gedanken mehr fähig bin. Habe ich wirklich gerade darum gebettelt, einfach zu fliehen? Ich kann kaum glauben, dass diese Worte wirklich aus meinem Mund kamen. Ich, die, ohne mit der Wimper zu zucken, ins Reich des Lufthüters marschiert ist und ihn auf eigenem Grund und Boden herausgefordert hat. Ich, die sich für die Aussicht auf Frieden auf eine Ehe mit dem anderen feindlichen Hüter eingelassen hätte.

Ich, die sich Hals über Kopf in einen ihrer Wächter verliebt hat.

Ich mag vieles sein, aber ich bin kein Feigling. Das war ich nie und ich werde auch jetzt nicht damit anfangen. Nicht, wenn alle Blicke und Hoffnungen auf mich gerichtet sind.

Als ich mich wieder halbwegs beruhigt habe, umschließt Lucian mein Gesicht mit den Händen und wischt die Tränen mit seinen Daumen weg. Ich blocke die Kraft ab, denn ich brauche sie im Moment nicht. Ich brauche nur ihn. Seine Nähe. Seine Berührungen. Seine Stärke. Diese Dinge sind es, die mich wieder aufrichten.

Er zieht mich näher zu sich und küsst mich auf die Lippen. Als er sich zurückziehen will, klammere ich mich stärker an ihn und presse meine Lippen wieder auf seine. Hungrig und fordernd, aber auch ängstlich und endgültig.

Nachdem ich mich von ihm gelöst habe, flüstere ich: »Ich liebe dich.«

Lucian lehnt seine Stirn an meine und schließt die Augen. »Und ich liebe dich, *mo soléy.*«

»Ich bin jetzt so weit.« Ich stemme mich hoch und muss mich am Karren festhalten, weil meine Beine zu sehr zittern. Ich weiß nicht, ob es daran liegt, dass ich mich tagelang nicht bewegt habe, oder an der Panik, die mich lähmt und die ich mit aller Kraft niederzukämpfen versuche.

Auch Lucian kommt auf die Füße und reicht mir die Hand. »Lass es uns beenden.«

Mit einem Lächeln lege ich meine Hand in seine.

# # #

Die anderen warten bereits beim Eingang des Schreins. Es tut gut, Vincent und Seth wiederzusehen, und ich begrüße beide mit einer Umarmung. Sie lächeln zwar alle, aber bei keinem von ihnen erreicht das Lächeln ihre Augen. Dort sehe ich die gleiche Traurigkeit und auch Angst, die ich selbst verspüre.

Sie schauen mich an, als müsste ich nun etwas sagen, irgendeine flammende Rede halten, und augenblicklich bildet sich eine Enge in meinem Hals, die mir das Sprechen unmöglich macht.

Seth greift nach meiner Hand und hält sie fest, den Blick starr auf mich gerichtet. »Hüterin, ich … Ich muss dir etwas sagen.«

Ich betrachte ihn mit leicht schiefgelegtem Kopf. Was ist denn jetzt noch so wichtig, das er mir unbedingt sagen muss?

»Ich … Ich liebe dich«, murmelt er dann und wird rot.

Ich ziehe ihn an mich und umarme ihn. »Ich liebe dich auch. Du bist wie der kleine Bruder, den ich mir immer gewünscht habe. Danke für alles, Seth.«

»Autsch!«, macht Narissa und kann sich nur mit Mühe ein Lachen verkneifen.

»Das muss wehgetan haben«, kommentiert auch Vincent und dreht sich schnell um, damit wir sein Grinsen nicht sehen können.

Ich tue so, als wüsste ich nicht, was sie meinen. Natürlich weiß ich, was Seth mir eigentlich sagen wollte, aber ich denke, dass die Antwort, die er von mir bekommen hat, besser war als ein »Sorry, ich dich aber nicht.«. So konnte ich wenigstens die bedrückende Stimmung etwas aufheitern.

»Lasst uns gehen«, sage ich und betrete als Erste die Höhle, die zum Schrein der schlafenden Göttin führt.

VIERZIG

Ich zwinge mich durch die engen Gänge, die zum Glück bereits mit einigen Fackeln ausgeleuchtet sind. Hinter mir höre ich die Schritte meiner Wächter.

Mit jedem Meter, den ich mich der Kammer nähere, schlägt mein Herz schneller. Meine Hände beginnen zu schwitzen und rutschen an den Steinwänden ab, doch ich bleibe nicht stehen. Ich glaube, wenn ich jetzt verharrenn würde, könnte ich danach keinen Schritt mehr tun.

»Ich bin bei dir«, flüstert Lucian, direkt hinter mir in mein Ohr, also setze ich tapfer einen Fuß vor den anderen und kämpfe die Panik nieder, die langsam wieder Besitz von mir ergreift.

Als ich die Kammer erreiche, sehe ich sie. Mitten im Raum steht eine Art gläserner Sarg, in dem die schlafende Gestalt der Göttin liegt.

»Wie konnten wir das beim letzten Mal übersehen?«, frage ich, ohne den Blick von Gaia zu lösen.

»Durch das Siegel war sie unsichtbar«, erklärt Vincent. »Erst als der letzte feindliche Hüter besiegt war, wurde das Siegel gebrochen.«

Ich trete näher an den Sarg und lege meine Hand auf das kühle Glas. Das Gesicht der Göttin sieht genau so aus, wie ich es in Erinnerung habe: spitz zulaufend, helle Haut und die beiden Fuchsohren auf ihrem Kopf.

Hier stehe ich nun also. Am Ende meines Weges.

Ich weiß, was ich nun tun muss, aber bin ich wirklich bereit dafür? Ich drehe mich um und schaue zu Lucian. Bin ich wirklich bereit, ihn aufzugeben? Ich öffne den Mund, merke, wie meine Lippen zittern, und bin dennoch kurz davor, ihnen allen zu sagen, dass wir schleunigst aus dieser Höhle gehen und unser Leben leben sollen. Ehe ich diese Worte jedoch aussprechen kann, presse ich schnell die Lippen zusammen und forme sie zu einem traurigen Abbild eines Lächelns.

Plötzlich wackelt der Boden unter meinen Füßen und ich greife Halt suchend an den Sarg. Kleine Steine rieseln von der Decke herab und kullern dann auf dem Boden herum.

»Was passiert hier?«, frage ich ängstlich, darum bemüht, das Gleichgewicht zu halten.

»Die Welt bricht auseinander«, ruft Vincent über das Rumpeln der Erde hinweg. »Wir müssen uns beeilen, bevor es zu spät ist.«

Meine Wächter laufen zu mir, umringen mich und ich meine, all ihre schnell schlagenden Herzen hören zu können. Ihre Blicke sind auf mich gerichtet. Sie warten darauf, dass ich es tue. Woher nehmen sie nur diese Willensstärke? Woher kommt ihre Kraft und Entschlossenheit, sich selbst zu opfern?

Ich schließe die Augen und atme tief durch. Ich muss es tun. Ich habe keine Wahl. Wenn ich es nicht tue, sterben wir sowieso. Durch unser Opfer wird wenigstens diese Welt gerettet. Der Glaube daran, dass es eine wirkliche Welt und nicht bloß ein Spiel ist, hält mich aufrecht. Ich war in dem Moment überzeugt, als meine Finger Lucian zum ersten Mal berührt habe. So etwas *kann* kein Spiel simulieren.

Ich greife nach dem Amulett und reiße es von meinem Hals, lege es dann auf den Sarg und meine Hand darüber, ehe ich meine Meinung in letzter Sekunde ändern kann. Mein Herz hämmert wie wild gegen meine Brust. Atme ich überhaupt noch? Keine Ahnung... Wahrscheinlich nicht, aber das ist nun auch unwichtig. Schnell schließe ich die Augen und reiße alle Mauern, die ich je gegen den Kraftaustausch aufgebaut habe, bis auf die Grundfesten nieder. Nach und nach legen meine Wächter ihre Hände in meine oder an meinen Arm, direkt auf meine Haut.

Unwillkürlich schnappe ich erschrocken nach Luft. Noch nie habe ich so viel Energie auf einmal empfangen und das Gefühl ist einfach nur berauschend. Ich schwebe und vergesse all die Angst und Sorgen der letzten Stunden.

Lucian ist der Letzte, der mich berührt. Er schaut mir tief in die Augen, die mit Sicherheit bereits rot glühen, und mit einem kleinen Lächeln drückt er seine Lippen auf meine.

Er hätte glücklich ausgesehen, wäre da nicht diese einzelne Träne, die seine Wange hinunterrollt.

# # #

Ich weiß nicht, was passierte, nachdem ich die Kraft all meiner Wächter gleichzeitig empfangen und in das Amulett geleitet habe. Es ist, als hätte sich ein dichter Nebel über meine Gedanken gelegt, kurz nachdem diese ungeheure Menge an Energie durch meinen Körper geflossen ist. Aber ich erinnere mich noch an die Schmerzen, die ich für einen Moment hatte. Das Feuer wütete durch meinen Körper und war so stark, dass ich wahrlich in Flammen stand. Doch diesmal belebte es mich nicht, nein, es verbrannte mich, so als wären es echte Flammen, die an mir emporloderten. Aber dieser Schmerz rauschte nur für einen kleinen Moment über mich hinweg, ehe mich das schwarze Nichts umfing.

Als ich jetzt die Augen öffne, fühle ich mich leicht und schwerelos, als würde ich fliegen. Das, was ich vor mir sehe, kann ich selbst nach mehrmaligem Blinzeln nicht zuordnen.Ich bin nicht mehr in der Höhle. Wie bin ich denn dort rausgekommen? Um mich herum ist alles weiß und ich befinde mich in einer Art Kokon. Unter meiner Hand fühlt er sich an wie kaltes Glas. Mehrmals lasse ich meine Finger über die kühle Oberfläche gleiten, auf der Suche nach einem Ausgang. Ich bin hier drin gefangen, und als diese Erkenntnis in mein Bewusstsein sickert, spüre ich sofort das flatternde Gefühl der Angst in meinem Bauch, und beginne, mit den Fäusten gegen mein Gefängnis zu schlagen.

»Wo bin ich hier?«, rufe ich. »Was ist passiert?«

Ich will hier raus! Warum bin ich hier drin gefangen?

Habe ich etwas falsch gemacht? War all die Mühe, all die Angst, völlig umsonst?

Vor mir erscheint die Göttin wie aus dem Nichts und ich weiche erschrocken zurück und pralle mit dem Rücken an die hintere Kokonwand.

Schweigend mustert sie mich Habe ich wirklich versagt? Ist sie deshalb hier? Ich werde aus ihrer Miene nicht schlau. Sie ist absolut ausdruckslos, und egal, wie sehr ich mich bemühe, irgendwas aus ihr herauszulesen, es gelingt mir nicht. Ich schlucke hektisch. Ist es das, was passiert, wenn ich in der anderen Welt sterbe? Komme ich dann in eine Art Zwischenraum und muss den emotionslosen Blick der Göttin, die ich enttäuscht habe, für alle Zeit über mich ergehen lassen?

»Du hast mich erweckt, Hüterin«, sagt Gaia dann und ein riesiger Stein fällt mir vom Herzen. Ich stoße scharf die Luft aus, die ich die ganze Zeit über angehalten habe. Ich hab es tatsächlich geschafft! Meine Aufgabe ist erfüllt und die Göttin erweckt, so wie sie es mir aufgetragen hatte, als wir sie zum ersten Mal sahen.

Doch die Freude darüber währt nur kurz, denn eine viel wichtigere Frage brennt mir unter den Nägeln.

»W-Wo sind meine Wächter?«, frage ich, drehe dabei den Kopf nach allen Seiten, doch ich kann niemanden außer der Göttin sehen. Was kümmert mich die erweckte Göttin? Geht es meinen Wächtern gut? Haben wir die Welt gerettet?

Gaias Miene wird für einen Moment weicher, dann bewegt sie den Arm und direkt vor mir entsteht ein Bild. Es zeigt die Kammer in der Höhle, in der die schlafende Göttin lag. Ich erkenne den gläsernen Sarg, der jetzt jedoch leer ist. Darauf liege ich, oder zumindest mein Körper, Lucian daneben, den Arm schützend um mich geschlungen. Vincent, Seth und Narissa liegen auf dem Boden und rühren sich nicht. Ihre Gesichter sind entweder zu Boden oder starr und blicklos nach oben gerichtet. Vincents Hand, die er nicht auf meine Haut gelegt hat, liegt in Narissas, die Finger fest verschlungen.

»Sind sie …?« Ich kann den Satz nicht beenden. Zu sehr bestürzt mich diese Szene, die ich sehe. Auch das Atmen fällt mir schwer, als ich mich selbst und meine toten Wächter dort liegen sehe. Wir haben das ultimative Opfer gebracht und unsere Aufgabe erfüllt, doch ich fühle weder Stolz noch Zufriedenheit.

Nur tiefe, endlose Trauer.

Kraftlos rutschen meine Hände an dem Glaskokon hinab und ich schließe müde die Augen, doch egal, wie sehr ich versuche, das Bild meiner toten Wächter aus meinem Kopf zu verbannen, es gelingt mir einfach nicht.

»Warum bin ich hier?«, frage ich dann leise, fast flüsternd. Warum bin ich hier und sie nicht? Ich sollte bei ihnen sein, stattdessen sitze ich der

Göttin gegenüber. Ich will nicht hier sein, sondern bei meinen Wächtern. Ich möchte da sein, wo sie sind, wo auch immer das sein mag.

»Du hast deine Aufgabe gut erfüllt, Evelyn«, sagt Gaia dann, nachdem sie das Bild hat verschwinden lassen. »Du hast das geschafft, was so vielen vor dir nicht gelungen ist.«

»Das war aber nicht allein mein Verdienst«, stelle ich klar und hebe wieder den Kopf. »Warum bin nur ich hier? Meine Wächter haben mindestens genauso viel dazu beigetragen, dich zu erwecken. Wenn nicht sogar noch mehr.«

Sie übergeht meinen bissigen Kommentar einfach, was mich noch wütender macht. »Du hast es gut gemacht. Als Belohnung hast du nun einen Wunsch frei. Sicherlich möchtest du zurück in deine Welt gebracht werden, nicht wahr?«

Du kannst dir deinen blöden Wunsch sonst wo hinstecken!, will ich ihr am liebsten entgegenschleudern, doch ich presse schnell die Lippen zusammen, ehe dieser Satz wirklich meinen Mund verlassen kann. Ich muss jetzt gut überlegen, was ich sage, denn vielleicht – nur vielleicht! – haben meine Wächter doch noch eine Chance.

»Kannst du sie wieder zurück ins Leben holen?«, frage ich dann, auch wenn ich weiß, dass das eine blöde Idee ist. Noch nie hat der Wunsch, jemanden aus dem Reich der Toten zurückzuholen, fehlerfrei funktioniert, weder in den alten Sagen noch in anderen Büchern oder Spielen. Immer gab es einen Haken, und der war meist so gravierend, dass derjenige, der den Wunsch ausgesprochen hat, seines Lebens nicht mehr froh wurde.

Bedauernd schüttelt Gaia den Kopf. »Ich kann niemanden zum Leben erwecken. Es tut mir leid, aber *diesen* Wunsch kann ich dir leider nicht erfüllen.«

Mir entgeht nicht, wie sie *»diesen«* betont und ich runzle die Stirn, während ich fieberhaft nachdenke. Will sie mir damit einen Hinweis geben? Muss ich meinen Wunsch vielleicht nur anders formulieren? Etwas wie Hoffnung keimt in mir, als sich eine Idee in meinem Kopf formt.

»Ich möchte vorher ein paar Fragen beantwortet haben. Ist das möglich?«

Die Göttin nickt mit einem kleinen Lächeln auf den Lippen und ihre Fuchsohren zucken kurz.

»Du bist die Göttin dieser Welt. Du herrschst nun für hundert Jahre über sie. Du *be*herrschst sie. Gilt das für alles, was diese Welt betrifft?«

Sie wiegt den Kopf hin und her. »Im Grunde schon, ja.«

Ich atme erleichtert aus. Meine Idee *muss* funktionieren! Es muss klappen. Aufgeregt hämmert mein Herz gegen meinen Brustkorb, als ich sage: »Dann höre meinen Wunsch, Gaia.«

Sie verzieht kurz das Gesicht. »Willst du nicht zurück in deine Welt? Willst du wirklich deinen Wunsch *dafür* einsetzen?«

Ich weiß nicht, ob sie Gedanken lesen kann oder einfach von selbst darauf gekommen ist, was ich vorhabe. Es ist auch nicht wichtig, woher sie es weiß. Wichtig ist nur, dass es klappt. »Meine Welt ist mir egal. Erst wenn ich weiß, dass es meinen Wächtern gut geht, ist meine Aufgabe erfüllt.«

»Du opferst deinen Wunsch für meine Welt?«, fragt die Göttin dann ungläubig. »Für Wesen, von denen du noch nicht einmal glaubst, dass sie real sind?«

Ohne zu zögern, nicke ich. Scheiß auf meine Welt! Dort war ich eh nie glücklich. Nicht wirklich, zumindest. Erst in dieser Welt habe ich erfahren, was Glück bedeuten kann.

»Du bist nicht Teil meiner Welt, das weißt du. Dich kann ich in diesen Wunsch nicht einschließen.«

Für einen Moment schließe ich gequält die Augen. Ja, eigentlich habe ich damit gerechnet, dass ich außen vor sein würde, denn ich stamme nicht aus Gaias Welt, doch es nun endgültig zu hören, zerschmettert den letzten Hoffnungsschimmer, den ich noch hatte. Aber das ist mir egal. »Ich weiß«, antworte ich nur, denn mehr habe ich nicht zu sagen. Das ist alles, was zählt.

Plötzlich strahlt das Gesicht der Göttin vor Freude. »Ich habe schon so viele Hüter gehabt. Starke und schlaue. Sie alle sind gescheitert, doch ich konnte oft einen Blick auf die anderen Hüter erhaschen. Die, die ihr Ziel erreicht hatten, wollten nur zurück in ihre Welt und all das, was sie hier erlebt haben, vergessen. Noch nie gab es einen Hüter, dem das Wohl unserer Welt und seiner Bewohner mehr am Herzen lag als sein eigenes. Für deinen Großmut sollst du belohnt werden, Evelyn.« Sie bewegt die Hand und der Kokon um mich herum verschwindet. »Es ist mir nicht möglich, dich hierzulassen, denn du gehörst nicht in meine Welt, aber ich werde dir ein Geschenk machen. Nun sprich deinen Wunsch, Hüterin.«

Mein Herz klopft bis zum Hals, doch ich zögere keine Sekunde. Ich öffne den Mund und trage der Göttin meinen Wunsch vor.

Danach versinkt alles um mich herum in Schwärze.

Epilog

Lucian

Es ist ein sonniger Tag. Wie geschaffen dafür, um mit dem Karren von der Hütte meiner Eltern zum Tempel der Gaia zu reisen, um meinen Bruder zu besuchen. Ich habe ihn schon so lange nicht mehr gesehen. Seit Vincent zum Hohepriester erwählt wurde, hat er nur noch selten Zeit für unsere Eltern und mich. Ich verstehe das, trotzdem schmerzt es mich, denn es fühlt sich an, als hätte ich meinen kleinen Bruder verloren.

Ich muss eingeschlafen sein, denn durch das Rumpeln des Karrens schrecke ich hoch.

Ich blinzle verwirrt und sehe mich um. Ich bin mir sicher, dass ich noch auf der richtigen Straße bin, schließlich kann ich dort vorne schon die ersten Hausdächer der Stadt sehen. Aber irgendwie … fühlt es sich *falsch* an, hier zu sein. Irgendwas stimmt nicht, doch als ich darüber nachdenke, scheint sich die Antwort nur noch weiter zu entfernen..

Ich strecke mich und fahre mir mit der Hand durch die Haare. Etwas ziept an einzelnen Strähnen. Verwundert schaue ich auf meine Hand und erstarre. Es fühlt sich an, als ob eine unsichtbare Faust mein Herz zusammendrücken würde, als ich auf den silbernen Ring schaue, den ich am Finger trage. Selbst das Atmen fällt mir schwer und plötzlich ist da eine Leere in mir, die ich nicht zuordnen kann.

Wo kommt der Ring her? Ist das nicht … der Ring meines Vaters? Warum trage ich ihn auf einmal?

Kurz überlege ich, umzukehren und ihn Vater zurückzubringen, doch irgendwas hält mich davon ab. Mit dem Daumen fahre ich über die glatte Oberfläche, drehe ihn ein paar Mal und versuche mich krampfhaft daran zu erinnern, warum ich ihn am Finger trage.

Aber mir will einfach nichts einfallen. Und auch dieses seltsame Gefühl in meiner Brust verschwindet nicht. Ich fühle mich, als hätte ich etwas verloren, aber ich kann mich nicht daran erinnern, was das ist, auch wenn ich weiß, dass es etwas Wichtiges war. Nur was?

Als ich die Stadt erreiche, lasse ich meinen Karren am Fuße des Tempelberges stehen und bezahle einen der dortigen Händler dafür, dass er ein Auge darauf hat. Dann mache ich mich an den Aufstieg, der mir wie immer leichtfällt. Das geht nicht jedem so und für die Dauer eines Wimpernschlags blitzt das Bild eines rothaarigen Mädchens vor meinen Augen auf, das erschöpft und nach Luft schnappend auf dem Tempelhof liegt. Abrupt bleibe ich stehen und fasse mir an die Brust, genau dorthin, wo mein Herz plötzlich unregelmäßig schlägt. Was war das? Ein rothaariges Mädchen? So etwas gibt es nicht! Warum denke ich an so was? Und warum versetzt der bloße Gedanke mir einen solchen Stich?

Vielleicht habe ich in letzter Zeit nicht genügend geschlafen. Ja, das muss es sein. Sobald ich bei meinem Bruder bin und mit ihm gesprochen habe, werde ich mich aufs Ohr hauen. Sicherlich hat mein Bruder ein freies Gästezimmer für mich.

Ich schiebe die Vision des rothaarigen Mädchens beiseite, so gut es mir möglich ist, und betrete den Tempel. Vincent finde ich im großen Saal, wo er gerade die vier Feuerschalen überprüft, die um die Statue der Göttin Gaia angeordnet sind. Als ich den Saal betrete, neige ich respektvoll den Kopf vor der Statue, ehe ich zu meinem Bruder gehe und ihn in eine kräftige Umarmung ziehe.

»Du musst mehr essen«, sage ich, nachdem ich mich von ihm gelöst und ihn gemustert habe. Er sieht hager aus und seine langen blonden Haare haben ihm schon immer etwas Weibliches verliehen. Jeder Blinde würde merken, dass wir beide nicht blutsverwandt sind, doch ich habe Vincent nie als etwas anderes als meinen Bruder betrachtet.

»Ich weiß«, sagt er achselzuckend. »Komm, ich lass uns gleich etwas bringen. Du hast bestimmt auch Hunger.«

Ich folge ihm in einen angrenzenden Raum und plaudere mit ihm über über allgemeine Themen. Wie die Ernte ausgefallen ist, wie es unseren Eltern geht, wie die Beziehungen zu den anderen Völkern laufen, die sich in letzter Zeit stark gebessert haben, seit die Göttin Gaia wieder über diese Welt herrscht.

Bei diesem Thema gerate ich kurz ins Straucheln und ich merke auch Vincent an, dass es ihm genauso geht. Wer war noch mal der Hüter, der es geschafft hat, die Göttin aus ihrem Schlaf zu erwecken? So etwas Wichtiges müsste mir – und vor allem dem Hohepriester, der mir gegenüber sitzt – doch einfallen, aber die Antwort entgleitet uns, je länger wir darüber nachdenken. Also lassen wir dieses Thema schnell fallen.

Kurz darauf bringt eine junge Priesterin ein großes Tablett mit Essen herein. Ich stutze bei ihrem Anblick. Nein, wahrscheinlich glotze ich sie an, so dass es sogar Vincent auffällt.

Als die blonde Priesterin wieder aus dem Saal gehuscht ist, stößt er mich mit dem Ellenbogen an. »Na, gefällt sie dir etwa?«, fragt er und wackelt anzüglich mit den Augenbrauen.

»Nein«, murre ich. Das ist es nicht. Ich verspürte nicht *so etwas,* als ich die zierliche Priesterin eben gesehen habe. »Ist sie schon lange hier im Tempel?« Bisher ist sie mir noch nie aufgefallen.

»Gwen? Ja, ein paar Jahre. Wieso? Soll ich doch ein kleines Treffen arrangieren?«

Ich dresche ihm kurz auf die Schulter, weil seine zweideutigen Anspielungen mir allmählich auf die Nerven gehen. Das ist es nicht. Und doch werde ich das Gefühl nicht los, diese Gwen zu kennen, obwohl ich mich nicht daran erinnern kann, sie vorher schon einmal gesehen zu haben.

»Steht heute etwas Besonderes an?«, frage ich Vincent dann, um schnell das Thema zu wechseln. »Du kümmerst dich doch sonst nicht um die Feuerschalen.«

Mein Bruder nickt. »Der König kommt vorbei, mit einer ziemlich großen Eskorte, wie man mir sagte. Da überprüfe ich lieber selbst alles.«

Gerade als er es erzählt, ertönt von draußen ein Fanfarenstoß. »Scheint, als wären sie da«, sage ich und erhebe mich. »Hast du trotzdem ein Zimmer für mich frei?«

»Klar, nimm das am Ende des Gangs, das habe ich nicht belegt.«

Ich nicke und folge ihm nach draußen, wo der König mit seinem Gefolge bereits im Hof steht. Bisher habe ich den König nur ein paar

Mal zu Gesicht bekommen, doch egal, wie oft ich ihn sehe, ich bin immer wieder darüber erstaunt, wie jung er ist.

Diesmal klebt mein Blick jedoch förmlich an der Ritterin, die neben ihm steht. Ihre schwarzen Haare sind zu einem straffen Zopf nach hinten gebunden und mit regloser Miene mustert sie den Tempelhof aus ihren dunklen Augen.

Ich schiele kurz zu Vincent, der die Frau auch entdeckt hat und stehen geblieben ist, während er sie mit offenem Mund anstarrt. Spürt er etwa auch dieses merkwürdige Gefühl, als würden wir sie kennen? Schnell stupse ich ihn an, um ihn ins Hier und Jetzt zurückzuholen. Er räuspert sich und begrüßt den König und auch die Kriegerin, die ebenso verwirrt zu sein scheint wie wir. Mir entgeht nicht, wie Vincent ihre Hand eine Spur zu lange festhält.

Ich schüttle den Kopf. Nein, ich muss mir das einbilden. Garantiert liegt es nur am Schlafmangel. Ich mache mich daher auf den Weg zum Gästezimmer, das Vincent mir zugewiesen hat. In diesem war ich noch nie. Meistens schlief ich in dem neben Vincents Gemächern, doch dieses ist ziemlich abgeschieden.

Unterwegs rennt ein Junge in mich hinein und ich wäre um ein Haar hingefallen. »Pass doch auf!«, rufe ich und kann ihn gerade noch am Arm festhalten, ehe er das Gleichgewicht verliert.

Ich runzle die Stirn. Irgendwas stimmt nicht mit dem Jungen. Sein Gesicht ist so … anders. Die Nase ist flacher, die Augen seltsam …

Erschrocken lasse ich ihn los, als hätte ich mich verbrannt. Er beugt seinen Kopf vor mir, sodass seine braunen Haare nach vorne in sein Gesicht fallen.

»Bitte verzeiht mir, ich habe nicht aufgepasst«, murmelt er dann.

»Wer bist du?«, frage ich, was sicherlich besser klingt, als *»Was bist du?«*.

»Ich bin Seth und bin seit ein paar Wochen hier. Der Hohepriester des Wasservolkes hat einen Austausch vorgeschlagen, um die Kultur der anderen Völker besser verstehen zu können. Wenn Ihr mich jetzt entschuldigt, man erwartet mich im großen Saal.«

Ich lasse ihn vorbei und schaue zu, wie er um die nächste Ecke verschwindet. Das war eindeutig keiner vom Wasservolk, aber ein Mensch war er auch nicht. Seltsame Kombination. Ich bin mir sicher, eine solche Mischung noch nie gesehen zu haben, und doch werde ich das Gefühl nicht los, diesen Jungen irgendwoher zu kennen.

Ich setze meinen Weg zum Gästezimmer fort und spüre beinahe so etwas wie Erleichterung, als ich es endlich erreiche. Gleich kann ich den dringend benötigten Schlaf nachholen und all diese verstörenden Gedanken werden dann sicherlich verschwunden sein, wenn ich erholt wieder aufwache.

Ich greife nach der Türklinke und betrete das Zimmer.

Wieder blitzt eine Vision vor meinen Augen auf und wieder ist es das rothaarige Mädchen. Nur mit einer Decke bekleidet, steht sie vor dem Fenster und schaut hinauf in den Himmel. Dann dreht sie sich zu mir um und lächelt mich an, sodass ich denke, dass mein Herz gleich zerspringen muss.

Als ich blinzle, ist sie verschwunden und ich sacke auf die Knie. Schwer atmend fasse ich mit der Hand an meine Wange und starre verwundert auf die Nässe an meinen Fingern.

Warum weine ich plötzlich?

Was ist es, das ich vergessen habe und das mir solche Schmerzen bereitet?

Ich balle die Hand, an der ich den Ring trage, zu einer Faust. Ich weiß es nicht. Ich habe keine Ahnung, was das für Visionen sind, aber ich werde es herausfinden! Ich *muss* es herausfinden! Etwas passiert in mir, das ich nicht in Worte fassen kann. Ob es mit dem rothaarigen Mädchen zu tun hat? Allein der Gedanke an sie, obwohl ich ihr Gesicht in meinen Visionen nur sehr undeutlich gesehen habe, löst eine Sehnsucht in mir aus, die mir fast den Verstand raubt.

Doch wie kann ich jemanden, an dem anscheinend mein Herz hing, einfach vergessen?

Um diese Leere in mir wieder zu füllen, werde ich alles in meiner Macht Stehende tun, um herauszufinden, wer dieses Mädchen ist.

Und wenn ich dafür bis ans Ende der Welt gehen muss, um sie wiederzufinden.

# # #

Evelyn

7 Jahre später …

Der dicke Kerl neben mir stinkt und schwitzt zum Gotterbarmen, doch ich habe keinen Platz, um weiter von ihm abzurücken, denn auf der anderen Seite sitzt schon der nächste Zuschauer, dessen Blick starr nach vorne gerichtet ist und der seine Hand fest um die Kamera schließt, bereit, im richtigen Moment auszulösen. Mir bleibt nichts anderes übrig, als weiterhin hier sitzen zu bleiben und zu hoffen, dass es bald vorbei ist. Die Luft im Saal ist durch die Massen stickig und ich fächele mir mit der flachen Hand vor dem Gesicht herum. Ich war noch nie ein Fan von solchen Veranstaltungen, aber das gehört nun einmal dazu, also muss ich mich fügen.

Wieder schaue ich auf die Uhr und mein Handy. Als ich sehe, dass noch immer keine Nachricht eingegangen ist, beginne ich, unruhig mit dem Fuß zu wippen.

Natürlich mussten wir ausgerechnet gestern diese bahnbrechende Entdeckung machen! Wann auch sonst? War ja klar, dass es am Vortag des Tages sein muss, an dem ich nicht zur Arbeit kann. Ich habe zwar jedem meiner Mitarbeiter eingeschärft, mich sofort zu kontaktieren, wenn sich etwas Neues ergibt, aber trotzdem will ich live dabei sein. Vielleicht schaffen wir es diesmal endlich! Meine Finger kribbeln vor Vorfreude und ich reibe sie aneinander, um es zu mindern.

Nach so vielen Jahren ist es mir endlich gelungen, einen Weg zu finden, zumindest hoffe ich das. Sicher bin ich erst, wenn ich es getestet habe, und am liebsten würde ich das sofort tun. Aber nein, ausgerechnet heute muss ich auf dieser Veranstaltung festsitzen! Aber was tut man nicht alles?

Hinter mir sitzen meine Eltern mit ebenfalls gezückter Kamera, um auch ja keinen Augenblick zu verpassen und ihn für die Nachwelt festzuhalten. Ich muss beinahe über ihren Enthusiasmus schmunzeln. Wenn man bedenkt, wie sie sich damals, als ich zurückkam, verhalten haben, ist das eine immense Steigerung.

Ich weiß noch genau, wie ich vor über sieben Jahren die Augen aufgeschlagen habe und in meinem Wohnzimmer aufgewacht bin. Immer noch steckte das Kabel, das meinen PC mit dem Chip in meinem Nacken verband, in mir und ich sah mich orientierungslos um. Ich trug dieselben Klamotten, mit denen ich mich eingeloggt hatte – das »Save the Unicorns«-Shirt und die Bluejeans. Als erstes griff ich nach meinem Handy, um zu prüfen, wie lang ich weg war. Ich rechnete mit Monaten, wenn nicht sogar Jahren, aber als ich ungläubig auf das Display starrte, konnte ich die Zahlen, die da standen, einfach nicht zuordnen.

Laut der Anzeige waren keine zehn Minuten vergangen, seit ich mich eingeloggt und das Spiel betreten habe! Schnell prüfte ich noch die Jahreszahl, aber alles stimmte überein. Das konnte doch nicht wahr sein! War die Zeit hier etwa stehengeblieben?

Während ich noch darüber nachdachte, verlangte mein PC meine volle Aufmerksamkeit, denn aus seinem CD-Fach quoll plötzlich dunkler Rauch. Ich hechtete dorthin, ließ das Fach auswerfen und starrte auf eine angeschmorte Spiele-CD.

Nein, nein, nein! Das durfte nicht wahr sein! Schnell schob ich das Fach wieder zu und hämmerte wie eine Geisteskranke auf meine Tastatur ein, in der Hoffnung, das Spiel irgendwie wieder zu starten und in die Welt zurückkehren zu können. Doch immer wieder bekam ich nur einen CD-Error.

Okay, Eve, dachte ich damals, *nicht aufregen! Du kaufst dir das Spiel einfach noch einmal!*

Tja, falsch gedacht! Egal, wie sehr ich mich bemühte, egal, wo ich danach suchte – das Spiel gab es nicht. Es war wie vom Erdboden verschluckt, als wäre es niemals produziert worden. Ich bezahlte irgendwelchen Agenten horrende Summen, ließ alle bekannten Schwarzmärkte danach durchsuchen und fand – nichts!

Ich war allein. Zwar zurück in meiner Welt, aber allein. War das etwa das Geschenk der Göttin an mich? Dass sie mich doch zurück in meine Welt gebracht hat, in der mich nun nichts anderes als Herzschmerz und Einsamkeit erwartete? Ging es meinen Wächtern gut? Waren sie wieder am Leben? Ich hätte alles dafür gegeben, es überprüfen zu können … Doch egal, wie sehr ich tobte, nach der Göttin schrie oder wieder und wieder versuchte, die angekohlte Spiel-CD einzulesen – nichts funktionierte.

Die ersten Tage verließ ich meine Wohnung nicht. Ich schloss mich ein, wollte niemanden sehen und weinte die ganze Zeit, während ich mich in meinem Bett zu einer Kugel zusammenrollte und immer wieder auf dem Knubbel in meinem Nacken herumdrückte, bis meine Finger schmerzten.

Am dritten Tag ging ich dann nach draußen. Sicherlich sah ich schrecklich aus, aber das war mir egal. Ich versuchte, Kontakt mit Thunderstrike und Killswitch aufzunehmen, aber niemand aus der Szene wusste, wo sie abgeblieben waren. Sie waren einfach verschwunden, von einem Tag auf den anderen. Ich wusste ja, was mit ihnen geschehen war, aber hätte man nicht wenigstens ihre leblosen Körper finden müssen? Nichts deutete auf ein Verbrechen oder gar einen Mord hin. Keine Leiche, kein Mord. Aber davon ließ ich mich nicht beeindrucken. Ich kannte die Wahrheit.

Ich beschloss, zur Polizei zu gehen. Im Nachhinein betrachtet, war das die dümmste Idee von allen, aber schließlich war ich die Einzige, die wusste, was mit ihnen passiert war. Ich erzählte dem Beamten alles. Wirklich alles, von Anfang bis Ende. Okay, ein paar private Details ließ ich aus, aber im Großen und Ganzen erzählte ich wirklich alles, was mir in der Welt der Göttin Gaia widerfahren war. Und was machte dieser blöde Beamte? Er wollte mich einweisen lassen! Hallo? Er wollte mich tatsächlich in eine Psychiatrie stecken!

Nach diesem Erlebnis schwieg ich. Ich musste auch nichts erzählen, schließlich war ich ja nicht länger als zehn Minuten aus dieser Welt verschwunden. Niemand hatte mich vermisst oder nach mir gesucht, alles war super. Ich musste also keine wilden Geschichten erfinden und jemanden anlügen.

Bis … Ja, bis …

Ich werde aus meinen Gedanken gerissen, als der Fette neben mir aufsteht und ekstatisch in die Hände klatscht, sodass seine Oberarme nur so wackeln.

Schnell wende ich den Blick von dort ab und schaue lieber nach vorne, wo sie bereits angerannt kommt, und ich schiebe mich aus der Sitzreihe, um ihr entgegenzugehen. Ihre roten Haare habe ich heute früh zu zwei Zöpfen gebändigt, die wild hinter ihr hin und her schwingen. Der große Schulranzen ist viel zu groß für ihren zierlichen Körper, und doch grinst sie bis über beide Ohren und entblößt eine Zahnlücke gleich vorne. Ihre silbernen Augen leuchten, als sie sich mir in die Arme wirft.

»Hast du mich gesehen, Mama? Hast du gesehen, wie ich ganz allein da vorne stand?«, fragt sie mit piepsiger Stimme, die sich vor Aufregung fast überschlägt.

Ich streiche ihr lächelnd über den Kopf und lasse dann meine Eltern zu ihr, die ihr die ersten Geschenke zu ihrer Einschulung überreichen.

Die große Halle leert sich langsam und gemeinsam mit meiner Tochter an der Hand und meinen Eltern an meiner Seite verlassen wir den Veranstaltungsort.

Meine Eltern haben einen Narren an meinem Mädchen gefressen, aber das war nicht immer so. Ich erinnere mich noch gut daran, wie sie reagiert haben, als sie herausfanden, dass ich schwanger war. Ich weigerte mich strikt zu sagen, von wem. Wie auch? Hätten sie mir etwa geglaubt, wenn ich ihnen erzählt hätte, dass ein Charakter aus einem Spiel, in dem ich mehrere Monate festgesteckt hatte, mich geschwängert hätte? Wohl kaum! Also hielt ich den Mund und hüllte mich in eisiges Schweigen. Sie würden niemals von mir erfahren, wer Lizzys Vater ist.

Als sie von der Schwangerschaft erfuhren, wandten sich meine Eltern von mir ab. Ihre Tochter, die eigentlich einen Arzt, Architekten oder Anwalt heiraten sollte, war plötzlich von irgendeinem dahergelaufenen Bastard geschwängert worden. Und sofort wurde ich das noch schwärzere Schaf der Familie, aber das war mir egal. Ich wusste nun, was das Geschenk der Göttin an mich war, und freute mich auf das Kind, auch wenn mir klar war, dass es mich jeden Tag an das erinnern würde, was ich verloren hatte.

Ich hoffe noch immer, dass die Göttin meinen Wunsch hatte erfüllen können. Es war nicht einfach gewesen, ihn richtig zu formulieren, aber ich klammere mich an die Vorstellung, dass alles so funktioniert hat, wie ich es mir vorgestellt habe.

Im Grunde war mein Wunsch einfach. Sobald ich die Gewissheit hatte, dass die Göttin über *alles* herrscht, was mit ihrer Welt zu tun hat, wusste ich, was ich mir wünschen würde.

Ich bat sie mit meinem Wunsch darum, für alle Lebewesen in ihrer Welt die Zeit zurückzudrehen, und zwar bis direkt vor meiner, sowie Thunderstrikes und Killswitchs Ankunft. Niemand würde sich an uns erinnern, aber das war mir egal. Sie würden alle leben. Nicht nur meine Wächter, sondern auch Gwen und Lucians Mutter Vilanna und all die anderen, die während des Wettstreits getötet wurden. So musste die Göttin nicht direkt bereits Tote aus dem Totenreich zurückholen, sondern umging dieses Hindernis.

Jeden Tag betete ich dafür, dass mein Wunsch Erfolg hatte. Sicher war ich mir nicht, aber je mehr mein Bauch wuchs, desto zuversichtlicher wurde ich. Es war, als würde dieser zweite kleine Herzschlag in meinem Körper all meine Ängste von mir nehmen.

Kurz nach der Geburt, ich war noch immer im Krankenhaus, besuchten meine Eltern mich doch, um zu sehen, ob ich noch lebte oder so was. Sie warfen nur einen kurzen Blick in das kleine Bett neben meinem, in dem meine Tochter lag, die Augen geschlossen, die kleinen Hände zu Fäustchen geballt. Bereits damals hatte sie schon einen leichten rötlichen Flaum um ihren Kopf. Als meine Mutter sich über sie beugte, öffnete sie die Augen, schaute sie mit ihrem Silberblick an, und sofort schmolz meine Mutter dahin. Ich war froh darüber, denn nun konnte ich meinen anderen Plan verfolgen.

»Was wollen wir essen?«, frage ich Lizzy, die noch immer aufgeregt vor meinen Füßen umherhüpft wie ein Flummi auf Extasy.

»Pfannkuchen!«, ruft sie begeistert und reckt die Hände in die Luft.

Also gehen wir Pfannkuchen essen. Als ob ich ihr je einen Wunsch abschlagen könnte. Mir entgeht nicht, wie meine Mutter kurz missbilligend den Mund verzieht. Wahrscheinlich hat sie damit gerechnet, dass wir in irgendein Schicki-Micki-Restaurant gehen und dort ein Fünf-Gänge-Menü essen, nach dem wir nicht einmal satt sind. Aber sie hält den Mund und sagt nichts, was ich ihr hoch anrechne. Auch sie, genau wie mein Vater, ist außerstande, Lizzy einen Wunsch abzuschlagen. Heute ist ihre Einschulung. Heute ist sie der Star. Und wenn der Star lieber Pfannkuchen anstatt eines Krabbencocktails essen will, dann ist es eben so.

Nachdem Lizzy zwei Jahre alt war und ich sie in eine Tagesstätte geben konnte, begann ich wieder zu arbeiten. Es gab für mich nur eine Arbeit, die ich machen wollte. Von professionellen Games hielt ich mich nach meiner Rückkehr fern. Ich war zwar nun die unangefochtene Nummer Eins der Weltrangliste, aber all das zählte nicht mehr für mich.

Am ersten Tag schickten sie mich weg mit der Begründung, ich hätte nicht genug Erfahrung. Also bitte! Wenn jemand mit ihrem blöden Chip Erfahrung hatte, dann ja wohl ich! Schließlich war ich die Einzige, die ihn bisher erfolgreich getestet und überlebt hatte. Aber ich gab nicht auf. Jeden Tag ging ich zum Hauptsitz des Chipherstellers und verlangte, eingestellt zu werden. Irgendwann, ich glaube, es war nach fast einem Monat, hatten sie dann Erbarmen mit mir. Als sie dann merkten, dass ich etwas von der Technik verstand und ihnen etwas von meinen Erfahrungen berichten konnte, waren sie begeistert, und schnell bekam ich ein eigenes Forschungsteam zugeteilt.

Seit fast fünf Jahren tüfteln wir nun daran, dass wieder ein Tor zu dieser anderen Welt – ich weigere mich, es als Spiel zu bezeichnen – zu finden. Dafür stehe ich jeden Tag auf. Dafür mache ich weiter und stecke nicht den Kopf in den Sand.

Dafür und für meine Tochter. Nein, für *unsere* Tochter.

Ich höre jede Nacht seine Stimme in meinen Träumen, doch das ist einfach nicht genug. Jede Nacht sehe ich sein Gesicht vor mir, das mir zulächelt, doch das ist nicht genug. Ich brauche ihn an meiner Seite, brauche ihn als meine Stütze in Zeiten, in denen ich ins Wanken gerate. Ich wünschte so sehr, dass er bei mir wäre, denn bloß in meinen Träumen ist es einfach nicht genug.

Ich freue mich auf den Moment, an dem ich sie ihm endlich zeigen kann und Lizzy endlich ihren Vater kennenlernt. Und ich bin mir sicher, dass ich es eines Tages schaffen werde. Eines Tages werden wir als Familie vereint sein.

Seine Stimme zu hören, das ist alles, was ich mir wünsche. Ich sehne mich mit jeder Faser meines Körpers danach, ihn endlich wieder in mein Ohr flüstern zu hören: *»Mo soléy.«*

ENDE

Nachwort & Danksagung

Vielen Dank, lieber Leser, dass du Evelyn und die anderen bis hierher begleitet hast! Ich hoffe, du hattest beim Lesen genauso viel Freude wie ich beim Schreiben!

»Nemesis« entstand während des NaNoWriMo 2015, wobei ich im Zuge dessen bereits gut ein Drittel der Geschichte geschafft hatte.

Mir war schon vom ersten Kapitel an klar, dass diese Geschichte nicht auf ein klassisches Disney-Happy-End hinauslaufen kann, dennoch denke ich, dass ich ein halbwegs zufriedenstellendes Ende geschaffen habe, dass dich, lieber Leser, vielleicht noch ein bisschen weiterträumen lässt.

Evelyn, die Protagonistin aus »Nemesis«, kommt bereits in meinem früheren New-Adult-Roman »Ungenügend« vor. Bereits dort ist sie eine junge, ambitionierte Gamerin, die dem Protagonisten Leon gehörig den Kopf verdreht. Ihr Charakter gefiel mir so gut, dass sie unbedingt eine eigene Geschichte bekommen musste.

»Nemesis« sollte eigentlich ein recht kurzes Zwischenprojekt von mir werden. Um die 70k Wörter waren angepeilt. Ab der Mitte jedoch entwickelte die Geschichte ein Eigenleben und wurde länger und länger und länger. Während ich gerade diese Zeilen schreibe, knacke ich damit die 146k Wörter, also mehr als doppelt so viele, wie ursprünglich angenommen. Somit hat sich »Nemesis« zu meinem bisher umfangreichsten Werk gemausert und ist in etwa genauso lang wie meine beiden ersten Werke »Divinitas« und »Ungenügend« zusammen genommen.

Eine Danksagung zu schreiben, fällt mir auch beim dritten Buch noch unsagbar schwer, weil ich immer das Gefühl habe, jemanden zu vergessen … Deshalb versuche ich, die Reihenfolge am Schreibprozess festzumachen.

Da wäre dann zuerst mein Mann, der mich täglich mit Milka-Cappuccino während meiner Schreibphasen versorgt und mich jeden Tag bekocht, denn ansonsten würde ich jämmerlich vor der Tastatur verhungern – wirklich!

Dann geht mein Dank an meine drei Hunde, die sich jeden Tag wie ich darauf freuen, gemeinsam zu laufen. An der frischen Luft, umgeben von Natur, habe ich doch immer noch die besten Ideen, die ich dann den ganzen Weg bis nach Hause vor mich hinbrabble, damit ich sie nicht vergesse. Ich sollte wirklich mal dazu übergehen, mir auch zu meinen Hunderunden ein Notizbuch einzustecken.

Danke an meine Familie, die mittlerweile nicht mehr alle spöttisch den Mund verziehen, wenn ich erzähle, dass ich Bücher schreibe. Danke für die aufmunternden Worte, Meinungen, den Rückhalt und alles, was ihr zwischendurch immer für uns tut!

Danke an meine Mama, die zum ersten Mal als Testleserin fungiert hat, auch wenn Videospiele oder Fantasy so gar nicht ihr Steckenpferd sind. Und ja, das Wort »Musikantenknochen« gibt es wirklich und entstammt nicht meiner Fantasie, Mama!

Wo wir gerade von Testlesern reden: Ein herzlichstes Dankeschön an meine drei wundervollen Testleser Jessica, Katharina und Annika, deren Meinung ich über alles schätze und die mir immer wieder einen Schubs in die richtige Richtung geben. Die sich von mir auch noch spätabends zutexten lassen müssen, weil ich mal wieder die Krise mit einer Szene kriege, oder die zig Coverentwürfe beurteilen müssen, obwohl wir uns eigentlich schon auf eins geeinigt hatten. Die unausgegorene Schnipsel von mir vorgeworfen bekommen, aber immer die richtigen Worte finden, um mich zu motivieren und voranzubringen. Ihr rockt, Mädels!

Danke auch an die Drachenmama Astrid, die von Anfang an an mich und meine Geschichten geglaubt hat und die ihnen ein kuschliges Heim unter dem Schein des Drachenmonds gegeben hat.

Auch meiner Autorenkollegin April Dawson möchte ich danken. Sie war die Letzte, die das Rohmanuskript gelesen und für gut befunden hat – bis auf's Ende, das fand sie doof.

Ich möchte den Spiele-Herstellern danken, die mich schon seit mehreren Jahrzehnten immer wieder in neue Welten eintauchen lassen. Allen voran Nintendo, Square Enix, Blizzard Entertainment und Bandai Namco. Danke für unzählige Stunden Zelda, Final Fantasy, World of Warcraft und Tales of, danke für fantastische Soundtracks, danke für grandiose Geschichten und Charaktere.

Wo wir gerade von Soundtracks sprechen: Danke an all die tollen Interpreten und Künstler, die mich musikalisch während des Schreibens begleiten und inspirieren.

Danke an die Blogger, die mich mit so wunderschönen und liebevoll gestalteten Rezensionen zu »Divinitas« immer wieder motiviert haben, weiterzumachen und besser zu werden. Da ich bestimmt die Hälfte vergesse, die es verdienen, hier erwähnt zu werden, belasse ich es einfach bei einem ganz dicken Dankeschön an die Bloggerszene. Die richtigen werden schon wissen, dass sie gemeint sind!

Ich freue mich, wenn du, lieber Leser, auch bei meinem nächsten Buch wieder dabei bist, oder, wenn dir »Nemesis« gefallen hat, einfach mal schaust, was du noch für Bücher von mir findest. Bereits von mir ebenfalls im Drachenmond-Verlag erschienen sind:

»Divinitas« – ISBN: 978-3-95991-022-4
»Ungenügend« – ISBN: 978-3-95991-224-2

Ich wünsche dir alles Gute. Game on!
Deine Asuka

http://asuka-lionera.de/wordpress/
https://www.facebook.com/AsukaLionera/

Meine Playlist

(ohne bestimmte Reihenfolge)

1. Frozen – Let It Go (25 languages)
2. Christina Perri – A Thousand Years
3. Galt Aureus – Is There Anyone Left
4. Caleb Hyles – Let It Go (Male Cover)
5. Caleb Hyles – I'm Still Here (Cover)
6. Caleb Hyles – Immortals (Cover)
7. AmaLee – Innocence SwordArt Online (Cover)
8. AmaLee – SwordArt Online Opening (Cover)
9. AmaLee & Dima – Your Lie in April Medley (Cover)
10. AmaLee – No Game No Life Opening (Cover)
11. Ayumi Hamasaki – Song 4 You
12. 30 Seconds to Mars – Do or Die
13. ToZ OST – Rising Up
14. ToZ OST – White Light
15. ToZ OST – Competing with the Honor of the Land
16. ToZ OST – Fight between the Wind and the Blinking Sky
17. Dark Cloud 2 OST – Battle for the Future
18. Ellie Goulding – Love Me Like You Do
19. Nicole Cross – Hello (Cover)
20. Ventino – Disney Princess Mashup
21. Eric Clapman – Best Mashup Mix Vol. 3
22. Diverse weitere Disney-Soundtracks
23. Diverse weitere Game-Soundtracks

Ungenügend

Asuka Lionera

ISBN: 978-3-95991-224-2 (Softcover) € 12,00
ISBN: 978-3-95991-322-5 (ePub) € 3,99

Scheiße! Sie ist es!
Siedendheiß durchläuft es meinen Körper. Gott, diese Stimme! Allein schon wie mein Vorname über ihre rosa Lippen kommt, bringt mich um den Verstand.
Leon ist der Playboy der Schule, doch sein Herz gehört nur einer Frau: seiner ehemaligen Mathenachhilfe Alex. Als seine Eltern der anstößigen Beziehung auf die Schliche kommen, müssen sich Leons und Alex' Wege trennen.
Fast vier Jahre später stolpert Alex erneut in Leons Leben – und bringt es gehörig durcheinander. Denn nun steht sie als ausgebildete Lehrerin vor ihm und ein Zusammensein scheint unmöglich…

DRACHENMOND VERLAG
BÜCHER MIT HERZBLUT